El retrato de Alana

CAROLINE MARCH

Editado por Harlequin Ibérica.
Una división de HarperCollins Ibérica, S.A.
Núñez de Balboa, 56
28001 Madrid

© 2016 Silvia González Flores
© 2016 Harlequin Ibérica, una división de HarperCollins Ibérica, S.A.
El retrato de Alana, n.º 116 - 1.11.16

I.S.B.N.: 978-84-687-8752-7
Depósito legal: M-17870-2016

PRÓLOGO

«–¿Crees en las brujas, Alana? –preguntó Sarah mirándome fijamente, dejando a un lado la revista médica que estaba leyendo.

Suspiré hondo y aparté la vista del televisor. Me recosté en el sofá de terciopelo marrón oscuro y enfoqué su rostro preocupado.

–No. No creo. Aunque conozco a muchas mujeres a las que se les podría aplicar ese calificativo –señalé con acritud.

Estaba pensando en mi madre, en mi abuela y sobre todo en nuestra casera, que esa misma mañana nos acababa de comunicar que nos subía el alquiler, debido a que pensaba que compartíamos el piso con una tercera persona. Aunque en realidad no se equivocaba, Gareth, el novio de Sarah, pasaba más tiempo en nuestro pequeño apartamento que cualquiera de nosotras.

Ella rio y asintió con la cabeza, adivinando mis pensamientos.

–Tienes razón. Yo también he considerado muchas veces que la vieja señora Robertson tiene toda la pinta de ser una bruja. Solo le falta la verruga en la nariz y la escoba.

–Bueno –concedí riendo con ella–, la verruga la tiene, pero en la frente, y estoy segura de que no anda escasa de escobas, más que nada por los golpes que da en el techo cuando cree que hacemos demasiado ruido. Lo que suele ser casi siempre. Es lo que tiene compartir edificio con tu casera.

Sarah dejó de reír y su gesto se tornó serio de repente.

—En realidad me refiero…, ya sabes…, a lo que está sucediendo con esas chicas desaparecidas. Dicen que es cosa de brujas. No de las que se reúnen en las festividades célticas con túnicas blancas a bailar y girar alrededor de las piedras enhiestas como Stonehenge, sino del mal, el mal en estado puro.

—Yo he oído comentar que puede ser un animal salvaje. No debemos hacer demasiado caso a los que buscan un titular sensacionalista. Está claro que es un perturbado, un depravado y un ser maligno, pero real, no una bruja, ni un vampiro, ni un hombre lobo. Todo eso son tonterías que lo único que consiguen es que la gente cree un halo de misterio gótico en torno al asunto —contesté con ímpetu, mientras ella se recogía la melena pelirroja en una coleta en lo alto de su cabeza y seguía negando.

—Tal vez tengas razón… o tal vez no… Pero la verdad es que tengo algo de miedo —comentó dejando vagar la vista en un punto indeterminado del pequeño salón.

—Créeme —le respondí con gesto hosco—, las brujas no existen. Si de algo estoy segura en esta vida, es de eso.

Ella me observó durante unos instantes y después esbozó una sonrisa rebosante de ternura, como aquellos que, aún sabiendo que llevan razón, no se atreven a contradecir a un niño».

Me resultaba curioso recordar en la soledad de la noche anterior a mi ejecución aquella lejana conversación con Sarah. Mi terquedad y cinismo. Y, sobre todo, el realismo que intenté demostrar con cada una de mis palabras. ¿Qué era una bruja para mí? Únicamente una persona que practica la brujería en toda su simpleza, evitando por supuesto, a las estrafalarias brujas de los cuentos infantiles, la fama de las madrastras y las irreverentes pitonisas que se anuncian en periódicos y programas de televisión nocturnos que nadie ve. Y tomando con algo más de respeto a aquellas mujeres que, creyéndose su poder con su supuesto control mental, con sus instrumentos arcaicos y sumidos en hechizos, creen que pueden cambiar el trascurso de las cosas. Una locura, ambas cosas, tanto el pensar que podían existir en la actualidad como llegar a creerse sus supercherías.

Nunca pensé en el pasado cruento y esta vez real, en el que miles de mujeres fueron ajusticiadas, torturadas y asesinadas en nombre de la pureza durante siglos. Bien por sus prácticas sospechosas, bien por venganza vecinal. O bien por su verdadero poder.

Nunca pensé que llegaran a ser reales.

Y esa fue mi perdición.

Mañana, el 15 de noviembre del año de nuestro Señor 1715 yo me convertiré en una de ellas.

Pero quizá, de forma un tanto absurda y demencial, a pesar del frío, de los cortes de la cuerda gruesa en mis muñecas y de los golpes que he recibido, a pesar de estar a solo unas horas de mi muerte, lo único que me produce un dolor insoportable es el saber que voy a morir por una quimera. Que todo aquello por lo que luché quedará en el olvido y perderé incluso mi nombre, que será tachado y prohibido por infamia de este pedazo de tierra por la cual he entregado mi vida.

Una desoladora sensación de impotencia me corroe por dentro, provocando que mis últimas horas estén sumidas en el odio, la decepción y el rencor. ¿Cómo no pude verlo? ¿Cómo no pude darme cuenta de que él acabaría traicionándome?

Parte 1

No creas en el tiempo,

cree en el ahora,

que es lo único que importa

CAPÍTULO I

*No busques tu destino
porque él ya te ha alcanzado.*

—¡Edimburgo! —grité al silencio de la cocina—. ¡No puede ser!

El silencio, obviamente, no me respondió. Paseé nerviosa, sujetando con fuerza entre mis manos el papel que me aceptaba en el curso de postgrado de la Universidad de Edimburgo, con un gesto claramente disgustado. Yo había solicitado una plaza en Londres. ¡Londres! Lo tenía todo preparado… y ahora ¡esto!

Me encontraba en Madrid, en casa de mi madre, a mediados de julio y en un acto de supervivencia ante el calor que se filtraba por las persianas cerradas y las paredes de ladrillo, utilicé como abanico el papel que me condenaba a pasar un año entero en una ciudad desconocida. Estaba sola. Mi madre había decidido pasar el verano en Mallorca, con su última conquista, un alemán llamado Frank o Erick o Hans…, ni siquiera lo recordaba.

Como no tenía nada con lo que desahogar mi enfado lo hice conmigo misma, lo que venía siendo habitual. Me recriminé el no haber estudiado lo suficiente con el fin de obtener las calificaciones necesarias para convertir mi sueño en realidad. Era restauradora de arte. Una profesión apasionante si conseguías desarrollarla. Lo que yo todavía no había logrado. Salvo algún verano en excavaciones subvencionadas y prácticas en varios museos, no había hecho otra cosa en mis veinticinco años de vida. Mi sueño era trabajar en un museo importante, en Londres.

Volví a leer el pliego con las instrucciones. Tenía que estar a finales de agosto en la capital de Escocia. *¡Merde!* Pensé con desesperación, «¡esa tiene que ser la antesala del infierno!». Sin embargo, no tenía otra opción. Mi madre ya me había insinuado que en el otoño se trasladaría a vivir con su pareja y que por lo tanto, mi presencia, como lo había sido a lo largo de estos años…, molestaba. Por un momento pensé en llamar a mi padre a París. Quizás él…, pero no. Aparté ese pensamiento de mi cabeza. Él tenía una nueva familia.

Mis padres se habían divorciado cuando yo tenía ocho años. Durante un tiempo viví con mi padre en París, hasta que este, cuando yo contaba catorce años, se casó con una mujer que tenía dos hijos de su anterior matrimonio, por lo que yo… empecé a molestar. Regresé a Madrid con mi madre y viví con ella mientras finalizaba los estudios. En realidad, no convivíamos demasiado, ella pasaba largas temporadas fuera de casa. La mayoría de las veces yo desconocía incluso el lugar donde se encontraba.

Los pocos que conocían mi historia familiar me solían dirigir miradas de lástima. Chasqueaban la lengua y la expresión «familia desestructurada» asomaba a sus labios. Pero esa no era la verdad. La verdad era que yo no tuve familia. Nunca. Porque… siempre molesté.

Hice las maletas con bastante resignación y me encaminé a lo que ya consideraba mi «cruel destino». Pero, sorprendentemente, lo que en principio iba a ser una estancia de un año, se convirtió en dos y tenía toda la intención de quedarme para siempre. Me enamoré de aquella ciudad y las múltiples posibilidades que me ofrecía.

Amé sus calles empedradas, sus cuestas interminables, la historia escondida en cada rincón de la misma y el orgulloso castillo que se erguía desafiante desde la colina volcánica, frente al palacio de Holyrood, majestuoso y elegante. Fue la primera vez que la expresión hogar tenía significado para mí.

Al poco de llegar conocí a Sarah. Yo trabajaba por horas en un pequeño café cercano a la Facultad de Medicina. Ella iba allí cada mañana y acabamos conversando con la familiaridad que ocasiona el verte todos los días. Buscaba compañera de piso y terminamos alquilando un pequeño apartamento en la Old Town. Nos caímos bien al principio y posteriormente llegamos a ser grandes amigas. Ella acababa de finalizar la carrera de Bioquímica y trabajaba en un hospital a las afueras, aprovechando una beca de investigación. Provenía de una extensa familia. Nacida y criada en el norte, añoraba con intensidad el estar lejos de casa, aunque solo nos separaban unas pocas horas de coche de las Highlands. En ocasiones viajaba con ella y disfrutaba de lo que es una familia tradicional, con sus discusiones, sus caricias, sus apoyos y sus críticas. Siempre me decía a mí misma que nunca tuve tiempo de regresar a Madrid o visitar a mi padre en París. Eran mentiras que me confortaban el sentimiento de culpa. Pero tampoco vino nadie a visitarme, así que le quité importancia y me acostumbré a la soledad como compañera.

Con el título de postgrado en la mano, pude dejar de trabajar en el café y encontré un puesto como restauradora para un pequeño anticuario, algo mucho más acorde con mi carácter callado e introspectivo. Para conseguir llegar a fin de mes lo compaginaba con un contrato por horas en una librería cercana a la *Royal Mile*. Mis funciones eran catalogar y colocar los libros, con lo que solía pasar desapercibida a la gente. Aunque en apariencia era una labor odiosa, me gustaba, me hacía invisible a la gente y lo agradecía. Mi escasa habilidad social era algo que llevaba impreso en los genes y que contrastaba sobremanera con la forma de ser bulliciosa y parlanchina de Sarah, lo que nos complementaba mucho más.

–Solo necesitas un novio –indicó una tarde Sarah mientras se preparaba para salir a cenar con su novio Gareth, un investigador genético que había conocido en el hospital, el cual esperaba sentado en el sofá de terciopelo desgastado y casi tan hundido que tuvo que hacer un considerable esfuerzo por levantarse.

–¿Me estás echando? –pregunté con una sonrisa trémula. No lo había pensado, pero quizá ya empezaba a molestar.

–No ¡por Dios! Nada de eso. Únicamente estaba sugiriendo que debías tener una cita con alguien. En estos dos años no has salido con nadie. Hasta una monja de clausura tiene más vida social que tú –contestó ella sonriendo con amplitud mientras se ponía el largo abrigo negro, que hacía que su cabellera pelirroja refulgiera.

–Pero yo…, ya sabes…, entre el postgrado, el trabajo en la librería y los encargos que recibo de la tienda de anticuarios, casi no tengo tiempo para nada más –balbucí.

–Vamos Sarah, déjala tranquila. –Gareth pasó su brazo por mis hombros con gesto protector–. Quizá no ha llegado todavía el hombre.

–¿El hombre? –inquirió Sarah enarcando una ceja con burla–, a veces eres tan antiguo…

–Soy un caballero –afirmó Gareth sin soltarme–. Y creo que eso es algo que te gusta mucho de mí.

–No creo que sea buena idea. Ahora no necesito involucrarme con nadie, estoy demasiado pendiente en intentar hacerme un hueco en el mundo del arte –expliqué sintiéndome algo incómoda con el brazo de Gareth rodeándome–. Además, el amor está claramente sobrevalorado.

Lo que quería decir es que para mí no existía. Esa

palabra, junto con la de familia, podía desaparecer del diccionario.

—Vamos, mi pequeña española cínica —exclamó Gareth apretándome un hombro con la mano—, a veces hay que salir del escondite y enfrentarse a la vida.

Yo hice una mueca y lo encaré.

—No soy cínica, sino realista. Y para ser sinceros, tampoco soy del todo española —apostillé con fastidio—. También soy francesa. ¿Deveroux? ¿Recuerdas?

A veces me trataba como si fuera su hermana pequeña y eso me molestaba y me halagaba a partes iguales. La verdad es que todavía no sabía cómo definir lo que sentía en su presencia. Lo asocié a que nunca había tenido demasiadas muestras de cariño, lo que provocaba que me pusiera nerviosa y alerta cuando estaba rondando por el apartamento, que era lo más habitual en los últimos tiempos.

Sarah torció el gesto, afeando su bello rostro, pero no contestó, y por una temporada dejó de importunarme con novios imaginarios y citas a ciegas. Y yo pude relajarme de nuevo. Pero lo que ninguno de los presentes conocíamos en ese instante era que los acontecimientos se iban a desarrollar de forma totalmente inesperada, trastocando nuestras vidas por completo y golpeándonos con la fuerza de un huracán.

Tres días después de aquella conversación me encontraba en la librería, agachada entre un montón de libros que tenía que catalogar, poner el precio y situar en el muestrario, mientras escuchaba la charla de dos mujeres que buscaban un libro en una estantería justo al lado de la que yo estaba recolocando.

—¿Has visto las noticias? —preguntó la que parecía más mayor a su acompañante—. Ha desaparecido otra mujer.

—¿Otra? —inquirió con sorpresa la más joven—. ¿Cuántas van ya?, ¿tres o cuatro? Ya le he dicho a Amy que no salga sola de noche. Y su padre va a buscarla cuando puede. Esto es una locura. ¿Cuándo encontrarán a ese degenerado?

—No lo sé, espero que pronto. La policía ha establecido una serie de recomendaciones. Ninguna estamos lo suficientemente a salvo —señaló la mayor. Y yo noté que las miradas de ambas se posaban sobre mi cabeza. La levanté y les dirigí una sonrisa.

Nunca me habían interesado ese tipo de noticias, pero en cierto modo, y tras la conversación que había tenido la noche anterior con Sarah en la que parecía creer que era cosa de brujas, empezaba a estar algo preocupada. Salía bastante tarde de la librería y pasaba por varias calles poco transitadas antes de llegar al apartamento.

Terminé de clasificar los libros y fui a despedirme de mi jefe, un hombre de unos cuarenta años, pelirrojo, algo entrado en carnes y con unas gafas metálicas redondas que le hacían parecer una calabaza de Halloween.

—Espera —me dijo simplemente.

—¿Qué sucede? —exclamé temiéndome algún encargo de última hora.

—¿Conoces a ese hombre de la acera de enfrente? —preguntó señalándolo con la cabeza.

Me giré y enfoqué la mirada. Estaba lloviendo a raudales, con cortinas de agua cayendo por las cornisas y balcones. El cielo encapotado y la escasa iluminación de la acera, provocaba que la oscuridad exterior fuera casi absoluta. Quise entrever un hombre alto y musculoso de pie bajo unos andamios situados en un edificio histórico que restauraban frente a la librería. Llevaba una cazadora de piel con capucha y era bastante difícil distinguir algún gesto en su rostro oculto.

—Creo que no lo conozco de nada —contesté con sinceridad. No era demasiado buena reteniendo caras o rasgos fisionómicos.

—Lleva varios días ahí parado. Cuando sales te sigue,

¿no te habías dado cuenta? —inquirió entrecerrando los pequeños ojos azules con suspicacia.

—¿A mí? No. No lo sabía —respondí y un pequeño escalofrío me recorrió la columna vertebral.

—Hoy te acompañaré yo a casa —afirmó cogiendo su abrigo.

No tuve nada que objetar. No quería ser una reseña en un periódico. Cuando salimos al exterior, el hombre había desaparecido.

Al día siguiente no tenía que trabajar. Me levanté tarde y puse la televisión. Las noticias informaban de las recientes desapariciones y alertaban que las jóvenes no salieran sin ir acompañadas. Por lo que dijeron, el secuestrador, atacante o asesino acechaba en lugares oscuros y apartados, aprovechando la soledad de sus víctimas. Durante varios minutos no pude apartar la vista de la televisión sin creerme del todo que algo así sucediera en una urbe tan pacífica como lo era Edimburgo. Lo único cierto era que el ambiente fantasmal que la rodeaba daba pábulo a todo tipo de historias y argumentos. Algunos afirmaban haber visto a un hombre alto y moreno, y no pude por menos que recordar la imagen de la noche anterior, otros más imaginativos hablaban de un animal sediento de sangre, haciendo que una corriente silenciosa de pánico se extendiera por toda la ciudad.

Finalmente, apagué el televisor y pasé toda la mañana restaurando un jarrón del siglo XIX que pertenecía a una anciana, cuya casa era un pequeño mausoleo de arte. No tenía mucho valor, pero a veces a las cosas menos bellas son a las que más cariño les tienes. Sarah llegó a media tarde.

—¡Alana!

—¡Estoy aquí, en la habitación! —grité.

—Hola —dijo asomando su cabeza por la puerta —. ¡Qué

desastre! —exclamó observando los paños empapados con disolvente y pintura, esparcidos en el suelo alrededor de mi mesa de trabajo.

—Lo sé —corroboré—, pero lo he terminado. ¡Por fin! ¿Te gusta?

—Humm…, supongo que sí —expresó con la misma sensibilidad que yo mostraba cuando ella se emocionaba con la división celular de alguno de sus trabajos—. ¿Estás cansada? —preguntó centrando toda su atención en mi persona.

—Un poco, ¿por qué? —inquirí entrecerrando los ojos. No estaba de humor para ninguna cita a ciegas.

—Había pensado en salir a correr, ¿te apetece acompañarme?

Lo pensé un momento. Llevaba todo el día encerrada, sentía los músculos agarrotados y respirar algo de aire que no estuviera viciado y hacer ejercicio me parecía un buen plan.

—Claro, ¿por qué no? No tengo nada mejor que hacer en una tarde de sábado.

Ella meneó la cabeza ante tan clara afirmación de mi nula vida social.

—Esta vez, yo tampoco. Gareth tiene guardia todo el fin de semana por un experimento que debe vigilar para comprobar el desarrollo. Después alquilamos una película y pedimos comida para cenar, ¿qué te parece?

—Perfecto —señalé con una gran sonrisa.

Siempre me arrepentí de esas palabras.

Media hora después, vestida con unas mallas negras y una sudadera de deporte, cruzamos North Bridge y nos adentramos en la New Town en dirección a Dean Village. Era una ruta que utilizábamos a menudo, ya que suponía encontrarnos en un oasis de verdor dentro de una ciudad tan comercial como lo era la capital de Escocia. Bajamos las escaleras empedradas hasta el río que lo cruzaba y comenzamos a trotar por el pequeño camino de tierra que circundaba el río por su orilla izquierda. La vegetación nos cubría por completo y afortunadamente no llovía, aunque el aire fresco y húmedo que se filtraba entre las copas de los árboles indicaba que no tardaría mucho en hacerlo. Dejamos de hablar y nos concentramos solo en mantener un trote rítmico, arropadas por la soledad del lugar y el arrullo del agua deslizándose bajo nuestros pies.

Al poco rato noté que alguien nos seguía. Al principio no me alarmé, muchos deportistas utilizaban la misma ruta que nosotras. Lo extraño fue la sensación de peligro que percibí en la nuca, se me erizó todo el cabello y una suave brisa helada hizo que me girara de improviso. No vi nada y eso fue lo más desconcertante. Sabía que había algo o alguien espiándonos. Lo sentía. No sabría explicarlo, pero tenía la certeza de que nos observaban. Paré de repente, casi chocando contra la espalda de Sarah.

–¿Qué sucede? –pregunté creyendo que ella también había notado algo extraño.

–Mira. –Señaló el tronco que nos impedía seguir nuestro camino. Con las últimas lluvias, uno de los numerosos árboles que crecían salvajes en la loma se había partido hasta quedar varado como una barrera natural en el camino.

–Podemos saltarlo, si nos ayudamos la una a la otra –dije observando la altura del tronco.

Sarah me utilizó de apoyo para saltar al otro lado con bastante gracia. Una vez allí se giró riéndose y su bella sonrisa se congeló en el rostro arrebolado por el ejercicio. Yo la miré con gesto interrogante. Escuché un gruñido. Y la sensación de que algo maligno nos rodeaba me llegó con tanta intensidad que casi me dejó sin respiración. Me di la vuelta despacio y enfoqué la mirada. Abrí los ojos desmesuradamente, pero no pronuncié una sola palabra.

–Un lobo –susurró Sarah a mi espalda.

–No –contesté yo asombrándome de que no hubiera perdido la capacidad de hablar–. Es algo más.

Ni siquiera supe el por qué dije aquello. Frente a nosotras había un lobo de un tamaño descomunal. Un animal de pelaje negro, con los ojos oscuros y brillantes, con una mirada metálica y humana. El lobo examinaba con fijeza a Sarah, valorando la debilidad de su presa, sin embargo, giró la cabeza hacia mí en cuanto pronuncié aquellas palabras como si las hubiera entendido, inclinó la cabeza en un gesto de respeto y después se irguió enseñando los dientes con ferocidad. Sus ojos destellaron con un conocimiento superior y casi pude escuchar una risa tenebrosa brotar de sus fauces. Volví mi rostro y fijé la vista en Sarah, que temblaba como una hoja sin saber qué hacer. En el reflejo de sus pupilas advertí el mismo terror que debían mostrar las mías. Solo teníamos una oportunidad y solo una de nosotras podría salvarse si lo hacía con rapidez. No dudé un instante en decidir que fuera ella.

–Huye, Sarah. Corre lo más deprisa que puedas –. Las palabras brotaron de mi boca como un ronco susurro. Una furia inusitada me invadió, a la vez que sentí que tenía que protegerla, fuera como fuese.

–Que... que… –balbuceó ella.

–Huye –susurré broncamente con insistencia–. ¡Te lo ordeno! –pronuncié fijando mi mirada en la suya, que mostraba unos ojos vacuos y sin reacción aparente. Ella me mantuvo la mirada un instante más y parpadeó como si por fin entendiera la orden. Giró sobre sí misma y la perdí de vista con prontitud.

Me giré hacia el lobo. No había hecho ningún movimiento, simplemente estaba observándome con detenimiento. Su cabeza inclinada y de aspecto relajado me produjo un terror indescriptible. Analicé las posibilidades que tenía de escapar. A mi derecha se situaba el cauce del río, a mi espalda la barrera del árbol caído, a mi izquierda una pendiente casi vertical de más de diez metros cubierta por brezo y espinos. Frente a mí tenía mi probable muerte. No había salida y el lobo lo sabía, aquel animal era consciente de en qué punto nos había arrinconado, así que me mantuve inmóvil, esperando su reacción. Dio un paso y se detuvo olisqueando el aire. Gruñó con tal ira que el sonido rebotó en la cubierta frondosa que nos rodeaba. Retrocedí asustada hasta quedar pegada contra el tronco del árbol, respirando de forma agitada y con todos mis músculos contraídos en una tensión dolorosa. Palpé en mi espalda la rugosidad de la madera, noté el frío que de repente nos había envuelto y sentí la ausencia de aire en mis pulmones. Por más que intentaba respirar, no lo conseguía.

Creí que iba a desmayarme, notaba la sangre en mi cuerpo espesa, candente como la lava, liquándose al llegar a la cabeza. Me golpeaba en los oídos como un látigo y comencé a ver borroso. En ese momento escuché una maldición en un idioma que me resultó familiar, el sonido de unas ramas al romperse y unos pasos sobre mi cabeza. Giré el rostro hacia el hombre que había saltado por el terraplén sujetándose precariamente a los arbustos de aliagas, luchando por llegar donde me encontraba. Era el mismo hombre que había visto vigilándome en la acera frente a la librería. Estaba vestido con unos vaqueros negros y llevaba una sudadera de deporte con capucha. No le pude ver las facciones. El lobo enseñó las fauces y se posicionó al ataque, olvidándose por un momento de su verdadera presa.

Gemí en voz alta y a la vez me tapé la boca con la mano por haber mostrado mi debilidad. El hombre me sujetó de un brazo y noté el calor de su mano abrasándome la piel bajo la tela de algodón. Me levantó con muchísima facilidad y me arrojó al otro lado del tronco, cayendo al suelo de tierra húmeda. Apenas me dio tiempo a ponerme de rodillas cuando lo sentí inclinado sobre mí.

—Vete y nunca digas lo que aquí has visto —pronunció con voz ronca. O quizá fuera mi imaginación. Solo recuerdo que me levanté de un salto y comencé a correr de forma desesperada. A mi espalda escuché el sonido de un animal atacando y de un hombre luchando. No me volví ni una sola vez.

Llegué, al poco rato y casi sin resuello, a las escaleras que subían al exterior. Escalé como buenamente pude y salí a la carretera, cruzándola sin percatarme de que podían atropellarme. Me detuve frente a una pequeña casa de una planta con una puerta de madera pintada en azul. Grité desgañitándome y golpeé con fuerza la aldaba de bronce. Abrió una mujer de mediana edad que me miró como si yo fuese un fantasma.

–Ayúdeme –supliqué jadeando–. Mi... mi amiga... y... yo..., un lobo... un animal... en el río...

La mujer me dejó entrar y me llevó a una pequeña cocina con muebles blancos. Me sentó en una silla de madera y puso un vaso de agua delante de mí mientras llamaba desde su teléfono a la policía con diligente eficacia. Estaba tan agotada que hubiera podido quedarme dormida sobre aquella mesa.

En pocos minutos se personaron dos agentes. Apenas podía hablar, no conseguía que mi mente enlazara los pensamientos de forma coherente. Tenía la persistente sensación de estar ahogándome y era tal el cansancio que ni siquiera lograba mantenerme erguida. Sin embargo, mis piernas y brazos hormigueaban atraídas por el hombre y el lobo. Quizá queriendo reafirmar lo que había vivido, comprobar que era cierto. Daba vueltas en las manos al vaso de agua sin saber si beberlo o dejarlo de nuevo en la mesa. Las manos me temblaban demasiado como para que pudiera hacer cualquiera de las dos cosas. Y en el centro de todo seguía viendo el rostro pavoroso de Sarah, huyendo.

–Ayúdenlo, por favor. Lo habrá matado. Mi amiga..., ella... no sé dónde está. Huyó..., pero... –intenté explicar lo sucedido de forma un tanto desequilibrada.

–Tranquilícese, señora... –susurró con voz suave uno de los agentes pasándose la mano por el pelo canoso.

–Deveroux –contesté con rapidez–. No se queden ahí parados. Él necesita ayuda. Y mi amiga, Sarah, está en peligro –dije con algo más de energía.

A ningún policía le gusta que le den órdenes, y menos de una joven sudorosa, cubierta de barro y temblando como una hoja. Lo comprobé en ese mismo instante. La lentitud de esos hombres en reaccionar me estaba crispando los pocos nervios que todavía estaban alineados en mi cuerpo.

Me levanté tambaleándome y quise salir al exterior. Una simple mano en mi hombro me lo impidió. El otro agente se posicionó en la puerta con un movimiento sinuoso. La mujer se mantenía apartada y en silencio, observando la escena.

–No lo entienden –exclamé–, él está en peligro… y mi amiga…

–¿Quién es él? –preguntó el policía de la puerta.

–¡No lo sé!, ¡no lo conozco! –grité exasperada–. Sarah y yo estábamos en el cauce del río cuando apareció un lobo, ella… ella… creo que consiguió huir. Y luego apareció ese hombre y me empujó para enfrentarse con el lobo. –Me quedé callada, sin aliento.

–Aquí no hay lobos –fue la mujer la que habló. Todos nos giramos a mirarla. Tenía razón, pero yo había visto un lobo. Y también Sarah. Y obviamente aquel hombre que no conocía.

–¿Es que no han oído las advertencias de no aventurarse solas en lugares apartados? –inquirió el policía mayor tratándome como si yo fuera una niña. Apreté los puños y lo miré con los ojos brillantes de lágrimas–. Muéstrenos el lugar –exigió por fin–. ¿Recuerda dónde…?

–¡Claro que sí! ¡Síganme! –le interpelé.

Salimos al exterior. Había comenzado a llover y estaba oscureciendo. El ambiente se tornó súbitamente húmedo y tenebroso. Los guie temblando de frío hasta el lugar. El tronco del árbol seguía estando allí, pero no había rastro ni del hombre ni del animal. Ambos policías me miraron con cara de circunstancias y yo boqueé como un pez fuera del agua.

–Tiene que estar aquí. Es aquí –señalé sintiéndome culpable por algo que desconocía.

Ellos saltaron la barrera del tronco y examinaron el lugar con linternas. Se inclinaron y miraron el cauce del río.

–No hay nada. Ni huellas de ningún animal. Ni signos de lucha. Ni por supuesto ningún lobo –afirmó el policía más joven.

Ambos intercambiaron una mirada y me cogieron de un brazo. Yo me dejé arrastrar. Me encontraba aturdida y a punto de desfallecer, como si algo o alguien hubieran absorbido toda mi esencia vital. Me introdujeron en el coche patrulla y me llevaron a la comisaría. Allí me sentaron en una sala de interrogatorios haciéndome sentir la verdadera culpable. Me dejaron unos minutos en soledad, imagino que observándome por el cristal opaco frente a mí. Comencé a retorcer mis manos de forma enloquecida. No entendía qué había sucedido y qué hacía realmente allí. Todo me parecía surrealista. Entró el policía de más edad con una carpeta marrón en las manos y se sentó frente a mí.

–¿Toma drogas? –preguntó en tono académico.

–¿Cómo? –inquirí sin entenderlo del todo–. ¡No! ¡Por supuesto que no!

Él se inclinó sobre mí y fijó su vista en mis ojos. Yo me retraje asustada. Él apartó la vista con desidia y sacó tres fotografías que extendió en la mesa.

–¿Conoce de algo a estas mujeres? –preguntó de nuevo en el mismo tono de voz.

Acerqué una de las fotos con una mano y la estudié con detenimiento. Luego pasé la vista a las otras dos. Eran las tres mujeres desaparecidas, había visto su foto en los periódicos y la televisión, pero hasta ese momento no me parecieron reales. Tres mujeres de una edad parecida a la mía, rubias de pelo largo y ondulado y ojos de un tono oscuro.

–No –contesté secamente–, no las había visto nunca.

–Su amiga… Sarah ¿no? ¿Se parece a ellas? –inquirió de nuevo.

–No –negué por segunda vez–. Ella es pelirroja y tiene los ojos azules.

–Y el hombre… que dice que apareció de repente, ¿podría describirlo?

–No –negué por tercera vez–, no llegué a verle la cara.

–Pero algo recordará ¿no?

Fruncí el entrecejo y me concentré un instante.

–Alto y fuerte. Sus manos eran grandes y cálidas. Desprendían calor. Eso es. Vestía de negro y llevaba una capucha que le tapaba la cabeza –murmuré recordando.

–¿Sus manos desprendían calor? –masculló de forma escéptica. Yo me sentí completamente estúpida.

–Sí –respondí con firmeza–. Me sujetó solo con un brazo y me empujó al otro lado del tronco.

–Entiendo –dijo el hombre apuntando algo en un folio en blanco–. ¿Algún rasgo más que nos pueda ser de utilidad?

Cerré los ojos sabiendo que él pensaba que me encontraba trastornada o bajo el efecto de algún alucinógeno. Y recordé de improviso.

–Sus ojos.

–¿Sus ojos? –preguntó el policía inclinándose sobre mí.

–Sí. Sus ojos eran como los de un guepardo.

–¿Guepardo? –inquirió con gesto sorprendido.

–Sí. De un color extraño, no era amarillo… era… dorado, ¡eso es! –exclamé triunfante. Por fin podía ofrecer algún dato concreto.

El hombre se recostó en la silla y me observó un momento entornando la vista.

–¿Lobos? ¿Guepardos? ¿Se encuentra bien? ¿Ha tomado algo que…?

No lo dejé terminar.

–¿Piensa que estoy loca o drogada? Pues se equivoca. ¡Fue real! –grité furiosa.

–Está bien –contestó el hombre con hastío–. Afirma que las atacó un lobo y que un hombre con los ojos de un guepardo y las manos ardientes apareció enfrentándose a él. ¿Puede llamar a alguien para que venga a buscarla?

Hasta yo misma me di cuenta de lo absurdo de la explicación. Pero era cierto. Tenía que serlo ¿no? O lo era o yo me había vuelto loca de repente.

–Gareth –pronuncié sin saber por qué pensé en él en primer lugar–. Es el novio de Sarah. Es médico, investigador –señalé como dando a entender que había algo cuerdo en toda la historia.

–Deme su teléfono. Lo llamaremos –ordenó como despedida.

Dos horas después ya me encontraba en el apartamento. Me había duchado y vestido con un pijama de franela a cuadros. Y no recordaba cómo había salido de la comisaría, cómo había llegado a casa, cómo me había duchado y cómo me había vestido. Mi mente estaba todavía en el camino de tierra de Dean Village. Mi espíritu se había quedado atrapado en aquel lugar y mi cuerpo hacía vida normal sin que yo me diera realmente cuenta de nada. Me dirigí al salón. Gareth había encendido la televisión y estaba sentado en el sofá con una cerveza en la mano. Levantó la vista en cuanto entré y me indicó que me sentara a su lado. Lo hice de forma mecánica y con gesto ausente.

–Cuéntame qué ha sucedido –pidió con voz extremadamente suave.

–Creo… creo… que no lo sé –contesté balbuceando.

Intenté explicarle lo que recordaba sin mucha coherencia. Él me escuchó en silencio.

—¿Pudiste ver por dónde huyó Sarah? —preguntó con gesto contenido. Yo me estremecí.

—No. Desapareció de mi vista —dije mirándolo y pude ver su gesto preocupado. Sarah seguía sin aparecer. Y sentí que él me culpaba a mí, que deseaba que fuera yo en vez de ella la que hubiese desaparecido. Me la imaginaba tirada en algún recodo del camino, herida… o quizá muerta. Cerré los ojos y dejé que las lágrimas se deslizaran silenciosas por mi rostro. Sarah era mi amiga. Mi única amiga. Sin ella me sentía perdida. Pero también era la novia de Gareth y él tenía que sentir algo muy parecido a lo que sentía yo. Solo que para él todo resultaba desconcertante y difícil de creer.

Pasó un brazo por mis hombros y me acercó a su cuerpo cálido. Me recosté contra su pecho y suspiré. Me mostró la palma de su mano. En ella había una pastilla blanca.

—Tómatela —exigió—, te ayudará a descansar. Puede que mañana todo esto sea un mal recuerdo para los tres.

Me la tomé sin rechistar. Era médico y por lo tanto sabía lo que hacía. Al poco rato sentí que me adormecía y él me tendió sobre sus piernas. Tras varios minutos abrí los ojos gritando y agitando las manos sin reconocer el lugar donde me encontraba. Unas manos fuertes me sujetaron los brazos y me obligaron a enfocar la mirada.

—Gareth —murmuré observando sus ojos de un peculiar tono gris que se habían tornado casi negros en la penumbra del salón. Había oscurecido por completo y no supe qué hora era. Volví a quedarme dormida con la imagen de sus ojos sobre mí.

Desperté de nuevo al amanecer. Olía deliciosamente a café. Tanto Sarah como Gareth tomaban siempre té. Yo jamás llegué a acostumbrarme a su sabor, y agradecí que él se hubiera molestado en recordarlo. Me levanté y me dirigí a la pequeña cocina, en la que apenas cabíamos dos personas de costado.

—Estás despierta. —Sonrió entregándome una taza humeante de líquido negro. La apreté fuertemente entre mis manos, acogiendo su calor.

—¿Qué haces? —pregunté viéndolo maniobrar en su teléfono. En la mesa de formica blanca descansaban el teléfono de Sarah y el mío propio.

—Estoy revisando las noticias. Puse una denuncia por desaparición, pero no se ha hecho efectiva. No hay ninguna reseña —señaló.

Dejé la vista perdida en los teléfonos sobre la mesa y enarqué una ceja en señal interrogante.

—Espero… —se aclaró la voz algo ronca—, estoy esperando que Sarah se ponga en contacto con alguno de nosotros. No quiero avisar todavía a su familia.

—Tenía que haber sido yo —dije con voz algo temblorosa—. Tenía que haber sido yo. Ella lo tenía todo, a ti, su familia, su trabajo… Tenía que haber sido yo —repetí saliendo de la cocina.

Gareth no me contestó.

Sarah no llamó. Ni ese día. Ni al siguiente. Ni en toda la semana. Finalmente Gareth avisó a sus padres, que se instalaron en un hotel a la espera de noticias. Él se trasladó al apartamento y dormía en la habitación de Sarah, como si aquello le diera fuerzas para continuar con su vida normal.

Diez días después comencé a comprender que Sarah jamás regresaría. Había vuelto a mi trabajo en la librería esperando encontrarme al misterioso hombre con los ojos de un guepardo. Él tampoco apareció. La policía vino una vez más a interrogarme, pero yo no podía ofrecer nuevos datos.

—¿Ha recibido algún tipo de noticia de Sarah? —preguntó el oficial de mayor edad mientras yo los invitaba a pasar al pequeño salón y les ofrecía una bebida que rechazaron, quedándose de pie observando todo alrededor con ojos alertas.

—Nada —murmuré casi echándome a llorar.

—¿Recuerda algo más que nos pueda ser de utilidad? ¿Si vieron que alguien les seguía? ¿Si Sarah le comentó que había discutido con alguien o tuviera miedo por algo? ¿Algún exnovio o compañero con el que tuviera problemas?

—No, es una investigadora excelente. No tenía problemas con nadie. La gente la adora. —Me negaba a utilizar el verbo en pasado—. Y no hay ningún exnovio que yo sepa. Solo conozco a Gareth y él estaba trabajando aquella noche.

—Lo sabemos. En el hospital.

—Sí —contesté brevemente adivinando que habían comprobado si tenía coartada.

Sacaron de nuevo las fotografías y me indicaron que me sentara en el sofá mientras las desplegaban sobre la pequeña mesa. No quería mirarlas, había empezado a tener pesadillas en las que aquellas mujeres se me aparecían en sueños pidiéndome ayuda y no lograba alcanzarlas ni mucho menos salvarlas.

—¿No hay nada que le resulte familiar? —inquirió con suavidad el policía más joven.

—No. Únicamente que todas se parecen, ¿no? —musité deseando que se marcharan con las fotografías y sus sospechas infundadas.

—Sí, es cierto se parecen entre ellas y se parecen a usted —habló el oficial mayor con sus ojos fijos en mí. Lo miré de forma incrédula.

—No es cierto —afirmé—, no se parecen a mí.

—Sí, su pelo, sus ojos… hasta los rasgos oblicuos de su rostro…, podrían ser familia —el hombre mayor siguió hablando sin despegar los ojos de los míos.

—¿Pero usted me ha visto bien? —pregunté con estupor.

—Sí, la he visto bien y veo un notable parecido. Creemos –hizo una pausa–, que el objetivo no era su amiga, sino usted. Debería tener cuidado a partir de ahora.

Seguí mirándolo con una expresión de incredulidad mezclada con indignación. Y la sensación de peligro inminente me estranguló la garganta hasta el punto de que mis cuerdas vocales se negaron a pronunciar una sola palabra más. Entre murmullos incoherentes y gestos manuales los acompañé a la salida, quedándome sola en el apartamento con el sentimiento de que había algo que no llegaba a comprender del todo. De que faltaba una pieza clave que diera sentido a la desaparición de Sarah y de las otras tres mujeres.

Al día siguiente Sarah pasó a ocupar la lista de las mujeres desaparecidas. La cuarta. Su fotografía apareció impresa en todos los periódicos. Me sentía completamente perdida y culpable. Si hubiera sido más rápida, si lo hubiera podido prever, si hubiera luchado…, todo era si hubiera…, pero no encontraba una respuesta concreta.

Había anochecido y Gareth no había llegado todavía del hospital. Decidí darme una ducha dejando que el agua ardiente quemara mi piel como un castigo por lo que yo creía una imprudencia que había traído consecuencias trágicas. Salí bastante rato después envuelta en una toalla y con el pelo húmedo. Me tropecé en el pasillo con Gareth.

–¿Hay noticias? –pregunté con un hilo de voz. Lo único de lo que hablábamos aquellos días era de Sarah.

–No –contestó él. Me observó con detenimiento y vi sus ojos brillantes fijos en mi rostro.

–¿Has bebido? –inquirí cuando un tenue aroma a whisky llegó a mis fosas nasales.

Gareth se pasó la mano por el pelo castaño oscuro revolviéndoselo y suspiró fuertemente. Me puso las manos sobre los hombros desnudos y noté una descarga de electricidad por todo el cuerpo. Me tensé de forma involuntaria.

—¿Qué estás haciendo? —masculié intentando apartarme. Él me sujetó con más fuerza.

—Fuiste tú desde el principio y no lo he sabido hasta ahora. La insignificante amiga de Sarah sin ninguna cualidad aparente, pero algo está cambiando. ¿Qué te está sucediendo, Alana?

—¿A mí? Gareth, ¿qué te ocurre?

—Te llamas igual que ella, te pareces a ella…, llevo tantos años esperándote… Una sospecha que esta vez sí es cierta —murmuró con la mirada ausente.

Me asusté y me retraje contra la pared. Él se apretó contra mí y me levantó el rostro hacia él sujetándolo con dos dedos.

—Gareth, estás borracho y no sabes lo que dices —exclamé con un tono que no daba lugar a nada más que una abrupta interrupción de su absurdo monólogo.

—¿Cómo he podido no darme cuenta hasta ahora? ¿Quién te ha ocultado a mí? —inquirió con tal fuerza en su mirada que tuve que apartarla.

—¿Ocultarme? ¿De qué estás hablando? —le increpé cada vez más enfadada.

Él no se inmutó ante mi brusquedad, al contrario, parecía que lo alenté.

—Mírame y reconóceme. Tú también lo sientes —susurró y se inclinó para besarme. Fruncí los labios, giré el rostro y a su contacto volví a sentir una corriente eléctrica que hizo que me estremeciera.

Me besó en la sien, de forma lenta e intuitiva. Se detuvo varios segundos respirando con dificultad sobre mi piel. Su mano sujetó mi pelo y lo acarició como si fuera la primera vez que lo tocaba, con reverencia y ternura. Me sentí asqueada, todo mi cuerpo lo rechazó y se puso en tensión. Sabía que había algo que nos unía por encima de todo, pero era el dolor por la pérdida tan repentina de Sarah. Sarah era nuestro vínculo y juntando nuestros cuerpos la recuperábamos en cierta forma.

–Apártate, Gareth. Nunca habrá nada entre nosotros –conseguí decir con voz estertórea.

Me soltó de improviso y me miró como si no me reconociera. Se pasó la mano por el pelo y recompuso el gesto serio y formal que solía tener normalmente.

–Todavía no ha llegado el momento. Pero ya estoy cerca, Alana. Lo sé. Esto es solo el principio de nuestro final. No debes temer. Yo soy el único que puede protegerte de él –pronunció mientras se alejaba con paso tambaleante a la habitación de Sarah.

–¡Gareth! –lo llamé y él se giró solo un momento–, ¿el principio de nuestro final? ¿Qué significa eso? –Y recordando algo tardíamente–. ¿De qué tienes tú que protegerme?

–Pronto lo sabrás mi pequeña cínica española, pronto lo sabrás –afirmó cerrando la puerta de madera tras él.

Cabeceé sin comprender nada y me dirigí a la habitación. Me puse un pijama y me acosté. Conecté la radio y escuché el último parte de noticias. No había noticias. Me abandoné a la pena y a la soledad. Sujeté la almohada con fuerza recordando las noches que Sarah y yo solíamos pasar conversando en mi cama. La echaba de menos con tanta intensidad que el dolor se había instalado como una losa de mármol en mi pecho.

El sonido del teléfono me sacó de mis lloros agónicos. Alargué la mano y contesté la llamada incorporándome en la cama.

–Alana. –La voz extremadamente aguda de mi madre me taladró el cerebro torturado.

–Madre –suspiré con hastío–, ¿qué se te ofrece?

–Solo quería saber cómo estabas.

–¿Ah sí? –pregunté yo con todo el sarcasmo que pude reunir–. Pues me imagino que igual de mal o de bien, depende como se mire, que once meses y diecisiete días atrás, desde la última vez que hablamos.

Todavía me sorprendía la forma en que podía herirme la sensación de abandono, después de tantos años.

—Tú tampoco has llamado —señaló con tono enfadado—, así que poco sabes de mi vida.

Su vida. Todo giraba siempre en torno a su vida.

—No me ha hecho falta, madre. Publicas todo lo que haces en tus cuentas de Facebook, Instagram y Twitter. Ayer mismo vi que habías regresado a Madrid de tus vacaciones en la dulce y apasionante Viena... Creo recordar que esas fueron tus palabras exactas —indiqué con acritud.

—Bueno, pues hay algo que no sabes —exclamó ofendida.

—¿El qué? ¿Te vas a casar de nuevo? —inquirí. No era una pregunta irónica. Mi madre se había casado ya tres veces.

—No, bueno, en realidad sí. Pero no te llamo por eso. Es tu abuela.

—¿La abuela? ¿Qué le sucede? —Apenas mostré interés. Mi abuela no quiso hacerse cargo de mí cuando mis padres se separaron, y siempre se había mantenido apartada de nosotras, como si se avergonzara de su hija y de su nieta.

—Se está muriendo. Dice que quiere verte —contestó con brusquedad.

No sentí nada. Por mí podía estar comentando el sol que lucía en España. Me daba absolutamente igual. Lo único que ocupaba mi mente era Sarah.

—Ahora no puedo dejar Edimburgo —indiqué—, Sarah ha desaparecido..., ella fue...

No me dejó terminar.

—Es urgente Alana, deja tus tonterías por una vez y céntrate en lo importante —me amonestó. Entrecerré los ojos y la furia comenzó a invadirme.

—¿Qué sabes tú lo que es importante? Sarah es mucho más importante para mí que la abuela. Ella me ha dado mucho más desde que la conozco que vosotras dos en toda mi vida —grité desaforada a través de la línea telefónica. La culpa me envolvió otra vez y sin pretenderlo gemí en voz alta.

–Haz el favor de venir a verla, ella lo ha pedido expresamente. Es su último deseo antes de morir –pronunció con frialdad.

No quise discutir. Odiaba los gritos y los reproches, solo causaban dolor. Me convencí de que serían unos pocos días, así que musité un «sí» y colgué el teléfono. Aquella misma mañana cogí un vuelo a Madrid. Y averigüé después de veintisiete años por qué mi vida había sido siempre tan extraña y solitaria.

CAPÍTULO II

*Puede que el tiempo borre las heridas,
pero no cura las cicatrices.*

Llegué a Madrid a primera hora de la tarde. Cogí un taxi y me dirigí directamente a la residencia donde se encontraba mi abuela. Un pequeño resort de retiro espiritual, como lo llamó ella cuando decidió trasladarse allí hacía dos años. En realidad era una residencia de ancianos, más lujosa que cualquier otra, pero constituía el último refugio de los que van a morir. Mientras me trasladaba en el caluroso taxi atravesando el caótico tráfico de mi ciudad, pensé en los elefantes, que cuando sabían que llegaba la hora de su muerte se retiraban al lugar elegido para ello. Mi abuela era una elefanta, sabía que le quedaba poco tiempo y ella misma, como siempre había hecho, decidió pasar sus últimos años donde se sentía más a gusto.

Por supuesto, alejándose de nosotras.

Entré en el edificio de ladrillo a las afueras de Madrid, rodeado de cuidados jardines por donde paseaban algunos ancianos acompañados por familiares o por personal de la clínica. Pregunté en recepción por la habitación de mi abuela y subí las escaleras hasta el primer piso con gesto cansado. Mi mente no conseguía centrarse, seguía en Edimburgo, recordando a Sarah y lamentando no estar allí por si había noticias.

—Abuela —pronuncié con voz suave cuando estuve junto a su cama. Parecía dormir y ante la tenue luz que se filtraba de las persianas bajadas pude ver que su rostro se había dulcificado. O quizá fuera que yo quise recordarla siempre con gesto adusto, imaginándomela una persona carente de sentimientos.

—Has venido —contestó ella abriendo de pronto los ojos de un tono verde oscuro y parpadeando en mi dirección. Su pelo blanco y corto se agitó con la levedad quebradiza de una anciana.

—Sí. Estoy aquí —susurré.

Cerró los ojos un momento y suspiró con alivio.

—Tenemos poco tiempo, mi niña —dijo cogiéndome una mano. Yo me quedé inmóvil. Jamás había mostrado ningún gesto de cariño hacia mí y su sola actitud ya me hacía desconfiar.

Su mano era áspera al contacto y estaba en extremo fría comparándola con el calor del pequeño receptáculo decorado en tonos verdes. Creí erróneamente que lo que pretendía era limpiar su alma antes de partir hacia otro destino.

—¿Poco tiempo para qué, abuela? —inquirí sintiendo que las lágrimas asomaban a mis ojos cansados, lamentando mi debilidad.

—Tengo que contarte quién eres. Me estoy muriendo y ya no puedo protegerte. A partir de ahora lo tendrás que hacer tú —exclamó presionando el mando de la cama articulada para incorporarse y situarse a la misma altura de mi rostro.

—Ya sé quién soy y no necesito que nadie me proteja. No lo he necesitado nunca porque siempre he estado sola —señalé sintiendo que el dolor me abrasaba las entrañas.

Ella me miró con incalculable dulzura y yo me asusté. Jamás la había visto así.

—Me queda poco tiempo en este mundo hija, ellas ya están aquí esperándome.

—¿Ellas? ¿Quiénes? —pregunté desconcertada mirando alrededor sin ver más que las paredes desnudas.

—Mis hermanas. Tus hermanas. Las brujas —susurró con un leve tono adormecido.

—¡¿Qué?! —exclamé casi gritando—. Pero, ¿qué medicación estás tomando?

Ella rio con voz cascada y musical. Una mezcla extraña que hizo que el ambiente se distendiera como si una suave brisa nos rodeara.

—Tú eres una de ellas. La más poderosa. Lo supe en cuanto te tuve en brazos por primera vez y vi tu marca en forma de estrella de cinco puntos en el interior de tu muslo. Mi misión era protegerte. Me lo ordenó el consejo, ahora ya menguado y casi disuelto. Te he ocultado durante veintisiete años —explicó.

—¡¿Qué soy qué?! —Esta vez sí que grité y con mucha intensidad además.

¿Qué pretendía? ¿Habría perdido la cabeza y en sus delirios creía ser una bruja y, de paso, convencerme a mí de que también lo era? Mi mente racional se negaba a escuchar tales tonterías.

—Eres una *sorciere,* una bruja, una hechicera. Tu deber es proteger nuestro legado —pronunció declarando una sentencia de muerte.

Abrí la boca para contestar pero no encontré nada adecuado que decir. En realidad sí que lo encontré:

—¡¿Estás loca?! Dices que has estado protegiéndome toda tu vida y lo único que has hecho ha sido mantenerme apartada de ti. ¿Eso es protegerme? Dejarme sola con una madre que nunca me quiso y con un padre que eligió a su segunda mujer y me echó de su casa —exclamé apartándome un poco de ella y soltando su mano.

—La única forma que encontré de hacerlo cuando naciste y vi quién eras fue absorber tu poder y alejarme para que nada interfiera en ello.

—¿Qué es esto, abuela? Mira, no necesito que te disculpes inventándote una historia tan absurda como esta. Con un simple «lo siento» me conformo —expresé cada vez más alterada.

—Alana, tienes que escucharme con atención. No voy a disculparme por algo que hice por amor. Estás en peligro desde que naciste. Todas estamos en peligro. Nos están eliminando poco a poco porque te buscan y tuve que apartarme de ti para que no me relacionaran contigo. Me he mantenido en la distancia, observando, viendo desde la lejanía cómo te hacían daño, cómo yo no podía hacer nada para remediarlo porque ese era el camino para que te convirtieras en la mujer que eres ahora. Porque, hija mía, del dolor sacarás la valentía para enfrentarte a la mayor prueba de todas —explicó terminando en un susurro.

—¿Qué prueba? —No sabía si preguntar o directamente llamar al médico.

—Salvarla.

—¿A quién? —inquirí con verdadera curiosidad. Había conseguido atraparme en su historia. Ella se creía lo que estaba relatando. Lo vi en sus ojos.

—Lo sabrás cuando la verdad se muestre ante ti —expuso crípticamente.

En ese momento entró una auxiliar con la bandeja de la cena de mi abuela, que depositó en la pequeña mesa de plástico con ruedas. Luego saludó con alegría y se acercó a ella para tomarle la tensión y la temperatura. Yo me quedé mirándola como si fuera la primera vez que veía a una persona. Y reaccioné.

—Mi abuela ¿ha estado…, ya sabe…, algo confusa los últimos días? —pregunté. Mi abuela se mantuvo en silencio observándonos.

–No. Ella está perfectamente. Como un roble. Un roble algo cascarrabias, pero fuerte. –Sonrió mirándome y bombeando en el delgado brazo de mi abuela con el aparato de medir la tensión.

–Dice que es una bruja –señalé entrecerrando los ojos.

–Bueno, es normal que esté algo cansada –contestó ella sin dejar de sonreír.

Desvié mi mirada de mi abuela a la joven auxiliar y suspiré.

–¿No me ha entendido? –inquirí forzándola a que me mirara.

–¿Qué? –Ella levantó la vista después de apuntar en el informe los datos.

–Dice que es una bruja y que yo también lo soy –exploté y a la vez que mis palabras salían de mi boca me di cuenta de que me sentía como si hablara desde las profundidades del mar, soltando a borbotones el aire en forma de espirales totalmente distorsionadas que se perdieron antes de llegar a los oídos de la joven. Abrí la boca y lo intenté de nuevo, mi voz sonó exactamente igual, como si no estuviera en la misma frecuencia que el resto de los mortales.

–Ya le he dicho que es normal que esté algo cansada. No debería preocuparse en exceso –contestó la joven dándome unos pequeños golpes en el hombro antes de salir de la habitación.

Miré la puerta cerrada con total estupefacción y me giré con brusquedad hacia mi abuela, que lucía una triste sonrisa.

–¿Qué ha sido eso? ¿Algún truco? No tiene gracia. Ahora mismo voy a bajar a hablar con el médico –siseé apretando los dientes.

–Magia. Eso ha sido magia –afirmó ella cerrando los ojos. En su rostro se percibía ahora con claridad la cadavérica presencia de la muerte, como si ella se estuviera rindiendo sin fuerzas para seguir luchando más.

Me dejé caer en la silla junto a la cama de forma desmadejada. Me sentía completamente agotada y asustada. No, en realidad estaba aterrorizada y a la vez no terminaba de creerme ni una sola palabra.

—Mi madre —barboté—, ella…, ¿ella es…? —Ni siquiera me atrevía a pronunciar la palabra en voz alta, temiendo conjurar algo con el sonido.

—No. Ella es normal. Un accidente de la naturaleza. Ocurre cada varios cientos de años —aclaró girando la cabeza hacia mí.

—¿Normal? ¿Y eso es un accidente de la naturaleza? A mí me parece perfecto ser normal. ¿No puedo elegir yo misma serlo?

—No —respondió mi abuela—, tú naciste marcada y tienes un deber que cumplir. Llevamos siglos siendo masacradas, torturadas y condenadas, muchas veces sin razón aparente. Incluso ajusticiaron a las que no son familia, pero que sí nos ayudaron en momentos cruciales. No tienes más que investigar un poco para descubrir que lo que te cuento es verdad. Y ellos, los hombres comunes y los hombres poderosos, fueron los instigadores de nuestra extinción. Debes cuidarte de aquellos que son respetados por sus conocimientos, porque ellos supusieron el inicio de nuestra decadencia y borraron todas las huellas de nuestra historia.

—Lo que cuentas no ayuda, abuela. Claro que conozco la historia, pero no creo en ella. ¿De verdad piensas que aquellas mujeres condenadas eran brujas?

—Algunas sí, otras no. Ya te lo he dicho.

Su terquedad me resultaba familiar y a la vez se imponía en mí el sentimiento de reto. De necesitar una demostración tangible de lo que contaba.

—Pero, ¿no debería haber sentido algo especial en todos estos años? —pregunté, notando que imperceptiblemente había caído en el embrujo de sus palabras.

—No. Yo me quedé con tu poder, así pudiste crecer

con normalidad, pero también perdiste la oportunidad de que una hermana te tomara bajo tutela y te enseñara cómo manejar el poder. Ahora tendrás que hacerlo sola. Es posible que hayas notado algo extraño los últimos días porque ya estoy débil y mi fuerza se desvanece sin que pueda controlarla. ¿Algún sueño premonitorio? ¿Algún objeto que aparece donde no tenía que estar?

–No, nada de eso. Nada de nada, en realidad.

Y de improviso, Sarah regresó a mis pensamientos con inusitada fuerza, lanzada como un rayo. El lobo y aquel hombre. Su desaparición. Las pesadillas que me atormentaban en forma de mujeres desaparecidas que me pedían ayuda. Sentí que la sangre de mi cuerpo me abandonaba y empalidecí, comenzando a temblar. Si mi abuela notó algo no lo mencionó. Solo me observaba con atención.

–Toma –dijo entregándome el anillo que ella siempre llevaba en su mano izquierda–, ahora te pertenece.

Cogí el anillo con una piedra luna ovalada engarzada en oro viejo mirándolo con curiosidad, disimulando lo mejor que pude mi turbación.

–Él canalizará tu poder. Cambiará de color dependiendo de cómo te sientas. Será tu guía –explicó–. Jamás debes quitártelo ni dejar que nadie te lo arrebate o estarás perdida.

–Claro –contesté de forma mecánica, sin fuerzas ya para discutir–. Y dime abuela ¿no me vas a entregar un grimorio, una escoba, un gato negro y un sombrero puntiagudo? –inquirí con el sarcasmo implícito en cada sílaba.

Ella recobró el aplomo y sonriendo me sujetó de nuevo la mano.

–Eso son cuentos, mi niña querida. El poder de una bruja no está encerrado en ningún objeto si no en nosotras mismas. Podemos elegir ser lo que somos u ocultar lo que podemos llegar a ser. Únicamente necesitamos nuestra fuerza interior y los elementos de la naturaleza para poder crear o para poder destruir. Eso lo decidirás tú.

—Tierra, agua, fuego y aire —murmuré y la miré con fijeza—. Pero hay algo más, ¿verdad?

—Sí. Lo único que diferencia a una *sorciere* de otra. Su sangre. Esa es la quinta punta de la estrella. Y solo tú has tenido esa especial capacidad en más de trescientos años. En las demás es una sola parte de su poder, en ti, sin embargo, es el núcleo de todo el poder. Y eso es lo que te salvará o lo que acabará matándote. Debes aprender a utilizar tu capacidad con rapidez. Ya te he dicho que estás en peligro. Él te busca desde hace mucho tiempo.

—¿Quién?

—Sus ojos lo delatarán. Es lo único que puedo decirte.

—Sus ojos… —susurré, y recordé unos ojos dorados como los de un guepardo.

—Ya veo que lo has visto. Está aquí ¿entonces? Ha esperado mucho tiempo para encontrarte de nuevo —expresó bastante asustada, sujetándome con inusitada fuerza la mano, hasta que mis huesos crujieron.

—¿De nuevo?

Ella no contestó. Cerró los ojos con cansancio y una extraña sonrisa cruzó su rostro.

Recordé la conversación de los policías, los interrogatorios, su insistencia en el parecido de las mujeres desaparecidas conmigo y su convencimiento de que yo sería su próxima víctima. Y recordé también la misteriosa frase de Gareth, en la que parecía decir que él velaba por mi seguridad. ¿Un cazador de brujas? De repente sentí un terror extremo y busqué consuelo en la única persona que podía ayudarme.

—Me niego, no quiero ser eso que dices que soy.

—No tienes elección, Alana.

—Siempre hay elección —insistí.

—En este caso, no —afirmó con rotundidad.

No quería rendirme, tampoco quería creer lo que me

estaba contando. No quería confiar en una persona que me había abandonado con una explicación tan increíble como esa, pero me estaba venciendo. Ella o el cansancio. O todo a la vez.

—Abuela, por favor. No me dejes ahora.

—Mi niña triste, debo irme ya, pero siempre estaremos juntas, te lo prometo. Todas te rodeamos y si alguna vez sientes que estás perdida solo tienes que llamarnos y acudiremos —susurró con dulzura.

Comencé a llorar con violencia y me apoyé en la cama sin soltar su mano.

—¡Déjame quedarme contigo! Explícame qué es lo que tengo qué hacer —supliqué.

Noté su mano libre acariciándome el pelo con suavidad.

—No puedo explicarte nada más que lo que ya he dicho, el resto lo tendrás que ir aprendiendo tú. Solo tienes que confiar en tu instinto, en tu corazón. Ha llegado mi hora. Vete y comienza a vivir por fin. Y, por favor, perdóname por haber contribuido a que tu vida estuviera tan llena de soledad. Siempre te amé y eso no cambiará una vez que esté en el otro lado. Me sentirás junto a ti —aclaró lentamente con dolor.

—¿Eso es todo? ¿Después de lo que me has dicho? ¿Después de advertirme que quieren matarme, solo se te ocurre consolarme con la idea de que tengo que confiar en mí misma? ¿No podías habérmelo contado antes? ¿Haberme puesto sobre aviso? —Me levanté con ira, pensando de nuevo en Sarah y creyendo por primera vez que su desaparición podía haberse evitado.

Ella no se inmutó por mi arrebato. Empecé a sospechar que sabía mucho más de lo que había confesado. Retrocedí hasta la puerta, sintiendo sus ojos fijos en mí.

—Alana...

—No lo repitas —musité.

—Siempre te quise.

–No de la forma en que yo lo hubiera deseado –pronuncié con todo el dolor de mi corazón.

Cerré la puerta tras de mí y hui escaleras abajo.

Salí de la residencia con una considerable sensación de aturdimiento. Paré un taxi y me dirigí a casa de mi madre, situada en el centro de Madrid. Miré por la ventanilla las aceras vacías de gente que se resguardaba del intenso y sofocante calor. Tirité y me llevé la mano a la frente, dudando si tenía fiebre o si mi cuerpo empezaba a mostrar los efectos de la tensión acumulada. Un sudor frío me cubrió la piel y pensé si esa sería la sensación de recibir un poder que no deseaba. Tenía náuseas y me apresuré a pagar al taxista apenas frenó junto al arcén.

Mi madre estaba esperándome en el salón cuando entré por fin a mi hogar, si es que alguna vez se le pudo llamar así.

–¿Ya la has visto? –preguntó sin levantar la vista de la revista de moda que estaba leyendo.

–Sí –contesté con gesto cansado–. Voy a ducharme –continué sin que ella me dirigiera la mirada ni una sola vez, aunque hacía dos años que no nos veíamos.

Bajo el chorro de agua fría intenté ordenar mis pensamientos, sin conseguirlo. Nada tenía sentido. Cuentos de brujería de una anciana. Lejos de su presencia ya no me sentía tan afectada y subyugada por su historia. Ya no la creía. No había lógica alguna. Sarah se filtró de nuevo y procuré analizar su desaparición con pragmatismo. Ninguna de las mujeres desaparecidas había sido encontrada y eso nos otorgaba un ápice de esperanza. Con toda seguridad sería una persona trastornada que las tuviera retenidas en algún lugar todavía por descubrir. Me sequé con movimientos enérgicos, enrojeciendo mi piel, y me miré al espejo buscando alguna diferencia de la imagen que me había mostrado esa misma mañana de mi rostro. De nuevo, nada. Suspiré y salí, vestida con un pijama corto, para reunirme con mi madre. Me senté junto a ella en el sofá. Giró la cabeza con extrañeza, apartando la revista, y tuve el pálpito de que había olvidado que yo estaba allí.

–Ha muerto. Acaban de llamar de la residencia –comentó de forma indiferente.

Di un respingo y me levanté de un salto.

–Voy para allí –manifesté.

–No es necesario, ya lo he solucionado por teléfono. Mi abogado se encargará de los trámites y mañana la enterraremos, por fin.

Apreté los puños y la furia me invadió.

–¡¿Cómo puedes ser tan fría?! Era tu madre –barboté.

–Porque nunca olvido –comentó volviendo a la lectura de su revista–. Cuando más necesitaba de su ayuda, cuando me quedé embarazada de ti, me abandonó.

–¿Ese es tu motivo? –pregunté con desdén.

–Me dijo que había cometido un error imperdonable. Por fortuna tu padre no me abandonó y acabaste naciendo tú. ¿Sabes que solo te vio una vez? Te cogió en brazos, te murmuró unas palabras y después te devolvió a mi regazo con desagrado. A ti te rechazó únicamente porque eras mi hija.

–¿Y cuál es tu justificación para haberme abandonado a mí también? –inquirí sin reducir mi furia.

–Que tu abuela tuvo razón, fuiste un error imperdonable –determinó sin levantar la vista.

Me giré conteniendo las lágrimas y me encerré en la que había sido mi habitación de estudiante, ahora convertida en un pequeño salón. Con la actividad de convertir el sofá en cama y cubrirlo con sábanas y mantas fui relajándome. Escuché voces, una de ellas con un fuerte acento alemán, debía ser su último novio. Al poco rato, se cerró la puerta del apartamento. No regresó en toda la noche.

Me senté en la cama y dejé mi vista fija en un punto de la pared. Mi abuela ya no estaba. Percibía una extraña sensación de fragmentación corporal, parecida al momento en que descubrí que Sarah no iba a regresar, pero en cierta forma, diferente. Nunca había tenido familia, pero constatarlo físicamente seguía doliendo. ¿Qué esperaba? ¿Qué mi abuela se materializara de improviso en alguna esquina de la habitación como un espectro? Procuré recordar su imagen, pero no lo conseguí con nitidez. En ello estaba cuando el sonido del teléfono me sobresaltó. Comprobé la pantalla y ahogué una maldición.

–Hola, Gareth, ¿hay noticias? –murmuré con el corazón en un puño.

–Alana ¿dónde estás? ¿Estás huyendo de mí? –inquirió con brusquedad, ignorando mi pregunta.

De forma automática me puse a la defensiva.

–Estoy en Madrid. Mi abuela acaba de morir –dije por toda explicación.

–No sabía que tuvieras familia. Nunca hablas de ella. Lo siento mucho –exclamó con seriedad, emitiendo un suspiro trémulo que no supe cómo identificar. ¿Alivio? ¿Lástima?

–Eso es porque en realidad nunca he tenido familia –respondí igual de seria que él.

–¿Cuándo vas a regresar? –En su tono estaba implícito la urgencia.

–No lo sé. Ya te avisaré. –Me quedé un momento en silencio–. Gareth…, tenemos que hablar. Quiero que me expliques a qué te referías la otra noche. Hay algo en la desaparición de Sarah que no termina de cuadrarme.

Oí un golpe que me pareció un puñetazo contra una pared. Me extrañó sobremanera, conociendo el carácter calmado y tranquilo de Gareth. ¿Habría vuelto a beber? ¿O era simplemente que la tensión producida por la ausencia de Sarah nos estaba pasando factura a todos?

–Sí, tenemos que hablar, pero no de lo que tú quieres saber –susurró con enfado a través de la línea telefónica.

Sentí que me enfurecía y pocas veces me había sucedido antes. Observé el anillo en mi mano izquierda que había cambiado súbitamente de color, tornándose casi violáceo. Parpadeé asustada y extendí mi mano hacia la única luz de la habitación. Miré con atención el anillo bajo el foco de la lámpara y la piedra destelló oscureciéndose.

—¿Alana? ¿Alana, sigues ahí?

—Sí, Gareth, estoy cansada. Ya te llamaré —murmuré colgando el teléfono.

El anillo volvió a su tono azul cielo con rapidez y no pude evitar respirar más tranquila. ¿Qué había sido eso? ¿El anillo había detectado los sentimientos que Gareth me producía? Era imposible, una piedra no tiene tanto poder. Negué con la cabeza y decidí acostarme.

Desperté al alba, cubierta de sudor y enroscada en las sábanas. Escuchaba a alguien llamarme desde la lejanía y no conseguía saber quién era. Me incorporé con dificultad, mareada y confusa. Otra pesadilla. Caminé tambaleante a la cocina y me serví un vaso de agua. Después comprobé mi teléfono, donde había un mensaje de mi madre indicándome la dirección del tanatorio. Me di una nueva ducha para despejarme y, tras tomar un café rápido, me dirigí allí.

El tanatorio era un edificio en ladrillo tan impersonal que producía un intenso rechazo. Bordeé el aparcamiento y entré en el recibidor, allí me recibió el golpe del aire acondicionado y un estremecedor silencio. Caminé hasta la sala donde se encontraba mi abuela y me senté en un pequeño sillón frente a ella. Habían tenido el decoro o la insensibilidad de cerrar la tapa y lo único que se podía ver era el cúmulo de coronas de flores con cintas de satén brillante repletas de mensajes. Mi madre llegó acompañada de su pareja y se sentó a esperar con un gesto de fastidio. ¿Qué hacíamos allí? Ni nos hablábamos ni conocíamos apenas a la mujer que velábamos. A lo largo de la mañana fueron pasando algunos visitantes, personal de la clínica y gente que desconocía pero que parecía tener en gran estima a mi abuela. Saludaba mecánicamente y respondía con una sonrisa triste a las frases de pésame. Casi al mediodía me quedé sola y el sopor me invadió. Cabeceé de forma inconsciente y abrí los ojos de repente al escuchar que me llamaban. Era la misma voz amortiguada que en la pesadilla. Miré alrededor buscando de dónde provenía el sonido y me quedé helada al ver una sombra junto al ataúd de mi abuela que se acercaba al cristal. Sin proponérmelo me levanté y me acerqué. La sombra fue tomando la forma de un ser humano y pude distinguir su rostro envuelto en una bruma blanca. Era Sarah. Estaba tremendamente pálida y una gota de sangre le recorría el rostro desde la sien hasta la curva de la mandíbula.

—Ayúdame —susurró alargando una mano.

Puse mi mano en el cristal y noté cómo mi corazón saltaba en el pecho.

—¡Sarah! ¿Dónde estás? —grité llenando de vaho la superficie cristalina —. ¡Sarah! —grité aún más fuerte cuando su imagen se disolvió hasta desaparecer.

Me quedé unos instantes sin respirar, aguardando, como si el permanecer inmóvil fuera a hacer que ella apareciera de nuevo.

—¿Qué has visto? —preguntó mi madre materializándose junto a mí.

Pegué un respingo y di un paso atrás.

—Nada —balbucí.

Ella me observó un momento más en silencio y se apartó para dejar pasar a un hombre.

—Por cierto, ha venido tu padre. Os dejaré solos —comentó con desgana, saliendo de aquella sala que se iba convirtiendo en una pequeña cárcel.

Observé con extrañeza a mi padre. Hacía más de quince años que no lo veía, desde que me dejó en el aeropuerto de París de vuelta a Madrid y a mi madre. Recuerdos sesgados del apartamento en el *arrondisement* número nueve de la ciudad de la luz, junto con sonidos y voces que creía olvidadas, me aturdieron. Decenas de cartas que se fueron convirtiendo en felicitaciones de Navidad ocasionales. Llamadas que nunca que produjeron. Explicaciones que nunca se dieron.

—Hija, lo siento mucho —pronunció él, pasándose la mano por el pelo moreno con cansancio.

—¿Qué haces aquí? —mascullé.

—Me avisó tu abuela ayer mismo. Siempre creí que tenía algo especial, pero la verdad, hasta yo estoy sorprendido de que pudiera prever su muerte con tanta certeza —musitó clavando sus ojos marrones en los míos.

—No hacía falta que vinieras. —Desvié la vista hacia el cristal, todavía preguntándome si la aparición de Sarah había sido real o fruto de mi imaginación.

—Tenía que hacerlo —aseguró, provocando que mi interés se centrara en él—. Además, tu abuela me dijo que me ibas a necesitar.

—¿Ahora? —pregunté con sarcasmo—. No te necesito. Te necesitaba cuando era una niña y me dejaste con mi madre, no ahora— afirmé rotundamente.

—Hija, ¿cómo iba yo a saber lo que te haría tu madre? —En su tono pude apreciar el arrepentimiento de un hecho ya consumado.

—Debiste adivinarlo, tú la conocías mucho mejor que yo.

—No, en eso te equivocas. Creo que nunca la conocí —murmuró y alargó una mano para acariciarme el rostro, como hacía cuando yo era una niña.

—No me toques —mascullé dando un paso atrás.

—Hija… —insistió él intentando sujetarme un brazo.

Sentí mi mano hormiguear y el dedo en el que llevaba el anillo me dio un fuerte tirón. Miré hacia allí y vi que la piedra se oscurecía y que en el centro se percibían pequeños destellos iridiscentes. De forma inconsciente escondí la mano a mi espalda.

—Apártate —dije sintiendo dolor en la garganta de contener los sollozos.

—Alana, antes de juzgarme, déjame ofrecerte una explicación. No conoces toda la historia.

—¡No necesito conocerla! —grité, perdiendo el control.

Él intentó aproximarse a mí de nuevo e instintivamente extendí la mano del anillo, deteniéndolo. Mi padre reculó como si algo lo empujara y cayó al suelo con un golpe sordo. Con rapidez me agaché junto a él y le volví el rostro.

—¿Qué ha sido eso? —preguntó él incorporándose con mi ayuda.

—¿Estás bien? —inquirí con voz trémula. La furia que había sentido momentos antes había desaparecido para ser reemplazada por la culpa.

—Sí, parece que he tropezado —comentó él, ya de pie, rascándose la coronilla con gesto confuso.

—Me voy. Tengo que… Me voy —determiné cogiendo el bolso y caminando deprisa hacia la puerta. Mantuve la mano que seguía hormigueándome oculta y con el puño cerrado.

—Alana, espera, yo… ¡Alana! —Fue lo último que escuché de él, su voz llamándome mientras yo corría a través de los pasillos de mármol y me perdía en la calle.

Me detuve varios minutos después, doblándome sobre mí misma sin apenas respiración. Por primera vez estaba asustada. ¿Lo había hecho yo? ¿Había deseado golpear a mi padre? Me apoyé en una pared cubierta de carteles, y jadeé por el esfuerzo. ¿Era esto el poder al que mi abuela se refería? ¿Desear y conseguir? ¿Hacer daño a la gente? No podía asimilarlo, me negaba a ello. Me intenté arrancar el anillo, pero mi dedo parecía haberse hinchado y no lo logré. Maldije en voz baja y después, rindiéndome, comencé a llorar sin consuelo. Afortunadamente, en aquel lugar apartado y a primera hora de la tarde en agosto y en Madrid, no había nadie que pudiera verme.

Cuando me repuse comencé a caminar hacia una calle principal, detuve un taxi y, una vez en casa, hice la maleta con determinada rapidez y me dirigí al aeropuerto con una sola idea en mi mente: debía regresar a Edimburgo, a mi vida cotidiana, y todo volvería a la normalidad. Al menos, eso es lo que quería creer.

El avión aterrizó en la capital de Escocia pasada la medianoche. Me mezclé entre la gente que cogió el transfer y bajé en la parada de North Bridge, a un par de manzanas del apartamento. Solo me detuve a pensar delante de la puerta de mi domicilio. No me apetecía encontrarme con Gareth, pero tenía muchas probabilidades de hacerlo. Tanteé con las llaves y comprobé que estaba cerrada con doble vuelta, aun así, entré con sigilo y me escondí en la habitación. Solo salí cuando llevaba varios minutos sin escuchar más que el murmullo de mi propia respiración. En la encimera de la cocina había varias cajas de comida china y afiancé la idea de que esa noche Gareth tenía guardia y no aparecería. Consulté las últimas noticias en el ordenador sin resultado alguno, eran artículos sensacionalistas con teorías disparatadas.

Volví a la habitación, guardé la maleta en el armario y me senté en la cama, pinzándome con dos dedos el puente de la nariz. Tenía que concentrarme, seguro que algo en la desaparición de Sarah se me había pasado por alto. Rememoré cada instante de aquella tarde, una y otra vez, hasta que, cansada, me recosté contra el cabezal. Cuando los ojos se me cerraron y caí en un duermevela lleno de sobresaltos, la idea que se había escabullido de mi mente vino a mí provocando que me irguiera con el corazón retumbando en mis oídos en forma de latigazos. Yo le había ordenado que huyera. ¡Había sido yo desde el principio! Recordé la imagen de Sarah en el tanatorio, dándome cuenta por primera vez de que no solo su imagen me había sobrecogido, había sido su aspecto. No vestía su ropa, llevaba un vestido de color azul cobalto con cintas de seda sujetando un corpiño.

Sin saber qué estaba haciendo realmente, me levanté de un salto y me puse una cazadora vaquera sobre el vestido de lino negro que ni me había quitado desde la mañana anterior. Cogí el bolso y salí a la calle. Amanecía y se presumía que iba a ser uno de esos extraños días soleados y sin nubes que alegran Escocia de tanto en tanto, sin embargo, el aire todavía era frío y mantenía la humedad de la noche, así que me arrebujé en la cazadora y caminé deprisa hacia Dean Village.

Me detuve en el mismo sitio en que desapareció Sarah. El tronco no había sido retirado y seguía obstaculizando el camino. Observé a mi alrededor buscando alguna pista que me indicara qué había hecho o a dónde había enviado a Sarah. Le había dicho que se pusiera a salvo, sí, pero ¿dónde consideré yo que podía estar a salvo? Lo lógico hubiera sido enviarla al apartamento, pero no lo hice. Me llené de dudas al verme en medio de aquella vereda al amanecer y completamente sola. ¿Estaba empezando a creerme lo que mi abuela me había contado? ¿Era bruja y había provocado la desaparición de Sarah? Busqué con la mirada el anillo, pero no parecía mostrar indicios de cambiar de color. Me arrodillé y dejé la mente en blanco. ¿Qué esperaba? ¿Convocar al espíritu de Sarah? ¿Conseguir que ella volviera? Si así era, debía esforzarme más.

Mi cabeza palpitó, quejándose de la noche en vela, y suspiré con cansancio. Aquello era una locura y no tenía sentido. No obstante, quise comprobarlo por mí misma, así que recogí del suelo varias ramitas secas y las amontoné en el suelo frente a mí, rodeándolas de piedras. Saqué el folio donde llevaba impreso el billete de avión del bolso y arrugándolo, le prendí fuego con un mechero. Soplé sobre la hoguera incipiente y un pequeño hilo de humo se elevó al cielo. Cerré los ojos y me concentré solo en

Sarah, ya tenía los cuatro elementos: el aire rodeándome, el agua del riachuelo, la tierra bajo mi cuerpo y el fuego. Después de unos minutos en los que únicamente percibí el canto de algún pájaro en la lejanía y el murmullo perezoso de las copas de los árboles meciéndose, abrí los ojos con frustración. Sentí un escalofrío y me di cuenta de que el rocío de la mañana estaba empapándome el vestido. Aquello era una pérdida de tiempo, así que me levanté, empujando la tierra con mis pies para tapar la hoguera. Como no lo conseguí, me agaché de nuevo y al arrancar un brote fresco de los matorrales de aliagas que cubrían la pequeña ladera me clavé una espina. Maldije mi torpeza y me metí el dedo en la boca, notando el sabor de la sangre. Una idea descabellada destelló en mi cerebro y, con la última esperanza que me quedaba, me arrodillé de nuevo y dejé caer una gota sobre el casi extinto fuego.

CAPÍTULO III

*No discurras el presente,
ya que se diluirá en el tiempo futuro,
convirtiéndose pronto en el pasado.*

Parpadeé como si despertara de un largo sueño plagado de pesadillas. La primera sensación que tuve es que estaban tirando de mis extremidades como en un caballo de tortura, la segunda, que eso era imposible. La tercera y única cierta, que me estaba ahogando. Abrí la boca y tragué agua salada, con lo que mi terror aumentó a cotas desproporcionadas. Manoteé con torpeza y en un acto desesperado de supervivencia pateé con ímpetu y emergí la cabeza. La lluvia me golpeó con fuerza en el rostro, pero pude respirar un soplo de aire cargado de humedad. Una ola me empujó con fuerza y la corriente me arrastró otra vez al fondo. Me deshice con movimientos bruscos de la cazadora que actuaba como plomo prendido a mi cuerpo y emergí de nuevo a la superficie con un impulso que me dejó agotada y me permitió respirar una sola vez. Comprendí con derrotado optimismo que lo que hubiera hecho no me había llevado más que a una muerte segura. Dejé mi cuerpo inerte, sin fuerzas para seguir luchando, y la propia corriente se encargó de acercarme hasta que pude posar la punta de los pies en arena. Me impulsé, saliendo a la superficie e intenté nadar hasta la línea oscura de la costa envuelta en bruma que percibía frente a mí. Nunca pensé que el mar pudiera herir de esa forma, miles de cristales se clavaban en cada poro de mi piel impidiéndome avanzar. Cuando pensé que ya no había futuro, una nueva ola me azotó la espalda, arrojándome sobre las piedras de la orilla. Gateé como pude hasta que me alejé del agua y, rendida, me desmayé.

Desperté al sentir una mano cálida sobre mi rostro. Intenté girarme pero no pude. No tenía ánimo suficiente, solo pude enfocar mi vista en la persona que se cernía sobre mí. Distinguí la silueta de un hombre enjuto, cuyos brazos parecían ramificaciones de un árbol viejo. Entorné los ojos para descubrir que una barba hirsuta le cubría gran parte de la cara. Su melena oscura y desordenada por el viento nacía de unas cejas tupidas de pelos ensortijados que se elevaron mostrando la sorpresa en sus ojos vivarachos.

—¡Un picto! —grité con la voz rota, asustada cuando reconocí la imagen en mi mente. Intenté levantarme para huir y lo único que conseguí fue caerme de bruces.

Me hice un ovillo sobre mí misma, como si eso pudiera defenderme de algo y comencé a temblar sin control. Ni siquiera pensé por un instante que podía recurrir a mi poder, en mi creencia racional todavía no tenía cabida que pudiera existir. El hombre emitió una risa cascada y me sujetó un brazo, lo que provocó que yo me retorciera intentando zafarme. Me miró con curiosidad y me propinó unos golpecitos en el hombro amistosos, lo que me pareció todavía más extraño. Me quedé paralizada, intentando asimiliar dónde me encontraba. En mi cerebro empezaron a aparecer ideas de mundos paralelos sin descubrir, agujeros negros, ciencia ficción y fantasía reunidas para dar algo de lógica a mi entorno. De repente gritó algo en un idioma que no entendí y que se perdió en el viento, para después, silvar con fuerza. Cerré los ojos ante el agudo sonido y escuché el sonido de pasos corriendo hacia mí. Los abrí para incorporarme levemente, temiendo ser ensartada por una lanza. La lluvia golpeaba con fuerza y me impedía ver con claridad al grupo de hombres inclinados sobre mí con inusitado interés. El terror no me permitía pensar con claridad, pero tampoco sabía qué pensar. Inmersa en una confusión paralizante, el sonido de una voz familiar me hizo volver la cabeza hacia un hombre alto. Y entonces lo vi. Un rostro conocido. Un rostro amable.

—Gareth —susurré alargando la mano hacia él, tan desconcertada que no me pregunté qué estaba haciendo allí.

Él se puso en cuclillas justo al lado de mi cabeza.

—Ese es mi nombre, *mo nighean*[1] —pronunció con suavidad en un inglés arcaico y tan cerrado que me costó entenderlo.

—Ahora lo sé, sé por qué la envié aquí —musité aferrándome a su mirada como si fuera una tabla de salvación.

Otro hombre se agachó junto a Gareth y desvié la vista hacia él. Se apartó el pelo blanco del rostro y me sonrió con calidez. Su rostro ancho y amable todavía dejaba entrever el atractivo de su juventud, pese a estar surcado por los estragos de una vejez prematura. Sus ojos marrones me transmitieron tranquilidad.

—Ya estáis a salvo, lady Magdalen —afirmó sonriendo.

—¿Quién es lady Magdalen? —pregunté con voz ronca sin despegar la vista de Gareth por si desaparecía, creyendo que él me aclararía por qué estaba allí rodeada de hombres que apenas hablaban un inglés comprensible.

Gareth chasqueó la lengua y se pasó la mano por el pelo, frunciendo el ceño. Lo miré inquisitiva pero no me contestó.

—¿Se habrá golpeado la cabeza? —inquirió otro hombre rascándose la barbilla cubierta por una barba cobriza.

___
[1] Muchacha

—Es posible. Debemos llevarla cuanto antes al castillo, sino morirá de frío —ordenó el hombre mayor. Observé los rostros que me circundaban examinándome con total detenimiento. Y de pronto recordé que solo estaba cubierta por la delgada tela empapada de un vestido de lino que dejaba ver mucho más de lo que yo pretendía. Gareth me cubrió con una especie de manta de lana que todavía guardaba su calor. Me fijé en los vivos colores y después, con asombro, en los hombres que me rodeaban. ¿Por qué vestían *kilt*? Jamás había visto a Gareth de esa guisa, ni siquiera en las celebraciones del Military Tattoo. Sin darme tiempo a procesarlo, me cogió en brazos y me atrajo a su cuerpo. Mis piernas desnudas colgaban desmadejadas de su brazo derecho. Percibí a un joven barbilampiño que poseía unos ojos de un intenso color azul mirándome fijamente con estupor.

—¿Todas… todas las mujeres tienen las piernas tan largas? —barbotó en voz alta.

Los hombres rieron a carcajadas y yo enrojecí con brusquedad.

—No todas, pequeño Cailen, pero eres afortunado si encuentras una de ellas —contestó el hombre mayor pasando un brazo por sus hombros.

—Kieran es afortunado, Roderick —masculló entre dientes el joven, ofendido por las risas de sus compañeros.

—Bueno —respondió el que yo consideraba un picto, que por lo visto tenía voz y además ronca y profunda, dotada de una peculiar belleza—, no creo que él se sienta así, pero desde luego y, por lo que hemos visto, es probable que se divierta mucho en los próximos meses.

—¿Por qué? —preguntó de nuevo el joven con gran interés, lo que provocó una nueva oleada de carcajadas.

—Porque solo una mujer así rodeándote el cuerpo con sus largas piernas puede hacer que el tuyo tiemble hasta que no recuerdes ni tu propio nombre —respondió con seriedad el hombre llamado Roderick, haciendo que Cailen enrojeciera con violencia y yo gimiera junto al pecho de Gareth, a la vez que el nivel de las risas se elevó.

Cuando comenzaron a caminar, intenté mantenerme despierta el tiempo suficiente para reconocer el entorno, sin embargo, el agotamiento me venció y me quedé dormida en brazos de Gareth con toda mi confianza depositada en él.

Al despertar comprobé que me encontraba en una habitación pequeña de paredes de piedra, en una cama cálida con sábanas algo rasposas y de un color amarillento. Olía ligeramente a humedad y a turba ardiendo. Me quedé unos instantes inmóvil, observando frente a mí las llamas de la chimenea e intentando recobrar la consciencia completamente. ¿Dónde me encontraba? Parecía una estancia rudimentaria y considerablemente antigua, aunque mantenía la apariencia de ser un lugar utilizado de forma habitual. Alargué una mano sacándola del refugio cálido bajo los cobertores. Seguía teniendo el anillo y su color era azul cielo. Me encontraba ensimismada, atraída por el poder del anillo, cuando una voz de mujer me sorprendió.

—Veo que estáis despierta, lady Magdalen. ¿Os encontráis mejor?

Intenté girarme en la cama con esfuerzo. Sentía dolor en cada músculo de mi cuerpo, como si hubiera estado entrenándome para un triatlón. El agotamiento era extremo y ese simple movimiento me dejó jadeante. Enfoqué la vista en la mujer sentada en una silla junto a la cama. Estaba leyendo un pequeño libro encuadernado en piel negra con los bordes dorados. La observé con detenimiento y sin ningún tipo de decoro. Era una mujer de unos cuarenta y cinco años, atractiva, delgada y con el pelo negro recogido en un moño sobre la cabeza y cubierto por una pequeña toquilla blanca decorada con puntillas. Su atuendo lo completaba un sencillo vestido de lana azul claro con ribetes plateados.

–Hummm –fue mi ambigua respuesta, ya que no entendía por qué se empeñaban en llamarme por el nombre de otra persona ni dónde estaba realmente.

Ella sonrió y se inclinó sobre mí. Puso su mano blanca y delicada sobre mi frente y su sonrisa se hizo más amplia, hasta alcanzar sus ojos de un azul brillante.

–Ya no estáis febril. Es buena señal –afirmó reclinándose de nuevo sobre la silla que crujió bajo su peso.

–¿Quién sois? –pregunté con voz extremadamente ronca intentando adecuar el inglés moderno al modo de pronunciar de aquella mujer.

–Soy Elinor, la madre de Kieran –contestó como única explicación.

–¡Ah! –murmuré yo. Kieran, otra vez ese nombre. No pregunté quién era, ya que por lo visto todos daban por supuesto que lo conocía. Pero sí me pregunté qué haría él cuando me viera y comprobara que no era la tan nombrada lady Magdalen.

–Querida –su gesto se entristeció de repente–, tengo que comunicaros una triste noticia.

–¿Cuál? –inquirí graznando como un cuervo y temiéndome cualquier cosa.

–No hemos encontrado más supervivientes del naufragio. Hemos vadeado la costa la última semana y nada. Lo siento. Tiene que ser muy duro perder a toda vuestra familia de una forma tan trágica –alargó una mano y me cogió la mía apretándola con fuerza–, pero no os desaniméis, ahora ya estáis en casa. Vuestra nueva familia os ha estado esperando.

–¡Oh! –exclamé yo todavía más confusa. ¿Esperaba que me echara a llorar? ¿Qué gimiera desconsolada? ¿Qué mostrara entereza ante la demoledora noticia? No quería descubrirme por algo tan simple como no saber reaccionar.

–Ya veo vuestro aturdimiento –musitó ella acercándose un poco hacia mí, sonriéndome con calidez–. Será mejor que os deje descansando para que recuperéis fuerzas.

Asentí con la cabeza deseando quedarme sola y la observé mientras se levantaba y caminaba despacio hasta la puerta.

–Recordad una cosa. No estáis sola –dijo suavemente antes de partir.

No repliqué, pero aquella mujer se equivocaba: Sí que estaba sola. Más sola que nunca.

Suspiré y observé con más atención lo que me rodeaba con intención de ubicarme, sabiendo que el tiempo tenía un valor precioso. Era una habitación sencilla y pequeña. Pude escuchar el golpeteo de la lluvia en los paneles de cristal de la ventana a mi izquierda e intenté recordar cuándo comenzaron a utilizarse los mismos. ¿Siglo xvii o xviii? En realidad dependía bastante del poder adquisitivo del propietario de la casa. Me erguí empujada por la ansiedad, llevándome la mano al pecho, temiendo que por la arritmia que sufría podía tener un ataque al corazón. ¡Por todos los santos! ¿Había sido capaz de traspasar la barrera de la cuarta dimensión? ¿Cómo demonios había enviado a Sarah hasta aquí? Aunque no era esa la pregunta que debía hacerme. ¿Por qué envié a Sarah a esta época en concreto? Y entonces recordé a Gareth, en realidad el hombre idéntico a Gareth y justo con el mismo nombre. ¿Sería un antepasado del novio de Sarah y por ello había sentido una especie de conexión enviándola dónde creí que no corría peligro? O quizá había creído que la enviaba con su propia familia solo que cientos de años antes. Recordaba discusiones explosivas entre ellos dos acerca de la probable independencia de Escocia. Ambos provenían del norte. O, y esa opción me ahogó por un instante, si como decía mi abuela tenía que aprender a canalizar mi poder y esta vez no lo había conseguido, enviándola a un destino peor. Me dejé caer contra la almohada casi al borde del llanto. Pero me negué a caer en el desánimo, estaba allí por un motivo y ese era encontrar a Sarah, así que volví a concentrarme en los datos que me ofrecía la vista.

Por lo que pude apreciar con una simple ojeada me encontraba en una pequeña fortificación de piedra, sencilla pero resistente a los ataques. ¿Construcción medieval? Era posible por la altura y estrechez de las puertas. Hasta yo tendría que agacharme para pasar.

El aspecto de los hombres que me habían encontrado era algo a tener en cuenta, pero tampoco me indicaba en qué fecha concreta me encontraba, ya que el *kilt* se utilizó desde tiempo inmemorial hasta su desaparición a mediados del siglo XVIII con el último Levantamiento Jacobita, el del cuarenta y cinco. Por lo tanto calculé que tal vez me encontraba a finales del siglo XVII, alrededor del año 1680 o 1690.

La cabeza me daba vueltas y me estaba empezando a doler con intensidad. ¿Dónde estaba Sarah? Tenía que haberse enterado del rescate de lady Magdalen, ¿podría sospechar que era yo? Por un instante, en el que terror aprisionó mi corazón estrangulándolo, me pregunté si habría errado la época y ella estuviera cien o doscientos años antes o después de donde yo había aparecido.

Intenté incorporarme de nuevo, pero fue inútil. Caí desmadejada sobre el colchón de plumas hundiéndome en mi pena y mi desconcierto. Estaba completamente agotada y débil. Solo ese esfuerzo hizo que jadeara buscando un aire que no llegaba a mis pulmones. Al fin, pese a intentar mantenerme despierta, caí en un sueño en el que la oscuridad me envolvió, devorándome.

Desperté al sentir un murmullo de voces rodeándome. Abrí los ojos con dificultad. Mis párpados pesaban como si tuviese dos piedras sobre ellos. Intenté enfocar al pequeño grupo reunido junto a la cama. No vi a Sarah y mi alma descendió unos kilómetros más hasta el averno.

Sin embargo, sí reconocí a un hombre, más bien lo que era ese hombre regordete y calvo con un profuso bigote rubio. Un sacerdote.

–¿Me estoy muriendo? –susurré con voz enronquecida.

Escuché un tenue sonido de risas que fueron prontamente silenciadas por un gesto de Elinor.

El sacerdote se acercó y me cogió la mano con suavidad. Una mano callosa y áspera, pero cálida.

–No querida, mi encomienda aquí es celebrar vuestro matrimonio. Dios quiera que pasen muchos años antes de que os tenga que administrar la extremaunción.

–¡Matrimonio! –grité, aunque solo pude graznar con voz aguda–. ¿Y no puedo elegir?

–¿El qué? –preguntó desconcertado el sacerdote.

–El estar muriéndome –determiné cerrando los ojos.

Para mí la palabra matrimonio era otra que podía desaparecer del diccionario. Le encontraba el mismo sentido que a la palabra amor o familia. De hecho estaban intrínsecamente unidas por el mismo sentimiento de abandono.

Escuché una maldición pronunciada en gaélico del hombre que estaba situado de pie junto a la cabecera de la cama. Y más risas de los que nos rodeaban. Abrí los ojos de nuevo y los enfoqué en dos hombres que estaban un poco más apartados, eran Gareth y Roderick. El mayor le dio un codazo a Gareth haciendo que este se tragara la carcajada con una tos mal disimulada, pero aun así mantuvo el gesto divertido y cruzó una mirada con el hombre situado junto a la cama. No debió gustarle lo que vio porque torció el gesto y lo modificó a uno súbitamente serio.

–Bueno, comencemos –exclamó el sacerdote con gesto amable–. Lady Magdalen…

–No soy lady Magdalen –dije con voz un poco más clara y la mente bastante más confusa.

El sacerdote se giró sorprendido hacia Elinor.

–Está algo trastornada por… por el terrible accidente –explicó ella.

–Pero si la dama no está en condiciones, quizás… –se defendió el sacerdote.

–Continuad padre –una voz grave y ligeramente ronca habló por encima de mi cabeza–. Cuanto antes terminéis mejor. Sed breve.

Levanté la vista hacia el hombre que había hablado y me quedé petrificada. Él no me miraba, pero pude vislumbrar su perfil regio, de facciones fuertes y cinceladas, con el pelo ondulado que le llegaba hasta los hombros, de un color negro azulado. Pero no fue eso lo que me dio pavor, sino que sus ojos entrecerrados tenían el mismo color dorado que los de un guepardo. ¡Por todos los reyes Godos! ¡Me quieren desposar con el hombre que desea mi muerte! Tal vez no hubiera sido tan buena idea sobrevivir en el océano, prefería mil veces la muerte por ahogamiento que la que se me presentaba ante mí.

–¡No puedo casarme! –aullé–. ¡Con él no!

Solo entonces el hombre se giró para mirarme con un gesto de total enfado en su rostro ancho y serio.

–¿Y con quién se supone que deberías desposaros si no es conmigo? –preguntó con voz extraordinariamente lenta y profunda. Noté una vena palpitar en su cuello musculoso y cómo se tensaba todo su cuerpo.

Me retraje asustada en la cama y señalé con un dedo trémulo hacia dónde estaba Gareth.

–Con… con él –balbucí. Estaba claro que si tenía que elegir, elegiría al que me había salvado, no al que deseaba asesinarme.

Gareth me miró con gesto incrédulo.

–Gareth ¿hay algo que yo deba conocer? –señaló con brusquedad el hombre a mi lado.

–Yo… yo… la primera vez que la vi fue cuando la encontramos en la playa –afirmó confundido sin despegar sus ojos oscuros de mí.

El sacerdote nos miraba a uno y a otro sin decidirse por el novio. La novia sí que era inamovible, más que nada porque mi debilidad me impedía salir de allí corriendo.

—Padre, hoy se celebrará el matrimonio entre Kieran y Magdalen. No se hable más ¿lo habéis entendido? –fue Elinor la que habló con un tono de furia contenido observándome con detenimiento.

—¿Estáis segura, lady Magdalen? –me preguntó el sacerdote a mí ignorando a Elinor.

—No. No lo estoy, pero tampoco tengo muchas opciones, ¿no? Por cierto, no me llamo Magdalen, aunque supongo que eso no será muy importante, ya que tampoco conocía el nombre del novio hasta este mismo momento –señalé con sarcasmo.

El rostro de Kieran se posicionó justo frente al mío.

—¿No me recordáis? –preguntó sorprendido.

—No –repuse con brevedad, algo atribulada por el impacto que sufrí al ver de cerca su gesto varonil y ahora desenfadado. Tenía un marcado hoyuelo en la barbilla y mis ojos se dirigieron como un imán hacia él.

Roderick rio a carcajadas, pero Gareth, todavía conmocionado por mis deseos irrefrenables de desposarme con él, se mantuvo en silencio con la mirada perdida.

Una voz aguda e infantil nos interrumpió a todos.

—¿Por qué no queréis casaros con mi hermano? He oído comentar en las cocinas a una doncella que es capaz de haceros alcanzar el cielo. –Todos nos volvimos a mirar a la niña que no debía tener más de siete u ocho años con un rostro dulce enmarcado en el mismo pelo negro que su hermano y unos ojos azules abiertos y curiosos. Súbitas risas volvieron a rodearnos y Elinor susurró una orden a la pequeña en voz ronca que hizo que ella se quedara con el gesto contrito observándome. Pero el pequeño demonio todavía tenía algo más que añadir–: Además, no una sino varias veces en una misma noche. A mí me gustaría mucho que alguien me llevara hasta las estrellas para poder tocar su luz. ¿Por qué no queréis llegar al cielo? –inquirió con la inocencia propia de la infancia.

–Porque me gusta mucho más la tierra –contesté de forma mecánica.

Kieran calló las risas de nuevo con una maldición gaélica.

–Padre –abroncó–, empezad de una maldita vez.

El sacerdote, de súbito asustado por la intensidad del ataque, sujetó nuestras manos y las puso una sobre la otra. Me quedé tan quieta que podía haberme convertido en una escultura hierática egipcia, asombrada al comprobar el efecto de calor que provocaba en mi piel el contacto con la enorme mano de Kieran. Me abrasó, igual que su descendiente varios siglos después. Y me ruboricé, lo que todo el mundo pudo ver. Y esta vez las risas solo fueron sonrisas de complicidad de los unos a los otros.

–Kieran Finnegal Adair Mackinnon ¿Tomáis a…?

–¿Finnegal? ¿Pero que nombre es ese? Es horrible –exclamé sin poder contenerme. Estaba demasiado nerviosa como para pensar con claridad en cómo zafarme de aquella falsa boda.

–El nombre de mi padre –contestó Kieran haciendo más presión sobre mi mano.

–¡Ah! Lo siento, pero es horrible igualmente –me disculpé algo azorada. Por la mirada cargada de furia que me dirigió el susodicho mi disculpa no fue bien recibida.

–Yo, Kieran Finnegal –resopló– Adair Mackinnon, os tomo a vos, Magdalen. –Se silenció un momento y me miró enarcando una ceja.

Yo lo miré igualmente enarcando la mía. Como pretendiera que le dijera los apellidos de la tal Magdalen…

Masculló algo en gaélico ante mi terquedad y continuó.

–Magdalen…. hummm… Mackenzie de Sheasmuir como… esposa. –Aquí tragó saliva profusamente–. Para amaros, respetaros, protegeros y… –volvió a tragar saliva y yo observé con gesto perplejo el movimiento de su nuez de Adán en su fuerte cuello– seros fiel… –entrecerré los ojos y lo miré con furia, él me ignoró–, en la salud y en la enfermedad hasta… hasta que la muerte nos separe. –Y dicho lo cual me apretó tan fuerte la mano que yo emití un quedo grito, pero él no me soltó.

Todos los ojos se volvieron hacia mí. La actriz principal. Respiré hondo y apreté la mandíbula.

–Yo A… Magdalen Mack… Mack. –Me trabé con mi propio apellido.

–Mackenzie de Sheasmuir –susurró Elinor.

–Gracias –musité–. Magdalen Mackenzie de Sheasmuir os tomo a vos… Kieran Finnegal –respiré con dificultad y sentí su mirada sobre mí y su fuerza sujetando mi mano–, Adair Mackinnon como… como…, *¡merde!* –exclamé sintiéndome incapaz de pronunciar la palabra. Noté todas las miradas reprobatorias centradas en mi persona y reaccioné con algo de dignidad–. ¡Esposo! –grité sorprendiéndolos y haciendo que pegaran un respingo–, para…para… –ni siquiera sabía cómo seguía el rito religioso– todo… todo lo que vos habéis dicho anteriormente –terminé con una sonrisa de triunfo.

Pude jurar que varios estaban mirándome con la boca abierta.

–¡Qué divertida! –aplaudió la niña de forma adorable. Yo la fulminé con la mirada, pero no conseguí intimidarla ni por un instante.

–Sea pues –nos interrumpió el sacerdote–. ¿Los anillos?

Roderick se acercó y le entregó a Kieran dos alianzas en plata. Este me introdujo la mía en el dedo anular de la mano derecha con rapidez, deseando terminar cuanto antes toda esa farsa. Yo hice exactamente lo mismo.

El sacerdote nos volvió a juntar las manos e hizo el gesto de la cruz sobre ellas.

–Lo que Dios ha unido que no sea separado por los hombres –sentenció.

Gemí ahogándome y Kieran resopló mascullando algo ininteligible.

Ya está. Todo había terminado. Pero no, me equivocaba.

–¿No la vas a besar, Kieran? Si no hay beso la boda no es válida. Lo escuché decir en… –Elinor volvió a silenciar a su hija pequeña y miró a Kieran con algo de súplica en sus bellos ojos azules.

Me giré hacia él y levanté la cabeza ofreciéndole mis labios de forma inconsciente. Él se agachó y me besó en la coronilla, para darme luego un par de palmaditas en la misma, como si fuera un cachorro que ha recogido un palo arrojado por su amo. Estuve a punto de emitir un ladrido como respuesta. Agaché la cabeza y mi gesto se tornó hosco.

Los asistentes se levantaron con lentitud, preparándose para salir de la opresiva habitación. Incluido el novio, que fue el primero en acercarse a la puerta.

–¿Y el banquete? –señalé con acritud obligándole a que girara el rostro.

Me observó un momento entrecerrando los ojos.

–Ordenaré que os suban un caldo de carne y algo de pan con mantequilla –contestó.

–¡Oh, vaya! ¡Qué generoso! –exclamé–. Podríais añadir por lo menos una botella de whisky, ¿no? –pedí–, ya sabéis, para celebrarlo.

Escuché nuevas risas masculinas y Elinor meneó la cabeza de un lado a otro. Pero Kieran no respondió. Todos se despidieron con la excusa de dejarme descansar. Un rato después una doncella me entregó una bandeja con un plato de loza que rebosaba un guiso de carne, una rebanada de pan untada en mantequilla y una botella de lo que presumí sería whisky. Me olvidé de la comida para centrarme en el líquido ambarino. Lo olisqueé y finalmente tragué tosiendo y haciendo que me lloraran los ojos. Al instante noté que la languidez me vencía.

—¡Por el santo sacramento del divorcio! —Levanté mi botella y brindé con el aire. Segundos después, me quedé dormida.

Desperté tras varias horas sintiendo una notable mejoría. Intenté levantarme de la cama despacio, cuidando cada movimiento, temiendo caerme al ponerme en pie. Me tambaleé como un barco a la deriva, pero no caí. Me acerqué a la ventana y apoyé una mano en el vaho que se había concentrado en el interior, dejando mi marca. Escruté el exterior. Una furiosa tormenta se desataba sobre el mar. Podía ver la costa rocosa a unos cien o doscientos metros.

Sabía que me encontraba en Escocia, sí ¿pero dónde exactamente? Mackinnon, ese era el nombre del clan y busqué en mis escasos recuerdos absorbidos de clasificar libros históricos en la librería donde trabajaba. Las Highlands. De eso estaba segura. Cerré los ojos e intenté recordar un plano antiguo que delimitaba el territorio de los clanes. Encontré al clan Cameron de Lochiel, los Macdonald de Keppoch, los Mackenzie de Leoch y los Campbell de Argyll, pero no recordaba a ningún Mackinnon. Tal vez se trataba de alguna rama menor de otro clan más numeroso. De repente recordé las palabras de Elinor. No había habido ningún otro superviviente en el paquebote que trasladaba a lady Magdalen y su familia hasta aquí.

¡Merde! No podía ser de otra manera. Me encontraba en la Isla de Skye, la más grande de las Hébridas, situada en la margen occidental de Escocia. El clan Mackinnon era el menos importante y numeroso de los tres Señores de la Isla, los otros dos eran los Macleod y los Macdonald por orden de importancia.

Borré mi marca de vaho sobre el cristal con algo de frustración. ¿Skye? ¿Es que no había otro lugar más lejano a Edimburgo? ¿Por qué aquí? Una voz sopló a mi espalda dándome la respuesta. Porque aquí no solo se encuentra el ascendiente de Gareth sino también del hombre de los ojos dorados, Kieran. Y por fin lo adiviné. Estaba aquí porque era el lugar donde comenzó todo. Ahora solo tenía que averiguar qué era todo, y además localizar a Sarah.

Noté la puerta cerrarse con un golpe suave y me giré bruscamente. Ante mí se presentó un duende. Un bello duende con facciones de ninfa con los ojos verde esmeralda y el pelo rojo flotando sobre ella como si tuviera vida propia. Me quedé mirándola algo sorprendida sin saber si era real o fruto de mi imaginación.

—Así que vos sois lady Magdalen —señaló con una voz vibrante y llena de dulces matices. Una voz hechicera.

Entrecerré los ojos percibiendo una amenaza implícita en cada sílaba. El anillo pareció enfurecerse y tironeó mi dedo.

—Eso dicen —contesté con brevedad.

—También dicen que os habéis desposado con Kieran.

La observé con detenimiento, podía tener el rostro de una ninfa, pero sus ojos brillaban con maldad. Su cuerpo menudo y excesivamente bien proporcionado se agitaba con respiración algo jadeante, no supe si por temor o por excitación.

—Es cierto —aclaré sin más comentario.

—Esa boda no debió celebrarse.

—¿Ah, no? ¿Y eso por qué? —Francamente, estaba intrigada.

—Porque él estaba prometido a mí y vos os interpusisteis en mi camino. En realidad, fue el dinero de vuestro padre el que lo hizo. Kieran me contó que erais oronda y con el rostro afeado por unas marcas de viruela que os esforzabais por ocultar con grandes capas de polvo de arroz —explicó acercándose un poco más a mí. Recordé que la esencia está contenida en frasco pequeño, así como también el veneno. Veneno que destilaba en cada palabra. Me pregunté si además de haberme casado con el hombre que quería asesinarme también lo había hecho con un idiota o con un corto de vista. Quizá de ahí le venía la curiosa costumbre de entrecerrar los ojos.

–Bueno –hice una pausa, no tenía ánimos de discutir con nadie y menos con aquella diminuta mujer claramente celosa y maledicente–, también os habrán informado de que yo tampoco estaba precisamente deseosa de desposarme con él.

Ella rio con musicalidad y asintió con la cabeza.

–Entonces me imagino que no os molestará conocer que en realidad a quien ama es a mí. –El efecto de sus palabras fue como un jarro de agua fría arrojado sobre mi cabeza. Algo que no entendí.

–¿Queréis que os felicite y os palmee la espalda?

–¿No estáis molesta por lo que os acabo de contar? –preguntó con gesto sorprendido.

–En absoluto –respondí demasiado deprisa–. Aunque debo reconocer que no os alegráis de que haya sobrevivido al naufragio. Por lo que veo no venís a felicitarme por mis esponsales.

Ella retrocedió un paso. Sus ojos volaban sobre mi persona analizando si mis palabras eran ciertas o fruto del disgusto ante su presencia. Con toda probabilidad estaba en lo cierto respecto a ambas suposiciones.

–Tenéis razón –afirmó con lentitud. Su velada confesión sobre la molestia que suponía mi matrimonio y sus deseos de verme ahogada en el océano no contribuyeron nada a calmar mi furia que estaba creciendo alarmantemente. Desvié mi vista hacia el anillo que relampagueaba igual de incómodo que su dueña.

–¿Queréis decirme algo más? –indiqué con acritud.

–Sí –contestó ella mirándome con fijeza–, no dejaré que alguien como vos se interponga entre nosotros.

–¿Me estáis amenazando? –inquirí con ira, apretando los puños, notando como una extraña y desconocida bola de poder creía en el centro de mi pecho a cada inspiración.

—¿Podría hacer eso con la esposa del *laird* Mackinnon?

—Estoy segura de que sí. Pero dejadme deciros una cosa —suspiré hondo—, no sabéis con quién estáis tratando, así que deberías cuidar de ahora en adelante vuestras palabras.

Ella respiró ahogándose y tragó saliva con indignación. El aire de la habitación se había vuelto opresivo y pesado, lleno de electricidad. Lo tuvo que sentir, al igual que yo.

—Podéis tener su apellido y su linaje. Pero yo tengo algo que vos nunca poseeréis. A él —apostilló deslizándose fuera de la habitación.

—¡Pues que lo disfrutéis! —grité a la puerta cerrada, aunque sé que escuchó mis palabras.

Me giré hacia la chimenea y me acerqué buscando el calor que la habitación de súbito helada me negaba. Me senté en el butacón festoneado en terciopelo color musgo hundiéndome en él, furiosa y desconcertada. Tenía la sensación de que todos intrigaban alrededor y no en mi favor. Lady Magdalen era considerada una intrusa desgraciada, pero que gracias a su patrimonio se había convertido en la afortunada esposa del *laird*. Miré el anillo, el cual todavía parecía percibir mi enfado. En ese estado iba a ser muy difícil concentrarme y encontrar a Sarah. Lamenté no tener más conocimientos en cuanto a historia escocesa para reconocer el entorno. Resoplé, mi especialidad eran los restos grecorománicos. Observé de nuevo el anillo, que se había oscurecido de repente hasta ser una piedra negra. Peligro. La joya me estaba avisando. Pero ¿de qué?

El sonido de la puerta volvió a sorprenderme. Estiré mi cuello para ver a mi nuevo acompañante. Eran dos hombres portando una enorme bañera de bronce. Les siguieron varias doncellas con cubos de agua humeante. La última de ellas depositó sobre la cama un largo camisón, varias toallas de lino, un pedazo de jabón oloroso y un peine de nácar. Salieron en silencio, igual que habían entrado, ignorando mi presencia.

Me pasé la mano por el pelo dándome cuenta por primera vez del desastrado aspecto que debía tener. Podía oler el sudor producido por la fiebre en mi cuerpo y el pelo aplastado contra el cráneo en una masa informe de rizos enredados por el salitre del mar. Agradecí a quien se hubiera acordado de mi aseo.

Me quité el desgarrado vestido de lino que llevaba arrojándolo a una esquina de la habitación y me sumergí con placer en la bañera. Me enjaboné y lavé el pelo. Envuelta en una toalla me senté junto al fuego y peiné mi larga cabellera hasta que volvió a ser la de siempre. Y me sentí mejor. A veces algo tan sencillo como un buen baño caliente puede hacer que veas las cosas con optimismo. Si tenía suerte, con algún comentario aquí y allá lanzado con deliberado descuido y atención, pronto me enteraría del paradero de Sarah si se encontraba allí. Desde luego su aspecto tenía que haber llamado la atención. Solo unos días más y podría regresar a mi vida normal. Me recosté con satisfacción en el butacón, hasta que noté que me estaba invadiendo el sueño. Me levanté con dificultad y me dirigí a la cama. Sobre ella reposaba el camisón de hilo blanco que me habían prestado. Era una pieza horrible. Largo hasta casi el suelo y cerrado al cuello con una profusa lazada. Por si aquello no fuera suficiente, estaba adornado con puntillas en los puños y en el bajo. Resoplando me lo pasé por la cabeza añorando las sencillas camisetas de algodón con las que solía dormir en Edimburgo y me acosté, quedándome dormida al instante.

Desperté sintiendo un peso sobre mi cadera. Una mano. Una mano ardiente. Su calor traspasaba la tela del horrible camisón quemándome la piel. Me quedé paralizada, fingiendo un sueño profundo. La mano avanzó con decisión subiendo por mis costillas hasta alcanzar la curva de un pecho. Indignada, me giré bruscamente mirando al portador de la mano con furia.

—¿Qué estás haciendo? —pregunté iracunda.

—Estoy cumpliendo mi deber como esposo —contestó Kieran con voz tranquila, clavándome sus penetrantes ojos.

—¿Y eso qué diablos significa? —inquirí algo perdida en su mirada.

—Consumación. Aunque tiene otros nombres, me parece el más adecuado para el momento —explicó él con voz cada vez más baja y ronca.

—¡Oh! ¡No! ¡Eso sí que no! —exclamé intentando apartarlo. Lo que fue inútil. Era como empujar un camión con un dedo.

—¿Me estás negando? —Tenía un claro gesto incrédulo.

—Por supuesto —afirmé preguntándome si también era algo sordo.

—No lo consentiré —abroncó casi rugiendo junto a mi rostro.

—Estoy todavía demasiado débil —susurré cambiando mi rostro por otro más compungido, llevándome la mano a la frente con gesto cansado.

—Yo te veo recuperada —señaló observándome con detenimiento.

La teoría de que era corto de vista se confirmó. Lo intenté de nuevo.

—Me duele la cabeza —gemí deseando que esa excusa sirviera esta vez.

—No lo creo —dijo él negando con la cabeza.

—No me apetece en absoluto. —Decidí ser sincera.

—¿Y quién te ha dicho que a mí sí? —inquirió él dejándome con la boca abierta. La cerré al instante sintiéndome insultada, aunque no podía entender el por qué me afectaba.

No encontré otra salida. Encogí las piernas y flexioné los brazos empujándole con fuerza para apartarlo de mí. No conseguí moverlo ni un centímetro, pero yo, del impulso, rodé hasta caer de espaldas al suelo de piedra.

Gruñí quejándome y me froté sin disimulo alguno la parte de mi espalda que perdía su casto nombre. Un rostro claramente divertido voló sobre mi cabeza.

—¡Auch! Eso ha tenido que doler —exclamó riendo Kieran.

Me levanté, recuperando con ello parte de la dignidad perdida, y me alejé hasta el butacón situado junto al fuego.

—¿Qué haces? —Escuché su voz con tono de sorpresa tras de mí.

—Voy a leer un poco. Me has desvelado —aseveré cogiendo un pequeño libro que reposaba en una mesita auxiliar de madera.

No entendí la maldición en gaélico, pero su intensidad me llegó de forma palpable y clara. Lo ignoré y me centré en el curioso libro abriéndolo por la primera hoja. Latín. *¡Merde!* Estaba escrito en latín. Leí con algo de curiosidad. *Pater Noster, qui es in caelis, sanctificétur nomen Tuum, adveniat Regnum Tuum, fiat volúntas tuas...* Dejé de leer. Era el Padrenuestro. No lo conocía ni en castellano, ni en francés, ni tenía ningún deseo de aprendérmelo en latín.

Me mantuve unos momentos con la mirada fija en el fuego que ardía lamiendo las paredes de piedra de la chimenea sin escuchar ningún otro ruido a mi espalda. Al fin decidí ser valiente y asomé tímidamente la cabeza por el borde del butacón. Comprobé como Kieran estaba posicionado boca arriba en el centro de la cama y respiraba con tranquilidad por los labios semi abiertos, como si fuera una estatua de un caballero medieval tallada en piedra. Tenía los brazos cruzados sobre su cuerpo. Solo le faltaba la espada. Aún así pude percibir que estaba desnudo, por lo menos de cintura para arriba, lo que indicaba que lo estaba de cintura para abajo, ya que no creí ni por un instante que se hubiera acostado con una capa de lana de más de ocho metros alrededor de su cuerpo.

Intentando hacer el menor ruido posible me levanté. En ese momento un tronco se rompió crujiendo y Kieran se agitó en sueños. Me quedé quieta sin dar un solo paso, conteniendo la respiración, hasta que el gesto de mi recién estrenado marido se serenó de nuevo. Me acerqué temerosa a la cama y observé su rostro a poca distancia. Dormido. Completamente dormido. Esbocé una sonrisa de triunfo. Por hoy estaba salvada. Me introduje en la cama quedándome justo en el borde sin que él notara mi presencia. Me relajé y pronto el sueño volvió a alcanzarme.

Un brazo de hierro me atrajo violentamente junto al cuerpo de Kieran haciendo que tanto ímpetu asustara a Morfeo que no volvió a aparecer.

—¿Creías que iba a dejarte escapar? —preguntó esbozando una sonrisa burlona justo encima de mi rostro.

Me retorcí con saña y lo único que conseguí fue quedarme todavía más encajada bajo su fuerte cuerpo. Lo miré asustada. Y él se irguió sobre mí apoyándose sobre sus brazos mirándome con franca curiosidad.

—Magdalen, ¿me tienes miedo? —inquirió con un susurro.

Asentí con la cabeza. En realidad no estaba asustada, estaba… estaba…, no sabía en qué estado de incomodidad me encontraba. Y eso me fastidiaba mucho. Demasiado.

—No tienes nada que temer. Puedo ser extremadamente suave cuando me lo propongo —aseguró con voz tranquila mirándome con intensidad. Yo me pregunté, observando su musculoso cuerpo de más de noventa kilos y una considerable altura cómo podría ser suave—. Pero tienes que entender una cosa. —Volví a la realidad y me concentré en su rostro—. Ahora eres mi esposa y no aceptaré una negativa por tu parte. Te tomaré como, cuando y donde yo lo desee. ¿Lo has entendido?

—A la perfección —asentí con una sonrisita irónica—. ¡Pero no lo comparto! —grité intentando huir arrastrándome.

Me sujetó con fuerza de nuevo y detuvo mi deserción para situarme bajo su cuerpo de nuevo.

—Por lo que veo no me lo vas a poner fácil —murmuró pensativo.

—¡Uf, menudo eufemismo! Te lo voy a poner imposible. Si intentas algo esta noche y las siguientes te patearé las pelotas hasta que no puedas ponerte en pie —le amenacé.

Él se quedó mirándome con gesto pasmado y después, comenzó a reír a carcajadas.

—¿Dónde demonios has aprendido ese lenguaje tan soez?

—De la sabiduría popular —afirmé, siendo cada vez más consciente del calor que emanaba su cuerpo y de las reacciones que provocaba en el mío.

—Bien, no me dejas otra opción —determinó, y de un tirón brusco rompió la lazada y parte del camisón, dejándome desnuda de cintura para arriba.

Protesté enérgicamente intentando volver a taparme. Sus manos atraparon las mías sobre la cabeza y no pude hacer otro movimiento. Respiré con jadeos, sintiéndome totalmente expuesta ante él. Y, curiosamente, excitada ante su escrutinio. Entonces, bajó su rostro y posó sus labios sobre los míos. Mi boca se cerró por instinto, pero aún así me sorprendió la suavidad y ternura de aquellos gruesos labios. Después, fue depositando un reguero de pequeños besos a lo largo de mi mandíbula, terminando en mi sien. Se detuvo y abrí los ojos para descubrir el brillante iris de tono dorado observándome con detenimiento. Fue deslizando su mirada con deliberada lentitud por el resto de mi cuerpo. Chasqueó la lengua.

–Te recordaba más gruesa –murmuró como para sí mismo–, y tu pelo era de un color más oscuro y creí que liso. No debí mirarte con la debida atención.

Su rostro se acercó al mío hasta que solo estuvimos separados por unos pocos centímetros, respirando el mismo aliento. Suspiré de forma inconsciente al sentir su aroma a salitre, humo y jabón.

–No tienes marca alguna en la piel –señaló con gesto sorprendido–, y tus ojos son… –Se acercó un poco más hasta que noté su respiración cálida en mi mejilla. Decididamente ese hombre estaba más ciego que un topo–. No son marrones, pero tampoco son negros. Son del color exacto de los valles de las Highlands en otoño. Eso es, con ríos de agua que les dan vida, *aqua vitae*. ¡Qué extraño! Siempre creí que los tenías azules. Era lo único bonito que recordaba de ti.

Entrecerré mis ojos como los valles de las Highlands con mucha, muchísima furia, la de un tornado. En realidad, no sabía si sentirme halagada o insultada.

Estaba a punto de mascullar un insulto cuando me asaltó de nuevo posando sus labios sobre los míos, esta vez, ejerciendo presión. Abrí la boca para protestar y solo conseguí dar paso a su lengua en mi interior. Boqueé buscando aire y su lengua jugó con la mía como el gato intentando atrapar al ratón. Gemí de forma involuntaria. Kieran podía ser un bruto, algo tonto, completamente ciego y probablemente sordo, pero tenía que reconocerle una gran cualidad. Sabía besar. Y muy bien, por cierto. Demasiado bien. Por lo visto tenía mucho entrenamiento a sus espaldas. Me relajé y atrapé con mis manos su pelo en la nuca haciendo que el beso fuera más profundo. Pareció sorprendido, pero también complacido.

Sus manos bajaron hasta mis pechos y los acariciaron con pericia haciendo que mis pezones se irguieran ante su contacto, pidiendo más. Lo noté sonreír contra mi boca y sentí un pequeño pellizco en uno de ellos. Emití un quedo grito que se perdió entre sus labios. Con una sola mano rasgó por completo el camisón dejándome desnuda bajo él. Sentí su piel ardiente sobre la mía, su peso, su fuerza y de forma nada racional levanté mis piernas para recibirle.

Noté su miembro erguido abriéndose paso en mi entrepierna, y me sorprendió comprobar que estaba dispuesta a recibirlo y con gran alegría, además. Suspiré de placer y bajé las manos siguiendo la línea recta de su columna vertebral hasta alcanzar su cintura. Las dejé ahí, quietas, esperando su siguiente movimiento.

Kieran abandonó mi boca que se quedó un momento desconsolada y atrapó un pezón con ella jugando con el botón erguido mordisqueándolo y chupándolo con intensidad. Me arqueé de forma involuntaria ¿o voluntaria? Ya no estaba tan segura. Mi mente estaba nublada y las sacudidas de placer que brotaban de mi vientre estaban haciéndome olvidar quién era yo, quién era él y cuál era mi propósito en esa tierra.

Abrí más las piernas y me deslicé hasta que tuve su miembro palpitante justo dónde lo deseaba. Él levantó la cabeza y me sonrió de forma ladeada. Con ambas manos alzó mis caderas y se introdujo en mi interior. Gemí de nuevo. Sus movimientos eran lentos y cuidados. Y por fin entendí que podía actuar con extrema suavidad. Pero no era lo que yo deseaba. Empujé con mi cuerpo deseando tenerlo por completo. Dudó un momento, sorprendido, pero finalmente embistió con fuerza. Yo gemí mordiéndome un labio y alcé las manos para sujetarme a su espalda.

Me abracé a mí misma. En cuestión de un segundo se había separado de mi cuerpo.

–¿Ya? ¿Ya ha terminado? –pregunté desconcertada y frustrada. Kieran podía saber besar, pero desde luego pasar a la siguiente fase se le daba bastante, bastante mal.

El susodicho pésimo amante se había levantado y estaba recogiendo su ropa tirada sobre una silla de madera con gestos bruscos y rápidos. Se giró hacia mí junto a la puerta.

–Tu padre me juró por su honor que no habías conocido varón. ¿Me puedes explicar dónde está tu virginidad? –preguntó con furia.

–¿Cómo? –inquirí yo a mi vez.

–Dime la verdad –abroncó entrecerrando los ojos de forma peligrosa.

Estuve a punto de gritar que mi virginidad estaba de vacaciones en el Caribe o que se había perdido en los albores del tiempo, pero me mordí la lengua a tiempo al ver su gesto hosco y sus grandes manos sujetando con fuerza la lana de su *kilt*.

–Emmm…. eso no es asunto tuyo –dije a falta de una respuesta mejor.

–Te equivocas, Magdalen. Lo es. Porque soy tu marido. No te tocaré hasta que no se demuestre que no llevas en tu vientre la semilla de otro hombre que no sea yo –y diciendo eso abandonó la habitación dando tal portazo que hasta las piedras temblaron.

¡Din don! Pensé yo de forma surrealista. El partido ahora se juega en campo propio. Esta vez estaba segura de que mi enemiga mensual me había salvado por los menos durante el tiempo que tardara en visitarme de nuevo. Con lo que no había contado es que me molestara tanto.

Me giré en la cama y di un puñetazo en la almohada de plumas que emitieron un pequeño ¡buf! Y ahora sí que me concentré solo y exclusivamente en dormir, intentando olvidar la sensación tan placentera que por un instante me había envuelto.

Desperté tiempo después. La habitación seguía en penumbra, pero sentí su presencia. Me incorporé sentándome en la cama. Lo vi apoyado en la pared de piedra, desnudo y erguido. Todo él. Mi mirada se quedó fija en un punto a mitad de camino de su cuerpo y abrí los ojos de forma desmesurada. Era un hombre grande. En todos los aspectos. Esperé con una ceja levantada a que él hablara.

–¿Conozco a tu amante? –preguntó con voz suave y a la vez ronca, como si le estuviera costando pronunciar cada palabra un dolor insoportable.

–No tengo ningún amante –afirmé con total sinceridad.

–¿Gareth?

–¿Qué?, ¡no!, ¡claro que no! He estado medio muerta durante días, ¿qué estás insinuando? –exclamé furiosa.

–¿Puedes jurar que no estás embarazada? –inquirió entrecerrando los ojos de tal forma que solo fueron una delgada línea luminosa en su rostro furioso.

–Sí –contesté–. Blanca y sin mácula.

Después de decir aquello me arrepentí y suspiré hondo al ver como su gesto se tornaba peligroso y flexionaba sus manos una y otra vez en un gesto mecánico.

–Es por eso que tu padre ofreció tanto dinero por tu dote, ¿verdad? Porque eres una mujer mancillada –enfatizó apretando la mandíbula.

–¡Imbécil! –estallé–. Tu amante me ha visitado esta tarde para informarme de vuestro amor compartido y ¿te atreves a juzgarme?

Me levanté y me dirigí hacia él sin importarme estar tan desnuda como él.

Kieran pareció sorprenderse y sus ojos se abrieron levemente.

–¿Mi amante?

–Sí, la ninfa con cabellos de fuego y lengua viperina ¿la reconoces?, ¿o es que hay varias? –grité bastante alterada, acusándole con un dedo en el centro de su pecho.

–La conozco –dijo esbozando una sonrisa burlona.

Resoplé e intenté golpearlo en la cara. Él alcanzó mi mano y me retorció el brazo detrás de la espalda. Nuestros cuerpos desnudos se juntaron y ambos sentimos el calor abrasador que nos envolvió. Me besó con furia y yo le respondí de la misma forma. Trastabillamos hasta caer sobre la cama. Lo atraje hacia mí y él me arrastró bajo su cuerpo. No hubo preliminares. No los necesitamos. Sentí placer al primer embate. Me arqueé con fuerza gimiendo y rodeándolo con mis piernas. Él impuso el ritmo, un ritmo duro y sin piedad. Yo le seguí de igual forma sintiendo que temblaba bajo su ímpetu y su fortaleza. Llegué al límite del dolor, y el placer fue tan inmenso que grité perdiéndome en su intensidad. Él emitió un gruñido que sonó como un grito de guerra ancestral y se dejó caer sobre mi cuerpo.

Ambos respirábamos con jadeos, cubiertos por sudor. Giré mi rostro hacia su cabello enterrado en mi hombro. Aspiré su olor a salitre y humo, percibiendo por primera vez que me era familiar. ¿Por qué? ¿A qué me recordaba? Mi mente confundida pronto lo olvidó. Kieran rodó hasta situarse a mi lado. Antes de caer dormido escuché su voz susurrándome al oído.

–Hechicera.

Me tensé involuntariamente y si él lo percibió no dio muestras de ello. Me sujetó con fuerza por la cintura y me atrajo hacia su cuerpo. Y por fin Morfeo viendo que ya no corría peligro se apresuró él también a abrazarme.

CAPÍTULO IV

*El pasado está en el camino transcurrido,
el presente en los hechos
y el futuro a la vuelta de la esquina.*

Desperté al sentir luz en la habitación. Parpadeé para liberarme del sueño y bostecé audiblemente. Escuché una risa ahogada a mi espalda y me giré con brusquedad. Me había olvidado por completo de con quién compartía la habitación y más en concreto, la cama. Y sobre todo había olvidado lo demás que habíamos compartido durante parte de la noche. Y esta vez gemí cerrando los ojos.

«¡Cómo he podido ser tan estúpida!» Me mortifiqué abriendo los ojos a mi triste destino. Me había dejado llevar como una adolescente excesivamente hormonada. Kieran me observó con curiosidad mal disimulada.

—¿Qué te sucede? ¿Te encuentras enferma de nuevo? —preguntó con gesto algo… algo ¿preocupado?

—No. Solo es el efecto del arrepentimiento carnal —especifiqué.

Él se apartó como si lo hubiera abofeteado.

—Pues espero que te acabes acostumbrando. Porque no va a ser la última vez —amenazó roncamente.

–Eso me temo –expresé con pena–. Eso me temo –repetí más para mí misma que para él.

Por su rostro cruzó una sonrisa de suficiencia que desapareció con prontitud, volviendo a surgir el gesto serio que solía lucir desde que lo conocía. Se levantó de un salto y se pasó por los anchos hombros la camisa blanca de lino, después se agachó. Yo me erguí observándolo con curiosidad. Extendió el *plaid* en el suelo y lo prensó hasta crear los suficientes pliegues para rodear su cuerpo. Se tumbó sobre él, se cernió el cinturón de cuero y colgó el *sporran*. Se pasó la tela restante por su hombro izquierdo y se prendió el broche de plata sobre su corazón. Siempre me había preguntado cómo conseguían vestirse y frente a mí tenía la respuesta. No entendía como no se habían rendido a la comodidad de los pantalones.

–¿No te vas a levantar? –inquirió mirándome y sacándome de la súbita ensoñación.

–¿Qué? ¿Para qué? –murmuré algo despistada.

–Me imagino que te apetecerá desayunar. Si no te encuentras todavía en condiciones de bajar pediré que te suban algo –dijo como toda explicación.

–Ah, no, me levantaré –afirmé. Tenía que aprovechar para investigar.

Miré mi cuerpo desnudo y luego levanté la cabeza para ver su rostro de nuevo sonriendo. ¿Qué demonios le hacía tanta gracia?

–No tengo nada que ponerme –señalé.

Él inclinó la cabeza sobre la silla. Miré en esa dirección y vi que me habían dejado lo que parecía un vestido y algunos complementos de la vestimenta femenina de la época. Me incorporé tapando mi cuerpo con la sábana. Él se cruzó de brazos, apoyándose en la pared, observándome con intensidad. Cogí la ropa y la acerqué a la cama. Separé las piezas. Parecía una camisa larga apenas decorada con puntillas y de lino blanco. Unas enaguas grises. Otro par de enaguas de tejido más tosco. Unas medias de lana y finalmente el vestido junto con un corsé de varillas de hueso de ballena. Y esta vez sí que añoré mis viejos vaqueros desgastados. Me enfrenté al amasijo de ropa como si diseccionara una rana en un laboratorio. Es decir, con el mismo reparo y con la misma torpeza. Ni siquiera sabía por dónde empezar. ¿La camisa iba por dentro o por fuera de las enaguas? ¿Y cómo demonios se sujetaban las medias a las piernas? Por no hablar del corsé y del corpiño que lo cubría. Tenía tantos lazos que eso parecía la trenza de Rapunzel. Antes de terminar de vestirme habría llegado la hora de la cena.

–Hummm…, ¿te importaría ayudarme? –susurré algo avergonzada.

–¿Cómo? –Él se irguió de repente.

¡Vaya! Había olvidado que era algo sordo.

–¿Que si te importa ayudarme? –indiqué en voz alta y marcando cada sílaba.

Me miró con estupor.

¡Vaya! Había olvidado que también era algo corto de mente.

Sin embargo, se acercó con lentitud a mí. Cogió la camisa y me arrancó de un solo golpe la sábana que me cubría. Fui a protestar pero su gesto enfadado me instó con prudencia a que me mantuviera en silencio. La pasó por mi cabeza como si estuviera vistiendo a una niña. Después sujetó entre sus grandes manos la enagua más delicada y se agachó. Yo me quedé mirando su cabeza esperando instrucciones.

–Levanta un pie –farfulló.

–¡Ah, claro! –contesté obedeciendo.

Me introdujo la enagua y la pasó por encima de la camisa. Luego me ordenó sentarme en la cama y cogió una de las medias de lana gruesa. Esta vez le ofrecí la pierna sin que tuviera que indicar nada. Con deliberada lentitud desenrolló la misma hasta que estuvo a medio muslo. Comencé a sentir un calor abrasador. Sujetó un lazo de seda con las dos manos y lo pasó por el borde la media cerrándola con una lazada doble. Respiré de forma agitada y un gemido leve se escapó furtivamente de mis labios. Él levantó la cabeza y me miró entornando los ojos.

—Ya puedo seguir yo —le dije con brusquedad, arrancando de sus manos la otra media.

Él se mordió un labio y se levantó apartándose de mí un metro para seguir observándome. Me la puse con mucha menos gracia y sensualidad que él, pero con el mismo resultado. Cubría mi pierna y eso bastaba. Me levanté de un salto y me puse la siguiente enagua, luego me quedé mirando el corsé con cara de circunstancias y me rasqué la cabeza. ¿La parte con los lazos iba a la espalda o atada al pecho?

—Trae —suspiró él con hastío cogiendo el objeto de tortura.

Me hizo girarme y lo pasó por la cabeza. Por lo visto se ataba por delante. Apretó con tanta fuerza que mis pechos asomaron peligrosamente por el borde estrangulados. Él se quedó con la mirada fija en los mismos durante bastantes segundos, respirando de forma entrecortada. Me aparté con algo de temor. Él cambió el gesto a uno de total indiferencia y cogió el vestido en lana verde para pasarlo por mis brazos extendidos. Yo lo ajusté a mi cuerpo e intenté atarme el corpiño. Me hice un nudo con uno de los extremos y masculló algo muy desagradable. Él suspiró, me apartó las manos con suavidad y procedió a atarme una hermosa y recta lazada.

—Mira, Magdalen —expresó de forma pausada—, puedo entender que estés acostumbrada a tener una doncella que se encargue de estos menesteres, pero ya no estás en tu hogar. Mi casa no posee esos lujos y no puedo pagar a ninguna mujer para se encargue de acompañarte. Tendrás que aprender a hacerlo por ti misma.

Lo miré estupefacta. ¿Doncella? Ni siquiera se me había pasado por la cabeza. Que yo recordara, me vestía sola desde que tuve edad para mantenerme en pie. Me sentí insultada y a la vez sentí algo de compasión por él. Parecía realmente apesadumbrado de confesar que su clan era bastante humilde.

Siguiendo un impulso le sujeté el brazo. Ni siquiera llegué a abarcarle el musculoso bíceps. Lo apreté en un gesto torpe de entendimiento mutuo.

—No importa. No necesito ninguna doncella —afirmé. No podía explicarle el por qué no sabía cómo vestirme, así que no pude ofrecer ninguna otra respuesta—. ¿Vamos?

Él me miró taladrándome con sus ojos dorados, valorando si mis palabras eran sinceras.

—Deberías calzarte primero —indicó con gesto serio.

—¡Ah, ya! —Me sentí algo tonta. Miré los sencillos escarpines de piel marrón. Eran iguales—. ¿Cómo sabes a qué pie pertenecen? —pregunté con exagerada curiosidad.

—Son nuevos. Lo sabrás cuando tomen la forma de tus pies. Ahora puedes calzártelos en el que quieras —explicó dejando ver un gesto extraño.

Disimulé mi torpeza y me calcé, gimiendo por mis pobres pies. Prefería ir descalza. Pero claro, eso no hubiera sido propio de una dama.

—Ya está —dije con una expresión de triunfo.

Él no mudó el rostro, solo se dirigió hacia la puerta. Yo lo seguí con gesto enfurruñado. Salimos a un pasillo estrecho y oscuro. Varias antorchas estaban colgadas cada pocos metros, pero ninguna estaba prendida. Me sujeté a su brazo adecuando la vista a la penumbra. Él pegó un respingo, pero lo flexionó para que yo me sujetara con más comodidad. Llegamos a las escaleras. De caracol. Unas malditas escaleras de caracol en piedra desgastadas por el continuo uso. Me mataría, estaba segura de ello. Si no era ese día, sería al siguiente. Sobre todo con esos zapatos infernales. Me sujeté con más fuerza y comenzamos el descenso. *¡Merde!* Había olvidado que tenía vértigo. Las escaleras de caracol me daban vértigo.

—Tranquila Magdalen, me estás clavando las uñas. No

te caerás. Yo te sujeto –aseveró él con voz suave y tranquilizadora.

Y le creí. No tenía otro remedio. Era eso o rodar como una albóndiga escaleras abajo.

Bajamos dos pisos y llegamos a un rellano decorado con varios tapices de caza que colgaban de las paredes dándole al menos algo de calidez a la frialdad de la piedra. A mis fosas nasales llegó el aroma de pan recién hecho y olfateé como si fuera un sabueso. Ambos seguimos el olor con rapidez e igual de hambrientos. Kieran abrió una pequeña puerta de madera escondida tras las escaleras y me dio un leve empujón para que entrara yo primero. Lo hice sin vacilar. Y de repente me quedé completamente quieta.

–¡El picto! –exclamé asustada y me giré para salir huyendo. Me tropecé de frente contra el pecho de Kieran. Él me sujetó de un brazo y me obligó a mirarlo.

–¿Se puede saber qué te sucede? –preguntó enfadado.

–¿No es peligroso? –inquirí dudando.

–¿Aluinn? No. De momento no ha envenenado a nadie. Es nuestro cocinero –explicó algo extrañado.

–¿Aluinn? –Me giré para mirar al susodicho. Su nombre significaba hermoso–. Vuestros padres tenían un curioso sentido del humor –dije corroborando mi ausencia de filtro social.

Recibí un pequeño pescozón en el trasero y me giré de nuevo hacia Kieran, indignada. Él se encogió de hombros. Y de repente una risa musical llenó la estancia. Volví mi rostro y me quedé embobada mirando a aquel hombre que parecía la reencarnación del eslabón perdido riéndose a mandíbula batiente. Tenía una sonrisa preciosa. Sus dientes podían ser los de un anuncio de dentífrico, blancos e iguales. Y resultaban sorprendentes enmarcados en un rostro tan… tan… difícil de ver.

–Milady, estoy a vuestro servicio. ¿Qué puedo ofreceros? –pronunció inclinándose en una reverencia perfecta.

Lo miré estupefacta. ¿Milady? Él malinterpretó mi gesto.

—Si lo deseáis puedo hacer que os envíen algo a vuestra habitación o al salón principal —sugirió.

—No será necesario. Gracias —acerté a decir y me acerqué tímidamente a la mesa central de madera, gastada y con grandes marcas de cuchilladas sin pulir.

Kieran me siguió y rebuscó algo en una de las alacenas. Sacó un par de manzanas y un trozo de queso.

—¿Te vas? —le pregunté algo temerosa de quedarme a solas con aquel extraño hombre.

—Tengo trabajo que hacer. Aquí eso es lo único que siempre sobra —afirmó como única explicación. Por supuesto no hubo beso de despedida, simplemente un gesto de la mano. Me sentí de súbito abandonada. Y no me gustó nada la sensación.

—Acabo de hornear una bandeja de *scones,* ¿os apetece probarlos? —indicó Aluinn sacando del horno de leña una bandeja de metal ennegrecido con unos veinte panecillos de maíz cubiertos de pasas.

Mi estómago rugió como respuesta. Él sonrió con satisfacción.

—Ya veo que sí —dijo y dejó la bandeja en la mesa. Se acercó a un aparador y sacó una jarra, cogió un vaso de peltre y escanció cerveza. La depositó junto a la bandeja de dulces.

Me senté en un pequeño banco de madera y cogí un pequeño *scone* con algo de suspicacia. Soplé para enfriarlo y mordí dubitativa. Al instante se deshizo en mi boca y gemí de placer.

—Está delicioso.

Suspiré una vez que tragué. Lo acompañé con la cerveza y al poco rato empecé a sentirme mucho más relajada. Aluinn agradeció con un gesto mi comentario y siguió trajinando. Me pregunté cuándo acabaría su trabajo. Probablemente al acostarse.

–¿Cuántos viven en el castillo? –inquirí.

Él contestó sin mirarme.

–Depende de la temporada. Ahora en verano son menos. Unos veinte o veinticinco. En invierno podemos llegar hasta los cuarenta –explicó.

–¿Son bien recibidos los extranjeros? –pregunté pensando en Sarah. Estaba segura de que Aluinn conocía todo lo que sucedía en el castillo.

–Depende de cuales –contestó. Yo maldije por lo bajo. Los escoceses siempre eran cordiales y amables, pero cerrados como ostras cuando percibían algo extraño.

Pensé en cómo enfocar la cuestión. ¿Qué debió hacer Sarah cuando llegó? Era una mujer inteligente y repleta de recursos. Sin embargo, su imagen con su rostro golpeado, me acometió de improviso. ¿Habría intentado demostrar sus conocimientos de alguna forma?

–¿Vive cerca de aquí alguna curandera? –intenté de nuevo, pensando en que aquella podía ser la opción más plausible.

–¿Por qué lo preguntáis? –Él se giró a mirarme y supe en quién estaba pensando. Conocía a Sarah–. ¿Os encontráis de nuevo enferma? Yo puedo apreciar vuestra notable mejoría.

Había evitado con cuidado el tema y me pregunté qué ocultaba realmente. Pero debía dejar el asunto abandonado por el momento. No podía descubrir mi interés antes de que él confiara en mí.

–No, era simple curiosidad –expresé acompañando mis palabras con un gesto de la mano para darle poca importancia.

–No obstante, si enfermáis, es Elinor quien conoce los ungüentos y sabe coser heridas. Debéis acudir a ella –dijo zanjando la conversación.

–Gracias. Lo tendré en cuenta –murmuré cogiendo mi segundo *scone*.

Permanecimos varios minutos en silencio. Yo seguí

comiendo, bebiendo y él trabajando. Me sentía un poco inútil y torpe. No tenía ni idea de lo que se esperaba que hiciera. Por lo visto, nada. Fijé mi vista en un aparador cubierto por una vidriera algo desconchada. Algo dentro llamó mi atención. Me levanté y me acerqué para observarlo con detenimiento.

—¿Os gusta? —preguntó Aluinn haciendo que yo pegara un respingo.

—Sí, es precioso —señalé observando el tablero y las piezas de ajedrez escondidas tras unas fuentes de cerámica decoradas con flores de lis.

—¿Sabéis jugar? —inquirió acercándome a mí.

—Ummm…, no muy bien —contesté. Durante la Universidad había intentado aprender y me había apuntado a una competición por Internet. Finalmente me ganó un noruego que vivía en Hong Kong.

—¿Os apetece una partida? —sugirió él brillándole los ojos.

—Sí, claro. Aunque soy bastante inexperta —insinué–, con toda probabilidad resultará aburrido.

—No lo creo —contestó él riéndose–. Vamos, cogedlo e id colocando las piezas.

Hice lo que me ordenó. Cogí con reverencia aquella obra de arte entre mis manos. Las piezas estaban talladas en marfil. Resultaban delicadas y a la vez ferozmente hermosas.

—Siglo xv. Francés —aventuré susurrando.

—Francés sí. Lo trajo Kieran de uno de sus viajes al Continente, pero no sabría asegurar de cuando es con exactitud —exclamó Aluinn mirándome con más detenimiento.

Fruncí los labios. Quizás había hablado demasiado.

—¿Empezamos? —propuse con una sonrisa haciendo que él olvidara mi comentario.

El tablero estaba colocado en el centro de la mesa de madera y pronto me olvidé de lo que me rodeaba para concentrarme solo en prever los movimientos de Aluinn y pensar en los míos. A la vez que seguía comiendo *sco-*

nes y bebiendo cerveza. Y cada vez veía todo con más claridad. Esa cerveza debía tener poderes mágicos, como yo, por otro lado, pero en ese momento ni lo recordaba.

Mientras el tiempo pasó, hombres y mujeres desfilaron por la cocina trasportando bandejas de carne asada y verduras horneadas. Y Aluinn siguió cocinando y yo seguí ignorando a cuantos me miraban sorprendidos, concentrada en la partida, mis *scones* y mi cerveza.

Levanté la vista ante la repentina quietud de la cocina. Aluinn observaba con fijeza la puerta. Yo estaba de rodillas sobre el banco de madera y había extendido todo mi torso sobre la mesa acercándome de forma peligrosa al tablero de ajedrez mientras me balanceaba al son de una melodía que estaba tarareando.

—Kieran, deja de mirar el trasero de tu mujer como si fuera la primera vez que ves uno —indicó con sorna el cocinero.

Me giré sorprendida y tuve que agarrarme a los bordes de la mesa para no caer. La cabeza comenzaba a darme vueltas de campana girando como en una montaña rusa, pero no podía perder la concentración. Estaba esperando un movimiento de Aluinn.

—¡Shhhss! —le ordené a Kieran. Él me miró estupefacto. Yo lo ignoré.

Aluinn se acercó con lentitud y se rascó la barbilla, pensativo. Crucé los dedos. Finalmente movió pieza.

—¡Ja! —exclamé haciéndome con su reina—. ¡Jaque mate! —dije y esbocé una gran sonrisa de triunfo.

Kieran se había situado junto a Aluinn y me miró entornando los ojos. Pobre, no veía bien, además como resultaba algo corto de mente no entendería los entresijos de un juego como el ajedrez.

—He ganado —le expliqué.

Kieran no contestó, solo dirigió una mirada cargada de intenciones al cocinero. Este se encogió de hombros y le dio unas palmadas en la espalda.

–Te felicito, Kieran. Eres un hombre afortunado, y no lo digo solo porque la viera casi desnuda en la playa – murmuró con un suspiro.

Lo miré con los ojos cargados de furia y de alcohol.

–¿Por qué decís eso? –barboté con gesto hosco.

–Porque solo una persona en treinta años ha podido ganarme al ajedrez –aclaró él con una sonrisa divertida.

–¿Ah, sí? ¿Quién? –pregunté deseando conocer a la persona en cuestión.

–Lo tenéis delante de vos –indicó.

–¿Kieran? –inquirí sorprendida.

–El mismo –contestó el mencionado frunciendo los labios.

Y me quedé sin palabras. Literalmente. La cerveza se me subió a la cabeza haciendo burbujear mi cerebro y distrayendo a mis neuronas que se preparaban para una fiesta *after hours*.

–Vamos –dijo cogiéndome del brazo–, es muy tarde.

–¿Tarde? –lo miré confundida–. Pero si todavía no he comido.

–¿Aluinn? –inquirió al cocinero que soportaba a duras penas una sonrisa en su extraño rostro.

–Dieciocho *scones* y siete vasos de cerveza –respondió ya riendo sin disimulo alguno.

–¿Tanto? –exclamé. No podía ser cierto. ¿Cuánto tiempo llevaba allí?

Kieran me leyó la mente.

–Está anocheciendo –señaló.

–¡Ah! –murmuré bajándome del banco. Trastabillé y estuve a punto de caer. Tropecé de nuevo contra el pecho de Kieran, que me sujetó con ambas manos.

–¡*Dhia cuidich mi!* –susurró mirando al techo.

–¿Y eso qué demonios significa? –inquirí mirando a uno y a otro.

Ambos me observaron extrañados. Demasiado tarde recordé que yo debía conocer el gaélico, del que por cierto no sabía ni una letra. Me mordí un labio mortificándome.

—Dios, ayúdame —tradujo Aluinn sin despegar sus ojos de mi persona.

Kieran me sujetó con fuerza de un brazo y me arrastró fuera de la cocina.

—¡Eh! ¡Espera! ¿Y mi premio? —inquirí girándome para volver al refugio cálido junto al tablero de ajedrez.

—Yo me encargaré de darte el premio que te corresponde, Magdalen —murmuró Kieran junto a mi oído—, en nuestros aposentos.

Me erguí todo lo alta que era, aun así solo le llegaba al hombro, y lo miré con los ojos empañados intentando enfocarlo. Vi su sonrisa irónica y desafiante. Y me vi arrastrada escaleras arriba por un furioso escocés, temiéndome que mi premio fuera en realidad un castigo.

Entré en la habitación todavía tambaleándome. Me acerqué al fuego de turba que alguien había tenido la consideración de encender para caldearla. Noté que él se acercaba por detrás y de improviso me rodeó la cintura. Me giré sorprendida.

—¿Qué haces? —mascullé con indignación. Él me miró con intensidad candente y me fijé en que un pequeño rizo le caía sobre la frente tapando una ceja oscura y arqueada ante mi pregunta. Tenía unas pestañas negras y tupidas. Unas pestañas que cualquier mujer hubiera matado por tener. Entre ellas, yo misma. Sin embargo conseguían dulcificar un poco su rostro serio y contrito.

—Te ofrezco tu premio —susurró completamente serio.

—No… no es esto lo que esperaba —acerté a decir.

Él me ignoró y subió las manos hasta cogerme el rostro y obligarme a mirarlo. Me observó con detenimiento.

—No lo entiendo —explicó con voz pausada y lenta—. He estado todo el día deseando volver a tenerte entre mis brazos. Eso no me había sucedido nunca con una mujer. ¿Me has hechizado?

Me aparté dándole un empujón en el pecho. ¿Hechizado? Comencé a sentir algo de miedo, que disimulé con una risita nerviosa que brotó de mis labios sin intención.

—¡Oh, sí! —dije—. Abracadabra, pata de cabra, si no me amas hoy lo harás mañana —continué en castellano y luego ante su gesto sorprendido cambié al inglés. Pobre, seguro que no conocía más lenguas que las de su tierra—. ¿Ha funcionado? —pregunté—. ¿Estás completa y profundamente enamorado de mí?

—No —fue su rotunda respuesta.

Retrocedí como si me hubiera golpeado y tragué saliva acompañada de todo mi orgullo que cayó como un peso de plomo hasta el fondo de mi estómago.

—Pero me gustas —afirmó con suavidad acercándose de nuevo—. Mucho —añadió. Y diciendo eso se inclinó sobre mi boca y me besó.

Intenté apartarme y protesté con energía.

—¡No quiero!

—¿Y por qué estás sujetándome el pelo como si no pudieras apartarte de mí? —inquirió separándose solo unos centímetros.

Solté mis manos traicioneras y las escondí tras mi espalda.

—Para… para… no caerme —balbucí.

Él rio de forma carcajeante y yo lo miré extasiada. Su risa ronca y profunda cambió por completo el gesto de su rostro. Sus labios gruesos se curvaron haciendo que el gracioso hoyuelo se le marcara en la barbilla nítidamente, mostrando una dentadura perfecta. Podía ser algo tonto, ciego y sordo, pero tenía una sonrisa preciosa. Y todos los dientes, por lo que pude comprobar, que era algo a tener en cuenta dada la época en la que me encontraba. De repente me acordé de algo.

—¿Cuántos años tienes?

Él parpadeó y frunció el ceño.

—Cumpliré veinticinco el próximo noviembre ¿por qué?

–¿Tienes veinticuatro años? ¡Por Wenceslao! ¡Eres un niño! –exclamé.

Él se apartó un metro y cruzó los brazos sobre su pecho mostrando su enfado.

–¿Ves algo infantil en todo mi cuerpo? –inquirió roncamente.

Lo observé con detenimiento.

De arriba abajo.

Parándome en los sitios más importantes.

No descuidando nada.

Ni un solo detalle.

Y tuve que rendirme a la evidencia.

–No. No veo nada –contesté pesarosa. Aún así yo le sacaba casi tres años. Tres largos años. ¿Por qué me importaba tanto cuando solo iba a permanecer allí el tiempo suficiente para encontrar a Sarah?

–Bien. –Pareció quedarse conforme–. Entonces, continuemos. Puedes ir desnudándote. Te espero en la cama.

Enarqué una ceja en su dirección con total enfado. Me había equivocado. Sí tenía algo pequeño, el cerebro. Y algo enorme, el ego. Lo que era una mezcla muy peligrosa.

–Pues espera, cómodo y calentito, porque voy a tardar bastante rato en acudir a tu llamada –repliqué.

–¿Cuánto? –preguntó él mientras se soltaba el broche dejando caer el *plaid* a su espalda.

–Nunca –determiné.

Lo observé apretar fuertemente la mandíbula y mascullar algo muy desagradable en gaélico. Se acercó a mí y yo retrocedí como un cervatillo acorralado. Acabé pegada a la pared.

–Magdalen –dijo él apoyando las manos a ambos lados de mi cabeza–, ya te dije ayer que te tomaría cuando, como y donde decidiera. Y es ahora y aquí.

–¿Te atreverías a forzar a una mujer? ¡Bruto! –exclamé jadeando.

–Eres mi esposa, te guste o no. No te forzaré, porque puedo ejercer todo mi derecho sobre ti –aseguró con voz ronca y profunda. Noté cómo enrojecía de forma furiosa.

–No cooperaré. Nada en absoluto. Haré que te canses de mí esta misma noche –amenacé.

–Lo dudo. –Una sonrisa demasiado sensual asomó a su rostro.

–¿Por qué? –pregunté fijando mi mirada en la suya.

–Porque eres de las que luchan, de las que se retuercen, de las que se arquean, gimen, gritan y se entregan por completo –aclaró con voz extraordinariamente lenta.

Enrojecí con violencia.

–Por lo visto tienes bastante experiencia –señalé con indudable sarcasmo.

Él no se arredró ni por un momento.

–¿No creerías que era virgen?

–No, pero desde luego eres bastante mal amante –dije mintiendo con mis ojos y porfiando con mi lengua.

Él retrocedió como si hubiera recibido una bofetada, y creí que por esa noche estaba a salvo. Me equivoqué. ¿Por qué siempre me equivocaba con él? Se acercó de improviso y me besó con fuerza. Yo respondí de la misma forma, reprendiéndome a mí misma. Pero ¿qué me pasaba con este hombre?

Desató los lazos de mi corpiño con la misma facilidad con que los había prendido esa misma mañana. Liberó mis pechos que se irguieron esperándolo. Arrastré mis manos por su cinturón e intenté soltar la hebilla. Manoteé perdiéndome en los entresijos de la misma. Él me sujetó una mano y la soltó él mismo dejando caer las capas de lana al suelo. Luego volvió a besarme. Le sujeté el pelo a la nuca esta vez con decisión y él me cogió en brazos para llevarme a la cama. Me tendió con suavidad y arrastró mi voluminosa falda y enaguas hacia mi cintura. Yo me retorcí respirando de forma agitada.

–Demasiada ropa. Hay demasiada ropa –acerté a decir con voz entrecortada.

Él rio con suavidad y se incorporó sobre mí para desnudarme por completo, de forma rápida y urgente. Se sacó la camisa de un solo golpe y se desató los cordones de cuero de las botas que empujó con sus pies lanzándolas a una esquina de la habitación.

Se inclinó sobre mí de nuevo. Sus manos acariciaron mi cuerpo que temblaba de excitación, notando el ardor de su roce contra mi piel. Se situó entre mis piernas mientras me besaba una y otra vez, en la boca, en el cuello, en el pecho, en todas partes. ¿Cuántas manos y labios tenía Kieran? ¿Era solo uno o varios hombres a la vez? El deseo nublaba mi mente y me hacía reaccionar como nunca lo hubiera reconocido.

Me penetró con fuerza y se quedó quieto un instante en mi interior respirando sin llegar a respirar. Se irguió sobre mí y me miró fijamente.

–No te pares. Ahora no –supliqué sintiéndome traicionada por mi propio cuerpo.

Se movió con deliberada lentitud, torturándome y llenándome de pequeños espasmos que me recorrían la piel haciendo que temblara deseando más. Levanté más mis piernas atrapándole sin escapatoria y escuché un leve gruñido por su parte. Ahogué una risa contra su pecho y me moví con más rapidez, obligándole a seguir el ritmo impuesto por mi deseo.

–¿Cómo te llamas? –pregunté de pronto recordando la conversación de sus hombres en la playa.

Él abrió los ojos y me miró como si fuera la primera vez que me veía.

–¿Qué? –exclamó con voz estrangulada.

–¿Cuál es tu nombre? –exigí sintiéndome triunfante.

–Ki… Kieran –pronunció él de forma entrecortada y vacilante.

Me sentí algo decepcionada, pero pronto me perdí

de nuevo entre sus brazos, sus embates y su fuerza bruta sobre mí. Gemí profundamente y grité su nombre sin pretenderlo cuando el placer estalló en el centro de mi cuerpo extendiéndose como la lava de un volcán hasta que desarmó cualquier intento de coherencia que pudiera tener. Pero él no había terminado conmigo. Suspiré sintiéndome desfallecer. Las descargas eléctricas se superponían unas a otras sin que me diera tiempo a recuperarme entre una y otra, hasta que al fin lo sentí tensarse y me llenó por completo emitiendo un gruñido, dejándose caer sobre mi cuerpo casi inerte.

—¿Por qué me has preguntado cómo me llamaba? —susurró entre jadeos junto a mi oído.

Me giré a mirarlo, observando con detenimiento su rostro algo enrojecido.

—Estaba comprobando una teoría.

Él se dejó caer a un lado atrayéndome hacia su cuerpo, me posicionó apoyada a su pecho y pasó una mano por mi cintura. Cuando creí que estaba ya dormido, volvió a hablar.

—La próxima vez no lo intentes con el apellido.

Me giré hacia él y reprimí una carcajada.

—No sé si sentirme halagada o insultada —murmuré.

—¿Qué tal si comenzamos por sentirte deseada? —masculló y cerró los ojos.

Lo observé un momento más y me rendí, apoyando mi rostro contra su pecho. Escuché el latir de su corazón acompasándolo al mío y en instantes me quedé dormida.

Abrí los ojos a la luz sin querer abrirlos. Dolían. Los cerré de nuevo y gemí. La sensación de ingravidez se hizo patente. Sentía la habitación demasiado pequeña y el techo estaba tan cerca de mi rostro que si alargaba una mano podría tocar la fría piedra. La cabeza me dolía como si tuviera una banda de percusionistas cubanos disfrutando de un concierto dentro de la misma. Me giré para observar al hombre que dormía a mi lado. Gemí de nuevo y enterré el rostro en la almohada. ¡Otra vez! ¿Cómo he podido hacerlo otra vez? Ha tenido que ser la cerveza, o los *scones*. ¡Vete tú a saber lo que Aluinn le ha puesto a esos panecillos perniciosos! Bueno, eso tendría explicación para la primera vez. ¿Pero la segunda? Me pilló de improviso, apenas pude reaccionar, me justifiqué. ¿Y la tercera? Estaba tan cansada que no pude rechazarlo, me justifiqué de nuevo. Pero me estaba engañando. No tenía justificación posible, y de forma absurda me pregunté si él también tenía algún poder oculto que estuviera ejerciendo sobre mí.

En un acto rebelde levanté los cobertores y examiné su cuerpo desnudo. El poder oculto descansaba inofensivo entre sus piernas. Pobre, él también estaría agotado. Pasé una mano por su pecho parándome en la mata de pelo oscuro y rizado entre sus pectorales. Enredé un dedo en uno de sus rizos. Kieran susurró algo entre sueños pero no se despertó. Seguí explorando con cautela. Tenía una cicatriz horrenda en el costado derecho, como si algo le hubiera cortado y después quemado. Me pregunté qué habría sido. Bajé más y acaricié el abdomen firme y musculoso donde brotaba de nuevo una fina capa de pelo negro que se extendía cubriendo el poder oculto inofensivo entre sus piernas, que ahora ya no era tan inofensivo, sino que se erguía frente a mí como una espada dispuesta a atravesarme de nuevo. Aparté la mano y retrocedí en la cama. Levanté el rostro y me encontré con la mirada claramente divertida de Kieran observándome. Cerré los ojos con fuerza evitando sus ojos dorados.

—Noches alegres, mañanas tristes. Es lo que siempre dice mi madre —susurró con suavidad. Y en mi cabeza tañeron las campanas—. Lo siento, Magdalen —continuó con voz contrita acercándome a su cuerpo—. Había olvidado que tu madre murió al darte a luz. Ha tenido que ser muy duro crecer sin una madre.

–No lo sabes tú bien –señalé con acritud y un inmenso dolor que vació mi alma.

–Yo… lo siento de nuevo. No he tenido la oportunidad de disculparme, de darte el pésame. Buscamos durante días algún resto del paquebote de forma desesperada. Sé lo unida que estabas a tu padre. Yo… siento haberte fallado –murmuró.

–No tienes culpa, Kieran. Ha sido cosa del… destino –dije sin encontrar algo que realmente lo definiera. Me pregunté si Magdalen habría muerto para que yo pudiera ocupar su lugar y el temor inundó de nuevo mi cuerpo. No controlaba mi magia ¿y si había hecho algo sin pretenderlo? ¿Algo que hubiera provocado el naufragio? No recordaba nada de mi travesía a través del tiempo. No podría soportarlo, no podría cargar con la muerte de seres inocentes.

–Pero por lo menos pudimos recuperarte a ti –indicó con algo de compasión.

–Claro –dije sin malicia–, hubiera sido una tragedia tener que devolver el dinero de mi dote.

Noté su tensión y se incorporó con brusquedad.

–¿Qué sabes tú de eso? –preguntó haciendo estallar de nuevo las campanas en mi cerebro.

Cerré los ojos y gruñí de forma involuntaria.

–Me lo contó tu amante. Está claro que no querías casarte conmigo.

Masculló una maldición en gaélico y apretó los puños.

–Hablaré con Caitlin hoy mismo –aseguró.

–Sí, y de paso puedes aprovechar para reconciliarte con ella. Espero que te canse lo suficiente y yo pueda dormir tranquila de una vez por todas –indiqué de forma sincera. Bueno, no tan sincera. *¡Merde!* ¿Por qué había dicho eso?

Kieran se mantuvo unos instantes en silencio.

–Mujer, tus palabras son como los golpes de un látigo, suaves al tacto e hirientes a la piel. ¿Debo entender que me das tu permiso para tenerla como amante? –inquirió con una suavidad engañosa.

Lamenté de nuevo haber hablado de forma precipitada. O no tan precipitada. Ni lo sabía. ¿Qué me sucedía cuando estaba con él? No creía en la atracción física instantánea, ni en las mariposas en el estómago ni nada relacionado con el amor. Era una descreída ferviente. Sin embargo, sin embargo… ¡Bah! No había sin embargos que valieran.

–Sí –determiné con rotundidad.

–No necesito tu permiso. Haré lo que crea que tengo que hacer –susurró junto a mi oído como una amenaza.

–¡Vete a la mierda! –exclamé en castellano intentando darle una patada.

Él se apartó y me sujetó los hombros obligándome a mirarlo. No pude. La luz era demasiado intensa. Sus ojos demasiado dorados. Y mi resaca demasiado fuerte.

Oí como se levantaba y se acercaba al aparador junto a la ventana. Al poco rato me sacudió con suavidad un hombro. Gemí y me negué a abrir los ojos. Sentí que ponía algo sobre mis labios y me giré.

–Vamos, bebe. Es agua fresca. No te hará ningún mal –exigió con voz ronca.

–¿Seguro? –pregunté indecisa, abriendo los ojos.

Él emitió una suave risa.

–Sí –afirmó–, luego nos vestiremos. Es hora de que conozcas mis tierras, las tierras de tu nuevo clan. Te vendrá bien pasar un rato en el exterior, lejos de la cerveza y los *scones*.

Hice una mueca, pero no protesté. Bebí como el sediento que descubre un oasis en el desierto e intenté incorporarme.

–¿Qué demonios le echáis a la cerveza? –inquirí apretando los dientes ante las palpitaciones de mi cabeza.

–Lúpulo, principalmente –respondió él riéndose. Alargó sus brazos y me levantó en vilo. Y una vez más tuvo que ayudarme para vestirme. Y esta vez le dejé, ya que si no lo hacía él, yo caería de nuevo otra vez engullida por el mullido colchón de plumas de ganso.

Una vez que estuvimos vestidos y presentables, por lo menos él, bajamos hasta el recibidor de piedra. Olisqueé el aroma a arenques ahumados que venía de la cocina y me negué a entrar. Kieran meneó la cabeza con disgusto y entró él. Salió al poco rato con un pequeño hatillo bajo el brazo.

Me sujetó del brazo y nos encaminamos al exterior. La luz del verano me golpeó de lleno haciendo que retrocediera y me escondiera detrás de su espalda como si fuera un vampiro y temiera comenzar a arder con los rayos del sol. Él se giró y me cogió de la cintura empujándome de nuevo. No me soltó mientras duró la caminata. Yo iba con la mirada inclinada hacia el suelo, temiendo caerme en cualquier momento. No obstante, el frío viento de la costa con olor a salitre contribuyó bastante en despejar mi mente y despertar mi cuerpo.

Nos sentamos en una pequeña explanada cubierta por hierba verde y algún matorral de brezo desperdigado, al borde de un acantilado frente al mar. Kieran sacó del hatillo una manzana y me la ofreció. La cogí sin intención alguna de comérmela.

—Pruébala —exigió—, son dulces. Traje unos esquejes de Francia y parece que han prendido bien. Son la primera cosecha.

Lo hice y me asombré de que fuera cierto.

—¿Eres agricultor? —pregunté con curiosidad.

Él se encogió de hombros y estiró las piernas cruzándolas por los tobillos.

—Sí, y ganadero, soldado cuando se requiere... y el señor de estas tierras —explicó circundando con su mano. Pude notar el orgullo implícito en su voz.

Miré alrededor y fijé la vista en el castillo a nuestra espalda. Era una pequeña fortificación medieval de cuatro torres. Ni muy impresionante, ni muy lujoso, pero tenía toda la apariencia de un hogar. Y eso curiosamente hizo que me entristeciera. Yo jamás había tenido un hogar. Algo de lo que estar orgullosa al terminar mi trabajo y llegar a casa.

—Es muy bonito —señalé.

—¿De verdad te gusta? —inquirió con sorpresa—. Tu hogar era bastante más acogedor que *Dunakyn*.

—No, no lo era —murmuré. Observé cómo se entrecerraban sus ojos y lamenté haber hablado sin pensar.

—Está bastante envejecido. Debes tener cuidado con no aventurarte en la torre norte, está casi derruida. Hemos comenzado las obras este verano y esperamos terminar antes de las primeras nieves —aclaró. No tuvo que decir de dónde habían sacado el dinero para ello. De mi dote. Bueno, de la dote de lady Magdalen.

—¿También participas en la reconstrucción?

—Hago lo que puedo. Ya te dije que aquí el trabajo nunca falta. —Se encogió de hombros.

—Y yo, ¿en qué puedo ayudar?

—¿Tú? —preguntó abriendo los ojos—, solo tienes que ser mi esposa. No se espera nada más de ti.

—¿Quieres decir que me tengo que mantener sentada esperando que reclames tus derechos sobre mí cada noche? —mascullé con sarcasmo.

—Básicamente… sí —contestó él.

—Me moriré de aburrimiento antes de que llegue el invierno.

—¿Es que te aburro?

—Ummm… —vacilé percibiendo su enfado. Una gaviota se posó a nuestro lado alertada por el contenido del hatillo. Kieran la espantó con un movimiento de la mano—. Estoy acostumbrada a ser un poco más útil —aseguré sin contestar a su pregunta.

—Puedes bordar nuestras mortajas, por ejemplo. Eso te llevará algo de tiempo —sugirió con tranquilidad.

–¡¿Nuestras mortajas?! –exclamé–. Prefiero quedarme sin hacer nada.

Aparte de que no tenía ni idea de cómo bordar, ni mortajas ni nada en absoluto.

–O puedes tejerme un nuevo *kilt*, si eso te gusta más –insistió él sin amedrentarse por mi comentario anterior.

–No sé tejer, ni bordar –manifesté.

–¿Cómo es eso posible? –inquirió de nuevo sorprendido–. Y entonces, ¿qué sabes hacer?

Era imposible contarle cómo se desarrollaba mi vida en el siglo xxi, así que fruncí los labios y me mordí la lengua.

–Por lo visto sentarme esperando a que reclames tus derechos sobre mí –dije casi atragantándome.

Él se relajó y echándose hacia atrás se tumbó mirando al cielo.

–Bueno, eso se te da bastante bien –afirmó y una sonrisa de satisfacción le cruzó el rostro. Alargó una mano y me arrastró hasta tumbarme junto a él. Me estremecí y él desató su *plaid* para cubrirnos. Era verano, pero el verano en el norte de Escocia no podía llamarse verano, ni siquiera se acercaba a las primaveras que yo conocía.

–Se aproxima una tormenta –exclamó de pronto sobresaltándome. Me estaba quedando dormida apoyada sobre su pecho. Me reñí mentalmente. No podía relajarme, ese hombre sería el que intentaría asesinarme y aunque me costara reconocerlo, me encontraba a salvo junto a él. No lograba entenderlo. Me incorporé mirando donde me indicaba y me costó enfocar una leve neblina al fondo del cielo completamente azul.

–¿Cómo puedes verlo? –pregunté.

–¿Y por qué no habría de verlo? –inquirió él a su vez, incorporándose.

–Porque… porque… eres un poco corto de vista ¿no? –expresé algo avergonzada.

–¿Quién te ha dicho eso?

–Nadie. Lo he supuesto por tu forma de entrecerrar los ojos y mirarme con atención cuando te acercas a mí. También he notado que te cuesta oír con claridad, y además tienes dificultad en entender ciertas cosas –señalé dejando volar mi lengua con total impunidad.

Su rostro pasó del desconcierto a la estupefacción para acabar mostrando un profundo enfado.

–¿Crees que soy ciego, sordo y débil mental? –rugió.

Me retraje algo asustada y asentí con la cabeza.

–Mi vista es la de un águila, escucho perfectamente, aún cuando susurras, y te aseguro que pienso con total lógica e inteligencia. ¿Cómo crees si no que he llegado a dirigir el clan Mackinnon? –abroncó muy cerca de mi rostro.

–Por herencia, supongo –acerté a decir con una pizca de coherencia.

Él rio con amargura y me miró meneando la cabeza.

–Hay otros que podían haber ocupado mi lugar si yo no me hubiese adelantado. Y no lo hubiera podido hacer de haber sido como me describes –apostilló mirándome con fiereza.

–Ah, ya…

–Te miro entrecerrando los ojos porque en realidad no logro reconocerte. No eres la persona de mis recuerdos. Cierto es que yo estaba febril y enfermo, pero te solía ver pasear por los jardines con tu doncella y no te recordaba tal como ahora eres. Te escucho con atención porque, aunque tu acento es culto, a veces me cuesta comprender tus expresiones y sobre todo tus maldiciones. Tu padre nunca mencionó que conocieras otros idiomas. Lo que es muy extraño en una mujer –explicó con voz ronca y amenazante.

–¿Quién crees que soy sino lady Magdalen? –murmuré intentando demostrar quien no era ni sería nunca.

–No lo sé. ¿Quién eres? He llegado a pensar que quizá Magdalen viajaba con alguna doncella o acompañante y tú seas esa persona, pero no tiene lógica. No estás acostumbrada a vestirte por ti misma, lo que indica que había gente a tu servicio y, como ya te he dicho, tu habla es culta y cuidada. ¿Sabes leer y escribir? –preguntó de pronto.

–Y sumar, restar y multiplicar –contesté frunciendo los labios, arrepintiéndome de nuevo de tener tal verborrea.

Él me observó un momento y de improviso comenzó a reír llenando el aire cargado de humedad con su risa franca y ronca. Yo esbocé una tímida sonrisa y él me atrajo a su lado y me besó con suavidad. Le respondí y pronto nuestro beso se convirtió en algo más. Mi mente reaccionó a tiempo y me aparté de él notando como enrojecía. Puse mis manos en mis mejillas y sentí el calor que brotaba de mi cuerpo. Él me miró extrañado.

–¿Estuviste enfermo? –inquirí para distraerlo.

–¿Cuándo?

–¿Cuándo visitaste mi casa?

–¿No lo recuerdas?

–Tengo… tengo algunas lagunas que… yo creo que… me golpeé la cabeza…, no recuerdo muy bien algunas cosas –balbuceé. Desde luego ahora la débil mental obviamente era yo.

–Me atacó un lobo cuando…

–¡¿Un lobo?! –exclamé. El miedo cobró forma dentro de mí como un nudo que me estranguló el estómago.

–Sí. Un lobo. Es extraño que ataquen a los hombres, pero este era diferente, más grande y peligroso. Gareth me salvó. Gracias a ese animal tengo la cicatriz que observabas tan atentamente esta misma mañana –dijo mirándome con extrañeza.

No podía ser una coincidencia. Estaba segura. Algo en mi interior me lo decía.

–Tendré que preguntarle a Gareth si él te recuerda mejor que yo –añadió como al descuido.

Y el miedo me atenazó de nuevo impidiéndome respirar. No podía hablar ni pensar con claridad. Si Gareth me descubría, estaba perdida. Un grito a nuestra espalda hizo que nos giráramos con rapidez. Respiré con algo de normalidad. Salvada por un grito. Un hombre se acercaba corriendo haciendo que los pliegues de su *kilt* ondearan al viento.

Se detuvo casi sin resuello a nuestro lado. Kieran ya se había levantado y recogido el hatillo. Yo todavía estaba de rodillas. Noté su brazo levantándome en vilo y casi volé sobre el suelo. Me agarré con fuerza a su cuerpo para no caer.

—Hugh... es Hugh... —el hombre tomó aire—, se... se ha caído de la torre norte. La escalera ha cedido.

—¿Cómo está? —preguntó Kieran con gesto preocupado andando hacia el castillo sin soltarme el brazo.

—Se... se ha roto una pierna. Tiene mala pinta —contestó el hombre respirando con dificultad.

Y los tres corrimos hacia la torre norte situada en la parte trasera del castillo. Llegamos en pocos minutos. Había un pequeño grupo de gente alrededor de un cuerpo tendido sobre la piedra cubierta por musgo del suelo. Reconocí a Roderick, a Gareth y al pequeño Cailen, que estaba más pálido que un fantasma. Era el único que permanecía algo apartado.

Kieran se arrodilló junto al hombre y le acarició el rostro.

—Hugh, tranquilo. Te ayudaremos —expresó con serenidad.

Observé con atención al denominado Hugh, su tez estaba grisácea y parecía más un cadáver que un ser vivo. Me arrodillé al otro lado. Estaba tapado con una manta de cintura para abajo. Gareth le ofreció de una pequeña petaca algo que olía y seguro que sabía como el whisky. Hugh bebió con avidez atragantándose. Un pequeño hilo de líquido ambarino le recorrió la comisura de los labios y se perdió en su cuello donde palpitaba una vena.

—Roderick, avisa a mi madre —ordenó Kieran. Este asintió con la cabeza y corrió hacia la entrada del castillo.

Lo perdí de vista en cuanto cruzó la esquina–. Déjame ver, *mo charaid*[2] –pidió con voz suave apartando la manta.

Me estremecí. Nunca había podido soportar la visión de la sangre, pero si esta venía acompañada por la carne abierta junto con un hueso blanco y astillado y parte de un músculo sobresaliendo por ella, ya era demasiado. Ahogué un gemido, recibiendo miradas reprobatorias de los hombres que me rodeaban y una terriblemente asustada del hombre tendido. Creí que iba a desmayarme o a vomitar. O ambas cosas, no estaba muy segura. Sin embargo, hice algo distinto e involuntario.

Sujeté la cabeza del hombre y la puse sobre mis piernas. Le cogí una mano y la otra la posé sobre su frente. Al instante percibí en mi cuerpo el dolor de la herida y el sufrimiento traspasándome.

–El fémur. Se ha roto el fémur –susurré para nadie en particular.

–¿Qué… qué es el fémur? –preguntó Cailen acercándose con timidez–. Yo creí que era un hueso.

–El fémur es el hueso que se ha partido –explicó Kieran mirándome de nuevo con ese gesto de «quién demonios eres». Levanté mi rostro y enfoqué la mirada. Cruzó la suya con la de Gareth que me observaba con intensidad. Cerré los ojos y me concentré en ayudar al hombre tendido en el suelo.

Noté como una especie de círculo iridiscente se abría en mi caja torácica y comenzaba a girar con velocidad, incómodo por la clausura, crecía y se extendía hasta que se liberó a través de mis manos. Lo podía ver con claridad, aunque era invisible a los demás. Estaba tan sorprendida que no me moví, me limité a mantener mis manos posadas en Hugh, calmando su dolor, haciéndolo mío.

–Mi señora –susurró el hombre mirándome con los ojos brillantes.

____

[2] Amigo

—Sshh.

—No me soltéis –suplicó.

—No lo haré –contesté sin perder la concentración.

Escuché llegar con un susurro de tela a Elinor, que se arrodilló junto a Hugh y examinó la herida con cuidado.

—Hay que trasladarlo dentro –instó.

Kieran, Roderick y Gareth se posicionaron para coger el cuerpo casi inerte del hombre herido. Yo aparté la mano de su frente y un grito de terror nos sobrecogió a todos.

—¡No! –aulló Hugh–. No os apartéis de mí.

Posé de inmediato la mano otra vez sobre su frente y todos vieron como el hombre cerraba los ojos y sus facciones se relajaban. Respiré de forma agitada. Sentí gotas de sudor cayéndome a través de la espalda y noté las miradas de todos los presentes fijas en mí. Comencé a tener miedo.

—Madre ¿puedes ayudarlo aquí? –preguntó Kieran al fin.

Elinor pareció dudar. Me miró a mí y se mordió el labio inferior.

—Sí, creo que sí. Traed agua caliente y mi caja de madera –pidió. Roderick se encargó de ello.

Al poco rato, Elinor tenía todo lo necesario. Yo aparté la vista de la herida y dejé mi mente en blanco. Comenzaba a sentirme profundamente cansada. Su dolor me estaba aturdiendo. Inspiré hondo buscando la fuerza necesaria para soportar lo que estaba por venir.

—¿Se ha desmayado? –inquirió Gareth.

—No. Estoy aquí. Todavía –respondió Hugh con media sonrisa–. Elinor haced lo que debáis. No siento dolor.

Percibí de nuevo todas las miradas sobre mí y me estremecí sin apartar las manos del cuerpo de aquel hombre.

Una eternidad. Limpiar, supurar, colocar, coser, vendar y entablillar. Una eternidad en la que casi perdí la consciencia. Kieran se posicionó a mi espalda y apoyó sus manos en mis hombros que temblaban sin control.

Busqué fuerza en su apoyo y la conseguí. A duras penas llegué hasta el final.

Cuando levantaron a Hugh, este se había dormido o desmayado. No lo podía saber. Me dejé caer sobre la piedra como si yo misma hubiera perdido toda la energía vital. Kieran se acuclilló a mi lado y me cogió el rostro con una mano.

—¿Estás bien? —preguntó con gesto preocupado.

Negué con la cabeza. No podía hablar.

—Te llevaré dentro —afirmó.

Negué otra vez con la cabeza. Él me miró dudando.

—Necesito… necesito respirar. Creo… creo… que voy a vomitar —dije sin aliento.

Sentí sus brazos cogiéndome por la cintura y me tambaleé junto a su cuerpo. Me llevó casi en el aire hasta un pequeño banco de piedra alejado del escenario del accidente y me sentó.

Roderick le llamó.

—¿Estarás bien? ¿Quieres que me quede contigo? —murmuró. Noté su mano posada sobre mi cabeza.

—No. Estoy… estoy bien. Anda —le dije agitando una mano.

Cuando estuve sola me apoyé contra el respaldo de piedra y cerré los ojos. Me sentía laxa, vacía y sin fuerzas. Lágrimas ardientes me quemaban el rostro. Pero no supe que estaba llorando hasta que mi lengua saboreó la sal en mis labios.

—Abuela, ¿qué es esto? —susurré.

—Alana, no temas, estoy aquí. —Escuché su acostumbrado tono enronquecido y me giré.

Pegué un respingo al verla sentada junto a mí con su aspecto de siempre. El pulcro pelo blanco corto, su tez pálida y sus ojos verdes brillantes. Ni siquiera tuve fuerzas suficientes para asustarme.

—¿Qué ha pasado, abuela? ¿Qué he hecho? —pregunté echándome a llorar.

—Has descubierto tu verdadero poder. Hay algunas que son buenas creando hechizos de amor, o de venganza, o pueden ver el futuro…, muchas variantes de una sola cosa. La magia. Tu poder, el más fuerte que tienes es el de empatizar, consolar, calmar el dolor y curar. Recuerda que te dije que eras la más poderosa en cientos de años. Puedes hacer cualquier cosa que te propongas, ya has visto que atraviesas los hilos del tiempo, pero lo que más hace brillar tu luz es el sanar —explicó con voz suave mi abuela.

—No sé cómo lo he hecho —suspiré de forma entrecortada.

—Lo irás aprendiendo con el tiempo. No hemos podido enseñarte cómo manejar tu poder. Solo podemos avisarte de una cosa. El calmar el dolor absorbe tu poder, por eso ahora estás tan cansada. Sin embargo, el matar te dará más poder del que ya tienes. Debes ser cuidadosa, muchas se han perdido y envilecido al comprobar cómo crecía su poder destruyendo a otras personas —susurró mi abuela.

—No voy a matar a nadie —afirmé con seriedad.

—Alana. —Mi abuela se inclinó y percibí su mirada triste. Al notar su mano en mi mejilla, lloré con más intensidad—. Nadie conoce lo que el futuro te depara. Solo podemos advertirte de las consecuencias de tus actos.

Percibí una presencia física a mi espalda. Me volví con gesto asustado y vi a Gareth observándome con curiosidad mal disimulada. Al girarme para comprobar si él había visto a mi abuela, comprobé que ya había desaparecido. Me sentí desolada sin su consuelo y me abracé sollozando. Gareth se acercó con lentitud y se sentó junto a mí. Permaneció unos instantes quieto y en silencio. Finalmente lo escuché suspirar y me atrajo hasta que mi rostro quedó apoyado en su hombro.

—Lady Magdalen, ¿os encontráis bien? —preguntó con voz suave. La voz que yo recordaba, la voz que me mantenía unida a mi futuro.

Al hacerse presente lo que había perdido, y a la persona que no conseguía encontrar, temblé y me deshice en lágrimas. Él rebuscó en su *sporran* y me alcanzó un pequeño pañuelo toscamente bordado de lino blanco. Lo sujeté con fuerza contra mi rostro ahogando mis sollozos. Sus manos acariciaban mi espalda como lo haría en un futuro su descendiente, con manos firmes y cálidas.

–Estoy… estoy bien. Solo algo cansada –expliqué entre hipidos contra su pecho.

–¿Estabais hablando con alguien? Me ha parecido escuchar…

–No –negué con la cabeza sintiéndome de súbito asustada–, solo conmigo misma. Lo suelo hacer a menudo –añadí con voz no demasiado firme.

–Una costumbre curiosa –murmuró él sobre mi cabeza–. ¿Me permitís que os pregunte cómo habéis podido calmar el sufrimiento de Hugh? Conozco ese tipo de heridas y no es algo común lo que hemos podido ver hoy. Los hombres gritan y se retuercen de dolor mientras les acomodamos el hueso de nuevo –susurró en voz queda.

Me tensé sin pretenderlo y sé que él lo percibió. Temblé de nuevo sin control y su abrazo se hizo más fuerte.

–No lo sé –admití–, quizás… quizás… él se sintió algo avergonzado de mostrar su debilidad ante mí.

Quizás…, puede…, seguro…, intenté convencerme. Pero fue en vano. Esperaba haberlo convencido a él. También fue en vano.

Gareth profirió un curioso gruñido que provenía del fondo de su pecho y que podía significar cualquier cosa. La más plausible era sin duda que no se creía una sola palabra. Sin embargo no volvió a insistir. Permanecimos así varios minutos más. Estaba tan agotada que temí quedarme dormida recostada contra su cuerpo.

Escuchamos el sonido de unas voces y ambos nos separamos de improviso, como si nos hubieran pillado haciendo algo que no debiéramos. Nos miramos avergonzados y nos levantamos agachando la cabeza. Él me sujetó del brazo evitando que yo cayera y me acompañó dentro del castillo. Allí se despidió con una pequeña reverencia y salió de nuevo.

Me sujeté a las paredes de piedra y comencé el ascenso por la escalera de caracol hasta la habitación. Me tropecé a medio camino con Caitlin. Nos miramos fijamente. Ninguna retrocedió.

–¿Os importaría bajar? Es obvio que ambas no cabemos –indicó ella con voz sibilante e hipnótica como la de la serpiente Ka en *El Libro de la Selva*.

–Eso es porque estáis demasiado gorda –señalé sin retroceder un solo paso, dándome cuenta de que había sido cruel señalar algo así, pero aquella mujer conseguía que perdiera las formas a la menor provocación.

Ella se irguió con gesto enfadado.

–¿Cómo os habéis atrevido?

–Solo constato un hecho conocido por todos –dije sintiéndome extremadamente cansada. No tenía ganas de discutir. ¡Maldita sea! Odiaba las discusiones y esa mujer buscaba con toda claridad un enfrentamiento.

Sentí sus manos empujándome el pecho hasta que quedé pegada a la pared. Me sentía sin fuerzas y ni siquiera pude defenderme. Pasó a mi lado rozándome con sus voluminosos senos a punto de saltar del corpiño. La miré con desprecio pero no dije nada más. Ignorándola, me giré y emprendí de nuevo la subida. Llegué casi sin aliento a la habitación y allí percibí el aroma de Kieran y también uno floral que acababa de sentir a mi lado. Caitlin. Habían estado aquí. Juntos. Ni siquiera me enfadé. En realidad yo le había dado permiso. En realidad estaba muy cansada. En realidad me sentía completamente sola y vacía. En realidad me daba exactamente igual. ¿No?

Me desvestí torpemente y me acosté, quedándome dormida en cuanto puse la cabeza sobre la almohada.

Desperté cuando era noche cerrada. La habitación solo estaba iluminada por el tenue fulgor del fuego de turba en la chimenea, al girarme comprobé que estaba sola en la cama. Refunfuñé como una niña consentida. «Estará con ella de nuevo», pensé algo molesta. Cerré los ojos intentando dormir y escuché un leve carraspeo que provenía del butacón junto al hogar.

Me incorporé con extrañeza.

—¿Kieran?

Él se giró, asomando la cabeza por el respaldo del butacón verde y me miró frunciendo los labios.

—¿Cómo te encuentras? —inquirió con suavidad.

—Bien, ¿por qué no te has acostado? —Sentía innegable curiosidad. Quizá su amante lo había dejado tan agotado o tan avergonzado que no se atrevía a compartir el lecho con su legítima esposa.

—Quería dejarte descansar. Parecías realmente cansada —contestó levantándose y estirándose poniendo los brazos tras su cuello.

—Pero duermo igual si tú también estás en la cama —aseguré observándole con cautela, recreándome en su fuerte y esbelto cuerpo. No, no me recreé, lo disfruté y lo adoré, y después me odié por ello.

—No es cierto. Siempre te acuestas en el borde, como si te molestara el contacto con mi persona, pero como yo soy considerablemente más pesado que tú, acabas rodando hasta acabar sobre mi cuerpo. Siento como te agitas en sueños molesta e intentas retroceder. No lo consigues y sueles despertarte a menudo —explicó.

—No lo había notado —murmuré.

Nunca había compartido cama con nadie, al menos no durante más de una noche. Y prefería mil veces dormir en soledad.

—Yo sí, así que he preferido quedarme aquí para darte la oportunidad de que por lo menos una noche descanses en condiciones —aseveró y volvió a sentarse en el butacón–. No obstante, si me necesitas, llámame. No te dejaré sola hasta que amanezca.

–Pero yo prefiero que duermas conmigo –señalé. Y al instante me tapé la boca. ¿Había dicho eso? Sí, lo había hecho.

Su rostro volvió a asomarse con una sonrisa de triunfo que me hubiera gustado borrar con un fuerte puñetazo. No podía culparle, yo misma lo había invitado. Se levantó con lentitud y se desnudó. Aparté la vista y me giré, escuchando su suave risa y vi cómo daba la vuelta a la enorme cama para acostarse a mi derecha. Me atrajo contra su cuerpo y me besó suavemente en la boca.

–No –protesté–, he dicho solo dormir. Estoy… estoy demasiado cansada.

–No es eso lo que dicen tus labios –señaló acariciándome un pecho por encima de la tela del camisón.

–Mis labios mienten –indiqué con acritud.

–Tampoco es lo que me dice tu cuerpo –insistió él.

–Mi cuerpo me traiciona –protesté casi sin fuerzas.

–Bueno –dijo incorporándose sobre mí–, solo una cosa es cierta. Tu cuerpo me desea y tu mente me rechaza. ¿A quién debo hacer caso?

–A mi mente.

–A tu cuerpo –susurró él mirándome con la habitual intensidad–. Magdalen, no creas que no puedo percibir tu agotamiento. Ya te dije una vez que puedo ser suave cuando me lo propongo.

Hice un gesto de total incredulidad, pero él lo ignoró y volvió a besarme. Y aquella noche comprobé como un hombre tan grande y que desprendía esa aura de poder y confianza podía ser extremadamente suave y tierno cuando se lo proponía. Me amó con dulzura, besándome cada poro de mi piel hasta que sintió que yo me rompía entre sus brazos. Sus caricias parecían flotar sobre mi piel, sus besos me raspaban levemente con su barba sin afeitar. Y el placer me acometió sin que yo lo previera, haciéndome estallar para dejarme con posterioridad en un estado de semi inconsciencia.

—Ahora duerme —susurró—, estaré junto a ti si me necesitas.

Y como si hubiera pronunciado las palabras mágicas, caí en un dulce sueño, plagado de recuerdos.

«—Vamos pequeña cínica española, anímate, solo es una película —exclamó Gareth llamándome desde el sofá del salón. Yo iba camino a mi habitación con un vaso de agua, un libro sujeto bajo mi brazo y en pijama.

—No. Tengo que estudiar —me excusé levantando el libro.

—Tienes que relajarte algo. Las ojeras te llegan al suelo. Sarah me ha dejado plantado, le han puesto guardia esta noche —insistió—. Vamos, que no muerdo. Yo no. Lo más seguro es que acabe mordido por tu lengua viperina. —Sonrió ampliamente.

—¿Y eso por qué? —inquirí acercándome.

—*El diario de Noa*. La ha elegido Sarah. —Me mostró la carátula de la película.

Gemí en voz alta.

—No lo soportaré —protesté compungida.

—No será tan terrible —apostilló él sonriéndome de forma ladeada.

—Está bien —cedí dejándome caer en el incómodo sillón—, solo será hora y media y luego me pondré a estudiar.

Aguanté con estoicidad toda la película sin derramar una sola lágrima. Los envidiaba, envidiaba profundamente a los protagonistas. Lo que contribuía a que notara de forma más intensa mi propia soledad.

—¿Y bien? —preguntó Gareth una vez que apagó el televisor—. ¿No me vas a ilustrar con tu frase más famosa?

—¿Cuál? —Lo miré con los ojos algo empañados y él sonrió al percibirlo.

—El amor está claramente sobrevalorado, lo que en realidad significa que el amor no existe —dijo imitándome a la perfección, incluso mi entrecejo fruncido.

Yo le aticé con un pequeño cojín y reí con suavidad.

—Es cierto.

—No lo es —contestó él—. El amor es lo más importante que tenemos, lo que nos mantiene con vida. Lo que nos puede destruir si nos falta. Lo que hace que seamos felices, que traicionemos y que incluso lleguemos a matar en su nombre.

La intensidad de sus palabras me dejó sin nada con lo que replicar.

Sonrió enarcando una ceja y se acercó con lentitud. Por un instante creí que me iba a besar, sin embargo, su mano acarició mi mejilla y sus labios se posaron en mi frente y no en mis labios.

—Algún día lo comprenderás —susurró de forma misteriosa—, ahora deberías ir a estudiar. No quiero ser el culpable de tu suspenso.

Me levanté algo azorada y caminé hasta la habitación con la mano en mi mejilla, todavía sintiendo el contacto de su piel. Me recosté en la cama y entonces me di cuenta de que el libro seguía en el salón. No regresé a buscarlo».

Desperté gimiendo y agitando las manos. Me abracé a mí misma y por fin lo comprendí. El único hombre en que confiaba, el que me había prometido que me protegería. Gareth. ¿Serían mis sentimientos hacia él mucho más profundos de lo que yo pensaba? Lo había tenido como un hermano mayor, como un amigo, como un compañero de piso, el roce continuo, la complicidad, incluso la forma en que me sentía incómoda en su presencia, como si no supiera cómo reaccionar. Lo único cierto era que había algo que nos unía, algo muy poderoso. ¿Era eso enamorarse? Sollocé de forma entrecortada al darme cuenta de algo. ¿Y si yo de forma inconsciente había alejado a Sarah de allí para quedarme con Gareth? Sus misteriosas palabras, el modo en que nuestra relación se modificó después de la desaparición de Sarah. Mi forma de rehuirle era mi manera de mostrar que me sentía culpable. Todo me llevaba a una única conclusión. Yo había iniciado el camino y tenía que volver a recomponer la historia.

–Magdalen, Magdalen. –Kieran estaba sobre mí y llevaba una vela sujeta en una mano mientras me observaba con detenimiento–. ¿Es una pesadilla?

–Es… es horrible –gimoteé.

–¿El qué? –Lo vi buscar alrededor aquello que me había asustado.

–Creo… creo que me he enamorado. –Sollocé con más fuerza.

Su rostro se inclinó sobre el mío y una tímida sonrisa brotó de su boca dulcificando su gesto.

–¿Es eso tan malo? –preguntó con suavidad.

–¡Sí! ¡Lo es! ¡Peor que malo! ¡Es horroroso! –exclamé entre hipidos.

–¿Cómo puede ser horrible el haberte enamorado de tu esposo? –inquirió él con dulzura.

–¿De mi esposo? –Lo miré sin entender y me froté los ojos para enfocarlo mejor–. No es de ti de quien estoy enamorada –indiqué–. Es de otra persona –añadí por si no había quedado suficientemente claro.

Su rostro se oscureció de improviso y una gota de cera caliente se deslizó por su mano abrasándole hasta llegar a la muñeca. Él no hizo movimiento alguno.

–¿De Gareth? –instó.

–No –mentí yo. Por lo menos no del Gareth que él conocía. Aunque por un instante, esa misma tarde, había sentido que eran la misma persona.

–¿Ah, no? –dijo y profirió un sonido gutural que reverberó desde el fondo de su pecho. Y yo en un momento surrealista me pregunté si aparte del gaélico y el inglés, los habitantes de las Highlands tenían un lenguaje secreto basado en gruñidos.

—No —mentí de nuevo.

—No me tomes por idiota, no lo soy. Os he visto abrazados esta tarde —señaló.

—No me gusta que me espíen.

—No lo estaba haciendo. Solo regresaba para ver cómo te encontrabas. Y por lo visto estabas muy bien —exclamó o rugió, ya no podría diferenciarlo—. ¡Abrazada a él!

—No te atrevas a juzgarme. Sé que tú estabas aquí con Caitlin —apostillé apuntándole con el dedo índice.

—¿Cómo lo sabes?

—Porque yo tampoco soy idiota.

—Me diste tu permiso —indicó totalmente indiferente a mi rostro enfadado.

—¡Lo retiro! —grité. ¿Había dicho eso? Sí, lo había hecho. ¡Maldita lengua que nunca podía callarse!

Kieran me observó un momento entrecerrando los ojos que destellaron con peligro. Después de unos instantes, se levantó y se vistió. Antes de salir por la puerta se volvió para lanzarme una advertencia.

—No consentiré ese tipo de comportamiento por tu parte. Si vuelvo a ver o a escuchar algo parecido recibirás tu castigo. Y esta vez, Magdalen, te aseguró que no será agradable. Eres mi esposa, te guste o no y me debes obediencia y respeto —pronunció en voz ronca y contenida. Salió dando un portazo.

—¡Pues no me gusta! No me gusta nada —grité a la puerta cerrada.

Y tampoco me gustaba estar enamorada o creer estarlo. Era horrible. Y todavía no había encontrado una pista fiable de dónde podía encontrarse Sarah. Era horrible. La vida era horrible. Y el amor estaba claramente sobrevalorado, lo que significaba que no existía. ¿O sí?

CAPÍTULO V

*Algunas veces queremos regresar al pasado,
pero quizá deberíamos no desearlo.*

Dormité a ratos durante el resto de la noche, en un entrevela tétrico y doloroso. Temía haber desarrollado mi poder para alejar a Sarah y temía haberme enamorado de su novio. Y temía la reacción de Kieran por encima de todos los temores.

Desperté con las primeras luces del amanecer. El cansancio era todavía patente, pero soportable, aunque no deseaba levantarme de la cama. Me giré para acomodarme en el hueco dejado por Kieran y estuve a punto de gritar. Frente a mí, sentado en una silla de madera, mirándome, estaba él.

—¿Qué haces ahí? —le increpé, todavía enfadada.

—Te prometí que estaría junto a ti esta noche por si me necesitabas. Cumplo mis promesas.

—No lo haces. También prometiste serme fiel cuando nos casamos —señalé con una indiferencia que no sentía.

—Eso también lo he cumplido —contestó enarcando una ceja.

—No te creo.

—Deberías hacerlo. Soy un hombre de honor.

Bufé y él respiró hondo.

—También soy un hombre sincero.

Bufé todavía con más fuerza y él entrecerró peligrosamente los ojos en mi dirección. Empezaba a entender que esa costumbre provenía de sus notables y numerosos enfados.

—Como también debes saber que no puedes ocultarme nada. Sé que a quién te referías es a Gareth. Lo conociste en tu hogar. Necesito saber la verdad de lo que ocurrió. Él era tu amante, ¿verdad?

—No es lo que crees. Y te he sido fiel desde que nos casamos. Con franqueza, no me has dejado otra opción —expliqué sin explicar nada.

—Puede que de obra me seas fiel, pero ¿lo eres de pensamiento? ¿Es en él en quien piensas mientras te poseo? —preguntó inclinando su cuerpo hacia mí.

—¡No! —exclamé indignada. Era cierto, no pensaba en Gareth. ¿Por qué no pensaba en Gareth si estaba enamorada de él? No lo entendía.

—Dices la verdad. No lo haces, pero tampoco entiendes por qué no sucede así —mascullo él rascándose la barbilla sin afeitar.

¿Sabía leer la mente? ¿Y si tenía de verdad algún poder oculto? Con absoluta certeza era un hombre peligroso. Mi abuela me advirtió acerca de él.

—Tu rostro es un libro abierto, Magdalen. Por lo menos para mí. Dudo mucho que los demás se hayan dado cuenta de ese detalle. Desde el primer momento no has podido ocultarme nada, aunque sé que mantienes mucho de tu pasado escondido —susurró junto a mi rostro.

Me retraje algo molesta. Siempre me habían llamado cínica, mujer de hielo y adjetivos mucho peores. Y jamás nadie había podido averiguar nada de mi pasado. Porque si una cosa era cierta es que lo mantenía oculto en el fondo de mi mente. Y no me refería a mi pasado cercano. El ser una bruja era algo ínfimo comparado con mi vida anterior.

–Veo que ya estás mejor. Te dejaré descansando y ordenaré que te suban comida y bebida –añadió levantándose para dirigirse a la puerta.

–Espera, Kieran –supliqué incorporándome–. Gareth no tiene la culpa. Él… él no sabe nada. Es inocente. Solo intentaba consolarme. Solo eso.

Asintió con la cabeza pero no dijo nada más. Cerró con suavidad la puerta dejándome sola de nuevo y con una considerable confusión mental. Sin embargo, el cansancio me venció y me dormí al poco rato.

Algo me agitaba y me zarandeaba. Abrí los ojos contrariada para encontrarme con un par de ojos azules enmarcados en unas pestañas negras que parpadearon sonriendo. Era la hermana pequeña de Kieran.

–Lady Magdalen ¿estáis despierta? –exclamó con una extraordinaria voz aguda que me taladró el cráneo.

–Ahora sí –repliqué.

Ella rio divertida.

–Vamos, debéis vestiros. ¿Por qué no bajáis al salón con todos?

–Porque… porque… –En realidad no tenía una respuesta preparada. Maldita fuera la niña, era bastante más rápida que yo.

Apartó los cobertores con una sola mano y se tapó la boca riéndose.

–¡Estáis desnuda! –exclamó girándose.

Me levanté cubriéndome con la sábana y me enfrenté a ella.

–Lo estoy.

–¿Por qué? –inquirió con curiosidad.

–Eso deberías preguntárselo a tu hermano. Por cierto, ¿cómo te llamas?

–Morag.

–Bonito nombre –dije–. Y llámame solo Magdalen, por favor.

–Lo eligió Kieran. Lo haré, lady…, perdón, Magdalen.

–Eso está muy bien –contesté y me dirigí a vestirme bajo su atenta mirada. Cuando estuve medianamente preparada me cogió de la mano y me arrastró escaleras abajo. Cerré los ojos con fuerza ante su ímpetu. Sabía que tarde o temprano acabaría cayendo rodando por aquellas escaleras infernales.

Me guio hasta el salón principal, que en realidad servía como comedor, sala de reuniones y de celebraciones, dependiendo del momento. Ahora estaba a rebosar de gente. Observé por los pequeños ventanucos que había comenzado a llover torrencialmente y los hombres se recluían en el castillo sin poder hacer nada útil en el exterior. La mayoría se habían sentado en la mesa principal situada a un extremo del mismo. Jugaban a las cartas, los dados o conversaban. Pude ver también un conjunto de pequeñas mesas con sillas tapizadas en terciopelo marrón y algunos butacones cerca de la chimenea de gran tamaño, que contribuía a dar luz y algo de calor a la sala. En las paredes colgaban tapices de escenas de caza y bodegones. Cada poco tramo había antorchas que iluminaban menos de lo que realmente se pretendía; creaban un ambiente opresivo y lleno de humo ennegrecido, contrastando con la algarabía de los presentes. Seguí a la pequeña Morag hasta una silla vacía frente a Elinor y me senté saludando con una inclinación de cabeza, observándolo todo con excesiva curiosidad. Me asombraba sentirme tan a gusto en una atmósfera tan irreal, como si me hubieran arrojado a un cuadro costumbrista.

–¿Os encontráis mejor, Magdalen? –preguntó con voz dulce Elinor levantando la vista del bordado.

–Sí, gracias. Mucho mejor –contesté mirando alrededor. Las mujeres hablaban mientras tejían o bordaban.

Me recliné en la silla sin nada más que hacer. La vida allí podía ser extenuantemente aburrida, al igual que en un retiro espiritual. Casi podía imaginarme el folleto publicitario: disfrute de sus vacaciones en un cómodo y primitivo castillo medieval en medio de la isla de Skye. Aproveche su descanso, en lo único que tendrá que ocupar su tiempo será en NO HACER NADA. Le ofrecemos pensión completa a cargo de nuestro prestigioso cocinero, descendiente directo de los pictos que poblaron estas tierras. Sus deliciosos *scones* y su cerveza tradicional le harán alcanzar el éxtasis. Apresúrese. Plazas limitadas.

Salí de mi ensoñación cuando vi a Kieran acercarse al fuego junto a su hermano Cailen. Ambos estaban empapados y se frotaron el pelo de idéntica manera, cual sabuesos sacudiéndose el agua. Algunas gotas me golpearon y esbocé una pequeña sonrisa. Kieran se giró y me miró con su consabido gesto que le acompañaba siempre que me escuchaba o me analizaba: sorpresa. Me saludó con una inclinación de cabeza y se sentó en un butacón cerca de la chimenea. Su hermano lo imitó sentándose en el suelo a sus pies. Observé que Kieran traía un pequeño trozo de madera y que sacaba la *shiang dhu* de la media y comenzaba a rascar con la intención de tallar alguna figura. En ese momento Morag lo vio y se acercó corriendo a él. Kieran soltó la daga, el pedazo de madera y la alzó en sus brazos haciendo que ella riera para sentarla a continuación sobre sus rodillas. Su madre les sonrió con dulzura y a mí se me humedecieron los ojos sin motivo aparente.

—¿Os ocurre algo? —preguntó Elinor con gesto preocupado.

—Tenéis una bonita familia —contesté secándome una lágrima cobarde que se deslizó por mi rostro.

—Ahora también es la vuestra. No lo olvidéis —sonrió ella.

No. No lo era. Pero eso era algo que ella no sabía.

Kieran me observaba con un gesto extraño y yo evité su mirada.

—Kieran, Kieran —llamó su hermana con insistencia. Los niños siempre tenían la misma costumbre, por si la primera vez no les habíamos oído, aunque no se daban cuenta de que la mayoría de las veces lo que los adultos hacíamos era ignorarlos.

–¿Qué sucede, Morag? –inquirió él acomodándola mejor en sus piernas.

–¿Por qué haces que Magdalen duerma desnuda? Va a coger frío –señaló amonestándolo.

Kieran empalideció. Yo enrojecí hasta alcanzar las cotas de un volcán en ebullición. Algunos hombres rieron mirándonos y todas y cada una de las mujeres abandonó su conversación para observarme fijamente.

–Porque… porque… no necesita ropa ya que yo le doy calor –respondió.

El volcán expulsó lava y yo sentí mi cuerpo arder. Algunos hombres rieron ya sin disimulo alguno y percibí como Cailen me miraba con intensidad.

–Morag –reprendió Elinor a su hija pequeña. Pero por lo visto era bastante difícil de controlar.

–¿Le has hecho ya tocar las estrellas? –preguntó de nuevo sujetándose al pelo moreno de su hermano mayor.

Creí que iba a estallar en combustión espontánea. Un coro de risas nos rodeó.

–Ummm…, eso debería decírtelo ella, ¿no? –contestó Kieran riendo también.

Entrecerré los ojos y lo miré con furia, lo que hizo que nuevas risas nos acompañaran.

–Magdalen. –Morag se giró hacia mí–, ¿has podido tocar ya las estrellas? ¿Cómo son?, ¿queman?, ¿su luz te puede dejar ciega?

Estaba a punto de replicar, pero ella continuó hablando:

–Caitlin dice que es como llegar al cielo y pasear entre las nubes para luego abrasarte en el infierno. ¿Es así? Dice que eso ocurre cuando se está enamorada.

Fruncí los labios y las risas de repente se silenciaron. Se oyó un pequeño gemido proveniente de una de las esquinas del salón. Me giré hacia el sonido. Caitlin, la cual tuvo el decoro de enrojecer, estaba sentada tejiendo un *kilt* que adiviné a quien iba destinado. Nos miraba a todos con los ojos abiertos sin parpadear. En especial a Kieran. Ambos entrecruzaron las miradas y hasta percibí las chispas que surgieron del contacto. Un silencio opresivo nos envolvió y todos los rostros se dirigieron a mí. Sentí unos irremediables deseos de levantarme y huir recuperando algo de dignidad, pero mis músculos agarrotados se negaban a obedecerme. Permanecí sentada sujetando con tanta fuerza los brazos de la silla que mis nudillos se pusieron blancos del esfuerzo.

–¿Magdalen? –preguntó de nuevo Morag ausente a la tormenta que había desatado.

Debí callarme, pero no pude. Mi boca me traicionó de nuevo.

–Morag, el amor es un concepto que está claramente sobrevalorado. En realidad, no existe –contesté apretando tanto los dientes que empezó a dolerme la mandíbula.

Escuché expresiones reprobatorias y vi como la gente agitaba la cabeza y murmuraba esperando la reacción de Kieran. Caitlen volvió a gemir, pero esta vez me pareció que fue un gemido de triunfo. Una sola persona se levantó, me miró con fijeza y abandonó el salón en silencio, Gareth.

Elinor fue la única que reaccionó con rapidez.

–Jeannie, trae al pequeño, parece que se está cansando de estar en tus brazos –ordenó dirigiéndose a una de las mujeres que sujetaba a duras penas a un niño de más o menos un año de edad entre sus voluminosos brazos.

Una mujer pequeña, robusta y con el rostro redondo y cubierto de pecas se levantó y se acercó a entregarle el pequeño a Elinor. Ella negó con la cabeza y me señaló. Yo abrí de forma desmesurada los ojos y de improviso me vi con un pequeño berreante lleno de mocos sentado sobre mis rodillas. Solté los brazos de la silla y lo abracé impidiendo que cayera al suelo. Elinor era inteligente. Había previsto mi reacción antes siquiera de que yo la pensara y me había ofrecido una salida digna.

–*Mathair*[3] –intervino de nuevo Morag–. ¿Qué significa lo que ha dicho Magdalen?

Fue Kieran quien contestó en su lugar.

–Lo que quiere decir Magdalen es que tiene miedo de amar porque no conoce el amor –susurró de forma audible a todos los que estaban en el salón. Varios asintieron con la cabeza y yo bufé de nuevo haciendo que el pequeño berreara con más intensidad. ¿Cómo podía hablar con tanta soltura del amor cuando vivía en una época en que ese concepto ni siquiera tenía significado? Y a mí me llamaban cínica…

–Entiendo –dijo finalmente Morag dando por zanjado el tema. Estuve a punto de pedirle que me explicara a mí qué es lo que había entendido, ya que mi mente bullía de dudas sin resolver.

–Ahora ve y juega con tu muñeca –le ordenó Kieran bajándola de sus rodillas. Me miró un instante más y se centró en seguir tallando la madera.

Yo me concentré en el pequeño monstruo que tenía sobre mis piernas. Era la primera vez que sujetaba un bebé y no tenía ni idea de lo que se esperaba de mí. El niño decidió en mi lugar. Cogió entre sus manos regordetas mi dedo índice y se lo introdujo en la boca, lo saboreó y como no debió gustarle demasiado, procedió a morderlo con saña.

Emití un grito y saqué el dedo herido maldiciendo por lo bajo. El niño me sonrió por primera vez mostrándome los dos únicos dientes inferiores que tenía. Una grapadora. Tuve la misma sensación que si me hubiera grapado el dedo. Algunas mujeres rieron distendiendo el ambiente y los hombres volvieron a sus conversaciones y juegos.

---

[3] Madre

Kieran me sonrió de forma ladeada observándome con cautela.

Entorné los ojos con desconfianza sobre el pequeño demonio que tenía frente a mí y él volvió a sorprenderme cuando se irguió tambaleante sobre sus cortas piernecitas y puso ambas manos pegajosas sobre mis mejillas. Se inclinó sobre mí y yo parpadeé. ¿Qué se proponía? Alcanzó con su boca mi labio inferior y lo succionó con tanta fuerza que cuando lo soltó se escuchó un pequeño ¡glup! Antes de que pudiera reaccionar por la sorpresa, Kieran se había materializado junto a mí y estaba cogiendo al pequeño succionador entre sus brazos.

—Vamos, enano. Sus labios son solo míos —exclamó sonriéndole al pequeño demonio. Este le devolvió la sonrisa con adoración—. Jeannie —llamó de nuevo—, creo que tiene hambre.

La mujer se acercó y cogió a su hijo en brazos para sentarse en una esquina y desatar su corpiño. Y el bebé por fin succionó lo que le calmaba. Observé la escena algo cohibida y con un gesto extraño. Levanté mi vista hacia Kieran y recuperé el aplomo.

—No soy tuya —mascullé entre dientes.

—Lo eres —dijo inclinándose para darme un casto beso en la coronilla—, solo que todavía no lo sabes —susurró en mi oído.

Apreté la mandíbula y me mantuve en silencio. Él volvió a sentarse a tallar la madera.

—Seréis una buena madre —indicó Elinor sin apartar la vista de su bordado.

La miré estupefacta. ¿Madre? Esa palabra no tenía sentido en mi vida. Para mí era la más odiada de todas.

—Os equivocáis —señalé con acritud.

—Yo nunca me equivoco —afirmó ella con suavidad sin levantar el rostro.

Pronto comenzaron a traer bandejas repletas de comida y jarras de cerveza que depositaron en las mesas.

Varias jóvenes distribuyeron platos, vasos y cucharas y todos nos dispusimos a cenar. Me acerqué a la mesa principal que Kieran presidía e intenté buscar un sitio alejado de su escrutinio. Como si todos a una se hubieran confabulado contra mí acabé sentada justo a su derecha. Antes de que me pudiera llevar la cuchara a la boca me interrumpió la voz grave de mi marido.

—Señor, bendice los alimentos que vamos a tomar. —Hizo una pausa y me miró, lo que provocó que yo me atragantara y tosiera disimulando—. ¿Quieres continuar tú?

Negué con la cabeza, enrojeciendo. No sabía nada, absolutamente nada, de bendiciones de mesa ni de ninguna bendición en concreto. Kieran me observó con curiosidad, pero de forma milagrosa, igual era debido a la bendición, esta vez no replicó y continuó su discurso.

—Bendice estos alimentos que recibimos por tu generosidad. Te lo pedimos por Cristo Nuestro Señor. Amén —pronunció con voz alta y clara.

—Amén —respondieron todos al unísono.

—Amén —dije yo unos segundos más tarde, notando como todos levantaban la vista en mi dirección. Y como no sabía qué se esperaba de mí, hice lo único católico que recordaba: la señal de la cruz sobre mi pecho. Se miraron entre ellos extrañados y algunos la repitieron por respeto. Kieran abrió la boca y luego la cerró con gesto pensativo.

—Cenemos entonces —exclamó después de unos instantes.

El ambiente se distendió. Las conversaciones se retomaron y se escucharon risas y comentarios en voz alta. Me relajé y mientras degustaba el delicioso guiso de carne que había preparado Aluinn me di cuenta de que me fascinaba y horrorizaba a partes iguales encontrarme en aquella época fingiendo ser una persona que no era. Pero, tenía que reconocerlo, también me fascinaba y horrorizaba saber que era bruja y desconocer cuantas posibilidades de exploración se abrían ante mí. Estudié Historia del Arte por convicción, no por obligación. Cada objeto que caía en mis manos era analizado en su contexto histórico de mil maneras, era un pedazo de la historia de personas reales, no solo recuerdos. Me dediqué a observar con curiosidad todo, las costumbres, los dejes verbales, las formas y el conjunto. Y empecé a sentir una desazón desconocida, que nació en el fondo de mi pecho, de apego y de cariño aderezado con una pizca de envidia, ya que pese a sus enfrentamientos y disputas eran un clan unido, una familia unida, y eso, para alguien que nunca había tenido familia, estaba resultando doloroso. Sentí que mis ojos se humedecían y oculté el rostro evitando ponerme en evidencia. Aun así hubo una persona que lo percibió.

Kieran pasó su mano por debajo de la mesa y arrastró la mía hasta que la tuvo bien sujeta en la suya. No la soltó en toda la cena, mientras trazaba círculos en la palma con gesto descuidado.

Apenas pude mantener una conversación coherente, casi todas se desarrollaban en gaélico y no conseguía entender nada. Kieran de vez en cuando se inclinaba sobre mí y traducía algunas frases percibiendo al instante mi confusión. ¿Cómo iba a poder explicarle que no hablaba gaélico? ¿Otro golpe en la cabeza tal vez? ¿Una laguna mental? Cada día que pasaba allí estaba más en peligro de que descubrieran que no era lady Magdalen, y eso podía no solo ponerme en peligro a mí, sino también a Kieran, que dependía del dinero de la dote para reflotar el maltrecho clan. Me pregunté qué les habría sucedido para encontrarse en esa situación. Probablemente nunca lo averiguaría. Me reafirmé en el hecho de que estaba allí por un motivo y ese era el encontrar a Sarah y devolvernos a nuestra vida normal. Paseé la mirada por los rostros que me rodeaban y por primera vez me di cuenta de que los iba a echar de menos. Me justifiqué sabiendo que tendría que resignarme a esperar que la añoranza se disipara, como ya había sucedido otras veces.

Un grupo al fondo de la mesa algo más bullicioso se hizo notar golpeando con fuerza la madera y hablando en voz más alta cuando se sirvieron bandejas repletas de dulces y botellas labradas de forma tosca que contenían whisky. Todos los hombres se sirvieron y alguna mujer se atrevió a escanciar un poco en sus vasos. Yo rechacé con un gesto amable a Kieran que me ofrecía el líquido ambarino. No más cerveza, ni *scones*, no quería imaginar lo que haría el whisky en mi persona.

Caitlen se levantó con gesto falsamente tímido y se posicionó sobre una pequeña tarima. Me pregunté qué se proponía. Cailen la siguió y entre sus manos apareció de pronto una flauta de madera. Ella sonrió al joven y este enrojeció. Calculé que tendría dieciséis o diecisiete años, para aquel tiempo se le consideraba un hombre, pero seguía siendo un niño, un niño enamoradizo y en pleno despertar sexual.

Entonces, la ninfa de ojos verdes y pelo rojo dirigió su mirada a Kieran y este asintió con la cabeza con una leve sonrisa dando su conformidad. Tal vez no fuera tan mala idea una copa de whisky. O la botella entera. No esperé a que nadie me la ofreciera. Llené mi vaso hasta casi el borde. Kieran ni se percató, concentrado en la beldad que le sonreía con adoración. Tomé un trago que me abrasó la garganta y fruncí los labios intentando mantenerlo en mi estómago. Percibí el leve sabor a agua marina, turba, madera y brezo tan típico de aquella parte de Escocia y al poco rato mis músculos se distendieron y me relajé al menos hasta que escuché la voz de Caitlen.

Cantar no era la definición correcta. Hechizar con su voz sí lo era. De sus labios brotaba el sonido melancólico y triste de una balada en gaélico con gran maestría. Manejaba los tiempos para crear el efecto hipnótico en todos y cuantos nos rodeaban. Su voz melodiosa y cadencial subía y bajaba al ritmo de la canción mientras sus ojos no se separaban de los de Kieran. Le estaba cantando a él.

Solo a él. Acabé el vaso de whisky con dos tragos más. Me atraganté y tosí, pero mantuve el líquido dentro de mi cuerpo haciendo que este enturbiara mi mente y calmara mis sentidos. Pero no lo conseguí. Algo desconocido brotó del centro de mi ser y deseé con todas mis fuerzas que tropezara en alguna frase o emitiera un agudo estridente que estropeara la melodía.

Había olvidado que era bruja. De verdad lo había olvidado. Caitlin profirió tal chillido que algunos que estaban cerca de ella retrocedieron tapándose los oídos con las manos. Carraspeó algo confusa e intentó de nuevo retomar la canción, pero de su boca solo salieron sonidos roncos y discordantes, como un piano sin afinar, rasgando el aire y rompiendo el encanto. Se tapó la boca avergonzada y aparecieron lágrimas en sus ojos. Y yo me reí. A carcajadas. No lo pude evitar. El maldito whisky, tenía que ser eso...

Todos se giraron a mirarme y yo contuve la risa con pequeños hipidos histéricos agachando la cabeza. Y por primera vez desde que Caitlen se había puesto en pie, Kieran dirigió toda su atención a mí. Me miró con tal intensidad que creí que me atravesaba con sus extraños ojos dorados. Su rostro se tornó enfadado y me apretó la mano en señal de silencio con tanta fuerza que creí me iba a romper algún hueso. Se escuchaban murmullos a nuestro alrededor y Caitlen finalmente salió corriendo del salón. Elinor se levantó presurosa y siguió a la joven.

Kieran me observó de forma iracunda, pero no pronunció palabra alguna. Pronto las conversaciones se reanudaron y las mujeres se fueron alejando de la mesa para centrarse en sus labores. Las seguí sin saber muy bien qué hacer. Me senté en un butacón junto a la enorme chimenea y permanecí perdida en mis pensamientos viendo danzar las llamas, mientras la languidez producida por el licor me invadió hasta llevarme a un extraño entrevela. Había ejercido la magia para humillar a mi enemiga, pero no era ningún consuelo. Me sentía avergonzada y molesta, nunca había hecho algo así. De improviso recordé la caída de mi padre. Sí lo había hecho. El miedo me atenazó de tal forma que fui incapaz de mover un solo músculo. No controlaba mi poder y tenía que controlarlo o él acabaría controlándome a mí. Observé el anillo, se había oscurecido, lo que no era bueno. Tenía que salir de allí con rapidez, así que me levanté y despedí de las mujeres. Busqué a Kieran con la mirada, pero había desaparecido. Salí del salón adecuando mi vista a la penumbra reinante en el recibidor y me detuve un momento para orientarme maldiciendo no haber traído una simple vela para alumbrarme.

Entonces escuché un suave rumor frente a mí que no pude identificar. Una nube oscura liberó la luna y su luz se filtró por un pequeño ventanuco no más grande que el ojo de un buey en la parte superior de la pared. Seguí la dirección del haz blanquecino y fantasmal y me asomé tras las escaleras con cautela. Pegué un respingo y apreté fuertemente los brazos contra mi cuerpo.

Kieran estaba de pie, abrazando con ternura a Caitlen, que lloraba apoyada en su amplio pecho. Él le estaba murmurando algo tranquilizador en gaélico mientras le acariciaba el pelo. Era un gesto tan íntimo que enrojecí y aparté la mirada avergonzada, girándome para correr escaleras arriba sin importarme caerme y romperme la crisma. Abrí la puerta de nuestra habitación y la cerré dando un portazo. Me quedé apoyada en la madera apenas pulida respirando de forma agitada.

—¡Maldito escocés traidor! ¡Maldito seas! —exclamé al vacío de la sala.

Me acerqué al pequeño aparador de madera donde reposaba el aguamanil, una jarra de agua y un espejo con mango de nácar. Me miré con fijeza, la imagen no era perfecta, pero se distinguían mis rasgos. Mi pelo rubio, que no llegaba a ser rubio del todo, cayendo en ondulaciones rodeando mi rostro serio, mi nariz recta y mis labios fruncidos. ¿Cómo había podido llegar siquiera a pensar que Kieran…? No pude terminar el pensamiento. Caitlen era una beldad, pequeña y delicada, con curvas voluptuosas que mostraba en cada movimiento, mientras yo era alta y torpe en comparación. Sus ojos verdes eran hipnotizadores y su pelo rojo volaba alrededor de su rostro en forma de corazón decorado con una graciosa nariz respingona.

—Espejito, espejito ¿quién es la más bella del reino? —pregunté sintiéndome la madrastra de Blancanieves.

El espejo me devolvió solo mi imagen.

—¡Mentiroso! —le grité dejándolo sobre el aparador con un golpe brusco.

—¿También hablas con los espejos, Magdalen? —inquirió una voz profunda a mi espalda.

Me giré sorprendida y algo asustada para encontrarme a Kieran de pie en el centro de la habitación con los brazos cruzados y una extraña expresión en sus ojos dorados. Y no tuve ninguna duda, eran la pareja perfecta. El guerrero vikingo, alto, fuerte, poderoso y con un aura de misterioso peligro alrededor de él protegiendo a la damisela, bella y etérea.

—Sí —contesté—, pero no suelen responderme.

Él sonrió de forma ladeada.

—¿Dónde has estado? —le increpé.

—Por ahí —respondió con brevedad.

—¡Ah, ya! Por ahí, por aquí, por allá, detrás de las escaleras…

Él soltó una brusca carcajada.

—¿Estás celosa? —preguntó acercándose a mí, mientras yo retrocedía.

—¿Celosa? ¿Yo? —inquirí con incredulidad. Jamás había estado celosa de ninguna otra mujer que yo recordara.

—Lo estás —afirmó Kieran con rotundidad—. No creas que no he visto cómo nos observabas.

—¿Ah, sí? ¿Te gusta tener público? —señalé de forma ácida y cortante.

—No.

Me giré de improviso y le di la espalda observando el fuego que lamía las paredes de la chimenea. No quería discutir. Odiaba discutir y desde que había llegado a ese tiempo tenía la sensación de que caía de un enfrentamiento a otro. Y eso me estaba desquiciando.

—*Seall orm*[4], Magdalen —dijo con suavidad.

Yo no hice ningún movimiento. En realidad no entendí nada.

—Magdalen —llamó él de nuevo.

Lo ignoré.

—Magdalen —abroncó.

—¿Qué? —Me di la vuelta y lo miré de frente.

—A veces dudo de que hasta ese sea tu verdadero nombre —masculló pasándose la mano por el rostro cubierto por una fina capa de pelo rasposo moreno.

—Lo es —afirmé mintiendo.

—Solo estaba consolándola. Para ella ha supuesto una humillación ante todos el quedarse sin voz. Suele amenizar nuestras veladas a menudo —explicó—, y lo hace francamente bien —añadió como al descuido.

Farfullé algo muy desagradable entre dientes.

—¿Te ha molestado?

Respiré hondo. Y respiré de nuevo. Y volví a respirar.

—Sí —confesé arrepintiéndome al instante.

—Me alegro. —Sonrió Kieran con suficiencia.

—Eres… eres… —No es que no encontrara la palabra exacta, sino que encontraba demasiadas y no sabía por cuál empezar.

—Tu marido, principalmente. Soy tu marido. ¿Crees que a mí no me dolió verte abrazada a Gareth ayer? —Me miró con intensidad.

____
[4] Mírame

Abrí la boca para protestar y la cerré con fuerza.

—No logro comprenderte. Primero me das tu permiso para que tenga una amante e incluso pareces alegrarte por ello. Luego me confiesas que estás enamorada de otro hombre que no soy yo. Y sin embargo pareces realmente molesta por lo que acabas de ver. ¿Me lo puedes explicar?

Decidí ser sincera.

—¿No podrías… al menos durante el tiempo que esté aquí mantenerte alejado de esa mujer? —le pedí. Ni siquiera sabía por qué lo había hecho. Los celos, tenían que haber sido esos desconocidos y abrasadores celos.

—¿Durante el tiempo que estés aquí? —Por lo visto había ignorado la parte principal de mi súplica—. ¿Es que piensas ir a algún sitio? No estarás pensando en regresar a tu hogar, ¿no?

Lo miré con tristeza y me mantuve en silencio.

—Magdalen —se acercó a mí y posó sus enormes manos en mis hombros abrasando mi piel—, sé que no estás acostumbrada a este ambiente, que quizá lo consideres demasiado… demasiado pobre comparado con la opulencia de tu hogar. Pero te prometo que te mantendré cuidada, te protegeré y te alimentaré, aunque yo no tenga nada que llevarme a la boca.

De improviso se me llenaron los ojos de lágrimas. Nadie me había dicho nada tan sincero y tan hermoso en toda mi vida. Kieran soltó mis hombros y me abrazó con tanta fuerza que casi me impidió respirar.

—¿Me alimentarás? —inquirí con un suspiro entrecortado. No era una pregunta retórica, mi madre había olvidado muchas veces que tenía una hija pequeña y yo me acostaba casi todos los días de mi infancia sin nada en el estómago, hasta que fui lo suficientemente mayor como para poder cocinarme algo yo misma o comprar algún alimento para rellenar el vacío frigorífico.

—Siempre —murmuró junto a mi oído.

–Eso es muy bonito. –Sollocé de nuevo apoyándome en su amplio pecho.

Percibí la risa brotar de su pecho.

–Y tú eres hermosa –susurró él.

–No, no lo soy. –Sollocé con más fuerza.

–Sí, la más hermosa de reino –dijo y rio con suavidad.

–Idiota –mascullé y solo conseguí que él riera con más fuerza.

Kieran levantó mi rostro hacia el suyo con una sola mano apoyada en mi barbilla y me besó con dulzura. Al instante nuestros cuerpos comenzaron a arder y el beso se intensificó. Le sujeté la nuca con ambas manos enterrando mis dedos en su grueso cabello ondulado y negro como la noche. Se separó con brusquedad, dejándome algo aturdida.

–Dime, Magdalen, ¿esta noche es tu mente o tu cuerpo el que me va a rechazar? Lo pregunto para conocer cuál será mi batalla a librar –indicó con una sonrisa ladeada que destacó el hoyuelo en su barbilla.

–Mi mente y mi cuerpo estarán dispuestos a darte la bienvenida –aseveré con rotundidad. ¿Había dicho eso? Sí, por supuesto que lo había dicho.

Él rio echando la cabeza hacia atrás y me llevó en volandas hasta la cama. Me desnudó con lentitud, pero evitando rozar mi piel, lo que me excitó hasta cimas desconocidas. Me quedé desnuda sobre la cama, expectante y sintiéndome vulnerable ante su intensa mirada. Él se apartó y se desnudó con más rapidez, respirando agitadamente y dejándome contemplar su esbelto y perfecto cuerpo desnudo. Me recreé sin ningún pudor en cada uno de sus firmes músculos marcados por los años de lucha y esfuerzo.

Se tendió sobre mí con parsimonia y comenzó a acariciarme cada centímetro de mi piel. Me estremecí, pero él siguió su camino deslizándose con deliberada lentitud hasta que paró sobre mi ombligo y sopló suavemente.

Gemí de forma entrecortada y me arqueé involuntariamente. Lo deseaba. Lo deseaba todo. Todo de él. Sujetó
mis piernas con las manos y las abrió dejándome totalmente expuesta en mi desnudez frente a su rostro. Giré
mi cabeza notando el frescor de las sábanas y apreté con
fuerza la manta sobre la que estaba tendida.

–¿Qué es esta marca? –preguntó de improviso levantando el rostro.

Me incorporé a medias viendo lo que él observaba con
tanta intensidad. La estrella de cinco puntas. Apenas era
visible, sin embargo para él no había pasado desapercibida.

–Es una marca de nacimiento –expliqué jadeando, por
el deseo y por el miedo.

–Es… lo que te define –murmuró concentrado.

Le enfoqué la mirada y percibí un conocimiento en
sus ojos que me llegó con total claridad. Pero no parecía temeroso, ni molesto, ni horrorizado. Sus labios se
posaron sobre ella y la besaron con veneración. Yo me
relajé al instante dejando caer mi cabeza otra vez sobre
la almohada.

Kieran se incorporó y me arrastró cogiéndome por las
caderas, me encajó en su fuerte cuerpo y los dos fuimos
uno solo. Como dos piezas de un puzzle que por fin encuentran su sitio. Ramalazos de placer me recorrían por
todas mis extremidades a cada fuerte empujón de él, llegando tan profundo que grité de dolor, grité de placer,
grité que parara y le grité que siguiera, sin darme cuenta
de que me había entregado en cuerpo y alma al hombre
que con toda probabilidad acabaría con mi vida. Aunque
de momento solo estaba acabando con toda mi energía.

–Kieran –supliqué.

–Todavía no –contestó con un gruñido.

–No podré soportarlo –susurré apenas sin fuerzas.

Todo mi cuerpo se estremecía una y otra vez sin que
tuviera tiempo de recuperarme entre una acometida y
otra.

—Mírame —exigió.

Abrí los ojos y observé su rostro fuerte y tenso sobre el mío.

—Quiero que me mires cuando te hago mía. Porque no habrá más hombre que yo. Ni en tu futuro, ni en tu pasado.

Parpadeé ante el significado de esas palabras, pero sus hipnóticos ojos dorados me mantuvieron presa de su mirada. Empujó con más fuerza introduciéndose de nuevo en mí hasta que llegó al límite del dolor. Grité con fuerza y me arqueé pero no separé mi vista de sus ojos.

Lo sentí tensarse y echar la cabeza hacia atrás en total rendición. Se había rendido. A mí. Respiró entre jadeos y se dejó caer sobre mi cuerpo sudoroso sin salir de mi interior. Pasé las manos por su espalda fuerte y perfecta arrastrando gotas de sudor con mis manos. Jamás me sentí más unida a una persona que en ese instante. Giré mi rostro para encontrarme con su mirada brillante.

—Tus ojos son verdes —dijo—, cuando te poseo, tus ojos son verdes, por eso quiero que me mires. El resto del tiempo, se debaten entre el negro y el musgo, pero solo cuando eres mía brillan de forma intensa. Son verdes —afirmó y cerró los ojos.

Desperté sintiendo que algo me ahogaba. Apenas podía respirar. Me agité desesperada pero el hombre que me sujetaba era mucho más fuerte que yo. Kieran jadeaba sobre mí con los ojos abiertos pero sin llegar a ver. Me sujetaba con fuerza los brazos y su peso me impedía moverme.

—No me matarás —susurró broncamente.

Pegué un grito. No fueron sus palabras lo que me asustaron sino el idioma en el que las pronunció: Castellano.

Él parpadeó asustado y se incorporó agitando la cabeza, dándose cuenta por primera vez de donde se encontraba. Se giró hacia mí y me sujetó el rostro entre las manos.

–Magdalen, Magdalen ¿te he hecho daño? –preguntó pasando las manos de mi rostro al resto de mi cuerpo buscando heridas.

Manoteé e intenté apartarlo.

–Magdalen *ni maìtheanas dhombj* –suplicó con los ojos brillantes de temor.

–¿Qué… qué has dicho? –inquirí con voz ronca.

–Perdóname –contestó él dejándose caer de nuevo sobre el mullido colchón. Se quedó mirando al techo con los ojos abiertos. No volvió a tocarme.

Me giré y le puse una mano sobre el pecho que se levantaba una y otra vez fruto de una intensa agitación. Solo con ese gesto conseguí que se calmara.

–¿Ha sido una pesadilla? –murmuré.

Kieran no contestó. Solo frunció los labios y apretó los puños con fuerza.

–Kieran, cuéntamelo. Si lo haces, los demonios desaparecerán –le pedí. No era del todo cierto. Por lo menos a mí no me había funcionado nunca, pero puede que a él sí.

Se mantuvo unos instantes en silencio. Finalmente giró su rostro y me miró con incalculable dolor en sus ojos.

–Era un recuerdo. La guerra –explicó–. No me sucede a menudo. Hacía años que no me ocurría, pero a veces es tan intenso que siento que estoy allí. Rodeado de cadáveres, respirando el humo de la pólvora que te abrasa los pulmones, el hedor de la sangre y la carne pudriéndose ante el calor del verano. El abrasador calor. Y los cuervos. Los malditos cuervos que vuelan sobre nosotros esperando a ver cuál será el siguiente en caer.

Lo abracé con fuerza. Desconocía a qué guerra se refería o si era un enfrentamiento entre clanes, pero solo le podía ofrecer mis brazos como consuelo. Él se giró para acomodarme contra su cuerpo y me estrechó respirando junto a mi rostro.

–Si… si lo vuelvo a hacer, golpéame, golpéame fuerte y haz que despierte. No soportaría saber que te he hecho daño de una forma tan vil y cobarde –pidió en un susurro entrecortado.

–Tranquilo, tendré siempre a mano una palmatoria de bronce, por si acaso –le dije con una sonrisa observando su rostro apenado.

–No golpees demasiado fuerte. –Conseguí que sonriera–. Me gustaría llegar a los veinticinco años.

–¡Oh! –contesté yo–, no creo que pueda matar a nadie con un golpe.

–Magdalen. –Meneó la cabeza–. Se puede matar de muchas formas y con muchos objetos, solo con las manos e incluso sin utilizar nada de eso. Deberías tenerlo en cuenta.

¿Era una advertencia? ¿Era una amenaza? No lo llegué a averiguar. Cerró los ojos y en pocos instantes se quedó dormido.

Cuando desperté al amanecer, él ya se había ido. El romance había finalizado. Sin flores ni bombones. Sin un beso al alba y sin un buenos días. Refunfuñé y me dispuse a seguir durmiendo. Fue imposible. Me levanté al cabo de un rato y me vestí deseando salir al exterior y enfrentarme por fin a lo que me había traído hasta allí: encontrar a Sarah.

CAPÍTULO VI

El tiempo es como un camino
que marcas con tus pisadas.

No llegué muy lejos. Exactamente hasta las cocinas. El olor de los *scones* recién horneados hizo que siguiera el rastro como un cachorro hambriento. ¿Le pondría algún tipo de droga el cocinero? Si en realidad a mí nunca me habían llegado a gustar. No lo comprendía. Desde luego Aluinn tenía manos mágicas, por lo menos para la cocina.

Entré con una sonrisa, anticipándome a los deliciosos manjares que estaban expuestos en la gran mesa central. Me encontré con un hombre sentado desayunando, Roderick, que sonrió cambiando su gesto normalmente serio a uno ciertamente amable y me indicó que tomara asiento en un banco a su lado.

–¿Venís acaso señora por mis arenques ahumados? –preguntó Aluinn riéndose mientras amasaba pan con las mangas de la camisa remangadas por encima de los codos.

–Ummm… preferiría. Ya sabéis –contesté algo titubeante.

Roderick se levantó riendo y me acercó un plato con *scones* y una jarra de cerveza. Vaya, las noticias volaban.

—En las Highlands no hay secretos. Lo que no averiguamos, lo suponemos —explicó él ante una mirada de sorpresa mía.

Me centré en mi desayuno con la mirada perdida, mientras ambos hombres conversaban en gaélico. Siempre me había molestado profundamente que ante mí hablaran en un idioma que yo no entendiera. Me parecía una falta de educación y cortesía, sin embargo no podía reprocharles nada. De vez en cuando buscaban mi mirada como si esperasen alguna contestación suponiendo que yo comprendía cada una de sus palabras. Yo asentía cuando lo creía necesario y me mantenía en silencio para no ponerme en evidencia.

—¿Habéis descansado bien, lady Magdalen? —inquirió Roderick cambiando al inglés, haciendo que yo diera un pequeño respingo.

—Sí… hummm… sí.

Ambos hombres cruzaron una mirada cargada de intenciones.

—¿Os ha hecho daño? —susurró Roderick. Aluinn dejó de amasar pan y se centró en mi persona.

—No. No lo ha hecho, ¿cómo sabéis que…?

No me dejó terminar.

—Aluinn me ha comentado que ha aparecido al amanecer furioso, ha cogido una botella de whisky y ha salido sin pronunciar palabra. Eso solo quiere decir una cosa, que han regresado las pesadillas —explicó con voz suave.

—¿Las tiene a menudo? —pregunté con interés. Si algo conocía bien, era el poder maligno de las pesadillas.

—Hacía mucho tiempo que no. Varios años. Su vida ha sido difícil y aunque él intente ocultarlo y aparentar que no sucede nada, su alma está herida y lamentablemente no se curará nunca —fue Aluinn quien habló.

Yo lo miré enarcando una ceja. Roderick lo fulminó con la mirada.

—Ella debe saberlo. Es su esposa y, conoces a Kieran,

él jamás se lo confesará. Sabes lo mismo que yo lo terco que es. Piensa que puede solucionar todos los problemas del mundo solo. Es lo que tiene no haber tenido infancia. Convertirse en un hombre antes de haber dejado los juegos con espadas de madera –replicó Aluinn a Roderick con seriedad.

Miré a uno y a otro con intensidad. Finalmente, Roderick asintió con la cabeza.

–Su padre era un hombre débil. Él único heredero del viejo Mackinnon. Sus obligaciones lo superaron y pronto se preocupó más de tener a mano una botella de whisky que de dirigir el clan. Elinor siempre fue más valerosa que él. Pero no tenía la fuerza suficiente para luchar contra él. Una noche en la que estaba tan borracho que al día siguiente no conseguía recordar nada de lo sucedido, apaleó a su esposa hasta casi matarla. –Hizo una pausa y yo gemí sin pretenderlo. Roderick me dio unas palmadas en la mano que tenía posada sobre la mesa y se pasó la mano por el pelo como si buscara fuerzas en ese gesto para continuar la historia–. Kieran tenía solo once años, su hermano Cailen tres. Se despertó al escuchar los gritos y acudió a la habitación de sus padres. Sacó a Cailen al pasillo evitando que su padre la tomara con el pequeño que gimoteaba sin entender nada. Después entró y se enfrentó a su padre. Un hombre borracho y claramente más fuerte que él era algo muy peligroso para un niño de su edad. Pero Kieran nunca mostró ningún rasgo cobarde en toda su vida. Se posicionó delante de su madre evitando que su padre siguiera golpeándola, aunque Elinor estaba tendida en el suelo, inconsciente. Así que su padre la emprendió con él. Cuando llegué a la habitación lo encontré tirado en el suelo, su padre tenía en sus manos su cabeza y la golpeaba una y otra vez en el suelo de piedra. Por un momento creí que lo había matado. – Respiró profundamente y percibí el dolor en su mirada–. Arrastré a Finnegal fuera a duras penas. Estaba enloquecido y bastante ebrio. Acudieron Aluinn y Gareth, que ya era mayor para entender lo que estaba sucediendo. —Se silenció de nuevo con sombras oscuras que atravesaron sus pupilas. Los cerró y respiró con dificultad. Yo le cogí un brazo y lo apreté con suavidad.

—¿Qué sucedió? —murmuré.

—Aluinn y yo nos encargamos de Finnegal. En verdad nos encargamos de él. —Cruzó una mirada con Aluinn y este asintió con seriedad—. Gareth consiguió reanimar a Kieran. Siempre cuidó de él como si fuera su hermano pequeño. No obstante, Elinor y él estuvieron varios días al borde de la muerte. Elinor perdió el bebé que esperaba...

Gemí de nuevo y me tapé la boca con la mano avergonzada. Ellos me ignoraron perdidos en sus recuerdos.

—Y con ello perdió parte de la luz en su mirada. Creímos que jamás volvería a tener hijos hasta que llegó Morag. La pequeña Morag fue nuestro milagro. Con ella Elinor y también Kieran volvieron a ser casi los mismos de siempre.

—¿Qué sucedió..., cómo... el padre de...? —No encontraba las palabras para preguntar lo que me temía.

—Finnegal murió cayéndose de un acantilado hace siete años, ni siquiera pudo ver nacer a su última hija. Estaba tan ebrio que pensamos que habría desaparecido durante una de sus escapadas fuera de las tierras. No fue así, el mar nos devolvió su cuerpo henchido casi un mes después.

—¡Oh, Señor! —exclamé. Solo sentía un profundo dolor y compasión por la que yo había creído una familia perfecta—. Un hombre no debería agredir a una mujer, pero mucho menos a un niño indefenso. Es cruel.

—Los hombres tenemos el derecho de golpear a las mujeres cuando desobedecen y también a nuestros hijos. Con una cinta de cuero o bien con un palo que no sobrepase el grosor de nuestro propio dedo gordo —señaló con acritud Roderick.

Observé el dedo en cuestión y tuve un escalofrío. Lo miré iracunda.

—Es nuestro deber —pronunció con suavidad—, pero también es nuestro castigo.

—¡Es inhumano! —protesté casi gritando.

—Lo que hacía Finnegal lo era, porque no estaba golpeando por desobediencia o por castigo. Lo hacía por placer. Elinor es una mujer fuerte que podía defenderse, pero estaba débil y embarazada. Eso fue inconcebible. Y lo que hizo con Kieran también. Pero ya he dicho que él recibió su merecido —explicó con voz serena Roderick.

A mí me hervía la sangre y estaba apretando los puños como si pudiera tener frente a mí al odioso padre de Kieran. Si lo hubiera atrapado en aquel momento no tendría escapatoria. Observé como mi anillo se estaba oscureciendo y la furia me embargaba. Intenté respirar con tranquilidad mientras ambos hombres me observaban con franca curiosidad, estudiando cada una de mis reacciones.

Roderick prosiguió la historia.

—Así que Kieran con apenas dieciocho años tuvo que hacerse cargo de un clan desperdigado y empobrecido para unirlo de nuevo. Y Dios mediante, que el terco lo consiguió. Trajo a las familias más humildes al castillo y buscó por todos los medios las alianzas que nos fueran favorables. A veces puede ser muy persuasivo. Comenzó la reconstrucción de nuestro hogar, cultivó los campos yermos, consiguió algo de ganado y poco a poco nos fuimos recuperando.

—Pero él… me ha hablado de la guerra —dije sin entender cuándo había tenido tiempo de hacer todo aquello y luchar al mismo tiempo.

Ambos hombres cruzaron una leve sonrisa.

—Eso debería contártelo él. Todavía permanece oculto. Si su madre llega a saber lo que hizo ya hubiera muerto de la preocupación. Solo unos pocos sabemos lo que sucedió, entre ellos Gareth, que siempre le acompañó en sus viajes. Pero es tan obstinado como él y jamás cuenta nada. Son tremendamente leales entre ellos –fue Aluinn el que habló.

–¿Son familia? –pregunté con interés, quizá con demasiado interés. Ellos volvieron a cruzar las miradas.

–Gareth es un niño abandonado. Creemos que por eso han estado siempre tan unidos, porque durante mucho tiempo Kieran no tuvo una familia propiamente dicha. Desde que era un niño tuvo que proteger a la suya, casi perdiendo su vida. No sabemos quiénes son los padres de Gareth, lo dejaron cinco años antes de que Kieran naciera en la puerta del castillo. Era un bebé enclenque y enfermo, todos creímos que no sobreviviría al primer invierno, pero nos equivocamos. Cuando Elinor llegó tres años después y se convirtió en una Mackinnon, lo acogió como un hijo y lo cuidó como tal –explicó Aluinn.

Me quedé unos instantes con la mirada perdida, pensando que todos escondíamos esqueletos en el armario. Unos más que otros.

Roderick se levantó y se asomó al ventanal de la cocina observando el cielo cambiante. No llovía, pero eso no garantizaba que estuviera así todo el día. Flexionó los brazos.

–¿Cómo va la torre norte? –preguntó Aluinn.

–La estamos terminando, si la maldita lluvia nos deja –contestó Roderick–. Por cierto, tu esposa me ha exigido que te prohíba acercarte por allí, no vaya a ser que te suceda lo mismo que a Hugh.

–¡Esposa! –exclamé yo sorprendiéndolos a ambos.

–Sí, tengo una esposa. La enamoré con mi belleza –respondió Aluinn esbozando una de sus raras y hermosas sonrisas.

–Más bien sería por tu comida –apostillé mordiéndome la lengua a continuación.

Aluinn no pareció ofenderse, ni por mi comentario, ni por las risas de Roderick.

–Seguramente tengáis razón. Lo importante es que la mantengo a mi lado, por una cosa o por la otra. Creo que anoche conocisteis a mi hijo –indicó siguiendo amasando pan.

–¿El demonio succionador? –pregunté estupefacta.

–El mismo.

–Os felicito, Aluinn

–¿Por qué?

–Porque gracias a los cielos, se parece a su madre. –Sonreí con picardía y cogí otro *scone*.

Ambos hombres rieron y asintieron con la cabeza en señal de conformidad.

–¿Sabéis dónde puede encontrarse Kieran? –inquirí cambiando el tono.

–Estará en su despacho. Es lo que suele hacer cuando algo lo preocupa –aclaró Roderick.

–¿Y eso está…?

–En el pasillo de vuestros aposentos. Es la última puerta de la derecha –indicó Aluinn.

Asentí y busqué un pequeño pañuelo ante la atenta mirada de los dos hombres. Encontré uno a cuadros verdes y rojos y lo llené de *scones*. También cogí una botella de cerveza, por si acaso. Solo por eso. Yo también me había escondido muchas veces y nunca tuve a nadie que viniera a buscarme para ofrecerme consuelo. No quería que Kieran pasara por lo mismo. Se lo debía. ¿Por qué? Ni yo misma lo sabía. Lo iba a hacer y ya estaba. Me despedí con un gesto de la cabeza y salí al recibidor. Me quedé un momento intentando buscar las palabras adecuadas para enfrentarme con él con el conocimiento que ahora tenía de su pasado y pude escuchar a Aluinn y Roderick hablando dentro.

–¿Crees que ella podrá salvarlo de él mismo? –fue Roderick quien pronunció esas palabras.

–Sí, estoy completamente seguro. Es fuerte. Es luchadora. Jamás se dejará intimidar. No me gustaría estar en el pellejo de Kieran si alguna vez se ve obligado a castigarla –contestó Aluinn.

Me alejé algo avergonzada. No iba a estar mucho tiempo, pero aunque no lo salvara, por lo menos podría ofrecerle algo de ayuda. Y desde luego jamás iba a dejar que me castigara, fuera cual fuera mi pecado. Subí corriendo por las escaleras olvidándome por un momento de que eran un instrumento de la Inquisición.

Me detuve ante la puerta que me habían indicado era el despacho del *laird* Mackinnon. No se escuchaba nada y por un instante dudé que estuviera dentro. Levanté la mano para llamar y la dejé caer. Me reñí a mí misma. No seas cobarde Alana, ellos mismos han dicho que eres fuerte. ¿Fuerte? ¡Ja!, hasta las paredes de piedra se rieron de mí. No obstante levanté de nuevo mi mano y llamé con ímpetu.

–Adelante. Está abierta.

Entré tímidamente. Lo vi de pie junto a la ventana apoyado con una mano en la jamba de madera, en la otra tenía una especie de lazo que ataba un mechón de pelo. Lo estaba acariciando con dos dedos y gesto pensativo. Se giró de improviso, mirándome con intensidad.

–¡Ah! Eres tú –dijo y con rapidez guardó el mechón de pelo en el *sporran*. Me pregunté a quién pertenecería. Quizás era de su padre y lo mantenía como recordatorio de lo que había sido. Una manera de torturarse cada vez que lo tenía en las manos, sin llegar a olvidar que él llevaba su misma sangre.

–Sí, soy yo –repliqué con suavidad algo intimidada y desilusionada ante su recibimiento–. Te traigo –tragué saliva–, te traigo algo para almorzar –me justifiqué extendiendo en la pequeña mesa central el pañuelo con los bollos de maíz.

Se sentó en el enorme butacón detrás de la mesa de madera labrada, algo desgastada y cubierta por papeles, mapas y algunos objetos que no logré identificar. Me indicó que me sentara en la única silla que había al otro lado. Lo hice sin protestar, observando todo alrededor. Era un despacho pequeño, no más de diez metros, pero estaba tan lleno de libros y objetos que parecía mucho más diminuto. Como la cueva de Alí Babá. No había tesoros propiamente dichos, pero a mí se me iluminaron los ojos. Las paredes estaban cubiertas por estanterías de madera maciza de alto en bajo, repletas de libros coleccionados a lo largo de los años. Sin embargo, pese a su acúmulo de curiosidades, estaba relativamente limpio y parecía cumplir algún extraño orden, lo que me indicaba que Kieran pasaba mucho tiempo encerrado en él. Había incluso una bola del mundo, a la que le faltaban algunos puntos todavía por descubrir. La observé fascinada, sin darme cuenta que sobre mí tenía la mirada fija de Kieran.

—No creí que quisieras volver a verme. Al menos durante algún tiempo —dijo con voz contenida reclinándose en el butacón.

—¿Y eso por qué? —pregunté cogiendo entre mis manos un tintero de plata labrada. Siglo xiv, inglés, pensé mecánicamente. Lo volví a dejar con cuidado sobre la mesa. El corazón me palpitaba con emoción. Mi trabajo siempre había sido mi válvula de escape y frente a mí tenía toda una habitación por descubrir.

—Te hice daño —contestó sin dejar de observarme con curiosidad.

—No. Ya te dije que no me lo hiciste —rebatí cogiendo un reloj de arena. Siempre me habían atraído. Las arenas del tiempo secuestradas en un émbolo de cristal que dejaba caer gotas de prístina arena una a una mostrando cómo desaparecía el tiempo entre nuestras manos.

—Veinticuatro horas —señaló.

—¿Qué? —inquirí algo despistada depositando con sumo cuidado el reloj sobre la mesa.

—El reloj de arena. Marca un día entero —indicó—. Lo compré en Italia a un comerciante turco.

—Es... es posible que esté datado en el siglo viii o ix.

¡Por Tutankamon! ¡Es realmente valioso! –exclamé con pasión.

–¿Tú crees? –preguntó con incredulidad. Y estaba segura que la incredulidad no era porque dudara de mis palabras si no porque no confiaba en que yo tuviera tales conocimientos.

–No es que lo crea. Es que lo sé –afirmé con rotundidad y le acerqué un panecillo–. Come, tienes que estar famélico.

Él cogió un *scone* que desapareció entre sus grandes manos y sonrió por primera vez.

–Tenía que ser yo el que te alimentara –expuso.

–Bueno, ahora sabemos que nos tenemos a ambos. Si uno pasa hambre, el otro se ocupará de alimentarlo –declaré con una gran sonrisa. No me di cuenta de lo que implicaba esa frase hasta que la pronuncié y enrojecí de forma involuntaria.

Él percibió mi súbito aturdimiento y me cogió una mano. Sabía cómo tranquilizarme, solo con su contacto.

–Háblame de la guerra –pedí cambiando de tema.

Él mudó el semblante.

–No me gusta hablar de ello. Tus oídos son demasiado delicados para ello.

Arrugué la nariz y torcí el gesto. Conseguí que él sonriera.

–Está bien –concedió–. A los diecisiete años mi padre consideró que los preceptores que tenía no eran suficientemente buenos así que me envío al monasterio de San Cristóbal en Italia para que continuara mis estudios.

–Pero no lo hiciste –apostillé.

–No. –Él rio fuertemente–. Yo me creía un hombre y lo que quería era demostrarlo. ¿Y qué mejor manera que enrolarme en el ejército frente a mi enemigo ancestral?

Lo miré frunciendo las cejas e intentando recordar cuándo había sido la última guerra entre ingleses y escoceses, pero él continuó ajeno a mis pesquisas.

—Luché en la batalla de Oudenarde, en Bélgica, con el ejército aliado. Luis XIV perdió Lille y miles de hombres en una conquista inútil —indicó dejando sus ojos fijos en algún punto de la pared.

—Pero eso sucedió en 1708 si la memoria no me falla, fue parte de la campaña de la Guerra de Sucesión Española —musité. Me había equivocado de fecha, debía encontrarme a principios del siglo XVIII, hice un repaso mental, pero él fue más rápido.

—Sí, tenía diecisiete años.

—¡Eras un niño! —grité horrorizada.

—No. No lo era. Y había soldados todavía más jóvenes que yo. Gareth me acompañaba. Me hirieron, pero me recuperé pronto y tuve que volver al Monasterio —lo pronunció con considerable pena—. Allí continué mis estudios para pasar a la Universidad de Bolonia.

—¡Bolonia! Esa universidad es preciosa, realmente prestigiosa y en el siglo... —Me interrumpí a tiempo de ver su gesto incrédulo.

—¿Conoces la Universidad de Bolonia?

—Solo de oídas —murmuré agachando la cabeza y cogiendo uno de los papeles al azar.

—Después de aquello regresé. Mi padre había fallecido y tuve que hacerme cargo del clan. Estuve aquí casi dos años organizándolo todo. Volví al Continente a principios del año 1710. A Francia, a la Sorbona. Pero de nuevo sentía que aquel no era mi lugar, así que viajé a España.

—¿Salamanca? —inquirí—. ¿Estudiaste en la Universidad de Salamanca?

—No. Luché en la batalla de Almenar, fuimos derrotados de nuevo por James Stanhope. Pero salí indemne, por lo menos físicamente. Murieron muchos escoceses. Estábamos situados en primera línea de batalla y desprotegidos frente a la artillería y caballería inglesa. —Noté que su rostro cambiaba y apretaba fuertemente los puños.

Intenté distraerlo.

—¿Y cómo lograbas entenderte?

Él rio ante mi ignorancia.

—Cuando tu comandante te ordena luchar, puede hacerlo en cualquier idioma, lo entiendes a la perfección. De todas formas yo hablaba francés y aprendí castellano.

—¿Hablas mis idiomas? —exclamé arrepintiéndome al instante de haber hablado.

—¿Tus idiomas?

—Hummm…, tuve un preceptor español que me enseñó algo… y también algo de francés…

Él profirió un sonido gutural que esta vez comprendí a la perfección. La traducción exacta fue: «no me creo ni una sola palabra».

—¿Sabes leer y escribir? —inquirí de nuevo—. Yo puedo ayudarte si tienes dificultades. Por lo visto no lograste centrarte en ninguna Universidad.

Él entornó los ojos con una mirada claramente divertida.

—Y también sumar, restar y multiplicar.

Emití un bufido bastante poco femenino, recordando aquella misma respuesta que le había ofrecido días antes, y me recosté en la silla cruzando los brazos.

—Entonces, ¿qué llegaste a estudiar? Aparte del arte de la guerra —argüí.

Kieran rio con estruendo.

—Filosofía y Letras, Arte, los clásicos, Latín, Griego y una vez que regresé aquí mi madre no me dejó volver al Continente, así que viajé hasta la Universidad de Edimburgo con Gareth. Yo quería estudiar Leyes y él Medicina —explicó todavía con una sonrisa en la boca.

Me sentía completamente idiota. No. Estúpida sería la definición correcta.

—¿Eres… eres abogado?

—No. No llegué a terminar los estudios, ni Gareth tampoco. Fuimos reclamados aquí. Las deudas nos acuciaban. Mi padre se había dedicado toda su vida a despilfarrar lo poco que teníamos y la situación se tornaba desesperada. Fue cuando me atacó un lobo y tu padre me acogió en tu casa. Deberías recordarlo. Creo que escuché a tu padre decir que te lo había mencionado. —En su tono había una leve crítica.

La ignoré.

—Entiendo. Y el dinero de mi dote ha servido para reflotar de nuevo el clan ¿no? —pregunté.

—Exacto —señaló él sin vergüenza alguna.

—A costa de vender tu alma —recriminé sin poderlo evitar.

Él se inclinó hacia mí peligrosamente.

—El trato no resultó tan malo como lo preví en un principio —destacó.

Me retraje en la silla y él sonrió de forma ladeada.

—¿Y quieres regresar? A Edimburgo, me refiero —inquirí con curiosidad.

—No. No creo que tenga esa oportunidad de nuevo —murmuró él. Y yo exhalé un suave suspiro que no le pasó desapercibido y que provocó que él se inclinara sobre mí. Levanté la vista y lo miré con intensidad—. Me estás observando como anoche ¿qué demonios piensas? A veces creo que intentas diseccionarme —exclamó cogiéndome una mano.

—¿Te diste cuenta? Es imposible, no apartabas la vista de... esa..., de Caitlin —susurré.

—Magdalen, fuiste tú la que no percibiste que te observaba a ti aferrándote al vaso de whisky. — Emitió una suave risa.

Hice un mohín como toda respuesta.

—¿Me lo puedes explicar? Creo que es mi turno de escuchar —pidió.

—No tengo nada que explicar —contesté con brevedad y bastante terquedad.

—No me mientas. Sé cuando lo haces. Y también sé que algo ocurrió con Hugh y con Caitlin. Algo que no llego a comprender. ¿Qué eres Magdalen? —murmuró acercándose más a mí.

Me levanté de un salto y me dirigí a una de las estanterías pobladas de libros engarzados en cuero y de una antigüedad considerable. Paseé los dedos por los lomos gastados y cerré los ojos. Jamás podría confesarle lo que era y quién era. No por mí, sino también por él.

—Soy lo que ves —pronuncié con voz no muy firme.

—No, no lo eres. He vivido demasiado y he estado en el infierno muchas más veces de las que un hombre podría soportar, sin embargo eso me ha hecho más fuerte. Y percibo eso en ti. Un dolor intrínseco tan antiguo que se ha filtrado en cada fibra de tu cuerpo hasta casi hacer desaparecer la mujer que alguna vez fuiste. Y percibo el miedo y la soledad. ¿Qué ocultas? —susurró junto a mi oído. Se había levantado y me rodeaba con sus fuertes brazos.

Sentí unas inmensas ganas de llorar contra su pecho y expulsar mi dolor. Pero no podía hacerlo. Bajé la vista y me concentré en la alfombra gastada que tapaba el suelo empedrado. En algunos tramos se veían incluso las cuerdas sobre las que se había trenzado.

Me giré de improviso y lo enfrenté.

—¿Dónde está Sarah? —exclamé con brusquedad. El dolor se había hecho tan patente que me dominaba por completo. Sus simples palabras me habían herido como si me golpearan con una maza de hierro y exploté.

Él retrocedió cambiando su gesto, que se volvió pétreo e insondable. De una forma absurda pensé que podría ser un perfecto jugador de póker. Ninguna emoción se traslucía en su rostro. Respiraba agitadamente y apretaba con fuerza los brazos a ambos lados de su cuerpo. Todo su cuerpo irradiaba tensión y peligro. Sin embargo, yo tenía que saber. Tenía que averiguar donde estaba Sarah y huir de allí, antes de acabar yo también perdida.

—¿De qué la conoces? —me increpó.

Bien, por lo menos había reconocido que sabía de quien hablaba.

—La conocí en casa de mi padre. Estuvo enfermo y ella le curó de unas fiebres —mentí flagrantemente—. Me dijo que se dirigía a Skye.

—No sé dónde está —contestó. Y supe que no decía la verdad, lo supe solo por una leve sombra que oscureció sus ojos dorados hipnóticos.

—Pero estuvo aquí, ¿cuándo? ¿Por qué se fue?

—Hace dos años. Se fue porque no debía estar aquí —espetó con los dientes fuertemente apretados.

Tuve la seguridad de que eso le afectaba más de lo que él quería admitir. De improviso se acercó a mí y me sujetó el pelo en la nuca echándome la cara hacia atrás. Sin que pudiera reaccionar me besó con brusquedad, obligándome a abrir los labios. Intenté apartarlo pero él era mucho más fuerte que yo.

—Deja de luchar, Magdalen, no te servirá de nada —susurró jadeando a mi oído.

—Jamás dejaré de luchar —exclamé intentando levantar una rodilla para propinarle una patada en el claro abultamiento bajo la falda. Él fue más rápido y me aprisionó contra las estanterías de madera maciza. Sentí el olor del cuero, de la tinta y me revolví.

—Tú eres mi esposa —murmuró y me miró como si no se creyera tales palabras.

Sus labios recorrieron el contorno de mi rostro de forma delicada y concisa, dejando un reguero de besos suaves. Suspiró contra mi pelo.

—Tú —repitió pronunciando una sentencia—, eres mi esposa.

—Lo soy —contesté dándome cuenta de que me unían a él sentimientos más profundos de los que yo quería mostrar. Y preguntándome si cuando me llegara la hora de luchar contra él, podría vencerlo o me rendiría.

Me zafé de su cuerpo al comprender la dolorosa realidad. Me estaba dejando llevar y me sentía como una mosca debatiéndose desesperada en la tela de una araña, una araña con unos ojos realmente hermosos, dorados como el amanecer de una playa. Cerré los ojos y me giré hacia la estantería respirando de forma agitada. Él me observaba con una mano en la barbilla dudando qué hacer a continuación. Deslicé mi dedo con suavidad por los libros y cogí uno al azar, *La Ilíada* de *Homero*, la conocía a la perfección, pero no me importaría releerlo. Lo sujeté en una mano y salí del despacho en silencio. Él no intentó retenerme y no pronunció palabra alguna.

Apenas había dado cinco pasos cuando me tropecé de frente con Caitlin, se me cayó el libro al suelo y, al agacharme, comprobé que llevaba una pequeña cesta con viandas. Por lo visto había tenido la misma idea que yo. Ella observó con curiosidad la obra escrita e hizo un gesto de desagrado. La ignoré y entré en la habitación para dejar mi pequeño tesoro. Sentí sus ojos en la espalda como dos dagas clavándose en mis omoplatos. Cuando salí ya no estaba. Me mordí el labio y por un momento deseé interrumpir lo que tuvieran entre manos dentro del despacho. Al fin, me giré con gesto despechado y bajé las escaleras de dos en dos, el efecto secundario de los celos fue que me estaban haciendo olvidar el vértigo.

Entré de nuevo en la cocina con una clara intención, ya que Caitlin me había dado la idea. Aluinn me miró sorprendido.

—¿Más *scones*? —preguntó enarcando una ceja.

—Eso y más —dije circundando con la mirada la atestada cocina—. Me gustaría acercarme a ver cómo se encuentra Hugh y llevarle algo de comida ¿puede ser?

—Claro —contestó él con una sonrisa. En unos minutos me había preparado una pequeña cesta con manzanas, cerveza, pan recién horneado y queso.

—¿Me podéis indicar dónde reside? —inquirí con una gran sonrisa.

—Buscaré a algún hombre que os acompañe, quizá Kieran…

—Kieran está muy ocupado en este momento —señalé torciendo el gesto, que no pasó desapercibido para aquel hombre tan inteligente.

—No tiene pérdida. Debéis seguir el camino de la costa y girar tierra adentro cuando veáis un pequeño bosque de serbales, pasado este hay un pequeño lago. Hugh vive allí. Encontraréis su hogar sin problemas —explicó mirándome con preocupación.

—Gracias —contesté y salí al recibidor. Me acomodé la cesta en el hueco del codo y traspasé la puerta del castillo. Todavía lucía el sol y la temperatura era anormalmente cálida. Me fijé en un grupo de niños que jugaban en la explanada principal. Entre ellos estaba Morag. Recordé las palabras de Roderick, «nuestro pequeño milagro», y entendí por qué era una niña tan protegida y tan querida. Ella me miró y me saludó agitando la mano, le respondí de la misma forma. Vino hacia mí corriendo y saltando con gran habilidad.

—¿Adónde vas? —preguntó con curiosidad infantil.

—Al hogar de Hugh —contesté sin dar más explicaciones.

—Te acompaño —señaló.

—Mrfrfr —pronuncié yo sintiendo que el curioso idioma de gruñidos era bastante sencillo de aprender. No pude oponerme. Se posicionó al otro lado de donde llevaba la cesta colgada y me sujetó la mano. Y curiosamente apreté su pequeño apéndice con algo muy parecido a la ternura y me dejé llevar, perdida en su incesante, constante e ininterrumpida conversación sobre algo de lo que me perdí al minuto de escuchar su voz aguda y todavía sin pulir.

Llegamos a los pocos minutos, tras varias paradas en las que Morag recogió un numeroso grupo de flores silvestres hasta formar algo parecido a un ramo.

Flores y comida, pensé, seremos bien recibidas. No me equivoqué. Bajamos una pequeña pendiente y al fondo, junto a un lago de cuento de hadas, vi una casa rectangular de piedra construida a ras del suelo. Dos niños de unos diez años jugaban con espadas de madera en el exterior y una mujer colgaba sábanas húmedas en una cuerda prendida entre dos árboles. Se volvió secándose las manos en el delantal cuando nos vio llegar.

Morag me soltó la mano y corrió hacia ella que la recibió con los brazos abiertos. Aquella niña era una hechicera. Si conseguía eso con siete años, qué no conseguiría con diez más.

—Es lady Magdalen Mackinnon, la esposa de mi hermano —nos presentó la pequeña.

La mujer hizo una torpe reverencia y enrojeció. Se incorporó y se atusó el pelo canoso recogido bajo una toquilla blanca atada a la nuca.

—Mi señora, ¿qué puedo hacer por vos? —preguntó algo azorada.

—Lo primero, llamadme Magdalen. Vengo a traeros algo de comida y a interesarme por la salud de vuestro esposo —expliqué con una sonrisa.

—*Tapah leat,* Magdalen —dijo inclinando la cabeza. Y yo añadí una nueva palabra a mi haber. Gracias.

Sonreí y me ofreció entrar en su casa. Me encontré de pronto sumida en la oscuridad. Era una sola habitación con una cama amplia apoyada contra la pared derecha en la que descansaba Hugh, la chimenea frente a la puerta, en el centro una pequeña mesa con cuatro toscas sillas y a la izquierda una cortina que colgaba del techo y que daba al pequeño recinto donde dormían los pequeños. No había intimidad en ningún rincón. Los niños tenían que convertirse en hombres a golpe de experiencia, y a mi pesar me ruboricé con intensidad. Dejé la cesta en la mesa y me acerqué a la cama en la que Hugh estaba haciendo considerables esfuerzos por incorporarse.

Le puse una mano en el hombro indicándole que no era necesario y él respiró aliviado. Parecía más delgado, pero su color era saludable y el vendaje estaba limpio y no parecía haber infección. Me imaginé que Elinor les habría visitado para ejercer su labor de curandera.

–¿Puedo ofreceros algo? –sugirió con timidez la esposa de Hugh.

–Un vaso de agua será suficiente –señalé sin querer ser descortés. Eran gente humilde, aunque la cabaña estaba limpia. Todo lo limpia que puede estar una cabaña con el suelo de tierra prensada y con una única ventana cubierta por una piel curtida. Se percibía la pobreza rondando sinuosa y depredadora alrededor de aquella familia.

–¿Cómo os encontráis, Hugh? –inquirí acercando un pequeño taburete de madera a la cama.

–Mucho mejor, señora. Todavía no me permiten levantarme, pero creo que en unos días podré caminar. Hay mucho que hacer y el invierno se acerca con premura. Lo noto en los huesos y más ahora que uno de ellos está partido –contestó con una leve sonrisa.

–Me alegro –sonreí.

–Señora…, Magdalen. –Me giré hacia su esposa que me ofrecía una jarra de peltre llena de agua fresca. La cogí y le sonreí incitándola a que continuara–. Quería, yo quería agradeceros lo que hizo por mi marido. Me contó que vos le calmasteis el dolor y lo ayudasteis a pasar el trance de colocar el hueso en su lugar.

–No tiene importancia –farfullé sintiéndome algo cohibida. No quería llegar a pensar lo que se les podía ocurrir si la historia corría de boca en boca. Me encontraba en una época en la que las brujas eran cruelmente asesinadas y cualquier descuido por mi parte podía exponerme–. Por cierto –exclamé recordando mi propósito matinal–, me han contado que hubo antes una mujer que…

Me quedé en silencio al ver que ambos adultos se persignaban y musitaban una plegaria en gaélico.

–¿Qué…? –comencé, pero no pude terminar.

–*Ban drùidh* –murmuró la mujer.

La miré sin entender.

–Bruja, aquella mujer era una bruja de pelo rojo y ojos azules que hechizaban a hombres y niños. Fuimos afortunados de que se fuera sin dejar rastro –afirmó hoscamente Hugh.

Noté un escalofrío que me recorrió la columna vertebral haciendo que me quedara rígida como si hubiera recibido un impacto de bala. Bruja. ¿Sarah, bruja? ¿Habían pensado que Sarah era bruja? ¡Malditos todos los demonios! Era perfectamente plausible. Ella era una mujer independiente y obstinada. Estaba segura de que había intentado ayudar a todos y cada uno de aquellos hombres con los conocimientos que poseía, provocando que la sospecha ante las súbitas curaciones o las desgraciadas muertes cayeran sobre ella como el peso de una condena. Bruja. De repente sentí unas intensas ganas de reír de forma histérica. Y pensar que temían a Sarah. Si supieran la verdad…

Las nubes fueron arrastradas por el viento proveniente del mar y el sol lució y traspasó el tejado haciendo que un rayo se posara justo en el rostro de Hugh. Eso nos devolvió a la realidad. El hombre se removió inquieto buscando otra postura y nosotras miramos al tejado.

–No he podido repararlo estando así –se excusó Hugh.

–Pero cuando llueve…

–Arrastramos la cama o dormimos en el suelo –aclaró la mujer todavía con un gesto asustado en el rostro.

–Diré a alguno de los hombres que se acerquen a cubrirlo –indiqué levantándome. Poco más podía hacer allí.

La mujer me sujetó de la manga de mi vestido color verde musgo.

–No, mi señora…, Magdalen. Ellos están ocupados en reconstruir la torre norte y recolectar el maíz y la cebada. No… –Percibí un gesto asustado y la miré entrecerrando los ojos, valorando las opciones. Un clan era una familia, y en la familia se ayudaban los unos a los otros. Y yo ahora era parte de esa familia, aunque de forma temporal. Ofrecí mi mejor sonrisa.

–Bueno… si Mahoma no va a la montaña, la montaña irá a Mahoma. –Y por sus gestos extraños agradecí haberlo pronunciado en castellano–. Quiero decir: ¿dónde puedo encontrar una escalera?

–¡¿Qué?! –exclamaron los dos al unísono casi dejándome sorda.

–No lo permitas, mujer –abroncó Hugh haciendo considerables esfuerzos por levantarse.

Salí al exterior ignorándolos y me dirigí al costado de la casa. Tumbada en el suelo cubierto por el brezo había una tosca escalera de madera atada con cuerdas y un pequeño montículo con piezas de turba que constituían parte del tejado a reparar. Me asomé mirando a los niños que seguían jugando, mientras la esposa de Hugh me observaba con los brazos en jarras, dudando si placarme o dejarme hacer lo que me proponía.

–¡Necesito vuestra ayuda! –grité utilizando mis manos como bocina. Los tres se volvieron al unísono y se acercaron siguiendo a Morag.

Cogí la escalera y la apoyé en la pared hincándola con fuerza en el suelo húmedo para que no se balanceara.

–Tú –señalé al que parecía más mayor–, necesito que me vayas arrojando trozos de turba cuando esté en el tejado. ¿Podrás hacerlo?

Abrió los ojos de forma desmesurada y buscó la ayuda de su madre sin contestar.

–Sube con ella –le ordenó su madre con gesto contrito–. Tu hermano os lanzará la turba. Y ¡por todos los Santos, señora! Procure no caerse o la desgracia se cernirá sobre nuestra familia.

–¡Oh! No se preocupe. No me caeré. Y no tenga miedo por Kieran, yo me encargo de él –afirmé con rotundidad dejándola con la boca abierta del miedo o de la impresión. Nunca lo supe.

Me descalcé y subí con cuidado de no resbalarme en la escalera hasta que aterricé en el techo con bastante poca gracia. El hijo mayor de Hugh trepó como un mono y se posicionó a mi lado. Busqué con la mirada el hueco que había que rellenar y poco a poco nos fueron llegando trozos de turba que cogíamos al vuelo. Era una labor sencilla y por fin me sentía útil. Me concentré en rellenar el espacio lo mejor que pude encajando las piezas del mineral, por lo menos para que resistiera las primeras lluvias hasta que Hugh se recuperara del todo. En poco rato me olvidé de lo que me rodeaba.

—¡¿Qué demonios estás haciendo encaramada al tejado?! –La voz ronca y profunda de Kieran me sacó de mi ensoñación laboral haciendo que me tensara sin pretenderlo.

—Houston, tenemos un problema –musité girándome hacia el pequeño que me ayudaba.

Él parpadeó algo confuso.

—No me llamo Houston, señora.

—Lo sé. Pero yo sí que tengo un problema –dije incorporándome. Me acerqué arrastrándome hasta el borde y asomé la cabeza.

—Estoy reparando el tejado –expliqué a un furibundo escocés de casi un metro noventa con el gesto claramente enfadado y los brazos cruzados sobre el pecho. Junto a él estaba Gareth que a duras penas contenía una sonrisa.

—¡Baja ahora mismo de ahí! –me ordenó gritando y se dirigió con paso firme hacia la escalera parándose justo bajo mi rostro–. ¡No! ¡No te muevas! Yo subiré a por ti.

—No necesito que me rescates. Además, no nos queda mucho. –Cogí entre mis manos un pequeño trozo de turba carbónica y la coloqué en el lugar exacto. Me volví a asomar–. ¿Ves? Ya está. Terminado.

Me arrastré con cuidado hasta donde estaba la escalera. Kieran la sujetaba con ambas manos y noté que hacía un notable esfuerzo por contenerse. Bajé algo temerosa y antes de llegar al suelo sus brazos rodearon mi cintura y me depositaron en la húmeda hierba. Me giró con brusquedad.

–No se te ocurra volver a hacer algo así ¡NUNCA! –me abroncó justo a unos centímetros de mi rostro y remarcando cada palabra. Yo retrocedí un paso ante su ímpetu–. ¿Sabes lo que podía haberte pasado si llegas a caer?

–No me he caído –dije con toda la calma del mundo.

–¡Pero podías haberlo hecho! Ese techo es inestable, las maderas son viejas y en cualquier momento podían haber cedido y tú… tú…

–¿Yo qué?

–Eres una mujer –concluyó.

–¡Vaya! Gracias por haberte dado cuenta de ese pequeño detalle –señalé con acritud desafiándole con la mirada y cruzando los brazos sobre mi cuerpo.

Una fuerte carcajada nos sorprendió a ambos e hizo que nos giráramos. Gareth estaba riéndose a mandíbula batiente. Con una simple mirada de Kieran, Gareth calló y se giró para centrarse en algo muy interesante en el suelo. Kieran se dirigió a la mujer de Hugh que había observado toda la escena retorciendo entre sus manos el delantal.

–Ella ha intentado impedírmelo –dije sujetándolo por la camisa.

Él se volvió hacia mí entrecerrando los ojos peligrosamente.

–Y Hugh también. Casi se ha levantado de la cama por su propio pie.

Kieran me miró con intensidad, pero abandonó cualquier intento que tuviera de increpar a los habitantes de la casa.

Observé al mayor de los hijos de la familia amontonar los pocos trozos de turba que quedaban y mi mirada se perdió en un montículo algo alejado de troncos. Me acerqué sin pretenderlo. Kieran estaba mascullando algo en gaélico que se perdió mientras yo me alejaba de él. Debió darse cuenta de que ya no estaba a su lado y lo sentí dando profundas zancadas justo detrás de mí.

—Ni se te ocurra pensarlo —siseó en mi oído.

—Kieran —murmuré—, no tienen leña. He visto la chimenea y hace varios días que no está encendida. Las noches son frías y tienen dos niños pequeños.

Antes de que terminara mi explicación estaba arrancándose el broche, que me entregó junto con la camisa, que se sacó de un solo golpe por la cabeza.

—Gareth —bramó. Este estaba a su lado antes de que terminara de pronunciar su nombre. Hizo lo mismo que Kieran y me entregó su broche y su camisa. Ambos cogieron las pequeñas hachas de *lochaber* y se dedicaron a poner en el tocón los troncos y a partirlos con dureza y eficacia.

Me aparté unos metros observándolos. Eran buenos hombres… y condenadamente sensuales. En cada golpe de hacha se marcaban todos y cada uno de los músculos de sus espaldas anchas y sus abdómenes lisos. Temí haberme quedado con la boca abierta.

—¿Qué miras, Magdalen? —exclamó Morag con voz audible para todos tirándome de la falda.

Yo dirigí mi vista hacia ella como si fuera la primera vez que la veía y parpadeé. Kieran y Gareth cesaron los golpes y me observaron. Enrojecí y cogí a la pequeña de la mano para alejarme de la tentación.

—¿Quieres recoger flores conmigo? —pidió, ya que los hijos de Hugh habían vuelto a su lucha de espadas.

—Claro —asentí con la cabeza. Cualquier cosa mejor que ver el cuerpo de Kieran semi desnudo frente a mí.

Nos acercamos a un pequeño rosal que estaba casi seco y maltrecho en una esquina de la casa. La mujer de Hugh se acercó junto a nosotras.

—Es un rosal inglés, pero no ha debido soportar nuestro duro clima. Floreció el primer año. Lo planté cuando Hugh y yo nos casamos —explicó. Luego cogió un par de troncos y se dirigió al interior de la casa a prender fuego para caldearla.

Arranqué una rosa seca y una de las espinas me hirió el dedo anular, dejando que una gota de sangre se derramara y cayera siendo absorbida por la tierra. Deseé verlo florecer. Tenía que haber sido muy bonito en todo su esplendor.

Tierra, aire, fuego, agua, sangre. El rosal comenzó a florecer como si fuese primavera, sus brotes se volvieron verdes, llenos de savia y los capullos ennegrecidos se tornaron rosados y se abrieron a los tímidos rayos del atardecer escocés. Morag lo miró extasiada. Yo, completamente horrorizada. Kieran ante el súbito silencio, se giró de improviso y observó todo el proceso de crecimiento de la planta con un claro gesto de estupefacción. En ese momento se escuchó a la esposa de Hugh que salía de la casa. Kieran con rapidez cogió un cubo de madera que había junto a él para mojar el hacha y lo arrojó con destreza sobre el rosal.

La mujer de Hugh emergió justo un segundo después y miró con gesto de sorpresa y desconcierto el precioso rosal inglés.

—¡¿Qué ha sucedido?! —exclamó con estupor.

—Agua —explicó con indiferencia Kieran volviendo a su labor—. Solo necesitaba un poco de agua.

Yo respiraba como si me faltara el aire y Morag me miraba a mí y al rosal de forma alternativa, sin saber muy bien por quién decidirse.

—Son muy bonitas ¿crees que me dejarán arrancar una rosa para llevársela a *mathair*? —preguntó finalmente.

—Claro, no creo que haya inconveniente —contesté con voz trémula.

Me senté en el suelo algo alejada, dejando que mi tempestuoso poder volviera a serenarse, temerosa de hacer movimiento alguno. Morag correteaba alrededor recogiendo pequeñas flores y arrojándomelas sobre la falda. Cansada, se sentó en mis rodillas y se quedó dormida apoyada en mi pecho mientras yo de forma mecánica le acariciaba el pelo moreno.

—Ya hemos terminado —murmuró Kieran con voz calmada de pie junto a mí. Detrás de él estaba Gareth. Si había visto algo de lo ocurrido con el rosal, su rostro serio y sin expresión alguna no lo demostró. Les arrojé sus camisas y sus broches sin querer moverme para no despertar a Morag.

Ambos hombres se vistieron y Kieran cogió de entre mis brazos a Morag y la acomodó sobre su hombro. La pequeña siguió dormida. Nos despedimos de la familia de Hugh, y ante sus muestras de agradecimiento, solo sonreímos.

Regresamos al castillo en un incómodo silencio. En la puerta, Kieran despertó con suavidad a Morag soplándole en la oreja. Ella sonrió y abrazó a su hermano con adoración, para revolverse y saltar al suelo como si no hubiera estado profundamente dormida un instante antes. Observó con cautela el rostro enfadado de su hermano.

—¿No pensarás castigar a Magdalen? —preguntó de forma aguda.

Kieran se inclinó sobre ella.

—¿Y cómo me lo vas a impedir tú, pequeño renacuajo? —inquirió a su vez con una sonrisa.

—Así —dijo ella y le propinó una patada en la espinilla para salir un momento después, antes de que la atrapara su hermano, corriendo al interior del castillo.

Gareth rio y yo sonreí de forma ladeada, temiéndome que esta vez sí que me había ganado un castigo. Kieran cambió su gesto relajado por uno furioso cuando me miró.

—Tengo cosas que hacer. Esta noche hablaremos —sentenció girándose sin más. Gareth me observó un momento, inclinó la cabeza y fue tras él.

Me quedé un momento mirándolos alejarse sintiendo que las lágrimas asomaban a mis ojos. Me froté los mismos con la manga del vestido, que estaba sucio y manchado de barro y me volví para entrar en el castillo. Escuché voces que provenían del salón principal. Huí despavorida hacia nuestra habitación.

Una vez allí paseé nerviosa e inquieta deshaciéndome las lazadas y lanzando el vestido a una esquina mientras me quedaba vestida solo con la camisa interior, pensando en lo que había hecho. Había desafiado a Kieran. Había demostrado mi magia. Estaba perdida. Si habían creído que Sarah era bruja ¿qué pensarían de mí? Estuve segura de que me esperaba la muerte.

Me senté en el butacón junto al fuego y cogí *La Ilíada* depositándola sobre mis piernas. Acaricié los lomos de cuero y me fijé en que era una edición del siglo xvi. Una verdadera antigüedad. Decidí imbuirme en la lectura esperando que eso calmara mi ánimo para enfrentarme a Kieran. Abrí el libro en la primera página y suspiré hondo. Estaba escrito en griego. No entendía una sola letra. Desanimada, me limité a pasar las hojas observando los grabados y repasando mentalmente las aventuras de Paris, Helena, Héctor, Aquiles y Patroclo. Algunas páginas estaban pegadas y tuve que utilizar un poco de saliva en mis dedos para separarlas.

Dejé mi mente volar mientras revivía la historia narrada por *Homero* notando de forma extraña como iba cayendo en un estado de somnolencia y relajación agradables. Pensé en descansar un rato, cerrando los ojos, pero antes desvié la vista hacia el anillo. La piedra luna se había tornado casi negra. Peligro. Reí suavemente. ¿Qué peligro podía haber en un simple libro?

No sentí la presencia de Kieran junto a mí, ni siquiera escuché la puerta, ni su suspiro de frustración. Solo noté su mano abrasándome la piel en el hombro mientras me zarandeaba. Pero no estaba dormida, estaba aturdida, sumida en un letargo semi inconsciente observando el fuego.

–Magdalen… Magdalen…

Su voz me llegaba lejana. Él estaba lejos, muy lejos. Intenté parpadear y lo hice con extrema lentitud, tratando de enfocar la mirada. Me giré suspirando con levedad hacia él. Lo vi agacharse y cogerme el rostro con las manos. Entrecerró los ojos y se acercó.

–¿Qué te sucede? ¿Has bebido?

Su voz era ronca y sonaba enfadado. Estaba enfadado, recordé. Yo lo había enfadado. ¿Por qué había sido?

–Tus pupilas están dilatadas y tu piel blanca y fría – susurró y posó su mano sobre mi frente.

Intenté apartarlo con una mano pero estaba demasiado cansada. No, estaba exhausta. Me levantó solo con un brazo y yo me dejé caer contra su pecho. Noté cómo se tensaba y me apartaba sujetándome por los hombros mirándome con detenimiento.

–Estaba… –No recordaba lo que iba a decir–. El fuego…, yo… cansada…, cama –balbucí dejándome caer contra su pecho.

Él me cogió en brazos y me acostó. No recordé más.

Desperté en la noche gimiendo fuertemente. El dolor había disipado algo mi aturdimiento. Era una sensación extraña. Dolía pero no llegaba a ser del todo insoportable porque mi mente no lo procesaba de forma correcta. Kieran prendió una vela y se levantó para acuclillarse a mi lado. Abrí los ojos ante la luz que me pareció demasiado intensa y pude ver su rostro preocupado. Me encogí sobre mis propias piernas y me abracé el cuerpo. Aullé de dolor. Un calambre recorrió mi estómago haciendo que me retorciera. Él se tensó e intentó girarme. Me opuse luchando con todas las fuerzas que me quedaban.

–Magdalen, ¿qué te ocurre?

No contesté. No había palabras en mi boca. No había frases en mi cerebro. No había nada. Solo un dolor intenso que me corroía las entrañas.

—Magdalen, ¡mírame! —exigió intentando coger mi rostro.

Yo me debatí inútilmente y de improviso me incliné sobre el borde de la cama y vomité con fuertes espasmos. Me dejé caer sobre la almohada desorientada y temblorosa. Me pasé la mano por la boca y noté el sabor metálico de la sangre en mi lengua. Observé al trasluz una gota de sangre que cayó de uno de mis dedos sobre la sábana blanca y abrí los ojos desmesuradamente. Kieran permanecía en silencio. Lo observé. Estaba mirando el suelo con inusitada atención. Levantó el rostro con lentitud y pude ver el miedo en sus ojos. Y pude ver la sangre en sus manos. Era mi sangre. Gemí de dolor y me abracé sintiendo como me partía en dos. Cristales. Había cristales en mi estómago. Cristales que estaban rasgando la carne atravesándome de dentro afuera.

Kieran se levantó de improviso y se puso la camisa. Me tocó la frente y masculló algo que no entendí. Salió corriendo de la habitación. Cerré los ojos y dejé que las lágrimas fluyeran sin control de mis ojos. Dolor. Una espiral de dolor.

Abrí los ojos para ver a Elinor sentada en la cama sujetando un paño húmedo sobre mi rostro, limpiándome. Y pensé algo tardíamente que había vomitado sangre.

—¿Qué… qué me sucede? —susurré casi sin voz.

Kieran se arrodilló a mi lado y me sujetó una mano. Sus ojos se habían oscurecido y parecían nublados por algo muy parecido al terror.

—Estás enferma. ¿Has comido o bebido algo extraño antes de acostarte? —preguntó Elinor con voz suave y dulce.

—No… no…, yo… estaba leyendo…

Kieran se levantó con rapidez y se acercó al fuego. Junto al butacón, en el suelo, estaba *La Ilíada* de Homero. Se me debía haber caído cuando él me levantó para llevarme a la cama. Lo vi cogerlo y observarlo con cuidado. Se lo llevó al rostro y lo olisqueó. Luego lo abrió y pasó un dedo por una de las hojas. Lo chupó y escupió en el suelo. Arrojó con furia el libro al fuego.

–¡No! –Quise gritar aunque solo logré murmurar con ronquera–. ¡Es muy valioso!

Kieran no escuchó mis palabras. Se giró para mirar a su madre apretando fuertemente los puños y maldiciendo en gaélico. Únicamente entendí una sola palabra.

Venenum.

Veneno. Y de repente, lo comprendí todo.

–¡Tú! –aullé agitando mi mano frente a Kieran–. ¡Asesino!, ¡cobarde! No has sido capaz de hacerlo con tus manos y has utilizado lo más vil y cruel que has encontrado.

Kieran retrocedió un paso ante mi ímpetu mirándome con incredulidad.

La luz de la vela refulgió en mi alianza de plata y manoteé hasta quitármela. Se la arrojé al pecho, le golpeó y cayó al suelo tintineando.

–¡Fuera! ¡Vete! ¡No serás tú lo último que vea antes de morir! –grité escupiendo gotas de sangre de mi boca.

Kieran se agachó y cogió la alianza apretándola en su puño. Me miró con incalculable dolor e intentó acercarse a mí. Yo me agité desesperada.

–Kieran no –fue Elinor quien habló con voz serena–. Será mejor que busques al padre Calum. No le queda mucho tiempo.

Sentí de nuevo el paño frío sobre mi rostro. El dolor fue misericordioso. El dolor hizo que me desmayase. «No he podido salvarla, abuela, no he podido salvar a Sarah», fue mi último pensamiento consciente.

Desperté cuando era de día. Había varias personas en la habitación observándome. Reconocí a Roderick, a Cailen, a Gareth y a Aluinn junto a su mujer. Todos ellos con gesto apenado y preocupado. Y había un hombre arrodillado junto a mí rezando. Su calva redonda captaba la luz que entraba por la ventana. Aspiré con fuerza sintiendo cuchillos clavarse en mis pulmones y percibí el olor del aceite, el óleo sacramental. El padre Calum levantó el rostro y delineó la cruz sobre mi frente.

—¡No! —quise gritar, pero de mi boca no brotó ningún sonido.

Me debatía entre la fiebre y el dolor. Entre la sangre y el dolor. Entre el desconcierto y el dolor. Entre el conocimiento y el dolor. Y allí, en una esquina, había un hombre. Un hombre alto, moreno, atractivo y con los ojos de un guepardo mirándome fijamente. Un hombre observando su obra. Su destrucción. Quise maldecirlo pero no tuve fuerzas, el dolor me venció y me atrajo a su dulce oscuridad de nuevo.

Había anochecido. Supe que eran los últimos instantes de vida, lo sentí en cada fibra de mi ser. El súbito reconocimiento consciente frente a la muerte. Ya no había dolor, porque este era tan intenso que había dejado de existir. Yo había dejado de existir. Un hombre se acuclilló a mi lado. Lo enfoqué y él parpadeó sorprendido.

—Gareth —susurré—, tienes que encontrarla y salvarla. Hazlo por mí —supliqué.

Él pareció no escuchar, solo estaba atento a la puerta. Sacó de uno de los pliegues de su *kilt* un pequeño frasco lleno de líquido y lo destapó. Oí el tenue ¡plof! que hizo el corcho y hasta mis fosas nasales llegó el olor de algo nauseabundo. Me retraje de forma inconsciente. Sus manos giraron mi cabeza hasta dejarla mirando al techo. Noté que me abría la boca y dejaba caer el líquido oscuro en ella. Intenté rechazarlo, pero se filtró como el agua de un río deslizándose por mi garganta herida.

—Tómatelo, Magdalen. Esto te salvará —murmuró junto a mi oído.

Cerré los ojos y creí haberme quedado dormida. Sentí sus labios en mi frente. Sentí sus labios sobre los míos. Y finalmente la muerte me acogió entre sus brazos.

CAPÍTULO VII

*Con el tiempo no se puede luchar,
él siempre gana la batalla,
su victoria: la muerte.*

Murmullos. No, una letanía en un idioma incomprensible. Un cántico desesperado que terminaba y volvía a comenzar de nuevo con una sola voz, ronca y grave. Una súplica. El tintineo de piedras chocando levemente y el rumor de la tela rozándose. Y seguía sintiendo dolor. Pero un dolor amortiguado y adormecido. Lento y casi desapareciendo.

Abrí los ojos con dificultad y enfoqué al hombre sentado frente a mí en una silla. Tenía los párpados cerrados y entre sus manos había un rosario de cuentas de ámbar. Pude ver cómo pasaba deslizando entre sus enormes dedos las pequeñas circunferencias desgastadas en color amarillo pálido murmurando una y otra vez las mismas palabras.

—Vete —siseé.

Kieran abrió los ojos sorprendido y me observó con intensidad sin hacer ningún otro movimiento.

—Vete —repetí—, ya estoy muerta.

—No. No lo estás. Gracias a Dios —musitó en voz baja—. No lo estás.

La realidad se fue filtrando en mi cerebro confundido sin que pudiera procesarla con claridad. No estoy muerta. ¿Por qué no lo estoy?

—¿Qué vas a hacer a continuación, Kieran? ¿Me arrojarás por un acantilado? ¿Me clavarás tu daga en el corazón? ¿O simplemente me estrangularás? —murmuré cansada y adormecida. No tenía fuerzas para luchar. Él había vencido—. Esta vez hazlo rápido. No me quejaré.

Sentí su peso sentándose en la cama junto a mí y quise retroceder, pero estaba agotada, solo pude cerrar los ojos esperando el golpe de gracia. No llegó. Su mano se posó en mi frente fría llenándome de calor. Abrí los ojos de golpe.

—Aléjate de mí —exclamé con algo más de energía. Su mano me estaba ofreciendo consuelo. No lo comprendía.

—No lo haré, Magdalen. No me he separado de ti en cuatro días y no voy a hacerlo ahora que por fin has despertado. —Su voz era dulce y serena. No era la voz de un asesino. ¿O sí?

—¿Por qué lo has hecho? —El dolor me atenazó la garganta impidiendo que pudiera expresar más palabras.

—No lo hice yo. —Su mano se trasladó a mi barbilla y me obligó a mirarlo. Pude ver sus bellos ojos rodeados de profundas marcas violáceas. Suspiró fuertemente y volvió a hablar—: ¿Cómo has podido creer que yo intentaría asesinarte?

—El libro era tuyo —señalé sintiendo que comenzaba a despertar de un largo sueño.

Apartó su mano de mi rostro y yo sentí un frío helador. Se pasó ambas manos por el pelo y respiró agitadamente.

—Si yo hubiera sabido… ¡Malditos todos los demonios! —gritó enronquecido—. ¿Cómo has podido pensar que yo…? ¿Es que alguna vez te he mostrado, te he insinuado…?

No lo dejé terminar.

—Sí.

Su rostro se mostró desconcertado y sorprendido.

–¿Cuándo?

–Me dijiste que había muchas formas de matar. Pero nunca pensé que utilizaras una tan cobarde como el veneno. Aunque si lo pienso con detenimiento, era la más cómoda, la más imperceptible.

–No me refería a asesinarte a ti. Estaba hablando de la guerra –exclamó enfurecido.

–Te dejaba el camino libre para reunirte con Caitlen y de paso todo el dinero de mi dote. Tenías el plan perfecto –dije mirándolo fijamente a los ojos con frialdad.

Él se retrajo y el colchón se tambaleó por su peso.

–No quiero a Caitlen. Ya te lo dije. No lo voy a repetir más veces. Y si piensas que he intentado matarte por siete mil libras inglesas puedes recogerlas una a una y volver a tu hogar si es eso lo que deseas –susurró con brusquedad.

–¡Siete mil libras inglesas! ¡Vaya! –exclamé. Para la época era una cantidad desorbitada.

–No son nada comparadas con tu vida –murmuró él.

–¡Ja! Lo son, porque ese dinero significa tu libertad –afirmé con tono gélido.

–¡No quiero mi libertad! –gritó iracundo–. ¿Cuántas veces necesitas escucharlo para creértelo?

–Nunca te creeré. Después de esto no habrá un futuro. No habrá nada –aseguré sintiéndome vacía. Me giré en la cama y le di la espalda. Fui cobarde. Solo lo hice porque no pude soportar el dolor que vi reflejado en sus ojos dorados.

Escuché el quejido de las cuerdas que sujetaban el colchón de plumas cuando él se levantó. No me giré. Escuché sus pasos sobre la fría piedra hasta que se silenciaron junto a la puerta. No me giré. Escuché su suspiro y su mano girando la manilla. No me giré. Escuché el golpe de la puerta cerrarse. Comencé a llorar.

Los siguientes días luché en un estado de letargo con algunos brotes de lucidez. Dormía la mayor parte del tiempo y recibí visitas que me eran indiferentes e ignoré la comida que depositaban en la mesilla. Solo tenía una idea formándose en mi mente. Una idea oscura y tenebrosa que se filtraba por todos los poros de mi piel atrapando y haciendo suyo cualquier signo de confianza o bondad que pudiera albergar mi cuerpo herido: Él había intentado asesinarme.

Me habían hecho daño de muchas formas a lo largo de mi vida, había estado en el infierno y había regresado maltrecha y hundida, pero viva. Esta vez algo había cambiado. Yo había cambiado y no había vuelta atrás. Me refugié en mí misma como método de protección, como había hecho siempre. Escondiéndome en mi caparazón. Escondiéndome de la vida, porque la vida me daba miedo. La vida traía dolor y yo ya no podía soportarlo más.

Kieran no venía durante el día, solo permanecía conmigo durante la noche. Lo escuchaba entrar justo en el momento en que la luna ganaba al sol y la negrura lo cubría todo. No me tocó. No volvió a acercarse a mí. No pronunciaba una sola palabra. Se sentaba en el butacón junto al fuego durante un buen rato sin decir nada, y cuando creía que yo ya estaba dormida, se tendía junto a la cama, en el suelo, cubierto por su *kilt* desplegado como una manta.

Una noche en que la luna llena brillaba en un cielo despejado salpicado de estrellas, iluminando con luz blanquecina y fantasmal la habitación, me acerqué hasta el borde de la cama y asomé mi rostro. Observé al hombre que dormía en el suelo. Estaba tendido de espaldas, tenía un brazo flexionado bajo su cabeza, haciéndole de almohada, y el otro cruzado sobre su amplio pecho desnudo. La manta apenas le tapaba hasta la cintura. Su rostro había perdido la tensión que lo acompañaba normalmente y tenía los ojos cerrados. Su mentón marcado y su hoyuelo en la barbilla llamaron poderosamente mi atención. Fijé mi vista en él y recorrí su rostro con mis ojos. Sus pobladas pestañas creaban una sombra curva en sus mejillas y tenía la boca entreabierta. Era realmente guapo. Duro. Fuerte. Sensual. Pero sobre todo peligroso. Hasta así, dormido y relajado, el aura de peligro le rodeaba como algo intrínseco a su persona. Suspiré y alargué una mano para apartarle un mechón ondulado de pelo negro que le pendía sobre la frente.

Abrió los ojos de improviso y yo retiré la mano. Nuestras miradas se enlazaron centelleantes. La mía con desprecio, la suya con dolor. Observé un momento más sus ojos dorados capaces de hechizar y me recliné sobre la cama, girándome.

No volví a observarle cuando dormía. Era demasiado doloroso.

Una semana después pude levantarme de la cama. Habían preparado una bañera y me sumergí en ella con placer, destensando los músculos en el agua caliente, que actuó como un bálsamo en mi cuerpo herido. Jeannie me acompañaba, mientras el pequeño succionador corría gateando persiguiendo pelusas invisibles y metiéndose en la boca todo lo que encontraba en el camino, fuera lo que fuera, bajo la atenta mirada de su madre que lo reprendía con frases cortas y amenazantes en gaélico que no conseguían amedrentar en nada al bebé, que se sentaba y la miraba emitiendo gruñidos como respuesta.

Tuve claro que los gruñidos eran la forma primitiva de comunicarse de los escoceses. No había duda razonable.

Jeannie me ayudó a vestirme. Esta vez me habían prestado una falda de lana verde claro conjuntada con un corpiño del mismo color, superpuesto sobre una voluminosa blusa en lino blanca abotonada en los puños y adornada con puntillas valencianas. Casi lloré de la añoranza que sentí por mis viejos vaqueros y mis camisetas.

—Habéis adelgazado mucho, mi señora. Debéis procurar alimentaros mejor —indicó con voz suave apretando con fuerza los lazos de mi corpiño.

Yo no contesté. Estaba viva, pero me sentía vacía. El estar delgada o gorda me era absolutamente indiferente.

Cuando estuve lista la acompañé abajo. Ella se dirigió a las cocinas para ayudar a Aluinn en la preparación de la cena y yo me encaminé al patio interior. Por un momento la luz me deslumbró y el viento me mordió el rostro haciendo que lo volviera. El patio tenía estructura cuadricular, cubierto de piedra desgastada entre las que crecían hierbas salvajes. Las zonas habitadas del castillo eran las tres torres principales. Los edificios bajos que los unían se destinaban a almacenes o establos. Vi a Cailen cepillando un alazán de guerra con presteza y me acerqué a él algo tambaleante.

—Magdalen, tenéis mucho mejor aspecto —señaló con una sonrisa, paseando su mirada por todo mi cuerpo con demasiado detenimiento.

Sonreí ante su escrutinio.

—Para estar muerta hace días, sí —afirmé con algo de amargura.

El grito masculino nos sobresaltó a ambos y miramos en la dirección de donde provenía. Me puse la mano como visera para observar mejor. La torre norte estaba bastante avanzada, ya estaban cubriendo el tejado. Y allí, a una altura considerable, un hombre había resbalado y pendía sujeto de una de sus manos de un saliente de piedra. Cailen se levantó de improviso y noté como se tensaba. Fijé mi vista con más atención. Era Kieran. El corazón me dio un vuelco y quise correr a sujetarlo, pero me quedé completamente inmóvil respirando sin llegar a respirar. Kieran aguantó unos instantes antes de hacer un movimiento balanceante para llegar con una de sus largas piernas al borde del tejado. Se apoyó con ambos brazos y se incorporó dejándose caer con agilidad en la superficie lisa. Cailen y yo respiramos aliviados a la vez y vimos a Kieran reír ante un comentario pronunciado por Roderick que no llegamos a escuchar.

–Lo quieres mucho, ¿verdad? –pregunté con gesto triste.

–No hay ninguna razón para no hacerlo –contestó él con seriedad.

Fui a hablar, pero lo pensé mejor y no dije nada. Él sonrió con lentitud, de una forma muy parecida a su hermano mayor.

–No busquéis razones, Magdalen. El esfuerzo será en vano. No las encontraréis –dijo retornando a su labor.

Fruncí los labios y musité una despedida. Me alejé unos pasos y vi a Gareth caminar deprisa e introducirse en una puerta de madera situada en el extremo occidental del castillo. Me fijé en la chimenea de aquella parte de la fortificación, por la que salía un humo blanco y denso. La destilería, pensé, y me dirigí allí con paso no muy firme. No llamé. Entré sorprendiendo a Gareth, que estaba agachado manipulando algo del alambique de bronce. El aire excesivamente caldeado y cargado de vapores alcohólicos hizo que me mareara y tuviera que apoyarme en la pared.

–¡Magdalen! –exclamó él levantándose y acercándose a mí.

–Me salvaste. ¿Por qué lo hiciste? –pregunté con frialdad.

–Porque no podía dejarte morir.

–Esa no es una respuesta válida.

–Es la única que puedo ofrecer.

Cerré los ojos con fuerza y la imagen de su descendiente la noche que desapareció Sarah ofreciéndome un calmante regresó a mi mente de improviso. Abrí los ojos desmesuradamente.

–Fuiste tú. El veneno era tuyo –le acusé.

–Sí –contestó con brevedad.

–Tú eres la *Locusta* de *Nerón*. El envenenador real. ¿Qué era? ¿Mercurio? ¿Cianuro? ¿Arsénico?

–Cicuta mezclada con opio.

–¡Ja! ¡Sócrates! Muy propio. Recurriendo a los clásicos. Pero no salió como esperabas ¿no? Yo todavía estoy viva –masbullé con voz ahogada. Notaba un sollozo estrangulándome en la garganta.

–Me lo robaron. No era para ti –explicó apoyando una mano en la pared junto a mi rostro–. En cuanto vi lo que te sucedía lo comprendí todo y te ofrecí el antídoto. Tuve que prender un pequeño fuego en las cocinas para conseguir sacar a Kieran de la habitación y que nadie se percatara de nada. Te salvé la vida, Magdalen, jamás podría hacerte daño.

–¿Quién eres, Gareth? –pregunté en un susurro–. O quizá debiera decir: ¿qué eres?

Él no contestó. Simplemente apartó la mano de la pared lacada en blanco y la apoyó sobre mi pecho, en el comienzo de mi esternón. Al instante sentí una corriente eléctrica que me atravesó, ahogándome. Fue como si me arrastraran hacia la oscuridad, dejándome sin fuerza, inerte. Comprendí que estaba intentando comunicarse conmigo de una forma desconocida para los demás, puede que intentara también comprobar mi poder o hacerlo suyo. Bloqueé todo aquello que pudiera mostrarle la verdad. Una lengua de hielo me recorrió la espalda, haciendo que me estremeciera. Gotas de sudor me abrasaban al rodar por mi rostro. Los ojos se me nublaron y comencé a ver su contorno borroso. Había algo primitivo, oscuro y oculto en su mirada de ojos grises. Cuando estaba a punto de desmayarme, apartó la mano.

–Soy lo mismo que tú –pronunció con una voz metálica, extraña–. Te vi antes de que aparecieras, aunque siempre estuve esperándote. Juntos seremos invencibles.

Intenté apartarme sin conseguirlo. Él parecía no prestarme atención, ni siquiera estaba mirándome y continuó hablando cambiando el tono por uno que hechizaba, familiar y conocido.

–Magdalen, nada podrá separarnos. Las arenas del tiempo se diluirán para reunirnos, lo sé. Sé que acabarás viniendo a mí.

–¡No! No eres como yo, nunca volverás a serlo. Ya has matado antes y eso te produce placer. Te ha envilecido –murmuré, provocando que él se retirara un paso y dejara caer los brazos a lo largo de su cuerpo. Me miró con inmensa tristeza.

–No soy un asesino, Magdalen, tienes que creerme. Solo imparto justicia.

–¿Justicia? No deberías utilizar tan a la ligera esa palabra, intentando convencerme de que te mueve la clemencia o compasión. Fuiste tú, ¿verdad? –pregunté dándome cuenta de la evidencia–. Fuiste tú quien mató al padre de Kieran en nombre de la justicia.

–Sí, lo hice y no me arrepiento –confesó.

No podía decírselo, pero por lo que me habían contado puede que ese, en concreto, sí que fuese un asesinato justo. Pero, ¿qué te llevaba a cometer un acto así y defenderlo con orgullo? Eso no lo compartía.

–¿Alguien sabe lo que eres? –inquirí frotándome la frente con disgusto.

–Solo Kieran y Elinor, pero muchos sospechan y acuden a mí en busca de pociones o consejo –explicó.

–No lo entiendo. No te temen. No te juzgan. –Lo miré con total incredulidad.

Él rio de forma brusca y asintió con la cabeza.

–Saben que son afortunados de tenerme de su lado. Elinor se dio cuenta de que era diferente al poco tiempo de tenerme a su lado, así que correspondí a su protección convirtiéndome en el adalid de la familia y su clan. Los druidas hemos existido desde los albores del tiempo, hemos sido venerados y deseados. Yo soy uno de los últimos de mi estirpe. Poseo un poder que ellos no podrán alcanzar nunca. Me respetan –pronunció en tono jactancioso.

—Ahí te equivocas, Gareth, lo que ves en ellos es temor, no respeto.

—Y eso, ¿qué más da? —espetó brillando la furia en sus ojos—. ¿Crees acaso que tú eres mejor que yo, que vas a conseguir que te vean como un igual? Nunca lo conseguirás. Si no los dominas, ellos acabarán matándote y lo sabes.

—Nunca doblegaré a nadie como has hecho tú —dije con rotundidad.

—Niña tonta… ¿quién crees que te ayudó a llegar aquí cuando estabas ahogándote? Ni siquiera eres capaz de controlar tu poder, algo con lo que has sido bendecida, un poder incalculable y peligroso porque no sabes manejarlo. Cometes errores una y otra vez. ¿Cuánto tiempo piensas que podrás mantener tu falsa identidad, Magdalen?

—¿Qué sabes tú de mí? —espeté comenzando a sentir miedo y furia a partes iguales.

—Sé lo que ya está escrito. Te he visto antes de esta vida y después de ella. En quienes más confías serán los que te traicionarán. Piensas que has venido con un loable propósito de enmienda, encontrar a Sarah, y lo que desconoces es que tú serás precisamente quien lleve a este clan a la completa destrucción.

Al escuchar el nombre de Sarah me quedé paralizada y cualquier pensamiento prudente voló de mi mente. Le sujeté con fuerza del brazo y le obligué a mirarme.

—¿Dónde está, Sarah? ¿Qué has hecho con ella? —bramé sintiendo hormiguear mi mano y refulgir el anillo en el dedo.

Él se acercó tanto a mí que respiré a través de su boca. Me mareé. Era mucho más fuerte que yo, tenía un aura de confianza y templanza en cada uno de sus movimientos que resultaba extrañamente reconfortante. Un encantador de serpientes que te guiaba hacia la oscuridad haciéndote creer que caminabas entre nubes blancas.

—¿Crees que fui yo? No. Fueron aquellos que ahora

proteges. Es una mujer terca y decidida, fue considerablemente difícil mantenerla con vida después de que la acusaran de brujería y la apalearan hasta casi matarla.

Emití un gemido y el dolor me estranguló de forma invisible pero certera.

—No supo adaptarse ni pasar desapercibida y aquí eso es peligroso. Son gentes incultas y devotas de Dios, cualquiera que se aparte del rebaño será ajusticiado. Es su ley y Sarah los desafió.

—¿Dónde está? —repetí con un nudo en la garganta.

—Está con los Cameron de Achnacarry. El viejo John es un amigo y nos debía un favor. Yo mismo me encargué de llevarla hasta allí y ponerla a salvo.

Las lágrimas se agolparon a mis ojos. ¿Qué había hecho? La había enviado a un mundo donde la habían golpeado y casi asesinado. Y yo lo único que había pretendido era ponerla a salvo.

—¿Lo entiendes ahora? Si hubieras sabido manejar tu poder, ella no hubiera sufrido, pero te crees superior y te niegas a considerar que todo lo que yo te he dicho es la única verdad. —No supe si era una amenaza o una advertencia.

Me alejé hasta la puerta, justo a tiempo de escuchar sus últimas frases.

—Piénsalo bien. Tú única esperanza aquí soy yo, jamás dejaré que te suceda nada malo. Te protegeré con mi vida porque ese es nuestro destino.

Abrí la puerta sin molestarme en contestar y salí al exterior buscando un aire que no llegaba a mis pulmones. Corrí casi sin aliento hacia la entrada posterior del castillo y cerré la puerta tras de mí apoyándome en ella, llorando de forma desconsolada.

—¡Magdalen! Ya te has levantado de la cama —exclamó una voz aguda y monocorde junto a mí. Bajé mi vista para mirar a su poseedora y no tuve más remedio que sonreír, aunque solo pude mostrar una pequeña mueca.

–Vamos, todos se están reuniendo en el salón y pronto servirán la cena. –Morag me cogió la mano y tiró de ella–. ¿Por qué llorabas? ¿Te has caído? *Mathair* es muy buena curando heridas, ella dice siempre que hay que tener cuidado con…Y siguió parloteando sin cesar hasta que me arrastró al salón y me acomodó en uno de los butacones junto al fuego.

Dejé la vista perdida en la chimenea mientras alrededor la actividad era incesante; los hombres estaban llegando cansados del día de trabajo en los campos y en la reconstrucción del castillo; las mujeres se afanaban en atenderlos y cuidar a los niños que correteaban excitados de un lado a otro, picoteando de las fuentes mientras recibían manotazos de sus progenitores. Yo solo permanecí quieta y ausente a todos porque mi mente bullía presa de los nuevos conocimientos adquiridos. Gareth era brujo, un druida ancestral. Había sentido su poder traspasándome igual que aquella noche lejana en Edimburgo, cuando pronunció aquella extraña sentencia en la que declamaba que solo él podría protegerme de quien me iba a dañar. Y era muy poderoso. Lo podía notar en cada fibra de mi piel. ¿Su descendiente también tendría su poder o este se habría diluido con el tiempo? No podía dejar de pensar en las similitudes. Gareth era druida conocedor de venenos y antídotos, el Gareth que yo conocía era un afamado investigador genético. Quizá su poder se hubiera apagado con los siglos, trasladándose de persona en persona hasta solo quedar el resquicio del conocimiento.

Veneno. Por primera vez pensé en el método utilizado para asesinarme. Recordé un extracto de un viejo periódico leído hacía una eternidad en el que relataba la historia de varios asesinos en serie. Solo había una coincidencia. Los hombres asesinaban por fuerza bruta, la que fuera. Las mujeres solían ser mucho más meticulosas y elegían el veneno como ingrediente principal de sus maldades. Y por fin vi algo de luz al final del túnel. No había sido Kieran. Nunca actuaría de forma tan cobarde. Cuando se enfrentara a mí lo haría cara a cara. No tuve ninguna duda.

Levanté la vista y circundé el salón buscando una cara. La encontré en un extremo de la mesa principal, sonriendo a su acompañante de la izquierda, un hombre joven que solía acompañar a Kieran a menudo. Caitlen. Como si sintiera mi mirada sobre ella, levantó la vista y la dirigió en mi dirección. Noté su súbito sobresalto y cómo palideció. Yo sonreí levemente y la miré con la ira oscureciendo mis ojos. El dedo en el que llevaba prendido el anillo me hormigueaba adelantándose a mis sentimientos. Me pasé la lengua por los labios resecos y no parpadeé. Ella agachó la cabeza y hundió su rostro en el plato de comida que tenía frente a ella. Solté una amarga carcajada que asustó a los que estaban justo a mi lado. Luego volví a fijar mi vista en el fuego de la chimenea.

Alguien depositó sobre mis piernas un plato lleno a rebosar con un guiso de carne y una cuchara. Me obligué a comer algo para recuperar fuerzas, estaba segura de que las iba a necesitar. En ese momento entró Kieran y miró alrededor buscando a alguien. Mi corazón se saltó un latido, pero su vista traspasó a Caitlen sin reparar en ella y se posó en mí. Una leve sonrisa curvó sus labios y leí una plegaria en gaélico musitada entre dientes. Después se sentó en la mesa con los demás hombres.

Elinor abandonó la mesa principal y se situó en un butacón a mi lado. Me sonrió con calidez.

—Se os ve mucho mejor —dijo.

—Gracias —masculló atragantándome. Ella se levantó y sirvió un poco de whisky en un vaso y me lo ofreció. Yo intenté rechazarlo, pero ella insistió.

—Os hará bien —fue toda su explicación.

Lo cogí y bebí a pequeños sorbos dejando que el líquido ardiente calmara mi mente herida. Al poco rato una ráfaga de aire frío se filtró y una mujer entró en el salón. Miré hacia ella, reconociendo a la mujer de Hugh y por un instante temí que el hombre estuviera peor. Su mirada se posó en mí y ella se ruborizó acercándose. Se inclinó haciendo una reverencia y me ofreció un paquete cubierto por una tela y cerrado por una delgada cuerda. La miré sin entender. Varios se habían acercado a observarnos.

–Es para vos, mi señora. He sabido de vuestra enfermedad. Se os ve pálida y más delgada. Yo… yo… solo quería agradeceros lo que hicisteis por mi marido y por mi hogar –explicó algo azorada.

Desaté el nudo, deslicé la capa de tela y cogí entre mis manos lo que contenía el paquete. Era una pequeña toquilla de lana sin pulir, tejida con tosquedad. Picaba y era áspera al tacto. La sujeté entre mis manos. Nunca había visto nada tan horrible y a la vez tan extremadamente hermoso.

–¿Es para mí? –pregunté con lágrimas en los ojos.

–Sí, es un regalo –respondió la mujer algo cohibida.

–Nunca… nunca me habían hecho un regalo –balbucí echándome a llorar de forma desconsolada. El cansancio, el dolor, la incertidumbre, el desconcierto de los últimos días fluyeron en forma de lágrimas ardientes abrasando mi rostro. Tenía los nervios a flor de piel y no pude contenerme.

Escuché como varios hombres se levantaban y chasqueaban la lengua. Las mujeres se habían inclinado sobre mí y varias me acariciaron el pelo y los hombros con ternura.

–Kieran –bramó Roderick–. *Mo charaid*[5], ¿es que no has ofrecido todavía un regalo a tu esposa?

Observé a Kieran que se había acercado con sigilo. Enrojeció de forma súbita y eso me sorprendió. Su rostro normalmente apacible era una mezcla de confusión, arrepentimiento y enfado.

–No –dijo al fin negando con la cabeza.

Se oyó un pequeño ¡oh! de algunas mujeres y los

---

[5] Amigo

hombres cabecearon. Elinor se deshizo de la cinta que rodeaba su pelo moreno recogido y me la entregó.

–Es de seda verde, hará juego con vuestros ojos –ofreció sonriendo.

La cogí sin dejar de llorar.

Otra de las mujeres se arrodilló junto a mí y me ofreció un pequeño paño bordado.

–Quedará muy bonito en vuestra mesilla –explicó.

Seguí llorando y asintiendo con la cabeza.

Roderick se acercó y sacó un pequeño objeto tallado de su *sporran*. Era una rosa de madera.

–Era para Morag, pero creo que no le importará que os la regale –dijo con una gran sonrisa. Morag aplaudió el gesto y yo lloré con más intensidad.

Cailen se aproximó con lentitud y me tendió una piedra negra. En ella estaban grabadas las líneas curvas de un pequeño cretáceo prehistórico. Lo cogí apretándolo fuertemente con la mano.

–No tengo nada más bonito –se disculpó.

–Es… es precioso –tartamudeé sin dejar de llorar.

Gareth se acuclilló a mi lado y me ofreció un pañuelo de lino decorado con la flor del cardo símbolo de Escocia.

–Lo he llevado siempre conmigo –señaló con indiferencia, como si hubiera olvidado que horas antes habíamos tenido una conversación que cambiaría nuestras vidas.

–Gracias –musité y lo utilicé para secar mis lágrimas.

Alguien carraspeó e hicieron pasillo a Aluinn que se acercaba con una pequeña fuente. Observó mis regalos expuestos sobre mis piernas y bufó audiblemente.

–Ninguno mejor que el mío –aseveró con una gran sonrisa ofreciéndome sus maravillosos *scones*. Se inclinó y me susurró al oído–: los he rellenado de confitura de arándanos, vuestros preferidos.

Y yo aullé berreando con tanta intensidad que asusté a todos los que me rodeaban. Recibí caricias y palabras de consuelo hasta que hipando y con alguna lágrima cobarde escapando de mis ojos busqué a Kieran con la mirada y no lo encontré. Todavía sollozando, Cailen recogió todos mis presentes y me acompañó hasta la habitación percibiendo mi cansancio y aturdimiento. Cuando me dejó en la puerta inclinó la cabeza. Yo alargué mi mano y le acaricié la mejilla con ternura. Giré y entré en la penumbra de la habitación.

Tropecé con el cuerpo de Kieran que estaba frente a la puerta. Me sujetó por los hombros antes de que cayera al suelo.

—Pero que… —comencé a decir, pero él me silenció poniéndome un dedo sobre los labios. Me acercó a la cama y me sentó en el borde. Luego cogió mis regalos y los depositó con cuidado en la pequeña mesa junto al fuego. Se giró y se acercó de nuevo a mí. Me miró intensamente y se pasó las manos por el pelo, lo que hacía cuando algo le preocupaba o molestaba. Dio un paso a la derecha, giró y volvió a la izquierda. Yo lo observaba con una mezcla de curiosidad y estupor sin entender nada. Al fin se arrodilló frente a mí y sacó la *shiang dhu*[6] de la media. Yo retrocedí por instinto. Él no se amedrentó. La puso sobre ambas manos y agachó la cabeza ofreciéndomela. Ni la toqué.

—He estado pensando qué podía regalarte, pero no he encontrado nada que mereciera la pena. He buscado en mi despacho todos los objetos que poseo y he repasado uno a uno todos los libros. —Hizo una mueca—. Aunque no me ha parecido buena idea regalarte uno, ya sabes… —Se quedó en silencio y me miró. Yo le devolví la mirada apretando los labios—. En realidad todo es tuyo. No tengo nada que ofrecerte porque todo lo mío te pertenece.

—¿Y la daga? —indiqué mirándola con algo muy parecido al asco.

---

[6] Daga escocesa

–Solo llevo dos cosas de valor en mi cuerpo. Una es mi broche de plata y la otra es la *shiang dhu*. Su mango es de nácar y tiene una amatista. No es una piedra noble, pero sí algo valiosa. Quiero que te la quedes tú –explicó con voz suave.

–No la quiero –respondí retrocediendo en la cama.

–¿Aceptas todos los presentes menos el mío? –preguntó con voz ronca.

–No es eso…, es que… ¿para qué quiero yo una daga? Hace daño, sirve para matar. No la quiero –repuse.

Cogió mis manos y depositó el frío metal en ellas.

–Cógela –exigió–. Necesito que la tengas. Si alguien intenta hacerte daño podrás defenderte.

–No la necesito –repetí.

–Magdalen –dijo con el mismo tono que utilizaría un padre cuando está comenzando a perder la paciencia con un niño–, quédatela. Si la utilizas o no es tu decisión, pero yo estaré más tranquilo si sé que está en tu poder.

Lo miré intentando adivinar algo en sus ojos dorados. No percibí más que sinceridad, así que cerré mis manos rodeando la daga.

–Está bien –concedí–, me la guardaré en… bueno ya le buscaré un sitio.

Él respiró algo más tranquilo y se levantó.

–¿Cómo te encuentras? –preguntó haciendo que yo diera un respingo mientras miraba el enorme filo de hierro entre mis manos.

–¿Qué? Bien…, creo.

Me cogió de la mano y me levantó para llevarme consigo hasta la puerta.

–¿Qué haces? –espeté con brusquedad.

–Voy a darte tu verdadero regalo. –Sonrió y me llevó casi a rastras fuera del castillo.

La noche era oscura y apenas se veía un metro por delante de nosotros, pero Kieran parecía saber dónde nos dirigíamos. Por un instante pensé que intentaba deshacerse de mí y me detuve, soltándome de su agarre.

–No, no voy a ningún sitio. Quiero volver al castillo –exclamé algo asustada girándome para seguir las luces que titilaban en las diminutas ventanas medievales.

–Magdalen. –Suspiró Kieran percibiendo mi miedo–. No voy a hacerte ningún daño.

Era la segunda vez en un día que dos hombres diferentes lo afirmaban y yo no creía a ninguno de los dos.

Negué con la cabeza. Él se apartó un momento y se rascó la barbilla. Estaba a punto de salir corriendo en dirección al castillo cuando sus fuertes brazos me atraparon la cintura y me vi alzada sobre su espalda, cargada como si fuera un fardo de paja. Le golpeé con los puños la espalda, sin conseguir nada más que apretara el paso.

–¡Bruto! ¡Bájame ahora mismo! –grité de forma ahogada.

–Lo haré cuando lleguemos –contestó él con calma.

Caminamos unos minutos más. Bueno, en realidad caminó él, yo me limité a balancearme sin gracia alguna sobre su enorme cuerpo. Cuando se quedó quieto me cogió por la cintura y me deslizó al suelo. La sangre que se había agolpado en mi cabeza bajó bruscamente al resto del cuerpo y estuve a punto de caer. Kieran me sujetó y comenzamos el descenso al centro de la Tierra.

Nos internamos en un subterráneo escondido entre unas ruinas sumidas en el abandono y cubiertas de musgo y líquenes. Agarré su brazo para no caerme, pese a que él me llevaba suspendida en el aire sujeta por la cintura. Bajamos por unas escaleras de piedra, desgastadas y húmedas. Dimos varios giros, hasta que yo me perdí por completo en la oscuridad que nos rodeaba. De improviso, Kieran se detuvo y pude notar el olor de la brea a mi lado, escuché el chasquido del pedernal y se hizo la luz en forma de antorcha. Abrí los ojos de forma desmesurada y a mi pesar mi boca lo hizo del mismo modo.

Estaba en una cueva, una cueva cálida y acogedora, como el vientre materno. Las paredes onduladas, pero lisas, sin protuberancias, nos rodeaban dando la impresión de seguridad, refulgiendo la luz de la antorcha en ellas con reflejos ámbar y dorados. Y en el centro, un pequeño lago, de unos cinco metros de anchura. El agua oscura y estática ofrecía nuestro reflejo como si lo creara mágicamente.

Hacía calor y pronto una leve capa de sudor cubrió mi piel. Me agaché e introduje un dedo, algo temerosa, en la superficie, haciendo que esta se ondeara y perdiera nuestro reflejo ante la atenta mirada de Kieran. Eran aguas termales, cálidas y tentadoras.

—¿Te gusta? —inquirió acuclillándose junto a mí.

Sonreí por primera vez en muchos días de forma sincera.

—Mucho, ¿qué es este lugar?

—Es *Dun Rigell*. Aquí estaba el antiguo castillo de los Mackinnon. Es mi secreto, lo descubrí de niño. Ahora también es el tuyo —explicó.

—No me extraña que acabara derruido dado que lo construyeron sobre una corriente subterránea.

El rio y la cueva devolvió el eco de su risa.

—No fue por eso. Los atacaron y destruyeron el castillo. En el siglo xv el clan se trasladó a *Dunakyn*. Pero bueno, supongo que también tienes algo de razón.

—Ahora entiendo porqué vienes muchas noches empapado a la habitación. Me preguntaba donde te bañarías.

—Sí, vengo aquí casi todas las tardes. Antes de desposarme lo hacía también por las noches. Me ayuda a pensar —explicó mirándome con intensidad.

Yo lo entendía. Aquel lugar tenía algo mágico. Algo que no podía describir. Algo oculto y misterioso, pero también atrayente. No había nada maligno, lo percibía, solo la quietud de los espíritus que antes habían habitado aquel lugar. Sus antepasados. Nuestros ancestros.

Observé cómo se desnudaba y me puse inmediatamente de pie evitando mirarlo. Se introdujo en el agua y respiró con placer, alejándose hasta detenerse en el centro de la pequeña laguna. El agua le cubría hasta la cintura. Parecía un guerrero, un guerrero peligroso y sensual, esperando.

Alargó una mano y caminó agitando el agua oscura acercándose a mí.

—Vamos.

Negué con la cabeza, no estaba preparada. El dolor era todavía demasiado agudo. Lo sentía arder dentro de mí, abrasándome.

Kieran apoyó ambas manos en el borde de piedra y me miró levantando la cabeza.

—Estoy indefenso y desarmado. Te he entregado mi *shiang dhu* y he visto como te la guardabas en el bolsillo antes de que saliéramos de la habitación. Prefiero que la hundas en mi corazón si con eso dejo de ver tu mirada de odio y desprecio dirigida a mí —susurró desde el fondo de su alma.

—No te odio —murmuré.

Él levantó la vista y de un salto salió del agua quedándose desnudo frente a mí, expuesto y expectante.

—Sí lo haces.

Negué con la cabeza y afirmé con la mirada.

—No te odio —repetí con más fuerza—, lo he intentado. ¡Oh! De veras que lo he intentado. Pero no puedo odiarte.

Me maldije a mí misma, aunque estaba en lo cierto. Por más que lo intentaba no conseguía odiarlo, no conseguía despreciarlo. Solo veía el dolor reflejado en sus ojos.

Kieran se acercó un paso y yo retrocedí hasta quedar pegada contra la pared de piedra. Puse mis manos en ella y note la humedad caliente que desprendía. Sentí como me ruborizaba y me mordí un labio. Él se inclinó sobre mí y posó con suavidad sus labios sobre los míos. Mi cuerpo comenzó a arder por el contacto e intenté apartarlo sin demasiada fuerza.

—No —protesté débilmente.

–Sí –contestó él–. Déjame curarte, Magdalen. No he podido evitar que te hicieran daño, que casi acabaran con tu vida. Déjame darte por lo menos mi consuelo.

Comenzó a desatarme las lazadas del corpiño y con rapidez se deshizo de las capas de ropa que me cubrían dejándome desnuda y vulnerable frente a él. Pero no me tocó. Simplemente me miró a los ojos viendo mi temor.

–Yo he olvidado tu pasado, ¿no puedes hacer tú lo mismo con el mío? –pidió con voz ronca.

Sentí que las lágrimas volvían a inundar mis ojos y me los froté con furia.

–Mi pasado no existe, Kieran. No lo entiendes. Tu pasado es nuestro presente. La veo cada día –expuse demasiado calmada para como me sentía.

–Lo sabes –dijo–. ¿No creerás que yo confabulé con ella para envenenarte?

–No, no lo creo –suspiré hondo–. Pero tú fuiste la causa por la que lo hizo. Ella te ama, te ama con tanta intensidad que es capaz de matar para conseguirte.

Y en aquel momento recordé las palabras de Gareth «por amor se puede llegar a matar si fuese necesario». Me pregunté como podían estar tan lejanas en el tiempo esas palabras y tan cercanas en la realidad.

–He hablado con ella. Lo ha negado y no tengo ninguna prueba. No llego a entender de dónde sacó el veneno y cómo hizo para emponzoñar el libro. Es una mujer malvada, pero simple, no creí que tuviera siquiera la capacidad para reaccionar como si fuera Catalina De Medici –explicó con furia.

Me sorprendí de que conociera a la famosa reina conocida por utilizar el veneno para deshacerse de sus enemigos.

–Por lo menos no le salió tan mal como a Catalina –señalé haciendo referencia a que ella en un intento por eliminar a un contrincante había envenenado por error a su propio hijo Francisco.

Kieran rio con amargura.

—Créeme, lo hubiera preferido. Hubiera preferido ser yo quien sufriera por ti, y sin embargo tuve que limitarme a sentarme a tu lado evitando que percibieras mi presencia —expuso con voz grave.

—¿Tan malo ha sido?

Él me taladró con sus ojos dorados y me cogió con ambas manos el rostro.

—Te estabas muriendo frente a mí y yo no podía hacer nada más que rezar ¿tú qué crees? Ni siquiera tenía la escasa satisfacción de luchar por tu vida contra la persona que ocasionó tu dolor. Pero eso no fue lo que me destrozó. Fue que tú creyeras que había sido yo.

—Lo… lo siento…, yo… era tu libro… y yo… —balbuceé de forma inconexa. Nunca podría explicarle que él sí acabaría siendo el que intentara matarme. Nunca podría confesarle lo que era y por qué estaba allí.

—Debió envenenarlo mientras estuvimos en casa de Hugh. No hubo más tiempo. Estoy completamente seguro de que el libro estaba limpio cuando te lo llevaste —indicó. Y supe que aunque conocía cuales eran las capacidades de Gareth y su dominio de los venenos y otras pócimas que no quería ni imaginar, no iba a confesármelo. ¿Quería decir eso que no confiaba en mí? ¿Qué no se atrevía a decirme lo que de verdad pensaba que yo era?

Me quedé callada y lo observé un momento. Su rostro mostraba dolor y arrepentimiento, pero sobre todo percibí que estaba avergonzado. Estaba avergonzado porque no supo protegerme y yo le culpaba. Le culpaba por ello sin que él fuera el culpable. Me puse de puntillas y le besé con ternura en los labios. Él me abrazó con tanta fuerza que me dejó sin respiración. Su beso se intensificó y sus manos volaron sobre mi cuerpo intentando abarcarlo todo de forma desesperada. Su calor me llenó de fe y confianza. Su piel desprendía calor, como si brotara de su alma cubriéndome y protegiéndome. Me rendí ante él, pero sobre todo me rendí ante mí misma.

Lo perdoné.

Me levantó en el aire y me introdujo junto a él en la pequeña laguna. Emití un pequeño gemido al notar el agua caliente rodeándome. Me besó con dulzura juntando su cuerpo desnudo al mío. Yo le pasé las manos por los hombros buscando un apoyo, antes de notar el suelo de piedra bajo mis pies. Sentí que algo pasaba rozándome en las piernas y pegué un respingo sujetándome con más fuerza a él. Kieran rio junto a mi oído.

–¿Hay peces aquí? ¿Algún animal? –pregunté asustada, agarrándole el pelo con mucha intensidad–. ¡Serpientes! –grité alzando mis piernas para ponerlas alrededor de su cintura.

Él rio y echó la cabeza hacia atrás. Lo miré enfadada.

–Soy yo.

–¿Tú? –pregunté de forma incrédula notando sus manos en la parte baja de mi espalda–, ¿cuántas manos tienes, Kieran?

El volvió a reír y me besó en el cuello.

–No era mi mano –susurró.

Sentí como me ruborizaba intensamente y él volvió a reír soplando en mi cuello. De improviso noté como la serpiente se deslizaba entrando en mi cuerpo con facilidad impulsada por el agua que nos rodeaba. Gemí levemente. Notaba la fricción en cada fibra de mi ser, el agua rodeándonos, sus manos impidiéndome que cayera, guiándome, el roce de mis pezones erguidos contra su amplio pecho. Eché la cabeza hacia atrás y jadeé casi sin respiración. Sentí una mano suya en mi nuca haciendo que levantara mi rostro.

–Magdalen *ma sorciere*, me estás volviendo loco. Por fin has vuelto a mí –susurró con los ojos nublados por la pasión.

Lo miré un instante antes de dejarme caer contra su pecho sin contestar. No tenía sentido hacerlo puesto que al día siguiente tenía intención de abandonarlo de nuevo.

CAPÍTULO VIII

En tiempos donde no existe la justicia,
no intentes llevar la razón.

Me desperté sintiendo un dedo inquisidor recorriendo mi espalda, desde la nuca hasta las depresiones redondeadas que la finalizaban. Una y otra vez. Con deliberada lentitud. Me estremecí y la piel se erizó. Percibí el sonido de una risa detrás de mí, pero no me giré. La sensación era placentera y no quería que terminara.

—¿Estás despierta? —preguntó Kieran suavemente.

—No —contesté casi sin voz.

—¿No? —inquirió él a su vez pasando el dedo a través de la piel desnuda de mi cintura y rodeando el ombligo. Abrió la mano y sentí su calor.

—No quiero despertar —susurré.

—¿Estás segura? —murmuró y su mano subió explorando hasta alcanzar uno de mis pechos que sujetó pasando su pulgar por mi pezón endurecido.

Me giré para mirarlo emitiendo un suspiro.

—Estoy muy cansada —dije sintiendo como poco a poco mi cuerpo se iba desprendiendo del velo del sueño.

—¿Muy cansada? —preguntó posando sus labios donde antes estaba su mano.

—Agotada –gemí.

–¿Sí? –inquirió abriendo mis piernas con otra mano.

–Exhausta –murmuré arqueándome sin voluntad.

–Seré rápido, entonces –afirmó colocándome bajo su enorme cuerpo.

Abrí los ojos mirándole fijamente. Él levantó el rostro hacia mí y sonrió de forma ladeada.

–¡Oh, no! –protesté–, ya que me has despertado, ¡tómate tu tiempo!

Él rio y su boca se distendió en una clara sonrisa de triunfo.

–Lo haré. No te quepa duda –afirmó besándome.

Desperté de nuevo cuando la luz entraba a raudales por el ventanal. Kieran ya había salido y yo no tenía tiempo que perder. Me estiré lánguidamente desperezándome y deshaciéndome de los recuerdos de la noche anterior. Me levanté y me vestí deprisa para dirigirme a su despacho. Al no escuchar ningún sonido dentro, entré y me detuve un momento frente a la mesa, buscando con la vista un mapa de Escocia y en concreto de Skye. Finalmente lo encontré en uno de los cajones cerrados, intenté memorizarlo y regresé a la habitación para preparar un pequeño hatillo con los *scones* regalo de Aluinn, la toquilla de lana y una manta a cuadros. Hice un nudo y me encaminé hacia las cocinas.

Entré con las manos vacías, había tenido la precaución de esconder el hatillo detrás de las escaleras de caracol.

–Buenos días –saludé a Jeannie que sujetaba de forma precaria al pequeño succionador entre los brazos. Me sorprendí al verla sola.

–Buenos días, mi señora –contestó ella girándose. Percibió mi confusión y señaló el ventanal que daba al patio interior–. Aluinn está ayudando a los hombres. Queda poco tiempo para que llegue el frío y hay mucho que hacer –explicó dejando a su bebé sobre la mesa central.

Observé al pequeño que correteaba sobre ella deteniéndose a cada poco para poner un pequeño dedo, totalmente concentrado, en cada miga de pan que encontraba para llevársela a la boca. Durante un instante me miró y esbozó una sonrisa decorada con dos dientes. Yo sonreí con amplitud.

—¿Queréis que os lleve el desayuno al salón principal? —preguntó Jeannie cogiendo una jarra de cerveza.

—¡Oh, no! comeré algo aquí —afirmé—, tengo intención de dar un paseo más tarde. Tomar algo de aire fresco después de tantos días encerrada —añadí intentando sonar convincente.

—Si es aire lo que buscáis, estáis en el lugar correcto —señaló ella riéndose y ofreciéndome un plato con rebanadas de pan cubiertas por una gruesa capa de mantequilla, junto con la jarra de cerveza.

Durante unos minutos estuvimos en silencio, mientras yo daba buena cuenta del desayuno. Apenas llevaba nada para comer en todo el día y tenía que coger fuerzas. Cuando finalicé me acerqué a ella, que estaba fregando unos vasos y platos de estaño frente al ventanal. Me fijé que observaba a Aluinn con intensidad. Eran una pareja extraña. Jeannie no tendría más de veinticinco años, mientras que él pasaría ampliamente de los cuarenta.

—¿Es cierto lo que dicen? —inquirió de pronto Jeannie sorprendiéndome.

—¿Y qué es lo que dicen?

—Ummm…, que es un hombre grande —murmuró algo azorada. Fijé la vista dónde ella indicaba y vi a Kieran encaramado a una escalera de madera dictando órdenes a diestro y siniestro. Sonreí.

—Sí, es un gran hombre —afirmé.

—Lo sabía, aunque Caitlen tiene cierta tendencia a exagerar… —Se interrumpió al ver que yo me tensaba—. Lo siento, mi señora, yo… ha sido una tontería el…

—No te preocupes, Jeannie. Esa historia es conocida

por todos. No estoy ofendida –dije dándole unos golpecitos en el brazo.

Ella respiró más aliviada y volvió a fijar la vista en el grupo de hombres.

–¿Es…, os hace sentir como si alcanzarais el cielo y descendierais al infierno a continuación? –preguntó de forma valiente y directa.

Yo la miré entornando los ojos ante su franqueza.

–Digamos que todavía me mantengo en el plano terrenal.

Ambas nos sostuvimos la mirada y, a la vez, reímos.

–Aluinn también es un hombre grande –comentó ruborizándose.

Me atraganté con la cerveza que estaba bebiendo y tosí aclarándome la garganta. Ciertamente no era una información que necesitara conocer. Aunque había visto que el nivel de intimidad en ese siglo apenas existía, puesto que el salón servía también como dormitorio en las noches para los hombres que habían acudido junto con sus familias para ayudar en la reconstrucción del castillo. Estaba segura de que no solo dormían. Amparados por la oscuridad y de las mantas daban rienda suelta a sus deseos ignorando a los que descansaban junto a ellos. Y lo practicaban con indiferencia y también con una naturalidad que se iría perdiendo con los años y con el pudor.

–Ummm –murmuré sin saber qué añadir.

–Trabaja muy bien con las manos –indicó con la mirada perdida.

–Sí –coincidí con ella–, lo he visto amasar pan.

Las dos volvimos a reír, y aunque nos separaban muchísimas cosas, en ella vi la complicidad de una amiga.

–¿Te puedo preguntar cómo llegasteis a casaros? –pregunté con curiosidad.

Ella entornó los ojos y su rostro se volvió dulce y pensativo.

—No es mi primer marido –confesó con voz serena. Yo parpadeé sorprendida–. Me casé muy joven, a los diecisiete años, y me quedé viuda también muy joven, a los veinte. Estuve mucho tiempo medio muerta. Todo me era indiferente. Aluinn era el mejor amigo de mi padre y cuidó de mí durante ese tiempo. Poco a poco, nosotros… –se quedó en silencio y suspiró–. ¿No creeríais que fue amor a primera vista?

—Aluinn es un hombre bello, a su manera –dije.

—Sí, lo es–afirmó–. Sobre todo en completa oscuridad.

Ambas reímos de nuevo, pero percibí el amor y la confianza que había entre ellos.

—Tiene una bonita sonrisa –señalé.

—Tenéis razón, cuando sonríe solo para mí me hace sentir que soy la única mujer que existe en este mundo, ¿os sucede a vos? –inquirió mirándome con fijeza.

—Kieran no sonríe muy a menudo –respondí siendo sincera.

—Sí lo hace. Solo que vos no lo miráis. Él solo tiene ojos para vos y vos estáis algo dispersa –criticó con dulzura. Yo me tensé de forma imperceptible, pero no contesté.

Fijamos la vista en el patio ante un nuevo estruendo. Una piedra había caído y casi aplastó a Cailen. Su hermano mayor se deslizó de las escaleras y bajó para comprobar que no estaba herido. Una vez que se quedó tranquilo lo amonestó por ser tan poco cuidadoso y lo mandó a hacer otras labores menos peligrosas. No pude por menos que sonreír tristemente ante la atenta mirada de Jeannie. En ese momento mi vista se quedó fija en Caitlen, cargaba una cesta con provisiones que depositó a los pies de Kieran. Este ni siquiera le devolvió la mirada y ella de forma airada se giró y se dirigió hacia el castillo.

—Jeannie.

—¿Sí? –Ella levantó la vista del fregadero de piedra.

—¿Caitlin ha vivido siempre aquí?

—¡Oh, no! Llegó con doce o trece años. Era la hija de

una amiga de Elinor, sus padres murieron y ella la acogió. Kieran tenía quince o dieciséis años y ella en el instante en que lo vio no dejó de perseguirlo. Con el tiempo y quizás alentada por algunos creyó que iba a ser su esposa —explicó con cautela.

—Ya, pero no tenía dote —espeté con acritud.

—Cierto. Es una Cameron, como Elinor, que es sobrina del viejo John de Lochiel, pero sin familiares vivos que ofrecieran dinero a cambio de su enlace con el *laird* Mackinnon.

¿Cameron? ¿Elinor era una Cameron? La cabeza comenzó a darme vueltas. Sarah estaba con los Cameron y tuve la seguridad de que Elinor había tenido mucho que ver en ello.

El pequeño succionador me salvó de preguntar nuevamente algo que quizá no quisiera conocer casi cayéndose de la mesa. Lo cogí al vuelo y él carcajeó encantado con la experiencia cercana a la muerte. Me abrazó con sus manos regordetas y cogió un mechón de mi pelo metiéndoselo a la boca. Lo chupó y chupó sin descanso, llenándome de babas. Jeannie intentó cogerlo, pero él se giró y le gruñó. Yo reí a carcajadas.

—Déjamelo —le dije—, no está haciendo nada malo.

—Pero vuestro cabello…, es que le duele la boca. Ya sabéis, los dientes…

Me encogí de hombros y giré con el pequeño provocando su risa. En ese momento me di cuenta de que teníamos compañía. Elinor estaba en la puerta observándonos con una extraña sonrisa en los labios. Me sentí algo avergonzada y me detuve. El pequeño succionador gruñó y me miró sin parpadear, pero no hizo más, estaba demasiado concentrado en chupar mi pelo.

—Creo que es hora de que me vaya —exclamé azorada, tendiéndole el pequeño a Jeannie.

Este se negó a soltar mi pelo y gritó y aulló como si lo estuvieran matando. Cogí un pequeño cuchillo y me corté el grueso mechón que el pequeño sostenía entre sus manos. Ambas mujeres emitieron un gemido.

—¡Vuestro cabello! —exclamó Jeannie mirándome con estupor.

—Tengo mucho —contesté y me despedí de ambas mujeres. Estaba segura de que mi pelo, fuese por la razón que fuese, le calmaba el dolor de la boca al pequeño succionador.

Salí y me quedé esperando en la puerta la llegada de Caitlen. Tenía que hablar con ella de forma urgente.

No pude evitar escuchar la conversación de Jeannie con Elinor.

—¿Qué te parece, Jeannie?

—Es diferente, aunque amable y cariñosa. El pequeño Aluinn le tiene bastante estima. —Escuché un gruñido proveniente del susodicho, que por fin averigüé cuál era su nombre, esta vez mucho más acertado que el de su padre—. Pero oculta algo. No sabría decirlo. Es como si una capa de dolor la cubriera y no pudiera desprenderse de ella. Tiene miedo y no sabe cómo enfrentarse a ello.

—¿Crees que Kieran le da miedo? —La voz de Elinor sonaba preocupada.

—No, no es él. Es algo que le pertenece a ella. Quizás algo de su pasado. Creo que la hirieron y por eso desconfía. En realidad ama a Kieran, pese a que no lo ha reconocido todavía —indicó con voz clara Jeannie.

Hice un gesto en el que se mezcló el asco y el desconcierto. ¿Qué yo qué? Suspiré hondo. Aquellas mujeres no sabían nada de mí en absoluto, así que no quise escuchar más. En ese momento vi pasar en dirección al salón a Caitlen y la llamé. Ella me ignoró y siguió caminando. Grité su nombre y mi poder se alteró en mi interior. Tuve la seguridad de que hilos invisibles la obligaron a girarse.

—¿Qué se os ofrece, lady Magdalen? —inquirió destilando ironía.

—Necesito vuestra ayuda —dije conteniendo mi furia.

—¿Y por qué iba a ayudaros?

—Me lo debéis, intentasteis asesinarme —contesté con calma.

Su gesto se contrajo en una mueca horrible que la hizo parecer un duende de los bosques.

—¿No querréis que seamos amigas? —escupió con maldad.

—Jamás sería amiga de alguien como vos. Seremos aliadas, que es bastante más productivo.

Capté toda su atención.

—¿Qué queréis?

—Necesito que distraigáis a Kieran durante el día —exigí. Estaba segura de que él se extrañaría al no verme en el almuerzo y me buscaría. No podía permitirlo. Necesitaba tiempo para escapar.

—¿Por qué queréis que haga tal cosa? —preguntó entrecerrando sus ojos del color de las esmeraldas.

—Porque me voy del castillo.

—¿Cuándo volveréis? —Quiso saber con un brillo malicioso en su mirada acompañando una sonrisa amenazante.

—No volveré —afirmé y me agaché para recoger el hatillo y salir por la puerta.

Lamenté profundamente que la última imagen de aquella fortificación que había sido mi hogar las últimas semanas fuera la sonrisa de triunfo de la mujer que me había envenenado. Pero la necesitaba, no contaba con nadie más que distrajera a Kieran con su habilidad.

Respiré con fluidez una vez que me alejé del castillo unos metros. Mi plan era sencillo. Tenía que dirigirme al norte, a Portree, una pequeña ciudad costera situada más o menos en el centro oriental de la isla. En mi tiempo la forma más cómoda de llegar a la isla era por el puente de Skye que enlazaba con el territorio Mackinnon, el más cercano a las Highlands, pero en el siglo xviii ignoraba si había algún pequeño puerto al que acudir. Además tenía que alejarme de los dominios del clan. Cualquiera podía reconocerme. Esperaba que Portree me ofreciera la posibilidad de coger algún barco que me enlazara con el territorio donde se encontraban los Cameron. En el caso de quedar demasiado al norte, tendría que recorrer más camino adentrándome al sur, evitando el territorio de los Mackenzie a mi izquierda. No tenía dinero, solo la daga con la piedra amatista. Confiaba que eso pagara mi pasaje, si no me ofrecería para trabajar de alguna forma. Ya lo pensaría cuando llegara el momento. De lo que estaba segura era de que no utilizaría la magia. Podía suceder cualquier cosa imprevista y acabar como Sarah.

Fijé mi vista en el cielo cambiante. Iba en la dirección correcta, ya que el sol quedaba a mi derecha. A mediodía tenía que observar el descenso para no perderme y continuar hacia el norte. Apresuré el paso. Estaba acostumbrada a hacer ejercicio y recorrer grandes distancias a pie. Pero no había contado con la incomodidad del vestido y los escarpines de piel, además de mi debilidad por haber estado enferma.

Cuando creí que llevaba ya varias horas de camino, miré a mi espalda y observé el castillo a lo lejos. Sentí que las lágrimas afloraban a mi rostro. Quizá si encontraba a Sarah y la podía enviar de vuelta pudiera regresar. No, negué con rotundidad. Mi presencia allí solo alteraba el orden temporal y debía evitarlo volviendo a mi vida real. Tenía que hacer lo imposible por encontrar al asesino de Edimburgo, al hombre que mataba a las mujeres que se parecían a mí, porque ya no tenía ninguna duda de que el pasado y el presente se habían entrelazado.

Siempre añoraría a la gente a la que había llegado a apreciar, pero aquella no era mi vida. Mi vida estaba a trescientos años de distancia. Y una vez que consiguiera regresar invocaría a mi abuela y la obligaría a confesar cómo podía deshacerme de los poderes. No quería ser bruja. Quería ser una persona normal, con una vida normal. Solo eso. Sin gente que intentara asesinarme, druidas, brujos, lobos y venenos.

Me interné en el interior de la isla, atravesando valles y pequeños bosquecillos de álamos y serbales. Dejé de escuchar a las gaviotas y supe que iba por el camino correcto. Al anochecer paré junto a un río. Extendí la manta y me cubrí con la toquilla. Empezaba a sentir mucho frío. Estaba agotada y me hubiera quedado dormida simplemente apoyada a un árbol. Me incliné para beber agua y refrescarme un poco. Estaba tan concentrada que no me percaté de que había una persona a mi lado.

—¿Qué tal el paseo, Magdalen?

Me levanté de un salto y tropecé con una piedra, cayendo de bruces al riachuelo, donde me golpeé con muchas más.

—¡Joder! —barboté empapada al reconocer a Kieran.

Él intentó sujetarme de un brazo y yo me resarcí para salir corriendo, intentando ocultarme en la frondosidad que rodeaba el agua. Me raspé el rostro con numerosas ramas y resbalé una y otra vez, hasta que un golpe en la espalda me hizo caer al suelo de nuevo. Su cuerpo me aplastó y escuché su voz sibilante junto a mi oído.

—¿Adónde demonios crees que vas?

Mi plan era sencillo pero perfecto.

Mi plan había acabado antes de empezar.

Mi plan había resultado un completo desastre.

Me levantó con fuerza, sin soltarme un instante, y me arrastró hacia un claro donde esperaban Roderick, Gareth, Aluinn y Cailen, cubiertos por la bruma y pertrechados para la guerra. Gemí de forma inconsciente.

—Anda —comentó Aluinn en tono jocoso—, menuda trucha has pescado, Kieran.

Él gruñó como toda respuesta y supe que me había metido en un buen lío. Su sola mirada hubiera podido asesinar a un hombre, o a una mujer, tal y como me estaba observando. Su rostro cambió cuando vio sangre en mi cara.

—¿Estás herida? —preguntó con tal ronquera en la voz que casi no le entendí.

Me llevé la mano a la frente y la descubrí cubierta de sangre, debía haber sido con una piedra del río.

—No —musité.

—Bien, andando, entonces. Por si no lo sabes, querida esposa, te has internado en tierras de los Macdonald y en cualquier momento pueden venir a preguntar qué hacemos aquí.

—Bah, son pocos y cobardes —apostilló Roderick, llevándose la mano a la empuñadura de la espada—. Nos ayudarán a ejercitarnos si nos encontramos con su guardia, lo que dudo, ya que estarán borrachos y dormidos en alguna cueva.

—Yo no hablaría tan a la ligera —musitó Gareth observando la espesura con concentración.

Todos los hombres se pusieron alerta, confiando a pies juntillas en aquel que veladamente les estaba previniendo. Se montaron en los caballos y Kieran me empujó hacia el suyo sin demasiada consideración. Me sujeté a su espalda y tirité.

—¿Cómo me has encontrado? —susurré.

—Has dejado tal rastro que incluso Cailen lo hubiera descubierto —masculló.

Cabalgamos en silencio varios minutos, hasta que escuché su voz, que había cambiado, ahora se percibía oscura y decepcionada.

—¿Cuándo vas a dejar de huir de mí?

—Cuando dejes de perseguirme.

Detuvo el caballo y mandó a los demás que se adelantaran. Roderick me miró con algo de tristeza, meneando la cabeza, intentando transmitirme que desafiar al *laird* en ese momento no había sido buena idea.

—¿Qué es lo que hay en mí que te resulta tan repulsivo? —preguntó con el rostro oculto por la capa del *kilt*.

—No lo entiendes —contesté, porque no tenía una respuesta para aquella pregunta. O puede que la tuviera, pero avisar a tu asesino de que conoces sus intenciones no era prudente.

–No, no lo entiendo. No entiendo qué te sucede, cómo puedes entregarte a mí y después huir. Cada vez que intento profundizar en lo que sientes, en lo que eres, te escondes. Nunca voy a hacerte daño, ¿no me crees?

–No te creo –murmuré con un nudo en la garganta. La Alana pragmática, antisocial y solitaria nunca dejaría entrever nada de su mundo interior a nadie porque ya sabía el daño que eso producía.

–No lo creas –añadió Aluinn distendiendo el ambiente, cuando apareció para que no nos rezagáramos–. Esta vez sí te castigará, debe hacerlo. Has puesto al clan en peligro y eso se paga con sangre.

–¿Qué? –balbuceé.

–Apuesto dos peniques por veinticinco –dijo Roderick instándonos a avanzar.

–¡Bah! No será capaz –contestó Aluinn–, van tus dos peniques y yo elijo quince.

–Treinta y siete –pronunció Cailen suavemente–, serán treinta y siete. Ganaré yo.

–¿Por qué estás tan seguro? –inquirió Gareth que era el único que no había apostado nada y seguía vigilando como si viera algo que a los demás nos pasara desapercibido.

–Porque he hecho todo el camino hasta aquí junto a él y he contado las veces que ha maldecido diciendo que esta vez sí que lo iba a pagar caro. Han sido treinta y siete veces –explicó mirando a su hermano, esperando una confirmación por su parte.

Kieran se mantuvo en silencio. Yo no, intenté apartarme todo lo que pude de su contacto y sentí náuseas. Mi mano fue directa hacia la pequeña protuberancia que tenía en la clavícula, fruto de una paliza, y me estremecí de terror.

–Diez –sentenció Kieran de forma brusca y breve.

Los hombres le abuchearon y lo llamaron cobarde. Yo lloré con más intensidad. No era cobardía. Era clemencia. Continuamos camino envueltos en la niebla, como si aquella capa de humedad pudiera protegernos de nosotros mismos y nuestras miserias.

Mi plan era perfecto y sencillo.

Mi plan era infalible.

Mi plan había olvidado a Kieran.

Ya no tenía ningún plan.

Solo podía sobrevivir.

No volvimos a parar hasta llegar al amanecer al castillo. Salieron a recibirnos Elinor, Jeannie y Morag.

—La habéis encontrado ¡Gracias a Dios! —exclamó Jeannie acercándose a Aluinn, que la abrazó dándole un casto beso en la coronilla.

—¡Estáis herida! ¿Qué ha sucedido? —exigió saber Elinor paseando la vista para comprobar si faltaba algún hombre de la partida.

—No es nada. Solo sangre seca —expliqué desmontando con dificultad. Me dolían todos los músculos y apenas podía mantenerme derecha. Pero sabía que lo peor estaba por llegar.

—Os acompañaré a vuestra habitación —señaló sujetándome del brazo con demasiada fuerza.

—¿Habéis luchado con espadas? —preguntó Morag saltando de uno en otro sin que ninguno le hiciera demasiado caso.

Finalmente, Kieran la cogió en brazos.

—¿Qué sabes tú de luchas con espadas? —inquirió con media sonrisa.

—¡Oh, mucho! He escuchado decir a....

Su hermano no la dejó terminar y la bajó al suelo con un suspiro de frustración.

—Morag, deberías dejar de escuchar las conversaciones de los adultos —le reprendió.

—Y los adultos deberían dejar de olvidarse que hay niños en su presencia cuando hablan –respondió con una lógica aplastante. Lo que hizo que varios hombres rieran y torcieran el gesto disimulando ante la mirada hosca que les dirigió Kieran.

Ella tiró de las faldas de su hermano ignorando las risas.

–No dejarás que se pierda de nuevo, ¿verdad?

–No. No lo haré –pronunció. Y allí, en esas simples palabras, percibí mi condena.

Subí tambaleándome hasta la habitación. Elinor me ordenó esperar allí hasta que trajeran una bañera para limpiarme toda la suciedad acumulada en mi estúpida huida. Esperé paseando por la habitación, retorciendo mis lazadas y volviéndolas a atar, hasta que fueron un nudo informe.

–Abuela –supliqué en un susurro–, no podré salvarla. No llegaré hasta ella.

Una suave brisa me rodeó transfiriéndome algo de calma.

–Lo harás. Solo tienes que tener paciencia.

Era su voz, pero no podía verla.

–No lo conseguiré. Jamás podré escapar otra vez. ¿Estás insinuando que debo utilizar la magia para encontrarla?

–No. El camino se mostrará ante ti. Solo tienes que seguir las señales con el corazón.

Después, solo quedó el silencio.

Al poco rato depositaron la bañera en el suelo y fueron llenándola con agua casi hirviendo. Me desnudé rápidamente y me sumergí en el agua sin llegar a disfrutarla del todo. Me enjaboné y lavé el pelo con premura, saliendo cuando el agua estaba todavía caliente. Me puse un camisón que me cubría hasta los pies y me metí en la cama. Esperando. Esperando mi castigo. Sabía que Kieran me estaba dejando tiempo para que asimilara lo que había hecho y lo que él tenía que hacer y eso me estaba crispando los pocos nervios que todavía quedaban en mi cuerpo. Había actuado sin pensar, creyéndome a salvo y con la libertad que disfrutaba en mi época. Pero esta era muy diferente. No podía actuar de forma individual sin contar con el clan. No tenía libertad. Estaba en una cárcel abierta y sin rejas, pero una cárcel al fin y al cabo. No llegaba a comprender del todo el peligro que suponía tanto para mí como para los demás ese tipo de actos. No había sabido entender la forma de actuar y de comportarse de las mujeres y hombres del siglo XVIII. Había sido tonta. Tonta e imprudente.

Kieran entró en silencio y se quedó quieto frente a la cama. Su mirada era peligrosa y decidida. Su apostura fuerte y tensa. Pude ver que había estado en la cueva subterránea, ya que todavía traía el pelo algo húmedo. Y sobre todo pude ver el objeto que prendía en sus manos. Una vara de cerezo estrecha, no más ancha que su dedo pulgar. Larga y flexible. Y claramente dañina. Me estremecí y me sumergí en la calidez del colchón buscando refugio.

—Levántate, Magdalen —exigió con voz serena. Lo ignoré y me cubrí hasta la cabeza con las mantas—. ¡Ahora! —rugió.

No hice movimiento alguno. Sentí sus pasos acercándose y de improviso su enorme mano sujetó el borde de los cobertores y los desplazó hasta el pie de la cama, dejándome cubierta solo por el camisón. Se arrodilló junto a mí.

—Es una orden y esta vez me obedecerás —expresó con lentitud, como si me costara comprender las órdenes.

Negué con la cabeza porque no podía pronunciar una sola palabra. El terror, los recuerdos, el dolor que volvía a mí me lo impedía. Me alzó con una sola mano y me sacó de la cama. Me quedé vacilando en un lateral esperando su reacción, que llegó lanzándome el vestido para que me lo pusiera. Mis manos temblaron cuando dejé caer el mismo cubriendo mi cuerpo sin poder despegar mis ojos de su gesto serio y desafiante.

Lo enfoqué con ira, sacando el valor del anillo que destellaba en mi mano. Esta vez no me dejaría vencer, ya no era una niña.

—Juro por lo que soy que si me golpeas, devolveré cada latigazo y nunca sabrás de dónde habrán venido —pronuncié con serenidad.

—¿Me estás amenazando? ¿A mí? —Parecía completamente extrañado.

Concentré me poder en la furia y alcé mi mano, empujándolo en el aire.

Ni se inmutó. Solo mostró más extrañeza aún.

—¿Qué ha sido eso? ¿Has intentado golpearme?

Mi poder se diluyó en el pavor que sentí al comprender que en él no tenía efecto alguno. Busqué una salida con la vista, pero él estaba frente a la puerta.

—Magdalen —dijo aproximándose a mí, produciendo pequeños chasquidos en la rama cada vez que daba un paso —, soy dueño de tu persona, y como tal me corresponde ejercer sobre ti el castigo por tus acciones. —Sentí que tomaba aire con fuerza y lo dejaba escapar con un resoplido de disgusto—. Has escapado con intención de no regresar, has puesto en peligro a los hombres que hasta ahora te han protegido, pero, sobre todo, has ultrajado nuestra confianza en ti. Eres la señora de estas tierras y sin embargo con tus actos solo has demostrado tu desprecio hacia nosotros. Yo soy el *laird* Mackinnon y como tal, dejaré caer sobre ti el peso de las leyes establecidas en el clan.

Lágrimas amargas comenzaron a correr por mis mejillas sin que yo pudiera pararlas. A veces las palabras herían más que un latigazo. No repliqué, porque sencillamente no tenía nada con lo que defenderme.

—Dictaminé diez golpes. Esos serán suficientes para hacerte comprender que no puede volver a suceder, que a partir de ahora te comportarás conforme a tu rango y educación. Y con ello quedará saldada la cuenta que mantienes con los hombres que ayudaron a tu rescate —continuó.

–No permitiré que me toques con eso. Encontraré la forma de escapar, Kieran. Tú no eres mi dueño ni yo te pertenezco –masculló con lo único con lo que podía defenderme, con palabras.

Él se mantuvo un instante en silencio, un silencio crispado que nos rodeó a ambos, y después sonrió con tristeza.

–Lo sé, Magdalen. Pero me niego a aceptarlo y sigo teniendo la esperanza de que algún día seas mía al completo, no por partes o a días alternos.

–Escapé. Me atrapaste. Ya está. ¿No podía haber quedado en una simple anécdota? –murmuré con la voz fría como el hielo.

–No. No puedo olvidarlo. ¿No entiendes lo grave que hubiera sido para todo el clan entrar en guerra con los Macdonals? Ellos son mucho más numerosos y poderosos –explicó furioso.

–No me es indiferente. Lo siento. ¡Maldita sea!, pero la culpa es tuya y solo tuya. No tenías que buscarme. ¿Es que creíste en serio que me había perdido? –Lo miré entornando los ojos. Mi disculpa había sido sincera, y el resto de las palabras también.

–Ni por un instante. Te busqué en el almuerzo mientras Caitlen revoloteaba sobre mí como si fuese una abeja libando néctar de las flores sin que yo terminara de creer que además de escapar la habías utilizado a ella para distraerme. ¿Me crees tan estúpido, Magdalen?

–¿Por qué viniste a buscarme? ¿Por qué no me dejaste marchar? Yo no te iba a pedir que devolvieras la dote –barboté con indignación.

–¡Me importa una mierda la maldita dote! Ya te lo he dicho anteriormente. Te busqué porque eres mi esposa. Tu deber es permanecer a mi lado, aunque no te guste. Nunca permitiré que vuelvas a humillarme de esta manera –abroncó acercándose peligrosamente hacia mí.

–Esto es por ti, por tu maldito orgullo. Te avergüenza

que todos vean que tu mujer te había abandonado. Déjame decirte una cosa, Kieran, si no lo he conseguido ahora, buscaré otra forma. Sabes igual que yo que nuestro matrimonio es una farsa concebida con un único fin. Tú tienes tu dote, yo quiero mi libertad –exclamé casi gritando.

Se quedó callado un momento respirando fuertemente. Noté la tensión en cada uno de los músculos de su cuerpo.

–Sí, mi maldito orgullo, pero mi honor es aún más grande y me juré a mí mismo hace muchos años que jamás golpearía a una mujer. Sé que sabes quién era mi padre y lo que nos hacía, no quiero convertirme en alguien como él. ¿La notas? –preguntó, cogiendo mi mano para posarla en una protuberancia en la base de su nuca.

Asentí con la cabeza y fruncí los labios con dolor.

–Casi me mata. No fue una vez, fueron muchas, pero aquella vez fue la peor. Me golpeó en el vientre y me hizo caer, apenas pude incorporarme cuando noté sus manos sujetando mi cabeza y golpeándomela sin piedad contra la piedra. Quería matarme y no lo comprendía. No entendía cómo podía matar a su propio hijo. Sangre de su sangre. Pero no sentía el dolor, solo sentía la vergüenza de no ser un hombre y poder salvar a mi madre. No sabes nada, Magdalen. No sabes lo que es estar en el infierno y despertar vivo y sin alma. No sabes nada –repitió.

Algo se rompió en mi interior y me acerqué a él. Lo abracé con fuerza. Él no respondió a mi abrazo, se quedó quieto respirando sin resuello. Sentí brotar un sollozo que murió antes de ser pronunciado y lo abracé con más fuerza.

–Lo sé, Kieran. Lo sé. Sé lo que es estar en el infierno y desear estar muerta. Sé lo que es sentir la indiferencia y el desprecio. Sé lo que es odiarte a ti misma por algo que nunca fue culpa tuya –murmuré suavemente, apoyando mi cabeza sobre su pecho–. Lo sé, Kieran. Lo sé.

Sus brazos me rodearon por fin, de forma tímida e insegura.

–No quiero ser como él, Magdalen. Toda mi vida he intentado ser lo menos parecido a él –susurró con dolor.

–No eres cómo él. Jamás serás como él –sollocé notando como su camisa estaba empapada por el sudor y su cuerpo tenso como el alambre.

–Ahora ya sabes que tienes mi orgullo y mi honor en tus manos –determinó separándose para observarme con fijeza.

–¿Quieres decir que…?

–Sí, no te golpearé, pero mañana todo el mundo querrá saber la verdad.

–Me… me parece justo –balbucí.

Sin tocarme, se giró hacia la puerta y se detuvo un instante.

–¿Es eso lo que realmente quieres? ¿Volver a tu hogar? –preguntó sin volverse.

–Sí –mascullé. Aunque no me refería precisamente al hogar de lady Magdalen.

–Bien. Yo mismo me encargaré de llevarte allí si es eso lo que deseas. Jamás volverás a verme –pronunció roncamente.

Y a mi pesar sentí un profundo dolor en mi corazón ante esas palabras. Lo detuve y le obligué a girarse.

–No lo haré más, Kieran. Lo siento. Eres el hombre más honorable que conozco, tus hombres te siguen, pero no solo porque seas su *laird*, es porque te admiran, porque ven en ti un gran hombre. Ven lo mismo que yo –murmuré.

Cogió mi rostro entre sus manos.

–¿Es eso lo que crees de verdad de mí? –preguntó junto a mis labios y sentí su cálido aliento.

Asentí con la cabeza. Lo creía. Sinceramente.

–¿Qué es lo que me escondes de tu pasado, Magdalen? ¿Quién te hizo daño?

–No puedo –contesté echándome a llorar–, no puedo contártelo.

La verdad era dolorosa y no quería remover los recuerdos sobre los que había construido una fortificación sin ventanas ni resquicios para protegerme de las heridas. Él me abrazó con fuerza y enterró su rostro en mi cuello susurrándome palabras dulces en gaélico hasta que me calmé.

—Algún día, Magdalen —murmuró—, algún día dejarás que yo me lleve tu dolor.

Gemí y me abracé a su cuello, cogiéndole el grueso pelo moreno suelto que le pendía alrededor del rostro, que mostraba la misma plétora de emociones que el mío. Dolor, recuerdos, heridas, reconocimiento y perdón.

Me miró con intensidad y nuestros ojos se enlazaron sin poder despegarse. Inclinó su cabeza y posó sus labios sobre mí de forma insegura. Abrí mi boca para recibirle con pasión, permitiéndole con ese gesto el paso a mi cuerpo y a mi alma.

—Contaré la verdad —le confesé—. Mañana les contaré la verdad que ellos quieren escuchar.

Sonrió de forma que su hoyuelo se marcó en la barbilla, de forma franca y directa, sin ambages. Una sonrisa de confianza, de súplica y de perdón. Le respondí con una llena de sentimientos al igual que la suya.

—¿Quieres irte, Magdalen? ¿Quieres que te lleve a tu hogar? —murmuró junto a mis labios.

Me quedé unos instantes en silencio y sentí su tensión. Tenía que encontrar a Sarah, pero algo me mantenía unida a él. Una fuerza y un deseo que no podía explicar, porque jamás lo había sentido antes. Me rendí pensando que debía encontrar otra salida que me permitiera llegar al territorio de los Cameron.

—Este es mi hogar ahora, Kieran —dije con un suspiro de resignación.

—*Tha gaol agam ort* —me contestó él.

Te quiero. Lo reconocí porque se lo había escuchado a Jeannie susurrar a Aluinn.

No respondí. No podía hacerlo, por una simple razón. No podía mentirle.

CAPÍTULO IX

El secreto mejor guardado
es el nunca revelado.

A la mañana siguiente Kieran me esperó para bajar a desayunar juntos. Se le veía tranquilo y relajado. Yo estaba tensa y asustada por las reacciones que me esperaba.

–No quieres dejarme sola en la jaula de los leones, ¿eh? –pregunté cuando él me cogió de la mano con fuerza para llevarme al salón.

No sé si entendió la pregunta, pero sujetó mi mano con más intensidad.

El silencio se hizo palpable en cuanto traspasamos las puertas abiertas. Varios hombres y mujeres desayunaban en la mesa principal. Los niños correteaban a la espera de su puesta en libertad. Todos a una dirigieron sus miradas hacia nosotros. Y entonces fui yo quien apretó con fuerza la mano de Kieran. Me acompañó hasta su silla principal y me acomodó junto a él. Nada más sentir la superficie lisa de la madera en mi espalda pegué un respingo fingido que no pasó desapercibido a ninguno de los presentes. Y sus rostros hoscos y agrios se tornaron levemente divertidos. Fruncí los labios y me concentré en enterrar mi rostro en una jarra de cerveza.

Jeannie se acercó luciendo una sonrisa en su rostro redondo y pecoso y me ofreció un pequeño cojín para que aliviara la ruda madera. Algunos hombres rieron.

—No será necesario. Gracias —contesté atragantándome con las palabras y me incliné hacia delante.

Las risas se extendieron por toda la mesa.

—Fuiste muy blando, *mo charaid* —exclamó Roderick con una amplia sonrisa en su rostro fuerte y apuesto.

—¡Oh! Blando no, eso seguro que no —exclamé.

Las risas se recrudecieron.

—No brotó ni un solo grito de vuestra boca —murmuró de forma audible Cailen algo sorprendido—, cuando Aluinn tuvo que...

Su hermano lo interrumpió.

—Sí, se mantuvo en silencio, aunque pude sentir su furia brotar por cada poro de su piel. Después. —Hizo una pausa y todos lo miraron—. Después sí que la hice gritar.

Los hombres palmearon la mesa y las mujeres ocultaron sus rostros, ruborizadas. Yo lo miré furiosa y le propiné una patada por debajo de la mesa.

—¡Auuu! —aulló Cailen.

—Perdón —masculló yo—, era para tu hermano. Puedes devolvérsela si quieres.

Kieran lo miró entrecerrando los ojos.

—No, mejor no —susurró Cailen y escuché el sonido del cuero de sus botas esconderse bajo la silla.

Me ofrecieron una bandeja de pan y queso. Cogí una rebanada de pan ázimo y busqué la mantequilla con la mirada mientras hacía equilibrios para no girar en demasía mi torso.

—Un penique a que no termina el desayuno —exclamó un hombre algo alejado arrojando una pequeña moneda que rodó por la mesa de madera hasta quedar en el centro.

—Dos a que ni siquiera consigue tragar la rebanada de pan —apostó Roderick poniendo ambas monedas sobre la mesa.

Los miré totalmente sorprendida y enfurecida. ¿Es que no sabían hacer otra cosa para entretenerse que apostar sobre mi persona? Sentí una mirada que traspasaba mi piel y giré la cabeza. Gareth acababa de entrar y me observaba con un gesto extraño. Lo ignoré y me centré en el desayuno.

—Tres a que lo consigue —dijo Aluinn de forma tranquila sentándose junto a Jeannie—. Es obstinada. Lo hará aunque no pueda volver a tumbarse en una semana.

Aguanté estoicamente todo el desayuno sin pronunciar palabra bajo la atenta mirada de Kieran, removiéndome de vez en cuando para dar fuerza a mi mentira. Cuando terminé, dejé la servilleta con calma y me levanté. Aluinn estaba recogiendo sus ganancias. Me acerqué a él.

—La mitad —exigí tendiéndole la mano.

Él me miró enarcando una ceja.

—Te he hecho ganar —afirmé—, es lo justo.

—No habíamos hecho un trato —se defendió él apretando con fuerza las monedas en la mano.

—Estaba implícito, ¿por qué crees si no que he permanecido tanto tiempo sentada? ¿Por tus *scones*? Son deliciosos, pero no para tanto —señalé agitando mi mano frente a él.

Cabeceó y una sonrisa se mostró en su rostro.

—Dos peniques —concedió entregándome las dos pequeñas monedas.

Asentí con la cabeza y Kieran rio. Los hombres se levantaron para empezar el trabajo del día y las mujeres siguieron con sus quehaceres. Me acerqué a Jeannie y le puse los dos peniques en la mano.

—Pero… —protestó ella.

—Cómprate algo bonito cuando vayas a la aldea —le dije.

Me alejé hasta el extremo del salón, junto a la chimenea, donde me esperaba Kieran con una sonrisa. Me quedé un momento pensativa. Era cierto, sí que sonreía, muy a menudo además. ¿Cómo es que no lo había visto hasta ese momento? Le sonreí a mi vez y él me alargó la mano. La cogí y me acercó a su cuerpo.

—Gracias —musitó.

—No las merecen —contesté tan en silencio como él.

—Todavía hace calor ¿quieres pasear hasta el lago? Podemos darnos un baño —preguntó con voz susurrante. Lo miré enarcando los ojos.

—¿Os puedo acompañar? Puedo coger flores y hacer un bonito ramo —exclamó con alegría Morag saltando a nuestro alrededor.

Yo no pude reprimir una risa que disimulé tosiendo ante el gesto contrito de su hermano mayor.

—Claro —contesté. Kieran me fulminó con la mirada y yo sonreí con amplitud.

—Entonces yo también iré —añadió Elinor—. Aprovecharé para recoger tomillo y hierbabuena.

Kieran miró a su madre con gesto enfadado y yo no aguanté una carcajada.

—Vayamos entonces —afirmó y me palmeó el trasero con fuerza.

—Como vuelvas a rozarme lo lamentarás —siseé a su oído poniéndome de puntillas y haciendo ver que le daba un beso en la mejilla, sabiendo que todos nos observaban.

—Oh, sí, ya recuerdo, devolverás cada golpe ¿no? —susurró besándome el cuello. Noté que me estremecía pero me aparté levemente.

Le sonreí mostrando toda mi dentadura. Incluidos los molares.

—No. Te morderé —murmuré—, con mucha… mucha fuerza —aseveré.

—Estoy deseándolo —bajó la voz y su mano subió lentamente por mi espalda acariciándola.

—*Mathair* —llamó Morag—. ¿A qué están jugando?

—A cosas de niños —contestó Elinor cabeceando.

–Yo no he jugado nunca a eso –exclamó Morag algo confundida.

–Y no lo harás hasta que seas mayor –abroncó su hermano mayor mirándola desde toda su altura de forma intimidatoria–. Muy mayor.

–¿Cómo cuánto? –inquirió Morag con una dulce sonrisa.

–Nunca –masculló Kieran y la sujetó de la mano, sacándola del salón, impidiendo así más preguntas indiscretas.

Elinor y yo los seguimos con sendas sonrisas.

Al poco rato Morag se soltó de la mano de Kieran y cogió la mía parloteando sin cesar.

–Ya sé escribir mi nombre y deletrearlo –exclamó con suficiencia mientras me deleitaba con el abecedario. Yo le sonreí con dulzura notando la mirada de Kieran fija en mí. Su madre a cada poco se paraba a recoger alguna planta que consideraba de utilidad y la guardaba en una pequeña cesta de mimbre que llevaba colgada en su brazo.

–Kieran me está enseñando. Pero tiene poco tiempo y Cailen poca paciencia. Se enfada cuando me equivoco –siguió diciendo la pequeña.

–¿No es tu madre quien te enseña? –le pregunté extrañada.

Noté que Elinor se paraba y parecía algo azorada.

–Yo… apenas tuve tiempo de aprender lo rudimentario antes de casarme –confesó apenas sin voz.

–¡Oh! Vaya –contesté sin saber muy bien qué decir. De repente tuve una idea–. ¿Y no hay nadie en el castillo que se encargue de instruir a los niños?

–No –explicó con cautela Kieran observando el brillo de mis ojos–, no hay dinero para contratar a un preceptor. Yo me suelo encargar en los meses de invierno.

–¡Podría hacerlo yo! –exclamé con alegría. Tanto Elinor como Kieran me estudiaron con estupor. Me sentí algo avergonzada–. Quiero decir… eso… no molestaría a nadie ¿no? No haría daño a nadie –pregunté esperando su confirmación.

Ni siquiera me di cuenta de que con eso estaba dando a entender que me quedaría con ellos, cuando en realidad deseaba escapar, encontrar a Sarah y hacernos regresar a nuestro tiempo. Exactamente en ese orden.

–¿Harías eso por nosotros? –inquirió Elinor.

–Es un trabajo tedioso y que pocas veces produce resultados –afirmó Kieran.

–Sí, pero también necesario –aduje dándole a entender que eso no me iba a disuadir.

–Si eso te hace feliz, haré correr la voz y podrás dedicarte a enseñar –confirmó Kieran mirándome de forma extraña.

–¡Oh, sí! –exclamé sintiéndome por fin útil en algo–. No sé bordar, ni coser, ni cocinar… pero enseñar sí puedo hacerlo. Leer, escribir, algo de cálculo, historia…

Dejé mi mente volar intentando recordar todo lo que podría enseñar.

–Historia –repitió Kieran.

–Historia –sonreí yo–. La historia es muy importante–señalé.

–¿Y eso por qué? –preguntó Kieran sonriendo de forma sincera.

–Porque lamentablemente los humanos siempre estamos condenados a repetirla –aseveré.

Ellos sonrieron y yo no supe cuán ciertas eran esas palabras hasta poco tiempo después.

Llegamos a los límites de un pequeño lago interior y Kieran se dedicó a ayudar a su madre con las plantas que crecían en el borde, mientras yo paseaba planeando qué necesitaría para poder formar una pequeña escuela. Ignorando de nuevo que estaba haciendo planes para un futuro que no existiría nunca. Morag correteaba jugando con su muñeca de trapo alrededor de una forma inagotable.

Finalmente se alejó corriendo a un pequeño promontorio de rocas y escaló como si fuera una cabra montesa.

–¡Morag, ten cuidado! –le grité poniendo mis manos como bocina rodeando los labios.

Kieran se giró y observó a su hermana, sonrió y se inclinó de nuevo para levantar una roca y dejar paso a su madre que rascaba en busca de algo que debía ser de mucha utilidad para el dolor de las articulaciones, según me explicó. Yo me acerqué a curiosear con cuidado de no mojarme el borde del vestido y no resbalar en el lodo.

Escuchamos un grito y los tres nos giramos donde estaba Morag encaramada. Agitaba los brazos y señalaba hacia el lago. Kieran se acercó a paso rápido y yo lo seguí.

–¡Mi muñeca! –Logré entender a través del viento.

Tuve un mal presentimiento y apreté el paso. Levanté la vista un momento a tiempo de ver cómo la pequeña se inclinaba peligrosamente sobre la roca.

–¡Morag, no! –grité comenzando a correr detrás de Kieran.

Morag perdió pie y cayó hacia atrás golpeándose en una roca. Rodó hasta el lago, donde se sumergió como un peso inerte en las oscuras aguas. Kieran se acercó corriendo y se lanzó al agua sin pensárselo dos veces. Yo hice lo mismo, tropezando con las capas de tela que constituían mis enaguas y la falda de lana. Decidí sumergirme sin más. Unos metros delante de mí vi emerger a Kieran y buscar con la mirada. Cogí aire y bajé un metro temblando por el miedo y por el frío. Todavía quedaban rescoldos del tímido verano, pero el agua estaba a una temperatura que no sobrepasaría los doce grados. Abrí los ojos y la oscuridad me rodeó. No conseguía ver nada. Sentí un fuerte brazo que me sacó a la superficie de nuevo. El rostro de Kieran estaba justo a mi lado.

–Vuelve a la orilla. Te ahogarás –exclamó empujándome hasta que hice pie de nuevo.

–No. Tenemos que encontrarla. No te preocupes por mí –contesté retrocediendo para volver a sumergirme.

Buceé hasta situarme cerca de las piedras y saqué la cabeza de nuevo. Kieran estaba a mi lado sin saber muy bien si volver a sacarme del agua o buscar a su hermana. Le hice un gesto negativo con la cabeza, tomé aire y bajé de nuevo. Esta vez cerré los ojos y busqué con mi poder, desplegándolo.

–Abuela –supliqué en silencio–, guíame para encontrarla.

Las corrientes marinas me empujaron como si me meciera en un balancín y allí, a unos cinco metros, pude ver a Morag con los brazos extendidos y el pelo negro flotando alrededor de su cara como algas marinas. Su rostro redondeado me miraba con los ojos completamente abiertos e inexpresivos. El terror hizo que me impulsara hacia ella y la cogí por las axilas cuando casi me estaba quedando sin aire. Pataleé con fuerza y emergí de nuevo a la superficie sujetándola en brazos. No vi a Kieran y nadé de espaldas con Morag sujeta con fuerza por uno de mis brazos hasta que toqué el suelo de cieno y caí hacia atrás. Kieran me alzó hasta ponerme de pie y cogió a Morag entre sus brazos. La llevó hasta la orilla y la tendió en la hierba con el rostro infantil y exiguo mirando al cielo. Me acerqué resollando por el esfuerzo y me apoyé con ambas manos en las rodillas recuperando aire. Elinor se había arrodillado junto a su hija e intentaba despertarla dándole pequeños golpes en las mejillas. Kieran la giró y golpeó su espalda. Todos sus esfuerzos fueron en vano. Me arrastré hasta la niña y me situé junto a ella. Apoyé mis rodillas en el suelo y la giré de nuevo hacia mí. Puse dos dedos en su cuello y comprobé el pulso. No tenía. El frío atenazó cada músculo de mi cuerpo y me tensioné cuando comprobé la gravedad de la situación.

Intenté recordar la maniobra de reanimación cardiorrespiratoria aprendida en un curso de primeros auxilios realizado al sacarme el carné de conducir. Ignorando a Elinor, que lloraba retorciéndose las manos, y a Kieran, que me miraba buscando que yo le indicara qué hacer, giré a Morag y la puse de costado abriendo su boca. Un hilillo de agua se escurrió por la comisura de los labios entreabiertos y azulados de la pequeña. Golpeé con fuerza sobre la base de sus pulmones con la palma de la mano, facilitando la salida del agua que había tragado por las vías aéreas. Después la giré de nuevo para dejarla tendida de espaldas y cogí su cuello, inclinando su cabeza hacia atrás levantando el mentón. Tomé aire profundamente, taponé la nariz de Morag y llevé mis labios a la boca de la niña soplando con fuerza durante unos dos segundos. Me aparté y comprobé que el aire hinchaba sus pulmones.

—¡¿Qué está haciendo?! ¡Kieran! —gritó Elinor intentando empujarme.

Kieran sujetó a su madre y asintió con la cabeza en mi dirección. Su rostro con el pelo negro mojado enmarcándolo era fuerte y su mirada decidida.

—Madre, déjala, creo que sabe lo que hace —murmuró sin soltarla.

Esperé hasta que el pecho se deshinchó y repetí la operación diez veces. Luego comprobé de nuevo las constantes vitales. Seguía sin tener pulso. Maldije en cuantos idiomas conocía ante las miradas de estupor de Elinor y Kieran. Me froté las manos en la falda húmeda y sin pensar de nuevo en las consecuencias de mis actos intenté un masaje cardiaco. Sentí el miedo rodearme proveniente de su madre y su hermano. De mí. Estaba aterrorizada. Jamás lo había intentado con una persona. Observé el rostro pálido y cerúleo de Morag y ahogué un gemido. Pero no había tiempo que perder.

—Vamos, Morag. Eres fuerte. Vuelve a mí —susurré junto a su boca percibiendo la frialdad previa a la muerte.

Elinor aulló como un animal herido y Kieran la sujetó con más fuerza por los hombros. Con rapidez busqué el tercio inferior del esternón pequeño y delicado de la niña y apoyé la palma de la mano impulsándome con la otra superpuesta. Apreté con presión hasta descender unos cinco centímetros y solté con brusquedad. Repetí mecánicamente y sin pensar en otra cosa el mismo movimiento alternándolo con la respiración boca a boca hasta que perdí la cuenta. Cuando creí que todo estaba perdido, Morag tosió y escupió agua abriendo levemente los ojos. La giré con rapidez hasta situarla de costado y dejar que el aire llegara libremente a sus pulmones y expulsara toda el agua tragada.

—Ma...*thair* —pronunció casi sin voz.

Elinor se inclinó sobre ella y la abrazó con fuerza. Intenté protestar. Decirle que no la moviera de momento, pero me quedé paralizada. El agotamiento me venció y un terrible deseo de tenderme en el suelo junto a ella y dejar que mi cuerpo descansara me invadió como si me arrastraran al fondo del lago. Kieran se levantó y me cogió por los hombros.

—Estoy... estoy bien —farfullé temblando a una pregunta no pronunciada—. Cógela y llévala al castillo.

Al instante él se levantó con Morag en sus brazos y corrió dirección al castillo, mientras Elinor y yo le seguíamos sin llegar a alcanzarlo, respirando sin aliento. Un pequeño grupo nos esperaba en la puerta con gesto preocupado. Elinor no se molestó en ocultar su temor y corrió escaleras arriba a la habitación de su hija pequeña. Yo me tambaleé y con torpeza conseguí llegar a mi habitación. Kieran entró un segundo después y me ayudó a quitarme la ropa empapada sin importarle lo más mínimo que él estuviera igual de mojado que yo. Prendió fuego y me frotó con fuerza arropándome con una áspera toalla de lino. Me sentó en el butacón junto a la chimenea y se desnudó, buscando en un pequeño arcón otro *kilt* desgastado, cubriéndose con él. Se sentó en el suelo justo a mi lado.

–¿Qué es lo que has hecho? Nunca había visto devolver a la vida a nadie que estuviera ya muerto –susurró mirando a las llamas evitando mi rostro.

–No estaba muerta, Kieran. Todavía no. Si hubiera sido así no habría podido hacer nada.

Presentí su desconcierto y su temor ante lo desconocido. Me había descubierto yo misma. Pero no sentí ningún arrepentimiento. Era lo que tenía que hacer.

–Fue Sarah, ¿verdad? Ella te enseñó esas extrañas prácticas –murmuró girando su rostro para mirarme fijamente.

Enfoqué mi vista en sus ojos dorados intentando encontrar qué escondían sus palabras. Sin embargo su rostro estaba serio y no mostraba nada que yo pudiera adivinar.

–No –contesté.

Él no volvió a preguntar nada. Estuvimos unos minutos en silencio. Sentí que evitaba tocarme, que le daba miedo tocarme. Aunque Kieran no era un hombre cobarde. Cogió mi mano helada y la arropó con la suya, al instante sentí el calor brotar en mi cuerpo. Sollocé sin poder contenerme. Él se levantó y me obligó a mí a levantarme. Se sentó en el butacón y me sentó en sus rodillas inclinándome sobre su pecho.

–Es algo que aprendí hace mucho tiempo. Se llama reanimación cardiopulmonar –expliqué con voz ronca.

–Corazón. Pulmones. Eso lo comprendo. Lo que no llego a entender es cómo hiciste para que Morag… No poseo estudios en Medicina, pero no soy un hombre inculto. No conozco a ningún cirujano que practicara nunca algo así con un ahogado. He vivido en esta isla toda mi vida y he visto muchas veces la muerte en los rostros de los hombres y mujeres que nos devolvía el mar. Y vi la muerte en el de mi hermana. La vi. Tú le devolviste la vida –aserveró soplando en mi coronilla.

–No lo hice –repetí casi sin fuerzas. Recordé las palabras de mi abuela «el salvar agota su poder, el matar lo acrecienta». Quizá sí que lo hubiera hecho, aunque no de forma consciente. No quise pensarlo. Me daba demasiado miedo.

—Gracias —dijo al poco rato Kieran—. Gracias —repitió besándome en la frente.

Me quedé dormida apoyada en su pecho. No supe el tiempo que permanecí así. Apenas consciente noté como me levantaba en brazos y me depositaba en la cama. Me arropó y salió en silencio de la habitación.

Desperté al anochecer. Estaba sola, pero una vela gruesa de sebo prendía en la mesilla iluminando con sombras chinescas la habitación. Me levanté con un quejido y vi que me habían dejado un vestido de color amarillo pálido sobre el butacón. Me vestí con rapidez deseando acudir a la habitación de Morag y comprobar su estado. Peiné como pude mi pelo enredado y al fin lo dejé suelto sobre los hombros. Jamás conseguiría hacerme un recogido medianamente decente. Había notado las miradas reprobatorias de las mujeres que lucían su melena pulcramente recogida en complicados moñetes. Sabía que no era lo adecuado para una mujer de mi falsa condición y además casada. Yo siempre lo había llevado suelto y apenas sabía cómo trenzármelo. Y me negaba en redondo a pedir ayuda. Con un suspiro de resignación salí al pasillo y me tropecé de frente con Jeannie.

—Mi señora —exclamó sorprendida—, acudía a ayudaros a adecentaros —añadió mirando mi vestido con las lazadas algo flojas y mi pelo suelto.

Meneó la cabeza pero no intentó nada. Yo me encogí de hombros. Nos distrajo el rumor de cascos de caballo a lo lejos y la miré intrigada. Ambas nos acercamos a la pequeña ventana que iluminaba el corredor con las últimas luces del crepúsculo.

—Son Macleods, esta mañana han mandado aviso de su llegada —explicó ella asomándose junto a mí.

Eran unos cinco hombres, todos montados a caballo. Sus tartanes ondeaban al viento que llegaba con fuerza de la costa y parecía que tenían prisa por llegar. Uno de ellos, el que iba delante, portaba una especie de antorcha en la mano.

–¿Qué es lo que lleva aquel hombre? –pregunté con curiosidad.

Noté que Jeannie se tensaba a mi lado y de pronto me cogió la mano apretándola con fuerza.

–La Cruz Ardiente –susurró entrecerrando los ojos.

Busqué en mis recuerdos. ¿Qué era la Cruz Ardiente? ¡Por todos los santos sin santificar! ¡La Cruz Ardiente! Era una cruz en madera atada con un trozo de tartán cubierto de sangre al que habían prendido fuego. Sabía lo que eso significaba, sin embargo no le encontraba ningún sentido. La miré con los ojos abiertos. Jeannie no apartaba la vista del pequeño contingente del clan vecino.

–Guerra –murmuró santiguándose y declamando una pequeña oración en gaélico. Su mano me apretó con más fuerza.

La Cruz Ardiente. La llamada de los clanes escoceses a la guerra contra los ingleses. Observé de nuevo a los hombres a caballo, rodeados de oscuridad, solo la luz de la cruz henchida en sangre los iluminaba de forma tétrica y fantasmal. No era una visita de cortesía. No era un fuego fatuo. Eran los cuatro jinetes del Apocalipsis. Victoria, guerra, hambre y muerte.

Ambas retiramos a la vez nuestra vista del pequeño ventanal y nos miramos fijamente. No pronunciamos una sola palabra. Nos fundimos en un abrazo ocultando nuestro miedo en el cuerpo de la otra y nos separamos al sentir unos pasos en el pasillo, girándonos a tiempo de ver a Kieran que se había parado observándonos.

–Kieran –llamé sin saber qué más decir.

Guerra. Para mí ese concepto era tan lejano como un extraterrestre y tan cercano como la pantalla de un televisor frente a mí cada día informando de los conflictos internacionales. Sin embargo no llegaba a ser real. Eran imágenes alejadas en el tiempo y en el espacio. Y ni siquiera sabía a qué guerra se refería. Cuando él me habló de las batallas en las que había participado lo escuché con atención pero sin llegar a visualizar de forma real lo que suponía. Había participado en la Guerra de Independencia Española. Para mí era lo mismo que decir que el seis de junio de 1944 era conocido por el día D, el desembarco aliado en Normandía que cambió el rumbo de la II Guerra Mundial. No existía. No tenía ningún sentido.

Guerra. Sí tenía sentido. Mucho. Y lo iba a comprobar en mi propia persona.

Kieran se acercó con cautela y se asomó al pequeño ventanal. Chasqueó la lengua pero no pronunció una sola palabra. Después se giró hacia mí y me observó de arriba abajo. Soltó las lazadas de mi corpiño y las apretó con fuerza hasta que casi no pude respirar, luego tiró de la blusa que se escondía debajo para tapar el comienzo de mis senos que se asomaban impulsados por las varillas de hueso de ballena.

—Deberías coger la toquilla que te regaló la esposa de Hugh —exigió mirando con fijeza esa parte de mi anatomía. Jeannie emitió una pequeña risa.

—No tengo frío —contesté algo molesta.

—No lo hace —afirmó él—, pero te será de mucha utilidad ante Gordon y Murdo.

—¿Y quiénes son?

—Gordon es el jefe de los Macleod y Murdo es su hermano. No quiero que se pasen toda la cena mirando algo que solo me pertenece a mí —señaló cruzándose de brazos en actitud de enfado.

Previendo una discusión, Jeannie intervino.

—En realidad Murdo no es nada peligroso para vuestra esposa. En cambio para vos…

—¿Cómo? —Kieran se giró hacia ella entrecerrando los ojos.

—Veréis, comentan que es aficionado a levantar faldas —dijo ella mordiéndose un labio.

–Sí, eso lo sé –contestó Kieran serio.

–Faldas cortas…

–¡¿Qué?! –Kieran parecía completamente horrorizado, y yo no pude reprimir una sonrisa.

–Vos estabais en el Continente la última vez que vinieron. Roderick… bien… él… digamos que tuvo un pequeño encontronazo con Murdo. Por lo visto no le atraen los jovencitos con cara de ángel, sino más bien los hombres rudos y fornidos –explicó algo azorada Jeannie. Yo miré el rostro de Kieran que mostraba estupefacción, incredulidad y finalmente algo parecido al asco. Para él eso significaba una aberración de la naturaleza, un pecado mortal.

–Pues entonces, Jeannie, si es cierto lo que dices, yo que tú me encargaría de proteger las espaldas de tu esposo –indicó con sorna Kieran recobrándose con rapidez de la impresión.

–No se preocupe por ello, mi señor, descuide, me encargaré de ello personalmente –afirmó ella con tal rotundidad y seriedad que no pude contener una carcajada.

Kieran masculló algo muy desagradable en gaélico, que por supuesto agradecí no entender y me cogió del brazo para ayudarme a bajar las escaleras del infierno. Llegamos al recibidor a tiempo de ver como entraban los hombres Macleods. La Cruz Ardiente quedó clavada en la tierra del exterior del castillo como un recordatorio mortífero.

Me presentaron a los famosos Gordon y Murdo. Dos hombres robustos de poblada barba rubia y de una estatura muy parecida a la mía y bastante alejada de la Kieran y su hermano Cailen, que los sobrepasaban en más de una cabeza. Observé como la mirada de Murdo se detenía demasiado en Kieran y después pasó a observar con mucho más detenimiento a Cailen, que aunque tuviese solo diecisiete años, con el pelo moreno de su familia y los ojos azules de su madre, además del cuerpo formado a base de duro trabajo, constituía una preciada golosina para sus deseos. Cailen permaneció ajeno al escrutinio, sin embargo Kieran entrecerró los ojos y su mirada se tornó peligrosa. Le cogí del brazo y lo arrastré al salón. No estaba preocupada por Cailen, sabría defenderse llegado el caso, no tuve duda. Era Kieran el que me preocupaba, ya que notaba la tensión en todo su cuerpo.

Una vez en el salón una doncella nos ofreció un vino especiado, caliente, picante y claramente con mucha graduación alcohólica. Gordon se acercó a nosotros e hizo una impecable reverencia, yo le imité con mucha menos soltura.

—Así que vos sois lady Magdalen —expresó besándome la mano y dejándome un pequeño reguero de babas como si fuese un caracol. Aparté la mano y aguanté las ganas de limpiarme la misma en la falda del vestido. Compuse una falsa sonrisa.

—Lo soy —contesté con brevedad.

—Debo reconoceros un gran gusto por las mujeres bellas y un gran paladar para el vino ¿francés? —expresó con cautela.

—Húngaro —repuso Kieran sin dejar de observarlo.

En ese momento entró en el salón Elinor con gesto cansado y me disculpé con los hombres para acercarme a ella.

—¿Cómo está Morag?

—Duerme. Está muy cansada, pero parece que se recuperará con prontitud —murmuró Elinor. Parecía haber envejecido cinco años de golpe. Y me pregunté si a mí me hubiera sucedido algo así cómo habría reaccionado mi madre. Aparté ese desagradable pensamiento. Ya tenía la respuesta. No habría hecho nada. Absolutamente nada.

—Mañana iré a verla, entonces —comenté observando alrededor cómo se iban situando los hombres y mujeres en la mesa principal que se estaba llenando de bandejas de comida y jarras de cerveza, agua y botellas de vino especiado.

—Os lo agradecerá. Ha preguntado por vos. Dice que os vio en el agua rodeada de luz y que supo lo que tenía que hacer —expresó con voz cansada, pero intuí debajo de aquella serenidad una pregunta sin hacer, un miedo sin expresar.

—Yo la saqué del agua, es normal que esté todavía algo aturdida. Recordad que estuvo inconsciente varios minutos —señalé con una normalidad que no sentía.

Ella me miró fijamente unos instantes y después se despidió para atender a los invitados. Kieran me llamó desde su puesto al comienzo de la mesa y me senté a su derecha. A su izquierda siempre estaba sentado Cailen. Su madre junto a él y el resto de los asientos se distribuían al azar. Y el azar trajo a mi lado a Gordon. Murdo se había alejado y vi que buscaba con la mirada a alguien. Lo localizó. Era Roderick. Este al sentir la mirada del hombre sobre él se giró y lo miró con tanto desprecio que hasta a mí me dolió. Murdo, sin embargo, se encogió de hombros y se sentó con los hombres de su clan. Y de repente tuve una imagen de Roderick corriendo alrededor de la mesa mientras la pulga saltarina de Murdo lo perseguía sin piedad y no pude contener la risa, que ahogué en el vino, tosiendo con disimulo. Kieran me miró y meneó la cabeza, aunque sonrió de forma ladeada.

La conversación transcurrió por temas apenas trascendentales y la mayoría en gaélico. Estaba claro que el fantasma de la Cruz Ardiente y de la guerra sobrevolaba la estancia esperando ser atrapado. Pero lo dejarían una vez que ambos clanes se hubieran evaluado y puesto al día.

De improviso noté una mano cálida sobre mi muslo. Miré a Kieran, que me devolvió la mirada algo despistado, centrado en lo que le comentaba su hermano. Luego busqué sus manos. Una de ellas estaba sujetando una copa y la otra estaba apoyada sobre la mesa, inclinado hacia su hermano. ¡Por Ramsés II! Miré a mi derecha con furia e indignación. Recibí una mirada libidinosa y una sonrisa burlona. Compuse mi rostro y sonreí con candidez. Escondí mi mano bajo la mesa y la puse sobre la mano peluda que de forma atrevida subía escalando mi pierna. Él se quedó quieto mirándome. Yo le volví a sonreír y recibí un gesto triunfante por parte de él. En ese momento sujeté con fuerza su dedo anular y tiré hacia atrás retorciéndoselo hasta que casi hago saltar la articulación.

Gordon pegó un respingo y maldijo en gaélico. Varios se quedaron en silencio y lo observaron.

—Me he mordido la lengua —murmuró como toda explicación torciendo el gesto.

Yo le sonreí con dulzura y cogí una jarra de agua fresca que estaba frente a mí.

—Tomad un poco de agua. Eso os calmará el ardor —pronuncié de forma audible.

La sujeté con falsa torpeza en una sola mano y de improviso la dejé caer, justo donde su entrepierna abultada quedaba cubierta por la lana del pantalón con el tartán de su clan en tonos azules con una fina línea verde que lo cruzaba.

Él se levantó de la impresión y se sacudió el agua con fuerza. Yo le ofrecí una pequeña servilleta de lino con gesto de fingida consternación.

—¡Cuánto lo siento! ¡Qué torpeza por mi parte! —exclamé bajando los ojos avergonzada.

Él se repuso en un momento y me miró fijamente. Yo cambié solo un instante la mirada a una cargada de ira y después la volví a dulcificar.

—No os preocupéis, lady Magdalen. Bien es cierto que necesitaba refrescarme —señaló cogiendo una copa de vino y bebiéndosela de un trago.

—¿Qué ha sido eso? —siseó Kieran atrayéndome hacia él.

—Ya te dije que no necesitaba ninguna toquilla de lana para defenderme —expliqué con una gran sonrisa.

Observé los gestos divertidos de los que me rodeaban y Kieran me cogió la mano. No la volvió a soltar en toda la cena. ¿Por si acaso dejaba caer alguna otra cosa o por si acaso la posaba donde no debía? En realidad no era nada de eso, en realidad solo estaba demostrando su propiedad sobre mí. Y yo debí estar enfadada… pero no lo conseguí.

—¿Y bien, Kieran, qué pensáis hacer con el llamamiento de la Cruz Ardiente que nos han hecho llegar los Macdonald? —La pregunta directa a la yugular vino de Murdo y no de su hermano.

Kieran lo miró y pensó despacio la respuesta. Yo los observé a uno y a otro sin conocer de qué hablaban. Hice un cálculo rápido, si Kieran había luchado en la Guerra de Sucesión Española siendo casi un niño, ahora que tenía veinticuatro años. *¡Merde!* Me encontraba en el año 1715. El Levantamiento del quince, así se le llamó a la desastrosa campaña instaurada por el conde de Mar, que siendo depuesto de sus privilegios un año antes, solo tuvo la brillante idea de reunir un ejército y enfrentarse con su enemigo ancestral, que no era otro que el temido duque de Argyll. Comencé a sudar y gotas heladas me recorrieron la columna vertebral. Era cierto. Guerra. Habría una guerra. No recordaba la fecha exacta, pero creí que había sido en el invierno de aquel año, a mediados de noviembre, no podría asegurarlo. Noté cómo Kieran apretaba con más intensidad mi mano, sin saber si fue porque percibió mi temor o porque estaba buscando una respuesta certera.

—¿Y qué pensáis hacer vos, ya que el mismísimo conde de Mar os ha reclamado? —expresó con voz serena Kieran.

Observé como Murdo se tensaba sorprendido de que Kieran tuviera esa información.

—Después del Acta de Unión de 1707 todos somos súbditos ingleses —contestó con brevedad.

—Sabéis lo mismo que yo que aquella maldita farsa estuvo orquestada por los partidarios de Hannover y cómo se vendieron los parlamentarios escoceses por las monedas ofrecidas a su causa noble. Solo unos pocos se opusieron y han sido completamente relegados de las decisiones tomadas por el parlamento único. Estamos obligados a obedecer las decisiones que toman los ingleses, para los ingleses y en contra de nuestra propia nación. Nuestra tierra –afirmó de forma calmada Kieran. Solo su mano que me apretaba con intensidad mostraba su tensión–. ¿Es que acaso también a vosotros os ha regalado prebendas la corte del Rey Jorge I?

Murdo se removió inquieto en su asiento, pero no contestó, dando a entender que la respuesta era obvia.

–Podrán ordenarme obedecer a los ingleses, pero no soy un siervo inglés, soy escocés y siempre lo seré –declamó Kieran.

–Mi corazón siempre estará con Escocia –se defendió Murdo.

–Sí, vuestro corazón sí, ¿pero vuestros hombres y armas? ¿Lucharán contra sus hermanos de sangre? –Kieran en solo dos comentarios acertados había conseguido poner contra las cuerdas a Murdo, que cada vez parecía más nervioso.

–No lo haremos –afirmó algo tardíamente Murdo.

Permanecí en silencio intentando buscar algún resquicio en mi memoria de lo que conocía de la época. Finalmente un lejano recuerdo llegó a mi mente. Era cierto, no lo harían en este Levantamiento, pero sí que lo harían en el definitivo de 1745. Allí sí que lucharían en contra de Escocia y a favor de los ingleses, olvidando que su corazón sería siempre escocés.

–¿Pensáis quedaos al margen para hacer vuestra la victoria escocesa o bien recoger las migajas que resten de los clanes que luchen? ¿Cuál es vuestro rey? ¿Jorge I o Jacobo Estuardo? –volvió a inquirir Kieran.

–Siempre será Jacobo Estuardo, pero jamás llegará a reinar. Inglaterra no permitirá un rey católico en el trono escocés –señaló con lógica y además de forma muy acertada. Eso jamás sucedería.

Kieran pareció valorar la respuesta y se quedó un momento en silencio. Después fijó la vista en su hermano.

–¿Cailen, tú que opinas? –preguntó con suavidad. Me sentí orgullosa de él, no quería dejar al margen a su hermano. Su clan era su familia, y por tanto todos tenían derecho a expresar su opinión para llegar a un consenso.

–Mi alma a Dios, mi vida al rey y mi corazón a la dama –expresó después de un momento de silencio sepulcral en la mesa. No hizo falta que aclarara a qué rey se refería. Y la dama supe quién era porque una joven sentada en el otro extremo de la mesa se ruborizó con intensidad.

Después, Kieran se giró hacia mí mirándome con dulzura.

–¿Magdalen?

Me erguí de repente y lo miré sorprendida. Medité la respuesta ante la atenta mirada de todos en la mesa. Yo no me encontraba allí para mediar en una guerra sin sentido, solo para cumplir con mi misión de encontrar a Sarah y huir de aquella época lo antes posible. Ahora más que nunca, puesto que con la guerra los puertos y débiles fronteras en las tierras de los clanes se volverían inaccesibles. Pensé desesperada una respuesta adecuada a mis intereses y a los del clan que me había acogido como una más.

–La guerra es una masacre de hombres que no se conocen, para provecho de hombres que sí se conocen, pero no se masacran –contesté citando a *Paul Valéry*.

Los hombres protestaron y las mujeres gimieron. Solo Kieran permaneció sereno.

–¿Prefieres una paz injusta a una guerra justa? –preguntó citando a *Cicerón*. Lo miré directamente a los ojos, asombrándome de su rapidez mental.

—Ninguna guerra es justa. El pretexto de todas las guerras es lograr la paz, y después de una derrota solo queda la destrucción y el hambre —señalé con acritud.

—¿Y si vencemos y conseguimos una nación libre? —insistió Kieran.

—Escocia nunca será libre —argumenté escuchando varias exclamaciones de disconformidad—, mientras no se unan todos los clanes y dejen de luchar entre ellos.

Kieran asintió y supe que me estaba dando la razón, pero tenía el peso de la decisión en sus manos, así que paseó con lentitud la vista por sus hombres; Roderick, Aluinn, Gareth y Hugh, que había acudido cojeando, y algunos otros convidados a la mesa. Esperó paciente a ver sus reacciones. Todos sin dudarlo afirmaron con la cabeza. Todo estaba dicho y hecho. Iba a haber guerra y el clan Mackinnon estaría allí. Las mujeres permanecieron en silencio y algunas gimieron. Solo yo hice un movimiento. Me solté de la mano de Kieran, me levanté y lo miré con frialdad mostrando claramente mi disconformidad. Salí del salón sin despedirme de nadie. Estaba claro que los hombres podían opinar y las mujeres esperar a que ellos decidieran.

Corrí escaleras arriba y me encerré en la habitación dando un portazo. Me deshice del incómodo vestido y me puse otro de los horrorosos camisones hasta el suelo. Me cubrí con una manta y me senté junto al fuego. Estaba furiosa y enfadada conmigo misma y con todos los hombres que habían decidido acudir a una guerra inútil en la que solo se perderían vidas. Y con pasmosa claridad me di cuenta de que yo estaba en medio de aquello.

Hasta ese mismo momento lo había mirado todo como si fuese un decorado de cartón piedra, un pintoresco retiro en una fortificación medieval, que era el escenario accidental de la misión que tenía que cumplir. Encontrar y salvar a Sarah. Llevaba más de un mes allí y había actuado de forma dispersa e ignorando todas las normas protocolarias que existían. Me había visto obligada a casarme con Kieran para ocultar mi verdadera identidad, me habían intentado asesinar por el amor que una mujer sentía por él, me había escapado sin llegar a ningún sitio y varias veces había dejado expuesto mi poder sin tener el menor cuidado.

No sentía que lo que me rodeaba fuera real, solo estaba de paso. Cuando llegué allí creí que en unos días estaría de vuelta sentada cómodamente frente al televisor viendo una serie o película, leyendo un libro que estuviese escrito en un idioma que entendiera, y no en gaélico, latín o griego, creyendo que lo olvidaría todo con el tiempo. Creyendo que vivía una aventura algo extraña y obligada por las circunstancias, pero sin consecuencia alguna.

Había fracasado. No había encontrado a Sarah y seguía encerrada en el castillo viéndome envuelta en una maldita guerra. Y de golpe la realidad me arrolló como un tsunami. Era real, las personas que había conocido y llegado a apreciar eran reales, habían vivido antes que yo. Kieran era real. Y eso fue lo que más me afectó. Kieran era real y dentro de unas pocas semanas partiría a luchar contra los ingleses.

Me pregunté como era posible que mi vida hubiera cambiado en un instante. En el momento justo en que accedí a salir a correr con Sarah en Dean Village, donde vi por primera vez al hombre que mi abuela me confesaría sería mi asesino. Odié ser bruja y me odié a mi misma. Tenía la sensación de que todo lo sucedido en el futuro lo estaba creando yo misma en el pasado sin poner remedio porque no sabía qué hacer realmente. Lágrimas furiosas se derramaron quemando mi piel. Era real. Todo lo que me rodeaba era real. ¿Cómo no me había dado cuenta hasta ahora?

Kieran interrumpió mis tétricas disertaciones cuando entró de forma silenciosa en la habitación y se situó junto a mí. Y por primera vez lo miré. Por primera vez lo vi realmente. Me levanté despacio y me situé frente a él.

—Eres un hombre —susurré.

Él emitió una suave risa que hizo vibrar su ancho pecho.

—Lo soy. Sí. Desde que nací, que yo recuerde —afirmó con rotundidad.

Posé mis manos sobre sus hombros y las deslicé por los brazos hasta alcanzar sus grandes manos. Sus manos cálidas y ardientes. Gemí sintiendo que un sollozo estrangulaba mi garganta. Él permaneció estático y observándome con detenimiento. Cogí su broche con una mano y leí la inscripción grabada en la plata que rodeaba la imagen de un jabalí con huesos en la boca: *Audentes Fortuna Juvat*, la fortuna ayuda a los audaces. Me pregunté si alguna vez tuvo sentido aquella frase. Esperaba que así fuera.

Lo desabroché y dejé que su manto cayera a la espalda, después saqué la camisa de lino de la falda y la pasé por su cabeza. Quedó desnudo hasta la cintura. Dejé con cuidado el broche sobre la pequeña mesa de madera junto al fuego. Posé mis manos sobre el pecho y sentí vibrar su corazón bombeando sangre bajo mis dedos. Su piel era suave y cálida, su olor a brezo, salitre y humo de leña me llegaba con claridad y aspiré hondo.

Recorrí con un dedo el contorno de su rostro duro y serio. Paré un momento en la hendidura de la barbilla y raspé la barba que asomaba desde el afeitado de la mañana. Kieran cerró los ojos y yo subí mi mano hasta delinear sus cejas de pelo suave perfectamente arqueadas sobre sus ojos almendrados. Cogí entre mis manos un mechón de pelo grueso y ondulado. Lo solté de improviso y lo abracé con fuerza. Él respondió a mi abrazo con la misma intensidad. Lloré amargamente mojando su piel y arrasando la mía.

—Eres real —murmuré—. ¡Maldita sea! Eres real.

Me cogió en brazos y me llevó hasta la cama. Se deshizo del *kilt* y se tendió a mi lado cubriéndome con su cuerpo. Besó mis lágrimas y murmuró una letanía en gaélico hasta que dejé de sollozar. Me acunó y protegió hasta que volví a ser una persona completa.

—No lo hagas Kieran, no lleves el clan a la batalla —le supliqué.

—Magdalen, tengo que hacerlo. Es mi deber. Entiendo que eso te asuste, pero he luchado antes y he estado en contacto con el resto de los clanes. Es muy posible que salgamos vencedores... —Yo emití un gemido agudo y él se silenció—. ¿Qué sabes, Magdalen? ¿Qué me estás ocultando?

—No saldrá bien —murmuré con voz cansada.

—¿Cómo puedes estar tan segura de lo que sucederá en el futuro?

—Tengo... tengo un mal presentimiento. Solo eso —susurré sin poder decir más.

Él me abrazó con fuerza.

—Magdalen, casi todos los clanes de las Highlands lucharán. Los Mackinnon somos humildes y estamos empobrecidos. El dinero de tu dote pronto se acabará y esta guerra nos ofrece la posibilidad de un futuro mejor —explicó con voz serena—. Tengo la obligación de buscar lo mejor para la gente que depende de mí.

—¿A costa de perder vidas humanas? —esgrimí.

—Sí. Si fuera necesario para salvaguardar al clan durante más años, lo haré. Sé que es difícil de comprender para una mujer, para una niña que ha estado toda la vida arropada en una cómoda casa sin ver nada del mundo exterior. Sé que estás asustada, pero no debes temer por mí, he luchado antes y he dirigido hombres a la batalla —murmuró con suavidad.

Yo bufé audiblemente. Ni era una niña. Ni había estado arropada toda mi vida en una cómoda casa. Y por supuesto conocía mucho más mundo del que él se podía imaginar. Pero todo eso debía permanecer oculto.

–Duerme –dijo al fin–. El día ha sido duro y nos espera mucho trabajo en las próximas semanas.

Seguí en silencio. Sentí sus labios en mi frente y cerré los ojos. Sí, deseaba dormir y despertar en mi apartamento en Edimburgo, antes de que desapareciera Sarah, antes de que desaparecieran aquellas mujeres, antes de que mi vida diera un giro de ciento ochenta grados haciendo que todo dejara de tener sentido. Sí, Kieran tenía razón. Deseaba dormir y no volver a despertar.

Pero no conseguí dormir apenas nada. Mi cabeza daba vueltas una y otra vez, recordando retazos de la historia del Levantamiento del quince, que apenas estaba reflejado en los libros especializados. Recordando mi vida anterior. Rememorando cada instante transcurrido desde que había llegado allí. Recordando a mi abuela. Recordando a Sarah. Recordando a Gareth. Y sobre todo, preguntándome por qué demonios tenía que ser aquel mi destino.

Cuando había trascurrido no menos de dos horas sin que consiguiera siquiera cerrar los ojos sentí que el cuerpo de Kieran se tensaba y gemía en sueños, revolviéndose. Una pesadilla. Otro recuerdo de lucha removido por la conciencia de la guerra. Le pasé una mano por la cintura y le acaricié la espalda hasta que su respiración se normalizó de nuevo.

¡Maldita sea! Pensé de nuevo. Era real. Kieran era real y eso no podía obviarlo.

Finalmente cerré los ojos con las primeras luces del alba, agotada, confusa y sin haber encontrado ninguna explicación plausible a mis desvelos.

CAPÍTULO X

Desperté algo aturdida cuando sentí que alguien me zarandeaba con suavidad.

—¿Qué sucede? —pregunté abriendo un ojo y enfocando al hombre que estaba frente a mí completamente vestido y con gesto serio y preocupado.

—Morag —contestó Kieran.

Me incorporé de golpe y salí de la cama buscando el vestido a la vez que lo interrogaba con la mirada.

—Ha empeorado. Está febril y delira. Apenas puede respirar. —Su voz era tensa, contenida y supe que estaba asustado. Me giré y le cogí la mano. Él me la apretó de forma inconsciente, para soltármela un segundo después y atarme las lazadas del corpiño. Esta vez no protesté, no había tiempo. Ambos salimos de la habitación y bajamos hasta el primer piso donde se encontraba la habitación de su hermana.

Entramos juntos y al instante percibí el miedo que sobrevolaba sobre todos los que se habían reunido junto a la cama de la pequeña. Era una habitación diminuta, escasamente amueblada, una cama de madera con una pequeña mesilla sobre la que estaba prendida una vela gruesa que emitía una luz cálida y un humo blanquecino con olor a cera quemada. La chimenea estaba encendida y pronto comencé a sudar profusamente. La ventana era un agujero horadado en la gruesa pared de más de un metro, cubierto por un cristal opaco y que apenas dejaba pasar la luz. Elinor se retorcía las manos en una silla de madera junto a la cama sollozando quedamente. Roderick estaba a su espalda y tenía una mano apoyada en su hombro con gesto contrito, y Cailen se apoyaba en la pared opuesta con un gesto muy parecido al terror.

Corrí y me arrodillé junto a Morag. Tenía los ojos cerrados y el rostro pálido, casi traslúcido y respiraba con dificultad, de forma entrecortada, en estertores. Sus labios se habían tornado de un azul estremecedor y todo su cuerpo temblaba. Posé mi mano en su frente y pareció relajar el gesto de dolor. Abrió los ojos levemente y pude ver sus pupilas dilatadas y vidriosas observándome sin llegar a ver. Me mordí un labio y mis ojos se humedecieron. Puse un paño mojado en agua fresca sobre su frente y al instante sentí como se calentaba por el fuego que emitía su delicado cuerpo. Supe que iba a morir. Lo supe por los gestos de su familia reunida junto a ella y por el reconocimiento que vi en sus ojos de mirada dulce e infantil.

—Mag… Magdalen —pronunció con voz entrecortada. Tosió y se quedó sin aire. Yo la silencié cambiándola de postura y escuché un gemido agudo que provenía de Elinor.

—Estoy aquí, Morag. No me iré. No te dejaré —susurré inclinándome hacia ella.

—Mi… mi muñeca —murmuró en un jadeo susurrante que solo yo pude escuchar.

La miré con fijeza y asentí con la cabeza. Era una niña y su muñeca era su único juguete. Lo único bonito que había tenido en toda su vida. Quería morir junto a su muñeca y yo no pude negárselo.

Me levanté con un quejido y abandoné en silencio la

habitación notando las miradas de disgusto que me dirigieron Cailen y Roderick. Elinor seguía ausente en su dolor. Kieran parpadeó y alargó una mano para sujetarme.

—Magdalen, no te vayas —suplicó.

Negué con la cabeza. Tenía poco tiempo. Apresuré el paso y cerré la puerta con cuidado intentando olvidar el rostro lleno de reproches sin pronunciar de mi marido.

Al salir al pasillo me tropecé con Gareth. Ambos nos miramos un momento.

—¿No puedes hacer nada? —exclamé furiosa—. ¿Alguna pócima? ¿Algo que calme su dolor?

Él negó con el cabeza, completamente serio. Amaba a Morag como lo hacían todos los del castillo. No tuve ninguna duda. Se acercó a mí y me sujetó la mano.

—Tenemos que hablar, Magdalen. Lo que ambos sabemos… lo que somos. Nosotros…

No lo dejé terminar y me solté de su sujeción con rapidez.

—No hay un nosotros, Gareth. Olvídate de eso —pronuncié casi las mismas palabras que había dicho hacía tiempo y fueron igual de sinceras.

Hui con velocidad a través de las peligrosas escaleras hasta que llegué al recibidor cubierto por tapices. Sin pensarlo más salí por la puerta de madera y corrí hacia el lago. Había comenzado a llover, no de forma intensa, pero sí persistente. Llegué completamente calada al pequeño promontorio de piedras superpuestas por el que había caído Morag el día anterior.

Lo observé con detenimiento decidiendo cuál sería la mejor forma de llegar a la cúspide. Me descalcé y seguí mi instinto. Escalé sujetándome como pude a las piedras hasta que alcancé la cima. Me acuclillé y miré hacia el lago, en el lado que había visto a Morag deslizarse. Las aguas negras se mostraban agitadas y molestas por las gotas de lluvia. La orilla estaba cubierta de piedras rodeadas de líquenes y musgo. No vi la muñeca por ninguna parte. Cerré los ojos intentando recordar con exactitud dónde la había visto caer. Finalmente decidí descender unos metros con cuidado de no resbalar. Si caía era posible que no me encontraran en días. Llegué a una piedra plana un poco más grande que las demás y observé alrededor. Por fin la vi, estaba semi enterrada en el lodo un par de metros más abajo, aprisionada entre dos piedras más pequeñas. Me agaché y salté hasta otro saliente. Me tambaleé y resbalé cayéndome de lado, golpeándome un hombro. Maldije en voz alta y me giré hasta quedar sentada. Alargué la mano y alcancé con dos dedos el pelo de lana trenzado de la muñeca de trapo. La acerqué hasta mi pecho y respiré aliviada. Me la introduje en la cinturilla de la falda en la espalda, para tener libre acceso en la parte frontal, y comencé a escalar de nuevo. Llegué sin resuello a lo más alto y caí de rodillas, apenas sin respiración.

Unos brazos fuertes me sujetaron por los hombros y me levantaron. Roderick me miró con furia y me zarandeó tan fuerte que los dientes me castañearon y me mordí la lengua. Sentí el sabor metálico de la sangre en la boca y gemí intentando apartarme.

—¿Cómo se os ha ocurrido huir de nuevo y abandonar a Kieran cuando más os necesita? —rugió sin dejar de sacudirme.

Iba a protestar pero su voz me acalló de nuevo.

—¿Es que no tenéis ni un ápice de compasión en todo vuestro cuerpo?

Sus palabras me golpearon como el látigo.

—Os hemos ofrecido todo lo que tenemos y ¿es así cómo nos lo devolvéis? No sois más que una mujerzuela cobarde y débil.

No contesté, solo deslicé mi mano a la espalda y saqué la muñeca, mostrándosela.

Él parpadeó sorprendido y dejó de sacudirme como si fuera un salero.

—La muñeca —susurró.

—Sí —afirmé yo roncamente—, la muñeca. Morag me

ha pedido su muñeca y yo he venido a buscarla. Ni por un momento se me había ocurrido volver a huir. Se lo prometí a Kieran y yo cumplo mis promesas —espeté con ira contenida.

Su rostro mostró arrepentimiento y algo que no pude llegar a definir.

—Yo…

—Dejadlo —contesté—, no hay tiempo para disculpas.

Ambos corrimos hacia el castillo bajo la lluvia que se había convertido en una pequeña tormenta. Subí las escaleras tras él, jadeando y sujetando la muñeca de trapo en mi mano. Entramos sin llamar en la pequeña habitación.

Kieran levantó la mirada y se acercó a paso firme hacia mí con gesto enfadado y doliente. Yo lo enfrenté sin bajar el rostro.

—*Tuch!*[7] *Mo charaid*, antes de que te arrepientas de lo que vas a pronunciar —exclamó Roderick frenándolo—. Ha ido a buscar la muñeca de Morag.

Ignoré los gestos de sorpresa de todos y me acerqué a la pequeña que parecía dormir. Me arrodillé junto a su cama y deposité su tesoro al lado de su rostro. Ella se revolvió con lentitud y tendió una mano para alcanzarla. Abrió los ojos y me sonrió. Me sonrió con tanta dulzura y agradecimiento que mi corazón estalló en pedazos. Sollocé sin poder contener más mi pena y mi miedo.

Kieran me levantó con un solo brazo y me abrazó con fuerza hasta que me calmé lo suficiente como para poder respirar con normalidad.

—Magdalen ¿cómo has sido capaz? Cuando creo que empiezo a conocerte, das un giro y vuelves a sorprenderme. ¿No te das cuenta de que podías haberte matado en esas rocas? —susurró junto a mi oído.

Me encogí de hombros y me separé para mirarlo a los ojos.

---

[7] ¡Calla!

–No lo he hecho.

Acerqué un pequeño taburete de madera junto a la cama de Morag y me senté. Cogí su mano que ardía y la mantuve entre las mías. Observé el gesto cansado de Elinor que había pasado la noche velando a su hija. Sus ojos se habían tornado oscuros y estaban rodeados de profundas marcas violáceas.

–Id a descansar. Yo me quedaré con ella –le indiqué–, si… si hay algún cambio os avisaré.

Ella negó con la cabeza y Kieran se acercó a ella. Conversaron en gaélico unos instantes y Elinor se dejó llevar por Roderick sin protestar. Su caminar era lento y derrotado, y sentí una profunda pena. Cailen y Gareth los siguieron. Nos quedamos Kieran y yo solos. Él se sentó en la silla que había ocupado su madre. Su rostro mostraba el cansancio de la noche anterior, sus pesadillas y su preocupación por su hermana pequeña, aun así se mantenía fuerte y sereno. Por Morag y por mí. Buscó algo en su *sporran* y sacó el rosario de cuentas de ámbar que le había visto cuando rezó junto a mi cama. Me lo tendió y yo negué con la cabeza. No sabía rezar. Nunca creí que sirviera de nada. Nunca me había servido de nada en mi vida pasada y dudaba mucho de que ahora fuera más que un simple consuelo. Dejé que él se concentrara pasando las cuentas diminutas entre sus enormes dedos. Yo empapé una y otra vez el mismo paño blanco en la jofaina llena de agua para posarlo sobre la frente de Morag sin resultado alguno, la pequeña cada vez respiraba con más dificultad. No supe las horas que pasamos allí. El día se había vuelto oscuro y era difícil saber si era todavía mañana o nos acercábamos peligrosamente a la tarde.

Kieran había cerrado los ojos y creí que se había quedado dormido, sumido en un entrevela agotador. Me levanté y me acerqué al pequeño agujero que hacía de ventana. Seguía lloviendo sin cesar. Las gotas de lluvia laceraban el cristal y se deslizaban atrapándose las unas a las otras creando regueros de agua que se perdían en la piedra medieval. Y en ese instante sentí la presencia de mi abuela junto a mí. Fue una suave brisa cálida en mi nuca, que revolvió tímidamente mi pelo suelto. Y supe lo que tenía qué hacer.

Volví de nuevo junto a Morag y destapé su cuerpo con cuidado. Ella gimió con levedad pero no despertó del estado febril en el que se hallaba sumida. Me arrodillé y posé ambas manos sobre su pecho. Cerré los ojos y me concentré. Sentí la sangre transcurrir de forma rápida por sus delgadas venas llevando la escasa vida que le restaba desde su corazón, que bombeaba cada vez más despacio, aleteando como un colibrí bajo la jaula de pálidas costillas. Seguí la línea de su tráquea y llegué a los bronquios inflamados y obstruidos que le impedían la respiración. Pasé a través de ellos y me interné en los pequeños pulmones que se esforzaban por respirar. Sentí su sufrimiento. Percibí el oscurecimiento de su carne rosada y el encharcamiento producido por la enfermedad. Se estaban ahogando. Aspiré con fuerza y abrí mis manos abarcando todo el pecho de Morag. Desplegué mi poder que se retorció en mi interior creciendo y pasando a través de mis brazos, de mis manos, de mis dedos, hasta alcanzarla a ella. Mi anillo brilló destellando a la luz de la vela. Todo mi cuerpo se estremeció y temblé sin control. Y absorbí su dolor, sequé sus pulmones y abrí sus bronquios para que les llegara el aire. Permanecí así varios minutos con los ojos cerrados, mientras sentía el sudor deslizándose en hilos de agua helada por mi espalda, faltándome el aire en unos pulmones que se esforzaban por respirar sin llegar a conseguirlo. No tuve ninguna duda, si tenía que morir, lo haría por ella.

De improviso una garra me oprimió la garganta y me levantó en vilo empujándome contra la pared. Me retraje completamente aterrorizada y caí arrastrándome hasta la esquina de la habitación. Me cogí las piernas con las manos sin lograr enfocar la vista en ningún sitio concreto.

–¡¿Qué demonios estás haciéndole a mi hermana?! –bramó Kieran cerniéndose como una sombra tenebrosa sobre mi persona.

Es ahora, pensé, es ahora cuando me matará. Temblé y sujeté con más fuerza mis piernas escondiendo mi rostro ante su mirada dura y fría. Una voz aguda lo llamó haciendo que él se girara sorprendido. Morag se había levantado de la cama y le tiraba de la falda de forma insistente. Fijé mi vista algo nublada en su rostro dulce y comprobé como sus pupilas habían recobrado el tamaño normal y sus ojos lucían azules y brillantes. Un leve tono rosado le cubría las mejillas y respiraba con normalidad. Sentí un profundo agradecimiento que inundó de paz mi cuerpo herido y agotado.

–Es un ángel, Kieran –murmuró de forma cantarina Morag–. Mira como brilla –siguió diciendo alargando una mano hacia mí.

Su voz me llegaba de forma amortiguada como si estuviera rodeada de una capa de nubes que también me impedían ver con claridad lo que me rodeaba. La sensación de terror fue tan patente que destruyó todas las defensas que había construido con los años enterrando mis recuerdos. La fortaleza cayó y mi mente se rompió en pedazos, dejando retazos del pasado mezclados de forma inconexa con el presente. Escuché a lo lejos un grito agudo, el aullido de una madre que corría a abrazar a su hija. La sombra de Kieran se hizo más profunda y supe que estaba inclinado sobre mí. Pero yo ya no veía nada, no escuchaba nada.

–*Mo aingeal…* –Las palabras de Kieran se perdieron en la oscuridad que me rodeó.

«–¿Cómo has podido hacerlo de nuevo? Me voy solo dos días y al volver tiene el labio partido. –La voz de mi padre me llegó como si estuviese a mi lado. Me retraje en la esquina de la habitación pintada de rosa y me abracé las piernas flexionadas contra mi cuerpo. Quise taparme los oídos para no escuchar, pero los gritos eran demasiado intensos. Eran demasiado frecuentes. Ya no servía de nada, seguía escuchándolos aunque lo evitara de cualquier forma posible.

—¡Ha roto el marco de la foto de nuestra boda! Esta niña tonta y torpe que… —La voz estridente de mi madre rebotó en el piso y su eco se perdió.

—Es una niña, ¡por Dios! Tiene solo siete años. Esa niña tonta y torpe es tu hija. ¡Joder! Tu hija —mi padre gritó acallando la voz de mi madre.

—Fue solo una bofetada —se excusó ella volviendo a un tono indiferente.

—¿Una bofetada? ¿Seguro? ¿No se cayó del columpio como esgrimiste la última vez cuando la tuve que llevar a urgencias con el brazo roto? —argumentó mi padre de forma hiriente y sarcástica.

—Aquello fue un accidente…, me despisté un momento y ella…, ya sabes como es, no puede estarse quieta —declamó mi madre de forma algo dispersa.

—Es tu hija. Sangre de tu sangre ¿cómo puedes estar tan tranquila? ¿Cómo puedes dañarla de esa forma? — Mi padre se mostró cansado. Aquella discusión se repetía a menudo.

—¡No quería tenerla! —gritó mi madre recuperando toda su energía.

Ahí tenía la respuesta expresada de forma sincera y en voz alta. Sentí las lágrimas deslizándose por mis mejillas y el labio me escoció al contacto con la humedad salada. Alargué mi mano y cogí el único muñeco que tenía. Un pequeño oso de peluche de color azul al que le faltaba un ojo, pero que mantenía una expresión dulce y simpática. Lo abracé con fuerza y apoyé mi rostro sobre la cálida y familiar curvatura de su barriga.

—¡Pues la tienes! ¡No hay vuelta atrás! ¡Empieza a

madurar de una maldita vez! –rugió mi padre y sentí sus pasos dando vueltas en el salón–. Es solo una niña pequeña. Te necesita, ¿no lo entiendes? Necesita a su madre. –Su tono se había suavizado y solo mostraba dolor.

–Ya va siendo mayor para comprender que determinados actos tienen consecuencias –replicó ella con hastío. Estaba segura de que no había escuchado ni una sola palabra de mi padre.

–¡Joder!, tengo que salir en una hora para el aeropuerto. Estaré fuera un mes entero. ¿Cómo puedo fiarme de que cuidarás de ella? –Hubo un momento de silencio–. Llamaré a tu madre –decidió finalmente.

–¡No! ¡A ella no! –aulló mi madre–. La cuidaré. Lo prometo –ronroneó y percibí el susurro de ropas cayendo al suelo.

–¿Qué… qué haces? –exclamó mi padre algo tartamudeante.

–Bueno… estaré sola un mes, ¿no podemos olvidarnos de Alana y centrarnos en nosotros? Estoy harta de que ella sea el centro de todo –susurró de forma seductora mi madre.

Y durante un buen rato no escuché gritos. Cansada de llorar me quedé dormida abrazando a mi oso de peluche.

Me despertó mi madre zarandeándome con fuerza tiempo después.

–Levántate –exclamó con voz hosca arrastrándome de la mano–, nos vamos.

–¿Adónde? –pregunté desconcertada, frotándome los ojos.

–Lejos de aquí. –Ella ni siquiera me miró.

–Pero estoy en pijama, tengo que…

–Da lo mismo. ¡Vamos! –Tiró de mi mano con fuerza y yo la seguí sujetando mi oso de peluche como si eso fuera lo realmente importante.

Sentí el frío del terrazo del descansillo en mis pies

desnudos, las ondulaciones de goma del ascensor y la rugosidad del suelo del garaje. Me estremecí y le pedí que pusiera la calefacción una vez que me monté en el coche. Ella lo hizo y al poco rato volví a dormirme.

Desperté cuando el coche se paró. Habíamos salido de Madrid, todo estaba oscuro alrededor. El vehículo estaba detenido en una estación de servicio. Observé a mi madre hablando con el joven que la atendía por el cristal de seguridad. El rostro del hombre era sonriente y miraba fijamente a mi madre. Tuve sed y giré mi vista donde solía haber un botellín de agua. No había nada. Decidí bajarme mientras ellos conversaban y acudir al baño. En cuanto abrí la puerta, el frío de la noche de abril me mordió el rostro y el aire se filtró en mi delgado pijama de algodón haciendo que temblara. Corrí hasta los baños y entré sin perder un minuto de tiempo. Me incliné sobre el lavabo y dejé el agua correr. Ahuequé mis manos y bebí del agua retenida en ellas antes de que se deslizara entre mis dedos. No tardé más de un minuto o dos. Salí deprisa, todavía con el peluche en la mano.

Las luces de la gasolinera se habían apagado. Solo el tímido letrero de neón seguía encendido a unos metros de la carretera. Todo alrededor era oscuridad y el terror me atenazó dejándome paralizada. Corrí a la ventana acristalada dónde había visto a mi madre hablar con el joven y llamé con fuerza. No obtuve respuesta. Busqué con la mirada el coche de mi madre, pero había desaparecido. Me retraje contra la pared y me senté llorando de forma desconsolada. No sabía qué hacer, tenía frío y estaba asustada. Cualquier sonido o sombra hacía que temblara sin control. No sentía los dedos de las manos y los pies me dolían. Estiré el pijama hasta taparlos y me recliné utilizando como almohada el oso de peluche, que acogió mi pequeña cabeza con cariño y suavidad. Cerré los ojos cansada y me dormí. No supe el tiempo que pasé allí. Desperté en brazos de un hombre que me había arropado con una manta y que me daba calor con su cuerpo.

Había amanecido y aquel hombre discutía con el joven de la gasolinera. Llegó una ambulancia y la miré con miedo. Dolor, los médicos hacían que sintiera dolor. Intenté huir y el hombre me sujetó con más fuerza entre sus brazos. Salieron dos personas con uniformes reflectantes de la ambulancia que seguía destellando con las luces encendidas. Eran un hombre y una mujer. El hombre que me tenía en brazos se acercó a ellos y habló de forma rápida y brusca. Me acercó a la ambulancia y me tendieron en una camilla. Esa vez no hubo dolor, porque no había nada físico que curar. Me arroparon con mantas y despidieron al hombre que me había salvado de morir congelada en la sierra madrileña.

Estuve varios días en el hospital hasta que llegó una mujer joven con un maletín de piel marrón acompañada de dos agentes de policía. Me asusté creyendo que les había sucedido algo a mis padres. La mujer se sentó en una silla junto a la cama y cogió mi mano. Comenzó a hablar, su voz era suave, pero a la vez dura y eficiente. Me explicó que no localizaban a mis padres y que iban a trasladarme a una bonita casa donde iba a vivir con otros niños durante un tiempo.

Permanecí casi seis meses en un centro de acogida de la Comunidad de Madrid. Finalmente mi padre se hizo cargo de mí cuando le avisaron de que había sufrido una trágica y desafortunada caída por las escaleras. El resultado fue la clavícula rota y dos costillas fracturadas.

No fue hasta bastante tiempo después cuando comprendí lo que realmente había sucedido. Mi madre tenía un amante y huyó con él. Yo constituía un estorbo y aprovechó mi descuido para abandonarme en una gasolinera como si fuera un perro. Recuerdo que solía preguntar a menudo a la señora que venía a visitarme cada semana con su pulcro maletín de cuero marrón qué sucedía. Ella solo me ofrecía una respuesta: «la burocracia es lenta». Yo no sabía lo que era la burocracia y ella no podía confesar lo que conocía, que nadie de mi familia quería tenerme.

Y en aquellos meses infernales, llenos de temor, de desconcierto y de incertidumbre fue cuando construí todas las defensas que pude alrededor de mis recuerdos dolorosos cubriéndolos con una capa de indiferencia y cinismo. Allí perdí la inocencia infantil y maduré de golpe sin que nadie me preparara para ello. Allí me convertí en lo que fui después, en lo que Gareth definía como «mi pequeña cínica española». Allí añoré a mis padres y envidié a los niños que tenían una familia. Y allí comencé a odiarme a mí misma con muchísima intensidad creyendo que yo había sido la culpable de mi propia desgracia. No había sabido ser la hija que ellos querían.

Nunca debí haber existido. Ese fue mi pensamiento durante los años posteriores, en los que me crie en un pequeño apartamento de París, cerca de la Basílica del Sagrado Corazón.

Sí, yo había estado en el infierno y había salido viva, pero herida de muerte».

Estaba rodeada de calidez y mi cuerpo se negaba a despertar. Algo se movió a mi espalda y escuché un tenue suspiro. Abrí un ojo y lo cerré notando un fuerte palpitar en las sienes ante la débil luz de la lámpara de grasa de foca que desprendía un desagradable olor sobre la mesilla. Cerré el ojo de nuevo y alguien me sujetó con fuerza un brazo y un objeto extraño se situó justo sobre mi rostro. Abrí los ojos asustada, desprendiéndome de golpe de la somnolencia. La muñeca de Morag. Era la muñeca de trapo que me hacía cosquillas en la nariz con sus trenzas de lana. Me removí sintiendo el peso de un cuerpo rodeándome. Su delgado brazo había pasado sobre mi pecho y su pierna rodeaba mi cintura. Ella respiraba de forma acompasada y tranquila pegada a mi espalda. No hice ningún movimiento más para no despertarla.

Escuché unos pasos que se acercaban y me asomé con cuidado sobre el rostro de la muñeca. Kieran se inclinó sobre mí y su mano se posó en mi mejilla.

—Has despertado. —Su voz era tranquila y suave.

—Eso creo —contesté con voz ronca—. ¿Qué… qué hace Morag durmiendo conmigo? —inquirí todavía algo desconcertada y sin que mi mente llegara a conectar el pasado con el presente.

—Ha venido después del almuerzo y se ha cansado de esperar a que tú abrieras los ojos, así que se ha tendido a tu lado y se ha quedado dormida. Lo ha hecho estos dos últimos días. Parece que le cuesta separarse de ti —explicó acercando una silla para sentarse junto a la cama.

—¿Cuánto llevo dormida?

—Este es el tercer día. En realidad no estoy muy seguro de que durmieras o que estuvieras inconsciente. Apenas hemos conseguido darte unos pequeños sorbos de agua sin que llegaras a despertar del todo —comentó con media sonrisa.

Observé su rostro cansado y sin afeitar. Eso le hacía parecer más peligroso si cabía. Sin embargo sus ojos se mostraban serenos y dulces. No había odio, ni desprecio, solo preocupación.

—Es igual que tú —señalé susurrando—, como un pulpo.

—¿Yo soy como un pulpo? —preguntó enarcando una ceja divertida.

—Sí, debe ser cosa de familia. Se ha enredado con mi cuerpo rodeándome de tal manera que estoy completamente inmovilizada. Tú haces lo mismo cuando duermes. Solo que en vez de pasar tu pierna sobre las mías, la entrelazas haciendo que sea todavía más difícil moverme.

Me miró algo sorprendido, como si fuera consciente por primera vez de cómo dormía junto a mí.

—Un pulpo —repitió despacio—, bueno, podía ser peor. ¿No podrías compararme con algún animal digamos… más noble?

Sonreí levemente todavía algo aturdida por lo sucedido hacía tres días y por esos tres días que parecían haber desaparecido de mi mente.

—Un guepardo —confirmé.

—¿Qué es un guepardo? Suena como un animal fiero y salvaje.

—Lo es. Igual que tú —señalé ya sonriendo ante su gesto confuso.

—¿Qué es un guepardo? —pronunció la voz aguda e infantil de Morag incorporándose sobre mí.

Observé su rostro dulce y sus mejillas alegremente coloreadas por el sueño y sonreí.

—Tu hermano. Él es un guepardo —contesté.

—¡Oh, no! Él es escocés —afirmó ella con rotundidad—. *Mathair* dice que es terco como un carnero, pero no es fiero, en realidad escuché el otro día a…

Su hermano la cogió en brazos y la izó con facilidad, pero no consiguió que callara.

—… que puede ronronear como un gatito cuando se lo propone. ¿Te ha ronroneado a ti, Magdalen, cuando…?

Kieran ya estaba fuera de la habitación y no pude escuchar más. Emití una suave risa ante la inocencia de la pequeña y me alegré profundamente de que hubiera podido salvarla, aunque ello me hubiera dejado de nuevo al borde de la muerte. Cada vez que utilizaba mi poder para sanar me sentía más cansada, casi al borde del abismo, como si llegado el momento no pudiera regresar.

Kieran entró un momento después y cerró la puerta apoyándose en ella de espaldas.

—No ronroneo como un gatito —afirmó con seriedad.

Me mordí el labio y aguanté la risa.

–No, en realidad ruges como un guepardo –dije.

Él sonrió y pareció halagado. Se acercó con lentitud y me ayudó a incorporarme.

–¿Cómo te encuentras? –preguntó cambiando su gesto a uno preocupado.

–Cansada, pero… bien. Morag…

–Ella está perfectamente. Ya la has visto. A veces puede resultar agotadora. Está igual que antes del accidente, como si en realidad nunca hubiera sucedido.

–Me… me alegro –expresé con cautela.

Él se sentó en la silla que crujió bajo su peso y me cogió una mano.

–Magdalen, no iba a hacerte daño. Solo estaba asustado… pensé…, pensé que querías evitarle a mi hermana el sufrimiento de una muerte lenta y agónica… y… Tienes que creerme, nunca te haría daño –exclamó de forma vehemente.

Me mantuve en silencio observándole.

–¿Me crees? –preguntó con voz ronca.

–Creo que sí. No lo sé. A veces parece que quieres protegerme y de improviso me miras como si fuera… no lo sé, Kieran. Todo es demasiado confuso –hablé dejando mis temores expuestos ante él.

–Magdalen –pronunció–, tienes que explicármelo, tienes que contarme quién eres. Si desconozco de lo que eres capaz no podré protegerte como debo hacerlo.

Permanecí unos instantes en silencio mientras él me acariciaba la mano, ofreciéndome su consuelo y su confianza. En el fondo de mi ser sabía que él tenía razón, no podía seguir manteniendo mi secreto oculto, con eso solo conseguía ponernos en peligro. Pero tenía miedo de su reacción. ¿Qué haría cuando le confesara que era una bruja? ¿Qué había viajado desde el futuro para salvar a Sarah? ¿Qué tenía la firme intención de regresar en cuanto lo consiguiera, si es que lo lograba algún día? Aunque era un hombre culto y bastante adelantado en su tiempo, seguía teniendo las convicciones y la educación de un hombre de principios del siglo XVIII. Lo más probable es que expresara su horror y directamente apilara ramas y troncos para quemarme en una hoguera.

Miré sus ojos y estudié su rostro buscando respuestas. No las encontré. Su gesto era tranquilo y se mantenía expectante. Me solté de su mano y me levanté con cautela algo titubeante. Él se mantenía en silencio observándome. Me acerqué hacia el fuego y respiré profundo. De improviso me giré hacia él, que se había levantado para situarse tras de mí.

—No sé por dónde comenzar —exclamé siendo sincera.

—Es sencillo, ¿cuál es tu verdadero nombre?

Lo miré parpadeando. Estuve segura de que sabía más de lo que expresaba.

—Alana.

—Alana —repitió—, me gusta bastante más que Magdalen. Alana…

—Deveroux.

—¿Eres francesa? —Su expresión se tornó sorprendida.

—Mi padre es francés, mi madre española. Crecí en ambos países, aunque en realidad nunca pertenecí a ningún lugar en concreto —dije con deliberada ironía.

—Tus padres…

—Se separaron cuando yo era una niña, primero viví con ambos en España, luego con mi padre en París, después regresé a Madrid y finalmente me instalé en Edimburgo.

—Allí conociste a Sarah —murmuró pasándose la mano como un acto mecánico por la barba oscura.

Sarah le había hablado de mí. Lo supe con total seguridad.

—Sí. —Dudé un momento pero su gesto tranquilo me instó a seguir hablando—. ¿Ella qué te dijo de mí?

—Mencionó a una amiga… —suspiró con fuerza—. Siempre tuvo la certeza de que volverías a buscarla.

–Me alegra saber que alguien creyó en mí –señalé.

–Yo lo hago. Yo creo en ti –aseveró Kieran acercándose y cogiéndome una mano–. Eres tú la que no crees en ti misma.

Lo miré y ante la fuerza de sus ojos, los míos se humedecieron y algo estranguló mi garganta.

–Dime, Alana, ¿quién te hizo tanto daño que eres incapaz de verte como los demás te vemos?

Las lágrimas fluyeron con total libertad y comencé a temblar. Kieran me abrazó con fuerza y acarició mi pelo susurrando de forma tranquilizadora en gaélico.

–Mi… mi madre me abandonó –expresé con dolor–, me recluyeron en un centro de menores… en un… lugar donde tienen a los niños que sus familias…

No pude continuar.

–¿Un hospicio? –preguntó Kieran separándome levemente.

–Algo así.

–Entonces tus padres no contaban con los recursos necesarios para mantenerte –afirmó encontrando para él la secuencia más lógica.

–No. –Me aparté de él y reí de forma amarga–. El dinero no era el problema. Lo era yo. No me querían. Siempre fui un estorbo. Nunca fui la hija que esperaban.

Su gesto se tornó enfadado y noté como apretaba con fuerza los nudillos.

–Te dije que yo también había estado en el infierno y había regresado –murmuré haciendo que mis recuerdos sobre esa época oscura volvieran a representarse frente a mí–, pero no me creíste –señalé.

–Yo tenía la sensación de que ocultabas algo doloroso, pero nunca llegué a suponer que fuera eso. Creí que era por tu amante, que él te había dejado y que recordarlo te hacía daño. –Su rostro mostraba un tapiz de expresiones que se superponían las unas a las otras con tanta velocidad que era imposible memorizarlas.

–No tenía ningún amante, Kieran. En realidad nunca tuve una relación estable antes de…

–Antes de que te obligara a desposarte conmigo. –Él terminó con valentía mi frase sin pronunciar.

Asentí con la cabeza.

Comenzó a pasear por la habitación de forma furiosa mascullando en gaélico. Lo observé en silencio. De improviso se paró y me miró con intensidad.

–¿Qué eres, Alana? –Hizo la pregunta en un tono suave y cauteloso, pero pude percibir la certeza de que no deseaba la respuesta sincera.

–Una bruja. Una *bean sith*. –Agaché la cabeza, avergonzada.

Sentí el calor de su cuerpo junto a mí y una mano me cogió por la barbilla y me levantó la cabeza.

–No, no lo eres –afirmó.

–Sí, lo soy –exclamé con vehemencia–, a mi pesar lo soy.

–No. Eres un ángel. Morag lo percibió antes que todos nosotros. Eres *mo aingeal* –susurró.

Abrí la boca totalmente sorprendida. Él estudiaba con curiosidad mi reacción.

–Soy escocés, Alana, he visto y escuchado todo tipo de historias y leyendas. Algunas ciertas y otras no. Sé que no eres una bruja porque no te he visto hacer ningún mal a nadie que te rodea. –Se quedó un momento pensativo rascándose la barba sin afeitar–. Bueno, quizás alguna travesura como la que le hiciste a Caitlin privándole de su voz mientras cantaba. –Yo ahogué un gemido–. Pero casi siempre has utilizado tus conocimientos para ayudar y sanar. ¿Eres… galeno?

Por su última frase supe que no terminaba de creerse que una mujer pudiera haber llegado a estudiar la carrera de Medicina y esbocé una triste sonrisa.

–No. Yo estudié Historia del Arte. Quería trabajar en un museo. De momento lo único que hacía era restaurar pequeñas obras de arte para un anticuario –expliqué.

Él meditó la respuesta sin llegar a entender del todo la explicación.

–Entiendo –dijo–, de ahí tu curioso interés por todos los objetos que traje de mis viajes al Continente.

Asentí levemente.

–¿Qué es un museo?

–Es un lugar donde se recogen, guardan, restauran, exponen y protegen los objetos de arte.

–Así que te encuentras más a gusto rodeada de cosas viejas que de personas.

–Nunca le digas a una historiadora que el arte son cosas viejas –espeté haciendo que él de improviso soltara una brusca carcajada.

–Bien. –Sonrió recobrando la compostura–. ¿Cómo lo haces, Alana?

El cambio repentino de tema hizo que yo me tensara de forma perceptible. Había intentado distraerme con datos banales para atestar el golpe final y decisivo. Hubiera sido un perfecto inquisidor.

–No lo sé –confesé de forma sincera–, supe que era una bruja dos días antes de llegar aquí. Solo puedo decirte que siento como mi poder se engrandece cuando mis emociones se desatan. La mayoría de las veces no puedo controlarlo y me da miedo. En realidad soy una bruja desastrosa.

–Inténtalo –me instó suavemente–, muéstrame algo sencillo. Te he visto hacer crecer un rosal seco hacía años, evitar el dolor de Hugh, encontrar a mi hermana en un lago de aguas tan oscuras que era prácticamente imposible y salvarla de la muerte. –Abrió los brazos y se quedó expuesto–. Inténtalo conmigo, me gustaría sentir tu poder.

–No puedo –contesté torciendo el gesto.

–¿Y eso por qué? –Cruzó los brazos sobre su pecho en señal de enfado.

–Contigo no funciona. –Él me miró de forma inquisitiva enarcando una ceja–. Lo intenté la noche que querías castigarme. Deseé con muchísima intensidad que la rama se rompiera y te quedaras sin arma, sin embargo mi poder chocó contra un halo invisible que te rodea.

Él retrocedió un paso y se pasó ambas manos por el pelo con gesto concentrado.

–Tienes razón, sentí que intentabas frenarme. No lo recordaba –murmuró con voz ronca–. ¿Crees que estoy hechizado? –preguntó.

–No. Creo que es algo intrínseco a tu persona. No sabría explicarlo. Es como si tuvieses una fortaleza superior al resto –dije intentando explicar algo que no llegaba a comprender del todo.

De improviso esbozó una sonrisa sensual y triunfante y yo lo miré con gesto enfadado.

–Solo yo soy inmune ¿no? Eso está bien, muy bien. Pero tú no eres inmune a mí. –Siguió mostrando su sonrisa ladeada.

–¿Ah, no? –pregunté desconcertada.

–No. Te lo dije una vez. Cuando te poseo siento como tu piel se perla de un brillo intenso y tus ojos lucen verdes. Solo yo lo consigo –afirmó con tal orgullo masculino que tuve unos grandes deseos de romperle todos los dientes. Y él lo notó, ya que se retrajo instintivamente.

–¿Qué has intentado hacerme?

–Por un momento deseé golpearte –masculló entre dientes.

Y por primera vez sus ojos brillaron divertidos y rio a carcajadas ante mi gesto adusto. Se acercó a mí y de improviso me besó con fuerza dejándome casi sin respiración. Se separó un momento después y sus ojos dorados me observaron con fijeza.

–No lo vuelvas a hacer, Alana –ordenó con suavidad, pero con la misma firmeza, y yo pensé que se refería a que no intentara dominarlo con mi poder. Me equivoqué–. Llevo casado contigo casi dos meses y te he visto al borde de la muerte más veces de las que mi corazón puede soportar. He rezado tantos rosarios que estoy seguro de que el Papa Clemente IX si conociera mi destino me canonizaría.

–Estoy segura de que acumulas tantos pecados en tu haber que eso sería altamente improbable –espeté sacudiendo la cabeza.

Él sonrió de forma ladeada, pero su rostro mostraba temor y preocupación.

–Supongo que sí, que cuando llegue mi hora tendré mucho que explicarle al Altísimo. Pero de momento la balanza se inclina hacia mi perdón –murmuró–. Promételo, Alana. Prométeme que no lo volverás a hacer.

–Yo… lo intentaré, pero ya te he dicho que hay veces que no consigo dominarlo.

–Te ayudaré –afirmó–, intentaré estar a tu lado cuando perciba que algo extraño te sucede y te protegeré con mi cuerpo y mi alma si fuera necesario.

–Yo… –No pude terminar lo que quería decir, que en realidad no sabía muy bien lo que era, ya que comencé a llorar de forma desconsolada ante su demostración de afecto.

Kieran me abrazó de nuevo y me acunó entre sus fuertes brazos, donde me sentía segura y protegida. Lo que resultaba extraño, ya que tenía la certeza de que eso en algún momento cambiaría y él se volvería contra mí. Intenté descartar esos pensamientos funestos de mi mente y centrarme solo en el cuerpo que me abrazaba.

–No querías casarte –susurró.

–No –contesté separándome de forma desganada.

Él buscó algo en su *sporran* y sacó la alianza de plata grabada que le había lanzado el día que Caitlin me envenenó. La mostró sujetándola entre dos dedos.

–¿Querrías hacerlo ahora? –preguntó apretando la mandíbula.

–Ya estamos casados –expresé de forma cansada.

–No. No lo estamos –suspiró de forma entrecortada–. Alana, cásate conmigo.

Cerré los ojos ante el brillo hipnótico de sus ojos. No entendía qué pretendía. Finalmente accedí asintiendo con la cabeza y él cogió mi mano y empezó a hablar.

–Yo, Kieran Finnegal… –hizo una pausa esperando alguna reacción, pero yo permanecí en silencio observándole– Adair Mackinnon, te tomo a ti Alana Deveroux como esposa, para amarte, cuidarte y serte fiel –esbozó una sonrisa ladeada y yo le devolví una mirada de furia – en las alegrías y las penas, en la salud y la enfermedad. Hasta que la muerte nos separe.

Introdujo la alianza en mi dedo anular y me besó con ternura en los labios.

–Tú –dijo separándose.

–¿Yo qué?

–Pronuncia tus votos.

–Ya lo hice.

–¡Oh, sí! Creo recordar que lo hiciste con mucho sentimiento. Sí, fue un acto muy sentido, sobre todo cuando te atragantaste con la palabra esposo diciendo algo muy desagradable, para después descartar con una mano el resto de la liturgia. Sí, lo hiciste. Pero lo hiciste de forma horrenda, aunque a Morag le divirtió bastante. Ahora quiero. No, necesito escucharlos, y esta vez pronunciarás todas las palabras. –No era una petición, era una maldita orden.

Refunfuñé como una niña y comencé a hablar en susurros y mascullando cada sílaba mirándolo con algo muy parecido al resentimiento.

–Yo, Alana Deveroux, te tomo a ti Kieran Finnegal –emití un largo suspiro y él entrecerró los ojos– Adair Mackinnon como –inspiré profundamente y sus ojos se tornaron peligrosos– esposo –sonreí de forma beatífica. –para amarte…, ummm, ¿respetarte? –Sus ojos eran solo una línea dorada en su gesto pétreo–. Y serte fiel durante todos los días de mi vida.

Sonreí con amplitud y no supe por qué.

–Solo espero que no olvides las palabras que nos han unido. –Y esta vez no era una orden, era una maldita amenaza.

–Kieran –expresé con un profundo cansancio intentando hacerle ver que nuestra precaria unión tendría pronto un final–, ¿no te explicó Sarah nada de nuestra vida anterior?

–Alana –me cogió ambas manos y noté su calor traspasándome y dándome fuerzas–, sé que muchas veces has creído que podías engañarme, pero no lo has hecho. Supe al instante de casarme contigo que no eras Magdalen, y, por tu lenguaje y tus actos, descubrí que tenías que ser la persona de la que habló Sarah. Supe en el momento en que me percaté que habías huido que ibas en su busca, desconozco cómo llegaste a conocer que está con los Cameron en Achnacarry, pero sé que deseas llegar hasta ella para hacerla regresar. También te pregunté una vez si querías regresar a tu hogar y me dijiste que este era ahora tu hogar. ¿Has cambiado de parecer?

–Yo…, mi vida… mi vida está a trescientos años de distancia. Es completamente diferente. Allí tengo mi trabajo…, mi… –Me silencié, en realidad no tenía nada más y las lágrimas volvieron a asomar a mis ojos.

–¿Hay alguien con quien desees regresar? –preguntó con voz queda.

–¡No! no es eso. ¿O sí? No lo sé. Algo sucedió, algo relacionado conmigo y con mis conocimientos de brujería. Tengo que regresar y restablecer el orden normal del tiempo. ¿Es que no lo comprendes? Tú y yo… nosotros…, esto es imposible, Kieran, jamás funcionará.

–Alana. Sé sincera. Nunca has pensado en permanecer aquí más que el tiempo necesario para regresar con Sarah, ¿verdad? –Su voz dejaba traslucir tanto dolor que me traspasó como agujas ardientes.

Asentí levemente junto a su pecho.

–No tendrás que esperar demasiado. Los Cameron entrarán en guerra con nosotros. Yo mismo te llevaré hasta ellos y podrás encontrar a Sarah –pronunció con voz serena.

Lo miré con lágrimas en los ojos.

–Kieran, tienes que entenderlo. Yo no pertenezco a este mundo. Tú y yo apenas nos conocemos. No tenemos nada en común. Tú no me amas y yo… –me quedé sin voz– tampoco –susurré finalmente casi atragantándome–. ¿Por qué lo has hecho? –pregunté sintiendo un puño de hierro estrangulándome y obligándole a mirar mi alianza.

–Porque Magdalen Mackenzie no murió en el naufragio. Ayer recibí una carta de su padre. El paquebote que traía sus misivas sí que se hundió, pero ellos no viajaban en él, ya que Magdalen se encontraba aquejada de una leve enfermedad. Se han unido al Levantamiento y me espera allí para celebrar la boda –expresó con calma.

Y un puño de hierro me estranguló y casi perdí el conocimiento. Y no supe si fue por agradecimiento a que yo no hubiera sido la causante de la inexistente muerte de Magdalen y su familia o al reconocimiento de que mi marido estaba prometido con otra mujer.

–Pero no lo entiendo. Tendrás que devolver la dote si llegan a conocer de mi existencia. Acabas de cavar tu propia tumba –dije respirando de forma agitada, dándome cuenta por primera vez de los problemas que nos acuciaban.

–Lo he hecho para protegerte, ¿qué crees que harán con una mujer que ha fingido ser otra para casarse? Todos están murmurando sobre tu extraño comportamiento y los sucesos acontecidos cerca de tu persona. Basta solo un rescoldo para prender la llama. Si afirmo que me desposé contigo de forma voluntaria y conociendo realmente tu identidad estarás a salvo.

–No lo creerán. No hay testigos.

—Nadie dudará de la palabra del *laird* Mackinnon.

—Tendrás que devolver la dote.

—Lo sé. Aunque ya no queda mucho. Lo que resta lo voy a invertir en pertrechar a mis hombres para la batalla.

—Kieran, tengo que regresar antes de que te encuentres con lady Magdalen. Tienes que casarte con ella. No hay otra opción.

—Ya estoy casado contigo. No puedo casarme con otra persona.

—Pronto dejarás de estarlo y serás libre. Jamás volverás a saber de mí

—¿Es eso realmente lo que deseas?

—Eso es realmente lo que debo hacer. —Mi voz fue firme y mi alma se rompió en pedazos.

Me miró un instante sin dejar entrever ninguna emoción y de improviso se giró y abandonó la habitación dando un portazo. Suspiré y me abracé el cuerpo sintiendo una súbita soledad que ahondó en mi pecho haciendo que prorrumpiera en profundos sollozos. Estaba así cuando entró un momento después Jeannie, con el sonriente pequeño Aluinn en brazos, y sin llamar a la puerta. Se quedó quieta algo apurada y Aluinn se removió nervioso notando la incomodidad de su madre. Esta lo dejó en el suelo y se acercó a mí.

—¿Qué os sucede, mi señora? —preguntó con suavidad.

Me froté los ojos arrasados en lágrimas con las mangas del camisón y sonreí de forma trémula y vacilante.

—Nada. No es nada importante —murmuré como toda explicación.

Ella hizo un gesto de incomprensión pero no volvió a preguntar.

—¿Queréis que os suba algo de la cocina? No habéis comido en días.

—Eso estará bien. Gracias —susurré.

—Bien, ahora mismo vuelvo —dijo saliendo de la habitación con tanto ímpetu como había entrado. Y dejándose al pequeño gateando en el suelo, que se acercó a una velocidad de plusmarquista hacia el fuego de la chimenea. Corrí hacia él y lo cogí en brazos.

—¡Eh, pequeño suicida! ¿Es que no ves el peligro? —le amonesté con voz suave.

Él se removió en mis brazos y me miró fijamente para proferir a continuación un gruñido de lo más elocuente. Alargó una de sus manitas a mi pelo y se metió un mechón en la boca. Y dejó de agitarse como una anguila, suspirando con placer. Yo sonreí con dulzura y me acerqué con él en brazos hasta la ventana. A lo lejos, junto al acantilado, pude ver a Kieran, que paseaba de un lado a otro a grandes zancadas, y sentí su enfado como si lo tuviera junto a mí. Cada poco se agachaba y cogía piedras al azar para lanzarlas contra el furioso mar que golpeaba las rocas.

Cerré los ojos con dolor y las lágrimas volvieron a afluir a mis ojos. Me imaginé mi vida de vuelta en el siglo XXI, el despertador sonando cada día a la misma hora, caminando hasta mi trabajo en la librería, comiendo un sándwich al mediodía y pasando la tarde en compañía de algún objeto antiguo deteriorado que necesitase ser restaurado. Y solo vi soledad. Una inmensa soledad. Lloré con más intensidad y Aluinn dejó de chupar para mirarme con curiosidad. Posó un dedo en una de mis lágrimas y sacó la lengua probando su sabor. Pronunció algo muy parecido a «¡arg!» y lo cambió otra vez por mi cabello.

Me fijé de nuevo en la figura recortada en la inmensidad del mar del Norte, los colores carmesí y negro del tartán de los Mackinnon destacaban en el fondo gris y tormentoso del cielo. Y lo vi por primera vez como era. Un guerrero, un *laird,* el jefe de un clan, el protector de cientos de personas, entre ellas yo. Y supe que quería seguir siendo así. Solo con él me sentía segura, quería que me cogiera entre sus brazos, que me besara y me hiciera estremecer. Quería verle cada día al despertar junto a mí.

Quería discutir, enfadarme y pelear contra su testarudez, para ver como su rostro cambiaba y me ofrecía una sonrisa que iluminaba la estancia. Quería ver sus ojos brillar cuando me poseía, su piel suave perlada de sudor, su pelo negro ondulado que me hacía cosquillas cuando se inclinaba sobre mi cuerpo.

No quería una vida en soledad, enfrentándome a mis recuerdos una y otra vez, luchando por ser una persona que no era. Deseando que alguien me quisiera por lo que realmente era. Pero no podía quedarme allí. No podía, tenía que cumplir la promesa que le hice a mi abuela, tenía que salvar a Sarah y regresar con ella. Y tal vez… tal vez…, comencé a llorar de nuevo asustando al pequeño Aluinn.

—¿Qué crees qué debo hacer? —susurré al bebé entre mis brazos.

Él dejó de succionar y me miró, gorgoteó y me ofreció una gran sonrisa.

—¡Vaya! Tienes dos dientes nuevos. Ahora además de grapar podrás taladrar también —exclamé felicitándolo.

No puedo hacerlo, pensé de nuevo. Jamás funcionaría. Él estaba prometido a otra mujer, con la que debería estar casado y yo constituía un problema más que una solución. El dinero de la dote era vital para la supervivencia del clan. Sabía que iban a perder la guerra, que las consecuencias posteriores traerían hambre y escasez y… no, no podía hacerlo.

El pequeño Aluinn pareció sentir mi preocupación y fijó sus ojos en mi rostro sin parpadear.

—¿Crees que debo decirle lo que realmente siento?

—¡Blub!

—Eso no me sirve como respuesta. Inténtalo de nuevo —le urgí.

—¡Blub! ¡Blub!

Esbocé una triste sonrisa y él agitó los brazos complacido.

Desvié el rostro hacia Kieran, el cual se alejaba a paso firme hasta perderse en la lejanía, girando hacia la izquierda y desapareciendo de mi vista. Y sentí un profundo temor. No quería perderlo. Pero si me quedaba con él quizá lo perdiera antes de que finalizara el año. Podía morir en la batalla, muchos lo harían. Me estremecí de miedo y Aluinn se agitó molesto deseando bajar al suelo. Lo sujeté con más fuerza.

—¿Crees que debo quedarme junto a él? —pregunté al pequeño succionador.

Él negó con la cabeza haciendo volar su pelo castaño y riendo.

—¿No? —inquirí algo decepcionada—, ¿es eso lo que realmente piensas?

Él se mantuvo quieto y agitó la cabeza de arriba abajo con intensidad tirando de mi pelo.

—¿Sí? ¿Eso es un sí? —pregunté para asegurarme.

Él negó nuevamente.

—Vamos a ver. No me estás ayudando nada ¡por Napoleón! Céntrate en algo concreto enano gateador —le exigí frunciendo los labios.

—Grrrrarrrr.

—¿Y cómo debo interpretar eso? No entiendo el lenguaje de los gruñidos —mascullé algo confundida.

—Grrrrrrreerrrr —gritó y golpeó mi pecho con un puño justo donde estaba mi corazón.

Sonreí por primera vez entre las lágrimas y recordé las palabras de mi abuela: «sigue a tu corazón, él te guiará». Mi corazón ahora me guiaba en una sola dirección. Kieran. Esperé que no fuera tan desafortunadamente inexacto como cuando sentía la magia.

En ese momento entró Jeannie con una pequeña bandeja de la que me llegó el olor de un guiso de carne que hizo que mi boca salivara. Pero no quería perder tiempo. Dejé a Aluinn en el suelo y me dispuse a vestirme con premura. Sin llegar a ponerme las medias ni calzarme, me dirigí hacia la puerta ante la mirada sorprendida de Jeannie.

–¿Adónde vais si no habéis comido nada todavía?

–Tengo algo muy importante que hacer. Tengo que seguir a mi corazón –expliqué con una gran sonrisa.

Ella me miró con una mirada divertida en el rostro.

–Id, pues, pero llevaos algo para el camino –dijo lanzándome una manzana que yo cogí al vuelo.

–¡Napoleón!

Ambas nos giramos a la vez hacia el pequeño Aluinn que se había incorporado y se tambaleaba sujeto a las sábanas de la cama, sonriéndonos con satisfacción.

–¡Ha dicho su primera palabra! –exclamó su madre emocionada.

–Sí, lo ha hecho –masmullé yo con mucho menos entusiasmo. Sabía cuál iba a ser la pregunta.

–¿Y qué diablos es Napoleón?

–Un hombrecillo con muy mal genio que llegará a ser emperador –respondí con cautela y salí volando de la habitación, dejándola con la boca abierta.

Bajé las escaleras saltando de dos en dos los escalones, descubriendo que descalza era mucho más hábil que embutida en los incómodos escarpines de piel curtida. Salí al exterior y oteé con la mirada. No vi a Kieran, pero a lo lejos vislumbré a su hermano ejercitándose con los caballos junto a Roderick y Gareth. Los ignoré y comencé a caminar donde estaba segura se había refugiado Kieran, en dirección al antiguo castillo de los Mackinnon. Mordí con ganas la manzana, sorprendiéndome por lo hambrienta que estaba y, poco antes de llegar a las ruinas escondidas entre los brezos, arrojé el corazón de la misma a una gaviota que sobrevolaba curiosa sobre mi cabeza. Apoyé la mano en la pared derruida de la fortaleza y el temor me invadió. ¿Qué iba a decirle?, ¿cómo podía expresarle lo que sentía? Suspiré con fuerza, sacando el valor de la tierra que me rodeaba, y me sumergí en las escaleras hacia el subsuelo. Al poco rato tuve que parar debido a la oscuridad que me envolvía. Esperé unos segundos hasta que mi vista se acomodó y pude distinguir un recodo frente a mí. Giré y escuché el rumor del agua. Me apoyé en la húmeda pared y avancé otro paso. Tropecé con algo y caí de bruces al suelo. Escuché una maldición en gaélico y un quejido de la «cosa» con la que había tropezado hincándole la rodilla en medio de su pecho. Sentí que él se levantaba y prendía la antorcha con rapidez.

—Eres más duro que una piedra —recriminé.

—¿Alana? —preguntó dudando si realmente era yo.

Asentí con la cabeza. Su gesto se tornó hosco.

—¿Qué haces aquí? —espetó cruzándose de brazos.

—Tengo que hablar contigo —dije acercándome un paso. Él retrocedió otro.

—Ya ha quedado todo claro esta tarde. No necesito más explicaciones. Quieres regresar a tu vida anterior y yo lo he entendido perfectamente.

—No, no quiero eso…, bueno, en realidad sí, pero no es lo que crees. Yo… tengo que regresar para solucionar… algo…, aunque volveré —expresé dejando mis sentimientos expuestos de una forma nada coherente frente a él.

Él no dijo ni una sola palabra y su gesto siguió estático.

—Si… si tú quieres —añadí.

Kieran continuó en silencio.

—Yo…, ni siquiera me gustabas, pensaba que eras un bruto sin sentimientos, un mal menor que tenía que sufrir para alcanzar mi destino. Ni siquiera te consideraba como algo real. Eras solo algo que soportar cada día a mi lado hasta que pudiera librarme de ti —expliqué con bastante poco tacto.

Sus ojos se entrecerraron hasta ser solo una línea dorada y su entrecejo se frunció en un gesto peligroso.

–Ummm…, no sé cuándo ha sucedido, de verdad que lo he intentado, he intentado no amarte con todas mis fuerzas. He intentado ignorar tu presencia y obviarte, con toda la intensidad que he sido capaz…, pero… pero… lamentablemente no lo he conseguido. –Mi voz era apenas un susurro y sentí que de un momento a otro iba a comenzar a llorar de nuevo.

Él se mantuvo como una estatua de bronce pulido y solo el ligero temblor de un músculo en su mejilla me indicó el grado de enfado que ocultaba.

–Yo… lo he consultado con Aluinn y…

–¡Aluinn! –exclamó con brusquedad–. ¿Le has hablado a Aluinn de nosotros? –Se mostró completamente horrorizado.

–Al pequeño Aluinn –aclaré.

Me miró si comprender y una sonrisa ladeada le cruzó el rostro, desapareciendo a la misma velocidad con la que había aparecido.

–Y supongo que te ofrecería respuestas de lo más lógicas y cabales, ¿no?

–En realidad… sí…, creo que me ayudó bastante. Aunque me costó un poco entender vuestro extraño idioma de gruñidos. Yo no quería venir a buscarte, prefería ignorarte hasta que pudiera volver con Sarah y él me hizo ver que tal vez, solo tal vez, estaba equivocada.

Su rostro se volvió a oscurecer y vi el peligro brillar en sus ojos. Esperé unos instantes alguna palabra por su parte, pero no llegó.

–Kieran… –susurré y creí que me iba a romper en mil pedazos. Había desnudado mi alma y él no había hecho absolutamente nada.

Se acercó a mí tan de improviso que no me dio tiempo a retroceder. Me cogió por la cintura y me alzó hasta su boca besándome con fiereza. Mis labios se abrieron para recibirle y su lengua trazó una danza de seducción enlazándose con la mía. Se separó jadeante unos minutos después. Yo me tambaleé entre sus brazos bastante aturdida.

—Alana...

Iba a responder cuando un dedo suyo se posó en mis labios ordenándome silencio.

—No vuelvas a pronunciar una sola palabra. Jamás nadie me había expresado su amor de una forma tan insultante como lo has hecho tú, pero tampoco tan sincera.

—No he dicho que te amaba —mascullé entre dientes.

—Cállate, Alana, es suficiente. No necesito escuchar más —murmuró acariciándome el rostro con su mano dura y rasposa—, y sí, lo has dicho. Eso y muchas más cosas que desearía no haber oído. A veces siento que eres como Morag, dejas volar tu lengua con total impunidad, sin reparar en las consecuencias ni de tus palabras ni de tus actos, mostrando tal indiferencia hacia el bienestar de tu persona que me da auténtico pavor.

Me crucé de brazos y me giré, dándole la espalda, bastante enfadada. Le había abierto mi corazón y él lo había cerrado con siete llaves. ¿Imprudente yo? ¿Indiferencia hacia mi persona? Pero ¿de quién estaba hablando?

Sentí sus manos en mi cintura y su barbilla apoyada sobre mi hombro. Me revolví y él me sujetó con más fuerza.

—Sí, eres así, pero si fueras de otra forma no me gustarías tanto. ¡Oh, sí! *Mo aingeal,* me gustas mucho, demasiado. Mis ojos vuelan cuando estoy contigo sin separar mi mirada de tu rostro mientras tú permaneces ajena y ausente de mí. Estoy dispuesto y preparado a que eso cambie de una maldita vez. No habrá otro hombre más que yo. No habrá otro rostro al que mires. Y no habrá otro al que entregues tu amor más que a mí. ¿Lo has entendido?

Me giré y le enfrenté la mirada.

—¿Me estás ordenando que te ame? —exclamé ofendida y sorprendida a partes iguales.

–No. Te ordeno que dejes de sentir dolor y empieces a vivir –susurró de forma cadente.

Las lágrimas cobardes volvieron a mis ojos con intensidad. Vivir, nada me daba más pavor que eso. Toda mi vida me había escondido en mi pequeña fortaleza donde me sentía a salvo del dolor y el miedo al rechazo. Y él de nuevo había visto el interior de mi alma.

Me giró hasta ponerme de frente a él y besó mis lágrimas llevándose mi temor. Posó sus labios sobre mi sien y suspiró brevemente. Una mano se deslizó hasta desatar las lazadas de mi corpiño y empujó la tela áspera de lana sobre mi hombro hasta que este quedó desnudo. Un reguero de besos ardientes sobre la carne expuesta hizo que me estremeciera y mi vientre se contrajo en un remolino de deseo. Bajó el vestido hasta la cintura dejándome agitada y expectante. Lo observé un momento. Su rostro se había oscurecido y sus ojos brillaban captando la luz de la antorcha. Me empujó con suavidad hasta la pared y arrastró mi vestido que cayó al suelo en un susurro de telas que se perdió en el gemido que brotó de mi boca. Posó sus labios en uno de mis pechos y mordió el pezón. Protesté y él rio contra mi piel. Con una rodilla empujó mis piernas hasta que estas se abrieron, esperándole. Su boca apresó la mía y su lengua buscó sin descanso haciendo que nos enlazáramos en una lucha desigual. Sentí como una mano grande y fuerte escalaba por el interior de mis muslos y rozaba mi carne sensible.

Comencé a temblar de forma descontrolada y me tuve que sujetar a sus hombros para no caer. Y él lo percibió, percibió mi total entrega y… paró de improviso, apartándose. Me tambaleé algo aturdida y abrí los ojos desenfocados, parpadeando.

–Hijos –pronunció como en una sentencia–. No admito negociación. Quiero tener hijos contigo.

–Eres un maldito torturador –masculló todavía jadeante.

—Di que sí —dijo posando su dedo justo donde mi piel era más sensible. Me estremecí una vez más y lo maldije más de mil veces.

—Seré una madre horrible. No sería justo para ellos.

—Alana, ni siquiera sabes lo que eres, pero yo sí.

—No, no lo sabes.

—Cede —instó él moviendo el dedo.

Jadeé

—No.

Su dedo fue sustituido por algo más grueso. Gemí aferrándome a sus hombros.

—Uno —balbucí finalmente.

—Está bien. Cuando tengas a nuestro hijo en brazos ya no necesitaré convencerte. Él se encargará de ello —afirmó con una sonrisa maliciosa bailando en sus labios.

—¡Ja! No me conoces, si es eso lo que piensas —espeté furiosa.

—¡Oh, sí! Te conozco perfectamente —afirmó quedándose quieto.

Lo miré fijamente.

—¿Nadie te ha dicho nunca que hablas demasiado?

Y se calló, aunque nuestro lenguaje se modificó y empezamos a entendernos de una forma mucho más divertida.

Bastante rato después me encontraba apoyada en su pecho dentro del pequeño lago de aguas termales, disfrutando de la languidez propia del momento, cuando una nueva pregunta suya rompió el hechizo.

—¿Qué sucede con Gareth?

Sus cambios de tema y de situación en ocasiones llegaban a marearme.

—No lo sé, ¿qué sucede con él? —pregunté a mi vez esquivándolo.

—Sarah me contó algunas cosas, una de ellas fue que Gareth se parecía mucho a su pareja en el futuro. Sé que tú lo reconociste y has visto en él algo que te recuerda a tu pasado. Ella me dijo que él te tenía bastante cariño. Y recuerdo la noche que tuviste un sueño y admitiste estar enamorada de otro hombre. ¿Sabes que pronunciaste su nombre dormida?

—No, no lo sabía —murmuré más para mí misma que para él. El pensar ahora que podía estar enamorada de Gareth se me antojaba como poco imposible. Quizá le había tenido cariño, me había amparado en la desgarradora soledad que dejó Sarah para acercarme más a él. Pero con total seguridad no estaba enamorada de Gareth, ni en el pasado, ni en el futuro. No podía estar enamorada de él porque… ¡Maldita sea! Me acababa de dar cuenta de que estaba enamorada de Kieran.

Me giré flotando en el agua y lo miré de frente.

Kieran se inclinó sobre mí hasta que nuestros rostros estuvieron solo a un palmo de distancia.

—¿Qué te sucede? ¿Te encuentras enferma?

—Estoy enamorada, tú tenías razón. Me he enamorado —suspiré contra su pecho húmedo.

Él me apartó para observarme.

—¿De Gareth? —masculló con gesto enfadado—. ¿Es eso?

—No. Es mucho peor —afirmé.

—¿Qué puede ser peor que eso?

—Que me he enamorado de ti. —Sollocé con tanta fuerza que hasta las paredes se estremecieron.

Y Kieran esbozó una de esas raras sonrisas que conseguían iluminar cualquier estancia donde él se encontrara. Me acercó a él y me besó con ternura.

—*Mo aingeal*, nunca. Repito. Nunca me escribas un poema de amor. Mi corazón no podría resistirlo. Eres un completo desastre mostrando tus sentimientos —murmuró acariciándome la espalda y yo sollocé aún con más intensidad.

Estuvimos así bastantes minutos, hasta que conseguí relajarme y hacerme a la idea de algo que no me gustaba reconocer. Me sentí tan arropada por él y arrullada por el suave mecer del agua cálida que nos rodeaba que casi me quedé dormida. Kieran pronunció una palabra y yo creí que me la había imaginado.

–Therése.

–¿Qué?

–La dulce Therése –exclamó esta vez en voz alta y con una mirada soñadora oculta por sus párpados entornados.

–¿Y quién era esa dulce joven? –expresé ya totalmente despierta mirándolo con fijeza.

–Era la hija del posadero de la aldea donde transcurrió la campaña en Bélgica. El ejército estuvo acampado allí durante semanas. Yo acudía cada día solo para verla trabajar, tenía un cuerpo pequeño y voluptuoso, unos grandes... –fijó la vista en mí y sonrió de forma sensual–, atributos que se agitaban cuando escanciaba cerveza rubia, amarga, pero dulce como ella misma. Gasté todos mis ahorros de la paga de soldado en llevarle pequeños presentes que compraba a los vendedores ambulantes, una cinta de raso, unos pendientes de coral, lo que fuera. Sin conseguir nada en contrapartida. Ella solo tenía ojos para Gareth, y Gareth solo tenía el pensamiento y la vista puesta en la próxima batalla. Una tarde me acerqué a la tienda de lona que compartía con él y otros cuatro hombres y observé como se agitaba y salían unos extraños ruidos de allí, gemidos y gritos entrecortados. Corrí y me asomé con cuidado, desenvainando la espada. Eran Gareth y ella, estaban juntos, y no necesitaban mi ayuda. Permanecí unos instantes observándolos con curiosidad. Era virgen –lo dijo como si le avergonzara confesarlo– y necesitaba aprender, ¿lo entiendes?

Asentí con la cabeza sin saber si sonreír o enfadarme de veras.

–Finalmente me aparté y me apoyé en un árbol cercano con la espada todavía en la mano. Y tuve que esperar mucho rato hasta que ella salió atándose los lazos de su corpiño, con la mirada algo extraviada y el rostro arrebolado. Ni siquiera se percató de que yo estaba a unos pocos metros. Poco después salió Gareth y él sí me vio. Me acerqué y sin mediar palabra le asesté un puñetazo. Todavía no era tan fuerte como ahora y solo conseguí que él girara la cabeza y después me mirara con gesto de fastidio un instante. Vio mi espada en la mano y sacó la suya, nos enzarzamos en una pelea bastante poco elegante, mientras varios soldados se acercaban a jalearnos. ¿Ves mi cicatriz en el cuello justo debajo de la oreja derecha?

—Sí —afirmé viendo la pálida línea blanca.

—Me la hizo él. Cuando vio la sangre manar, dejó de luchar y me tendió la mano para levantarme del suelo. «Pequeño Kieran», dijo, «tienes mucho que aprender sobre las mujeres». «Yo la amaba», exclamé furioso y él me contestó: «sí, tú la amas, pero es conmigo con quien yace». No lo volví a ver hasta la batalla, tres días después.

—¿Se puede saber por qué necesitaba conocer esa historia? —pregunté todavía no sabiendo muy bien qué hacer.

—Porque yo ahora puedo decirle exactamente lo mismo. Gareth, puedes ser tú el que la ames, pero soy yo quien la poseo. —Y diciendo eso me besó con tanta fuerza que me dejó sin respiración.

Me aparté con brusquedad y salí del agua buscando mi ropa. Cuando la tuve en los brazos me volví hacia él, que me había seguido con un gesto extraño en el rostro.

—¿Me estás intentando decir que eres un hombre enamoradizo? ¿Que yo soy una muesca en tu cama? ¿Una conquista de la que alardear? —espeté iracunda.

Se acercó a mí y me cogió el rostro con las manos.

—No. En realidad únicamente me he enamorado una sola vez en toda mi vida —susurró con extrañeza.

Me giré ante la intensidad de su mirada y me vestí con rapidez. No podía acusarle de mentir, ya había dicho que se había enamorado. ¿La dulce Therése? ¿Era ella la afortunada? Porque, aunque yo hubiera mostrado mis sentimientos sin ambages, él no lo había hecho. Se había comportado de forma honorable, sí, cómplice, también, pero de sus labios no había brotado el famoso «te quiero», o el consolador: «yo también».

Esperé impaciente a que él se vistiera y salimos al exterior. Había anochecido y a lo lejos se veían titilantes las pequeñas luces de velas y antorchas del interior del castillo. Permanecimos en un silencio incómodo hasta que entramos en el recibidor.

—¿Quieres venir a cenar? —preguntó casi arrastrándome al salón.

—No. Prefiero subir a la habitación —contesté frunciendo los labios.

—Está bien —dijo suspirando y me guio hasta la cocina donde estaba Aluinn conversando con Roderick.

—Todos están en el salón —nos comunicó Roderick nada más cruzamos la puerta.

—Preferimos cenar en la habitación —señaló Kieran como toda explicación, y se dedicó a buscar lo que le pareció apropiado para subirlo a nuestros aposentos ante mi mirada fría y ausente.

Tanto Aluinn como Roderick cruzaron una mirada cargada de intenciones y prorrumpieron en una carcajada.

—Kieran, *mo charaid*, nos espera un largo camino por delante, deberías guardar algo de fuerzas —indicó Roderick pasándole una mano por el hombro.

Él lo miró con tanta furia que Roderick se apartó un paso, pero no dejó de sonreír.

—Estos jóvenes no tienen límite —añadió Aluinn con algo de nostalgia—. ¿Recuerdas nuestra juventud, Rod?

Roderick asintió levemente con la cabeza y su mirada se tornó oscura.

—Creo que tú, Aluinn, eres el menos indicado para hablar, ya que me consta que todavía no has llegado a tu límite —indiqué con acritud sorprendiéndolos a todos. Más que nada porque tuviera voz en la conversación.

Aluinn pronunció unas frases en gaélico que no sonaron demasiado melodiosas a los oídos de ninguno.

–¿Qué ha dicho? –pregunté a Kieran.

Él farfulló algo que no entendí y finalizó con una sola palabra:

–Mujeres.

Bufé indignada y me giré, sin ánimo para discutir, hacia las escaleras.

Kieran llegó a la habitación segundos después de mí, acercó la silla de madera al fuego y me ofreció el butacón. Decliné la invitación y cogí una rebanada de pan para untarla de mantequilla. Kieran dejó el contenido del hatillo sobre la pequeña mesa y comenzó a dar buena cuenta de todo lo que había recogido. Comió en silencio, observándome mientras yo paseaba, mordisqueando el pan, por toda la habitación.

–¿Te encuentras bien? –preguntó al fin.

–Grrrr…

–¿Estás enfadada?

–Bfrrffrr…

–Alana, ¿se puede saber qué te ocurre?

Detuve mi caminar y lo fulminé con la mirada. ¿Encima tenía el descaro de preguntar?

–Therése, Therése… la dulce Therése…, tan joven y delicada, con esos –me atraganté y tosí–, atributos tan espectaculares.

Kieran se recostó en la silla y cruzó los brazos.

–Estás celosa.

–¿Yo? ¿De quién? ¿De la dulce Therése? ¿O quizá de la dulce Caitlen? Que, por cierto, comparte con aquella el mismo aspecto, pequeña, delicada y con unos grandes… –me volví a atragantar–, atributos.

El cristal de la ventana me devolvió un opaco reflejo de mi rostro, normalmente serio y nada dulce, lo que no ayudó a calmar mi enfado.

–¿Cuántas más hay por ahí dulces, pequeñas, delicadas y con…? ¡Bah, ya lo sabes! —inquirí de pronto enfrentándole. Él dejó a medio camino de su boca una rebanada de pan cubierta por miel y me miró de forma incrédula.

—Algunas —confesó con voz serena.

—¿Y se puede saber por qué te has casado conmigo? Porque estoy segura de que no es por mi dulzura ni por mis enormes atributos —señalé mirándolo con frialdad.

—Jamás entenderé a las mujeres por más que viva cien años —fue su respuesta.

Emití un gruñido muy poco femenino.

—Ya te lo he dicho —añadió levantándose para acercarse a mí.

—No, no lo has hecho. Solo has explicado que es algo que tenías que hacer para protegerme, cuidarme… y un montón de cosas sin sentido

—No. Te he dicho que es porque únicamente me he enamorado una sola vez en toda mi vida.

—Sí, eso lo he oído. Lo que no has dicho es de quién.

—¿Y de quién iba a ser sino de ti? —preguntó con estupor.

—¿Y por qué no dices simplemente que me quieres?

—Te amo. ¿Es eso lo que querías escuchar? Te amo porque eres un desafío para mí. Porque me has demostrado más fuerza y más valor que cualquiera de las mujeres que haya tomado antes. Te amo porque solo tú consigues que mi cuerpo te desee una y otra vez sin descanso. Y te amo porque… porque tú también tienes unos grandes… atributos —aseveró sonriendo y cogiendo al vuelo el resto de la tostada que le lancé contra la cabeza.

—¿Has terminado de cenar? —exclamé y él me miró sorprendido, para después fijar la vista en la mesa casi vacía de viandas.

—Ummm…, supongo que sí, ¿por qué? —preguntó rascándose la barbilla.

Lo cogí de la mano y lo arrastré a la cama.

—Porque quiero que me demuestres exactamente cuánto me amas.

Y esa noche descubrí que el amor es lo más importante que puede existir, que es una palabra que jamás debería desaparecer del diccionario, y que yo lo propondría como patrimonio de la humanidad si fuera necesario. Porque el amor, cuando es compartido una, dos y hasta tres veces en la misma noche, puede llegar a salvarte de ti misma y convertirse en infinito.

CAPÍTULO XI

Podrás ocultar las horas,
pero nunca podrás tapar el tiempo perdido.

«Estábamos a finales de septiembre, pero el calor era infernal, quemaba por el día y por la noche era imposible dormir con las ventanas cerradas, sin embargo, teníamos prohibido abrirlas. Normas de la casa de acogida. Circundé la habitación para asegurarme de que estaba sola y me asomé cuidadosamente bajo las tres líneas de literas metálicas apoyadas a las paredes pintadas en blanco. Nadie. Con una sonrisa cogí un pequeño banco y lo acerqué a la alta ventana. Hice presión y la abrí con un chasquido. La suave brisa del atardecer se filtró en la habitación y los sonidos del patio exterior me llegaron con claridad, niños jugando y gritándose los unos a los otros. Respiré con avidez el aire limpio y me aparté de la ventana para sentarme en una de las camas bajas. Dos mariposas blancas se colaron por el resquicio de la ventana y se persiguieron la una a la otra, danzando sobre mi cabeza.

La puerta se abrió de repente y yo abracé a mi oso de peluche temiendo que fuera algún cuidador que habría visto la ventana abierta. Eran tres niños mayores que entraron con rapidez, empujándose. Cerraron la puerta dejándola atrancada con una silla. Yo los miré con miedo.

—Así que es aquí donde te escondes —masculló el que parecía el jefe de la comandilla.

—No me escondo —acerté a decir sin entender qué hacían allí. Otra de las normas era que nunca se podía traspasar la zona de las niñas.

—Diego ¡date prisa que en cualquier momento puede venir alguien! —exclamó el más joven observando la puerta con temor.

—¡Bah! Están demasiado ocupados como para controlarnos a todos. —Sonrió Diego mirándome con burla.

Yo me abracé más fuerte a mi muñeco, sin llegar a comprender qué querían realmente.

El que se llamaba Diego se acercó a mí y de un fuerte tirón me obligó a levantarme y arrastró su mano que olía a comida reseca por mi rostro. Yo me retraje soportando a duras penas una arcada.

—¡Sujetadla! —ordenó con una dureza impropia de un joven de su edad.

Los otros dos niños me cogieron por los brazos y me los retorcieron a la espalda. Yo me agité e intenté deshacerme de la sujeción. Prorrumpí en un grito agudo de auxilio. Fui recompensada con un puñetazo que me dejó la nariz sangrante y la cabeza aturdida.

—¡Arrodilladla! —exigió el jefecillo.

Me empujaron al suelo y si no llega a ser porque me tenían sujeta casi beso el suelo. Observé como gotas de sangre caían mojando el terrazo, fundiéndose con los colores de las piedras rojizas escondidas en el granito. La zapatilla de deporte de mi agresor pisó una de las gotas carmesí y la arrastró hasta que solo fue una masa informe sobre el suelo. Levantó mi cara con una sola mano y me obligó a mirarlo.

—Vamos a espabilarte, niñata —masculló robándome mi peluche.

Me levanté y salté, intentando atraparlo mientras él se reía sujetándolo sobre mi cabeza. Le di una patada en la espinilla y recibí como respuesta un puñetazo en el pecho. Gemí y me faltó la respiración, cayendo sobre el suelo manchado con mi propia sangre. Mi cabeza rebotó en el frío granito y esperé con terror una nueva acometida. Me costaba respirar, el aire no llegaba a mis pulmones porque no era capaz de mover mi pecho para conseguirlo.

Un golpe en la puerta hizo que los tres miraran asustados hacia ella. La silla se quebró ante un segundo empuje y finalmente cedió. Entró un hombre alto y fuerte que les gritó con voz grave y ronca hasta que los sacó a empujones de la habitación. Me encogí sobre el suelo temiendo que lo peor estaba por llegar. Me castigarían, había dejado que los niños entraran en mi habitación y había abierto la ventana. Estaría encerrada durante semanas.

El hombre se arrodilló junto a mí y me acarició el rostro. Cerré los ojos y me retraje asustada. Se quedó en silencio un momento y me cogió en brazos. Dolía, dolía tanto que pensé que me dormiría para no despertar nunca más.

—Mi muñeco. —Alcé una mano en dirección al peluche manchado de sangre y tirado en el suelo.

Él se agachó conmigo en brazos para cogerlo con una sola mano y depositarlo sobre mí. La última visión que tuve de aquel suceso fueron las dos mariposas persiguiéndose la una a la otra en un vuelo sin final en el techo de la habitación, totalmente ajenas a mi sufrimiento. Me desvanecí en los brazos de aquel hombre. Nunca volví al centro de menores. «Una desafortunada caída por las escaleras», le dijeron a mi padre. La clavícula rota y dos costillas fracturadas. Esas fueron las consecuencias físicas. Las psicológicas nadie las supo nunca, porque lo oculté. Primero por miedo a las consecuencias y después porque sentí un profundo asco de mí misma, de mi cobardía y de mi impotencia.

¡Ah, sí! yo entendía perfectamente que Morag quisiese su muñeca cuando pensó que iba a morir.

Nunca volví a mirar a ninguna mariposa con algo que no fuera rencor».

—¡Despierta, Alana! *Mo aingeal*, despierta, es una pesadilla. Mírame —pronunció Kieran con voz serena y urgente.

Abrí los ojos desconcertada, golpeándole el pecho con los puños y, al darme cuenta de lo que estaba haciendo, los aparté escondiéndolos bajo las mantas. Sollocé. La intensidad de los días anteriores había removido mis recuerdos hasta que estos afloraron de las arenas movedizas a la superficie, llenándome nuevamente de dolor y amargura.

Kieran me abrazó y me besó en la coronilla mientras yo me acurrucaba contra su cálido cuerpo. Me estremecí y temblé de nuevo sin poder contenerme.

—Cuéntamelo. Deja que los demonios salgan a la luz, eso te ayudará —susurró.

Eran casi las mismas palabras que yo le había instado a decir cuando él mismo sufrió sus pesadillas. Pero yo no podía hablar, contarlo no servía de nada, para mí significaba invocar de nuevo aquel sentimiento de terror y soledad que me dejaba completamente vacía durante días.

—Háblame de ello, *mo aingeal* —pidió acariciándome la espalda—. Déjame que sea yo quien aleje tu dolor.

Me giré para mirar al techo esperando ver la danza de dos mariposas blancas, sin embargo no percibí más que una tenue claridad que precedía al amanecer de las Highlands.

—Odio las mariposas —dije por fin, y comencé a hablar. Se lo conté todo, lo que hicieron, lo que sentí, lo que oculté a todos. Y él me escuchó con atención sin pronunciar una sola palabra y sin dejar de acariciarme. Acabé llorando desconsolada abrazándome a su pecho con fuerza, como si temiera que fuera a desaparecer, y sin él a mi lado regresaran los demonios.

—No dejaré que ninguna mariposa vuelva a acercársete —murmuró cuando finalicé mi relato.

No dijo nada más. No hacía falta.

Desperté de nuevo cuando la luz fría de la mañana inundó por completo la habitación. Kieran se había levantado y estaba vestido, apoyado con el hombro en la jamba de la ventana mirando fijamente el exterior. Se giró hacia mí en cuanto percibió el movimiento y me regaló una de sus sonrisas que me llenaban de calidez.

—¿Qué hora es? —pregunté sabiendo que esa era una pregunta absurda dado que nadie en el castillo llevaba control del tiempo.

—Hace rato que ha amanecido, ¿cómo te encuentras?

—Bien —expresé con brevedad—. ¿Qué es ese ruido? ¿Han venido más visitantes?

—No, son mis hombres. Partimos hoy.

Me incorporé a la velocidad del rayo.

—¿Adónde? —exclamé asustada.

—A tierras de los Macdonald. Ellos también se han unido al Levantamiento, hay varios asuntos que tratar —explicó con una sonrisa—. Volveré dentro de tres o cuatro días a lo sumo.

—¿Cuatro días? —inquirí con fastidio.

—Intentaré que sean tres. —Sonrió acercándose.

Me besó en los labios con rapidez y se separó con un gruñido insatisfecho.

—Puede que dos —masculló y me acarició el rostro—. He ordenado a Cailen que cuide de ti. Procura, ya sabes, nadie debe verte practicando magia.

Asentí con la cabeza. No tenía ninguna intención de hacer nada de lo que había sugerido.

–Bien, y ahora despidámonos como es debido –susurró tendiéndome sobre el colchón.

Despedí a la pequeña partida en la puerta junto con otras mujeres, Caitlen incluida, y no pude por menos que reparar en su mohín de disgusto cuando Kieran me alzó para besarme antes de montar en su caballo de guerra y partir a galope. Le devolví la mirada con grata satisfacción y entré en el castillo. Al poco comenzó a llover torrencialmente y yo a aburrirme mortalmente. No encontraba nada útil qué hacer. Las mujeres se habían recluido en el salón y bordaban y tejían en previsión al largo invierno. Los hombres que quedaban en el castillo se dedicaban a las labores de abastecimiento, apilando grano y, sobre todo, escondiéndose en la destilería. Los observé desde la ventana del despacho de Kieran con algo muy parecido a la envidia. Añoraba a Sarah, sus largas conversaciones frente a varias botellas de cerveza en el pequeño salón de nuestro apartamento, y deseé con fuerza volver a verla. Mi anillo brilló tornándose de un color agranatado y supe que ya estaba cerca de conseguirlo. Me giré y curioseé en las estanterías buscando algún libro con el que entretenerme. Conseguí algo mejor.

Cogí un pesado reloj de madera y bronce finamente tallado y lo arrullé con amor. Curioseé su maquinaria oxidada y por fin encontré algo valioso que hacer. Lo envolví con cuidado en un paño y bajé a las cocinas. Era el único lugar del castillo que tenía una mesa tan amplia como para desmontarlo y extender las piezas con el fin de tenerlas todas a la vista mientras lo reparaba.

Aluinn me observó con curiosidad cuando entré en sus dominios.

–Me imagino que eso que traéis acunándolo junto a vuestro pecho no será un cervatillo para la cena ¿no? –preguntó enarcando una ceja con gesto divertido.

Yo lo miré horrorizada.

–No –exclamé pensando en los bellos animales que en ocasiones servían como alimento al clan–. Es algo mucho mejor. –Deposité el objeto sobre la mesa y destapé el paño–. Un reloj.

–¿Y qué pensáis hacer con ese instrumento? Ni siquiera funcionaba cuando lo trajo Kieran. –Me miró con franco escepticismo.

–Repararlo. Es necesario saber en la hora en la que estamos –señalé ignorando su ceja enarcada.

–Y eso, ¿para qué?

–Pues… –Me quedé sin palabras, yo jamás había vivido sin un reloj que guiara cada hora de mi existencia–. Porque sí.

–Bueno –replicó él rascándose la barbilla–, si pensáis que podéis revivirlo no os molestaré.

Me dejó sumida en la intrincada maquinaria del reloj, mientras me observaba de forma subrepticia sin entender del todo qué me proponía. Me centré en lo que tenía frente a mí. Jamás había arreglado un reloj antes, pero sí reparado alguna caja de música con mecanismos similares. Puede que lo consiguiera, en el peor de los casos, se quedaría como estaba y no habría más problema.

Pasé varias horas concentrada en el intrincado conjunto de tuercas y pequeñas poleas sujetas por un fino alambre, utilizando la *siang dhu* como destornillador, palanca y martillo, mientras me alimentaba de forma ausente con lo que Aluinn depositaba con cuidado y en silencio junto a mí. Finalmente cerré la tapa despacio, atornillándola, y giré el pesado reloj de pared. Era un diseño bávaro, con toda probabilidad de principios del siglo XIV, la esfera estaba decorada con una imagen de un bosque con pequeños relieves lacados en fuertes colores de gran realismo, incluso se podía percibir un pájaro de brillantes alas azules y amarillas en el fondo verde. La carcasa era de madera cubierta por un cristal que permitía su apertura para poner en hora las manecillas de latón y de ella pendía un péndulo en bronce.

—*¡Voilá!* —exclamé cuando escuché el añorado tic-tac rítmico que marcaba el paso del tiempo.

Aluinn se giró sorprendido y se acercó algo temeroso al reloj.

—Lo habéis conseguido —murmuró incrédulo.

—¡Ajá! —declamé triunfante cogiendo la jarra de cerveza que estaba sobre la mesa y apurándola hasta el fondo.

Aluinn seguía observando el reloj con algo muy parecido al respeto reverencial por algo que es desconocido.

—*Omnes feriunt, ultima necat* —susurró leyendo la inscripción que había limpiado y dejado visible en la base del reloj.

—¿Qué significa? —pregunté con curiosidad, solo entendí una palabra que no tenía sentido sin el resto.

—Todas las horas hieren, la última mata —pronunció con voz suave volviendo su mirada hacia mí.

Me estremecí y observé el reloj con más atención, pensando que quizá no había sido tan buena idea volverlo a poner en marcha.

—Pasa lo mismo cuando uno se emborracha, todas las copas sientan bien, excepto la última, que es en la que crees morir —dije en un intento de quitarle importancia.

—Sí, *mo nighean*, pero no llega a matar —musitó y volvió a sus quehaceres sin pronunciar nada más.

El fantasma de la próxima guerra sobrevoló sobre nosotros enturbiando el cálido ambiente de la cocina, aspirando el aire y contaminándolo con el miedo y la muerte. Cogí el reloj, lo envolví de nuevo en el paño y salí en silencio. Subí hasta el despacho de Kieran y en un acto rebelde abrí la puerta de la esfera y paré el reloj como sin con eso pudiera detener el tiempo. Después corrí hasta nuestra habitación y me acosté. Y recé por primera vez en mi vida, recordando los rostros de la gente que ahora era mi familia, que me rodeaba, que ya formaban parte de mí, suplicando por un destino incierto que se aproximaba con la rapidez de un depredador hambriento.

Desperté al amanecer del día siguiente con el rítmico sonido de la lluvia golpeando los cristales. Dejé que me arrullara acomodándome más en la cálida cama, sintiéndome afortunada por no estar en el exterior. Y descubrí con asombro que en verdad me sentía cómoda en aquella época austera y sin privilegios tecnológicos. Si bien era cierto que añoraba ciertas cosas como la música, los libros o una película, me sentía como si realmente encajara en ese siglo. La brutal sinceridad y ausencia de convencionalismos que me rodeaba hacía que mirara con desprecio el futuro en el que la sombra de la hipocresía era tan común. Nunca había tenido nada valioso o deseado, me conformaba con vivir el día a día trabajando y ahorrando lo imprescindible para poder llegar con algo de holgura a fin de mes. Aquí seguía sin tener nada, ni siquiera un penique, sin embargo, no lo necesitaba. Tenía un hogar, gente a la que apreciaba y sobre todo a Kieran. Cerré los ojos recordándolo y sonreí de forma perezosa. Y supe que la apacible y reconfortante calidez que me envolvió era algo muy parecido a la felicidad. Suspiré con placer y sentí que, por primera vez, mi vida tenía sentido.

Pasé el resto del día con una sonrisa algo estúpida instalada en mi rostro, ayudando a las mujeres a cuidar de sus hijos pequeños mientras ellas realizaban sus labores. Al atardecer, después de tomar un ligero refrigerio subí a la habitación con intención de leer un poco y acostarme temprano. Si había suerte, al día siguiente regresaría Kieran.

Un golpe en la puerta me sacó de mi ensimismamiento y giré el rostro asomándome por detrás del butacón junto al fuego con un gesto amable, que se quedó congelado a mitad de camino, convirtiéndose en una mueca. Era Caitlen.

Me levanté algo molesta. Hacía días que procuraba ignorarme y no la había visto intentar acercarse a Kieran. No tenía idea de lo que se proponía viniendo a nuestra habitación.

—¡¿Qué le habéis hecho?! —gritó agitando una mano sobre mi rostro mientras la otra permanecía escondida en su espalda.

—¿A quién? —pregunté con sorpresa.

—¡A Kieran! ¿Quién si no?

—No le he hecho nada. Supongo que conoceréis que está con los Macdonalds.

—No intentéis distraerme con vuestras palabras, sabéis perfectamente a lo que me refiero. Sois una *bean sith* —pronunció con los ojos entornados—. Una bruja, lo habéis hechizado para separarlo de mí.

—Yo no he hecho tal cosa —argüí con energía, aunque noté un súbito temblor en todo mi cuerpo, y el dedo en el que portaba el anillo comenzó a hormiguear en señal de peligro.

—Sí lo habéis hecho. Él me amaba, era mío y vos me lo habéis arrebatado. —Jadeaba y su pecho subía y bajaba al ritmo de una respiración furiosa y entrecortada. Me fijé con atención y vi sus ojos algo desenfocados. Me pregunté si habría bebido antes de enfrentarse a mí. No era una mujer estúpida, sabía que yo era la esposa del jefe del clan y que aquello tendría consecuencias.

—Os repito que yo no he hecho nada de lo que me acusáis. Ni soy bruja ni tengo conocimiento ni contacto con ninguna de ellas —afirmé con vehemencia—. Retirad ahora mismo esas acusaciones contra mí —exigí con voz firme.

—¡Sí lo sois! Pero yo no os tengo miedo. Cuando desaparezcáis volverá a ser mío, como lo ha sido siempre —barbotó, desafiándome.

La miré con estupor, pensando en arrastrarla fuera de la habitación de un puntapié. No sería difícil, le sacaba más de una cabeza y mi cuerpo bullía con furia apenas contenida.

—No voy a desaparecer —dije, sin embargo, ocultando mi furia pronunciándolo con deliberada suavidad, viendo el brillo de locura en sus ojos esmeralda.

—Lo haréis. —Bajó el tono de voz hasta que me costó escucharla con claridad—. Yo lo haré, lo haré y él volverá a mí.

—¿Y cómo pensáis hacerlo? —Lo pregunté por mera curiosidad, observándola con detenimiento y preguntándome si habría enloquecido. Era peligrosa, pero yo no alcanzaba a percibir todavía cuánto.

—Así —escupió con una sonrisa demente en el rostro. Mostró la mano escondida en su espalda y me apuntó con el cañón de una pistola, algo más pequeña que las que portaban los hombres, pero desde luego igual de mortífera que ellas.

Mi mente se bloqueó y pensé que estaba incursa de nuevo en la irrealidad. Sentí que un súbito ataque de histeria iba a brotar de mis labios en forma de rotundas carcajadas.

—¿Qué demonios…? —No pude acabar la frase. El repentino destello, junto con el estruendo del disparo y el chasquido de la pólvora al quemarse y prender, nos cegó a ambas. Ni siquiera sentí el impacto, solo noté un extraño aturdimiento producido por el humo, que me impedía respirar y ver con claridad. Caí al suelo de rodillas y pensé de forma absurda e ilógica que si mi última palabra en la Tierra iba a ser «demonios» iba camino del infierno sin hacer una mísera parada en el Purgatorio para expiar mis múltiples pecados.

No me dio tiempo a recuperarme antes de notar el empuje de su cuerpo sobre el mío. Caí de espaldas golpeándome el brazo y gimiendo de dolor ante el contacto con la dura piedra del suelo. Ella se debatía sobre mí con furia aprovechando mi desconcierto. Me golpeó la cara y me tiró del pelo mientras yo pensaba de forma incoherente qué hacer para quitármela de encima. Algo distrajo su atención un momento y sus ojos brillaron en la opaca oscuridad del humo picante de la pólvora. Alcanzó con una mano la daga que Kieran me había regalado y que descansaba en la mesilla, para enarbolarla sobre mi rostro de forma triunfante. Parpadeé confundida y la furia me invadió. Me incorporé sujetándome el brazo y la empujé dejándola tirada a un costado de mi cuerpo. El poder vibró en mi pecho creciendo y absorbiéndome. Me arrojé sobre ella sin ningún tipo de elegancia intentando desarmarla con una sola mano. Le sujeté la muñeca y la apreté contra la piedra golpeándola una y otra vez hasta que soltó la daga con un quejido. Era mucho más fuerte que ella, mi poder me daba vigor, mi poder me estaba consumiendo. Mis ojos se oscurecieron y vi el miedo reflejado en su rostro. Intentó levantarse y yo hice presión sobre su cuerpo dejándola de nuevo tumbada. Agitó sus manos y me arañó la cara. Me revolví y cogí su cuello con la única mano que todavía respondía a las órdenes de mi poder que creció hasta que se convirtió en una bola de fuego en mi interior. Apreté con fuerza y ella boqueó desesperada en busca de aire.

—Habéis intentado matarme. No una, sino dos veces. No habrá una tercera —susurré respirando de forma agitada junto a su rostro.

—Yo no fui la que… —farfulló sin aliento.

No la creí ni por un instante. Fijé mi vista en sus ojos verdes percibiendo el terror en su mirada. Flexioné mis dedos sobre su blanco y delgado cuello hasta que noté la tráquea aprisionada entre mi mano. Sus piernas se agitaron y sus manos intentaron levantarse de nuevo. Solo tuve que apretar un instante más. Sentí los músculos de su cuello tensarse bajo mi mano y la delgada capa de piel que protegía su garganta cubriéndose de sudor frío. Hice presión y su tráquea se partió con un simple golpe de mi mano. Se agitó una vez más abriendo la boca en un acto reflejo de supervivencia y murió con los bellos ojos verdes fijos en mi rostro enloquecido.

Aparté la mano temblando aterrorizada. El anillo refulgía en un negro azabache atrapando la débil luz de la chimenea. Mi poder se estaba apoderando de mi cuerpo aspirando los últimos retazos de cordura que me quedaban. Me obligué a respirar con normalidad. Dejé la mente en blanco y conté despacio hasta que sentí que el fuego que ardía dentro de mi pecho se apagaba. Miré de nuevo el rostro cubierto por la mueca burlona de la muerte de Caitlen y me levanté tambaleándome.

La puerta se abrió de improviso y Cailen entró junto con Elinor. Ambos se quedaron parados observando la tétrica escena con estupor.

Los miré como si fuera la primera vez que los veía y me froté la cara con la mano. Sangre. Había sangre. Volví de nuevo mi rostro al cadáver de Caitlen buscando alguna herida. Un dolor punzante hizo que me sujetara el hombro e intentara levantar mi mano izquierda. Era mi sangre. Goteaba deslizándose y empapando el tejido del camisón hasta resbalar por la piel de mi mano y terminar en el suelo de piedra, donde se quedó formando un pequeño charco carmesí oscuro.

—¡Estáis herida! —exclamó Elinor acercándose presurosa hacia mí.

—Ella está muerta —señalé con la cabeza hacia Caitlen.

—Es cierto, hija mía —dijo Elinor separando la tela de lino de mi piel—. Por ella ya no podemos hacer nada, pero por vos sí. Cailen, cógela —ordenó a su hijo, que me observaba con un gesto de terror en sus ojos azules—, ya sabes lo que tienes que hacer. Que no te vea nadie. Nadie debe conocer lo que ha sucedido.

Si de alguien había heredado Kieran sus dotes de mando y organización, en ese mismo momento tuve perfectamente claro que había sido de su madre. En pocos minutos me había sentado en la cama y limpiado la herida. Cailen había desaparecido amparado en la oscuridad de la noche escocesa con el cadáver de Caitlen en brazos. La posta de metal me había herido el hombro arrastrando la piel y se veía con total nitidez parte del músculo. Aparté la vista con asco.

—Tengo que coserte, dolerá bastante —me advirtió—. ¿Queréis tomar algo antes de que lo haga?

No supe a qué se refería, si a whisky o a algún tipo de adormidera como el opio. Negué con la cabeza. Me sentía aturdida y extrañamente alejada de mi cuerpo, viéndolo todo desde el exterior. Pero tenía razón. Dolía mucho. Dolía más de lo que pude soportar. Me desmayé antes de que terminara.

Desperté al alba del día siguiente en una habitación que no reconocí. Elinor estaba sentada en un butacón junto a una ventana. Me giré y al instante percibí el dolor sordo en mi brazo herido, el palpitar de la sangre y la piel tirante, como si este hubiera aumentado su tamaño. Gemí y Elinor se giró para observarme.

—¿Cómo os encontráis? —inquirió con suavidad, levantándose para posar una mano sobre mi frente.

—La he matado —fue lo único que dije cuando recordé con claridad los hechos acontecidos la noche anterior.

—Sí, pero ella había intentado lo mismo con vos sin conseguirlo. No debéis temer. Ahora estáis a salvo —expresó con dulzura.

Ya había perdido la cuenta de cuántas veces me habían dicho lo mismo en dos meses y ninguna había tenido sentido. Una y otra vez volvían a intentar acabar con mi vida, de una forma u otra. Temí que eso se convirtiera en una macabra costumbre.

Me ofreció un vaso de agua y bebí con avidez. Al poco tiempo sentí como me adormecía de nuevo y supe que había añadido algo para obligarme a descansar.

Abrí los ojos varias horas más tarde. Creí que estaba sola hasta que escuché carraspear a un hombre sentado en el suelo junto al fuego. Me asomé tímidamente al borde de la cama. Era Cailen. No hice ningún movimiento más. El brazo me ardía, pero era soportable, supuse que junto con la adormidera, Elinor había incluido algún tipo de calmante. Me puse de espaldas y miré el techo de piedra. Levanté mi mano y observé el anillo de bruja, había vuelto a su color azul cielo. El peligro había pasado. Pero eso no era ningún consuelo. Había matado a otro ser humano. Había acabado con la vida de otra persona. Y como me había explicado mi abuela, esta vez no sentí el profundo cansancio que me llevaba hasta el borde del abismo, sino que me sentía más viva que nunca. Y eso fue lo que más me asustó. Quise llorar, pero las lágrimas no acudieron a mis ojos. Me sentía completamente vacía y a la vez llena de fuerza y poder. La mezcla era estimulante y aterradora.

Sentí la presencia de otra persona en la habitación de forma palpable e intensa y busqué con la mirada. Mi abuela se aproximó a la cama y se inclinó sobre mí.

–¿Lo entiendes ahora? –susurró.

Asentí con la cabeza.

–No debes culparte. Has matado para preservar tu vida –dijo con voz cascada–, pero no debes volver a hacerlo.

–¿Por qué? –pregunté sin pronunciar palabra.

–Porque eso puede acabar con tu humanidad –sentenció desapareciendo entre las sombras.

Desperté de nuevo al atardecer. Esta vez estaba acompañada de Jeannie que bordaba a la débil luz de un candelabro de plata de tres brazos, mientras el pequeño gateador recorría la habitación de cabo a rabo, esbozando cada poco gruñidos de protesta ante algo que le incomodaba y de satisfacción cuando encontraba algo que llevarse a la boca.

–¿Me ayudáis a levantarme? –inquirí graznando roncamente.

Jeannie dio un respingo y me miró por primera vez.

–No creo que eso sea…

–Necesito salir de la cama.

Después de vacilar un instante, me ayudó a incorporarme. Tuvo que ayudarme también a vestirme, ya que mi brazo izquierdo estaba inservible. Con paso tambaleante me dejé arrastrar hasta la sala de costura. Solo estaban Elinor, Morag, que jugaba con su muñeca en el suelo, y Cailen con gesto concentrado en el fuego de la chimenea. Me senté en silencio en una silla junto a Elinor. Ella me observó preocupada pero no dijo nada, suspiró levemente e inclinó su rostro sobre el tapiz que bordaba. Cailen me miró con temor y yo le devolví una sonrisa tranquilizándolo, pero él no mudó el semblante. Morag me saludó con alegría y siguió concentrada en sus juegos infantiles. Cogí un libro, que reposaba en la pequeña mesa del centro, y bajé el rostro intentando seguir aunque fuera la primera estrofa.

Al poco rato desvié la vista hacia el fuego de turba que ardía en la pequeña chimenea de piedra y me estremecí. Me arropé más con el chal de lana, pero aun así seguía sintiendo frío, un frío helador que recorría todo mi cuerpo como si mi sangre se hubiera convertido en un río de escarcha. Elinor no hizo ningún movimiento, continuó tejiendo con total calma. La observé un momento, sentada junto a mí, en otro de los sillones festoneados en satén con dibujos de lirios. Busqué algo de tranquilidad en su apostura. No la encontré.

–Los hombres han regresado –exclamó de improviso sin levantar la vista del bordado.

–¿Cómo…? –No llegué a terminar la pregunta, y pensé si ella también tenía algún poder oculto. La puerta se abrió de pronto y Kieran emergió en el pequeño salón sacudiéndose el pelo húmedo y frotándose las manos.

Ambas lo miramos y él sonrió de forma ladeada acercándose al fuego para calentarse. Extendió ambas manos y se giró hacia nosotras. Su madre inclinó la cabeza con dulzura.

–¿Algún problema? –preguntó.

–Nada que destacar –señaló él mirándome a mí. Yo agaché otra vez la cabeza sobre el libro que intentaba leer y del que no había conseguido pasar ni una sola hoja. Intenté aparentar tranquilidad y simplemente lo ignoré. Escuché sus pasos acercándose y oculté todavía más el rostro tras el pequeño libro encuadernado en piel marrón.

–¿Qué ha sucedido? –inquirió con deliberada suavidad frente a mí.

–Nada –contesté sin mirarle. No podía enfrentarme a sus ojos. Si lo miraba, estallaría todo mi dolor y mi culpa. No podía permitirlo.

–¿Qué ha sucedido? –repitió con voz ronca.

No respondí y él se inclinó sobre mí y me sujetó por el brazo herido. Gemí en voz alta e intenté deshacerme de su sujeción. Apartó la mano y retrocedió un paso. Levanté el rostro y fruncí los labios con determinación. Kieran se pasó la mano por el pelo oscuro esparciendo gotas de agua que quedaron flotando en la penumbra de la habitación, se rascó la barbilla y entrecerró los ojos. Fue demasiado rápido. No lo vi venir. Se inclinó otra vez sobre mí y me apartó el chal que me cubría. Fijó su vista en el brazo doblado sobre mi regazo y de un golpe brusco rasgó la manga de la blusa desde el hombro dejando ver mi antebrazo vendado. Yo me erguí por la sorpresa y me aparté hundiéndome un poco más en el sofá.

–¿Quién te ha herido? –espetó con un tono de furia implícito en la suavidad de sus palabras.

–No ha sido nada de importancia –farfullé evitando su respuesta y recurriendo a su expresión anterior. Me mordí el labio ante su gesto de total escepticismo.

–Madre –bramó con la voz cada vez más ronca y grave.

–No diré nada –fue lo único que contestó ella.

Kieran masculló una maldición en gaélico y me cogió el rostro por la barbilla obligándome a mirarlo. Me mantuvo unos instantes así y yo tuve de nuevo la sensación de que podía ver mucho más de lo que yo intentaba ocultar. La culpa y el dolor me atenazaron con violencia. Comencé a temblar y me arrodillé frente a él sujetando su falda de lana con ambas manos llorando.

–¡Mátame! –supliqué–. ¡Debo morir! ¡Mátame! –Apoyé mi rostro en su pierna y gemí. Noté como su cuerpo se tensionaba como una cuerda y escuché el crujido de sus nudillos al contraerse a ambos lados de mi cabeza.

Antes de que él pudiera contestar o reaccionar, una sombra se deslizó desde el rincón y Cailen se arrodilló junto a mí y miró a su hermano. Sacó la *siang dhu* de la media y se la ofreció con el filo apuntando a su corazón.

–*Mo brathair*, soy yo el que debe morir. Ese es mi castigo por no ser hombre como para proteger a tu esposa, cuando ese fue mi cometido. La dejaste a mi cuidado y si no es por ella, ahora estaría muerta –pronunció con voz firme.

Kieran gruñó y nos observó a uno y a otro de forma alternativa.

–¡No! –grité–. ¡Él no tuvo la culpa! ¡Fui yo! ¡Soy una asesina!

Me aferré con más fuerza a su falda intentando evitar que su atención se centrara en su hermano pequeño. Y levanté mi vista hacia él. Él me miró enarcando una ceja oscura sobre sus ojos dorados.

–Está bien –expresó con lentitud, aceptando la daga que le ofrecía su hermano. La volteó con una sola mano y la sujetó por el mango de marfil–, frente a mí tengo a *mo brathair* pequeño, sangre de mi sangre, mi heredero, mi familia, que ha incumplido mis órdenes sabiendo con ello el castigo al que se enfrentaba. Espero que la joven valiera la pena, Cailen –añadió.

Observé que Cailen enrojecía y sus ojos mostraban el dolor y el temor al castigo. Fui a hablar, pero la voz de Kieran me interrumpió.

—Y al otro lado se encuentra mi esposa, que calienta cada noche mi cama y con la que me comprometí frente a Dios y a los hombres. Difícil elección —señaló con calma.

Lo miré con furia y quise golpearle con un puño cierta parte de su anatomía que tenía justo frente a mi rostro. Él adivinó mis pensamientos y se apartó un poco con un brillo peligroso bailando en sus ojos.

—¿Qué debería hacer? —preguntó a nadie en particular—. No me siento Salomón, no puedo quedarme con la mitad de cada uno de vosotros. Así que tendré que elegir a uno como sacrificio.

Su hermano agachó el cabeza, resignado, y yo me levanté de un salto.

—Ni se te ocurra pensarlo —siseé con furia—, es solo un niño. Tu hermano pequeño. ¡Por Dios! Tu familia.

—Kieran —suplicó su hermano todavía de rodillas—, hazlo rápido. Déjame ser un hombre en mis últimos momentos sobre la Tierra.

Miré a Kieran sintiendo que la culpa se iba transformando poco a poco en una furia que se filtraba por cada poro de mi piel. Él me observó expectante y percibí la sombra de una sonrisa en sus ojos comprendiéndolo todo.

—Veo que ya habéis decidido por vosotros mismos —exclamó cogiendo con una sola mano a su hermano del hombro y levantándolo hasta que quedaron frente a frente. Su hermano elevó con valentía su rostro y apretó la mandíbula—. Cailen, al vallado norte. ¡Ahora! —ordenó con brusquedad.

—Pero yo… —comenzó a replicar su hermano. Kieran levantó una mano y ese simple gesto hizo que callara.

—No pensarías que iba a ajusticiar a mi propio hermano, ¿verdad? —le preguntó roncamente.

Suspiré hondo. Yo sí que lo había creído. Kieran me miró entornando los ojos y ladeando la cabeza.

—¡Jesús! —exclamó—, ¿lo creíste?

Asentí con la cabeza sin pronunciar una sola palabra. Sus ojos se entrecerraron todavía más hasta ser solo una línea luminosa en su rostro enfadado. Me sujetó del brazo que no tenía herido.

—Vendrás con nosotros —indicó.

—Yo… no —repliqué.

—Tú sí —contestó él sujetándome con más fuerza y arrastrándome hacia la puerta, donde nos esperaba su hermano. Se paró un momento y se giró hacia su madre—. ¿Dónde está? —inquirió con un tono que hubiera podido congelar el infierno.

—La arrojamos por el acantilado de los muertos —contestó Elinor con suavidad.

—Es el destino que se merecía —dijo Kieran saliendo por la puerta y llevándome junto a él.

Estaba anocheciendo, el cielo se había tornado de un gris plomizo acompañando nuestros mutuos sentimientos. Sin embargo, había dejado de llover, aunque la humedad se filtraba en la tela gruesa de mi vestido como un río helado. Caminamos en silencio hasta la parte posterior de la edificación en piedra y paramos frente a un vallado que contenía un puñado de vacas pastando totalmente ajenas a nosotros.

—Inclínate, Cailen —ordenó Kieran soltándome el brazo.

—Soy un hombre —contestó su hermano mirándolo con fijeza.

Kieran valoró la observación con gesto hosco y al fin asintió.

—¿Qué vas a hacer? —pregunté desconcertada.

—Castigarlo —respondió sin mirarme. Se acercó al vallado y desató una larga correa de piel. La agitó en el aire y golpeó en una piedra con un chasquido.

—¡Oh por Judas Iscariote! ¿No serás capaz de…?–exclamé con voz aguda. Él me miró con furia y yo me mordí la lengua.

—No quiero verlo –señalé girándome para volver a la calidez del castillo.

Un brazo de hierro me sujetó por la cintura y me obligó a retroceder.

—Lo verás. Tienes que verlo para entenderlo –siseó en mi oído.

—¿Entenderlo? –pregunté más sorprendida que asustada.

Él no contestó, toda su atención se había centrado en su hermano, que se había deshecho de la camisa de lino y dejado caer el *plaid* a un costado. Se apoyó sobre la valla de madera ofreciéndonos su espalda, sujetando en una de sus manos el broche de plata que lo identificaba como un Mackinnon.

—Veinticinco azotes serán suficientes –indicó Kieran y, sin esperar respuesta, chasqueó la cinta de cuero y lanzó el primer golpe sobre la espalda tensionada de su hermano pequeño.

Gemí en voz alta y me abracé percibiendo mi propia debilidad. Cailen ni siquiera suspiró, solo sus nudillos blancos sujetando la madera mostraban el dolor de su espalda. Quise concentrarme y enviarle algo de consuelo, pero estaba bloqueada con la mirada fija en el látigo que volaba una y otra vez sobre la espalda blanca que se estaba tornando de un color carmesí casi violáceo en los costados. Alargué mi mano y la posé sobre el hombro de Kieran. Noté la tensión de su cuerpo y la tela fría al contacto, pegada a su piel sudorosa. Él paró un momento respirando con agitación, pero no se giró. Y me di cuenta de que para él era más difícil aplicar el castigo que para su hermano sufrirlo. A la vez que percibí que no era la primera vez que lo hacía. Manejaba la tira de cuero con la precisión de un torturador experimentado, sin dañar completamente la piel, dejando que esta cayera sobre la carne de forma plana para no cortar.

Una eternidad. Fue una eternidad en la que el tiempo dejó de girar y todo se volvió estático. En un momento surrealista fijé mi vista en una de las vacas que se había acercado curiosa a observar el tétrico espectáculo y deseé tener la capacidad de olvidar con la facilidad que tenían esos animales.

Comprendí que él estaba recibiendo un castigo del que yo era merecedora. Yo era la que no había sabido predecir lo que sucedería con Caitlen una vez que esta viera la oportunidad de dañarme de nuevo sin la presencia de Kieran para protegerme. Yo era la que había terminado con su vida. Yo era la que merecía recibir los veinticinco latigazos. Me pregunté qué me hubiera sucedido de encontrarme en mi época, la detención y reclusión en una cárcel esperando al juicio y, si tenía suerte, alegar defensa propia y salir libre. En el peor de los casos una larga condena encerrada. Quedaría marcada de por vida.

Lo pensé con detenimiento, quizá no fuera tan mala idea el azotar a la gente. Al principio lo había mirado con asco, despreciando las costumbres bárbaras y primitivas, pero mi época también podía resultar muy cruel en determinados aspectos. El sistema de clanes era medieval, se delinquía, recibías el castigo y con él la redención. En cierta forma era una forma mucho más directa y sincera de acatar el problema. Los hombres juraban lealtad por sangre a su jefe y este les respondía protegiéndoles e impartiendo justicia. Las mujeres se limitaban a mantenerse al margen, dejando que los hombres decidieran por ellas y en muchos casos se castigaba al marido por los pecados de su esposa. Pero esta vez yo había llegado demasiado lejos. Había matado. Había asesinado y la realidad del hecho en sí mismo se hizo tan patente que comencé a temblar de forma desesperada. No, el recibir el castigo físico no supondría ningún consuelo, porque mi mente se encargaría de torturarme el resto de mi vida por ello.

Kieran se giró de improviso cuando finalizó. Se acercó a mí y no pareció reparar en mi mirada perdida en mis pensamientos sobre la justicia. Me cogió del brazo y me llevó hasta nuestra habitación en silencio. Su cuerpo tenso junto a mí me mostró el grado de enfado que su rostro ocultaba. Cerró la puerta en silencio y se enfrentó a mí. Pero yo no lo miraba, mi vista estaba fija en el suelo donde había visto por última vez el cadáver de Caitlen, como si me negara a que aquello hubiera sucedido en la realidad. Supe que estaba al borde de un ataque de pánico y comencé a respirar de forma agitada buscando aire y resollando sin llegar a encontrarlo.

—La he matado —pronuncié entre jadeos sintiendo que me mareaba, buscando su confirmación.

Me sujetó el rostro con las manos.

—¿Lo entiendes ahora?

Negué con la cabeza y el se pasó la mano por el pelo intentando calmarse.

—Alana, el castigo corporal es lo más leve que te puede suceder.

—La maté, no hay castigo para eso.

—Alana —insistió con voz perentoria—. No me refiero a eso, me refiero a que si alguien descubre qué eres o qué has provocado no sé si podré protegerte. No se conformarán con unos cuantos azotes.

Comencé a temblar sin poder controlarme.

—Dime qué sucedió —pidió con voz suave.

—La he matado —repetí como si él no me hubiera escuchado la primera vez.

—Alana, eso lo sé, pero quiero que tú me lo cuentes.

Me sujeté el brazo herido con una mano y me balanceé a punto de caer al suelo. Kieran me apoyó contra su pecho. Hablé con voz entrecortada y vacilante intentando explicar lo que recordaba de aquella noche, cómo había infravalorado su odio hacia mí y cómo no pude predecir lo que hizo Caitlen. Él me escuchó en silencio, chasqueando la lengua cada poco.

—Está claro que utilizaste tu poder. No hubieras podido partirle el cuello con un brazo inmovilizado —indicó roncamente.

Asentí con la cabeza y lo miré a los ojos.

—Lo hice y eso es lo más miedo me da. Fue… —mascullé una maldición—. Fue liberador. El poder creció haciéndome más fuerte, casi invencible. Sentí tanta furia que hubiera podido enfrentarme a un ejército completamente sola. Y eso es terrorífico, Kieran. ¿Qué soy en realidad? Maté a otra persona, no hay nada que justifique eso.

—Ella intentaba matarte a ti, yo veo una justificación real —señaló.

—No —negué enérgicamente con la cabeza—. Nada puede justificar la muerte de otro ser. Le arrebaté la vida solo con mi mano.

—Alana. —Me levantó el rostro para que lo mirara—. Si mi vida hubiera estado en peligro ¿habrías hecho lo mismo?

—Por supuesto —respondí sin vacilar. Y al instante me aparté de él y respiré sin llegar a respirar. Lo habría hecho sin dudarlo.

—Entonces, ¿por qué te culpas? ¿Crees que tu propia vida tiene menos valor que la mía? —expresó con voz profunda.

Las lágrimas se liberaron de mis ojos ofreciéndome el consuelo y el reconocimiento del hecho que estaba buscando.

—¿Sabes, Kieran?

—¿Qué?

—Tienes una mente maquiavélica —señalé.

—«Mas vale hacer y arrepentirse que no hacer y arrepentirse» —contestó citando a Nicolás Maquiavelo y esbozando una sonrisa. Lo que hizo, que a mi pesar, yo se la devolviera–. Pero procura controlar tu poder de ahora en adelante.

–No lo volveré a utilizar –juré.

No supe que pronto me iba a retractar de mi propio juramento.

–Bien. Y ahora, ven –expresó deshaciendo la lazada de mi corpiño–, te he echado mucho de menos.

–¿Cómo cuánto? –pregunté sintiendo sus hábiles manos rozando mi carne expuesta a él.

–Te lo demostraré –dijo tendiéndome con sumo cuidado en la cama.

Y durante mucho tiempo no hubo más palabras. Me amó con deliberada lentitud y ternura, llevándose con él el dolor y la rabia que sentía contra mi propia persona. Finalmente me recostó acomodándome contra su pecho y suspiró con placer revolviendo mi pelo.

–¿Cómo lo consigues? –inquirí en un susurro.

Y él supo a lo que me refería.

–Nunca lo olvidas. Jamás olvidarás el rostro de Caitlen, su mirada atrapando tu furia y el reconocimiento de su muerte en sus ojos serán un reflejo de tu mirada toda tu vida. Pero aprenderás a vivir con ello. De cada persona a la que matas queda una parte de la esencia de su alma en ti, te acompañará siempre, y cuando menos te lo esperes lo recordarás de nuevo nítidamente, como si aquello acabara de suceder–. Suspiró como si recreara algo concreto en su mente. –Pero me tienes a mí, *mo aingeal*, me tienes a mí para arrancarte de las pesadillas.

Me dormí acunada entre sus brazos y creyendo con firmeza que sin él a mi lado habría enloquecido por la culpa.

Al día siguiente, el mar escupió el cuerpo de Caitlen henchido, desfigurado y cubierto de algas a la misma playa de piedras negras en la que yo había aparecido. Se celebró un rápido funeral y entierro al que asistimos todos los habitantes del castillo. Permanecí fuertemente sujeta por el brazo de Kieran durante todo el proceso, intentando imitar sin demasiada fortuna su gesto pétreo e indiferente ante las miradas de soslayo que me observaban sin disimulo alguno. Todos murmuraban la extraña desaparición y todavía más extraña muerte de la joven. Había vivido allí varios años y muchos la apreciaban y querían, sin llegar a comprender cómo había hecho para caer al mar y terminar ahogada. No había señales de lucha en su cuerpo. La marca ennegrecida en torno a su cuello había sido disimulada por los rigores del mar embravecido que la había castigado durante dos días.

El ambiente del castillo se enrareció y la sombra de la sospecha quedó prendida sobre mi cabeza como una estola que señalara quien había sido la culpable de tal infamia. Sin embargo, nadie se atrevió a pronunciar la palabra asesina en voz alta o en mi presencia. Tenían demasiado miedo o demasiado respeto a Kieran y yo fui plenamente consciente que de no ser por su firme protección y la de los que conocían lo que sucedió, me hubieran ajusticiado sin darme tiempo ni a decir amén.

Me recluí en la habitación el máximo tiempo posible, dejando que mi brazo se curara y que mi alma encontrara la calma necesaria para poder mirar a la gente sin que mis ojos brillaran de temor.

Kieran intentaba estar junto a mí durante los breves espacios que le dejaban sus quehaceres en el castillo y el entrenamiento al que estaba sometiendo a sus hombres de cara a la próxima campaña de guerra.

Sentí el golpe del aire frío del corredor cuando abrió la puerta y percibí su presencia antes de verlo. Se sentó en la silla de madera junto a mí, que me encontraba cerca del fuego, con un quejido y me miró esbozando una sonrisa ladeada. Yo dejé a un lado el objeto que tenía sobre mis piernas y lo miré.

–¿Estás cosiendo? –preguntó con un gesto muy parecido a la incredulidad más absoluta.

Sonreí algo molesta.

–Estoy intentando hacer una nueva muñeca a Morag. No sé bordar, pero algo recuerdo de cómo se debe enhebrar una aguja y pasar el hilo –señalé intentando esconder lo que de momento era un simple saquito de hilo relleno de pluma que iba a ser el torso de la muñeca.

–Bueno. –Se relajó tendiéndose sobre el respaldo y entrecerró los ojos en dirección al fuego–. Supongo que es más adecuado que dedicarte a reparar relojes.

Refunfuñé como una niña pillada en una travesura.

–Aluinn te lo ha contado –indiqué.

–Sí, ya sabes que aquí no hay secretos. –Giró el rostro y me miró–. Aunque también sabemos ocultar lo que no debe ser conocido –añadió para mi tranquilidad.

–¿Has escuchado algo que me comprometa? –inquirí con temor.

–No, aunque sé que está en la mente de todos. No saben lo que sucedió, pero sí que tú tuviste algo que ver, aunque reconocen que Caitlen se estaba buscando problemas y últimamente se había vuelto demasiado imprudente. Muchos no se atreven a decir nada porque en el fondo comprenden que tuviste demasiada paciencia con ella, aunque nunca lo reconozcan –explicó de forma serena y tranquila.

Suspiré con fuerza y observé su cuerpo tenso. Algo le preocupaba. Si no era el asunto de Caitlen, había otra cosa.

–¿Qué sucede?

Él permaneció en silencio unos instantes y finalmente tendió su mano abierta en mi dirección. Yo deposité la mía en ella y sentí como se cerraba apretándola con cariño.

–Mi madre quiere que lleve a Cailen con nosotros –soltó con brusquedad.

Me incliné hacia delante y lo miré con estupor sin soltar su mano.

–Pero ¡es su madre! –exclamé–. ¿Cómo es posible que lo quiera enviar a la guerra? No lo entiendo. Debería obligarte a dejarlo aquí.

–Eso he intentado explicarle yo. No quiero que nos acompañe. Tiene diecisiete años y aunque sabe luchar es todavía demasiado joven para enfrentarse a una batalla. Es demasiado joven para morir –expresó con voz cansada.

–Tú tenías diecisiete años cuando luchaste por primera vez, Kieran –señalé con cautela.

–Sí, pero yo soy diferente. Me criaron y educaron para guiar al clan, para ser su jefe. Me he ejercitado con las armas desde que pude sostenerme sobre las piernas.

–Y Cailen no –aventuré.

–Conoce el manejo del arco y la espada. Dispara bastante bien con mosquete y pistola. No, no es eso. Cailen nunca será un soldado ¿lo entiendes? No está en su carácter.

–No temes la batalla, temes las consecuencias a ella. Te da miedo que eso lo cambie y deje de ser la persona que conoces.

–Sí.

–Pero tu madre quiere que lo lleves para que él no se sienta apartado, para que lo conviertas definitivamente en un hombre, para que no lo humilles y los hombres no lo vean como un sucesor a ti si tú no sobrevives –indiqué con tristeza.

–Exacto. ¿Puedes ver lo que pienso?

–No, pero puedo leer tu rostro y ver el interior de tus ojos. Se llama empatía –contesté con suavidad.

–Empatía. Bonita palabra –susurró perdiéndose de nuevo en sus pensamientos.

Lo dejé un momento tranquilo meditando la decisión que debía tomar y la que ya había tomado Elinor ofreciendo a su hijo menor como sacrificio en aras de un futuro para su clan. Pegué un respingo cuando volvió a hablar.

—Mira —dijo girando mi alianza para que el fuego iluminara las bellas ramificaciones con el cardo escocés entrelazadas grabadas en plata—, las hizo él. Es muy bueno trabajando con las manos. Tiene talento para la música y me consta, aunque a nadie se lo ha confesado, que se dedica a escribir en sus ratos libres. Es un erudito, un poeta, un hombre de arte, no es un soldado. La guerra lo destrozará y jamás volverá a ser el mismo. Sin embargo, si no lo llevo nadie confiará en él, no creerán que pueda dirigir el clan y, si yo no regreso, todo se perderá en una lucha de poder sin sentido.

Fijé mi vista en la alianza y descubrí unas palabras grabadas. «*Siorghra*».

—¿Qué significa? ¿Es gaélico? —pregunté distrayéndolo.

—Es irlandés. Lo aprendió de un marinero que encalló en la isla hace unos años. Significa amor eterno —susurró con la mirada fija en mi rostro.

—Yo ni siquiera me había fijado —murmuré dándome cuenta del significado oculto de las palabras.

—Al principio no estaba grabada, le ordené que la transcribiera cuando tú me la arrojaste —explicó sin apartar la mirada.

—*Siorghra*, bonita palabra —susurré.

—Y sincera —apostilló él con una sonrisa.

—Te amo —murmuré con la vista fija en la alianza.

—¿Sabes que es la primera vez que me lo dices?

Lo miré parpadeando como si saliera de un profundo sueño.

—Ahora solo me queda conseguir que lo pronuncies mirándome a mí y no a otro objeto —indicó sonriendo con amplitud.

Me ruboricé y aparté la mirada. Kieran me acarició

la mano trazando pequeños círculos mientras permanecía atento a mi reacción.

—Lo llevaré —pronunció finalmente—, que Dios me ayude, pero no tengo más remedio que llevarlo conmigo. Lucharé a su lado e intentaré protegerlo.

Lo miré en silencio sabiendo lo que le había costado tomar esa decisión.

—¿Qué sabes del Levantamiento, Alana? —inquirió en un brusco cambio de tema.

Cerré los ojos un instante y suspiré.

—No demasiado, en realidad apenas tuvo importancia —murmuré—, tendrá —me corregí—. Habrá una sola batalla en Sheriffmuir.

—Y perderemos. —Era una afirmación.

—En realidad no, aunque tampoco resultareis vencedores —expliqué.

Él me miró sin entender.

—Creo —añadí—, que los jefes escoceses no supieron aprovechar la oportunidad y se replegaron sin llegar a conseguir otra cosa que la pérdida de miles de vidas.

Había estado los últimos días intentando recordar lo que sabía de esa época en concreto, pero había sido inútil, apenas la conocía y solo recordaba el nombre de la batalla, y no precisamente por su importancia histórica sino por una canción de *The Corries*, en la que no dejaban muy bien parado al conde de Mar, el comandante en jefe del ejército jacobita, tildándolo de variable y falto de carácter.

—¿Será una lucha inútil? —preguntó para cerciorarse, como si en realidad no terminara de creérselo.

—Sí.

—Entiendo —murmuró con la vista fija en el fuego, se giró hacia mí un momento después y me sonrió con tristeza—. Partiremos dentro de dos semanas, el ejército se está reuniendo en torno al *Loch Linnhe*. Bajaremos hacia el sur y nos uniremos al contingente de los Stuart.

–¿Cuántos hombres, Kieran?

–Cien, llevaré a cien hombres. Elinor vendrá también, es muy buena curando heridas y no puedo prescindir de su habilidad. Las demás mujeres se quedarán.

–Yo no –exclamé removiéndome en el butacón.

–Tú no –suspiró–. Debería dejarte aquí, pero no puedo separarme de ti. Solo estuve fuera tres días y casi te matan de nuevo. Necesitas mi protección.

Bufé audiblemente y él me miró enarcando una ceja.

–No hagas que me arrepienta –amenazó.

–¿Qué vas a hacer cuando te reúnas con los Mackenzie de Seafort? ¿Cómo vas a explicar mi presencia? –inquirí sabiendo que ese podía ser un peligro aún mayor que la batalla.

–Intentaré negociar con él, le ofreceré parte de mis tierras a cambio de la dote como pago anticipado y después de la guerra…, bueno ya veré de dónde demonios saco todo ese dinero –explicó cogiendo de nuevo mi mano que había comenzado a temblar.

–Sí, pero yo soy Alana y todo el mundo piensa que tu esposa es Magdalen Mackenzie.

–Diré que ya lo sabía, que me desposé contigo conociendo tu verdadera identidad, pero que como estaba prometido a otra mujer tuve que ocultarla para no perder la dote.

–Te acusarán de robo, o de traición o… ni siquiera sé de qué te pueden acusar –expresé con temor.

–*Mo aingeal*, olvídalo, ya pensaremos en ello cuando el problema se presente ante nosotros –dijo con calma. Pero yo sabía que él llevaba dándole vueltas al problema desde que supo la verdad. Y yo no me estaba poniendo la tirita antes de tener la herida, porque la herida era tan cierta que una simple tirita no serviría para ocultar nuestro delito, para los Mackenzie y también para los Mackinnon.

Lo observé un momento y por primera vez me pareció mayor de lo que era. La vida había sido dura con él y su rostro no ocultaba ante mí la preocupación ante nuestro futuro. Me miró con gesto cansado.

–Solo sé una cosa Alana, una vez que te he encontrado no te perderé. Confía en mí –murmuró inclinándose para besarme. Y yo le ofrecí el único consuelo que tenía, mi amor por él.

Los siguientes días el ritmo del castillo se alteró de tal forma que se volvió frenético. Los hombres fueron llegando en pequeños grupos desde sus hogares para ser albergados en el salón y en los establos, mientras se desempolvaban las viejas *claymore* y espadones. Se pulieron los *targue*, los pequeños escudos con puntas de latón y se pertrecharon los caballos de que disponíamos. Unos veinte, el resto de los hombres iría a pie. Las mujeres se afanaron por suplir el trabajo de los hombres, encomendándose a otras tareas más arduas, mostrando una fortaleza asombrosa. Las veía trajinar y organizar la vida del castillo con entereza y sin dejar entrever el miedo que la guerra les producía. Las admiraba en silencio y me retorcía las manos a escondidas sabiendo lo que nos esperaba. Ellas habían vivido siempre con la amenaza de una muerte prematura, una enfermedad, una caída, una refriega entre clanes, cualquier pequeña cosa podía acarrear un desenlace no deseado. Para mí la esperanza de vida se medía de otra forma muy diferente, y el temor a la lucha me desesperaba y me aterraba.

La tarde anterior a nuestra partida me encontraba en la salita de costura con Elinor, ayudándola a clasificar los ungüentos y medicinas que iba a trasportar con ella al campo de batalla. Las dos permanecíamos en silencio perdidas en nuestros pensamientos. Unos gritos hicieron que ambas nos acercáramos a la ventana. En el patio interior, Kieran discutía con Roderick. Durante los últimos días los enfrentamientos y peleas habían sido corrientes entre los hombres, que nerviosos y preocupados, lo expresaban de forma diferente y mucho más relajante que dedicarse a bordar o a recolectar grano. A mí también me hubiera gustado desatar mi miedo dando golpes, aunque fuera a un saco de boxeo.

Los dos hombres estaban uno frente a otro en idéntica posición de lucha, con los brazos fuertemente apretados contra su cuerpo y las cabezas apenas separadas por un palmo. Los observé con atención esperando el siguiente movimiento. No veía a Kieran en todo el día. Apenas dormía, se levantaba al alba y regresaba por la noche con gesto furioso y cansado, que cambiaba en cuanto me tenía entre los brazos. Me amaba de forma desesperada, como si temiese desperdiciar un solo instante de vida, y yo le respondía de la misma forma.

En ese instante, Roderick declamó algo en gaélico a lo que Kieran respondió mascullando en el mismo idioma y gesticulando con los brazos. Ambos entrecerraron los ojos desafiándose. Y mi cerebro vibró con el reconocimiento de un hecho. Gemí levemente llevándome una mano a los labios. Elinor giró su rostro hacia mí y me observó con curiosidad.

—Kieran tiene los ojos de su abuelo, esos extraños ojos dorados, nadie más en mi familia los posee —pronunció con extremada suavidad.

Me giré para enfrentar su mirada.

—Sí, pero la costumbre de entrecerrarlos ciertamente la ha heredado de su padre —señalé con la misma suavidad que ella.

Vi el peligro reflejado en sus bellos ojos azules, pero no hizo ningún otro gesto.

—No debe saberlo nadie, el futuro del clan está basado en ese secreto —expresó con cautela.

—No hablaré. No debéis temer nada de mí —indiqué tranquilizándola.

—No sabéis lo que ocurrió. Tal vez deba…

La interrumpí.

—No voy a juzgaros —aseguré levantando la mano.

Pero ella necesitaba contarlo, lo vi en su mirada y lo sentí al percibir como todo su cuerpo se tensó.

—Yo no amaba a Finnegal, me habían obligado a casarme muy joven y él tampoco me amaba, aunque intenté ser una buena esposa. Quería creer que teniendo un hijo todo cambiaría, pero por mucho que lo intentáramos no lo conseguimos. Roderick era un buen amigo de mi marido, el mejor. Me apoyó cuando Finnegal comenzó a volverse violento. Era tan diferente a mi marido que yo…

No pudo concluir la frase, sentí su vergüenza y le apreté un brazo en señal de complicidad.

—Lo amáis ¿verdad? Lo que en principio fue una aventura se convirtió en una relación clandestina y duradera. No solo es Kieran su hijo, sino que Cailen y Morag también lo son.

—Es cierto. Siempre nos hemos amado —afirmó.

Recordé el rostro de Roderick oscureciéndose recordando su pasado y entendí como un hombre de su condición y atractivo se había mantenido soltero hasta casi su senectud. Me sentí bastante tonta por no haberlo visto antes.

De improviso me sujetó con fuerza por los brazos y me zarandeó.

—Nadie debe saberlo. Nadie —apostilló.

Me solté algo molesta y la miré con fastidio.

—Ya os he dicho que no os juzgo. No diré nada —le increpé.

—Es mi familia. Haré todo lo necesario para protegerla —añadió mirándome con una extraña frialdad en sus ojos azules.

—Creo recordar que vos misma me indicasteis una vez que esta era mi familia también —me defendí.

—Solo espero que lo recordéis, ya que a veces tengo la sensación de que no sois quien afirmáis —espetó de forma sibilina.

Sentí un nudo en el estómago y mis manos temblaron de indignación.

–¿Me estáis amenazando? –pregunté furiosa.

–Creed lo que os plazca, solo os recuerdo el temor con el que miráis las escaleras de caracol que enlazan con vuestras habitaciones. Una caída sería una triste tragedia –señaló con indiferencia.

Sentí que la furia bullía en mi interior y no lo oculté.

–Kieran no os lo perdonaría jamás –añadí hiriéndola de forma certera. Dio un respingo y me miró recobrando la compostura.

–Él no se enteraría nunca –afirmó algo vacilante.

–En eso os equivocáis, a Kieran es imposible ocultarle nada, estoy segura de que es perfectamente conocedor de cuáles son sus orígenes –aseveré alejándome hacia la puerta de la habitación que se había tornado ominosa.

Me sujetó de un brazo y me hizo volverme antes de alcanzar la manilla de bronce.

–¿Creéis eso de veras? –preguntó con temor.

–Sí, pero él tampoco os juzga. Sois vos quien lo hacéis –dije con gesto triste antes de cerrar la puerta tras de mí.

Corrí hasta la salida del castillo. Necesitaba respirar aire que limpiara la sensación de peligro que había percibido en la habitación de costura. Elinor no me había amenazado, me había avisado. Haría cualquier cosa por proteger a su familia. Pero no se había dado cuenta de que su peor enemigo era ella misma. Amaba a Roderick, pero su educación católica la inducía a pensar que ella era la culpable de una situación que se resolvió del mejor modo posible para todos. Jamás se perdonaría el amar a otro que no fuera su marido por muchos años que viviese.

Me dirigí a paso firme hasta las ruinas de *Dun Rigell* con intención de refugiarme en la cueva, pensando que intriga y escocés eran claramente sinónimos.

Kieran me alcanzó sorprendiéndome justo cuando estaba bajando las escaleras.

—¿Cómo sabías que venía aquí? —le pregunté con una sonrisa.

—Mañana partiremos y estaremos bastante tiempo alejados de este sitio, lo lógico era venir a pasar nuestras últimas horas aquí —señaló encogiéndose de hombros—. También te he visto salir del castillo con gesto de enfado y me he preocupado. ¿Sucede algo?

—No —contesté con brevedad.

Él me miró un momento, pero no preguntó nada más. Me cogió la mano y me guio al interior de la tierra. Prendió fuego a la antorcha y la magia del lugar nos envolvió una vez más. Me puso frente a él y me desnudó despacio mientras yo hacía lo mismo uniendo nuestras bocas en un beso desesperado.

—Déjame amarte —susurró besando la vena que latía en mi cuello mientras me sujetaba el pelo a la espalda.

—Nunca te lo he impedido —murmuré gimiendo.

—Sí lo has hecho, Alana, solo que nunca lo has conseguido —contradijo con una sonrisa sesgada.

Me cogió por la cintura y nos metimos en el agua cálida y reconfortante.

—¡Oh, sí! —gemí de placer—. Lo echaré mucho de menos.

Él rio y me alzó para que le rodeara con las piernas. Me circundó el rostro como si quisiera memorizar cada rasgo de él.

—*Mo aingeal*, ríndete a mí —pidió.

—Soy tuya —le contesté.

—Sí, lo eres —afirmó en un gruñido que se perdió en las profundidades de la cueva—, en esta batalla puedo decir que he resultado vencedor.

Parpadeé recobrando algo de cordura y lo miré a los turbios ojos entrecerrados.

—No —repliqué—, en esta batalla los dos hemos salido ganadores.

Sonrió y me sujetó con ternura entre sus brazos.

Poco después nos vestimos y nos dirigimos al castillo. El salón estaba en plena ebullición, todos se habían reunido para despedir la última noche. Aunque nosotros no deseábamos compañía. Subimos escondiéndonos de la gente hasta nuestra habitación.

Desperté poco antes del amanecer sintiendo la presión del cuerpo de Kieran sobre el mío. Sus ojos estaban oscurecidos y febriles. Sus manos abarcaban todo mi cuerpo con rapidez y urgencia. Me tomó con fiereza y gemí al sentir en mi carne todavía trémula el golpe contra la suya. Sin embargo no se retiró, sino que su presión se hizo más intensa.

—Alana, ámame. Ámame como yo lo hago —susurró sujetando mis manos sobre la cabeza.

Gemí y me arqueé para recibirle sin ambages, sin resistencia, dándole lo que me pedía.

—¡Oh, sí! —exclamó—. Siempre recordaré tu rostro enfervorecido por la pasión, tu entrega a mí, la forma que tienes de suspirar en mis brazos como si tu alma se escabullera entre tus labios. Siempre lo recordaré, aunque viva mil años.

Alcé mis piernas y lo sujeté con fuerza mientras lo hacía mío, mientras él me hacía suya hasta que mi sangre ardió ante su contacto y estalló en una explosión de placer que reverberó en cada fibra de mi ser. Él se dejó caer junto a mí y me arrastró hasta apoyarme sobre su pecho, donde escuché el rápido y fuerte bombear de su corazón.

—Nunca me olvides, *mo aingeal*. Nunca olvides el hombre que fui y lo que compartimos —murmuró un instante antes de que yo me quedara dormida acunada por la calidez de sus brazos.

Desperté de nuevo cuando la luz se filtraba por la ventana en suaves destellos. Comprobé que estaba sola en la cama. Me incorporé de un salto y lo vi justo en la puerta, completamente vestido. Portaba sujetas al cinturón a cada lado de su cuerpo dos pistolas, en el lado izquierdo también llevaba la espada e incluso ya se había puesto la chaqueta marrón de cuero repujado sobre la camisa. El *kilt* le cruzaba el torso y el broche emitía suaves reflejos de luz. Lo vi ponerse la boina azul, decorada con tres plumas de águila que lo identificaban como jefe del clan, junto con una pequeña rama de pino flagrante y olorosa, sujetas por una imagen más pequeña del broche Mackinnon que llevaba junto al corazón. La escarapela blanca que lo distinguía como partidario del ejército del Pretendiente destacaba sobre la lana oscura. Su apostura de guerrero me producía estremecimientos de placer y peligro a partes iguales. Nunca lo había visto tan sereno y tan condenadamente sensual. Volvió su vista hacia mí y sus ojos brillaron intensamente en su rostro apuesto y fuerte. Le sonreí con dulzura.

—Lo siento, Alana —murmuró con suavidad.

—¿El qué? —pregunté claramente desconcertada.

—No puedo llevarte conmigo. No puedo exponerte a lo que está por venir, y menos ahora que… —Se quedó en silencio y me miró como si fuera la última vez que lo haría.

—¿Es por Magdalen?

No contestó.

—¿Es por ella? ¿Has recibido noticias? Es eso, ¿no?

Se volvió con un gesto de dolor y cerró la puerta tras de sí.

Me giré de improviso, alcanzando lo que más cerca tenía de la mano, y lancé una gruesa vela de sebo que se rompió en pedazos en cuanto chocó con la superficie de madera.

—¡Maldito seas! —grité.

CAPÍTULO XII

> *El tiempo solo entierra lo que el corazón*
> *ha dado por muerto.*

Me levanté de un salto de la cama y cogí mi ropa, vistiéndome deprisa y mascullando todo tipo de insultos que venían a mi cabeza de forma sonora y en voz alta. Estaba tan enfadada que me hubiera puesto a gritar tan fuerte que hasta podrían escucharme en la corte del rey Jorge I. Y esta vez no me escondí, no retrocedí hasta la esquina de la habitación dejando que la vida transcurriera a mi lado sin que yo hiciera nada. Esta vez no. Yo había cambiado, él me había cambiado. Nada me separaría de él para arrojarlo a una batalla. Mucho menos una simple puerta de madera.

Me acerqué a la puerta y golpeé fuertemente con los puños cerrados.

—¡Abridme! —grité.

Solo hubo silencio. Apoyé mi rostro y escuché. Nada. El corredor estaba vacío.

Me aparté lo justo para propinar una fuerte patada a la superficie de madera que solo crujió, pero no se movió ni un milímetro. Retrocedí saltando a la pata coja, sujetándome la rodilla mientras mi pie emitía látigos de dolor que me atravesaban la pierna hasta la cintura. Mascullé de nuevo en varios idiomas.

—¡Joder! —bramé como punto final.

—¿Qué es lo que habéis dicho, mi señora?

Era la voz amortiguada de Jeannie. Me acerqué de nuevo a la puerta y hablé en voz alta e imperativa.

—Algo que no os hubiera gustado entender —mascullé furiosa—. Abridme la puerta, Jeannie—exigí apretando la mandíbula.

—Lo siento, mi señora, tengo órdenes precisas de Kieran de no hacerlo hasta el anochecer, cuando ellos ya hayan embarcado —se disculpó.

—Y yo soy vuestra señora, ¿es que no podéis acatar mis órdenes? —pregunté cada vez más furiosa.

—No si contradicen a las de mi señor —susurró de forma tan leve que me costó escucharla—, os veré esta noche —dijo como despedida.

Me alejé de la puerta y la miré con odio. Sentí mi poder creciendo dentro de mí con inusitada intensidad.

—¡Ábrete! —ordené.

Y una silla de madera se levantó en el aire dando una voltereta y cayó al suelo rompiéndose en pedazos.

—¡*Merde!* —mascullé apretando los dientes. Seguía siendo una bruja espantosa. Ni siquiera conseguía algo tan simple como abrir una puerta. Pensé que quizá debía invocar alguna palabra mágica que yo desconociera. Estaba a punto de decir «*ábrete Sésamo*» cuando la lógica se impuso a la locura.

Circundé la habitación buscando algo que me ayudara a forzar la cerradura. Había reparado un reloj del siglo xiv, una cerradura del siglo xviii no podía ser mucho más complicada. Cogí la *siang dhu* y me agaché hasta tener el agujero de bronce frente a mis ojos. La introduje con cuidado y tanteé en silencio escuchando cualquier leve chasquido que me indicara que estaba haciéndolo de forma correcta. Al fin tuve que reconocer que era bastante más complicado que el mecanismo de un maldito reloj medieval. Tenía que encontrar otro apoyo para levantar la presilla de cierre. Mi vista se dirigió a la silla resquebrajada y me levanté con rapidez. Cogí una de sus patas y arranqué una astilla lo suficientemente fuerte y a la vez delgada que hiciera el contrapeso necesario. Hurgué de nuevo en la cerradura e introduje el pequeño pedazo de madera para impulsarme. Escuché un chasquido y la cerradura crujió con un lamento. Con la mano libre giré la manilla y abrí la puerta. Me quedé un momento de rodillas dando gracias a quien fuera el artífice de la proeza y salí corriendo de la habitación.

Sorprendí a Jeannie en la cocina. Me miró como si fuera un fantasma y le sonreí con clara satisfacción.

—¿Cómo habéis…? –preguntó mirándome con estupor.

—Forzando la cerradura. ¿En qué dirección han ido?

—Hacia el Este. No hay pérdida, solo tenéis que seguir la línea de la costa –señaló recuperándose de la impresión.

—De acuerdo –dije y cogí un par de manzanas para el camino. Estaba saliendo cuando la voz de Jeannie me detuvo y me giré para mirarla.

—Tened cuidado, mi señora.

—Lo tendré –afirmé.

—Si… –se silenció retorciéndose las manos en el delantal de lino blanco– si hieren a Aluinn…, si él…, ya sabéis…, ¿le ofreceréis el consuelo de vuestras manos? Yo no quisiera que él sufriera.

—Claro que sí, Jeannie, descuidad que lo haré –contesté con una sonrisa, sin darme cuenta de que estaba confesando mi poder de forma totalmente explícita.

Ella sonrió con candidez e hizo un gesto con la mano.

—Vamos, id, que os llevan horas de ventaja.

Salí corriendo del castillo y me dirigí hacia la costa a paso firme, esperando que el frío aire del mes de octubre proveniente del mar del Norte calmara lo suficiente mi enfado para cuando me encontrara cara a cara con Kieran. Caminé por el borde de los acantilados, asombrándome de la agreste belleza de la isla indómita, escuchando el rumor de las olas chocando con las rocas y el graznido de las gaviotas sobrevolando sobre mi cabeza.

Pero mi enfado no remitió ni un ápice. Al cabo de una hora más o menos, vislumbré a lo lejos dos goletas a poca distancia de la costa y me asusté. Comencé a correr más deprisa hasta que tras unas rocas pude ver una playa de piedras canteadas escondida en una preciosa cala. Había otra goleta más meciéndose con la marea, sujeta precariamente por una escalera de embarque de madera a un pequeño muelle construido en piedra. Solo quedaban unos pocos hombres, pero sobre la cubierta acerté a percibir la cabeza cubierta por la boina azul y el pelo suelto negro oteando al viento de Kieran. Bajé por un camino de tierra sujetándome a los zarzales para no resbalar y aterricé con muy poca elegancia en las piedras de la orilla. Me acerqué ignorando las miradas de sorpresa de los hombres que habían soltado lo que tenían en las manos para observarme, y ascendí los escasos escalones con objeto de encaramarme al pequeño muelle. Me erguí todo lo alta que era y puse los brazos en jarras sintiéndome el mismísimo Neptuno. Solo me faltaba el tridente, que obviamente lo hubiera utilizado para clavárselo a cierto escocés en sus partes nobles.

—¡Kieran Finnegal Adair Mackinnon, déjate ver, cobarde! —grité asustando a una pequeña cría de gaviota que daba saltos junto a mis pies buscando comida.

Kieran se quedó estático y después se giró con lentitud para quedarse con los brazos cruzados sobre su pecho en actitud de guerra, mirándome fijamente.

—¿Cómo te has atrevido a dejarme encerrada? —inquirí totalmente iracunda.

—¿Cómo has conseguido salir de la habitación? —preguntó él a su vez con gesto enfadado y la voz ronca y profunda.

—¡Ja! —Hice un gesto con la mano restándole importancia—. ¿Crees que no sería capaz de forzar una simple cerradura?

–Tiene razón, Kieran, supongo que es bastante más sencillo que reparar un reloj –adujo Aluinn que se había situado a mi derecha.

Kieran masculló algo en gaélico que se perdió en el viento y que agradecí no comprender.

–Ningún hombre y menos ninguna mujer ha osado desobedecerme –bramó–. ¡Nunca! –añadió para mayor claridad.

–Yo no soy como las demás mujeres, deberías saberlo –señalé sin amedrentarme por su enfado.

–Tiene razón, Kieran, todos lo hemos visto –indicó Roderick situándose a mi izquierda junto con Cailen, observándonos con gesto divertido.

Kieran bajó atravesando con rapidez la escalera de embarque y se paró frente a mí con la mirada entornada y brillante.

–Ni en la guerra podré tener paz, ¿verdad? –murmuró de forma audible para los que nos rodeaban.

–Ahí, Kieran, sí que te tengo que dar la razón –dije mostrándole mi sonrisa más beatífica.

Cailen rio a carcajadas y Roderick le dio un pequeño codazo en las costillas que hizo que se callara en un instante.

–Caballeros. –Aluinn se inclinó haciendo una reverencia y extendiendo la mano derecha–. Mis ganancias si sois tan amables.

Lo miré enfadada y sorprendida.

–¿Es que habíais apostado por mi llegada? ¡No lo puedo creer! –protesté.

Los hombres buscaron en sus *sporran* y depositaron con un tintineo varios peniques en la mano abierta de Aluinn ante mi gesto adusto.

–Deberías sentiros honrada, Magdalen, siempre apuesto por vos. Y soy un hombre que nunca pierde –indicó con una extraña sonrisa que le iluminó su primitivo rostro.

Bufé audiblemente y sentí el brazo de Kieran sobre mis hombros.

–Vamos, *mo aingeal*. –Tiró de mí hasta la escalera de madera y me ayudó a subir viendo mi temor ante la tambaleante estructura de tablones de madera sujetos por cuerdas.

Me giré una vez que estuve en cubierta y le di una pequeña patada en la espinilla que él esquivó saltando a un lado con la habilidad de un gato montés. Sonrió y me besó con fuerza.

–En el fondo sabía que no conseguiría frenarte –murmuró con su cálido aliento sobre mis labios.

Se separó y me dejó para encargarse de subir los escasos suministros que quedaban por cargar en la goleta. Me asomé a la borda y fijé mi vista en los tres hombres que hablaban en el muelle.

–No lo entiendo –estaba diciendo Cailen–, Kieran no parece enfadado.

Aluinn suspiró hondo.

–Nunca te fíes de una mujer que te sonría dulcemente –le contestó.

Roderick le pasó una mano por los hombros, sacudiéndolo y Cailen lo miró sin entender.

–Nunca te fíes de una mujer que agite sus pestañas ante ti y te acaricie el rostro con suavidad –añadió.

Cailen se separó de él y los miró a uno y a otro.

–Y entonces, ¿cuándo debo fiarme de una mujer? –preguntó.

Roderick y Aluinn se miraron fijamente.

–¡Nunca! –exclamaron los dos hombres al unísono, riendo y haciendo que el joven hermano de Kieran enrojeciera hasta la raíz del cabello.

Y yo acudí en su ayuda recordando que todavía llevaba una manzana en el bolsillo. La cogí enfadada y se la lancé a Roderick a la cabeza, con tan mala puntería que alcancé de lleno a Cailen, que se giró iracundo a mirarme.

Roderick y Aluinn rieron todavía más fuerte y yo hice el gesto de perdón con las manos.

–¡Era para él! –grité señalando a Roderick. El aludido, sin ofenderse lo más mínimo, buscó la manzana en el suelo, le limpió la tierra en la falda y le dio un mordisco.

–Gracias, mi señora –dijo haciendo una reverencia y siguió recogiendo cajas de madera.

Sentí el abrazo en la cintura de Kieran y su voz susurrante junto a mi rostro.

–Alana, ingleses, debemos luchar con los ingleses, no atacar a los escoceses. Los distinguirás porque van con pantalones –explicó y escuché su profunda carcajada reverberando en su pecho.

A los pocos minutos y tras la insistencia de apresurarse del capitán del navío, terminaron de cargar y subieron los hombres que quedaban en la cala. Soltaron amarras y comenzamos a navegar. Me sujeté al cabo de la proa junto a la barandilla mientras observaba como se desplegaban las enormes velas de tela blanca resinosa haciendo que la goleta se agitara furiosa por el empuje del viento. Y yo me agité de igual manera y mi estómago rebotó molesto en mi interior. Gemí fuertemente y me incliné de forma precaria por el borde, estuve a punto de caer, y solo la sujeción por la cintura de Kieran lo impidió.

–¿Qué demonios estás haciendo? ¿Es que quieres matarte? –masculló sin soltarme.

–Voy… voy… voy a vomitar –murmuré entre profundas arcadas.

–¡*A Dhia cuidich mi!* Es la primera vez que navegas, ¿verdad? –preguntó recogiéndome el pelo en la nuca.

Me giré respirando el aire como si me faltara.

–No. Pero este engendro del demonio se bambolea demasiado fuerte. Nunca…, yo nunca… me había mareado… ¡Oh, por Catalina La Grande! –exclamé inclinándome de nuevo sobre la borda.

Me tendió un pañuelo blanco de lino empapado en agua y yo lo puse sobre mi rostro perlado de sudor frío. Me creía morir. Me estaba muriendo.

—Vamos dentro. Te encontrarás mejor —afirmó cogiéndome por la cintura.

—¡No! ¡Dentro no! —Me negué imaginándome el espacio reducido repleto de hombres sudorosos. Mi estómago se rebeló de nuevo y vomité sobre el suelo de cubierta.

—Está bien —concedió Kieran.

Me acercó hasta el palo mayor y me dejó allí abrazada, mientras él buscaba algo con la mirada. Finalmente se acercó al timón y encontró detrás del mismo un cubo de madera. Lo cogió y se acercó a mí. Me llevó al centro de la proa, donde el aire cargado de salitre era más fuerte y se sentó con las piernas abiertas, después me tendió la mano para que me sentara entre ellas y puso el cubo delante de mí.

—Va a ser una larga travesía —señaló con voz profunda.

Me giré hacia él.

—¿Hay mucha distancia? —pregunté con temor.

—No me refería a eso, *mo aingeal* —masculló entre dientes.

La goleta enfiló una ola y se elevó unos metros para dejarse caer al instante escupiendo espuma de mar. Y mi estómago hizo lo propio. Me incliné sobre el cubo vomitando bilis amarga y temblando como una hoja mientras Kieran me acariciaba la cabeza.

—¿Por qué no lo has impedido? ¿Por qué no me has dejado en el castillo? —inquirí casi sin voz.

—Lo he hecho. Te encerré en nuestra habitación —indicó con una sonrisa.

—Deberías haberlo intentado con más insistencia —protesté gimiendo.

—De acuerdo. La próxima vez le pediré opio a mi madre —contestó apartando mi pelo húmedo de la frente.

—¿Por qué lo hiciste? ¿Es Magdalen?

—No, no es ella.

—¿Entonces?

—Eres tú —musitó con dulzura.

De improviso me giré y metí la cabeza de nuevo en el cubo, ya sin pudor ni vergüenza alguna. No podía sentirlo porque me estaba muriendo. Olvidé sus anteriores palabras a la misma velocidad que el viento.

—¿Cuánto queda? —balbuceé al poco rato en una perfecta imitación al asno de Shreck.

—Una milla menos que desde que lo preguntaste la última vez —me aclaró Kieran con voz serena, sin dejar de abrazarme.

—No llegaré viva —le avisé.

—¡Oh, sí! Lo harás. —Rio él y me reclinó sobre su pecho —. Intenta descansar, *mo aingeal*.

Abrí los ojos para observarlo un momento perdiéndome en la profundidad de sus ojos dorados y me desvanecí en sus brazos.

Finalmente Kieran tuvo razón. Llegué viva a la costa escocesa, pero en un estado lamentable. Desperté en una carreta rodeada de sacos de avena y tubérculos sintiéndome todavía mareada. La cabeza de mi marido se asomó por el borde y me sonrió.

—¿Cómo te encuentras?

—Mal. Muy mal. Rematadamente mal —enfaticé.

—Se te pasará a las horas, es bastante normal —me tranquilizó él. Lo que no fue ningún consuelo. Lo observé montar a caballo y golpear el anca para que el mismo se dirigiera a la cabeza del regimiento.

Emprendimos camino y el traqueteo de la carreta guiada por dos ponys de las Shetlands fue mucho más llevadero que la agitada goleta. Me adormecí y abrí los ojos de nuevo al anochecer. Habíamos parado y los hombres se disponían a levantar el campamento junto a un bosque de álamos que nos observaban con las hojas meciéndose al frío viento del otoño. Me incorporé y bajé tambaleándome de la carreta buscando con la mirada a Kieran. Él vino a mi encuentro y me guio hasta una pequeña tienda de lona que habían levantado bajo la sombra de un aliso.

–¿Quieres cenar algo? –preguntó con gesto indeciso. Negué con la cabeza.

–Espérame dentro, cogeré algo de comida y vendré en poco rato –me indicó.

Entré agachando la cabeza y me dirigí directamente al cúmulo de mantas que habían extendido en un lateral. Me tendí y me quedé dormida al instante. Apenas sentí cuando Kieran se tumbó a mi lado y me abrazó dándome calor con su cuerpo.

Desperté al amanecer y me giré. Kieran estaba despierto pero no se había movido. La precaria tienda nos protegía del viento, pero del frío del amanecer escocés no. Me estremecí y me abracé más a él.

–¿Estás mejor? –susurró con voz ronca.

–Creo que sí. Todavía me siento algo mareada pero es soportable.

–Tienes que comer algo. Por el olor deduzco que los hombres han pescado algunas truchas. ¿Te sientes con fuerzas para acudir o prefieres que te acerque algo? –inquirió observándome con detenimiento.

Yo husmeé sin llegar a percibir ningún olor y asentí con la cabeza.

–Me levantaré –afirmé. Pero decirlo era mucho más fácil que hacerlo y Kieran me tuvo que ayudar a ponerme en pie. Me tambaleé e intenté mantener el equilibrio.

–Unas horas, ¿eh? –Lo miré con suspicacia.

–Bueno. –Él se encogió de hombros–. No dije cuántas.

Cuando nos dirigíamos a la fogata principal, donde se habían reunido los hombres de confianza de Kieran, lo llamaron y se excusó conmigo. Por lo visto un caballo estaba herido y querían que comprobara cuál era el daño. Le hice un gesto con la mano de que se fuera tranquilo y me acerqué al fuego donde se asaban sobre varias piedras las truchas pescadas al amanecer. Me senté junto a Aluinn y este me acercó una de ellas ensartada en una pequeña rama. Aspiré su fuerte olor y casi tuve que contener una arcada, sin embargo estaba hambrienta, así que imitando a los hombres que me rodeaban utilicé mis manos como cubiertos y comí pequeños trozos de carne blanca y sabrosa.

Gareth llegó en ese momento y se situó frente a mí con gesto cansado.

—¿Se sabe algo? –preguntó Roderick, bebiendo de una botella lo que parecía cerveza.

—El duque de Argyll. –Hizo una mueca de asco–. John Campbell el rojo, generalísimo de Jorge I de Hannover, ha levantado estandarte en Stirling.

—Mal asunto –expresó Aluinn–. ¿Dónde está el general Gordon?

—Gordon ha levantado el campamento a un kilómetro al nordeste de Inverary –contestó Gareth inclinándose para coger una trucha y ensartarla en su daga.

—¿Y el conde de Mar? –inquirió de nuevo Roderick.

—Ha establecido su base en Perth a la espera de que llegue el Pretendiente, lo que por cierto no se sabe cuándo sucederá –respondió dando a entender que lo menos importante era que el rey por el que iban a luchar estuviera o no en Escocia.

—Pero Inverary es un feudo de los Campbell, está gobernado por el conde de Islay, Archibald, el hermano pequeño del duque, ¿atacaremos allí? –preguntó con voz algo temblorosa Cailen.

—No, nosotros tenemos órdenes de reunirnos con el grueso del ejército más al sur. De todas formas, los Campbell están atrincherados dentro de la ciudad y desconocemos cuántos partidarios de Hannover puede haber allí, es probable que esté la mitad del ejército inglés entre sus murallas. Dudo mucho que el general Gordon se arriesgue a enfrentarse sin conocer realmente cuál es el número de las tropas recluidas –explicó con paciencia Gareth.

Observé su rostro sin afeitar y las profundas ojeras que circundaban sus ojos y supuse que se había pasado la noche reuniendo esa información.

Yo los escuchaba con atención pero sin preocuparme demasiado, sabía que no habría ningún enfrentamiento importante hasta la batalla decisiva en el páramo de Sheriffmuir dentro de varias semanas. Finalmente los hombres se fueron levantando para recoger y proseguir camino, yo hice lo mismo y el soldado que tenía a mi lado al coger el *targue* me empujó desestabilizándome. Caí de rodillas al suelo y el brazo de Aluinn me ayudó a ponerme en pie de nuevo. Me sacudí con fuerza la tierra de mi vestido de lana azul añil mientras escuchaba una disculpa del hombre.

—No tiene importancia —le dije sonriéndole.

—Duncan, ten más cuidado —le reprendió Aluinn—. ¿Es que no sabéis que vuestra señora está encinta?

Pegué un respingo y fijé la mirada en Aluinn sintiendo que un puño estrangulaba mi garganta.

—¿Qué estoy qué? —pregunté con voz extraordinariamente aguda.

Aluinn me observó rascándose la barbilla con gesto pensativo.

—¿Es que no lo sabéis?

—Yo... ¡no! —exclamé con brusquedad.

—Me lo contó Jeannie antes de partir —aclaró él.

Paseé mi vista por el resto de los hombres. Gareth se había levantado de un salto y me observaba con un extraño gesto en el rostro.

—¿Estás embarazada? —inquirió con un hilo de voz.

No me molesté en contestar. Fijé la vista en Roderick, que se encogió de hombros.

—Me lo comentó Elinor hace algunos días —señaló.

Gemí en voz alta y me abracé el cuerpo.

—¿Es eso cierto? —Cailen se acercó a mí—. ¿Puedo felicitaros?

Sin esperar mi respuesta se inclinó sobre mí y me dio un beso en los labios con exagerado entusiasmo. Se le veía claramente eufórico y yo estaba claramente horrorizada.

Fijé mi vista en Gareth y vi el mismo estupor que reflejaba la mía. En ese momento escuché la voz de Kieran a mi espalda.

—Es cierto, Magdalen lleva a mi hijo en su vientre, ¿algo que objetar, Gareth? —pronunció con voz fría y grave.

Gareth le sostuvo la mirada un momento y se giró en silencio, alejándose.

Me volví hacia Kieran y lo miré con furia.

—¿Tú lo sabías? —exclamé.

—Sí.

Le golpeé el pecho con los puños sin que él se moviera un solo centímetro.

—¿Cómo has podido hacerlo? ¿Cómo has podido hacerme esto? ¡Te odio! ¡Maldito seas! —grité para salir un momento después corriendo a esconderme en el bosque de álamos.

Paré en un pequeño claro y me apoyé en un tronco áspero y curtido. Me incliné y vomité todo el desayuno. Gemí y me abracé con fuerza temblando. ¿Cómo era posible que no me hubiera dado cuenta? Ni siquiera se me había pasado por la cabeza que podría suceder. Era cierto que cuando insistió en tener un hijo hubo un momento en que lo temí, pero al ver pasar el tiempo me relajé creyendo que no sucedería. ¿Cómo había podido ser tan estúpida? Hice un rápido cálculo mental y no pude averiguar en qué momento me había quedado embarazada. Había estado tan preocupada por la proximidad de la guerra, por el asesinato de Caitlen, por sobrevivir… que no me había parado a pensar que un embarazo podía resultar algo muy probable.

Sentí la presencia de Kieran fuerte y serena junto a mí. No me giré a mirarlo. No podía enfocar sus ojos dorados.

—Creo que sucedió la noche que me confesaste que me amabas diciéndome que en realidad no me querías —dijo con suavidad—, en la cueva —añadió.

–¿Me lees el pensamiento? –pregunté sintiéndome ajena a todo.

–No, es empatía, tú me lo enseñaste –aclaró en el mismo tono de voz–. ¿Cómo es que tú no te habías dado cuenta?

Me sentí torpe y tonta.

–Yo… no pensé que… –balbuceé sin sentido.

–En la última luna no sangraste –señaló él entregándome una petaca de piel llena de agua fresca, que bebí con ansia. Se la devolví girándome para mirarlo con fiereza.

–¿Cómo es que te interesas por ese tipo de asuntos? –exclamé indignada.

–Tú eres mi asunto –afirmó él–, y ahora nuestro hijo también.

–Lo sabías y por eso me dejaste encerrada. No querías que viniera porque estaba embarazada –murmuré sintiéndome demasiado cansada.

–Sí –contestó él alargando la mano. Yo me separé alejándome unos metros. Él no se movió, solo me vigiló.

–Llevo más de dos meses aquí. En ese tiempo me han envenenado, golpeado, disparado, acuchillado y nada se puede comparar con lo herida que me siento, ¿por qué lo has hecho, Kieran? –pregunté sin darme cuenta de que yo había participado activamente y de forma entusiasta en la creación de la vida que llevaba en mi interior.

Él suspiró y se quitó la boina azul para pasarse la mano por el pelo.

–Me lo prometiste, Alana, me dijiste que me amabas, aceptaste tener un hijo conmigo –exclamó con dolor–, pero nunca fuiste sincera, ¿verdad? Deseabas venir para encontrar a Sarah y regresar con ella, ¿no es cierto? Tu intención era abandonarme en cuanto cumplieras tu destino.

Y en ese mismo momento me di cuenta de que llevaba razón. Al menos en parte. Tenía que volver a mi tiempo y una vez que encontrara al asesino y pusiera a Sarah a salvo, regresar junto a él.

–Yo… ¡no!, ¡sí!, ¡no lo sé! ¡Maldita sea! –exclamé

echándome a llorar, después respiré hondo y proseguí–: Sabías que tenía que ayudar a Sarah a regresar, te dije que yo tenía que volver pero que regresaría a tu lado. Y ahora… ahora… ¿qué voy a hacer? Soy bruja, no sé cómo puede afectar esto a mi poder, ni siquiera sé si puedo regresar con mi hijo dentro de mí. ¿Y si le hago daño? –Suspiré sintiendo que ese era el temor que me atenazaba las entrañas estrangulándome–. No lo soportaría…, no soportaría ser como mi madre –respiré de forma entrecortada y sentí que estaba a punto de desvanecerme.

Los brazos de Kieran me sujetaron antes de que cayera al suelo y me abrazó con fuerza acunándome y susurrándome palabras tranquilizadoras en su idioma ancestral, que no llegué a entender pero que me consolaron como una nana maternal.

–Tengo miedo –pronuncié en un susurro junto a su pecho.

–Lo sé, *mo aingeal*, puedo leer tu alma, pero ahora estás conmigo, estás protegida. Nadie te hará daño, ni a ti, ni a nuestro hijo. Juro ante Dios que te cuidaré hasta que solo me quede un hálito de vida –murmuró.

Gemí más fuerte y me aferré desesperada a su cuerpo.

–Alana, no he conocido nunca una mujer más valerosa, sincera y dulce que tú. Serás una madre excelente, nuestro hijo te adorará y yo lo envidiaré porque veré tu amor brillando en sus ojos. Estoy completamente seguro –afirmó con incalculable ternura.

Levanté mi rostro hacia él.

–Mírame –le dije y él fijó su vista en mí–, veo mi amor brillando en tus ojos.

Él se inclinó y me besó con suavidad emitiendo un leve gemido.

–No me abandones, Alana, sin ti no soy nada –suplicó.

Kieran no suplicaba nunca. Kieran no pedía nunca. Kieran cogía lo que creía que era suyo sin preguntar a nadie. Kieran era el hombre más fuerte que yo había conocido nunca.

Por primera vez posó sus grandes manos en mi vientre y una punzada de reconocimiento me atravesó junto la ardiente calidez de su piel. Iba a ser madre. Llevaba una vida en mi interior. Las lágrimas se deslizaron como un torrente por mi rostro quemándome con su fuerza.

–¿Por qué lloras, *mo aingeal*? –preguntó Kieran observándome con gesto preocupado.

–Porque… ahora sé lo que es la felicidad –murmuré hipando contra su pecho.

Los siguientes días, el contingente Mackinnon junto con el Stuart, continuaron el descenso hacia el sur para reunirse con el grueso de las tropas acantonadas en Perth. Atravesamos el río Arran con dificultad, ya que la fuerza y el empuje de las aguas obligó a los hombres más altos y fuertes a ayudar a las pocas mujeres que viajábamos con ellos y a los hombres más débiles, creando una cadena de paso. Ascendimos por los montes Grampianos mientras yo caminaba junto a Elinor maravillándome de la belleza del paisaje que se tornaba cada día más misterioso, cubriéndose de humedad y jirones de neblina que en ocasiones hacían que tuviéramos que hacer paradas para no perder a ningún hombre por el camino. Los colores ocres otoñales salpicaban las colinas mezclándose con el color lila oscuro de los campos de cardos, símbolo de Escocia. Me hubiera gustado tener una cámara de fotos para captar la hermosura salvaje de los lugares por los que pasábamos, pero me conformé con guardarlo todo en mi memoria como un grato recuerdo previo al horror que nos esperaba.

Mi ánimo fue mejorando al pasar los días, aunque alternaba periodos de profunda tristeza en los que lloraba por cualquier nimiedad con otros de alegría en los que reía por cualquier motivo. Kieran se acercaba varias veces al día a comprobar cómo me encontraba, hasta tal punto que en ocasiones le increpaba molesta y disgustada por tanta atención. Además, me había percatado de que tenía una escolta permanente, tanto Aluinn, como Roderick, Cailen y Gareth se turnaban para acompañarme y no dejarme sola en ningún momento.

—No necesito escolta. No pienso escaparme a ningún sitio —amonesté a Kieran una tarde cuando acampamos en un pequeño valle cerca del Ben Nevis.

—No te he puesto escolta —me aseguró él—. Ellos mismos se han organizado para cuidar de ti.

Me quedé tan sorprendida que no supe qué contestar. Él percibió mi incomodidad y tiró de mí para acercarme a la fogata principal, donde Aluinn había puesto una enorme cacerola que hervía al fuego desprendiendo un olor delicioso de carne asada con verduras. Se me hizo la boca agua y apresuré el paso con Kieran, que estaba riéndose tras de mí. Me había acostumbrado a alternar la ausencia de hambre producida por las náuseas tan propias del embarazo, con el despertar voraz de mi estómago reclamando comida, la que fuera y como fuera, pero sin mediar un instante. Kieran había tomado la prudente costumbre de llevar siempre con él escondido entre los pliegues de su *kilt* alguna manzana o galleta de avena para calmar mis ansias. Elinor sonreía y agitaba la cabeza ante mi gesto interrogativo.

—Es perfectamente normal, Magdalen —me tranquilizaba.

Me senté alargando las manos hacia la hoguera buscando su calor mientras Kieran se posicionaba a mi espalda y me atraía hasta su pecho. Aluinn nos acercó dos platos de hierro llenos a rebosar del jugoso guiso. Comí con avidez y me relajé cuando finalicé, apoyando la cabeza en el hombro de Kieran mientras los hombres se pasaban una botella de whisky para calentarse, por dentro y por fuera.

–Vamos, Kieran, cuéntanos una historia –exclamó de improviso Cailen con las mejillas enrojecidas. Noté como él se removía tras de mí y se inclinó un poco hacia la hoguera.

–Magdalen, ¿sabes cuál es la historia del lema de nuestro clan? –preguntó con suavidad.

–No –contesté–, pero seguro que todos la conocen.

Roderick chasqueó la lengua.

–Ninguna buena historia se gasta por muchas veces que se cuente –apostilló.

Varios sonrieron y Kieran comenzó a hablar.

–La leyenda explica que en los tiempos en que los pictos vivían en nuestras tierras, donde éramos siervos de San Columba…

–Algunos pictos todavía viven en nuestras tierras –lo interrumpí mirando fijamente a Aluinn. Este rio a carcajadas y algunos asintieron con la cabeza. Kieran me dio un pequeño pellizco en el trasero y yo no volví a hablar.

–El jefe Mackinnon había organizado una gran partida de caza, tuvo la desgracia de separarse del resto y la fortuna de cazar un gran ciervo. Con prudencia se recluyó en una cueva para refugiarse del frío y la fuerte nevada que le sorprendió aquella tarde en la que estaba perdido. Hizo fuego y descuartizó al animal. Se disponía a disfrutar de una suculenta cena cuando un jabalí de tamaño tan enorme que le llegaba a la cintura y que apenas cabía en la cueva, se acercó al oler la carne cruda bloqueando la salida. Mackinnon, viéndose atrapado y discurriendo con total rapidez, acercó la pierna del venado que estaba asando y la introdujo en las fauces del animal, obstruyendo su boca y haciendo que este muriera al ser atravesado por el hueso del venado intentando cerrarla. Así que al día siguiente lo encontraron, con un gran venado y un enorme jabalí que alimentaría a los miembros del clan durante días. De ahí nuestro lema: *«Audentes fortuna juvat»* y nuestra insignia con la imagen de un jabalí. –Kieran silenció su voz grave y profunda y los hombres lo miraron con respeto. Manejaba el ritmo de las palabras y las pausas de la historia de tal forma que influyó confianza en sus hombres, viéndolo como un ejemplo a seguir, como un líder en la batalla.

Durante unos minutos, el hechizo de la historia les atrapó y siguieron pasándose la botella de whisky en silencio, hasta que con el rostro enrojecido, aquellos soldados desviaron la conversación hacia temas militares.

–¿Has tenido noticias de Perth? –preguntó Roderick. Kieran me había informado de que el conde de Mar seguía esperando la llegada del pretendiente, el cual había sido declarado Rey de Escocia el pasado quince de septiembre, aunque yo recordaba que no llegaría hasta pasada la batalla, cuando replegados ya no hubiera nada que hacer. Su visita sería rápida e inútil. Apenas pisaría el país del que era rey.

–Sí –contestó Kieran dando un largo trago a la botella casi vacía–, nos esperan allí al término de la semana para unirnos al grueso del ejército y esperar órdenes, aunque creo entrever que nos dirigiremos hacia Dunblane, cerca de Stirling, que es donde continúa el duque de Argyll.

–Los hombres están nerviosos y no aciertan a comprender del todo que llevemos casi un mes de marcha sin que se haya producido ningún enfrentamiento –destacó Aluinn.

–Descuida, *mo charaid*, que habrá una batalla y allí podrán desahogarse con los ingleses –apostilló Kieran.

Los reunidos en torno a la hoguera nos quedamos de nuevo en silencio, rumiando la información. De improviso Cailen habló y los demás le siguieron después de las dos primeras palabras:

–Porque mientras queden al menos cien de nosotros, nunca seremos reducidos bajo el dominio inglés. No es en verdad que por gloria, ni por riqueza, ni por honores por lo que luchamos, sino por la libertad y solo por ella, que ningún hombre honesto entrega si no con la vida misma.

La Declaración de Arbroath. Pero de aquello había pasado ya mucho tiempo, fue escrita en 1320 y enviada como una declaración de intenciones y no como un documento oficial al Papa Juan XXII. Carecía de sentido, un sentido formal, no moral.

Los miré uno a uno preguntándome cuántos morirían en aras de la independencia de Escocia sin llegar a conseguirla. No quise imaginarlo y mi ánimo descendió varios grados hasta que sentí unas profundas ganas de llorar y gritarles que debían retirarse, que todo estaba perdido. Kieran percibió mi angustia y me giró el rostro hacia él.

—Vamos, estás agotada —dijo levantándome con facilidad.

Varios hombres también se retiraron a descansar y vi como Roderick seguía a unos metros de distancia a Elinor y ambos se internaban en la espesura de la noche.

Entré con gesto cansado en la tienda y me rasqué la cabeza sin disimulo. Me sentía sucia por la larga travesía en la que apenas había podido lavarme más que con un pequeño paño a la orilla de algún riachuelo helado.

—Kieran ¿podrías conseguirme al menos un cubo con agua caliente? —pedí.

—Veré lo que puedo hacer —murmuró con una sonrisa, saliendo de nuevo a la oscura y fría noche.

Volvió a los pocos minutos cargando un cubo lleno de agua caliente. Sonreí gratamente y metí las manos comprobando su temperatura. Me incliné sobre el cubo y sumergí mi pelo frotándolo con el pequeño trozo de jabón de miel que me había prestado Elinor. Suspiré de placer y me lo aclaré. Me desnudé por completo y tiritando empapé una toalla de lino con jabón y me lavé, ante la atenta mirada de Kieran que se había reclinado sobre las mantas, apoyado en un codo. Puse ambas manos en mi vientre y percibí que estaba levemente hinchado, tirante, aunque vestida nadie podría adivinar que escondía un embarazo.

–Alana, *mo maisea* –suspiró Kieran y yo lo miré con gesto interrogante.

–Preciosa –aclaró él.

–No dirás lo mismo cuando no pueda cruzar las puertas –le indiqué.

–Lo seguiré diciendo –afirmó con rotundidad.

Cogí las enaguas, la camisa limpia y me las puse. Me senté y comencé la ardua tarea de desenredar mi pelo. Kieran se levantó y se puso tras de mí con una rodilla hincada en el suelo.

–Déjame a mí –exigió alargando la mano para que le pasara el peine de madera.

Al poco rato me relajé por completo, dejando que me peinara con suavidad y sin tirones, sin embargo lo noté husmeando con curiosidad.

–Hueles a miel, pero ese no es tu olor natural, normalmente sueles emitir un suave olor a rosas que se ha acentuado desde que estás encinta –murmuró entornando los ojos y volvió a inclinarse sobre mi cabeza.

–¿Qué estás buscando, Kieran? ¿Enanitos del bosque? –pregunté algo azorada.

–Piojos –respondió él con brevedad.

Me aparté de un salto.

–¡¿Qué?! –exclamé sujetándome el pelo con ambas manos.

–¿No sabes lo que son? –inquirió con gesto sorprendido–. Te he visto rascándote la cabeza y me han alertado de que tenemos una plaga.

–Yo… yo… no tengo ¡eso! –protesté con indignación.

Me miró extrañado.

–¿No es algo común en tu época?

–No lo sé –contesté y recordé los anuncios de la televisión que aparecían cada poco mostrando champús y lociones para eliminar los piojos.

–Déjame ver –exigió tirando de mí otra vez–, de todas

formas no es tan malo, los Stuart tienen una plaga de ladillas –añadió como al descuido.

Me tensé sin poder moverme, ya que tenía un mechón cogido con fuerza entre sus grandes manos.

–Pero… pero ¿dónde han metido sus…? –Ni siquiera pude terminar la pregunta.

–Yo solo en ti, pero desconozco donde lo han hecho los demás hombres. –Rio él a mi espalda.

Y descubrí que podía ruborizarme intensamente con muchísima facilidad.

Su cabeza voló sobre la mía y me miró en sentido inverso sonriendo.

–Tus mejillas se han teñido como en una pincelada carmesí –señaló.

–¿Eso es tuyo? –pregunté con incredulidad.

–De mi hermano, le he confiscado esta mañana una carta dirigida a Betty.

Betty, así que esa era la joven de la que se había enamorado Cailen y con la que estaba la noche que Caitlen intentó asesinarme. Recordé que era una doncella del castillo.

–¿Se casarán? –pregunté–, ya sabes, ella es solo una doncella.

–Y tú una bruja.

Lo miré con furia.

–Pero él es el hermano del jefe del clan, supongo que se esperará que realice un matrimonio más conveniente a su condición –afirmé.

–Y yo soy el *laird* Mackinnon y me he desposado con una mujer desconocida que no tiene ni pasado –indicó él con voz serena.

Masuillé algo muy desagradable en francés olvidando que él entendía mi idioma y que le provocó una carcajada.

–Alana, es cierto que debo procurar un futuro mejor para mi hermano. Si se desposa por obligación con otra a la que no ame, siempre podrá tener el consuelo de Betty.

–¿Me estás diciendo que aprobarías una infidelidad?

–*Mo aingeal*, es muy duro pasar toda tu vida en la misma cama junto a una mujer a la que no amas, mientras la que deseas no está contigo. Yo he sido afortunado, la que amo comparte mi lecho, pero si me hubiese llegado a desposar con la verdadera Magdalen Mackenzie… no puedo asegurar qué hubiese hecho realmente –explicó con cautela.

–Volver con Caitlen –dije sabiendo que probablemente fuera cierto–. ¿Por qué no te casaste con ella?

–Porque soy el *laird* Mackinnon y ella era una doncella. Solo mi madre tenía interés en nuestro matrimonio porque es también una Cameron, hasta que apareció John Mackenzie de Seafort y el futuro cambió.

–Sí, cambió, pero no en la dirección deseada.

–No me arrepiento de nada. No desharía nuestro matrimonio –aseguró girando mi cabeza para que lo mirara. En sus ojos solo vi sinceridad y suspiré levemente.

Siguió unos minutos más escarbando en mi pelo hasta que respiró hondo.

–Ya está. No hay inquilinos molestos –afirmó para mi tranquilidad.

Me levanté y me dirigí al montículo de mantas que servían como cama a esperar que él se tendiera a mi lado. Pero él se desnudó, se lavó y se vistió con premura para sentarse frente a mí.

–Tu turno –exclamó tendiéndome el peine.

Me levanté y me situé tras de él peinándolo con lentitud. Tenía el pelo grueso, suave y ligeramente ondulado.

–No sé qué debo buscar –murmuré con algo de vergüenza.

–Cuando los veas lo sabrás –contestó él doblando una rodilla.

Peiné con cuidado separando mechones de pelo donde me indicaba y descubrí otra nueva cicatriz. Pasé un dedo delineándola.

–¿Quién intentó matarte esta vez? –pregunté con un suspiro de resignación.

–Ulises –respondió él sonriendo.

–¿Ah, sí? ¿Y qué le hiciste? ¿Le robaste a su amada?

–No. No le gustaba cómo lo montaba.

–¡Qué tú…, ¿qué?!

Sentí su risa vibrar contenida en su garganta.

–Fue mi primer caballo de guerra, Alana. ¿Qué demonios habías pensado?

Y las pinceladas carmesí aparecieron de nuevo en mis mejillas.

–Me tiró cuando apenas tenía quince años y caí sobre una piedra canteada. Estuve casi dos días inconsciente. No se puede razonar con los caballos, son animales nobles, pero tremendamente obcecados y testarudos, guiarlos requiere de gran habilidad y maestría –explicó.

–Vaya –contesté yo–, te acabas de describir a ti mismo, ¿lo sabes?

Kieran rio a carcajadas.

–¿Así es como me ves?

–La mayoría de las veces, sí.

El volvió a reír y yo a mi tarea. Cuando terminé respiré con satisfacción.

–No he encontrado nada.

Kieran sonrió, se tendió de espaldas y se levantó la falda hasta la cintura, poniéndose ambas manos bajo la nuca. Me guiñó un ojo ante mi gesto de sorpresa.

–Prometo que estaré completamente quieto –murmuró.

Lo miré un momento antes de investigar y rocé sin pretenderlo su miembro que se irguió levemente. Saqué la lengua y la paseé por mi labio superior con una sonrisa.

–Permíteme dudarlo –afirmé con un brillo divertido en mis ojos.

Dos días después, demasiado cansada tras un largo día de caminata a través de los valles y bajo una intensa lluvia que me calaba pese a ir cubierta por una capa de gruesa lana escocesa forrada en piel, agradecí con intensidad el precario refugio de nuestra tienda. Me deshice de la capa y me tendí arropándome con las mantas, quedándome dormida al instante. Me despertó la presencia de Kieran, que había desplegado la pequeña mesa de madera sobre la que solía estudiar mapas y escribir misivas al resto de los oficiales. Tenía un pliego arrugado en la mano y mascullaba en gaélico con voz baja.

—¿Qué ha sucedido? —pregunté incorporándome.

Él me miró como si se hubiera olvidado que estaba allí, y su rostro se dulcificó.

—No es nada que deba incomodarte.

—No estoy incómoda, dímelo —exigí.

Dudó un momento, pero claudicó.

—Hay un traidor entre nosotros —pronunció con voz ronca y contenida.

—¿En el ejército jacobita o en nuestro clan?

—Tiene que ser claramente un Mackinnon —afirmó él y me tendió la carta.

Leí con atención, era una relación de las tropas que formaban el contingente rebelde, incluyendo nombres de oficiales, armas e incluso los caballos de que disponían. Los datos más exactos eran los del clan Mackinnon, incluyendo una pequeña estrofa que señalaba que el jefe viajaba con su esposa, una mujer y leí textualmente: *podía resultar altamente peligrosa para todos los que osaran acercarse a ella.* Gemí y el papiro crujió entre mis manos.

—Kieran, este hombre nos conoce muy bien. Me conoce, sabe lo que soy. No lo ha escrito con todas las letras, pero queda claro —expuse con temor.

—Lo sé. Llevo días sospechando, buscando y observando, pero no logro averiguar quién puede ser —barbotó dando un fuerte puñetazo a la mesa de madera que se tambaleó precariamente—. Esta carta la he interceptado, pero quién sabe el tiempo que lleva vendiéndose a los ingleses.

Lo miré con preocupación. Uno de sus hombres lo había traicionado, si lo descubría no había vuelta atrás. Lo pasaría por el filo de la espada sin juicio previo.

–Pero sospechas de alguien, ¿verdad?

–No, ¡por todos los demonios! ¡Sí!, pero no quiero pensar que él sea capaz de hacer algo así –explotó.

–¿Quién es?

–Es demasiado pronto como para acusar a alguien sin pruebas –murmuró apretando la mandíbula.

–Debo saberlo. También me menciona –señalé.

–No, todavía no. Yo me encargaré de solucionarlo –aseveró levantándose y saliendo al exterior.

No regresó hasta la mañana siguiente y su rostro no mostraba otra cosa que cansancio acumulado. Negó con la cabeza ante mi gesto interrogante y nos separamos para continuar camino. Durante todo el trayecto pensé en quién podría ser aquel hombre. No era uno de los soldados venidos de las aldeas colindantes al castillo, tenía que ser uno de los hombres que lo rodeaban, uno de su confianza, los datos eran precisos y pocos hombres conocían la escritura para redactar algo así. Así como también tenía la seguridad de que Kieran sabía quién era, pero que su sentido de la lealtad le impedía acusarlo directamente sin encontrar pruebas tangibles. En ese momento me di cuenta de que la frase dirigida a mí podía interpretarse de dos formas contrapuestas: un aviso a los ingleses y también una protección hacia mi persona. Varios nombres bailaron en mi mente, pero me negué a pensar que fuera uno de ellos. Sentí un profundo temor y durante aquel día no pude apartar los pensamientos funestos de mi mente.

Al atardecer llegamos al campamento situado en las inmediaciones de Perth. Nuestros problemas se acumulaban. Allí se encontraban acantonados los Mackenzie de Seafort. Cenamos en silencio en nuestra tienda y Kieran salió para reunirse con John Mackenzie de Seafort. Antes de irse le cogí una mano y me la llevé a los labios.

–Kieran –dije mostrando una serenidad que no sentía–, haz lo que debas hacer. Aceptaré tu decisión.

Él me besó con fuerza en la boca antes de partir y me cogió el rostro entre las manos.

–*Mo aingeal,* ¿cuándo lo comprenderás?

Se perdió en la noche sin estrellas, iluminada por las numerosas hogueras prendidas a lo largo y ancho del campamento donde se desplegaban más de seis mil hombres.

Paseé de un lado a otro de la tienda atando y desatando las lazadas de mi vestido de lana sin encontrar la calma necesaria para realizar otra acción, cuando sentí que la lona se abría de nuevo. Me giré con una sonrisa trémula que se quedó congelada en el rostro.

–Gareth –murmuré.

–Alana –pronunció él acercándose.

Me retraje asustada.

–¿Por qué me has llamado así?

–Porque ese es tu nombre. Te dije que te había visto junto a mí infinidad de veces, pequeñas escenas sin conexión en las que estamos juntos, cenando, compartiendo una bebida, riendo…

No lo dejé terminar.

–Gareth, no es lo que te imaginas, tú y yo no estaremos juntos nunca. Ni siquiera eres tú el que ves, es el novio de Sarah, tu descendiente –expliqué sintiéndome cansada de tener que razonar algo que no llegaba a entender.

Él me miró con intensidad y no reconocí los familiares y cariñosos ojos oscuros del Gareth del futuro en la persona que estaba frente a mí.

–¿Cómo has podido hacerlo? ¿Cómo puedes llevar un hijo suyo? –barbotó con ira.

–Porque él es mi marido –aseveré con frialdad, sintiendo que mi temperamento comenzaba a alterarse y el anillo a oscurecerse.

Alargó una mano y cogió la mía. Sentí la corriente de electricidad que estalló en mi vientre en un dolor insoportable. Me incliné y caí de rodillas, soltándome.

–No me toques. Me haces daño –musité recurriendo a toda mi fuerza para posar mis manos en mi abdomen, protegiéndolo.

–Kieran puede morir en la batalla, ¿no lo habías pensado? –susurró inclinándose hasta quedar junto a mí.

Lo miré a los ojos que brillaban atrapando la luz de la vela con destellos de locura y me asusté.

–¿Qué estás intentando decirme?

–Lucharé a su derecha y junto a él. Siempre lo hemos hecho, protegiéndonos el uno al otro. Pero después solo veo oscuridad, ¿qué ves tú? –preguntó haciendo que yo pegara un respingo.

–No veo nada, yo no tengo ese poder –balbucí.

–No te perderé, Alana, sé que terminarás recurriendo a mí, finalmente todo se sabrá y solo te quedaré yo –aseguró levantándose de pronto, como si hubiese oído algo que no era perceptible para los humanos.

Kieran entró en ese momento en la tienda y nos miró a uno y a otro con gesto furioso.

–¿Qué está sucediendo aquí?

–Nada, ya me iba. Solo he venido a ver cómo se encontraba Magdalen –murmuró Gareth saliendo por la lona entreabierta.

Kieran lo cogió del brazo y lo hizo girarse.

–Ella es mi esposa, ¿lo has entendido? Mía.

Gareth no contestó. Esbozó una sonrisa de depredador y se perdió en la oscuridad de la noche.

Kieran se arrodilló junto a mí.

– ¿Te ha hecho daño?

Negué con la cabeza.

–No me fio de él, es como si confluyeran en su persona varias personalidades. Sé que para ti es como un hermano, pero yo solo consigo ver al antepasado psicópata del hombre que conocí una vez –murmuré expresando mi miedo en voz alta.

Kieran me cogió el rostro entre las manos y me miró con intensidad, aunque supe que no había entendido ni la mitad de las palabras que pronuncié.

–Todo saldrá bien, Alana, no dejaré que te haga daño.

A mi rostro asomó una triste sonrisa, y oculté mis sentimientos para formular la pregunta que de verdad me inquietaba:

–¿Cómo ha ido la reunión con John Mackenzie de Seafort? Él chasqueó la lengua y torció el gesto.

–He intentado explicarle que no puedo casarme con su hija y que devolveré la dote. Le he ofrecido tierras y la devolución del dinero a un alto tipo de interés. Se ha negado. Está furioso y reclama una compensación. Va a llevar el caso al conde de Mar –explicó con brevedad.

Gemí en voz alta. Eso significaba que lo podían juzgar por traición y a mí también.

–Estás a salvo, Alana, me he encargado de aclarar que tú no sabías nada, que al principio creíste que eras otra persona porque provenías del naufragio del paquebote y no recordabas tu pasado. Eres inocente. No presentarán cargos contra ti, me lo han asegurado. En realidad te creen una pobre víctima de mis instintos –dijo con gesto contrito.

–Me gustaría saber qué diablos les has contado –murmuré esbozando una sonrisa torcida.

–Bueno –contestó él imitándome–, es mejor una mentira que me favorezca a una verdad que me perjudique.

Lo besé con ternura y me apoyé en su pecho aspirando su olor a salitre y humo.

–Te quiero, ¿sabes? Te quiero más de lo que te imaginas.

–Lo sé, *mo aingeal*, lo sé. Nunca lo olvides.

–¿Por qué habría de olvidarlo?

Carraspeó fuertemente y yo lo miré con curiosidad.

–También traigo noticias –musitó como si hubiera recibido un puñetazo.

–¿Cuáles?

–Los Cameron están aquí y Sarah los acompaña.

–¿De verdad? –grité con entusiasmo. Sarah estaba allí, solo a unos metros de distancia–. Tengo que ir a buscarla.

–No –determinó con firmeza–, es noche cerrada y el campamento puede ser peligroso, incluso pueden confundirte con una meretriz y desatar consecuencias indeseadas. Los hombres están nerviosos previendo la próxima batalla y las escaramuzas y reyertas son corrientes, sobre todo al caer la noche cuando sus cuerpos se han llenado de whisky y cerveza. Mañana yo mismo te acompañaré.

–¿La has visto? –Mi ánimo se desinfló como un globo.

–No.

–¿Sabes si está bien? –continué sabiendo que esa noche no dormiría mucho.

–Sí, imagino que sí.

–Kieran, ¿no puedes acompañarme ahora que…?

–No. Por una vez hazme caso, Alana. Solo serán unas horas.

–Muy largas.

Su gesto pasó de la preocupación a la seducción en un segundo.

–Puedo conseguir hacerlas muy cortas –aseveró.

–Fantasma –dije dándole un pequeño empujón.

–Bruja –apostilló él besándome.

Al fin y al cabo, como dijo Kieran, solo serían unas horas… cortas, y podría volver a ver a Sarah, aunque con lo que no había contado es que igual ella no estaba tan contenta por reencontrarse conmigo.

CAPÍTULO XIII

La guerra te arrebata el tiempo,
te roba el alma y destruye cuerpos.

A la mañana siguiente me encontraba tras la espalda de Kieran, golpeándolo con fuertes sacudidas en el *plaid* para quitarle el polvo prendido del largo camino e intentando frenar sus protestas, cuando escuché que se abría la lona dejando paso al sonido de una voz cantarina y claramente familiar.

—¡Kieran!

Kieran se tensó perceptiblemente y no contestó. Yo me asomé tras su espalda y esbocé una grata sonrisa.

—¡Sarah!

—¿Alana? —preguntó quedándose mortalmente pálida.

—¡Sí!

—¿Qué… qué haces tú aquí? —balbuceó.

Kieran nos observó a la una y a la otra y se acercó a la puerta de forma sigilosa.

—Os dejaré solas. Tenéis mucho de qué hablar —musitó saliendo al frío amanecer.

Sarah se había quedado petrificada mirándome. Me acerqué a ella algo temerosa, sin saber qué reacción esperarme. Con toda probabilidad estaría enfadada y furiosa conmigo, culpándome de su destino. Y tenía toda la razón. No obstante, se recuperó con prontitud y abrió los brazos. Caí sobre ellos con tanta fuerza que casi la tiro al suelo. Reímos de forma algo histérica y después sollozamos cada una en el hombro de la otra durante largo rato. Finalmente nos quedamos mirándonos con lágrimas en los ojos e hipando como dos niñas.

—¿Qué haces aquí? –repitió más serena.

—He venido a buscarte.

—¿A mí?

—Claro que a ti. No podía dejar de culparme por lo que te hice.

—¿Tú? ¿Fuiste tú la que me…?

Se silenció y me miró sin comprenderlo.

—Pero, ¿cómo pudiste…? –continuó sin terminar la pregunta.

—Kieran tiene razón en una cosa: tenemos mucho de qué hablar –contesté cogiéndola del brazo para sacarla al exterior–. Busquemos un sitio en el que hacerlo con tranquilidad.

Caminamos unos cientos de metros alejándonos de la tumultuosa actividad del campamento hasta subir una pequeña colina, y nos sentamos al refugio de una formación rocosa que impedía al viento alcanzarnos. A ambas nos invadió una extraña timidez, como si fuésemos desconocidas. Ninguna sabía por dónde empezar.

—¿Sabes que Roderick nos está siguiendo? –preguntó con cautela Sarah.

—Sí –suspiré con resignación–, es mi escolta.

—¿Por qué necesitas escolta? ¿Es que te has convertido en una celebridad?

Pese a su tono jocoso, seguía habiendo algo diferente en ella, quizás una sombra de desconfianza en sus profundos ojos azules.

—No, es que me han intentado asesinar varias veces,

por lo visto es algo inherente a mi persona. Hasta empiezo a acostumbrarme.

—¿A ti? ¿Qué has hecho?

—No es por lo que haya hecho, es por lo que soy, aunque en esta época importa muy poco lo que hagas, primero disparan y después preguntan. Soy una bruja, Sarah —concluí imprimiendo seriedad a esa loca afirmación.

—Las brujas no existen —replicó ella con la misma seriedad.

—Al parecer sí, aunque no conozco a ninguna personalmente. —Me detuve un instante pensando que sí conocía a una, a uno, en realidad, pero no iba a dejar que Gareth empañara el reencuentro con Sarah—. ¿Cómo crees que has llegado aquí?

—No lo sé, he intentado pensar en alguna posibilidad científica y la única que parece plausible es que corriendo por Dean Village cayera en un agujero temporal.

—Yo te mandé aquí, ¿recuerdas que te ordené que te pusieras a salvo?

—¿Y no podías haberme enviado a mi casa en Inverness, por ejemplo? —inquirió con bastante sarcasmo.

—Lo siento, Sarah —musité cogiéndole la mano. Estaba fría e inerte al contacto—. En aquel momento no tenía ni idea de lo que era, solo intentaba ayudarte.

—Pues eres una bruja espantosa.

—Lo sé, lo he descubierto metiendo la pata una y otra vez. Cuando llegué aquí lo hice con tan buena puntería que aterricé en medio del océano y casi me ahogo.

Esbozó una sonrisa y suspiró.

—¿Sabes ya por qué me enviaste aquí?

—¿Recuerdas las mujeres desaparecidas en Edimburgo?

—¿Qué tienen que ver ellas en todo esto?

—Cuando desapareciste, la policía me mostró sus fotografías. Todas poseían un gran parecido conmigo. Ellos tenían la opinión de que yo era el objetivo y solo sé que el origen está aquí, aunque desconozco el por qué. De lo que sí estoy segura es de que las consecuencias de lo que aquí suceda se desarrollarán en el pasado. Tengo que impedirlo, hacerte regresar y encontrar a ese individuo. Por ese orden.

–Así que yo fui una especie de daños colaterales, ¿no?

–Sí. Lo siento, Sarah, créeme. A la única persona en el mundo a la que menos querría hacer daño era a ti. Tú eras toda mi familia.

Sus ojos azules se oscurecieron.

–Fue horrible –reconoció finalmente–, no sabía dónde me encontraba, no lograba recordar cómo había llegado y solo persistía en mí la sensación de estar rompiéndome en mil pedazos –suspiró y se abrazó buscando calor, soltando mi mano.

–También me dijeron que te acusaron de brujería y estuviste a punto de morir –dije con suavidad.

Ella bajó la cabeza y su gesto se tornó triste.

–No, no quiero recordar aquello –musitó a un paso de las lágrimas.

Le pasé un brazo por el hombro acercándola a mí.

–Sarah, todo eso ya terminó. Puedo hacerte volver –murmuré, rezando para que esta vez lo consiguiera. Le cogí su mano de nuevo para afianzar esa realidad. Ella fijó la vista en mi mano y la soltó para señalar con un dedo mi alianza.

–¿Te has casado? –preguntó con incredulidad, olvidando por un momento sus cuitas.

–No tuve más opción. Cuando llegué me confundieron con la prometida de Kieran y bueno…, sucedió.

–¿Con Kieran? ¿Estás casada con Kieran? –exclamó con una expresión en el rostro que no pude descifrar.

–Sí, con él.

–Vaya –murmuró entornando los ojos–, esto sí que es una sorpresa. Ahora la que lo siente soy yo. Alana, sé lo mucho que odiabas esa palabra y ese sacramento.

—Es cierto, al principio fue… —Busqué la palabra apropiada sin llegar a encontrarla—. Intenté por todos los medios evitarlo, pero Kieran se volvió persistente, y por mucho que yo intentara odiarle no llegué a conseguirlo.

—¿Estás diciendo que lo amas? —espetó con perplejidad.

—Sí, no lo voy a negar. De hecho vamos a tener un hijo —susurré mirándola con dulzura—, estoy embarazada, Sarah, y por primera vez siento que mi vida tiene sentido, aunque esté rodeada por hombres belicosos, asesinos y brujos. Y en medio de una guerra inminente —añadí.

Ella se quedó muda, no supe si de la impresión que le causó mi cambio de carácter o de la sorpresa. De pronto su rostro se tornó violentamente serio, como si yo le molestara.

—Supongo que conociendo a Kieran no le gustó averiguar quién eras en realidad y como lo habías engañado —señaló con frialdad.

—Creo… creo que siempre lo supo, aunque jamás lo confesará —contesté mirando al campamento que se extendía bajo nuestros pies al pie de la colina como si lo fuera a ver aparecer en cualquier momento.

Me extrañaba sobremanera la actitud de Sarah, pero en esos años su carácter se había curtido a base de golpes. Para ella probablemente yo solo era un recuerdo doloroso. Comprendí que nos costaría un tiempo recobrar la confianza que habíamos compartido en el pasado.

—¿Y tú con Gareth? —pregunté después de un largo silencio, casi atragantándome con el nombre.

—No pasó nada con Gareth —contestó con brusquedad—, él no es el hombre que conocí en Edimburgo.

—Al principio pensé que él constituiría un apoyo para ti.

—Alana, creo que lo de pensar además de practicar la magia no son ninguna de tus cualidades —expresó algo enfadada.

Hice un gesto de dolor, pero no me rendí.

–Sarah, podemos regresar, ya te lo he dicho. He venido para eso –aseveré, buscando con la mirada a la Sarah que recordaba, la cual se había difuminado para convertirse en la mujer herida que tenía frente a mí.

–¿Regresarías conmigo?

–Claro ¿crees acaso que te dejaría sola de nuevo? –inquirí sorprendida.

–Pero yo… habías dicho que Kieran y tú…

–Él también sabe que tengo asuntos que solucionar en el futuro, encontrar a un asesino y restablecer el orden normal del tiempo. Cuando todo acabe, intentaré regresar –aclaré.

–¿Y si te asesinan en el futuro? ¿Y si no puedes regresar? Tú misma has dicho que apenas controlas tu magia y que la mayoría de las veces no sabes cómo funciona –espetó mirándome fijamente a los ojos.

No había pensado que era muy probable que no consiguiera regresar. Intenté ocultar el daño que me hacía imaginarlo.

–Lo haré de todos modos. Mi abuela me obligó a prometerle una sola cosa en su lecho de muerte, que te salvaría. *«Ponla a salvo»*, fueron sus palabras y lo pienso cumplir. Sarah, no ha habido un solo instante desde aquel día en el que no me culpara de lo que te hice. –Suspiré hondo.

–No quiero regresar, Alana –soltó con brusquedad ella.

–¡¿Qué?! –barboté yo. Me había imaginado una y mil veces la conversación que estaba manteniendo con Sarah y, como todo lo que se prevé, resultó exactamente lo contrario.

–La batalla tendrá lugar dentro de pocos días, no me iré ahora que sé que puedo ser de utilidad. No abandonaré a la gente que me acogió –indicó y miró mi rostro descompuesto–, puede que cuando todo pase… ya lo hablaremos de nuevo.

—Pero... —repliqué.

—Alana, llevo aquí más de dos años, hay gente a mi alrededor que se ha convertido en mi familia y empiezo a sentirme más útil aquí que en el futuro.

Seguí mirándola con total estupor.

—Pero, toda tu familia está a trescientos años de distancia.

—Hay muchas cosas que han cambiado, Alana. No lo entenderías.

—Prueba a intentarlo.

—Sigues siendo igual de cínica.

—Pues tú has cambiado. ¿Ni siquiera te acuerdas de Gareth? Tiene que estar enfermo de preocupación.

—Por favor, Alana, cuando todo termine hablaremos —determinó dando por conclusa la conversación.

—Esperaré, Sarah —masculló sin llegar a comprender qué estaba ocultando—, pero no sé de cuánto tiempo disponemos. Prométeme que lo pensarás con calma.

Ella entornó los párpados y dejó la mirada fija en un punto en el horizonte.

—¿Sabes? Creo que aquí he descubierto que el amor es mucho más que una cena a la luz de las velas en el mejor restaurante de Edimburgo, una película en el cine compartiendo palomitas, unas vacaciones al Caribe de una semana una vez al año o un anillo de diamantes en la mano izquierda.

—¿Me estás intentando decir que ya no amas a Gareth?

—Te estoy intentando decir que creo que nunca amé a Gareth —contestó ella con la mirada oscurecida.

No quise seguir discutiendo. Sarah había cambiado como lo había hecho yo. Al obligarnos a sobrevivir en un mundo hostil, primitivo y en ocasiones peligroso, nuestro carácter se había fortalecido de forma muy diferente. Ella se había vuelto más exigente y exudaba frialdad, yo, sin embargo, había aprendido a no esconderme y a rendirme al amor sin poner condiciones. Sí, las dos habíamos cambiado. Mucho. Pero no lo supe con certeza hasta algún tiempo después.

Bajamos la colina cogidas del brazo bajo la atenta mirada de Roderick, que había permanecido prudentemente alejado de nosotras mientras observaba el campamento y el perímetro que nos rodeaba. En el valle, donde se levantaban las tiendas y los soldados se ejercitaban con espadas y dagas, salió a buscarnos Kieran, venía con un pequeño corte en la ceja y los nudillos ensangrentados. Lo miré enfadada.

Él se encogió de hombros, pero parecía bastante más relajado que por la mañana.

—¿Qué ha sucedido? —le increpé.

Kieran nos miró a una y otra con intensidad, pero mostrando un rostro que no dejaba entrever ninguna emoción.

—Ha sido entrenando, nada de importancia —masculló.

Sarah dio un paso y le puso la mano en el brazo con confianza.

—Alana me ha contado lo de vuestro enlace. Debo felicitarte ¿no? —preguntó como si todavía no se creyera mi historia.

—Sí —respondió con brusquedad Kieran, apartándose para situarse junto a mí—. Sarah, te buscan los Cameron. Vamos a partir, el conde de Mar ha abandonado Perth con intención de tomar Stirling descendiendo hacia Dunblane. Nos ordenan levantar el campamento y desplazarnos.

Sarah dio un respingo, disgustada, y reaccionó con prontitud dejando caer un beso en mi mejilla, alejándose presurosa con la promesa en sus ojos de volver a reencontrarnos antes de la batalla.

—¿Me he perdido algo? —musité viéndola marchar.

Kieran, sin ofrecerme una respuesta, me cogió de la

mano y me guio hasta nuestra tienda. Una vez dentro me giró para observarme con detenimiento.

–¿Todo bien? –murmuró.

–En realidad, no lo sé. No quiere regresar, al menos hasta que no se celebre la batalla. Quiere ayudar, es comprensible, pero sé que algo ha cambiado y no acierto a averiguar qué es –le expliqué empezando a recoger nuestras pocas pertenencias.

–Supongo que para ella ha sido impactante saber que habías venido a buscarla. Nunca me comentó que supiera que tú eres…, en fin, lo que eres.

–Ya, pero hay más. ¿Tuvo alguna disputa con Gareth?

–No que yo sepa.

–Bueno –dije doblando las mantas que constituían nuestro lecho–, en pocos días lo sabremos. Por cierto, ¿adónde vamos?

–Tenemos órdenes de dirigirnos hacia la aldea de Auchterarden. El conde de Mar va a intentar una maniobra disuasoria con el tercer regimiento como distracción, mientras el grueso del ejército ataca Stirling –explicó.

–No servirá de nada, el duque de Argyll se dará cuenta de la triquiñuela.

–Eso hemos aducido todos los oficiales en su presencia.

–¿Y cuándo no estabais junto a él?

–Que el duque de Argyll es un soldado acostumbrado a batallar y el conde de Mar a parlamentar. Nunca sabrá dirigir un ejército.

–La Historia se hará cargo de juzgarlo –afirmé. Lo que no era ningún consuelo.

–De todas formas, nosotros tenemos órdenes de esperar en Auchterarden la llegada de las tropas del general Gordon –adujo él plegando la mesa de madera para cargarla en la pequeña carreta, dándome a entender que de momento no habría lucha para el clan Mackinnon.

–Kieran, ¿qué día es hoy? –pregunté recordando de

pronto una conversación que había escuchado cuando trabajaba en la librería.

—Once de noviembre.

Gemí en voz alta y me llevé la mano a la boca. Todo se iba a precipitar de forma rápida e imprevista.

—La batalla será dentro de dos días.

—Es imposible. El trece de noviembre es domingo. No podemos luchar un domingo, es el día del Señor —señaló con énfasis, dudando de mis palabras.

—Lo haréis.

Kieran se persignó y terminó en silencio de recoger nuestras cosas.

Llegamos al día siguiente a las cercanías de la pequeña aldea medieval de Auchterarden. En el campamento se percibía el nerviosismo y la tensión previa a los combates. Los hombres se mostraban iracundos y dispuestos a entrar en batalla, la mayoría de las veces les daba lo mismo que fuera con su vecino de al lado. La excitación se notaba palpable como una corriente eléctrica que los enlazaba los unos a los otros. Muchos de aquellos hombres eran simples granjeros o ganaderos que no habían entrado en batalla antes, pero parecían dispuestos a ensartar cualquier asomo de uniforme escarlata que sus ojos vieran. Los observé mientras montaban nuestra tienda sintiendo verdaderamente miedo. Un día, quedaba solo un día y todo terminaría por fin.

Sabía por Kieran que había tropas más al sur, las del brigadier Mackintosh, que se habían reunido con las fuerzas de Foster cerca de Kelso, y también que los oficiales pensaban que era un error, que las tropas debían haberse agrupado para formar el grueso del ataque. El conde de Mar nunca lo vio, porque nunca fue un estratega ni escuchó a los oficiales. Quizá, si hubieran contado con el apoyo de aquellos regimientos, el resultado de la batalla fuera otro completamente diferente.

Pasamos nuestra última noche en Kinbuck, junto a las heladas orillas del río Allen. Esa noche no se encendieron fogatas, no se cantaron canciones y no se declamaron historias. Los hombres silenciosos y preocupados, se tendieron en el frío y húmedo suelo cubierto por una capa de nieve a intentar descansar al menos unas horas antes de que tuviera lugar la batalla. Se arrebujaron en sus *plaids* y rezaron el acto de contrición. Muchos de ellos no volverían con vida. Los observé, amparada en la oscuridad de la noche, junto a la tienda. Vi a Kieran caminar desde la tienda principal del comandante donde habían discutido el orden y situación de la batalla. Llegaba con gesto cansado pero determinante. Me cogió de un brazo y me obligó a pasar dentro.

—*Mo aingeal*, estás helada —exclamó abrazándome.

—Es que hace mucho frío —contesté tiritando.

Me frotó fuertemente con las manos hasta que entré en calor y nos tendimos en el cúmulo de mantas. Comenzó a desnudarme despacio y yo le sujeté las manos.

—Nos congelaremos —aduje.

—Te daré calor, Alana, pero déjame desnudarte, necesito sentir tu piel junto a la mía —pidió. No me negué, era nuestra última noche juntos y el temor al nuevo día persistía enlazándonos en una oscura nube.

Nos quedamos desnudos y abrazados, disfrutando de la piel del otro. Me besó con ternura y deslizó sus manos a lo largo de mi cuerpo. Me amó en silencio, acariciando con devoción mi cuerpo, evitando la ferocidad que lo caracterizaba para la batalla que tendría lugar al día siguiente. Al terminar, me miró con infinita calidez durante unos instantes eternos. Se recostó, atrayéndome a sus brazos y susurró en mi oído, con la intimidad que solo comparten los que son más que amantes.

—Alana, si ves que no regreso, busca a Sarah y regresad a vuestra época.

Me estremecí y lo abracé con fuerza.

–No digas eso, Kieran, parece que invoques algo que no deseo que suceda.

–*Mo aingeal*, mañana lucharé y tú misma dijiste que habría casi mil muertos en el bando jacobita. Eso constituye una octava parte de todo el ejército. Tienes que ser realista, salvaos vosotras. Promételo –repitió.

–Lo prometo.

–En serio –apostilló él.

–Lo prometo por nuestro hijo –dije con lágrimas en los ojos.

Él, mostrando una serenidad que a mí me era esquiva, bajó su cabeza para posarla sobre mi vientre levemente hinchado. Lo acarició y susurró un largo discurso en gaélico del que yo no entendí ni una sola palabra. No iba dirigido a mí, se estaba despidiendo de su hijo nonato. Las lágrimas mordieron mi rostro y le acaricié el pelo, sintiendo que lo amaba como nunca antes.

Al poco rato levantó el rostro y besó mis lágrimas frotando su rostro contra el mío. Gemí de dolor y de pena.

–Te amo, Kieran.

–Te amo, Alana –contestó él.

Y ya no hubo más palabras.

Entreabrí los ojos cuando lo noté levantarse. No quise mostrarle que estaba despierta para no alargar una despedida que me negaba a aceptar. Lo escuché suspirar, agacharse a mi lado y susurrar algo en gaélico mientras me acariciaba el pelo con ternura. Me dio un suave beso en la mejilla y desapareció en la noche.

Me incorporé rato después con gesto cansado para vestirme con premura, maldiciendo el frío y el miedo que comenzaba a sentir. Me até a la cintura el *plaid* que me identificaba como miembro del clan Mackinnon y que llevaba prendido formando una cruz sobre mi pecho. Antes de que saliera al exterior, Elinor entró veloz, parecía bastante disgustada, aunque me imaginé que la preocupación mostraba diferentes caras.

–Magdalen, ¿o debería llamaros Alana? Ya no sé cuál es vuestro verdadero nombre –señaló con frialdad.

Suspiré, por lo visto el encuentro con los Mckenzie de Sheafort ya había llegado a sus oídos.

–Soy Alana Mackinnon –afirmé sin ningún género de dudas.

–¿Tenéis acaso idea de lo que le habéis hecho a mi hijo? Cuando todo esto acabe será juzgado y probablemente condenado por traición –exclamó encarándome.

–Si eso sucede, no tengáis la menor duda de que estaré junto a él y aceptaré mi parte de culpa –contesté–. ¿Quién más lo sabe?

–Roderick, Aluinn y Cailen. Nadie más. Kieran se ha ocupado de ocultárselo al resto de los hombres. Ya habrá tiempo de explicaciones.

–O quizá no –murmuré.

Ella me miró cambiando el gesto al de profundo temor. Apretó las manos y después se las frotó contra la falda del vestido, haciendo crujir la tela. Lamenté haber hablado, mis escasas habilidades sociales resurgían de nuevo.

–Debéis venir con el resto de las mujeres. Se ha acondicionado una pequeña cabaña para atender a los heridos, cualquier mano nos será de utilidad –exigió finalmente cogiéndome del brazo.

La seguí sin protestar, atravesando el campamento extrañamente vacío y con una sensación de irrealidad tan patente que en cualquier momento esperaba escuchar a alguien gritar.

–¡Corten! ¡Terminado!

Lo que obviamente no sucedió.

Entré en la pequeña cabaña de madera cubierta por un techamen de paja y vigas carcomidas, donde ardía un fuego fuerte bajo un caldero humeante en el que se hervían paños blancos que servirían como vendas. Pude ver a Sarah dando instrucciones, pero ella apenas reparó en mi presencia, con el afán de organizarlo todo como si fuese un general de guerra, ante la reticencia de las mujeres que había reclutado para ello. Sin nada más útil que hacer, me centré en dar vueltas al caldero mientras sudaba con profusión por el calor, para ir posteriormente colgando los trapos humeantes sobre unas cuerdas tendidas de lado a lado de la cabaña. Aunque era una labor prosaica y mecánica, no pude dejar mi mente en blanco, volaba una y otra vez al campo de batalla. No podía evitarlo. Me sentía inútil esperando. Miré a las mujeres que se entretenían extendiendo mantas en el suelo como camillas improvisadas y preparando paños ya secos y jarras de agua y licor. En esas simples tareas encontraban consuelo. Yo no. Una mujer pecosa y regordeta se acercó a echarme una mano cogiendo otra espátula y removiendo conmigo. Le sonreí por inercia.

—La guerra convierte a los asesinos en soldados —exclamó de pronto con el rostro enrojecido y sin dejar de agitar el mango de madera—, si Dios es misericordioso rezaremos para que mueran el máximo número de *sasenachs*.

—Es obvio que en este mismo momento habrá también muchas mujeres rezando para que mueran los escoceses.

—¿Es que acaso estáis insinuando que Dios no está de nuestra parte? Dios es justo y nuestro ejército enarbola la justicia como bandera —espetó con acritud.

—Lo único que afirmo, no insinúo, es que invocar a Dios y su justicia no nos hará ganar la guerra. —Ahí estaba de nuevo, hablando de más sin prever las consecuencias.

—¿Decís que deberíamos invocar al maligno porque él es el causante de la guerra?

—Digo que los hombres son los causantes de la guerra y que invocar a Dios o al Diablo es irrelevante para el transcurso de la batalla.

—¡Dios mediante! —Se santiguó con rapidez—. Habláis del enemigo de Dios en la Tierra con demasiada soltura.

—No hablo ni de uno ni de otro, ambos me son indiferentes —expresé sin la debida cautela. En mi defensa, varios días después, diría que el saber que miles de hombres, entre los que se encontraban algunos de los que más quería, crispaba mis nervios provocándome una furia contra la raza humana y su estupidez de proporciones épicas.

Aquella joven pegó tal respingo que pensé que se iba a romper en dos, después se volvió a santiguar y se apartó de mi lado como si temiera que a mí me fueran a salir cuernos y rabo. Respiré con hastío y me concentré en la labor sin darle más importancia.

Me encontraba con la mirada fija en las llamas cuando una imagen se formó en ellas, escuché el rumor de la lucha y los gritos de los hombres envueltos en una extraña niebla. La percibía con total claridad. Había un hombre moreno y alto de espaldas a mí, cayó al suelo herido por el filo de una espada que brilló entre las llamas. ¿Era Kieran? Me tambaleé aturdida un instante y emití un grito que fue disimulado por el primer cañonazo que provocó que las mujeres presentes dejaran caer lo que tenían en las manos y respiraran jadeantes. Nos miramos las unas a las otras viendo el miedo reflejado en los ojos de cada una de nosotras. De improviso sentí una mano helada posada sobre mi espalda. Me giré y no conseguí ver a nadie. La sensación de terror fue tan patente que me tambaleé. Era Kieran, ya no tuve duda. Lo habían herido y estaba en peligro. Me puse de nuevo la capa y me dirigí a la puerta.

Elinor me sujetó del brazo.

—¿Adónde creéis que vais? —espetó.

—Al campo de batalla —contesté con naturalidad olvidándome de la promesa pronunciada la noche anterior.

—Pero cómo osáis…

—Kieran está en peligro.

—¿Vos lo habéis visto?

Asentí con la cabeza.

Ella se retorció las manos en el delantal de hilo blanco que cubría su vestido de lana azul.

–Son mis hijos –pronunció finalmente.

–Lo sé –respondí y salí al exterior sin despedirme de nadie.

Miré alrededor sin saber qué camino seguir. Cerré los ojos intentando concentrarme y escuché el rumor de las gaitas y disparos a mi izquierda. Corrí hacia allí sin pensármelo dos veces. No sabía qué iba a hacer cuando llegara, solo que tenía que estar allí.

Llegué a la cima de la colina sobre la que se extendía el páramo de Sheriffmuir, el cual daría nombre a la batalla. Frente a mí observé el despliegue de ambos ejércitos. Un manto blanco de escarcha cubría la llanura donde destacaban con nitidez los colores ocres, azules, verdes, blancos y rojos de los *kilt* escoceses, en contraste con la barrera carmesí de los soldados ingleses en formación de cuadrícula. Abrí los ojos desmesuradamente ante la imagen. Y en ese momento la recordé, había visto un cuadro expuesto en la Galería de Arte Pictórico de Edimburgo poco tiempo antes, pero no paré en analizar la importancia del cuadro. No destacaba por su trazado ni por sus líneas elegantes, era otro cuadro de guerra. Solo que el cuadro, esta vez se había convertido en una dolorosa realidad.

Me quedé en la retaguardia, observando al lejano duque de Argyll que permanecía erguido sobre su caballo en la cima de Stone Hill frente a nosotros. Abajo, en el páramo, John Erskine, sexto conde de Mar había hecho el que él consideraría el discurso de su vida, que finalizó con vítores y boinas azules lanzadas al cielo turbio y expectante. Ciertamente era lo que mejor sabía hacer, hablar. Las gaitas prorrumpieron sus lamentos declamando el *pioh rah* de cada clan instándolos a la batalla y las líneas jacobitas se movieron de forma imperceptible como si una corriente eléctrica las hubiera atravesado de lado a lado. Tenían como frontera natural el río Arran en la parte oriental y profundos pantanos en el lado contrario. La única dirección posible era enfrentarse al enemigo, no había escapatoria. Intenté recordar en que lado luchaba el contingente Mackinnon y me acerqué más, mezclándome con la retaguardia del duque de Perth, que controlaba su caballo a duras penas ante el nerviosismo que presentía en su dueño y a su alrededor. Nadie se percató de mi presencia. Observé con más atención y los vi, distinguiendo sus colores. En primera línea en el extremo occidental se encontraba el regimiento Mackinnon junto con el Macgregor y Macpherson, a su derecha los leales Stuart de Appin.

Luchaban bajo el mando del general Hamilton y junto a los Cameron, McDougal y McRae. Frente a ellos se erguía el flanco más peligroso de los ingleses, el propio duque de Argyll al mando de sus Dragones montados a caballo y de los *scots grey*.

A una orden de sus oficiales, los escoceses echaron a correr en la fría tierra rodeada de neblina que esperaba atrapar las almas de los caídos. Creí escuchar un grito de guerra *«Cuimhnich bas Alpein»*, recuerda la muerte de Alpin, o quizá fuera mi imaginación.

Era el grito de guerra de los Mackinnon.

La batalla había dado comienzo.

CAPÍTULO XIV

El futuro nos preocupa
y el pasado nos deja huir,
lo que provoca que el presente
se diluya entre nuestros dedos.

Observé con temor como los escoceses a pie se enfrentaban, disparando y arrojando las pistolas a su paso, a la fuerte resistencia inglesa, los cuales se cubrían los unos a los otros en perfecto orden, arrodillándose la primera línea para disparar con la protección extendida a sus espaldas. Los escoceses jacobitas no eran un ejército, eran guerreros luchando por sus vidas, sin elegancia y sin virtud, simplemente para sobrevivir, no veían más que al inglés que tenían frente a él y empuñaban las espadas inclinando los *targue* para proteger su flanco izquierdo, pero de forma mucho más agresiva, peligrosa y valiente que cualquiera de los soldados Hannoverianos, compuesto en su mayoría por jóvenes regimientos poco estimulados para entrar en batalla con aquellos salvajes de pelo largo y faldas desplegadas que levantaban las *claymore* por encima de sus cabezas como el mismísimo diablo. No podía verles la cara, pero percibía el miedo que sobrevolaba el páramo.

Al poco rato, debido al humo acre de la pólvora y la neblina que se cernía desde la cumbre acercándose como el manto de la muerte, dejé de ver con claridad el campo de batalla. Unos hombres le hicieron ver al duque de Perth que había una mujer entre las tropas de la retaguardia. No era extraño que los lugareños se acercaran a observar la batalla, incluso en una ocasión Gareth comentó, viendo un partido del Liverpool contra el Manchester, que el fútbol era la demostración de fuerza que requerían los hombres para desahogar sus frustraciones al no tener batallas en las que luchar. En ese momento le di la razón. Pero yo no era una simple observadora. Mi temor no me permitía serlo.

El duque se acercó a caballo y se situó a mi lado haciendo una torpe reverencia al reconocer mis colores prendidos al cuerpo y mi capa algo más lujosa que las de las aldeanas.

—Señora, ¡debéis abandonar ahora mismo la línea de fuego! —exigió con voz imperativa deshaciéndose del tricornio decorado con plumas de faisán como si ese gesto fuera a intimidarme.

—No estoy en la línea de fuego —señalé con voz tranquila pero retorciéndome las manos a la vez. Kieran sí que estaba en primera línea de fuego y yo no conseguía ver nada.

—¡Os ordeno ahora mismo que os retiréis! —expresó agitando su mano enguantada mientras un ordenanza corría para entregarle una misiva.

—No soy uno de vuestros soldados. No podéis ordenarme nada en absoluto —repliqué viendo como su rostro palidecía al leer las instrucciones.

—¡¿Qué nos repleguemos?! ¡Qué demonios! Perdonad señora, tengo asuntos que tratar —se disculpó tirado de las bridas del caballo para adentrarse en el grueso del ejército por el que ya se veían retroceder a varios regimientos siguiendo las órdenes del conde de Mar.

La visión de Kieran cayendo al suelo herido me acometió de improviso y no tuve más remedio que echar a
correr hacia donde creía se encontraban. Esquivé en el
camino a los primeros heridos que sus compañeros intentaban evacuar, con los rostros llenos de estupor y confusión sin entender por qué sus oficiales les ordenaban la
retirada cuando habían podido comprobar que las tropas
Hannoverianas estaban igualadas numéricamente y que
podían seguir luchando para ganar la batalla. Entonces
percibí el olor de la muerte sobrevolando el páramo, alargando su mano invisible para cercenar la vida de los que
aún luchaban por lo que ya estaba perdido.

Corrí a más velocidad, abriéndome paso entre el
humo picante de la pólvora y la humedad sanguinolenta
que me envolvía sin llegar a ver nada más que un paso
por delante de mí. Temí haberme perdido y me detuve sin
saber por dónde ir. No conseguía reconocer el entorno,
cada vez oía más lejanos los gritos de guerra y los lamentos de los heridos de ambos bandos, como si una gruesa
niebla me estuviera ocultando. Cerré los ojos intentando
concentrarme en la imagen y mi instinto me obligó a girar a la derecha. A los pocos metros pude verlo, todavía
se mantenía en pie y enarbolaba la espada con el rostro
cubierto por hollín y sangre.

Me acerqué temerosa para comprobar como se re-
sarcía del ataque de tres soldados de infantería ingleses
que lo rodearon sin piedad empuñando los sables en su
dirección. Temí haber gritado de terror. Sin embargo, de
mis labios no salió un solo sonido. ¿Por qué no huye?,
me pregunté de forma agónica. Todavía estaba a tiempo
de aproximarme y evitar su caída. Vi luchando a su lado
a Aluinn y también, algo más alejados, a Roderick y Gareth. El resto de los hombres Mackinnon se había reple-
gado. ¿Por qué ellos seguían allí? No entendí esa falta de
prudencia tan flagrante hasta que conseguí percibir entre
la niebla un cuerpo tendido en el suelo a los pies de Kie-

ran. Era su hermano. En ese momento comprendí que a quien había visto en el fuego de la cabaña, el hombre de pelo moreno, era Cailen y parecía estar muerto. Había llegado tarde. Parpadeé soportando las lágrimas de mis ojos que, heridos por la pólvora, se defendían desplegando un abanico de agua salada. Me fijé con más atención y creí ver que Cailen intentaba incorporarse con una pistola en la mano, cayó de nuevo desmayado al suelo y Kieran rugió luchando con más fiereza.

A lo lejos observé reunirse a un escuadrón de Dragones a caballo, preparados para atacar. Estaban perdidos, no podrían hacerles frente. Y no vi otra salida. Cerré los ojos y concentré mi poder sin pensar en ningún momento que podía ser alcanzada por algún proyectil perdido o que me pudieran atravesar con un sable inglés. Solo tenía un objetivo en mi mente y era salvarlos de la barbarie. Odiaba ser bruja, pero en ese instante agradecí a mi abuela que me hubiera conferido tal poder. Sentí el puño luminoso creciendo en mi interior, girando sobre sí mismo, haciéndose más fuerte, más grande, más poderoso. Extendí las manos y mi anillo destelló creando un haz de luz. No recuerdo si deseé crear una barrera de protección, si deseé ocultarlos en la niebla, o si deseé aniquilar al escuadrón inglés. Solo sabía que, aunque yo estuviese perdida invocando a la oscuridad, a ellos debía salvarlos.

En respuesta, el suelo tembló levemente y la lucha se detuvo por instante, mientras todos los hombres se tambaleaban aturdidos por la sacudida de la tierra. Aunque los jinetes no percibieron nada anormal, los caballos sí lo hicieron. Se encabritaron y relincharon piafando molestos y asustados ante algo que no conocían, mientras sus dueños intentaban dominarlos y obligarlos a entrar en batalla. No lo consiguieron, varios jinetes fueron arrojados al suelo y pisoteados por sus propios caballos, los demás, temerosos, retrocedieron hasta las filas del Ejército del Rey Jorge I.

Los soldados de infantería observaron a hurtadillas como sus superiores, los famosos y temidos Dragones se replegaban y creyeron entender que era una orden, enarbolaron una vez más los sables y algunos comenzaron a huir. Cuando comprobé que el peligro había pasado me acerqué corriendo al pequeño grupo Mackinnon. En ese momento Kieran giró la cabeza y me vio, mudando el rostro en uno de terror.

Una fuerte mano me sujetó el pelo y me arrojó al suelo sin clemencia, para volver a coger mi melena y arrastrarme hasta que quedé de rodillas con los ojos abiertos ante la sorpresa. Kieran corrió hacia mí y yo alargué la mano para aferrarme al brazo de aquel soldado. Me solté cuando sentí el frío metal acuchillando mi garganta y el aliento agrio y cálido de un inglés junto a mi rostro. Intenté darle un puñetazo y solo conseguí alcanzarle en un muslo a lo que él rio estentóreamente. Sujeté con fuerza su casaca de lana carmesí e intenté empujarlo al suelo sin conseguirlo. Gemí de terror. Estaba a punto de morir, lo vi reflejado en los ojos de Kieran, que recibió el empuje de dos soldados que lo arrojaron al suelo antes de que llegara a mi lado. Aullé como un animal herido viendo la desigual pelea y alargué la mano hacia él consiguiendo que la presión en mi cuello fuera más fuerte. Observé como Kieran sacaba la daga y la clavaba en el pecho de uno mientras golpeaba al otro sin ningún tipo de elegancia con la cabeza. El hombre se tambaleó y cayó desmayado sobre él. Kieran giró, zafándose del cuerpo, y se levantó deprisa. Antes de que el inglés que me retenía pudiera defenderse, Kieran sacó la pistola y disparó. Caí con el soldado al suelo.

Los brazos de Kieran me izaron con facilidad y sus manos recorrieron mi cuerpo buscando alguna herida. Se detuvo en el cuello y posó su mano en él. Cuando la mostró estaba llena de sangre. Me estremecí y gemí sin pretenderlo. Él se arrancó parte de su camisa y me cernió un fuerte lazo alrededor de la herida sin pararse a decir o pronunciar algo. Roderick se acercó tambaleándose. Estaba herido y respiraba con dificultad. Llevaba un brazo colgado inerte, protegido por el otro doblado sobre su cuerpo. Pero podía caminar, lo que no era mala señal. Gareth se había arrodillado junto a Cailen y lo examinaba.

—Aluinn —gritó Kieran—, no dejes sola a Alana.

El hombre pequeño y fuerte se posicionó a mi lado sosteniéndome con una fuerza de la que no lo creí capaz. Kieran corrió de nuevo hasta su hermano y lo cogió en sus brazos.

—Por aquí —bramó dirigiéndonos hacia la derecha. Apenas quedaban soldados en el páramo, pero en cualquier momento podíamos estar en peligro otra vez. Todos corrimos siguiéndole, sorteando los cuerpos inertes extendidos en el suelo sobre los que ya sobrevolaban los cuervos con sus alas negras extendidas esperando el momento de atacar la carroña.

Paramos unos cientos de metros más adelante, refugiándonos en un pequeño bosquecillo de serbales. Muy propio, los serbales eran los árboles sagrados que protegían de las brujas. La neblina se hizo más profunda y nos cubrió por completo ocultándonos de los soldados ingleses que nos perseguían.

—¡*Tuch!* —ordenó Kieran depositando a su hermano en el suelo. Todos asentimos y no pronunciamos una sola palabra temiendo escuchar el sonido de pasos acercándose. No llegaron.

Me incliné sobre Cailen y Aluinn hizo lo mismo, mientras Roderick se sentaba con la espalda apoyada en un tronco y sin apenas respiración. Gareth se mantenía de pie y alerta a cualquier aviso de ataque. Me pasé la mano por el cuello sintiendo la calidez de mi propia sangre deslizarse a través de mi pecho. Apreté con más fuerza el lazo para cerrar la herida. Cailen parecía estar inconsciente, su rostro estaba tan pálido que casi parecía transparente y sus labios tenían el color del mar del Norte, un gris oscuro y profundo. Temblé de miedo y posé mi mano sobre su frente perlada de sudor frío. Abrió los ojos de improviso y nos miró sin reconocernos. Por fin enfocó su mirada en Kieran y este le cogió la mano con fuerza.

–*Ciamar a tha thu*[8], Cailen? –dijo con suavidad.

–*Mo brathair* –pronunció roncamente Cailen–, no puedo moverme. Cuando me dispararon pude notar el proyectil atravesando mi cuerpo y chocando contra mi hueso. Mis piernas se doblaron. Ya no me responden.

–Déjame ver –susurró Kieran posando una de sus manos sobre la rodilla de su hermano, flexionando una de sus piernas, que cayó inerte de nuevo contra el suelo.

Aluinn chasqueó la lengua y murmuró una plegaria.

–Kieran –suplicó su hermano–, no quiero ser un hombre tullido. No lo permitas. Quiero morir y que se me recuerde como un soldado.

Despegué la tela de la camisa cubierta de sangre en el abdomen de Cailen y todos pudimos ver el alcance de la herida. Lo extraño era que se mantuviera todavía consciente. El proyectil había atravesado la piel, destrozando los intestinos que se dejaban ver de forma rosácea y desgarradora por la hendidura de su carne. Supe que no le quedaban más de unos instantes de vida. Levanté mi vista hacia Kieran y este me sostuvo la mirada. Negué con la cabeza sintiendo que los ojos se me llenaban de lágrimas y Kieran gimió como si le hubieran arrancado el alma cerrando los ojos con fuerza. Respiré hondo y supliqué ayuda a mi abuela en una letanía inconexa y desesperada. Lancé una última mirada al rostro cerúleo de Cailen y posé ambas manos sobre su herida. Kieran me las sujetó y las apartó.

–No Alana, es demasiado peligroso. La última vez estuviste a punto de morir –exigió con determinación–. Recuerda que estás embarazada.

____

[8] ¿Cómo estás?

Yo lo miré tristemente.

–Kieran, ¿no has pensado que nuestro hijo es probable que herede mi poder? Él puede darme la fuerza que necesito –susurré. Ya no cabían las medias verdades, ni las mentiras ocultas. La vida de su hermano estaba en juego y los tres hombres que nos acompañaron no hicieron mención alguna a lo que yo acababa de confesar.

–¿Y tú no has pensado que nuestro hijo puede ser como yo y no poseer ningún poder? –replicó él sin soltarme las muñecas.

–Entonces no habrá ningún problema–indiqué–, será inmune a mí.

Me solté de su sujeción y volví a posar mis manos ensangrentadas sobre el abdomen de Cailen cerrando los ojos.

Dejé mi mente en blanco y desarrollé mi poder en mi interior que creció en una bola brillante que se expandió a cada extremo de mi cuerpo. Y mi mente recorrió el camino que había seguido el proyectil desde que rasgó la suave piel del hermano pequeño de Kieran. Sentí su dolor y su quemazón en mi propio cuerpo. Temblé y gotas de sudor frío recorrieron mi espalda a la vez que mi poder crecía traspasándose a mis manos. Vi que había desgarrado el intestino como si tuviera el cuerpo de Cailen abierto frente a mí y finalmente había parado detenido por una vértebra que se había partido, resquebrajando el delicado engranaje que nos permitía caminar erguidos. Allí, el proyectil, continuaba encajado y cubierto por tejido y restos de hueso. Aspiré todo el aire que pude buscando fuerza en lo que me rodeaba y utilicé mis manos como si fueran un imán que atrajera la posta de metal. Este se removió inquieto negándose a que yo lo sacara de su refugio cálido dentro del cuerpo de Cailen, y mi poder brotó con furia. Lo arranqué sintiendo como Cailen se arqueaba para caer de nuevo inconsciente. Lo guie a través de las heridas internas que había causado cerrándolas a su paso, hasta que lo sentí rozando la palma de mi mano derecha. Hice un pequeño esfuerzo más sintiéndome a punto de desfallecer, y lo atraje a mi puño que se cerró sobre él. Cailen respiró una vez más y no hizo otro movimiento. Me aparté cayendo sobre el pecho de Kieran sin aliento. Noté su mano cálida en mi rostro obligándome a despertar, pero el cansancio era tan extremo que no podía abrir los ojos, me pesaban como si mis párpados fuesen de plomo. Solo quería que me dejaran allí tendida, descansando. Ninguna otra cosa ocupaba mis pensamientos. Me sentía lejana, como si mi cuerpo se hubiera separado de mi mente y realmente no estuviera allí.

Sentí un paño húmedo sobre mi rostro y abrí los ojos desconociendo el tiempo que había permanecido inconsciente. Sobre mí se cernía la sombra de Kieran con el gesto preocupado y sus ojos brillando de temor.

—Estoy… estoy bien —acerté a decir.

Él suspiró de forma entrecortada y me arrulló en sus brazos. Giré mi rostro hacia el otro hombre que estaba a mi lado sentado y parpadeé sorprendida. La sonrisa dulce y cariñosa de Cailen me recibió junto con sus ojos azules completamente abiertos. Su rostro había recobrado el color natural y sus mejillas lucían enrojecidas por el frío que nos rodeaba.

—Puedo mover las piernas y caminar con facilidad —me informó con una gran sonrisa.

—Idiota —su hermano le propinó un pequeño codazo en las costillas—, te acaba de salvar la vida y ¿solo se te ocurre decirle eso?

—Bueno —Cailen se rascó la barbilla imberbe y sonrió de nuevo—, la besaría, pero no creo que eso te guste mucho —señaló encogiéndose de hombros.

Kieran gruñó y yo reí con suavidad.

—En la frente— concedió finalmente mi marido.

Sentí los labios cálidos de Cailen en mi frente y cerré los ojos, alargando mi mano para coger la suya. Deposité en su palma el pequeño proyectil de metal.

–¿Cómo, cómo lo habéis hecho? –No le vi el rostro pero percibí su sorpresa.

Abrí los ojos intentando incorporarme, pero Kieran me lo impidió.

–Soy –respiré hondo y paseé la vista por los hombres que me rodeaban–, creo que todos sabéis lo que soy.

El silencio se cernió sobre todos nosotros. Aluinn levantó las cejas hasta que estas llegaron al límite del crecimiento de su pelo y bufó audiblemente.

–Eso no es ninguna sorpresa, mi señora –señaló con una sonrisa que iluminó su extraño rostro–, todas las mujeres lo son.

Yo emití un sonido gutural muy parecido a un gruñido escocés y me revolví inquieta en los brazos de Kieran.

–Vaya, por lo que veo, ya empezáis a conocer nuestro idioma –indicó él haciendo su sonrisa más amplia.

Supe que estaba a salvo con ellos. Que guardarían mi secreto, por respeto a Kieran y por respeto a mi poder, que aunque lo admitían, por sus miradas algo turbadas percibí un cierto temor.

–No sois una bruja, sois un ángel, como os vio mi hermana Morag y como os llama Kieran –pronunció en voz queda Cailen.

Y todo quedó dicho al respecto.

Un quejido proveniente de Roderick nos devolvió a la realidad que nos rodeaba. Kieran me depositó con cuidado en el suelo y se acercó a él. Yo me arrastré con la ayuda de Cailen hasta quedar sentada a su otro lado.

–Ni lo pienses –me amonestó Kieran.

–Puedo intentarlo –susurré apenas sin fuerzas.

–No. No podéis, Alana –fue Roderick quien habló–. He visto cómo habéis salvado la vida de mi hijo, y cómo eso os dejaba a vos al borde de la muerte. No permitiré que hagáis lo mismo conmigo.

No miré a Roderick, ni a Kieran, miré a Cailen que se había quedado con los ojos abiertos observando sin parpadear al que acababa de reconocer que era su padre. Aluinn lo cogió por los hombros y lo apartó.

—Ven, *mo charaid*, hay algo que debes conocer. Ya eres un hombre.

Giré mi rostro hacia Kieran y no percibí sorpresa alguna, con lo que se confirmó mi sospecha de que él conocía la situación desde hacía mucho tiempo. Me devolvió la mirada y yo tampoco mostré sorpresa. Sus ojos se entrecerraron en una pregunta sin pronunciar, pero no hablé. Se lo había prometido a Elinor.

Roderick cogió la mano de Kieran antes de que este le abriera la chaqueta para ver cuál era el estado de su herida.

—No mires *mo chuisle*, me estoy muriendo —susurró con voz entrecortada. Mi sangre, con esa simple palabra lo había identificado también como hijo suyo.

Kieran asintió.

—Tenéis que huir de aquí, en cualquier momento nos pueden encontrar los malditos *sasenachs*. Solo te pido una última cosa antes de morir. No dejes que muera por sus manos, hazlo tú.

Kieran se tensó perceptiblemente y sus ojos brillaron de forma peligrosa.

—No —se negó él con obstinación—, te ayudaremos a seguir hasta que encontremos el campamento escocés.

Roderick rio de forma estertórea y se quedó sin resuello con ese simple acto. Una gota de sangre escapó de sus labios y rodó hasta caer engullida por la lana de su *kilt*. Él levantó la mano y no dejó que nadie le limpiara. Frotó sin fuerza con la manga de su camisa y miró fijamente a su hijo.

—No sobreviviré. Ya apenas noto mis miembros. Hazlo, Kieran. Nunca te he pedido nada, siempre he vivido protegiéndote en la sombra, esto es lo único que suplicarán mis labios de ti —dijo sujetando su mano y depositando en ella una *siang dhu*.

El puño de Kieran se cerró con fuerza sobre el mango de metal finamente labrado y lo miró con fijeza. Después de unos instantes agónicos, asintió con la cabeza y Roderick sonrió con dulzura.

–Te has convertido en un gran hombre, hijo mío. Podré decir a las puertas del Cielo que hice un gran trabajo. Estoy orgulloso de ti, Kieran. Nunca lo olvides –susurró apenas sin voz.

Kieran apretó la mandíbula y todo su cuerpo se tensó. Yo sentí que las lágrimas afloraban a mis ojos sin control arrasando mi rostro helado como regueros de lava.

–Siempre fuiste mi padre –pronunció Kieran con voz ronca y lo besó en la frente.

Roderick sonrió y se giró hacia mí. Le cogí la mano y sentí que su rostro se relajaba. No podría salvarlo, pero sí darle el último consuelo, una muerte sin dolor. Levantó su otra mano y me acarició el rostro lleno de lágrimas.

–No lloréis, mi señora, por un pobre viejo al que ya le ha llegado la hora, he llevado una vida plena y he tenido tres hijos que perdurarán mi herencia. Muero feliz y satisfecho.

Recrudecí en los lloros y agaché la cabeza. Él me obligó a levantarla para mirarlo.

–Cuidad de Kieran, Alana, y dejad que Kieran cuide de vos.

Asentí sin poder hablar. El nudo en mi garganta me estrangulaba sin piedad.

–Decidle –respiró suavemente y sus ojos se entornaron–, decidle a Elinor que mis últimas palabras fueron para ella, que mi último pensamiento será ella. Que donde Dios me envíe estaré esperándola siempre para poder vivir nuestro amor en libertad. ¿Lo haréis?

–Sí, no lo dudéis –murmuré con un hilo de voz sintiendo que mi corazón se rompía en pedazos.

–Estoy listo, hijo –susurró mirando a Kieran.

Este me miró a mí esperando confirmación y yo sujeté con más fuerza las manos de Roderick impidiendo que sufriera y asentí con la cabeza. Kieran posó su mano en el pecho de su padre y tanteó el lugar exacto donde latía de forma desordenada y débil el corazón. Puso la punta de la daga con el filo de diez centímetros de hierro sobre la carne blanca y la clavó sin mediar palabra a la vez que sus labios se posaron sobre los de su padre aspirando su último hálito de vida.

Aullé de dolor y de pena, pero nunca logré saber si fue mi boca la que emitió el grito o fue la de Kieran.

Aluinn se acercó frotándose los ojos de forma furiosa con los puños y se arrodilló junto al cadáver de Roderick. Lo besó en los labios con reverencia y musitó unas palabras en gaélico. Cailen lo hizo después con las mejillas arrasadas en lágrimas. Le siguió Gareth con el rostro tenso en el que le temblaba un músculo en la mandíbula.

—Fue un gran hombre. Todos lo recordaremos como tal y haremos que su memoria perdure –juró.

Kieran tendió a su padre y le cerró los ojos abiertos de forma sorpresiva a la muerte. Cortó un pedazo de su *kilt* y cogió su *sporran* y daga guardándoselos en los pliegues de su *plaid*. Le deshizo el tartán a Roderick y lo cubrió con él. Los hombres lo rodearon y rezaron por él. Yo me tambaleaba sujeta por Kieran todavía llorando sin consuelo, hasta que percibí que él lo hacía de la misma forma. Lo miré fijamente y vi su rostro enrojecido y sus ojos brillantes. Le abrí la chaqueta de cuero antes de que él pudiera hacer otro movimiento y gemí. Tenía la camisa de lino empapada en sangre.

—¡Estás herido! –grité–. ¿Cómo has podido ocultarlo a todos?

Lo miré con temor y él me respondió con una sonrisa triste.

—Es solo un rasguño, estoy bien –murmuró.

—No, no lo estás –exclamé agachándome, y cogiendo una de mis sayas que rasgué formando una venda para rodearle el pecho para que hiciera presión sobre el profundo corte que tenía en el lateral izquierdo del pecho.

–Debemos irnos –ordenó roncamente y comenzó a caminar a paso algo tambaleante–. Gareth ve por delante.

Este asintió y sacó la espada prendida en el cinturón.

–Aluinn, tú lleva a Alana, no quiero que se pierda entre la niebla –siguió ordenando. Yo lo miré enfadada y mi ánimo se templó al ver sus ojos casi febriles–. Y tú, Cailen, ayúdame a caminar.

Anduvimos durante unos minutos envueltos en jirones de neblina espesa y húmeda que apenas nos dejaban vislumbrar dónde estábamos o qué teníamos a menos de un metro por delante de nosotros, hasta que escuchamos un gruñido y sentimos un golpe sordo en la tierra.

Nos giramos a tiempo de ver como Kieran había caído de rodillas. Corrí hacia él y lo intenté levantar sin conseguirlo. Su rostro estaba perlado por el sudor y su frente ardía al contacto. Sus ojos me miraron sin enfocar y gimió de forma entrecortada.

Gareth regresó a paso rápido y lo cogió por los hombros, a la vez que su hermano hacía lo mismo por el otro lado. Entre los dos hombres lo cargaron con dificultad mientras Aluinn seguía sujetando mi brazo como si temiera que yo me fuera a desvanecer entre la niebla.

–¡Aluinn! –bramó Kieran, recobrando parte de la consciencia–. No soltéis a Alana, no la perdáis de vista, ¡por Dios!, no lo hagáis.

No me dio tiempo a contestar. Aluinn lo hizo en mi lugar.

–Kieran, cierra la boca y guarda las fuerzas, se proteger perfectamente a tu esposa. Procura no volver a desmayarte. No podremos cargar contigo –expresó con brusquedad, haciendo que Kieran parpadeara y asintiera con la cabeza en un gesto mecánico de supervivencia.

Al poco rato todos nos dimos cuenta de que estábamos perdidos. Los hombres no conocían el terreno y yo no me hubiera podido orientar ni aunque lo hubiera recorrido mil veces. Nos paramos jadeando y me incliné precariamente hacia delante para acabar sujeta por la cintura con los fuertes brazos de Aluinn.

—No caigáis, Alana, si lo hacéis, él lo hará con vos —susurró a mi oído.

Me erguí casi sin fuerzas y me apoyé en su hombro, asintiendo. Pedí ayuda a mi abuela, si no encontrábamos pronto el campamento escocés, Kieran moriría. Había anochecido y el ambiente que nos rodeaba era tétrico y oscuro. Sentí el soplo de aire viniendo desde nuestra derecha y alcé la mano.

—Por allí —dije con un hilo de voz.

Nadie preguntó nada, se limitaron a seguir la dirección indicada.

Después de unos pocos cientos de metros algo nos sorprendió.

—¿Quién anda ahí? —rugió una voz que provenía de un escocés pelirrojo con el pelo ensortijado y profusa melena, que salió de improviso de la gruesa niebla.

Lo miré como si fuera un espectro, empezaba a confundir la realidad con la ficción. Observé su cuerpo redondo y su barba manchada de sangre y tuve unas enormes ganas de gritar y salir huyendo en dirección contraria. Aluinn me sujetó con más fuerza.

—Si no puedes ver, gordo Macgregor, que somos Mackinnon no sé quién demonios ha sido el idiota que te ha puesto haciendo guardia —masculló Aluinn.

El hombre retrocedió un paso y nos miró con cautela. Finalmente su vista se posó en Kieran y sus ojos se abrieron reconociéndolo.

—Portáis un herido —señaló.

—Muy agudo —exclamé yo.

—¡Y una mujer! —añadió con estupor.

—¡Bingo! —repliqué con fastidio.

Todos los hombres hicieron un gesto de incomprensión

y se miraron unos a otros, pero por fortuna no hicieron otro comentario. Nos guiaron hasta el campamento levantado de forma precipitada a una milla más o menos del campo de batalla. Traspasamos el mismo viendo los gestos de los hombres con la mirada perdida y envueltos en la bruma del alcohol, que se pasaban en forma de botellas de whisky, mientras escuchamos el quejido de algún herido leve que ya había sido atendido por los cirujanos del ejército.

—A la cabaña —ordené señalando la pequeña estructura por la que se veía el humo salir de la chimenea y donde sabía se encontraba Sarah. No dejaría que nadie más pusiera sus manos sobre Kieran. Lo más probable es que intentaran hacerle una sangría para limpiarle la poca sangre que todavía le quedaba en el cuerpo.

Entramos en la oscura cabaña iluminada solo por el fuego de turba que todavía ardía, ya sin caldero alguno sobre él. Alguna vela estaba situada estratégicamente sobre pequeños bancos de madera dando la suficiente luz para que el espacio no estuviera sumido en la oscuridad total. A ambos lados estaban tendidos los cuerpos de los escoceses heridos descansando entre estertores de dolor. El olor a sangre, a carne abierta y a excrementos llegó con tal profundidad a mis fosas nasales que tuve que girar el rostro conteniendo una arcada. Apreté los labios, tragué la espesa saliva que se había formado en el cielo del paladar y me enfrenté a la situación con valentía. Circundé la vista buscando a Sarah, que ya se acercaba secándose las manos en el delantal otrora blanco y ahora cubierto de manchas sanguinolentas y marrones. Llevaba el pelo recogido en un moño alto y algunos rizos le caían de forma descuidada rodeando su bello rostro que estaba enrojecido y cansado.

—¡Alana! —exclamó viendo mi aspecto—. ¡Parece que vienes del campo de batalla!

—Es que es de ahí de donde vengo —respondí sintiendo un profundo cansancio.

Se inclinó sobre mi cuello vendado y lo examinó con cuidado.

–No es nada. Solo un corte, pero Kieran está herido –expliqué apartándome para que Cailen y Gareth entraran con él sujeto por los hombros.

Ella gimió y se aproximó levantándole los restos de camisa y viendo el tosco vendaje que le había puesto yo.

–Lo siento –me disculpé–, no he podido hacer nada mejor.

–Ya veo que ser soldado se te da mejor que curar heridas –terció ella guiando a los hombres para que acostaran a Kieran en una manta que extendió sobre el suelo de tierra prensada.

Sarah desató el vendaje y observó la herida a la luz de una vela que yo sostenía en la mano. Chasqueó la lengua.

–¿Es grave? –expresé con temor–. ¿Podrás…?

–Tranquila, es un corte de sable, profundo pero no ha llegado a perforar el pulmón. Solo ha perdido mucha sangre. Limpiar y coser –explicó en tono académico mientras le desataba el cinturón y me entregaba el *sporran* para que lo guardara.

Respiré de forma audible, a tiempo de ver como Elinor entraba en la cabaña y se dirigía presurosa hasta nosotras.

–Hijo mío –pronunció temerosa acariciando su rostro. Kieran apenas se movió perdido en su inconsciencia.

–Elinor, no os preocupéis, yo me hago cargo –aseguró Sarah–. Deberíais ver la herida de Alana del cuello y limpiársela utilizando la mezcla preparada esta mañana.

Ella giró el rostro, dándose cuenta por primera vez de que estaba allí y me miró con incredulidad pasando la vista a lo largo de mi cuerpo. Me encogí de hombros y dejé que me ayudara a levantarme para acercarme al fuego donde nos sentamos en un pequeño banco de madera alargado. Por su gesto supe que ya había visto a Cailen y que nadie le había informado de la muerte de Roderick.

Maldije en silencio ser yo la portadora de tan cruentas noticias. Esperé hasta que deshizo el nudo del cuello y me limpió la herida mientras yo me quejaba sin pudor alguno. Finalmente cogió un paño limpio y me lo enroscó alrededor del cuello, terminando con una sonrisa. Fruncí los labios y le cogí las manos. Ella mostró sorpresa y un gesto interrogante se formó en su cara de facciones delicadas.

—Elinor —suspiré hondo—. Roderick no ha sobrevivido.

Ella apartó las manos y las retorció sobre su mandil mirándome con frialdad.

—¿No habéis podido salvarlo? ¿No podíais aplicar vuestras manos sobre él como hicisteis con Morag? —preguntó en voz susurrante. Un hombre herido pronunció un hondo quejido y ambas nos sobresaltamos.

Ella se recobró antes que yo y enfrentó mi rostro.

—No, claro que no. Para vos no era más que mi amante. Nadie importante al que salvar, ¿verdad? Me juzgasteis en el momento en que os lo conté y esta ha sido la forma de castigarme —murmuró con los ojos ardiendo en un reflejo del fuego de la chimenea.

La miré con estupor.

—Eso no es cierto. No pude salvarlo porque...

—No me mintáis, Alana, ya es hora de que ambas seamos sinceras.

—Estoy siendo sincera, Elinor —expliqué con serenidad, percibiendo el dolor bajo la furia—. Él no lo permitió, yo estaba casi desfallecida y solo pude darle el consuelo de una muerte sin sufrimiento. Él me dio un mensaje para vos...

—No quiero saberlo —negó ella girando el rostro.

La sujeté por los hombros y la obligué a mirarme.

—Sí queréis. Él os amaba por encima de todo y quería que supierais que su último pensamiento fuisteis vos y que allí donde se encuentre ahora os espera y vela por vos —relaté.

–¡Dejadme! –exclamó levantándose y saliendo a la oscuridad de la noche. Yo miré con tristeza la puerta cerrada. Se habían amado ocultándose de todos durante más de veinticinco años. Acababa de perder a su mitad, a quien daba sentido a su vida. Percibí su sufrimiento en mis propias carnes y me estremecí.

Giré el rostro y fijé mi vista en Sarah, que se inclinaba sobre Kieran limpiando la herida con una solución alcohólica. Kieran se arqueó molesto y abrió los ojos girando la cabeza de un lado a otro desconcertado. Me fui a levantar para acudir a su lado y me quedé solo en la intención de hacerlo. Sarah le puso una mano en la mejilla tranquilizándolo y este se detuvo observándola, lo vi esbozar una sonrisa ladeada y alargó una mano cogiendo entre sus dedos un rizo de Sarah para pasárselo por detrás de la oreja. Fue un gesto tan íntimo que mis entrañas se retorcieron de dolor y me sujeté el vientre henchido protegiéndolo. Sus labios murmuraron una sola palabra:

–*A ghràidh.*

«*Mi amor*», la reconocí aunque él nunca la había pronunciado en mi presencia, pero sí se la había escuchado decir a Aluinn muchas veces a Jeannie cuando creían que nadie les escuchaba.

Comencé a temblar sin control y un destello de reconocimiento deslumbró en mi mente herida, haciendo que todo estallara a mi alrededor. Con manos trémulas deshice el nudo del *sporran* de Kieran que todavía reposaba sobre mi falda y extendí su contenido. Revolví entre las escasas pertenencias hasta encontrar lo que buscaba. Un mechón de pelo rojo sujeto por una cinta de cuero negro. Un mechón que le había visto acariciando con ternura junto a la ventana de su despacho en lo que ahora me parecía una eternidad. Y por fin lo comprendí todo. Y el dolor se hizo tan patente que creí que iba a arder consumiéndome.

Levanté la vista de nuevo y vi la mirada de Sarah fija en mí. Su rostro no mostraba emoción alguna y el mío debía ser un tapiz de un millar de ellas superponiéndose la una a la otra en una clara muestra de cómo me encontraba. Volví mi vista hacia Kieran que parecía haberse quedado dormido y apreté la mandíbula. Me levanté lentamente, depositando en el banco el *sporran* de Kieran junto con su contenido y me erguí con indiferencia. Salí despacio de la cabaña sin mirar atrás.

Una vez que tuve el cielo sin estrellas oscuro cerniéndose sobre mí, respiré hondo y comencé a correr atravesando el campamento sin importarme en qué dirección dirigirme, mientras sentía como las lágrimas de la traición me arrasaban el rostro dejando marcas indelebles en el tiempo.

CAPÍTULO XV

*El tiempo traiciona matándonos,
utilizando para ello a las personas.*

Corrí desesperada, atravesando el campamento e ignorando los gritos y algún ocasional tirón en la falda de un soldado avispado que buscaba consuelo, hasta que me alejé lo suficiente como para recobrar la respiración. Me detuve solo un instante con un intenso dolor en el pecho y me puse la mano sobre él sintiendo el furioso retumbar de mi corazón herido. Seguí corriendo, internándome en la espesura de un pequeño bosque adyacente, sintiendo las ramas golpear mi rostro y desgarrar la tela de mi vestido. Finalmente llegué a un pequeño claro y me dejé caer en el suelo de rodillas aullando como un animal herido de muerte. Gemí y me incliné hacia atrás balanceándome y sujetándome el abdomen en un gesto de protección.

Noté el sabor salado de las lágrimas en mis labios resecos y sorbí frotándome el rostro con las mangas de la camisa. ¿Cómo no lo había visto? ¿Cómo no lo había sentido? Sarah no me buscaba a mí, buscaba a Kieran y no quería regresar. No quería regresar porque lo amaba y él la amaba a ella. Esa era la mujer que dijo ser de la única se había enamorado. Ahora no tenía ninguna duda.

Mi alma se desgarró en jirones sangrientos y temí que fuera a desmayarme. El amor era una palabra que debería desaparecer del diccionario, no porque no existiese, sino porque resultaba demasiado doloroso de soportar. Me sentía vulnerable, vulnerada y rota. Completamente rota. Y sin embargo no los culpé, yo había enviado a Sarah a ese mundo inhóspito y hostil y él había estado allí, protegiéndola como lo había hecho conmigo. Entendía que se hubiera enamorado de ella, cualquiera lo hubiera hecho, yo misma la quería como una hermana y admiraba su valor y su entereza, su alegría innata y su rostro de facciones dulces enmarcadas en un cabello brioso y desafiante.

Pero la traición tenía un sabor amargo, un sabor a bilis que subían abrasando mi esófago hasta acumularse en la garganta. Me incliné sobre el suelo y vomité todo mi dolor sobre la tierra helada. Cogí un trozo de hielo y me lo pasé por la frente deshaciéndose al instante, mojando mi rostro con un reguero frío y consolador.

Unas manos se posaron sobre mis hombros y grité de terror. Una de esas manos abandonó un hombro y se arrastró hasta tapar mi boca girándome a la vez para que viera quién era. Parpadeé asombrada y asentí con la cabeza para que el hombre apartara su mano.

—Gareth —pronuncié roncamente.

—Alana, lo sabes, ¿verdad? —Su voz tenía un tono triste y a la vez duro.

Asentí con la cabeza sin poder pronunciar otra palabra.

—Intenté decírtelo, hacértelo ver, pero tú estabas ciega, no veías más que por sus ojos cuando debiste mirar en otra dirección —expresó arrodillándose junto a mí.

Apreté la mandíbula y seguí en silencio.

—Pero no todo está perdido, será juzgado por traición y es muy posible que le obliguen a deshacer el matrimonio —dijo él como si llevara esperando esta conversación bastante tiempo. Me pregunté si en realidad ya la habría visto en alguna de sus premoniciones.

—No —contesté con frialdad—, no desharé el matrimonio. Volveré a mi tiempo y olvidaré todo lo sucedido aquí.

Él se retrajo como si lo hubiese golpeado.

—No puedes irte —exclamó como una única explicación, lo que no fue demasiado.

—Sí, puedo hacerlo y lo haré. Solo vine con una intención y esa fue regresar con Sarah, está claro que ella no quiere hacerlo y que yo fui un accidente que se interpuso en su camino. Desapareceré definitivamente. Nadie volverá a saber de mí. Nadie recordará dentro de algún tiempo que Alana Deveroux existió.

—Estás embarazada —afirmó como si ese hecho me fuera a retener junto a él.

—Cuidaré a mi hijo sola. Yo misma no tuve ni padre ni madre. Mi hijo por lo menos tendrá a una madre que vivirá para él. Lo criaré lejos de aquí, en un mundo en el que la gente no se traiciona vilmente, no envenena con cicuta, no dispara a matar y no acuchilla para herir.

—Alana, no piensas con claridad. —Él agitó la cabeza con bastante confusión. No sabía qué se proponía realmente, pero desde luego mis comentarios lo estaban alejando de sus intenciones.

—Lo hago. Nunca antes había estado más segura y dispuesta a hacer algo como ahora. Déjame Gareth —expresé con voz cansada. Él me miró con sus ojos oscuros que se habían convertido en pozos de dolor.

Levanté mi mano y le acaricié la mejilla percibiendo por primera vez al hombre que conocí en el futuro.

—Quizás algún día volvamos a encontrarnos y me salves del hombre de ojos dorados que intente de nuevo asesinarme —susurré y sus ojos se abrieron sin comprender.

—¿Qué él qué…?

—Sí, desde el principio supe que un hombre con los ojos dorados intentaría asesinarme en el futuro. Ahora volveré con el conocimiento de quién es y estaré preparada para enfrentarme al que será su descendiente.

–Alana –suspiró abrazándome y yo me recosté en su hombro, sin sentir otra cosa que frialdad en todo mi cuerpo. La escarcha que cubría la tierra se había extendido como las raíces de un árbol hasta atraparme por completo.

Unos gritos nos interrumpieron y Gareth se levantó deprisa dejándome en el suelo.

–¡Está ahí! ¡Apresadla! –gritó un hombre acercándose corriendo.

Lo miré con extrañeza y reaccioné con lentitud, levantándome despacio, mientras Gareth mucho más rápido y preparado que yo, ya había sacado la espada y amartillado el arma en la otra mano.

Pronto nos rodearon un grupo de unos diez hombres. Vestían al modo escocés, pero no pude reconocer el tartán.

–¿Qué sucede? –pregunté en voz alta y a nadie en particular.

–¡Huye, Alana! –exclamó Gareth.

–¡Coged a la bruja! –ordenó el hombre que parecía dirigir el grupo.

–¿Qué…?

No pude terminar, un disparo proveniente de Gareth rompió el silencio de la noche y estalló en un haz luminoso que llenó el pequeño claro de humo picante y espeso. Me aparté tosiendo y Gareth me situó de un empujón detrás de él. Antes de que pudiera reaccionar, varios hombres se habían lanzado sobre él. Lo desarmaron y golpearon sin piedad en el suelo. Cogí una piedra tanteando con mi mano en la oscuridad y me lancé sobre ellos atizando donde creí hacer más daño, en la cabeza. Había olvidado que los escoceses se distinguían por tener la cabeza muy dura. Solo conseguí que un brazo gordo y sudoroso me apartara hasta caer de nuevo al suelo de espaldas. Respiré entre jadeos e intenté buscar mi poder, pero parecía haber desaparecido. Seguía sintiéndome agotada y débil y solo conseguí que en mi interior brillara una tenue llama. Otro de los hombres me cogió de los brazos y me golpeó en el rostro haciendo que cayera de nuevo. Me giré protegiendo mi abdomen e intenté huir arrastrándome. Ese mismo hombre tiró de mi pelo y me golpeó en la nuca. Sentí como si me partieran en dos y mi último pensamiento consciente fue: «mi hijo no, por favor».

Desperté con la misma sensación que hubiera tenido después de haber pasado la noche de bar en bar bebiéndome todas las existencias de whisky de Escocia. Resaca. Esa era la palabra que mi mente confundida estaba buscando y por un instante creí que me encontraba en el pequeño apartamento de Edimburgo. Intenté abrir los ojos y apenas pude. Percibí el aroma de la sangre y la cabeza me comenzó a latir de forma intensa. Giré mi rostro y aspiré el olor a excrementos de animales y el de mi propio miedo. Contuve una arcada y mi cuerpo se arqueó sin voluntad propia. Fue entonces cuando me di cuenta de que tenía las manos fuertemente atadas a la espalda y mis tobillos entrelazados con una soga que me impedía ponerme en pie. Estaba tirada en lo que parecía un pequeño establo de madera. Enfoqué mi vista y vi un pequeño roedor situado cerca de mi cabeza con el cuerpo erguido y moviendo los bigotes con curiosidad, observándome con los ojillos saltones. Grité asustándolo y corrió hasta perderse en el exterior por una pequeña grieta. Deseé poder hacer lo mismo. Respiré hondo y mi pecho ardió. Tosí y carraspeé hasta recuperar algo de aire.

Intenté incorporarme haciendo presión doblando mis piernas y conseguí sentarme apoyándome en la pared de madera rugosa y astillada. Giré la cabeza con lentitud ante la sensación de inestabilidad que me provocaba ese simple movimiento y mi cuello tiró y ardió por el corte del soldado inglés. Masculló una maldición y me mantuve quieta observando la puerta.

No sabía dónde estaba ni qué se proponían, pero lo suponía. Alguien había filtrado mi secreto. Sabían que era bruja y aunque de momento me mantenían encerrada, tenía el número ganador de la lotería a que intentarían ajusticiarme. Por las rendijas de la pared se filtraba una tenue claridad, pero no podía discernir si era ya completamente de día, si estaba amaneciendo o era el crepúsculo del día siguiente. Estaba desorientada y aterrada. Quise gritar, pero supuse que eso no serviría de nada. No escuchaba ningún sonido en el exterior y por un momento creí que me habían dejado allí abandonada esperando que muriera de soledad e inanición.

Recordé a Gareth tumbado inconsciente bajo el cuerpo de otro escocés y sentí que el temor atenazaba mi garganta estrangulándome y provocando que apenas pudiera tragar. Me sentí estúpida e inútil por no haberlo previsto y por no haber previsto que las palabras de Kieran caerían en saco vacío. No iba a protegerme, el que me ajusticiaran le dejaba el camino libre para volver con Sarah. Intenté hacer fuerza para desatar mis manos. Necesitaba salir de allí y juntar los cinco elementos para regresar a mi época, pero solo conseguí apretar un poco más la soga hasta que esta rasgó mi piel.

La puerta se abrió de golpe y yo me pegué más a la pared. Entró un hombre gordo escocés con pelo oscuro ensortijado y barba cubierta por restos de comida. Hasta mí llegó su olor a sudor y aparté el rostro. Dejó un pequeño cuenco de metal en el suelo que contenía un líquido pardusco y un mendrugo de pan flotando y lo empujó con el pie sin acercarse.

—¿Qué vais a hacer conmigo? —pregunté mirándole directamente a los ojos, a lo que él giró la cara como si temiera que mi mirada lo convirtiera en piedra, que, con total certeza, si hubiera tenido ese poder lo hubiera hecho.

—Mañana te juzgarán y te quemarán por bruja. —Rio con bravuconería y abandonó la cabaña.

Me quedé mirando la puerta cerrada con estupefacción. Quemarme por bruja. No podían ser tan salvajes. Intenté recordar cuándo se dejó de quemar a las brujas y creí recordar que fue bastantes años después. Aun así, seguía antojándoseme algo lejano y absurdo. Eso solo ocurría en las películas de terror y me di perfecta cuenta de que mi vida se había convertido en una de ellas.

Gemí de nuevo y apoyé la cabeza en la madera llegándome un lejano recuerdo de Sarah y yo conversando en el salón de nuestro apartamento. Ella me preguntó si yo creía en las brujas. Yo le contesté que no, que eso era imposible. Reí con carcajadas amargas. Ahora creía en ellas, como también creía en los viajes en el tiempo, los lobos que atacaban como si fueran personas, y los hombres con ojos de guepardo que asesinaban. Eres bruja Alana, me dije, y este es tu destino. Agaché la cabeza en gesto de rendición y las lágrimas brotaron de mis ojos.

Lloré, no por la muerte, sino por la traición, porque aunque al día siguiente me fueran a quemar por bruja lo que en verdad hacía que mi alma sangrase era el saber que el hombre al que había entregado mi vida, mi amor y todo lo que yo era, quería a otra mujer.

Durante ese día agónico tuve mucho tiempo para pensar, lo que no supuso un alivio, más bien una maldición. Recordé momentos de mi infancia que había enterrado con dolor y que con Kieran a mi lado habían reaparecido para ser olvidados por su amor. Recordé cómo había comenzado todo, con el ataque de aquel extraño animal parecido a un lobo en el camino de Dean Village y cómo descubrí que era bruja, dándome cuenta de que realmente nunca había llegado a creérmelo del todo hasta ese mismo momento en el que vi mi muerte tan cercana. Expuse ante mí los hechos sin encontrarles lógica. Mi abuela me había suplicado que la salvara, y yo no había podido hacerlo, más que nada porque Sarah no deseaba ser salvada. No entendía cómo podía ser la más poderosa en cientos de años y ahora me veía incapacitada de encontrar una secuencia lógica a los acontecimientos vividos en los últimos meses. No encontraba la conexión de las desapariciones de aquellas mujeres en Edimburgo con lo que estaba sucediendo a mi alrededor. Me pregunté si yo lo provocaría con mi muerte, como si alguien poderoso se hubiera trasladado al futuro con la única misión de matar a la bruja e impedir que yo viajara hasta el pasado. Cazadores de brujas, esa era la teoría que tenía más peso en mi mente torturada por tanta disquisición, pero no había llegado a conocer a nadie que tuviera ese poder, salvo a los hombres y mujeres prácticamente analfabetos que habían crecido en un mundo lleno de supersticiones y cuentos sobre brujas y maleficios. Cansada y dolorida me dejé caer contra el suelo y acabé quedándome dormida.

Al amanecer del día siguiente el mismo hombre que me había comunicado mi sentencia, sin llegar a ser juzgada, vino a buscarme. Me levantó con brusquedad y yo caí de nuevo al suelo. Él me miró dudando como cogerme. Lo miré con furia apenas contenida.

—Soltadme la soga de los tobillos —ordené con voz ronca y extraña. Él me miró sin comprender y yo pensé de forma absurda que quizá quería que anduviera como los pingüinos emperador, a saltos con los pies juntos.

Finalmente sacó la daga de la media y cortó la cuerda que unía mis piernas. Lancé un suspiro de satisfacción e intenté levantarme flexionando las rodillas, pero mi cuerpo no me respondió después de estar casi dos días inmovilizado y, a mi pesar, él me tuvo que izar hasta plantarme en el suelo con un golpe brusco. Me sujetó de un brazo y, todavía con las manos atadas a la espalda, me sacó al exterior. Entrecerré los ojos ante la súbita claridad y observé con excesiva atención el perímetro, preguntándome si tendría las fuerzas suficientes para salir huyendo. Él lo percibió y me sujetó con más fuerza.

Estábamos a las afueras de lo que parecía la aldea medieval de Auchterarden. Un trecho después de caminar bajo los gruñidos de aquel hombre y la silenciosa compañía que se nos unió a los pocos metros de otros cuatro que actuaban de escolta, llegamos a la calle principal, una pequeña cuesta empedrada que terminaba en una plaza rectangular rodeaba de edificios en piedra ennegrecida y una iglesia. La gente comenzó a arremolinarse a nuestro alrededor y los objetos volaron hacia mi persona, al principio de forma tímida, y a medida que la muchedumbre enfervorecida desahogaba su odio, con rapidez y puntería. Me llovieron hortalizas y ocasionalmente alguna piedra. Encogí la cabeza y me giré evitando que me golpearan en el abdomen, así que acabé con toda la espalda llena de golpes. Tropecé una vez con el adoquinado y escuché las risas de los que me rodeaban, me levanté sin ayuda y mirando al frente con algo muy parecido a la ira en mi rostro manchado de tierra, sangre y lágrimas. Me sentí como si hiciera el paseo sobre la alfombra roja y ellos estuvieran esperando excitados el estreno del año. Lamenté profundamente ser la actriz principal, ya que al final la protagonista siempre muere en la película.

Llegamos con extremada lentitud hasta la plaza y me situaron en un extremo atándome a un poste de madera, sobre una pequeña tarima. Escuché los gritos de la gente y volvieron a volar objetos en mi dirección. Una piedra golpeó mi pecho y gemí, mirándolos con odio.

–¡Parad! –grité.

Los de las primeras filas recularon todavía con las manos alzadas y percibí el miedo en sus rostros. Reí de forma amarga y a carcajadas, lo que les produjo más miedo. Y empecé a ver la realidad. Ellos creían que era bruja y que por lo tanto podía agredirles o hechizarles con mi poder. Lo aproveché como única ventaja y fijé la vista pasándola de uno en uno hasta que no pudieron sostenerme la mirada y se apartaron levemente. No volvieron a arrojar ningún objeto.

Giré el rostro para ver que habían situado una mesa con tres sillas a mi izquierda, convenientemente alejada del griterío y la muchedumbre que ansiaba mi sangre. Al poco rato llegaron dos hombres, reconocí el primero, era el general Hamilton, bajo el que había luchado el contingente Mackinnon solo dos días antes, con el uniforme militar; el otro hombre estaba vestido de forma lujosa, con pantalones de lana con los colores de su clan y la casaca en terciopelo marrón ribeteada en hilo dorado, en la que lucían abrillantados los botones de latón. La camisa de seda asomaba por el chaleco formando una profusa lazada en su cuello grueso y los puños doblados decorados con puntillas se doblaban hasta casi el codo. Lucía en la cabeza la típica boina azul con tres plumas engarzadas en un broche de plata. Era el jefe de algún clan, pero no reconocí los colores. Su rostro enrojecido y redondo en el que sobresalían unos saltones ojos azules me estudiaba con frialdad y algo de temor. Llevaba el pelo castaño recogido en una cinta de raso en la nuca y lucía un profuso bigote que no dejaba de atusarse con mesura. Tuve la sensación de que creía conocerme, pero yo no llegaba a recordarlo.

Todo el mundo se quedó en silencio cuando llegó el tercer ocupante de la mesa, que se sentó en la silla del centro. Gemí reconociéndolo. Lo había visto en varios cuadros. El conde de Mar. Supe que todo estaba perdido. No me iban a juzgar, me encontraba en un maldito consejo de guerra. Su rostro delgado y de labios finos cubierto por una capa de polvos de arroz en la que se vislumbraban unos pequeños y hundidos ojos marrones me miraba con fastidio, como si le hubiese interrumpido su desayuno. Se atusó la peluca rizada y gris que le llegaba hasta medio pecho y se quitó el sombrero tachonado con plumas blancas y sedosas dejándolo con cuidado sobre la mesa. Se colocó los puños de la camisa blanca que relucieron en el tenebroso amanecer y se ajustó el jubón de seda verde sobre su ya prominente barriga, tensando sin remedio los botones de plata labrada.

El conde de Mar carraspeó y dio comienzo la función. Fijé mi vista en él cuando comenzó a hablar… y a hablar… y a hablar, perdiéndome en la tercera frase cuando afirmaba que un hombre de su posición se había visto obligado a presidir el tribunal en un simple y molesto juicio a una mujer de la que ya había quedado probado que era una bruja… y siguió declamando sin descanso durante una terrible y tediosa eternidad, con voz grave y modulada creando un efecto hipnótico en todos los que nos rodeaban. Cerré los ojos con hastío mostrando mi indiferencia y eso pareció molestarle, ya que subió el tono de voz.

—Y bien ¿tenéis algo que alegar en vuestra defensa?

Abrí los ojos y lo miré fijamente, a lo que él se removió inquieto en la silla. Las nubes corrían veloces por el cielo empujadas por el frío viento del otoño y se arremolinaban oscureciendo el ambiente por momentos. Temí que, además de ajusticiarme, pillara una pulmonía.

—Tengo que reconoceros que sois un gran orador, ¿es así como conseguís vuestras victorias en el Parlamento? ¿Matando de aburrimiento a vuestros opositores? –exclamé soltando la lengua con total desequilibrio mental. Ya nada me importaba. Todo estaba perdido, porque nunca había estado ganado.

Escuché varias risas contenidas de la gente que se arremolinaba en la plaza dándose codazos y trasmitiendo mi comentario a los de las filas más lejanas. Giré mi rostro y busqué con la mirada sin llegar a ver a quién más deseaba, Kieran. Mi corazón se cubrió de una capa de hielo y comprendí que no se dejaría ver.

El conde de Mar hizo el amago de levantarse, pero lo pensó mejor y llamó a una mujer que esperaba algo alejada. La acompañaron dos de los hombres que me habían detenido y pude percibir que los colores de su *kilt* eran los mismos que portaba el hombre de bigotes. Cuando tuve a la mujer a mi vista la reconocí como la joven que me había ayudado a remover los paños hirviendo en el caldero en la cabaña acondicionada como hospital de campaña. La miré extrañada.

—Lady Magdalen Mackenzie de Seafort, creo que tenéis un testimonio que aportar —pronunció con voz serena el conde de Mar.

Parpadeé asombrada mirando a la mujer regordeta y de rostro redondo que se suponía era con la que me habían confundido a mi llegada al castillo de *Dunakyn*. Tuve la completa seguridad de que Kieran y Gareth sabían que yo era otra persona desde el primer instante. La joven sonrió al hombre de bigotes y por fin supe quién era, el conde de Sleat, John Mackenzie de Seafort, el padre de Magdalen. Gemí sin pretenderlo.

—Esa mujer. —Me señaló con un dedo acusador—. Me instó a invocar al demonio para que interviniera en el desarrollo de la batalla.

—¡Yo no hice tal cosa! —exclamé por completo indignada sabiendo que había caído en la trampa como un ratoncillo que se acerca al cepo atraído por un trozo de queso.

—¡Lo hizo! Y después ¡acudió al campo de batalla!, yo lo vi con mis propios ojos y lo escuché con mis oídos. Todos sabemos lo que ocurrió, ella tuvo algo que ver con que perdiéramos la batalla —aseveró.

—¡No hemos perdido! —replicó el conde de Mar.

El general Hamilton se inclinó a su derecha y le susurró de forma audible para todos.

—El duque de Argyll se ha personado esta misma mañana en el campo reclamando la victoria, mi señor.

El conde se agitó nervioso y bastante molesto por estar perdiendo un tiempo precioso para lanzar uno de sus bonitos discursos en el páramo de Sheriffmuir.

–¿Podéis explicar qué hacíais en el campo de batalla? –preguntó John Mackenzie.

–Sí, fui a buscar a mi marido *laird* Kieran Mackinnon –contesté con brevedad, atragantándome con la palabra «marido».

–¿Y se puede saber el porqué de tal acción? –inquirió el general Hamilton con gesto sorprendido.

–Vino porque creyó que podían herirme y no quiso dejarme morir en el frío suelo del páramo. –La voz grave y profunda de Kieran retumbó en el espacio abierto y me giré al tiempo de ver como se encaramaba a la tarima para mirar con dureza uno a uno a los tres hombres–. Su único pecado fue ser una esposa cariñosa y atenta –añadió girando su rostro hacia mí.

Observé su apostura de guerrero y su mirada peligrosa. Me estremecí sin pretenderlo. Se había cambiado el *kilt* y lucía el de gala, más ostentoso, haciendo honor a su rango. Su rostro estaba pálido bajo el contraste con el pelo negro y llevaba la boina azul con las tres plumas de águila prendidas en el broche que refulgía a la suave luz del invernal día. Sus ojos brillaban algo desenfocados y vi que se sujetaba con una mano el costado. Comprendí que tenía fiebre y que apenas podía tenerse en pie. Sin embargo, permaneció estático observándome y su mirada se agitó con dolor.

–¡¿Qué demonios le habéis hecho a mi esposa?! –bramó intentando acercarse a mí. Lo frenaron dos hombres Mackenzie.

Supe que mi aspecto debía ser deplorable. Mi rostro golpeado y manchado, así como el vestido desgarrado en algunos puntos no debía conferir mucha confianza.

–No entiendo el porqué de vuestro enfado cuando habéis sido vos mismo quien habéis puesto a vuestra esposa en esta situación tan desagradable –declamó el conde de Mar sin alterarse lo más mínimo.

Lo miré con estupor y después fijé mi vista en Kieran con frialdad.

–¡¿Qué yo he hecho qué?! –rugió él intentando zafarse de la sujeción de los dos hombres. Noté que la chaqueta se le abría y mostraba como la herida comenzaba a sangrar de nuevo. Él pareció no sentirlo.

–Aquí tengo la prueba palpable y definitiva de su condena –contestó el conde agitando un pliego entre sus manos.

Los hombres soltaron a Kieran, que se acercó con paso firme hasta coger la misiva mientras la multitud arremolinada se asomaba empujándose los unos a los otros para no perderse un instante de la obra que se representaba frente a ellos.

Kieran apretó con fuerza el legajo entre sus manos hasta arrugarlo por completo mientras maldecía en gaélico.

–Como podéis ver es la carta que me hicisteis llegar afirmando haber descubierto que vuestra esposa era una bruja y solicitando un juicio por mi parte. En ella relatáis algunas de las tropelías realizadas por esa mujer –dijo señalándome con el brazo extendido como si fuera Colon descubriendo América.

–Esto no lo he escrito yo –aseveró Kieran con voz ronca enfrentándose al conde de Mar.

–¿Negáis que es vuestra letra? –inquirió él–. Aquí tengo otros documentos entregados anteriormente por vos en los que los rasgos de la escritura son idénticos.

–Es cierto, pero no lo he escrito yo –afirmó con rotundidad.

–¿Negáis que es vuestra firma? –volvió a exclamar el conde de Mar y yo me pregunté a quién estaban juzgando en realidad, si a mi marido a o mí.

Kieran negó con la cabeza.

—Yo no la he firmado. Jamás había visto esta carta anteriormente —dijo apretando los dientes.

—¿Negáis acaso que es vuestro sello? Es indudable, como podéis ver con vuestros propios ojos, el jabalí con el lema del clan rodeándolo —apostilló el conde de Mar.

—Pueden habérmelo robado, he estado inconsciente casi dos días —adujo Kieran mirándolo con furia.

El conde de Mar bufó de forma muy poco elegante e hizo un gesto con la mano descartando la idea. Kieran fijó su vista en mí con los ojos brillantes por la fiebre y a la vez extrañamente oscurecidos. Le devolví la mirada con toda la indiferencia de que fui capaz. Yo sí creía que él me había acusado. Lo creía con firmeza después de conocer la verdadera relación que lo unía a Sarah. Él lo percibió y apretó los puños con fuerza a ambos lados de su cuerpo.

—Creo que ya no habrá más testimonios que prueben lo que es cierto. Esta mujer es una bruja y como tal debe recibir el castigo que el *Malleus Maleficarum* nos ordena ejecutar —declamó acercando toda la atención sobre su persona.

Gemí y apreté los labios, ese maldito libro, *«El Martillo de las Brujas»*, escrito por Jakob Spreger y Heinrich Kramer, dos frailes dominicos, constituía uno de los grandes pecados de la humanidad, si alguna vez un libro debió ser quemado en vez de las mujeres que lo fueron por su causa, fue aquel.

—No podéis hacerlo —exclamó de nuevo Kieran interrumpiendo el discurso que se proponía iniciar el conde de Mar como alegato final.

—¿Y eso por qué? —Lo miró entrecerrando los ojos, claramente molesto.

—Está embarazada —dijo simplemente Kieran.

Todos los ojos se volvieron en mi dirección, y escuché alguna exclamación ahogada de la multitud que extasiada contemplaba lo que sería un tema de conversación para las largas noches de invierno durante muchas lunas.

–Con más razón entonces para ajusticiarla –replicó el conde de Mar.

Kieran lo miró y vi el brillo peligroso en sus ojos dorados. Nunca supo el conde lo cerca que estuvo de ser estrangulado por uno de sus súbditos.

–Está claro que el hijo que espera es del mismísimo demonio, con el que ha mantenido concubinato y el que alimenta su alma oscura –relató el conde como si se hubiera aprendido las palabras de memoria.

Me intenté zafar de la soga que me unía al palo con inusitada furia.

–¡Asesino! ¡Salvaje! ¡Cretino! –grité a falta de mejores adjetivos con qué definirlo.

–Es mi hijo. No tengo ninguna duda de ello. No dejaré que matéis a mi esposa y a mi hijo mientras me quede un suspiro de vida en el cuerpo –afirmó Kieran con gravedad provocando que todos se volvieran hacia él.

–*Laird* Mackinnon –fue el conde de Sleat el que habló–. Debéis sentiros aliviado. No comprendí cuando vinisteis a informarme de vuestro enlace con esa mujer qué os había hecho renunciar a la dote y hermosura de mi hija. –Yo contuve a duras penas una carcajada histérica y el padre de Magdalen Mackenzie me miró con furia–. Pero ahora lo entiendo todo. Estáis hechizado, ella ha ejercido su poder sobre vos y una vez que muera seréis libre de nuevo. Os condono la deuda, sin más tardar mañana mismo se podrá celebrar el enlace con mi hija.

Kieran se volvió hacia él parpadeando, para de súbito entornar los ojos de forma iracunda.

–No me desposaré con vuestra hija aunque viva cien años. Mi mujer es Alana y lo será siempre –exclamó de forma vehemente dando un puñetazo en la mesa que sobresaltó a los tres hombres que se retrajeron en sus sillas.

Lo miré sin entender. Desde luego yo era el personaje principal, pero él estaba resultando un actor protagonista de lo más convincente.

En ese momento comenzaron a caer gruesas gotas que empaparon el suelo en un instante a la vez que un ligero velo de humedad se elevó del mismo. Esa fue la señal de que el juicio había terminado.

El conde de Mar se levantó, seguido por el general Hamilton y John Mackenzie de Seafort.

—Al atardecer —fue lo único que dijo antes de girarse y desaparecer en el interior de la casa que tenía a la espalda con paso presuroso y dando pequeños saltos, evitando que sus lujosos zapatos de cuero decorados con hebillas de plata se mancharan demasiado.

La muchedumbre se revolvió y se agitó incómoda. Varios se empujaron para volver a sus quehaceres y en instantes la plaza se quedó prácticamente vacía a excepción de un hombre cubierto hasta la cabeza con el *kilt*, que se subió de un salto a la tarima y se acercó a mí. Me acarició el rostro y me dio un beso en la mejilla lastimada.

—No dejaré que sufráis, mi señora. Tengo buena puntería —afirmó Aluinn despareciendo tal y como había aparecido. Y yo supe a qué se refería, no me dejaría arder, antes de ello me dispararía al corazón o a la cabeza para evitarme la horrible muerte por el fuego.

Dejé que las lágrimas se mezclaran con la lluvia mientras veía como sujetaban de nuevo a Kieran para llevárselo del promontorio como un hombre vencido y derrotado que apenas se podía mantener en pie. Un hombre Mackenzie vino a desatarme y me llevó con rapidez de nuevo hacia mi celda, el pequeño establo de madera. No se molestó en atarme las piernas. Sabía que ya no había escapatoria.

Me senté, cansada, derrotada y profundamente herida contra la pared. Miré alrededor y percibí la soledad más absoluta, a la vez que me invadía una extraña serenidad. Me pregunté si se sentirían así los condenados en el corredor de la muerte en las horas previas a su ejecución. Agaché la cabeza e intenté poner en orden mi vida, pero no tenía sentido, mi vida en el pasado apenas había existido y mi vida en el futuro dejaría de existir en poco tiempo. Alana Deveroux no sería recordada más que como otro nombre cubierto por la leyenda de la quema de brujas.

Intenté concentrar mi poder pero estaba vacía, vacía por la traición y el dolor producido por Kieran. Ni siquiera me quedaban lágrimas que derramar, simplemente me rendí a mi destino.

Nadie vino en toda la tarde ni a ofrecerme un vaso de agua, ni por supuesto escuché ningún rumor de lucha por parte del clan que había considerado mi familia para rescatarme. Todos habían confiado en las acusaciones escritas por su *laird* con la lealtad que les caracterizaba. Observé por las rendijas de la madera como el día se oscurecía por la lluvia hasta alcanzar el crepúsculo. En ese momento se abrió la puerta y el mismo hombre de la mañana me arrastró de nuevo al exterior.

Esta vez no había gente esperando en el corto recorrido hasta la plaza, todos estaban allí reunidos esperando el final de la obra. Temblé como una hoja al ver sobre el promontorio de madera una pira de troncos cubiertos por brea donde se erguía un palo al que me izaron para atarme con un nudo fuerte. Me tambaleé apenas sujeta por un tronco un poco más grueso antes de caer en el cúmulo de ramas todavía sin prender. La muchedumbre estaba extrañamente silenciosa y el miedo, el odio, la maldad morbosa y la curiosidad malsana sobrevolaba sobre todos ellos llegándome con total claridad. Los observé con tristeza y algunos rostros agacharon la cabeza. No conseguí ver a Kieran, a Sarah, a Cailen o a Elinor. Ninguno de ellos estaba allí. Solo tenía la certeza de que Aluinn estaba posicionado desde algún saliente con el arma amartillada y dispuesta a disparar. No sabía rezar, pero pedí que tuviera la habilidad necesaria para no errar en el tiro. Pensé en mi hijo y el dolor se hizo tan intenso que deseé que las llamas comenzaran a arder para calmarlo.

El conde de Mar se asomó a una de las ventanas de la casa principal y pronunció un pequeño discurso sobre las virtudes del ser humano bendecido por Dios y la carga divina que los hombres debían soportar para cumplir sus designios. Lo miré con tanto asco que reculó un paso y con un simple gesto de su mano en la que se agitó la blusa pomposamente decorada de puntillas, un hombre se acercó y prendió la hoguera.

Cerré los ojos y sentí el súbito calor que provenía desde el suelo alcanzando mis pies que comenzaban a estar molestos. Intenté ponerme de puntillas y quedarme quieta para no interferir en el tiro de gracia de Aluinn, mientras abrí los ojos de nuevo observando todo alrededor con una extraña tranquilidad. La noche se había tragado al crepúsculo y las llamas brillaban con fulgor iluminando la escena como si yo fuese una maldita falla en Valencia. Una risa amarga brotó de mi garganta y suspiré esperando escuchar el disparo.

—¡Ahora! —gritó Kieran emergiendo de la muchedumbre y destapándose el rostro para correr hacia mí—. *Cuimhnich bas Alpein* —pronunció con voz clara instando a sus hombres a seguirle.

Varios hombres situados de forma estratégica, mezclados entre la multitud de lugareños, se destaparon el rostro cubierto por el *kilt* y se lanzaron hacia los hombres Mackenzie que protegían la tarima con las espadas en alto. Parpadeé asustada y sentí como una llama prendía mi vestido de lana, a lo que respondí profiriendo un grito agudo y removiéndome para intentar desatarme. En segundos Kieran se había encaramado a la hoguera hundiéndose en ella sin reparar en el fuego y soltándome las ligaduras, que me ataban al palo de madera. Me arrastró con él y ambos saltamos al suelo rodeados por sus hombres que nos cubrieron la salida luchando con los que interferían para evitar la huida. Me sujetó la mano y corrimos para salir de las oscuras y estrechas callejuelas de la pequeña aldea medieval hasta que solo escuchamos el rumor de la gente y la lucha de forma lejana y amortiguada a nuestras espaldas.

Solo entonces se detuvo y con las manos apagó el pequeño fuego prendido en el vestido mientras se sacudía él mismo los rescoldos en su *kilt*. De improviso me cogió el rostro con las manos y me besó con fiereza, obligándome a abrir la boca en respuesta. Me revolví intentando apartarme y él me abrazó con fuerza.

—He estado a punto de perderte. Otra vez —exclamó como si no terminara de creérselo.

Me aparté y lo miré con frialdad.

—¿No habrás pensado que yo…?

Asentí con la cabeza más sorprendida que asustada.

—¿Cuándo dejarás de creer que intento asesinarte, *mo aingeal*? —suspiró con tristeza y me miró con dulzura.

—Cuando dejes de hacerlo —contesté de forma mecánica, todavía demasiado aturdida para pensar con claridad.

—Yo no escribí esa carta, ni por supuesto llevé tales acusaciones ante el conde de Mar —afirmó mostrando en su rostro una seriedad irrefutable.

—¡Claro! —exclamé recuperando algo de energía—, ni tampoco estás enamorado de Sarah, ¿no? Tenías la excusa perfecta para deshacerte de mí y reunirte con ella. Le llamaste mi amor y la acariciaste. Lo vi con mis propios ojos.

Él se pasó la mano por el pelo con gesto frustrado y me cogió por los hombros zarandeándome hasta que yo me quejé gimiendo. Me soltó como si mi piel ardiera y se apartó un paso.

—Te lo intenté explicar, pero no hubo tiempo —dijo al fin.

—¿Que no hubo tiempo? —pregunté con incredulidad.

—¿Cómo puedes explicar al amor de tu vida que quisiste a la que fue su hermana? ¿Qué yaciste con ella? ¿Qué…?

No lo dejé terminar.

—Pues ¡haciéndolo, maldita sea! Yo he sido siempre sincera contigo, doliera o no. ¿Sabes cómo me siento, Kieran? ¿Sabes cómo es que te arranquen tu alma a tiras sabiéndote traicionada por lo que más has amado? —exploté con furia inusitada.

—*Tha mi duilich, a ghràidh mo cridhe* —murmuró con suavidad, soportando mi ira chocando contra él.

—Sabes que no te entiendo —repliqué molesta agitando la cabeza.

—Perdóname, amor de mi alma —tradujo él mirándome con tristeza en sus ojos que brillaban en la oscuridad de la noche con una luz ardiente.

Me aparté de él intentando alejarme del dolor que me producían sus palabras y de la intensidad de su mirada. Escuchamos el sonido de pasos acercándose y de improviso me sujetó por el brazo y tiró de mí.

—Vamos, tengo que ponerte a salvo —urgió instándome a correr con él.

Nos internamos en la espesura dejando atrás las luces de la aldea hasta que llegamos casi sin resuello hasta una pequeña torre semi derruida. Era un *broch,* la reconocí porque seguían existiendo en mi época, pequeñas construcciones de la época picta o incluso anteriores. Me empujó dentro y trastabillé casi cayendo de rodillas. Había una antorcha prendida en uno de los salientes de la pared y la estructura de piedra olía a humedad y rezumaba frialdad.

Kieran entró un segundo después y circundó con la mirada su alrededor, escuchando a la vez si alguien nos había seguido. Yo no oí absolutamente nada. Me recosté contra una de las paredes y quise dejarme caer de lo agotada y desarmada que me sentía.

—Alana. —Kieran se acercó a mí y cogió mi rostro con suavidad—. No hay mucho tiempo.

—¿Para qué? —pregunté desconcertada con el único pensamiento de tenderme en el suelo a descansar por fin.

–Para que regreses. –Me volví a la voz que había hablado. Era Sarah, que emergió de una de las esquinas con el gesto sereno y tranquilo. Se acercó a mí y me observó con detenimiento.

–¿Estás herida? –inquirió con cautela. La miré aturdida y después giré mi vista hacia Kieran, riendo de forma agónica y sujetándome el vientre con las manos.

–El plan perfecto. No podíais cargar con mi muerte, así que me salváis y después os deshacéis de mí de una forma mucho más definitiva, borrando mi existencia –aullé con desesperación.

Kieran me sujetó con fuerza y me obligó a mirarlo.

–No es lo que piensas, Alana, ella está aquí por si necesitabas alguna cura. Yo le dije que esperara a que te trajera.

Negué con la cabeza sin creer una sola palabra. En ese momento la luz que iluminaba levemente la estructura circular, se volvió opaca y el agujero que hacía de puerta se oscureció al aparecer Elinor de improviso con un bulto tapado con una manta entre los brazos. Se paró sorprendida, observándonos, y se recuperó con la habitual rapidez.

–Alana, no sabía que habíais sido perdonada –dijo con una sonrisa.

La miré de hito en hito.

–No lo he sido, de hecho me estaban quemando cuando Kieran apareció con sus hombres –indiqué.

Ella miró a su hijo con estupor, pero, ante el gesto furioso de él, no pronunció más palabras. El bulto se removió y emitió un chillido agudo. Di un respingo y Sarah corrió a cogerlo. Los miré sin entender absolutamente nada. Sarah arrulló en sus brazos el pequeño paquete y la manta que lo cubría cayó descubriendo una coronilla cubierta por pelo rojo rizado. Abrí los ojos de forma desmesurada y el niño giró la cabeza con un puño metido en la boca con gesto contrariado. Con el mismo gesto contrariado que tenía Kieran a mi lado. Y con unos ojos dorados como los de un guepardo. Gemí y me llevé la mano a la boca ahogando un grito. Sarah me miró con fijeza y Elinor sonrió con suficiencia.

—Es… es…, ¿tienes…? —No encontraba las palabras necesarias en mi mente turbada.

—Es mi nieto —afirmó Elinor con voz serena.

Me giré hacia Kieran, que miraba a su madre con los ojos entornados. Él giró su rostro de improviso y fijó su vista en mí.

—Es mi hijo —asintió él observándome con extremado cuidado.

Intenté respirar sin encontrar aire en el espacio reducido y húmedo. Me tambaleé y me apoyé en la fría pared buscando consuelo.

—¿Lo… lo sabías antes de…? —pregunté sin querer escuchar la respuesta.

—Sí, lo supe desde el principio —murmuró.

Cerré los ojos ante la evidencia y por fin lo vi todo claro. Abrí de nuevo los ojos enfocando a Elinor y agité un dedo en su dirección.

—¡Fuisteis vos! —la acusé—. ¡Vos entregasteis la carta que me acusaba de brujería!

Ella no parpadeó y se mantuvo quieta ante mis acusaciones. Pero ya nada podía frenarme.

—Intentasteis matarme desde el primer día. No fue Caitlen quien emponzoñó el libro, era demasiado ilusa para hacer semejante proeza, fuisteis vos —la acusé de nuevo sintiendo hervir la sangre en las venas. Me acerqué un paso y ella no retrocedió. Kieran me sujetó del brazo.

—¿Madre? —preguntó con exagerada suavidad—. ¿Es cierto de lo que Alana os acusa?

Ella asintió levemente con la cabeza y miró con dulzura a su hijo mayor que temblaba de indignación.

—¿Por qué? —exclamé al borde de la locura—. ¿Por qué lo hicisteis? ¿Qué mal os hice yo para desear mi muerte?

–Nunca debisteis aparecer, Kieran tenía que casarse con Magdalen Mackenzie y sacar al clan de la pobreza, vuestra repentina aparición hizo que todo se desmoronase. Ya os dije una vez que haría cualquier cosa por proteger a mi familia –expuso sin ningún arrepentimiento.

Gemí y me abracé el abdomen que comenzó a doler con intensidad.

–Yo también soy vuestra familia. Llevo a vuestro nieto en mi vientre –dije sintiéndome al borde del abismo.

–Sí, eso es cierto, pero sois una bruja, no se puede saber que clase de engendro pariréis. Además, vos os negasteis a salvar a Roderick, lo hicisteis para vengaros de mí, pero yo fui más rápida –adujo ella con un brillo de locura en sus bellos ojos azules.

Observé la tensión en el cuerpo de Kieran y me temí que se lanzara sobre su madre sin mediar más palabra.

–Madre, lo que habéis hecho jamás tendrá mi perdón. Casi asesináis a mi esposa y a mi hijo. Desde este mismo momento quedáis desterrada de mis tierras y mi castillo. Buscad un lugar donde os acojan, porque jamás regresareis al lugar que de forma tan vil habéis intentado proteger –sentenció con voz grave y profunda reverberando desde lo hondo de su alma.

Elinor se retrajo por el empuje de sus palabras y pareció despertar de un profundo sueño.

–Pero, Kieran, hijo mío, todo lo hice por ti, por nuestra familia, por nuestro clan –exclamó llevándose una mano al cuello.

–Alana es mi familia, ella es todo para mí. No volveré a dejar que os acerquéis a ella –repuso él con total serenidad.

–Sarah. –Elinor se giró buscando su aprobación.

Sarah se apartó un paso con su hijo en brazos. Fijé mi vista en ella con intensidad.

–No confíes en ella –le advertí–, es muy probable que fuera la causante de que a ti también te acusaran de bruja y casi te ajusticiaran.

–Pero Elinor no… –murmuró Sarah–, ella me ayudó a huir y refugiarme con los Cameron.

Elinor no negó mis acusaciones y supe que había vuelto a dar en el blanco.

–Sí, seguro que lo hizo para tapar su maldad una vez que supo que estabas embarazada –aduje y suspiré con dolor–. ¿Por qué no me lo dijiste Sarah?

–Yo… –Agachó la cabeza–. Cuando te vi con Kieran pensé que te habías casado por obligación y sentí una profunda pena por ti, siempre has estado tan sola, sin que nadie te quisiese, que yo… yo no quise herirte de nuevo.

Pero me hirió, sus palabras fueron como lanzas clavándose en mi alma. Y me hirió porque sus palabras habían sido completamente sinceras.

Me retraje contra la pared y Kieran se giró hacia mí. De improviso escuchamos voces en el exterior y Kieran volvió el rostro hacia su madre.

–¿Qué habéis hecho? –bramó.

–He indicado a los Mackenzie dónde nos reuniríamos. Ella debe morir. Es una bruja –murmuró mirando con temor a los ojos dorados que refulgían en el rostro furioso de su hijo.

–¡Maldita seáis! –exclamó Kieran volviéndose hacia mí. Me arrastró con rapidez hacia la antorcha y yo me retraje al sentir el fuego tan cercano a mi rostro.

–Tienes que salvarte, Alana, solo hay una salida. Debes regresar –me ordenó agachándose para coger de un pequeño montón en el suelo un puño de nieve, depositándolo en mi mano.

–Pero… –protesté yo.

–Fuego, agua, aire, tierra –murmuró él inclinándose para arrancar un pedazo de tierra helada ofreciéndomelo–, y sangre– dijo al fin sacando la daga de su media y cogiendo mi antebrazo.

Me resarcí con fuerza pero él me sujetó la muñeca inmovilizándome e hizo un profundo corte dejando que mi sangre se deslizara hasta caer en gotas gruesas que empaparon el suelo a mis pies.

Me atrajo a sus brazos y me besó con pasión, haciendo que yo le respondiera del mismo modo aunque deseara hacer todo lo contrario. Apoyé mi mano en su pecho y sentí la humedad de la sangre prendida en su camisa por su herida de nuevo abierta mezclándose con la mía. Se separó con rapidez y me observó un instante eterno con aquellos ojos dorados que jamás olvidaría.

–*Mo chridh*, mi corazón –pronunció cogiendo una de mis manos y posándola sobre el furioso latir de su pecho–. *Mo breatha*, mi aliento –añadió besándome de nuevo con incalculable dulzura–. Siempre estaré ahí. Nunca me olvides *mo aingeal*, y si alguna vez lo haces, yo mantendré tu recuerdo conmigo dándome consuelo, sabiendo que pude hacer algo honorable por ti. Sálvate y salva a nuestro hijo –se quedó en silencio un momento y tragó con dificultad–. Dile que su padre siempre lo amó.

Se agachó y posó su rostro en mi vientre acariciándolo hasta que sentí el fuego que emanaba de sus manos. Besó con ternura la incipiente redondez y se levantó con lentitud.

–Ahora ve, *mo aingeal*. –Me dio un rápido beso en los labios y se apartó un paso mirándome con incalculable dolor.

–Kieran –murmuré sintiendo que el nudo en mi garganta me iba a estrangular–, te libero de mi recuerdo. Se libre de elegir. Lo único a que aspiro es que hagas con tu vida lo que realmente deseas.

Él asintió y por instante lo que nos rodeaba desapareció para enlazar nuestras miradas en un último momento de soledad. Había amado y había perdido. Cerré los ojos y mi poder brotó en mi interior llenándome de luz. Sentí el fuego arder y mi cuerpo se desintegró en el paso de un espacio a otro.

Y las arenas del tiempo me absorbieron, meciéndome y acunándome en un viaje sin final. Y entre todos los rostros que pasaron a mi lado sorteándome y mostrando sus gestos como máscaras oscuras, solo uno se mantuvo sereno y visible durante la agónica travesía, el de un hombre con los ojos dorados brillantes y empañados por las lágrimas no derramadas.

Parte 2

El tiempo no es sino el espacio

entre nuestros recuerdos

Henri-Frédéric Amiel

CAPÍTULO XVI

¿Lloro porque todo fue un sueño
o porque ese sueño nunca existió?

El corazón al romperse no emite ningún sonido. Nada tiembla y nada se escucha. El alma al resquebrajarse es completamente silenciosa, no se percibe el chasquido de las tiras al ser desgarradas. Y solo queda el más absoluto vacío que se apodera de tu cuerpo deshaciéndote como persona y como ser.

Abrí los ojos con desesperante lentitud, parpadeando, adaptando mis pupilas a la claridad del día. Al principio solo percibí sombras destelleantes que se filtraban en forma de rayos de sol entre los árboles, y noté bajo mi cuerpo el suelo de tierra húmeda. Me incorporé con dificultad hasta ponerme de rodillas. Apenas podía respirar y, con manos torpes, me desaté la venda del cuello, arrojándola a un lado. Frente a mí todavía estaba la pequeña hoguera que había prendido en el camino de Dean Village. Miré alrededor, desconcertada, y descubrí que me encontraba en el mismo sitio que había abandonado meses atrás. Incluso, mi bolso seguía tirado junto a los zarzales. Lo abrí deprisa y saqué el teléfono móvil. Con asombro comprobé que no había transcurrido ni un minuto. Seguía siendo el mismo día, la misma hora y el mismo lugar. Sin embargo, ya nada sería igual. Emití un ronco sollozo. ¿Cómo podría explicar a Gareth y a la familia de Sarah que nunca volverían a verla? ¿Cómo podría llegar algún día a entender que las personas a las que más amaba me habían traicionado y la única persona de la que desconfiaba había sido la que había intentado salvarme en el último momento? ¿Cómo podría olvidar lo sucedido? ¿Cómo podría volver a una vida normal sabiendo lo que ya sabía?

Me levanté con dificultad, limpiándome las lágrimas del rostro y caminé hacia el apartamento con la mirada baja, esquivando las de curiosidad de los transeúntes con los que me tropecé en el centro de Edimburgo. Cuando entré en el apartamento, me apoyé sin fuerzas en la puerta, oliendo todavía el fuego prendido a mi piel y a mi ropa.

Fue entonces cuando comprendí que el corazón al romperse sí grita, aunque nadie pueda escucharlo.

Me tambaleé hasta la cocina y me serví un vaso de agua, bebiendo como si aquello pudiera dar sentido a mi vida. Sobre la encimera vi una nota de Gareth.

Alana, si no estoy equivocado, ya sabes la verdad. Ya conoces quién eres y lo que él te hizo. Ya sabes también que llevo esperándote tantos años que acabaron convirtiéndose en una tortura. Te dije una vez que conmigo estabas a salvo, no dejaré que aquel que heredará su odio te haga daño. Espérame en casa, no tardaré más de un día en regresar. He subido a Inverness, los padres de Sarah quieren contratar un detective privado para colaborar en su búsqueda. Intentaré explicarles que es inútil, que ella ya no regresará.

¿Casa? ¿Qué casa? Tenía una considerable desubicación temporal y espacial. Todos los sonidos que me rodeaban me resultaban extraños, el zumbido del frigorífico, el claxon de un automóvil en la calle, el rumor de pasos en el piso de arriba. Las superficies de la cocina, blancas y asépticas, se me antojaron desagradables comparadas con la calurosa y ajada cocina del castillo. Me sujeté a la encimera comprendiendo el aviso de Gareth, durante meses creí que habría algo que volviera a Kieran contra mí, lo que no pude imaginar nunca es que su traición con Sarah sería el motivo por el cual, generación tras generación, habría un Mckinnon esperando el momento para acabar conmigo. Sin embargo, me negaba a creerlo. ¿Cómo podía haber estado tan ciega? ¿Acaso lo que ambos compartimos no había existido? ¿No era cierto? Sus besos, sus miradas, su forma de rodearme el cuerpo y abrazarme como si con ello pretendiera mantenerme siempre a su lado. ¿Era falso? Me pellizqué el puente de la nariz, sintiendo un fuerte dolor de cabeza. El Gareth que conocí en el pasado no me inspiraba confianza, al contrario, incluso lo temía. ¿Eran el mismo hombre? No era posible. ¿Su descendiente conocía la historia y se atribuyó un derecho que no le correspondía sobre mí? Comenzaba a verlo todo borroso y tuve que sentarme en una silla con la cabeza entre mis manos.

Y sentí que la soledad me aprisionaba hasta dejarme sin aire. Sollocé de nuevo y, levantándome, fui arrancándome la ropa por el camino hasta el baño. Bajo el agua de la ducha las lágrimas se mezclaron con el jabón y el vapor. Seguí sintiendo la misma soledad.

Necesitaba contárselo a alguien, pero todos a los que conocí ya habían desaparecido.

Cuando salí y pude verme en el espejo, el reflejo me mostró lo que aquellos meses habían hecho en mi cuerpo. El corte del cuello era una irregular línea roja e inflamada, tenía varios golpes en la espalda, que se estaban tornando violáceos y las muñecas me escocían con la marca de la soga como prueba de que lo que había vivido era cierto. La certeza me alcanzó de pleno cuando comprobé mi abdomen redondeado y tirante con un pequeño corazón latiendo dentro de mí. Buscaba una afirmación que me convenciera y la tenía ahí. La soledad ya no fue insoportable. Tenía un motivo para seguir adelante, el motivo más importante de todos.

Una vez me vestí con unas mallas y un jersey holgado, me senté en la cama sin saber qué hacer. No quería pensar en Kieran. No podía dejar de pensar en él. Él y Sarah. Sarah y él. De forma enfermiza, mis recuerdos se mezclaban con imágenes inventadas y sentí que iba a romperme de nuevo. El sonido del teléfono me sacó de mi ensimismamiento y lo cogí tragando saliva, disimulando el tono ronco de mi voz.

—Alana, ¿puedes venir hoy a la tienda? Tengo un encargo importante.

Era el anciano anticuario para el que trabajaba de forma ocasional. Como siempre, no se andaba con rodeos, la rapidez era una máxima en el trato con la gente, solo se detenía y el tiempo se volvía relativo cuando estudiaba algún objeto.

—Sí, puedo estar allí en una hora —respondí con brevedad.

—Te espero —dijo y puso punto final a la conversación.

Sin detenerme más de lo necesario, me maquillé disimulando mis ojos hinchados, me calcé unas bailarinas, cogí mi bolso y me tapé la herida del cuello con un foulard. Todo ello repitiéndome a mí misma como un mantra que no debía pensar en Kieran. Al fin y al cabo, Kieran ya no existía. Me di cuenta de esa realidad en medio de la calle, deteniéndome con brusquedad junto a la terraza de un pub de la Milla Real. No existía. Ya había muerto. Llevaba muerto cientos de años.

—¡Oh, Dios! —musité poniéndome unas gafas de sol

para esconder las lágrimas –. Está muerto. Él está muerto.

De improviso, el sonido de la gente, de las conversaciones inacabadas, del tráfico, se acrecentó hasta convertirse en un zumbido que acabó por marearme. Me sujeté a una de las sillas de la terraza y me tambaleé. Un camarero se acercó y yo me alejé a trompicones. Mi comportamiento estaba ya cercano a la locura.

A los pocos minutos conseguí llegar a la tienda de antigüedades como si hubiese caminado rodeada de una niebla espesa que te impide avanzar. Empujé la pesada puerta de cristal y entré en el espacio atestado de objetos y decoración antigua. Allí comencé a respirar con algo de normalidad. La campanilla tintineaba sobre mi cabeza y al instante el señor Carmichael salió de la trastienda con una sonrisa que se hizo más amplia cuando me reconoció. Me quité las gafas de sol e intenté imitar su sonrisa con bastante poca fortuna.

–Alana, ¿estás bien? –inquirió frunciendo el ceño.

Debía tener una apariencia deplorable si él, que no se interesaba por nada que no tuviera más de cien años, había reparado en mi aspecto.

–Sí, perfectamente –aseveré con un ligero temblor en la voz.

–Bien. Como ya te he dicho, tengo un encargo para ti.

–¿De qué se trata?

–Hay que restaurar un cuadro.

–¿Dónde está? –Desvié la mirada alrededor.

–En Skye.

–¿En la isla? –balbucí.

–Claro, ¿conoces otra Skye?

–No…, yo…, entonces, ¿cuándo lo traen?

–No lo van a traer, te vas a trasladar tú allí.

–¿Yo?

A mi pesar, mi voz estaba agonizando. Ya no creía en las casualidades, pero necesitaba el dinero con urgencia.

Debía pensar en el futuro de mi hijo y dejar a un lado el pasado. Kieran está muerto, me repetí mentalmente.

—Sí, él ha insistido en que fueras tú.

—¿Yo? —repetí.

Nadie me conocía, no tenía un nombre como restauradora para que alguien hubiera reparado en mi trabajo.

—Sí, tú. ¿Qué te ocurre hoy, Alana?

—Nada. Dime qué es lo que tengo que hacer.

—¿Conoces al señor Mackinnon?

—¿Mackinonn? —Me atraganté con el apellido.

—Alana, deberías conocerlo. Es uno de los coleccionistas de arte más importantes de Europa. Vive recluido en su casa familiar, él es oriundo de Skye, una isla que solo es conocida por sus gaviotas y sus rocas. ¿Qué demonios hace allí? No lo sé. Pero tiene la mejor colección privada que he visto nunca, incluso fue mecenas en los años ochenta de artistas muy reconocidos. Es un viejo maniático y no quiere desprenderse de ninguna de las obras, así que ha pagado mucho dinero para que te traslades allí y ha cubierto con creces la estancia y cualquier gasto que se ocasione con la misma.

Me repetí a mí misma que las casualidades no existían, que Kieran estaba muerto y que jamás volvería a verlo. Pero tenía la corazonada de que todo lo que había sucedido en el pasado estaba relacionado con este extraño encargo.

—¿Cuándo tengo que ir?

—Saldrás mañana, ha dispuesto hasta tu transporte, un coche alquilado. —Se quedó en silencio rascándose la barba blanca hirsuta y me observó fijamente—. ¿Sabes conducir? —preguntó como si temiera perder a ese nuevo cliente por un detalle tan ínfimo.

—Sí.

—Perfecto, entonces no hay ningún problema.

¿Problemas? Todos los del mundo me atrevería a asegurar, pero me mantuve en silencio mientras él me daba las correspondientes instrucciones y me entregaba un sobre con la llave de un coche que según me dijo estaba aparcado en la misma calle en la que vivía.

Cuando regresé al apartamento me entretuve preparando una pequeña maleta, reconociendo en mi interior que me aterraba regresar al lugar que me traía tan amargos recuerdos. No, no podía ser casualidad, pero hasta que llegara allí no lo averiguaría.

El sonido del timbre en la puerta me sobresaltó y me erguí, sintiendo como mi dedo hormigueaba. Había olvidado completamente la existencia del anillo, que se había tornado de un furioso color rojo. Me asusté, temiéndome cualquier cosa menos la que me esperaba al otro lado de la puerta.

–¿Mamá?

–Alana, vives en un sitio inmundo –exclamó mi madre deslizándose en el interior del pequeño apartamento, evitando rozarse con cualquier cosa que la rodeara, lo que era imposible dado el tamaño del mismo.

–¿Cómo sabías dónde vivo? –inquirí cuando recuperé la capacidad del habla.

–Me lo dijiste cuando te mudaste ¿no te acuerdas? –Me miró atusándose la melena rubia y lisa que le rozaba sinuosamente los hombros delgados.

–Pues no. La verdad ni siquiera pensé que te acordarías –musité todavía demasiado aturdida para pensar con claridad.

–¿No vas a ofrecerme ni un refrigerio? ¿Tan mal te he educado? –preguntó ella caminando hasta el salón.

Masculle una maldición mientras iba tras ella y le señalé el sofá con objeto de que se sentara y dejara de examinar todo con cara de disgusto. Sin embargo, se acercó hasta el pequeño mueble de la pared y cogió una de las fotografías que adornaban una de las estanterías. En ella estábamos Gareth, Sarah y yo delante del escudo que presidía la entrada al Castillo de Edimburgo.

–¿Tienes whisky? –exigió, ordenó mi madre.

–Sí –contesté mordiéndome la lengua y sacando una botella de Oban del aparador junto con un vaso. Le serví dos dedos y se lo ofrecí. Ella lo cogió con una mano y lo bebió a pequeños sorbitos, girando el vaso donde el líquido ambarino atrapó la luz de la lámpara del techo.

Me pregunté qué se proponía viniendo a Edimburgo. Nada bueno. Eso seguro.

–He abierto el testamento de tu abuela –dijo ella con la mirada perdida en la fotografía.

–Los testamentos no pueden abrirse hasta que no han pasado quince días desde el fallecimiento de la persona –repliqué.

Así que es eso. Dinero. ¿Qué otra cosa iba a hacer que mi madre viniera a verme?

–Digamos que tengo contactos. Buenos contactos.

–Ya. ¿Y? –pronuncié con toda la frialdad que pude.

–Te lo deja todo a ti. Y no creas que era una pobre anciana, tenía mucho dinero y varios inmuebles. A mí solo me lega la legítima, una ínfima parte de todo lo que tenía que ser mío –explicó mostrando la misma frialdad que yo.

Respiré con un alivio que a ella no le pasó desapercibido. Ese dinero me daba la posibilidad de mantenerme durante el tiempo que no pudiera trabajar por el embarazo y parto.

–¿Qué es lo que quieres? –espeté deseando zanjar una discusión.

–Que me devuelvas lo que es mío. Que renuncies a la herencia en mi favor.

–Ni loca pienso hacerlo –afirmé con rotundidad.

–¡Soy tu madre!

–No eres nada de eso, ni siquiera sabes lo que significa esa palabra.

Ella se giró de improviso y se puso a mirar por la ventana respirando entre jadeos.

–¿Por qué te fuiste de Madrid tan rápido? Ni siquiera asististe a su funeral –murmuró.

–Discutí con papá –expliqué con brevedad.

Vi el tenue reflejo en el cristal de su bello e inexpresivo rostro y me estremecí sin pretenderlo.

–¿Tu padre?

–Sí.

–¿Sabes por qué te he odiado siempre?

Aunque la palabra odio y madre para mí siempre habían sido sinónimos, me retraje como si me hubiera golpeado.

–Porque tú fuiste el recordatorio toda mi vida del único hombre al que no pude retener–continuó de espaldas a mí.

–Papá siempre te quiso, incluso cuando lo abandonaste.

Ella rio con tanta amargura que yo pegué un respingo.

–Él no era tu padre.

–¿Cómo? –acerté a decir, sintiendo que mi mundo volvía a tambalearse.

Ella se giró con brusquedad y me mostró la foto que todavía tenía en la mano.

–¿Quién es este hombre? –preguntó señalando a Gareth.

–El novio de Sarah, ¿por qué?

–Porque es tu padre.

Abrí la boca para decir algo pero no encontré las palabras. Arranqué la fotografía de sus manos y la apreté con intensidad entre mis manos.

–No es posible –dije finalmente sintiéndome desfallecer–. Él tiene treinta y cinco años. No puede ser mi padre.

Ella mostró una considerable sorpresa.

–No puede tener treinta y cinco años, cuando lo conocí ya tendría más o menos esa edad. Fue en París, hui después de una discusión con tu abuela y encontré trabajo como camarera en un pequeño bistró cerca de la torre

Eiffel. En aquel momento me parecía la ciudad perfecta para empezar una nueva vida. Yo era joven, atractiva y estaba dispuesta a todo por no regresar a España. Él solía venir a comer a menudo y también era el único cliente que nunca solicitaba que yo le atendiera, así que constituyó un reto para mí. Me enamoré perdidamente de él, como solo pueden hacerlo los estúpidos, aunque solo nos acostamos una maldita noche. La noche que te engendramos. Él nunca volvió al restaurante y aunque intenté localizarlo cuando supe que estaba embarazada no lo conseguí, parecía haber desaparecido. Entonces apareció tu padre y encontré la solución más conveniente. Él no sabe la verdad, por supuesto –explicó con voz firme.

Todo cobró sentido en un sinsentido. El Gareth del pasado era el Gareth del futuro, no su descendiente. Recordé las palabras de mi abuela, insistiéndome en que yo era la más poderosa en años. ¿Cómo no iba a serlo? Era nieta de bruja e hija de brujo. Me reí a carcajadas, muy próximas a un ataque de histeria y mi mente se inclinó peligrosamente hacia la locura.

–¡¿Por qué me lo has ocultado hasta ahora?! –aullé.

–Porque no sabía que lo conocías hasta que he visto la fotografía –fue su pragmática respuesta.

Caí de rodillas gimiendo, abrazándome el cuerpo con los brazos. Por un instante creí que me había mentido, pero en mi fuero interno sabía que decía la verdad, no porque mi madre no mintiera a menudo, sino porque sabía que esta vez siendo sincera me hacía mucho más daño. Sentí que iba a perder la consciencia, todo giraba a mi alrededor en un torbellino de caras y objetos informes.

–Alana. –Mi madre me abofeteaba el rostro con energía haciendo que volteara la cabeza de un lado a otro como una marioneta. Levanté la mano apenas sin fuerzas y emití un quejido.

–¿Qué? –Logré decir sin que llegara a recordar qué hacía en el suelo del salón.

–Te has desmayado.

Me levanté con dificultad, todavía mareada, pero sin su ayuda.

–Vete –le dije.

–Estás maldita, Alana, y sola. ¿Crees que no sé que Sarah ha desaparecido?

–¡Cállate! –exploté llevándome las manos a la cabeza.

–Alana, te destruiré si no renuncias a la herencia de tu abuela.

–¡Márchate de aquí! ¡Aléjate! –grité sintiendo que el nudo de poder amenazaba con estallar dentro de mi pecho.

Ella se apartó unos pasos como si notara algo extraño en mí.

–Él te puso el nombre –murmuró de improviso–. Gareth me llamó Alana aquella noche. Me pareció un bonito nombre para ti, así recordaría toda mi vida que él no me vio cuando me amaba, vio el rostro de otra mujer.

–¡Lárgate y no vuelvas! –repetí con furia, apretando los puños.

De su rostro brotó una sonrisa repleta de maldad, me miró un instante más y con total desprecio, se giró y el sonido de sus tacones se perdió en el pequeño pasillo.

Caminé apoyándome en las paredes hasta mi habitación, allí me dejé caer en la cama y me hice un ovillo. Me quedé dormida todavía llorando. Desperté llamando a gritos a Kieran. Había revuelto la colcha y estaba enredada en ella, buscando su cuerpo sin encontrarlo. El dolor fue tan intenso que sentí que volvía a romperme. Recordaba con tanta claridad su aroma que pensé en la profundidad del sueño que estaba junto a mí. Respiré a jadeos hasta que me tranquilicé y pude incorporarme. Como siguiera así acabaría volviéndome loca.

–Abuela –murmuré sintiéndome al borde de un abismo, sin esperanza alguna–. Abuela, ¿estás ahí?

–Sí, siempre te dije que estaría junto a ti. –Su voz me calmó y oteé las sombras de la habitación hasta que localicé su imagen difusa.

–¿Lo sabías, abuela? ¿Sabías que Gareth era mi padre?

–Sí.

–¿Por qué no me advertiste?

–Porque hubieras ido a buscarlo y te hubieras enfrentado a él, y no era eso lo que tenías que hacer. Tenías que salvarla, a ella.

–No he podido salvarla. Sarah no quiso regresar –dije entre sollozos.

–Sí lo has hecho. Yo nunca dije que tuvieras que salvar a Sarah. No podemos interferir en las decisiones de los adultos. Si ella decidió quedarse, tú no podías hacer nada.

–Pero, yo creí…, ¿a quién tenía que salvar? –pregunté totalmente confundida.

–A tu hija –pronunció posando una mano transparente sobre mi abdomen henchido–. Era a ella a quien tenías que salvar, desde el primer momento. Pero no debes confiarte, Alana, sigues en peligro. Ahora es cuando más fuerte tienes que ser.

–Lo he perdido todo, ya no tengo fuerzas.

–Las encontrarás dentro de ti, como siempre has hecho. Solo confía en tu corazón, una vez más.

–¿En mi corazón? ¡Él me traicionó! ¿Qué futuro me espera? –barboté con más dolor que ira.

Pero ella ya no estaba, había vuelto a desaparecer.

Ya no pude volver a conciliar el sueño, así que al amanecer me levanté, me di una ducha y me vestí con unas cómodas mallas negras bajo un vestido corto de seda gris. Me calcé unos botines planos y recogí mis cosas. Sin apenas ánimo para nada más, me tomé un ligero tentempié en la cocina y bajé a la calle. Localicé el coche, programé el GPS, puse música y me convencí de que tenía que olvidarme de todo por unas horas, hasta que llegara a Skye y consiguiera respuestas.

Crucé el puente que comunicaba con la isla al comienzo de la tarde y me interné en la tranquila y apacible tierra que me había acogido trescientos años antes. No pude reprimirme y giré en una intersección internándome en el camino hacia el antiguo castillo de los Mackinnon. Aparqué a un lado de la carretera y bajé del coche estirando las piernas y respirando el aire puro cargado de humedad que provenía del cercano mar del Norte. Me acerqué hasta las ruinas y paseé por ellas sintiendo nostalgia y tristeza al ver cómo había quedado con el paso del tiempo la bella fortificación medieval que con tanto amor había reconstruido Kieran. Ya no se veían más que unas piedras y un par de muros derruidos, sin embargo pude notar con total intensidad la fuerza que emanaba del lugar, como si se hubieran reunido para recibirme todas las almas que habían habitado aquel lugar durante siglos. Secándome las lágrimas que el viento arrancó de mis ojos, eché una última mirada y me giré hacia el coche.

Seguí las indicaciones del GPS serpenteando en las estrechas carreteras hasta que unos tres kilómetros más adelante pude ver una casa de piedra de tres alturas. Estaba rodeada de un vallado y una puerta de seguridad. En el interior atisbé retazos de unos jardines bellamente cuidados. Macizos en flor se alternaban con árboles que impedían una vista plena de la casa. La valla se abrió en cuanto detuve el coche y me interné en un camino de grava hasta aparcar frente a la entrada principal. Antes de que me diera tiempo a subir los escalones de la entrada, la puerta se abrió y un hombre mayor, alto y canoso, con gesto serio y vestido de mayordomo, se inclinó ante mí y me dio paso.

—Usted debe ser la señorita Deveroux. La estábamos esperando —declamó con voz grave instándome a entrar.

—Gracias —contesté quedándome en el amplio recibidor, esperando que él me guiara.

Observé que a la derecha se abrían unas puertas acristaladas que daban a un gran salón, profusamente decorado con pesados muebles de madera en el que destacaba una gran chimenea de piedra con el fuego encendido, que atrapaba las luces de los objetos de cristal y plata que adornaban las estanterías y aparadores.

Las puertas a mi izquierda estaban cerradas, y frente a mí se extendía una amplia escalera de mármol con pasamanos en madera abrillantada que se sujetaba en un entrelazado de forja de hojas y ramificaciones con la elegancia propia de una casa de campo.

Seguí al mayordomo en silencio hasta el primer piso, cuyo suelo de madera pulida estaba cubierto por varias alfombras Aubusson en colores oscuros. Me indicó una puerta cerrada a la izquierda y se despidió de mí. Entré en lo que parecía otro salón, mucho más pequeño que el del piso inferior, aunque bastante más acogedor. En el centro había una mesa rectangular de madera maciza con patas en forma de garras. Sobre ella reposaban varias fuentes de cristal de bohemia con flores secas, fruta y un par de pesados candelabros de plata la adornaban a cada extremo. La pared occidental daba al exterior con tres ventanas de las que colgaban cortinas de terciopelo granate recogidas a un lado con cuerdas trenzadas con hilo de oro, dotando a la estancia de gran luminosidad. La pared de enfrente estaba decorada por una cantidad ingente de imágenes, fotografías, grabados y cuadros expuestos de forma experta, portando cada uno de ellos su propia lámpara halógena. Constituía un pequeño y coqueto museo.

No obstante, lo que más llamó mi atención fue el único cuadro que colgaba de la pared frontal, presidiendo la sala. Era una obra pintada al óleo, de casi dos metros de altura y uno de anchura. El marco era de madera ribeteado en pan de oro y profusamente decorado. Con toda probabilidad databa del siglo XVIII, sin embargo estaba en excelentes condiciones, ni siquiera pude adivinar una pequeña mancha de carcoma. Me acerqué a paso lento, descubriendo el rostro de la joven que me miraba desde el cuadro. Una mujer joven, con el pelo rubio oscuro y ondulado que se agitaba por un viento invisible y que estaba sentada en un banco de piedra con el fondo del antiguo castillo *Dunakyn*, vestida con un sencillo vestido de lana verde ribeteado en puntillas que sobresalían de sus puños cerrados por botones de nácar.

La mujer tenía las manos cruzadas sobre sus piernas y se podía percibir un pequeño escarpín de cuero marrón asomándose por las voluminosas faldas. Subí lentamente la vista observando la imagen hasta llegar al escote, donde el vestido se cerraba con un corpiño adornado con una perfecta lazada. Su cuello largo y pálido destacaba en contraste con la oscura tela del vestido. Sobre el hombro derecho llevaba prendida una pequeña estola con los colores del clan Mackinnon, sujeta por un broche en plata donde se adivinaba el dibujo y el lema del clan. Su rostro de facciones delicadas y nariz delgada y recta, estaba sereno y me miraba con tan profundidad que pude apreciar que el autor había captado la sonrisa dulce y algo divertida que asomaba a sus labios rosados. Respiré hondo y mis ojos se deslizaron hasta las manos de aquella mujer, donde pude ver un anillo con una piedra luna y una alianza de plata. No tuve que acercarme más para saber que había escrito en él. *Siorghra*.

Sentí la presencia de otra persona en la habitación y escuché carraspear a un hombre. Ya no creía en las casualidades. ¿Y si hubiera una posibilidad de que él, Kieran, hubiera venido a buscarme? ¿Una remota posibilidad? Si no, ¿por qué estaba allí mirando un cuadro de mí misma? Sí, por primera vez debía confiar en mi instinto.

CAPÍTULO XVII

*El pasado ha huido,
pero el presente es tuyo.*

Mi instinto era igual de torpe que mis habilidades como bruja.

Lo constaté cuando dejé de sonreírle con embeleso al anciano apoyado en un bastón de madera con la cabeza de un águila grabada en el mango. Era un poco más alto que yo, aunque su apostura estaba encorvada por la edad. Lucía un espeso pelo completamente blanco y su rostro cubierto de arrugas me mostraba algo parecido a la diversión brillando en sus profundos ojos azules, como si le hubiera hecho gracia mi actitud subyugada.

—Alana Deveroux, bienvenida a mi hogar. ¿Ha tenido un buen viaje? —preguntó con voz ronca y cascada.

—Gracias, ha sido un viaje largo, pero tranquilo —contesté de forma mecánica.

—Soy Finnegal Mackinnon. —Se presentó extendiendo una mano.

Se la cogí y sentí su fuerte presión, sorprendiéndome de la fortaleza que mostraba para ser alguien tan anciano. Su mano estaba seca y áspera al contacto, pero extrañamente reconfortante. Era sincero en su bienvenida.

–Finnegal –repetí contrayendo el gesto.

–Sí, Finnegal, aunque puede llamarme Finn, si lo prefiere. ¿Acaso no le gusta el nombre? –Su tono seguía teniendo implícito un cierto matiz divertido.

–No, señor Mackinnon, solo me ha recordado a alguien que conocí hace mucho tiempo.

–Bueno, por su gesto contrariado parece que ese hombre no fue de su agrado.

Suspiré y desvié el tema con rapidez.

–¿Es este el cuadro que tengo que restaurar? –pregunté girándome para evitar la intensa mirada de aquel anciano.

Él se acercó cojeando hasta situarse a mi lado.

–Sí. ¿Qué le parece? –Me miró con seriedad.

–No creo que necesite ser restaurado –respondí siendo sincera.

–Yo creo que se equivoca, por eso recurrí a sus servicios, me hablaron muy bien de usted. Sé que es joven y todavía no se ha labrado un nombre en el oficio, pero pone interés y una gran perfección en todos sus trabajos –explicó sin dejar de observarme.

Me pregunté quién demonios le habría hablado de mí, ya que apenas había restaurado tres o cuatro cuadros en lo que llevaba en Edimburgo.

–¿Por qué cree que necesita ser restaurado? La pintura se mantiene perfecta, excepto por alguna descamación del óleo producido por la antigüedad, en realidad es perfecta –señalé.

–Porque creo que necesita que alguien lo dote de vida.

–¿Lo dote de vida? ¿Y cómo cree que puedo hacer eso? –inquirí con un deje de incredulidad.

–¿Qué puede decirme de la obra? –replicó él sin contestar a mi pregunta.

Medité unos instantes recordando lo imprescindible para valorarla con justicia.

–Es una obra de mediados del siglo XVIII, algo más

grande de lo que solía ser normal en la época, y sorprendentemente realista. Es muy difícil captar la verdadera esencia del modelo y el pintor lo consiguió. La mujer debió estar posando mucho tiempo para él. Resulta extraño que esté situada en el exterior cuando prácticamente todos los retratos de mujeres se sitúan en el interior de las casas. Solo cuando son retratos masculinos que hacen referencia a algún hecho concreto o habilidad a destacar suelen ser pintados con un fondo de exterior –expliqué.

–¿No le resulta familiar?

Comencé a inquietarme de forma alarmante y me di cuenta de que mis manos temblaban.

–¿Por qué lo dice?

–Porque yo veo un gran parecido de la joven del cuadro con usted –indicó con una sonrisa.

Enarqué una ceja en señal de escepticismo.

–Bueno, supongo que es fruto de la casualidad. Está claro que la joven del cuadro no soy yo. Como le he comentado, estoy convencida de que tiene una antigüedad de más de doscientos años –aduje con firmeza.

–Es cierto. Fue pintado entre los años 1729 y 1731.

–¿Quién fue el autor? Lo siento, pero no reconozco los trazos.

–Un antepasado de nuestra familia. Ha permanecido con nosotros durante todos estos años, lo hemos protegido de incendios y guerras siguiendo instrucciones precisas. Nunca ha visto la luz ni ha sido expuesto más que para la gente que ha visitado nuestro hogar –contestó.

Me acerqué y observé las pequeñas iniciales pintadas con trazo elegante y simétrico en la esquina derecha del lienzo. C. M. Intenté buscar en mi memoria algún pintor de la época que se pudiese adecuar a esas letras y no lo encontré. Apenas conocía nada de la pintura escocesa. Lo más probable es que fuera un pintor sin renombre, pero con gran talento. Y aunque lo negaría ante un tribunal de la Inquisición, la joven del cuadro era yo, no tuve ninguna duda. La palabra grabada en la alianza que ahora podía leer con facilidad era la misma que yo llevaba inscrita en la que portaba en mi mano.

El misterio del origen del cuadro vibró en mi pecho como un cosquilleo y deseé ponerme a trabajar en él lo antes posible para poder averiguar algo. Quizás encontrase bajo las capas de pintura algún mensaje de Kieran. Abrí los ojos y me mordí el labio con anticipación. El anciano volvió a carraspear y yo lo miré como si lo hiciera por primera vez, por un momento había olvidado que no estaba sola.

—Veo que tiene interés por comenzar su trabajo —dijo retornando la sonrisa divertida a su rostro—, pero está anocheciendo. Antes deberíamos cenar. Su habitación es la que se encuentra justo al final de este mismo pasillo. La espero aquí dentro de media hora, ¿le parece bien?

—Perfecto —contesté sintiendo de súbito el cansancio del viaje, alejándome hacia la puerta.

Entré en la habitación que me habían destinado y no pude evitar abrir los ojos con asombro. En el centro descansaba una enorme cama con dosel en madera maciza con el cabezal finamente labrado con entrelazados celtas escoceses. A ambos lados de la cama había dos grandes ventanales y en la chimenea de piedra pulida crepitaba un fuego de leña que calentaba con tibieza las frías noches de la isla. El edredón era de un color carmesí y sobre él descansaban varios cojines en diferentes tonos de ocre, todos en seda. Las cortinas abiertas eran del mismo tono y caían hasta el suelo dejando ver los jardines y el mar de fondo. A un lado había un escritorio Luis XVI y un butacón tapizado en el mismo tono que el edredón. Las mesillas eran altas y sobre ellas destacaban unas bonitas y coloreadas lámparas Tiffany, originales. A un lado de la puerta había un armario empotrado, disimulado en la tela de rayón que cubría las paredes, haciendo que al cruzar la puerta pareciera que me hubiera trasladado de nuevo al siglo XVIII con la ventaja de las comodidades que se podían disfrutar en el presente.

Una puerta a la derecha comunicaba con el baño, en el que podía elegir entre una ducha romana o bien una bañera de hidromasaje. Todo el frontal estaba cubierto por un espejo de alto en bajo y dos lavabos encastrados en piedra negra. No tardé ni un segundo en desnudarme y meterme en la ducha, dejando que el agua caliente me reconfortara. Habían dispuesto toda una gama de jabones y geles de ducha, y sobre un colgador disimulado tras la puerta había un albornoz de rizo americano en tonos amarillos y varias toallas del mismo color.

Mascullando el poco tiempo del que disponía para disfrutar de aquel baño, salí presurosa de la ducha y me sequé con rapidez. Peiné mi pelo y lo ahuequé para que se secara al aire, quedando como siempre, en total independencia a mi persona. Me vestí con unos pantalones negros con cintura elástica ajustados y una blusa de seda en color verde que resaltaba el fondo de mis ojos y disimulaba mi embarazo. Me calcé unos botines de tacón y me maquillé ligeramente, dándome un toque de perfume en el cuello y en las muñecas. Como único adorno me puse unos sencillos pendientes de cristal de murano negro. Quería causarle buena impresión al anciano señor Mackinnon, convencerlo de que, pese a mi juventud, podía hacer un buen trabajo.

Cuando entré en el salón, al anochecer, habían prendido las velas de los candelabros de plata y la mesa estaba dispuesta con el servicio de dos comensales, uno a cada extremo. El señor Mackinnon estaba de pie cerca del cuadro, vestido con un pantalón de traje y una camisa en tonos azules, mirándolo con atención. Se giró en cuanto yo crucé la puerta y me ofreció una cálida sonrisa. Se acercó a la silla que quedaba de espaldas a la pintura y la apartó de la mesa indicándome que me sentara. Lo hice, agradeciéndole el gesto, y esperé a que él tomara asiento frente a mí.

El mayordomo se materializó de improviso y nos sirvió una sopa que olía deliciosamente a verduras. Empezamos a cenar en silencio y nos mantuvimos así hasta que nos sirvieron el siguiente plato, salmón braseado acompañado de patatas a la panadera. El señor Mackinnon le indicó al mayordomo que dejara en el aparador los postres con una tetera humeante y que se retirara a descansar, que ya no iba a necesitar más sus servicios. Era la señal de que podíamos hablar con libertad.

—Espero que la cena sea de su agrado.

—Lo es. Muchísimas gracias.

—No ha probado el vino —murmuró entornando los ojos en mi dirección—. Es excelente. He ordenado que lo suban de la bodega expresamente por usted.

—Lo siento, no me gusta demasiado el vino. Además —dudé un momento, pero como tampoco iba a estar allí el tiempo suficiente para que mi embarazo fuera un problema laboral, decidí ser sincera—, estoy embarazada.

Esbozó una amplia sonrisa y sus ojos azules destellaron con la luz de las velas, demostrando una sincera alegría.

—La felicito, a usted y a su marido, ya que veo que luce una bonita alianza —expresó alzando la copa en mi dirección.

—No estoy casada —musité frunciendo los labios ligeramente.

—¿Ah no? —Pareció contrariado—. Yo creí que…, bueno, no tiene importancia, los jóvenes de hoy en día no necesitan de las formalidades que requeríamos en nuestros tiempos.

—Soy… viuda —balbucí. Recordé que Kieran ya no existía y el dolor me acometió de improviso.

—Lo siento mucho querida, parece tan joven…

—Usted, ¿está casado? —pregunté tragando saliva y desviando el tema de mi persona.

Su rostro se oscureció y pareció perderse en sus recuerdos por un instante.

–Lo estuve. Ella murió.

–Lo siento. Parece que la quería mucho.

–Así es, la sigo queriendo. La muerte puede acabar con la vida, pero no puede destruir el amor –afirmó bebiendo un largo trago de vino blanco.

Fue mi turno de atragantarme y eso que no estaba bebiendo. Tosí con disimulo y carraspeé para aclarar la voz.

–¿Tiene hijos? –inquirí.

Él sonrió y me miró a través de la luz de las velas.

–Sí, pero ellos viven su vida lejos de aquí. Yo nunca he podido alejarme mucho tiempo de mi isla. Aquí descansan todos los que amé –contestó.

–Entiendo –musité sintiendo de nuevo el dolor en mi corazón.

–Y dígame, ¿su marido…?

–Prefiero no tocar ese tema, si no le importa –lo interrumpí.

–Veo que es algo delicado, lo sigue amando, ¿entonces? –Su voz era suave y cautelosa.

La cena se estaba convirtiendo en una tortura emocional.

–No. –Él se puso rígido–. Sí, no lo sé…, ocurrieron muchas cosas… No quiero hablar de ello, por favor –susurré sujetando con mucha fuerza el tenedor de plata en mi mano derecha.

–¿Le gusta la isla? ¿La había visitado ya? –preguntó él viendo mi turbación y cambiando con rapidez de asunto.

–Sí, me gusta mucho, y sí ya había vivido antes aquí –contesté de forma mecánica.

–¿Ah, sí? ¿Cuándo? –inquirió él.

Masculló una maldición en silencio por mi descuido verbal.

–Eh…, hace algún tiempo –respondí sin mucha convicción.

–¿Conoce las ruinas del castillo de mi familia?

—Sí.

—No lo ha mencionado cuando ha descrito el cuadro.

—No creí que fuera importante.

—Yo siempre he pensado que era lo más importante de la obra, se identifica perfectamente a la mujer como un miembro del clan de los Mackinnon.

—Eso lo hace el manto que está prendido de su hombro.

—Es cierto. —Rio con suavidad—. Pero el lugar indica que la mujer nunca debió abandonarlo.

—¿Cómo sabe que lo abandonó?

—¿Cómo sabe usted que no lo hizo?

Me quedé sin palabras y asomé el rostro entre las velas de uno de los candelabros para observar al anciano con más intensidad. Entorné los ojos con algo muy parecido al enfado.

—¿Quién le habló de mí? —pregunté por fin.

Él no contestó. Buscó algo en su bolsillo y me lanzó una pequeña canica que se deslizó a lo largo de la mesa hasta que la paré con mi mano y la cogí examinándola con atención. No era una canica, era un proyectil de metal fundido y prensado, algo oxidado y abollado, pero perfectamente reconocible. Levanté la vista y él me sostuvo la mirada.

—Cailen —pronuncié apenas sin voz.

Él se mantuvo impávido, casi una figura de cera envejecida, sin despegar sus ojos de mí.

—Cailen Finnegal Mackinnon. Tú también llevas el nombre de tu padre.

—En realidad no era mi padre, ya lo sabes.

—¿Cómo es posible? —balbucí sintiendo que caía por un precipicio y no tenía dónde sujetarme. Apreté con fuerza el proyectil en la mano buscando una explicación plausible.

—Lo hiciste tú, deberías recordarlo mejor que yo. Para ti ha sucedido solo hace cuatro o cinco días, para mí, hace trescientos años.

Abrí la boca buscando aire y sentí que me mareaba, incliné la cabeza y apoyé los codos en la mesa. Percibí que él se levantaba con rapidez y atravesaba la pequeña distancia que nos separaba cojeando. Posó sus manos en mis hombros y yo levanté la vista intentando descubrir en el anciano con el rostro surcado de arrugas y pelo blanco al joven que había conocido en el pasado.

—Yo… yo solo te salvé la vida, no hice otra cosa —repuse con voz entrecortada.

—Durante muchos años me pregunté cómo podía ser que no envejeciera a la misma velocidad que el resto de la gente que me rodeaba y finalmente solo encontré una respuesta que me satisficiera.

—¿Cuál?

—Kieran me dijo que posaste tus manos ensangrentadas en mi herida abierta. Tu sangre se mezcló con la mía y además de salvarme la vida, me diste una larga y plena estancia en este mundo —explicó sin que sus manos se apartaran de mis hombros.

Sentí que temblaba como una hoja, sin poder controlar la desolación que me invadió.

—Lo siento —susurré a punto de echarme a llorar como una niña—. Yo no quise…

Él se apartó y acercó una silla para sentarse junto a mí.

—¡¿Qué lo sientes?! —preguntó con estupor—. Alana, me salvaste la vida y me diste lo que muchos han deseado. He vivido trescientos años esperando este momento solo para poder mirarte a los ojos y suplicar tu perdón —expresó con tristeza.

—¿Por qué habría de perdonarte? ¿Por lo de Caitlen? Eso ya quedó zanjado, no te culpo por ello —repuse sintiendo que la realidad del presente y la realidad del pasado se mezclaban en mi mente haciendo que esta se tambaleara peligrosamente.

—Yo fui quien te traicionó, Alana. Yo escribí la carta que te acusaba de brujería. Solo yo tenía la habilidad necesaria para imitar a la perfección la letra y la firma de Kieran –confesó con voz firme.

Lo miré con total incredulidad y también dolor.

–¿Por qué hiciste tal cosa?

–Mi madre, además de emponzoñar el libro de *La Ilíada*, envenenó mi mente haciéndome creer que deseabas la destrucción del clan, que habías hechizado a Kieran y que llevabas en tu vientre el hijo del diablo por tu condición de bruja. Lo siento Alana, era joven y fácilmente influenciable y ella era mi madre. Acababa de saber que Roderick era mi padre y me sentía vulnerable. Creí que hacía lo correcto –expresó cogiendo mi mano temblorosa.

Yo me solté y lo miré con ira.

–Dejé que todos vieran lo que era arriesgándome para salvarte la vida, hice lo mismo con Morag y volvería a hacerlo sin ninguna duda. Siempre confié en ti, Cailen, te consideraba una persona íntegra y honesta. Y creí que tú también me apreciabas –repliqué sintiendo como mis entrañas ardían por la nueva confesión.

–Lo siento, Alana, no tengo palabras para expresar cuánto lo siento, de veras. La pena y la culpa me ahogaron durante años. He esperado mucho tiempo para disculparme.

–Y quieres que te diga que todo está olvidado, que no hay rencor por mi parte. Estuvieron a punto de quemarme. ¡A mí y a mi hija! –grité levantándome de un salto para quedarme de pie mirándole con odio.

Él agachó la cabeza y pude ver todo el peso de los años acumulados en ese simple gesto. Sentí su dolor y sentí la pérdida que tuvo que sufrir al ver la muerte de todos a los que amó. A mi pesar no pude por menos que entenderlo, la influencia de Elinor era muy fuerte en su hijo mediano, el más protegido, el más dulce y cariñoso, el que no nació para soldado, sino para las artes.

–Tú pintaste el cuadro. –No era una pregunta.

–Sí. Lo hice para conseguir el perdón de Kieran. Él jamás te olvidó y creí que ofreciéndole el pequeño consuelo de ver tu rostro conseguiría que al menos no me mirara con odio el resto de su vida. –Su voz sonó rota y cansada.

Me acerqué a él y me arrodillé, obligándolo a volver su rostro hacia mí. Sus ojos brillaban por lágrimas sin derramar. Sentí casi el mismo dolor que él.

–Ya está, Cailen. Todo aquello quedó en el pasado, y no se puede cambiar. Te perdono, como has dicho, eras joven y no pensaste en las consecuencias que podían acarrear aquel acto. –Le ofrecí el único consuelo que podía darle.

–Gracias, Alana. Gracias –pronunció en voz queda–. No sabes lo que has aligerado el alma con tu perdón a este viejo al que ya no le queda mucho tiempo.

Lo abracé y dejé que su rostro reposara en mi hombro. En el fondo lo seguía viendo como aquel joven dulce y soñador, demasiado inocente en ocasiones, pero con un gran corazón. Él sollozó y yo me mantuve firme hasta que logré que se calmara pasados unos minutos. Finalmente me levanté y me acerqué al aparador para prepararle una taza de té. Se la tendí y él la cogió entre sus manos calentándolas con la tibieza que desprendía la porcelana.

Me senté observándole en silencio y pensando en lo que me acababa de confesar. No existían las causalidades, algo que acababa de demostrar. Pero también había descubierto que mi verdadero poder residía en la sangre. Lo que desataba la muerte y lo que provocaba vida.

Me levanté de un salto y Cailen me miró sorprendido.

–¿Tienes un ordenador con conexión a Internet?

–En mi despacho, ¿qué sucede? –Pareció realmente preocupado.

–Creo que lo he encontrado –contesté.

–¿El qué?

–Lo que estaba buscando.

Él me miró extrañado, pero no hizo más comentario. Se levantó con gesto cansado y me acompañó al piso de abajo, guiándome hasta las puertas cerradas que había en el recibidor. Sacó unas llaves del bolsillo de su pantalón de lana y las abrió. Me hizo entrar y encendió la luz de la mesa. Al contrario que el resto de la casa, el despacho estaba decorado en tonos claros y acero. Moderno y con la última tecnología a mi alcance. Me senté en el butacón de piel negra, situado detrás de la mesa de despacho y conecté la CPU ante la mirada interrogante de Cailen.

–¿Necesitas algo más? –preguntó solícito.

–Café. Mucho café –pedí con una sonrisa.

–Bien, yo mismo lo prepararé y lo traeré junto con algo de comer, porque me imagino que vas a pasar aquí bastante tiempo –dijo esperando alguna explicación por mi parte.

Asentí con la cabeza. Todavía no sabía muy bien lo que buscar y sobre todo, lo que iba a encontrar, así que no podía contarle nada.

Salió en silencio y yo pulsé el icono de la red. Musité una oración sencilla al único santo que me había sacado de muchos apuros a lo largo de los años, san Google. ¿Acaso no se decía que lo que estaba en Internet no existía? En ese momento mi teléfono vibró en el bolsillo trasero de mi pantalón. Adiviné quién era antes de cogerlo.

–Gareth.

–Mi pequeña cínica española.

–No me llames así. Sabes que lo odio –mascullé.

Él rio de forma socarrona.

–Pero eres española, aunque también francesa, lo reconozco.

Permanecí en silencio un instante. Ya no era francesa, era escocesa gracias a él.

–¿Qué quieres? –pregunté recelosa.

–Verte. Tenemos que hablar, hay muchas cosas que explicar.

–De eso no tengas duda, Gareth.

Si le sorprendió mi réplica no dio muestras de ello.

–¿Dónde estás? Te dije que me esperaras en casa.

–Estoy en Skye.

Hubo un silencio esclarecedor.

–Ya veo que él te ha encontrado antes que yo. Escúchame bien, Alana –expresó con urgencia–. Debes salir de allí lo antes posible, estás en peligro y tú misma has ido a su encuentro.

–Gareth, ¿por qué lo hiciste? ¿Por qué jugaste con Sarah y conmigo?

–Si me estás preguntando si amaba a Sarah, la respuesta es sí. No como te amo a ti, pero no tenía otra forma de acercarme sin que me rehuyeras. Al principio fue una simple sospecha, te parecías a Alana, hablabas como ella, pero no eras la persona que guardaba en mis recuerdos, eras otra distinta, apocada y cobarde. Conseguí que confiaras en mí antes de que tu poder se manifestara.

No pude evitar una mueca de desdén ante sus palabras, aunque él no pudiera verla.

–Gareth, no es amor lo que sientes, nunca has entendido el significado de esa palabra.

–¿Cómo no va a ser amor si llevo esperándote trescientos años?

Me mordí un labio y deseé decirle muchas cosas, pero la forma no era por teléfono, debía ser en persona. Él se adelantó a mis pensamientos.

–Ahora mismo cojo el coche, llegaré en unas siete horas. No hay tiempo que perder.

–Al amanecer en el antiguo cementerio del castillo *Dunakyn*. ¿Lo conoces?

–Por supuesto.

Cortó la comunicación. Las cartas estaban sobre la mesa. Y yo contaba con ventaja, sabía algo que él desconocía. Ya sabía quién era él y qué había estado buscando todos estos años. Ya no tenía miedo, mi miedo había desaparecido con el amor de Kieran, por la lucha por mi vida y la vida de mi hija. Jamás volvería a esconderme.

Cailen entró con una bandeja de plata que depositó junto a la pantalla del ordenador y me sirvió una taza café humeante. Aspiré el olor con fruición dándome cuenta de cómo lo había añorado. Bebí con cuidado de no abrasarme la lengua. Él se sentó en un sofá de piel frente a mí.

—¿Qué es lo que estás buscando? —inquirió recostándose y cogiendo una manta a cuadros escoceses que reposaba en el cabezal.

—Respuestas —contesté con brevedad tecleando con rapidez.

Mi mente estaba completamente despierta y alerta, como si por fin me hubiera deshecho del halo de irrealidad que me había perseguido desde hacía meses. Gareth había conseguido trasladarse al futuro y sabía dos cosas con certeza, en el pasado era un habilidoso alquimista, dada su facilidad para crear venenos y antídotos, en el futuro sería un prestigioso investigador de la genética. No tuve ninguna duda de que todo era a causa de la sangre de las brujas. Eso era lo que había hecho que Cailen viviera trescientos años y eso era lo que hacía posible que Gareth se mantuviera con el mismo aspecto y edad que tenía en el pasado. Sus investigaciones estaban centradas en el campo sanguíneo, llevaba muchos años buscando a la bruja más poderosa y la había encontrado. Lo que desconocía era el por qué yo era la más poderosa, y era gracias a la mezcla de su sangre con la de mi abuela.

Fijé mi vista un momento en Cailen, que parecía estar dormitando y se le había caído la manta deslizándose por sus hombros hasta las piernas. Me levanté y lo arropé con cuidado, pero el sueño de los ancianos es liviano y abrió los ojos sorprendido.

—¿Tienes frío? —le pregunté con cariño.

—Últimamente siempre lo tengo —respondió con voz ronca.

Me giré mirando la chimenea tras de mí y extendí una mano deseando con fuerza poder encender un fuego. Al instante los troncos apilados crepitaron como si hubieran sido rociados con gasolina y prendidos con una llama de soplete.

–¡Pero qué demonios es eso! –exclamó Cailen incorporándose de repente.

Yo reí con alegría y le mostré mis manos.

–¡Por fin lo he conseguido! He conseguido hacer lo que verdaderamente deseaba. Soy bruja, Cailen y ahora, después de muchos intentos infructuosos, mi poder y mi mente se han unido para crear magia –le expliqué todavía sonriendo y recordando como mis intentos anteriores de conseguir cualquier nimiedad habían tenido resultados completamente diferentes.

Cailen me miró con estupor y agitó la cabeza.

–¿Qué? –inquirí entornando los ojos.

–Aluinn tenía razón, todas las mujeres sois unas brujas –afirmó cerrando los ojos de nuevo.

Le di un cariñoso empujón y me dirigí de nuevo al ordenador, poniéndome a trabajar sin más demora. Busqué en todas las bases de datos de personas desaparecidas en los últimos treinta años, ya que no podía remontarme a trescientos años atrás porque no había registros. Era mucho más sencillo el ocultar la muerte de una joven en el siglo XVIII que el siglo XX y XXI. Centré la búsqueda en mujeres de edades comprendidas de los quince a los treinta y cinco años, y pronto comencé a ver los resultados. A través de la pantalla del ordenador fueron apareciendo rostros que en ocasiones me resultaban extrañamente familiares y la impresora vomitó de forma constante y silenciosa las imágenes que consideré importantes para mi investigación.

Revisé las secciones de sucesos de periódicos europeos encontrando datos sobre desapariciones de jóvenes, de las que nunca se supo nada ni se encontró cadáver alguno. Después de un largo rato, cambié la búsqueda y me interné en la biografía de Gareth. Apenas conseguí algo relevante, pero sí sustancialmente clarificador. Las primeras referencias a su persona eran de los años ochenta en París, su nombre aparecía como uno de los jóvenes más prometedores de la Universidad de la Sorbona en ciencias. Se licenció en Medicina y se especializó en Genética. Después, de forma misteriosa, desapareció durante al menos siete años. Apareció de nuevo en Madrid donde trabajó varios años en una farmacéutica y más tarde se trasladó a Escocia, que era donde había realizado los hallazgos más importantes en sus estudios. Encontré escasas fotografías, como si él se hubiera ocupado de borrar su rastro, pero eso era imposible en la era tecnológica en la que ahora vivíamos. Imprimí lo que me pareció más interesante y una vez que tuve todos los folios en mis manos los extendí en la mesa y me levanté para observarlos con la debida distancia. Los había clasificado por años, del más antiguo hasta el presente.

Descubrí dos cosas, Gareth había encontrado la fórmula para utilizar la sangre de las brujas como medio de trasladarse al futuro, concretamente a la época en que creyó que yo nacería, bien por los datos que le había proporcionado Sarah en el pasado o bien por las visiones que tenía de lo que estaba por pasar. La segunda la encontré por casualidad, repasando un antiguo periódico francés. Una joven aseguraba haber sido atacada por un lobo que la hirió, aunque por fortuna pudo escapar. No tendría importancia de no ser por la imagen que adornaba tan pintoresca noticia, una mujer con el pelo rubio oscuro y ondulado y un lejano parecido a mí. Sucedió en la época en que Gareth desapareció, lo que me indicó que o bien se asustó y regresó al pasado o bien no logró encontrar a otra bruja que le permitiese mantenerse en el futuro. Mi madre tenía razón, aunque intentó buscarlo, fue en vano, él se había evaporado, las arenas del tiempo lo habían engullido.

Repasé con calma las fotografías de las jóvenes expuestas ante mí, había más de veinte, todas con unos rasgos parecidos, el pelo rubio oscuro ondulado y los ojos de un extraño color oscuro con pinceladas verdes. Había adolescentes, adultas e incluso de mediana edad. De rostro redondeado, pecoso, alargado, pálido, de nariz respingona o patricia, pero todas compartían la misma genética heredada de la bruja que comenzó el linaje. Todas de alguna forma eran parientes y compartíamos lo más ansiado por Gareth, nuestra sangre. Sentí que los espíritus de las mujeres que habían sido asesinadas se arremolinaron junto a mí y me fueron susurrando y suplicando con ansia justicia. Sentí su dolor y su agonía por la muerte tan cruel, repentina e injusta, y supe con total certeza que muchas de ellas desconocían que tenían algún tipo de poder o descendían de brujas.

Inspiré con fuerza y mi mente voló al pasado sin encontrar la conexión. Como si mis antepasados me guiaran, recordé la conversación con Kieran en su despacho, me había dicho que su padre murió mientras él y Gareth estaban en el extranjero. Levanté la vista fijándola en un punto en la pared y masticullé una maldición. Lo tenía. Gareth me confesó que él mismo había asesinado a Finnegal Mackinnon. El lobo no era Gareth, el lobo era la forma que adoptaba Gareth para asesinar sin que en ningún momento lo relacionaran con él. Era su otro yo. Podía desdoblarse en el animal y mantenerse como humano al mismo tiempo. Ya lo había hecho cuando atacó a Kieran para que lo atendiesen en casa de Magdalen Mackenzie, no tuve duda de que fue una acción premeditada con el fin de que se concertara el matrimonio y darme a mí la oportunidad de aparecer en el pasado y tomar la identidad de su prometida. Después se ocupó de aparecer como el salvador y ayudar a la recuperación de Kieran. Todo sin levantar ningún tipo de sospechas. Era muy común ser atacado por un lobo en el siglo XVIII, estaba de acuerdo, lo que no era común era serlo en el presente siglo.

Me di cuenta de que Gareth tenía prisa por concluir lo que llevaba años buscando, cada vez estaba más cerca de ser descubierto. Él sabía quién era Sarah cuando se acercó a ella, y presuponía quién era yo, pero se había mantenido esperando pacientemente a que yo desarrollara mi poder y enviara a Sarah al pasado. El círculo se había cerrado. Los lazos del tiempo se habían entrelazado y él mismo había creado a la persona que creía llevar toda su vida buscando. Reí con amargura y Cailen se agitó en sueños sin abrir los ojos. Apreté los dientes con fuerza mirando los rostros de las mujeres que habían perdido su vida por mi causa.

—Sí, Gareth —murmuré entrecerrando los ojos—, yo también deseo con intensidad encontrarme contigo.

Consulté la hora en el reloj del ordenador, me quedaban veinte minutos para llegar al lugar acordado. Me acerqué a Cailen, el cual se había quedado profundamente dormido, y le acaricié el rostro áspero con una mano, lo besé en la frente y él emitió un hondo suspiro. Salí del despacho y subí a mi habitación, cogí las llaves del coche y me puse una gabardina de piel negra atándola con fuerza alrededor de mi cintura. Bajé las escaleras de dos en dos y salí al exterior, donde me recibió el frío de la noche, el viento del mar y una bella luna llena prendida del cielo estrellado que dotaba al ambiente de una luminosidad misteriosa y fantasmal. Me introduje en el coche y arranqué saliendo con lentitud a través del camino de grava. Llegué a los pocos minutos al cementerio y aparqué en un recodo del camino. Bajé del coche y no vi señal alguna de que Gareth hubiese llegado. Mi mano hormigueaba y observé mi anillo destellando con una intensidad azulada. Me interné en el pequeño santuario de paredes de piedra volcánica semi derruidas y esperé.

—Has elegido un lugar muy oportuno. —La voz de Gareth a mi espalda hizo que me sobresaltara y me girara con rapidez.

Su imagen estaba recortada por la luz de la luna y vestía un traje gris marengo, como si acabara de salir del trabajo. Su rostro estaba pálido y lucía profundas ojeras, pero sus ojos negros brillaban con la intensidad de dos pozos oscuros en contraste con su nívea piel.

—¿Por qué lo dices? —Mi voz rezumaba frialdad.

—Estás situada justo al lado de su tumba —señaló él acercándose.

Volví mi vista hacia la pequeña cruz celta que destacaba algo torcida sobre una lápida en piedra cubierta por brezo y musgo. No podía leer la inscripción, pero creí sus palabras. Mi corazón lloró al reconocer que estaba sola y que jamás volvería a ver a Kieran, pero disimulé con prontitud mis sentimientos. Tenía que ser fuerte para enfrentarme a Gareth. Para enfrentarme a mi verdadero padre.

—¿Qué es lo que quieres, Gareth? Sé sincero por primera vez en tu vida —exigí ocultando mi rostro entre las sombras.

—Siempre he sido sincero contigo, Alana, yo no fui quien te mintió y te traicionó con Sarah, fue Kieran. Él la amaba y tuvieron un hijo —dijo con voz suave y envolvente.

—No me has contestado, Gareth, ¿qué quieres? —pregunté de nuevo intentando olvidar el dolor que me producía la traición de Kieran.

—Te dije una vez que acudirías a mí y tenía razón. Quiero estar contigo, solo eso, he estado esperando mucho tiempo y he luchado por conseguirlo. Juntos podemos hacer grandes cosas, somos poderosos, tú y yo seremos invencibles —murmuró acercándose un poco más a mí. Yo me retraje de forma instintiva.

—No has luchado, Gareth, has matado, has asesinado a mujeres inocentes. Son cosas totalmente diferentes —aduje.

Él no mostró ningún rasgo de arrepentimiento en su gesto. Fijé mi vista en sus ojos oscuros y recordé al lobo que intentó atacarnos en el camino de Dean Village. Era eso lo que me había extrañado de la bestia, sus ojos eran humanos, miraban con un conocimiento superior y no con la desalmada y ausente carencia de vida del animal primitivo.

—Tú también has matado —replicó él dejando caer las manos a los lados de su cuerpo.

Me revolví enfadada y agité mi mano frente a él.

—¡Lo hice para preservar mi propia vida! —me defendí.

—Y yo lo hice para salvar la tuya —contestó él con tranquilidad.

Lo miré sintiendo un profundo asco por la verdad que suponían sus palabras. Durante un instante nos sostuvimos las miradas lanzando destellos en la noche. Finalmente él alargó una mano y la posó en mi rostro. Yo me quedé inmóvil, sintiendo la corriente eléctrica de repulsa que su contacto me producía.

—¡Apártate de ella, Gareth! —Una voz grave y profunda nos sorprendió a ambos, girándonos ante el portador de la misma.

Ahogué un gemido y me llevé la mano al pecho. Frente a mí tenía al hombre de los ojos dorados. Vestía con un pantalón vaquero oscuro y un jersey de punto negro y cuello vuelto. El pelo le caía de forma desordenada sin llegar al comienzo de su fuerte cuello en el que palpitaba una vena con total claridad. Lo miré con una mezcla de espanto y reconocimiento. Se parecía tanto a Kieran que su sola presencia intimidatoria me producía un incalculable dolor. Mi vista se enlazó con la suya y sus ojos brillaron cuando se posaron en mí como dos fuegos fatuos.

—No pienso hacerlo —contestó Gareth con el rostro fruncido por la ira—. Ella es mía.

—Nunca fue tuya y lo sabes —contestó el hombre y volvió de nuevo su rostro hacia mí–. Alana –susurró–, ven –dijo tendiendo su mano abierta hacia mí.

Me retraje de forma instintiva quedando casi pegada de espaldas a la pared derruida del cementerio.

–No le escuches, Alana, es el descendiente de Kieran y Sarah, Cailen ha estado protegiendo a cada uno de ellos todos estos años. Quiere matarte, tú misma lo dijiste, tu abuela te advirtió de ello. Lleva vigilándote meses, observándote, controlando todos tus movimientos, esperando a ver cuando eras más vulnerable –murmuró Gareth suavizando el rostro.

Miré a ambos alternativamente y comencé a temblar. Frente a mí tenía a mi asesino y al que había asesinado por mí. Debía destruir a ambos y no sabía si tendría fuerza, poder o valor para hacerlo. Al fin miré al hombre de ojos dorados y esperé una explicación por su parte.

–No tengo nada por lo que justificarme –pronunció con voz ronca y su pelo oscuro se ondeó con el suave viento que venía arrastrado del mar. Hasta mí llegó el aroma a salitre y humo de leña y gemí.

–¿Lo has oído, Alana? No lo ha negado, estuvo a punto de asesinarte en el camino de Dean Village, si no llego a aparecer yo, lo hubiera conseguido. –Dejó caer Gareth, situándose junto a mí con un movimiento sinuoso.

El hombre de ojos dorados se desplazó con rapidez y sacó algo de su espalda. A la luz de la luna pude ver el reflejo del cañón metálico de una pistola y ahogué un grito.

–Aléjate de ella, Gareth, no lo voy a repetir –exigió el hombre amartillando el arma.

Gareth rio roncamente y me sujetó de un brazo provocando con ese hecho que se escuchara a la perfección un gruñido proveniente del descendiente de Kieran.

–¿Qué crees que puedes hacerme? No conoces el alcance de nuestro poder. Siempre hemos estado destinados a estar juntos, y no dudaré en eliminarte, solo eres una molesta piedra en el camino –exclamó Gareth con un brillo de locura en sus ojos negros. Me pregunté si los míos tendrían el mismo aspecto.

—No podemos estar juntos, Gareth, eso es totalmente imposible. Eres un asesino, ¿no te das cuenta de lo que has hecho por una quimera estúpida y sin sentido? —pronuncié recuperando algo de cordura.

—Sí podemos, Alana, nosotros nacimos para estar juntos. Nunca he tenido ninguna duda al respecto —susurró ignorando al hombre de ojos dorados que nos observaba con cautela.

Reí de forma algo demente y lo miré con fijeza.

—¿Es que todavía no lo has comprendido, Gareth? ¿No sabes por qué soy la más poderosa?

Me miró enarcando una ceja con gesto interrogante y algo despectivo, como si el dudar de sus palabras demostrara mi escaso conocimiento sobre lo sucedido.

—Eres mi padre —declamé con voz firme.

Ambos hombres se apartaron un paso y sus rostros mostraron estupor e incredulidad.

—Eso no… no… puede ser posible —balbució de forma entrecortada Gareth.

—¿Recuerdas a la joven camarera del bistró francés cerca de la torre Eiffel donde solías comer mientras estudiabas en la Sorbona?

Asintió de forma mecánica y se mesó el pelo con nerviosismo.

—Era mi madre —concluí.

—No era bruja, no lo percibí —replicó él buscando una respuesta coherente.

—Nunca dije que lo fuera.

—Pero… ella y yo…, solo fue una noche, una maldita noche de la que apenas tengo recuerdos. No puede ser posible, no, tiene que haber algún error —masculló perdiéndose en sus recuerdos inconexos.

—No hay error posible. Sé que tienes una marca en el interior del muslo —contesté con una tranquilidad que no sentía, sintiendo el nerviosismo palpitar en el hombre de ojos dorados.

–¿Cómo sabes eso? Siempre la he mantenido oculta –protestó Gareth–. ¿Acaso Sarah te lo contó?

–No. –Negué con la cabeza–. Lo sé porque yo tengo la misma marca, una estrella de cinco puntas.

Por primera vez mostró algo de temor, sus ojos seguían desvelando la lucha de poder que acontecía en su interior. No quería creerme, pero sabía que yo no mentía. Sentí como perdía el control por momentos y tuve miedo.

–Lo sé porque alguien me dijo hace mucho tiempo que eso era lo que me definía. Nadie de mi familia la tiene excepto yo –exclamé con intensidad.

El hombre de ojos dorados me miró entornando los párpados y pude ver el asomo de una sonrisa ladeada entre las sombras.

–Siempre he estado esperando el momento de estar juntos, de unir nuestros cuerpos, de convertirnos en un mismo ser. No puede ser posible –expresó Gareth de forma incoherente agitando la cabeza. Sus ojos brillaban con demencia y a la vez con la certeza de un conocimiento que hacía que toda su existencia se derrumbara ante la evidencia de que él y solo él había creado a la persona por la que había renunciado a su humanidad para descubrir que jamás la tendría.

Un lobo aulló en el silencio de la noche, con dolor y cercanía. Supe que era él, en su premura por encontrarme se había vuelto descuidado y las muertes de las mujeres se acumulaban en su alma como un peso imposible de soportar. Si no lo hubiera descubierto yo, probablemente lo hubiera hecho la policía en breve.

–Pero yo... te amo, Alana –bramó cogiendo de improviso mi cuello para arrastrarme hasta la pared de piedra–. He vivido toda mi vida para esperarte, ¿me estás diciendo que lo hice en vano? Maté por amor a ti, abandoné mi vida para seguirte. –La presión en mi cuello se hizo más intensa y comprendí que estaba a punto de estrangularme, me agité y le sujeté el brazo con mi mano sintiendo como mi poder emergía en mi pecho–. Ya no puedo amarte, Alana, me has traicionado.

Lo miré con incredulidad y solo vi locura en sus ojos negros. Había perdido por completo la razón y sentí verdadero miedo. El estallido del disparo hizo que gritara de forma ahogada y Gareth me soltó sintiendo el empuje de la bala en su cuerpo. Se revolvió gruñendo como un animal herido, pero el descendiente de Kieran fue más rápido que él y se lanzó empujándolo contra la pared. Caí de rodillas intentando respirar, llevándome la mano al cuello, y me giré para ver dos cuerpos entrelazados en el suelo. Junto a mí brilló el cañón de la pistola y la cogí guardándomela en el bolsillo, estaba cálida y su peso en la gabardina me dio confianza. Me arrastré tanteando con la mano algo lo suficientemente contundente con lo que golpear, dudando a quién hacerlo. No confiaba en el hombre de ojos dorados y debía matar a Gareth, aunque con ello perdiera mi propia humanidad. Los espíritus de las mujeres asesinadas exigían su condena y yo debía impedir que siguiera arrebatando vidas a inocentes. Encontré una piedra y la levanté con fuerza golpeando en la nuca al hombre de ojos dorados, que lanzó un profundo quejido y quedó algo aturdido cayendo de forma pesada sobre el cuerpo de Gareth. Me arrastré hacia ambos cuerpos que se habían quedado quietos y escuché la respiración sibilante de Gareth y la pesada y fuerte del hombre que estaba tendido sobre él, inconsciente.

Me arrodillé y busqué la fuerza necesaria en mi interior, la bola de fuego brilló y se hizo poderosa, alargué una mano y rodeé el cuello de Gareth sintiendo el latir de su sangre y la mía en las venas que apenas lo sostenían con vida. Cerré los ojos y me dispuse a vengar la muerte de tantas inocentes siendo yo la culpable de la pérdida de sus vidas. Abrí los ojos de repente al sentir una mano ardiente que me sujetaba la muñeca.

—No, Alana, no utilices tu poder para matar. Yo lo haré por ti —afirmó el hombre de ojos dorados con la mirada fija en mi rostro.

Lo miré de forma desesperada y ausente, sin saber cómo actuar. El pánico y el horror de lo que estaba a punto de hacer me estaban venciendo. Su mano apretó con fuerza mi muñeca y percibí que estaba a punto de quebrar mis huesos. Gemí intentando separarme, pero él era más fuerte. Gareth hizo el esfuerzo de levantarse y el hombre me soltó para sujetarlo, apretó con una sola mano el cuello de Gareth y este me miró de forma agónica. Vi el reflejo de la muerte en sus ojos y el terror que lo invadió con el conocimiento de su propio final.

—Alana —susurró apenas sin voz.

Cerré los ojos y escuché el aullido del lobo cada vez más cerca de nosotros, a la vez que oí el chasquido de su cuello al partirse. Grité de dolor y temí perder la cordura. Intenté alargar la mano e impedir que aquello sucediera. Era mi padre, sangre de mi sangre. Mi alma luchaba entre la justicia y la piedad. Y no sabía cuál de las dos iba ganando la batalla.

De improviso un gran lobo negro se abalanzó sobre el descendiente de Kieran y lo derribó arrojándolo al suelo con un golpe sordo. El hombre gimió y el lobo gruñó mostrando sus dientes, mirándome con los ojos fríos y oscuros que tenía Gareth.

—¡No! —grité de forma desesperada.

El lobo respiró y volutas de vapor escaparon de sus fauces entreabiertas. Me observó un momento y se acercó con lentitud a mí. Lo miré con terror y el animal se restregó contra mi costado buscando mi ayuda.

—Gareth —susurré—, tiene que terminar. Esto no debió haber comenzado nunca.

El lobo aulló y el hombre de ojos dorados se levantó

de un salto y sacó una daga escondida en la cintura de su pantalón. No vaciló un instante. No dejó que el lobo se acercara más a mí. Se abalanzó sobre él abrazándolo con su cuerpo y le clavó el largo filo de metal en el corazón. Escuché la respiración agitada del hombre junto con los estertores de la muerte del animal y mi alma se desgarró en mil pedazos. Grité y me incliné hacia delante. El lobo se tambaleó y acabó con su cabeza tendida sobre mis piernas, su mirada se enlazó con la mía y se volvió serena. Pude ver al Gareth fuerte y divertido que había conocido en el pasado y al Gareth poderoso y sereno que había conocido en el presente a través de sus ojos, de los que había huido la locura que lo había mantenido con vida los últimos años. Le acaricié el pelaje y me incliné sobre él. El lobo gimió y supe que no le quedaban más que unos instantes de vida.

—Siempre te quise —susurré solo para él—, pero no como tú esperabas de mí.

Exhaló el último suspiro con su mirada entrelazada en la mía. Padre e hija. Animal y humana. Amigos y cómplices. Él me había salvado la vida en el pasado, y había asesinado en mi nombre en el futuro. Debía morir, pero haciéndolo se llevaba un pedazo de mi alma que jamás regresaría.

Nunca supe cuánto tiempo permanecí acariciando el suave pelaje del animal en mi regazo. Todo se volvió relativo, envuelto de nuevo en una neblina densa y oscura. Mientras tanto, el descendiente de Kieran se había apresurado a cargar el cuerpo de Gareth y lo había sacado del cementerio. Regresó y en silencio cogió al animal en los brazos. Me di cuenta de que estaba llorando, pero no recordaba cuándo mis lágrimas empezaron a brotar de mis ojos. Me levanté con gesto cansado preguntándome qué haría aquel hombre conmigo.

—Vamos, Alana —dijo viendo que yo no lo seguía.

Negué con la cabeza y apreté los puños de forma obstinada. Necesitaba saber quién era y qué hacía allí y sobre todo qué pretendía hacerme.

Su rostro se volvió extrañamente serio y me miró con fijeza. Se frotó la nuca golpeada con fuerza y entrecerró los ojos.

–Ahora no, Alana, no hay tiempo –me reprendió como si fuese una niña pequeña–, está a punto de amanecer.

Miré el cielo en el que se vislumbraban las primeras luces del alba sobre el mar y volví mi rostro hacia el hombre. Se había acercado y sus ojos brillaban con una intensidad dolorosa. Finalmente asentí con la cabeza y le seguí. Metió el cuerpo del animal en el capó del coche y se introdujo en el asiento del conductor. Yo me senté en el del copiloto sintiendo un súbito frío que recorrió mi cuerpo con un escalofrío que me hizo temblar como una hoja.

–Las llaves –exigió tendiendo una mano con la palma abierta hacia mí.

Busqué en el bolsillo y palpé la pistola abriendo los ojos. Me había olvidado de que la llevaba encima. Saqué las llaves y compuse mi rostro no dejando entrever nada extraño.

Arrancó el coche y condujo con movimientos bruscos y precisos. Sabía a la perfección dónde se dirigía. Cuando enfilamos la carretera de la costa, yo también lo averigüé, al acantilado de los muertos. Gemí sin pretenderlo y él apartó la vista de la carretera solo un momento para observarme. Suspiró y continuó conduciendo. No lo miré ni una sola vez, era demasiado doloroso, su parecido con Kieran era tan intenso que creí que si me perdía de nuevo en la profundidad de sus ojos dorados, claudicaría y me atraparía de nuevo en la red de mentiras y asesinatos que se había tejido alrededor de mi persona desde antes de que naciera.

Detuvo el coche al borde del acantilado y dejó el contacto encendido para iluminarse con los focos. Bajó deprisa y se dirigió al capó, cogió apenas sin dificultad el cuerpo del lobo mientras yo me deslizaba al exterior, y sin mediar una sola palabra lo arrojó a las rocas hambrientas. Ahogué un gemido y corrí hasta el borde. Su mano en mi cintura impidió que cayera por el precipicio. Me aparté furiosa y lo miré, pero él ya estaba cogiendo el cuerpo inerte de Gareth para hacer lo mismo, solo paró un instante con él todavía en brazos, musitó una plegaria en gaélico y cerró sus ojos un momento, para después examinar de forma extraña el cielo que comenzaba a abrirse a un nuevo día. Dejó caer el cuerpo y se quedó respirando con dificultad con la mirada perdida en el horizonte. Inspiró de forma audible y entonces se giró hacia mí.

Recuperé la compostura y saqué el arma empuñándola en su dirección. Su rostro mostró sorpresa y un cierto grado de incomprensión. Ambos nos quedamos en silencio unos instantes, mientras los jirones de niebla del amanecer se arremolinaban en torno a nuestros cuerpos estáticos frente al furioso mar del Norte que bramaba golpeando las rocas.

—¿Qué demonios estás haciendo, Alana? —preguntó con más curiosidad que temor.

—¿Quién eres? —inquirí yo a mi vez.

—¿Qué quién soy? ¿Es que no lo sabes? No habrás creído las palabras de Gareth, ¿verdad?

—Solo sé que eres un asesino, acabas de matar a un hombre. Sí, lo reconozco, un hombre que a su vez había matado, pero eso no justifica la acción. ¿Qué pretendes? —insistí sujetando con fuerza la pistola entre las dos manos. Nunca había disparado con anterioridad, pero no tuve ninguna duda de que lo haría para salvar mi vida y la de mi hija.

—Si no llego a intervenir te hubiera matado igualmente, ya no era el Gareth que ambos conocimos, estaba corrupto y envenenado por una obsesión. Tú. Y cuando supo que nunca te tendría, no hubiera dudado en hacer lo que llevaba haciendo más de treinta años, matar —explicó con suavidad.

—No me has contestado. Dime quién eres —exigí.

Él agitó la cabeza y tendió su mano.

—Mírame, Alana, y dime a quién ves.

—Veo al hombre de ojos dorados del que mi abuela me advirtió, veo al hombre que me vigilaba cuando yo trabajaba, veo al hombre que apareció en Dean Village cuando desapareció Sarah.

Él suspiró con fuerza.

—¿Qué es lo que realmente te dijo tu abuela de mí?

—Me dijo que en sus ojos vería la verdad, que sus ojos lo traicionarían.

—¿Y crees que se refería a mí? ¿No crees que hacía referencia a Gareth? Si alguna vez estuviste en peligro fue por él, no por mí, yo he estado todos estos años velando en la sombra y protegiéndote.

Parpadeé sorprendida recordando las palabras exactas de mi abuela. Lo miré a los ojos y él me devolvió la mirada con dolor. Reconocí sus ojos y reconocí el brillo desesperado en ellos como un reflejo de los míos.

—¿Por qué… por qué lo hiciste? —pregunté sintiendo como mi corazón comenzaba a repiquetear en mi caja torácica con intensidad.

—Porque juré que te protegería y cuidaría de ti hasta mi último hálito de vida.

—¿Kieran? —inquirí con temor. Tenía miedo de saber la respuesta. Tenía terror a saber la verdad.

—Coge mi mano, Alana —dijo todavía con la palma extendida hacia mí—. Soy yo.

Me aparté un paso y mis manos temblaron con el arma todavía sujeta en ellas. El hombre que decía ser Kieran masculló una maldición y de un movimiento rápido y certero me arrebató el arma y le puso el seguro, guardándosela en la cintura del pantalón, escondida bajo el jersey. Lo miré totalmente aterrada y trastabillé hacia atrás.

Alargó su mano y me atrajo hacia él. Sentí el calor abrasador de su piel en contacto con la mía, como si brotara del centro de su alma, y respiré de forma agitada. Nuestros rostros estaban separados apenas unos centímetros.

–No puedes ser tú, Kieran está muerto, murió hace cientos de años. –Esperé una confirmación.

–Lo hiciste tú, Alana. Nunca llegué a morir. Por tu sangre han matado, pero tu sangre da vida junto con tu poder.

Negué con la cabeza sintiendo que la locura regresaba con mucha fuerza.

–Mi magia nunca funcionó con Kieran. Es imposible.

–¿Recuerdas cuando nos separamos? Yo estaba herido, y te hice un corte en el antebrazo para que tu sangre brotara. Posaste tu mano en mi cintura cuando me abrazaste por última vez. –Se quedó en silencio esperando.

–¿Y? Te liberé de mi recuerdo, eso es lo que te dije, que decidieras por ti mismo lo que deseabas hacer con el resto de tu vida –repliqué.

–Lo hice, decidí en ese mismo instante esperar hasta poder tenerte otra vez en mis brazos y salvarte del hombre que realmente te haría daño, aun a costa de perder mi vida en el intento –afirmó con voz ronca.

Gemí y lo miré viendo a Kieran por primera vez. Llevaba el pelo bastante más corto y su rostro era todavía más serio de lo que recordaba, como si el peso de estos trescientos años hubiera hecho mella en él, pero sus ojos eran los mismos, me miraban con picardía y eran burlones, sabiendo de antemano la sorpresa que me causaría darme cuenta de quién era.

–Pero… no has envejecido –expuse de forma algo inconsciente.

–No. Si lo hubiera hecho con toda probabilidad no hubiera podido salvarte. No fue eso lo que decidí, ni lo que deseé. Fue exactamente esto. Nunca hubiera dejado que mi esposa y mi hija estuvieran en peligro de nuevo.

–¿Cómo sabes que es una niña?

–Porque he estado escuchando y espiándote desde que llegaste.

Me aparté un paso, todavía dudando, mi magia no funcionaba con él, pero siempre percibí su fuerte voluntad, mucho más definida que la mía. ¿Podían ambas cosas unirse para cumplir su promesa? Al fin, hablé:

–El Kieran que conocí no hubiera perdido el tiempo en tantas explicaciones, ya estaría estrujándome entre sus brazos y besándome. –Siempre me pregunté cómo era posible que mi boca hubiera pronunciado tales palabras en esa situación.

El echó la cabeza hacia atrás y prorrumpió en una sonora carcajada. Me removí inquieta y lo miré todavía con más furia, pero la furia estaba dirigida hacia mí, no hacia él.

–Alana, llevo trescientos años esperando –expresó todavía sonriendo–, si poso mis labios sobre ti, aunque solo fuera un instante, no podría parar. No quiero hacerte el amor al borde de un acantilado o sobre el capó del coche –añadió con sensatez.

Eché un vistazo al capó y tampoco me pareció tan mala idea.

Él volvió a reír y me cogió del brazo tirando de mí hasta introducirme en el coche.

–Vamos, te llevaré a casa y te amaré hasta que te desmayes entre mis brazos.

–¡Ya empiezo a reconocerte! –exclamé sintiendo como mi corazón se llenaba de vida.

Durante todo el trayecto de vuelta a su hogar no pude apartar la mirada de su rostro, como si temiera que fuera a desaparecer en cualquier momento. Pero no desapareció, estaba allí, era real, era Kieran. Era mío.

Cuando llegamos a la casa abrió la puerta con rapidez y me empotró contra ella una vez dentro.

–Joder –masculló–, no puedo esperar más.

Me cogió de la cintura y sus labios buscaron con avidez los míos, abrí la boca para recibirle y su lengua se internó desesperada por el contacto con la mía, ambas se entrelazaron y jugaron el eterno acto de la seducción. Gemí entrecortadamente y mis manos se deslizaron por debajo de su jersey acariciando su piel suave y cálida en contraste con mis manos heladas. Se estremeció y de sus labios brotó un leve quejido, apretándome con más fuerza contra la pared de madera. Un fuerte carraspeo a nuestra izquierda hizo que ambos nos despegáramos a disgusto y miráramos al mayordomo que, completamente vestido, con gesto serio y las manos cruzadas a la espalda, esperaba con un gesto interrogante una explicación.

—¿Qué sucede, Rufus? —preguntó Kieran con voz ronca.

—Señor, ¿puedo preguntar qué está haciendo con la señorita Deveroux?

—Estoy intentando hacerle el amor a mi esposa, la señora Mackinnon.

Él no pareció sorprendido ni por mi nueva identidad, ni por el acto que pretendíamos cometer.

—La doncella enceró ayer mismo el suelo ¿no ve cómo brilla? —Extendió una mano y señaló la madera pulida—. No creo que le guste repetirlo de nuevo, ¿puedo sugerirles que busquen un lugar más cómodo?

Observé como la mirada de Kieran se dirigía a la puerta y sus manos bajaron hasta donde mi espalda perdía el casto nombre. Pegué un respingo y Rufus chasqueó la lengua.

—Señor, la puerta también fue abrillantada ayer —señaló con acritud.

Ahogué una carcajada y noté la tensión en todo el cuerpo de Kieran.

—Rufus, lárgate, le haré el amor a mi esposa donde yo lo decida —contestó mi marido entrecerrando peligrosamente los ojos, a lo que el mayordomo respondió sin inmutarse lo más mínimo, inclinando la cabeza y desapareciendo por donde creí que se encontraba la cocina.

Reí sin disimulo alguno. Kieran me miró con frustración.

—Nunca creí que un inglés aceptara tus órdenes.

Su rostro se oscureció un momento y supe que en trescientos años habían sucedido muchas cosas que yo ignoraba. Aunque sonrió y me cogió de la mano para subir las escaleras.

—Y yo nunca creí que un inglés fuera tan servicial ante un escocés. Son los mejores mayordomos, los escoceses en cambio suelen ser tercos e indisciplinados.

—¿Ah, sí? Nunca lo hubiera imaginado. —Reí de nuevo—. ¿Dónde me llevas?

—A nuestra habitación —respondió con brevedad, guiándome hasta la que habían destinado como mía.

Una vez dentro nos quedamos frente a frente observándonos con algo de timidez. Su presencia llenaba por completo la estancia, como si desprendiera un poder desconocido impregnándolo todo con su intensidad. Finalmente tendió su mano y yo se la cogí. Al instante sentí que me relajaba, su contacto siempre tuvo ese efecto en mí. Me acercó hacia su cuerpo y me desnudó con deliberada lentitud. Yo hice lo mismo con él, descubriendo pequeños cambios en su cuerpo, una nueva cicatriz en la pierna derecha, el pelo de su pecho algo más rizado, sus músculos más trabajados, como si hubiesen sido cincelados por un maestro en mármol. Pasé las manos por su rostro y bajé por los hombros atravesando el pecho, que se agitaba en una respiración rápida, dejé un momento las manos en su cintura y describí círculos hasta que llegué a su miembro henchido de deseo que se apretaba inquieto y palpitante junto a mi estómago. Kieran suspiró y me sujetó los brazos.

—Alana… no podré ser tierno…, tengo que hacerlo con rapidez. Tengo que poseerte —murmuró llevándome hasta la cama.

Se movió con rapidez y urgencia, como si no pudiese parar, como si llevase toda una eternidad preparándose para ese momento. Lo sentí perderse en mi interior, llenándome con su calidez, y yo le seguí un momento después clavándole las uñas en sus hombros, gimiendo sin poder controlar los estremecimientos de mi cuerpo exhausto. Se levantó sobre sus brazos con las manos apoyadas a ambos lados de mi rostro.

—Siempre te he querido, Alana, *mo maisea*, te deseé en el momento en que vi tu rostro dormido en mi cama después de encontrarte en la playa, y te amé en el mismo instante en que tú comenzaste a odiarme —susurró con infinita ternura.

Nunca lo amé más que en ese momento, lo amé con la certeza de haber recuperado algo que había creído perdido, lo amé sabiendo el dolor y la soledad que producía el perderlo, lo amé sabiendo que era finalmente mío.

—Nunca llegué a odiarte. —Sonreí con dulzura.

—Sí, lo hiciste, tú fuiste la guerra más cruenta que he tenido que batallar a lo largo de mi vida, luché por demostrarte que yo no quería hacerte daño, luché contra los demonios de tu pasado, luché cada día por demostrarte mi amor —murmuró con los ojos brillantes fijos en mi rostro.

Lo atraje hacia mí y su cuerpo reposó sobre el mío dándome la protección y seguridad que necesitaba para saberme a salvo. Aspiré su olor a humo de leña y salitre recordándolo como si siempre hubiera estado a mi lado. Él enterró el rostro en la curva de mi cuello y me estremecí levemente. Se giró para tenderse junto a mí y me atrajo para tenerme frente a él.

—Fue demasiado tiempo, *mo aingeal*, demasiado. A veces sentía tanto dolor en el corazón que se convertía en algo físico, mi piel se desgarraba buscando tu contacto y todo mi ser estallaba en una agonía indescriptible al saber que tú ni siquiera habías nacido, que tenía que esperar años y años antes de volver a verte. Pero nunca olvidé el olor de tu piel. –Se quedó en silencio un momento y suspiró levemente–. A veces te aparecías en sueños y te hacía el amor con violencia despertándome totalmente sudoroso y jadeante, otras un simple recuerdo de un gesto, de tu sonrisa, de tu pelo desordenado alrededor de tu rostro o de tu mirada verde posada en mí, se hacía tan real que sentía que tenía que gritar desahogando mi desesperación. Me sentí al borde de la locura muchas veces, creía que nunca llegaría el momento de verte otra vez, de tenerte junto a mí. Me preguntaba una y mil veces si me rechazarías, si me negarías, si solo recordarías que creíste que yo te traicioné, si jamás me perdonarías por haber estado con Sarah y haberle dado un hijo mío. Caía en la desesperanza y deseaba morir para reunirme contigo en el mundo de los espíritus, prefería la muerte a perderte. Entonces miraba tu rostro sonriéndome desde el retrato que pintó Cailen y recuperaba la esperanza, me aferraba a los hilos del tiempo deseando arrastrarlos para que los años, los siglos se acortaran y nos reunieran de forma definitiva. Pero nunca olvidé el olor de tu piel, el sabor de tus labios y el tacto de tus manos sobre mi cuerpo. Nunca lo olvidé –susurró sin despegar ni un solo instante sus ojos de los míos.

Sentí que las lágrimas afloraban a mis ojos y no encontré las palabras necesarias para ofrecerle consuelo. No podía imaginar lo que supuso para él estar trescientos años separado de mí. Solo sabía una cosa con certeza, yo jamás lo hubiera soportado. Admiré su fortaleza y su fidelidad. Su entrega constante a una persona que no existía, que no existiría hasta dentro de muchos años.

–Creí... creí cuando me hiciste regresar que lo que realmente deseabas era quedarte con Sarah –confesé.

Él tomó aire e inspiró con lentitud, abrazándome con tanta fuerza que casi dejé de respirar.

–Siempre fuiste tú, amor mío, siempre fuiste tú, Alana, desde el comienzo de los tiempos –susurró y me besó con pasión haciendo que mi cuerpo despertara ante sus caricias.

Me hizo el amor de nuevo con un fervor reverencial. Recorrió mi cuerpo sin descanso con sus manos, con su boca, con su lengua que trazaba regueros ardientes que me hacían estremecer y quemarme por dentro. Me tomó con deliberada ternura y sus movimientos lentos y acompasados me llevaron hasta el límite y tuve la sensación de que podía desintegrarme entre sus brazos. Nada existía en el mundo más que nosotros dos. Todo había desaparecido a nuestro alrededor. Frente al amor recuperado nos esperaba un nuevo comienzo.

Tiempo después, me volví hacia su rostro y lo acaricié con inusitada ternura.

–¿Fuiste tú, verdad? Fuiste tú el hombre que me salvó de morir de frío cuando mi madre me abandonó aquella noche en la estación de servicio. Fuiste tú el hombre que me salvó cuando aquellos jóvenes me agredieron en la casa de acogida.

–Fui yo –afirmó con suavidad–, intenté estar junto a ti todo el tiempo posible sin levantar sospechas. Te conocí de niña, de joven y de adulta sin que tú repararas en mi existencia.

–Te amo, Kieran, quiero que lo sepas y que nunca lo olvides. Quizá no te lo diga a menudo, pero te amo y siempre te amaré.

Él no contestó, se limitó a sujetarme con más fuerza y al fin me dormí sintiendo su piel suave bajo mi rostro, su olor tan familiar y amado y su fortaleza que me daba la seguridad que siempre había buscado.

Desperté varias horas después sintiendo una extraña sensación de soledad. Como si el sueño no me abandonara y yo intentara salir a la superficie de la realidad sin conseguirlo. Palpé la cama y descubrí que Kieran no estaba. Abrí los ojos con temor y busqué alrededor. Percibí con claridad su ausencia e intenté encontrar su presencia cerca de mí. Había desaparecido, no lo sentí en ninguna parte de la casa. Me levanté con rapidez y me puse una bata de seda negra que descansaba en el butacón, atándomela mientras salía descalza al pasillo con gesto desesperado. Corrí hasta el salón donde encontré a Cailen sentado en una silla junto a la mesa tomando una taza de té, que dejó con un brusco golpe en el plato en cuanto me escuchó entrar a trompicones.

–¿Dónde está? –grité.

Él me miró con indecible tristeza y yo gemí con dolor.

–Se ha ido, Alana.

–¿Adónde?

–Ha regresado. Su tiempo expiró en cuanto cumplió su deseo, salvarte.

–¿Él lo sabía? –pregunté con incredulidad.

–Sí, siempre lo sospechó, como también fue el que descubrió lo que era Gareth o qué estaba haciendo. Fue el primero de los dos en averiguar que tu sangre me dio más vida de la que me correspondía y el que comprendió lo que sucedía.

Me acerqué a la mesa y me apoyé con ambas manos sintiendo que estaba a punto de desmayarme. Lo había perdido. De nuevo, y esta vez era algo definitivo. Cailen no se movió, comprendió mi angustia y me dejó unos instantes para que asimilara la pérdida.

–¿Qué voy a hacer ahora? –exclamé con un quejido que brotó de mi alma.

–Sígueme –instó levantándose. Me cogió de la mano y cojeando subimos al piso superior. Solo había una puerta blindada. Pulsó la clave de acceso y la puerta se abrió con un chasquido. Me arrastró dentro y dejó que examinara lo que me rodeaba.

Me encontraba en un museo. Un gran museo. Frente a mí tenía trescientos años de historia recogidos en todo tipo de objetos, vestidos de época que descansaban sobre cuerpos de serrín prensados, joyas, monedas de varios países, cuadros que reconocí al instante, armas, y en el centro de todo aquello una gran mesa donde reposaban varios álbumes de fotografías, una carpeta marrón y el reloj de arena que Kieran tenía en su despacho del castillo *Dunakyn*. Me giré hacia Cailen buscando una explicación.

–Kieran lo dejó todo preparado para que no te faltara de nada, a ti y a vuestro hijo. Lo que ves a tu alrededor lo ha ido recopilando todos estos años. –Se acercó a un pequeño expositor y cogió un esenciero de cristal lacado en hilo de oro y plata y lo giró entre sus manos–. Todo lo que él creía que podía gustarte lo compró para ti. Siempre dijo que no pudo regalarte nada cuando estuvisteis juntos y que te lo mereciste todo. En la carpeta están las copias de las escrituras y algún documento que creyó debías necesitar.

–Pero… ¿cómo? –acerté a preguntar sin comprender todavía el alcance de la situación.

–Era un hombre previsor, Alana, quiso dejarlo todo atado, era lo único que podía ofrecerte si él se veía obligado a regresar –suspiró con gesto cansado–. Te dejo sola, creo que te gustará revisar lo que te ha legado. Si me necesitas estaré abajo.

Giré mi vista y busqué una silla con la mirada, la encontré bajo una pesada capa de armiño y la arrastré hasta la mesa con lágrimas en los ojos. No quise tocar la carpeta marrón, me centré en los álbumes de fotos. Abrí uno a uno por fechas. Observé a Kieran desde que se inventó la fotografía, posando de forma hiératica con un traje negro y serio en daguerrotipos antiguos, hasta las actuales atrapadas por cámaras digitales. Descubrí que había luchado en las dos guerras mundiales, ya que había varios retratos de él con uniforme del ejército inglés. Sonreí cuando lo vi vestido al estilo de los años cincuenta y no pude reprimir una carcajada envuelta en lágrimas al verlo en imágenes de los años sesenta y setenta, con camisas floreadas y pantalones acampanados. Me detuve especialmente en las más recientes, a veces aparecía solo y otras acompañado de Cailen y de varios niños que conforme pasaba las hojas se iban convirtiendo en adultos. Supe que eran nuestros sobrinos y me pregunté cuántas veces había llegado a casarse Cailen formado una familia, reinventándose a sí mismo junto a su hermano a lo largo de trescientos años. No vi ninguna foto en la que estuviese acompañado por otra mujer, pero supuse que sí que tuvo que existir, aunque solo fueran momentos de debilidad producidos por el ansia de estar conmigo. Había tenido la prudencia de ocultármelo, y lo agradecí. No supe el tiempo que pasé estudiando su rostro, su apostura, su gesto, sus ojos dorados atrapados en imágenes estáticas. Deseé que también me hubiese dejado algún vídeo que poder repasar donde pudiese admirar su elegancia caminando, su magnetismo, su fortaleza enfrentándose a la vida y su amada mirada hipnótica. Lloré hasta que no me quedaron lágrimas y finalmente abrí la carpeta marrón.

La primera hoja era una carta escrita con pluma negra con el pulcro y estilizado trazo de Kieran. Iba dirigida a mí y la cogí con manos temblorosas.

Mo aingeal, si estás leyendo esto quiere decir que yo tenía razón al suponer que una vez te salvara de él tendría que regresar donde comenzó todo. He vivido trescientos años amparándome en tu recuerdo y luchando por convertirme en un hombre del que no te avergonzaras o juzgaras por la traición que cometí al ocultarte lo que Sarah y yo compartimos antes de que aparecieras en mi vida haciendo que esta cobrara sentido. No recuerdo haberla llamado a ghràidh *como tú dijiste, pero no dudo de tus palabras, los recuerdos de después de la batalla de Sheriffmuir son confusos y envueltos en la bruma de la fiebre y el dolor. Debes creerme si te digo que no lo sentía, probablemente creí que eras tú, aunque siento en mi alma el dolor que debiste sufrir. No puedo imaginar que hubiera hecho yo si escucho que a otro hombre lo llamas mi amor.*

Dejé de leer un instante y mi mente se quedó fija en una esquina de la habitación. Había estado vigilándome todos estos años y con bastante probabilidad me había visto con otros hombres, hombres que no significaron nada, pero que durante breves periodos de tiempo compartieron mi vida. No había hecho mención a ello, lo había perdonado, porque sabía que no podía culparme por ello, aunque sintiera el mismo dolor que yo cuando lo vi con Sarah. Suspirando bajé mi vista de nuevo hacia el papel.

Solo un recuerdo permanece intacto, y es el de tu rostro la última vez que te vi y en el que me he amparado todos estos años para poder sobrevivir a tu ausencia.

No soy un experto en arte, nunca lo he sido, solo he intentado reunir los objetos que me parecieron adecuados a tu exquisito gusto por lo bello. Quise dejarte tu propio museo. Todo lo que ves a tu alrededor, más las casas y tierras que poseo en diversos países son tuyos. Está todo a tu nombre. Espero que con ello, tú y nuestro hijo podáis vivir con comodidad el resto de vuestras vidas, es lo menos que podía hacer por vosotros.

Jamás te olvidaré, Alana, siempre has sido y siempre serás el amor de mi vida. Háblale a nuestro hijo de mí y dile quién fui, y sobre todo dile que todo lo hice por amor a su madre y a él.

Vive, mo aingeal, vive y se feliz. Nadie volverá a hacerte daño, porque yo velaré por ti allá donde Dios decida enviarme una vez que expíe mis pecados. No temas a la vida, porque es lo más preciado que tenemos. Lo sé porque llevo mucho tiempo disfrutando de lo que tú me ofreciste. Y aunque solo pueda tenerte un solo instante de nuevo entre mis brazos, ese será suficiente para saber que hice lo correcto. Que mi elección fue acertada. Y si Dios es misericordioso, quizás algún día las arenas del tiempo nos permitan estar juntos eternamente.

Tha thu mar m'anam dhomh. *Eres mi alma, Alana. Nunca lo olvides.*

Cerré la carpeta con un golpe seco y agaché la cabeza apoyándola en mis manos sobre la mesa de madera. Lloré lágrimas ardientes que arrasaron mi piel y desgarraron mi corazón. Creí que no podría soportarlo más. Otra vez no. Pero tenía que reponerme, tenía que luchar por nuestra hija, por él y por mí. Me levanté despacio sin saber el tiempo que había pasado en el ático lleno de tesoros, recorriendo en aquellos objetos pequeños retazos de los últimos trescientos años de la vida de Kieran. Salí y cerré la puerta con cuidado. Bajé las escaleras algo tambaleante, sujetándome a la barandilla, y me dirigí al salón donde estaba colgado mi propio retrato. Encontré a Cailen sentado en uno de los butacones frente a la pintura. Me senté en el que estaba más cercano a él y doblé mis piernas sobre la tela tapizada, como si me quisiera encoger ante la inmensidad de lo que había descubierto en apenas unas horas.

Cailen dejó el vaso de whisky en una mesita a su costado y se giró hacia mí. Noté sus ojos enrojecidos y supe que había estado llorando la pérdida definitiva de su hermano. Sin embargo desprendía fortaleza, la fortaleza que había caracterizado a los Mackinnon siempre.

—Necesito saber —dije rompiendo el silencio de la habitación.

—Alana, ¿crees que puedo resumir trescientos años en una simple conversación? —suspiró con frustración.

—Está bien. Yo preguntaré y espero que me contestes de forma sincera —concedí.

Él asintió con la cabeza y llamó a Rufus, que estaba oculto entre las sombras crepusculares que se filtraban por las ventanas.

—Trae algo de comer, unos sándwiches y fruta, de beber… —Me miró con gesto interrogante.

—Agua, pero de momento te aceptaré un poco de whisky —contesté.

—Estás embarazada —protestó él.

—¿Crees que no lo sé? No pienso emborracharme, pero necesito algo fuerte. Sé que va a ser duro. Solo un dedo o dos, eso servirá. De todas formas, mi hija es escocesa, así que creo que no le molestará demasiado, de hecho estoy segura de que le gustará —afirmé con rotundidad.

Él se mordió un labio, pero me sirvió un dedo de whisky en un vaso con el escudo Mackinnon grabado en él. Lo sujeté entre las manos y aspiré el olor a brezo, a tierra y a Escocia, buscando las preguntas adecuadas a lo que realmente quería saber y a lo realmente deseaba que no me contara.

El mayordomo entró poco tiempo después con una bandeja que depositó en la mesa y abandonó la estancia, sin que yo hubiese conseguido ordenar las ideas o pronunciar una sola palabra.

—¿Ha habido otras mujeres? —inquirí al fin. Sabía que habían existido, pero necesitaba saber si alguna de ellas fue importante para él.

—Sí —contestó de forma cautelosa Cailen ofreciéndome un pequeño sándwich de pepino.

—¿Y?

—Durante los primeros treinta años te estuvo esperando, siempre creyó que acabarías regresando a él. Cayó en la desesperanza, fueron tiempos difíciles, Escocia dejó de ser la que era y la pobreza y el desánimo nos invadieron a todos. Incluso a él. Una noche se emborrachó y acabó durmiendo con una de las doncellas. No creo que recuerde ni cómo se llamaba. Al despertar desapareció durante varias semanas. Lo primero que supe de él es que estaba en las colonias, se había enrolado en el ejército que los colonos formaron para independizarse del control inglés. Estuvo allí muchos años y poco llegué a saber de él. Regresó a comienzos del siglo xix. Había cambiado, de forma sutil, su mirada era diferente y tenía una nueva identidad. Durante todos estos años tuvimos que cambiar muchas veces de nombre y de personalidad para ocultarnos. Los primeros avances tecnológicos se comenzaban a ver en Europa y él se interesó por todos y cada uno de ellos. ¿Has visto las fotografías?

Asentí con la cabeza.

–Era lo que más le gustaba, llegó a ser un magnífico fotógrafo. Casi todas las imágenes que ves aquí expuestas las hizo él. –Giró la vista a la pared de la derecha y yo hice lo mismo. Era cierto, las imágenes eran tan reales que parecía que alzando una mano pudieras internarte en la profundidad de los hechos que reflejaban.

–Estás dando un rodeo –protesté.

Cailen se pasó la mano por el pelo y suspiró audiblemente.

–Sí hubo mujeres, no muchas, pero cuando lo veía luchar contra sus demonios acababa claudicando, después de aquellos encuentros se pasaba días enteros desaparecido o borracho en su habitación sin querer salir. Se culpaba una y otra vez de no serte fiel.

–Ni siquiera había nacido. Nunca fue infiel –contesté algo incómoda sintiendo un ramalazo de celos que me cercenó el vientre.

–Fue infiel a tu recuerdo, Alana, y eso lo estaba matando. Para él fuiste su única esposa y juró ante Dios y ante los hombres que no habría más mujer que tú.

–Entiendo –dije girando el vaso con el licor ambarino brillando en su interior sin que hubiera llegado todavía a probarlo.

–No creo que puedas hacerte a la idea de lo larga que

tuvo que hacérsele la espera –expresó mirándome. Yo me mantuve en silencio y él de repente sonrió–. Recuerdo el día que naciste, ambos estábamos en París, Kieran se coló en el hospital y llegó hasta el nido. Dijo que te había reconocido al instante y que tú le habías mirado fijamente. Durante unos instantes fue el hombre más feliz del mundo, hasta que comprendió que nunca podría tener a vuestro hijo en brazos.

Las lágrimas asomaron a mis ojos cansados de nuevo. No, nunca podría entender el sufrimiento de una espera tan larga.

–Los años pasaron y él procuró cuidarte lo mejor que pudo, manteniéndose al margen, pero estando siempre presente. Lo peor llegó hace tres años.

–¿Hace tres años? –pregunté sin entender.

–Hiciste un viaje a Nueva York con un amigo.

–No era un amigo –respondí tomando por primera vez un sorbo de whisky que ardió en mi garganta y quemó mi estómago.

–Kieran también lo sabía. Intenté impedirlo, pero él os siguió. Incluso reservó la habitación contigua a la vuestra en el hotel. Regresó destrozado, lo encontré al amanecer tirado en la puerta, estaba borracho y parecía que se hubiera peleado con todos los hombres de Escocia, tenía la cara llena de sangre y dos costillas rotas. Intenté que despertara y sus ojos brillaron con desesperación. «No me conoce, Cailen», dijo, «me he sentado junto a ella durante todo el viaje de vuelta y en ningún momento ha girado su vista hacia mí. La he perdido». –Cailen calló y se quedó esperando una respuesta, pero yo no podía ofrecérsela.

–Recuerdo el viaje, pero no recuerdo al hombre que se sentó a mi lado en el avión –murmuré sintiendo como su dolor me atravesaba como una lanza–, en realidad aquel… amigo no fue nadie importante, rompimos a las pocas semanas.

—Sí, pero Kieran no lo sabía. ¿Recuerdas cómo te sentiste cuando averiguaste que Sarah y él habían sido amantes?

Lo recordaba y perfectamente además.

—Pues él lo vivió contigo y no podía acercarse a ti. Fue muy duro. Al fin, cuando se recuperó días después, lo único que dijo fue: «quedan mil tres días» y apretó fuertemente la mandíbula. Nunca volvió a mencionar nada de todo aquello.

Por un momento nos quedamos ambos en silencio perdidos en nuestros mutuos pensamientos. Ese número, esa cantidad me parecía irreal, lejana y extremadamente difícil de sobrellevar. ¿Cómo habrían sido trescientos años?

—Cailen, ¿qué sucedió cuando yo desaparecí? ¿Qué consecuencias tuvo para el clan que los Mackinnon se enfrentaran a los Mackenzie para salvarme?

—Nos vimos acuciados por las deudas, teníamos que devolver un dinero que ya habíamos gastado y recurrimos a préstamos y clanes vecinos. Sobrevivimos —explicó con brevedad.

—Lo siento —expresé con sinceridad. Todo aquello lo había causado yo y me sentía culpable.

—Nadie te culpó, Alana—contestó él—. De hecho todos te añoraron durante bastante tiempo. Estábamos acostumbrados a vivir con poco y lo tuvimos que hacer todavía con menos. Solo eso.

—¿Qué hizo Kieran? ¿No pudo conseguir el dinero de otra forma? —pregunté sabiendo que era un hombre capaz de encontrar soluciones a los problemas más complicados.

—Poco después de que desaparecieras estuvimos acampados con el ejército durante un par de meses más. Jacobo Estuardo por fin llegó a Escocia, pero la guerra estaba perdida. Volvimos al norte y un contingente de ingleses nos sorprendió en un paso de montaña tendiéndonos una emboscada. —Yo lo miré extrañada, no tenía sentido, si la guerra estaba acabada, atacar a un clan en retirada suponía de nuevo desencadenar otra batalla–. Murieron pocos hombres, pero capturaron a Kieran. Estuvo preso en la Torre de Londres hasta 1727.

Ahogué un gemido comprendiendo la realidad.

–El traidor –susurré.

–¿Qué has dicho? –Cailen se inclinó hacia mí.

–Había un traidor entre las filas del clan. Tuvo que ser él.

Cailen se quedó un momento en silencio y se pasó el dedo por el puente de la nariz, pensando.

–¿Quién era? Y lo más importante: ¿qué sacaba él de todo aquello? –preguntó.

–Solo Kieran lo averiguó y yo ahora ya tengo la respuesta.

Me levanté deprisa antes de sufrir otro interrogatorio. Ya sabía lo que tenía que hacer y tenía muy poco tiempo.

–Alana –me llamó Cailen algo confundido.

–Cailen, voy a hacer unas cuantas llamadas. Tengo unos asuntos familiares que solucionar –expliqué.

Atravesé el corredor y me introduje en la habitación. Busqué el teléfono con la mirada y recordé que estaba en el bolsillo de mi pantalón. Habían adecentado y limpiado la estancia y mi ropa reposaba doblada sobre la cama. Cogí el pantalón y lo sacudí hasta que cayó el teléfono sobre la cama. Comprobé la hora e hice una llamada.

–¿Papá? –pregunté con voz algo trémula. No sabía cómo iba a recibirme.

–Alana. –Se escuchó un suspiro y yo lo imité.

–Solo quería ofrecerte una disculpa por mi comportamiento en el funeral de la abuela. No debí tratarte así.

–No importa, hija. Hace mucho tiempo que deberíamos haber solucionado nuestros problemas.

Lo intenté, intenté de veras no sentir el dolor de su rechazo nuevamente, y me quedé en silencio, soportando el nudo en la garganta.

—Tu abuela me dijo que debías volver, que París no era seguro para ti. Si hubiera sabido…

—¿El qué? —lo interrumpí—. ¿Lo que nunca fue mi madre? Una madre.

—Todo. Porque puede que ella, aun siendo tu madre no lo fuera nunca. Pero yo sí que quise ser tu padre.

—Dejémoslo —pedí—. Dejémoslo ahí y no nos hagamos más daño.

—Te estás despidiendo, ¿verdad?

Supe que él lo sabía. Sabía mucho más de lo que dejaba entrever, todavía seguía creyendo que era una niña que tuviera que proteger.

—Sí.

—¿No volveré a saber de ti?

—No. Pero quisiera que supieras que siempre te recordaré como mi verdadero padre.

Escuché su suspiro y un sollozo entrecortado, disimulado con un carraspeo. Lo imaginé pasándose la mano por el pelo, dilucidando qué sería más conveniente contestar a eso. Su respuesta fue rápida y directa al corazón:

—Alana, siempre fui tu verdadero padre.

No oí nada más. La comunicación había finalizado.

Me costó unos minutos recuperar la compostura, pero no tenía tiempo que perder. En la carpeta marrón de Kieran, donde me dejaba escrituras de propiedad y cuentas bancarias, había también la tarjeta de un despacho de abogados con sede en Edimburgo que gestionaba su patrimonio. Los llamé sin tardanza. Cuando me identifiqué como Alana Mackinnon, me pasaron inmediatamente con uno de los socios principales.

—Señora Mackinnon, ¿en que podemos ayudarla?

—Me gustaría comentarle un asunto privado. ¿Podría reunirme con usted mañana?

—No hay problema, llegaré a Skye a primera hora.

Hasta yo me sorprendí del repentino interés suscitado y de que supiera dónde me encontraba.

—El señor Mackinnon dejó instrucciones precisas —aclaró ante mi silencio.

No pude evitar sonreír, aún así tenía algo más que tratar con ellos.

—Verá, acabo de heredar una gran fortuna…

—Lo sé —me interrumpió él.

—No, no lo sabe. Me refiero a la fortuna de mi abuela. Ella falleció hace unos días y sé que mi madre quiere impugnar el testamento. ¿Puede encargarse de impedirlo?

—Deme los datos y mañana lo hablamos con tranquilidad —expuso él.

Directo y sin ambages. Me gustó su forma de actuar, sin los típicos rodeos que solían dar los abogados hasta para explicar el color del cielo. Le dicté los datos y me despedí.

A la mañana siguiente, como el abogado había prometido, se presentó en la entrada de la casa justo cuando Cailen y yo acabábamos de desayunar. Cailen me había comentado que lo conocía, y que era un jovencito muy capaz. El jovencito resultó ser un hombre que rozaba los setenta años, con una abundante mata de pelo blanco y los ojos de un azul exacto a Cailen. Supe al instante que ellos estaban relacionados. Cuando nos dejaron a solas, no pude evitar preguntarlo.

—¿Sabe las especiales circunstancias que rodean a esta familia?

—Los abogados somos más fieles a los secretos que los sacerdotes. Ellos se guían por el espíritu divino, nosotros por la realidad del dinero.

Pragmatismo duro y puro, no pude negar que hasta me divirtió su contestación. Por lo que me explicó, el despacho se había fundado en 1837 y siempre estuvo en manos de algún descendiente directo de Cailen. Me aseguró que impedirían por todos los medios que mi madre se hiciese con la herencia de mi abuela. Le creí, sus lazos, aunque presumía de ser monetarios, eran mucho más intrincados. Lazos de sangre.

–Y ahora, dígame. ¿Qué es ese asunto que quería comentarme? –preguntó bebiendo de su segunda taza de té.

–Quiero que se cree una fundación con el patrimonio de Kieran y mío.

–Eso puede ser algo complicado.

–Pero no imposible.

–¿De qué tipo de fundación se trataría?

–Una que ayude a los niños desamparados. Niños que son abandonados por sus padres o maltratados. No quiero que sean las típicas casas de acogida gubernamentales, quiero hogares. ¿Lo entiende?

–Lo entiendo. ¿Tiene en mente alguien para administrarla?

–Me gustaría que lo hicieran ustedes, es un legado familiar. ¿Lo comprende? Y también me gustaría recomendar a una persona, una funcionaria de la Comunidad de Madrid que se encargó de mí cuando tuve que residir en una casa de acogida. Le daré sus datos, es posible que esté interesada. Es la única persona que vi allí cuyo interés hacia los niños era legítimo.

–Me pondré a ello en cuanto regrese al despacho. ¿De cuánto tiempo disponemos?

–No mucho. Avíseme de los avances, tengo previsto realizar un viaje y…

–No regresará.

–Creo que eso nunca se sabe. –Sonreí–. Aunque casi con toda probabilidad, no.

–Muy bien, estaremos en contacto.

Me despedí y salí del salón, dejando paso a Cailen, que había estado esperando con su habitual prudencia a que yo terminara mi reunión.

Bajé al despacho y me conecté a Internet. La última actualización de mi madre en las redes sociales era una *deliciosa y romántica luna de miel en Córcega,* adornada con varias fotografías. Me pregunté cuánto le duraría este nuevo matrimonio, pero no le dediqué ningún otro pensamiento más. Yo no había tenido luna de miel y mi boda no había sido en una iglesia con doscientos invitados y la novia vestida de blanco. Había sido todo lo contrario, pero para mí, ahora que la recordaba con algo de perspectiva, resultó mucho más hermosa. Como luna de miel fuimos embarcados en una lucha sin resultado que finalizó en una batalla perdida, pero ambos estábamos vivos, con lo que eso ya era suficiente.

Comí con Cailen, en el cual se percibía cada día con más intensidad el cansancio. Después del ligero refrigerio le indiqué que se sentara en un de los butacones y le preparé una taza de té. Me senté a su lado exhalando un leve suspiro.

—¿Cómo ha ido todo? —preguntó con interés.

—Bien —le contesté con una sonrisa, y procedí a contarle la idea que tenía sobre crear una fundación.

—A Kieran le hubiera gustado —murmuró dando su tácita aprobación—. Aunque eso me dice que tienes intención de regresar al pasado. ¿Me equivoco?

—No, no te equivocas. Ya te dije que mi hogar está donde esté Kieran. Además, así conocerás a tu sobrina.

Su rostro amable se oscureció un instante, me imaginé que recordando aquellos lejanos días.

—¿Cuándo piensas irte?

—Estaré aquí contigo el tiempo necesario —le aclaré. Sabía que le quedaba poco tiempo de vida y no iba a abandonarlo—. Necesito esperar por lo menos unas semanas hasta que a Kieran lo encierren en la Torre de Londres.

—¿Qué te propones? —exclamó aliviado y a la vez mostrando un gesto de temor.

–Kieran me ha salvado una y otra vez. Ahora es mi turno. Dejaré que lo atrapen porque ello será necesario para el desarrollo de los acontecimientos, pero lo sacaré de allí –expliqué.

–¿Por qué es necesario para el desarrollo de los acontecimientos? –inquirió con curiosidad.

Suspiré hondo y me dispuse a contarle la parte más difícil de la historia.

–Gareth era el traidor –expuse con calma.

Cailen dejó caer la taza que se rompió en pedazos al chocar con la madera del suelo. No pude reprimir una mueca al imaginar el tremendo disgusto de su mayordomo al ver que se estropeaba el impoluto suelo pulido.

–¿Cómo puedes estar segura? ¿Viste algo que…?

–Kieran me confesó que estaba casi seguro de quién era, pero que sin tener las debidas pruebas no podría acusarlo. Por su gesto pude ver que era alguien importante, alguien que él nunca hubiera creído capaz de tal cosa.

–Pero ¿por qué lo hizo?

–Por dinero. Necesitaba dinero. Se vendió como Judas Iscariote, por mucho más que treinta monedas de plata.

–No lo entiendo, desapareció después de aquello. ¿Para qué necesitaba el dinero?

–Para venir al futuro. Necesitaba dinero para sobornar por una nueva identidad, un pasaporte del presente, una documentación que le hiciera pasar desapercibido. Me imagino que le pagarían con oro, es la mejor moneda de cambio. Estoy segura de que si investigo encontraré que se produjo un hallazgo de monedas de oro más o menos hace treinta años en Francia. Tiene que haber algún registro en algún sitio. Los numismáticos son gente precisa y competente.

–Te buscaba a ti, pero se equivocó de época –aseveró.

–No lo hizo, en realidad me encontró pero no de la forma que él pensaba. –Hice una mueca de disgusto.

–Tú no habías nacido –señaló con coherencia.

–Sí, es cierto, él hizo que ese hecho fuera posible. Gareth era mi padre –confesé por fin.

Cailen se giró y se sirvió una gran cantidad de whisky en un vaso y procedió a bebérselo de un solo trago. Lo miré entre sorprendida y divertida por el efecto que la noticia había tenido sobre él.

–¿Cuándo lo averiguaste? –preguntó sujetando fuertemente el vaso.

–Al día siguiente de regresar mi madre me dio la noticia. Y créeme si te digo que para mí fue un shock. Todo comenzó a tener sentido y a la vez dejó de tenerlo. Me encontré durante días al borde del abismo, sin atreverme a retroceder o a arrojarme por él.

Me cogió la mano con fuerza y la apretó.

–Alana –musitó.

–Lo sé –contesté yo.

Pasé las siguientes semanas clasificando los tesoros que me había dejado Kieran, decía que no entendía de arte, pero la mayoría eran obras de un valor incalculable. Me quedé con lo imprescindible, el resto lo destiné a la fundación.

Por las mañanas solía pasear por los jardines con Cailen hablando y recordando el pasado. Sentí que cada vez se aferraba con más intensidad a sus recuerdos, como si temiera perderlos.

–¿Qué sucedió con Elinor? –pregunté un día. Llevaba varias semanas evitando el tema, pero necesitaba saber qué ocurrió.

–Kieran la exilió.

–Lo sé.

–Ella huyó a Francia y se internó en un convento. Murió tres años más tarde –respondió con brevedad y supe que le causaba dolor pronunciar esas palabras.

–No fue una muerte natural –adiviné.

–Se ahorcó –contestó con un suspiro–, supongo que no pudo soportar la pena de su culpa.

Nos quedamos en silencio varios minutos. A pesar de que aquella mujer había intentado acabar con mi vida, en cierto modo llegaba a entenderla. Su mayor pecado había sido odiarse ella misma, culparse por amar a un hombre que no era su marido y, sobre todo, luchar por lo que a ella más le importaba, su clan y sus hijos.

–Alana, no intentes cambiar lo que sucedió –me advirtió Cailen–, ella enloqueció, ya no era la misma. Yo la vi poco tiempo antes de morir. Se había convertido en una mujer peligrosa y demente. Ya no era mi madre.

Asentí con la cabeza, no lo intentaría, pero no porque le tuviese temor, sino porque temía por la vida de mi hija.

–¿Y Sarah? –Hice por fin la pregunta que más ansiaba.

–Emigró a las Colonias. Le perdimos la pista, se casó con un Cameron y este dio su apellido al hijo de Kieran.

–¿Kieran no hizo nada?

–¿Qué querías que hiciera? Estoy seguro de que siempre supo cómo y dónde se encontraba su hijo, pero nunca hizo nada para destrozar la familia que Sarah había construido. Supongo que será algo que tendréis que hablar vosotros dos –explicó.

Asentí con la cabeza sumida en mis pensamientos.

–¿Cómo piensas sacarlo de la Torre de Londres? Aún ahora es una fortaleza –continuó mientras me indicaba con la mano que descansáramos un rato en un pequeño banco a la sombra de una buganvilla de flores lila que ofrecían un fragante olor.

–Con dinero –respondí con brevedad.

–¿Dinero?

–Sí, Gareth y el abogado me dieron la respuesta. Pocos hombres pueden resistirse al brillo de las monedas y las joyas. Espero no equivocarme.

–Yo también –asumió no muy convencido Cailen.

Llevaba días estudiando los planos de la Torre de Londres y buscando información de su funcionamiento en el siglo XVIII, pero tampoco había conseguido mucho.

En ese momento una gota de agua se deslizó de una hoja y cayó justo en mi frente. Sonreí y cogí a Cailen del brazo.

—Regresemos o pillaremos un resfriado.

Aquella noche se encontró demasiado cansado para cenar en el salón, así que le acompañé en su habitación. Conversamos como otras veces, de cosas banales y de recuerdos profundos. Cuando vi que estaba quedándose dormido, me quise levantar, pero él me sujetó la muñeca con inusitada fuerza.

—Alana, no te vayas, ya no me queda mucho tiempo —susurró.

Me senté en la cama, junto a él y me propuse ser fuerte.

—¿Quieres que avise a alguien? —inquirí sintiendo que una mano invisible me estrangulaba la garganta.

—No. Ya está todo establecido —indicó—. Solo quiero pedirte que te quedes conmigo y me cojas las manos, he vivido trescientos años y todavía le tengo miedo a la muerte.

Hice lo que me pedía y su rostro tenso se relajó.

—Debes regresar en el momento en que yo muera. Sería muy difícil explicar tu presencia aquí después, ¿lo tienes todo preparado?

Asentí con la cabeza porque las palabras no brotaban de mi boca repentinamente seca y áspera.

—Gracias.

—¿Por qué? —conseguí pronunciar yo.

—Por la luz que nos diste a todos con tu presencia, por otorgarme el don de la vida durante tanto tiempo… por tantas cosas…

Lo silencié con un casto beso en sus labios fríos.

Cailen Finnegal Mackinnon murió antes del amanecer, en silencio, tal y como había vivido todos estos años, se deslizó hacia su final con entereza. Cuando las primeras luces del alba comenzaban a filtrarse por las ventanas creando luces y sombras, sentí como su alma abandonaba su cuerpo y él soltó mis manos, que había tenido entrelazadas toda la noche. No hubo palabras, no hubo quejidos, lloros o lamentos, solo un tenue suspiro que me indicó que su vida por fin había terminado. Lo besé en la frente y acaricié su rostro una vez más. Después, salí en silencio y subí al ático. Me vestí con uno de los lujosos trajes de época que había, en terciopelo granate con flores de lis bordadas en oro en el corpiño. Me puse la capa de armiño y comprobé mi imagen en un espejo de la pared, descubriendo a la nueva y fortalecida Alana. Abrí uno de los álbumes de fotos de Kieran y elegí mi foto preferida. Estaba en Edimburgo y a lo lejos se percibía la silueta en piedra del castillo sobre la colina volcánica. Su rostro apuesto miraba con fijeza a la cámara y sus ojos dorados brillaban con determinación. La guardé en el corpiño y bajé en silencio hasta la que había sido nuestra habitación.

Tenía una última cosa por hacer. Una llamada.

—¿Inspector Wood? Soy Alana Deveroux, ¿me recuerda?

—Claro que la recuerdo, la joven que hablaba de lobos y hombres de ojos dorados con piel ardiente —expresó con sarcasmo.

No pude culparle por seguir pensando que estaba algo trastornada. Yo misma si lo miraba con otra perspectiva hubiera pensado exactamente lo mismo.

—Tengo una información que ofrecerle.

—¿Ha recordado algo más? —preguntó esta vez con interés.

—No. Solo puedo decirle que el caso está cerrado. No habrá más desapariciones. No habrá más muertes —afirmé con voz átona.

—¿Cómo sabe que aquellas mujeres están muertas?

–Lo sé, pero no puedo indicarle más datos. El hombre que las asesinó está muerto también –expliqué.

–¿Quién era y, sobre todo, por qué sabe que está muerto?

–Porque yo lo vi morir y lo conocía.

–No me ha contestado, ¿quién era?

–Esa información no es necesaria –repuse.

–¡Maldita sea, señorita Deveroux! Exijo que se persone de inmediato en esta comisaría para una declaración en condiciones –ordenó el oficial.

–Lo siento, eso no va a ser posible. Tengo intención de emprender un largo viaje sin retorno. Solo quería avisarle para que centraran sus esfuerzos en otros casos sin resolver –dije y sin esperar respuesta colgué el teléfono.

Estaba segura de que rastrearían la llamada y encontrarían la casa, pero nadie de los que habíamos vivido allí estaría para contestar sus numerosas preguntas. Eché una última mirada a la habitación y salí de la casa en silencio. Me alejé caminando en el brumoso amanecer hasta que la tuve a una distancia prudencial. Solo entonces me giré y la observé con detenimiento. Había deseado que aquel fuera mi hogar, pero aquello resultó imposible de cumplir, a veces la magia no tenía tanto poder. Mi hogar estaría donde se encontraba Kieran, ya fuera en Londres, Skye o cualquier otra parte del mundo. No importaba. Jamás me había sentido unida a ningún lugar en concreto, pero sí me sentía completamente unida a una única persona para toda la eternidad.

Caminé hasta llegar al cementerio de los Mackinnon. Todo estaba en silencio y jirones de niebla matutina envolvían el santuario creando un ambiente de misterio espectral. Me situé junto a la tumba de Kieran y me agaché, limpié con las manos la lápida de piedra y vi escrito su nombre, una palabra debajo: *Siorghra* y el dibujo de una mano extendida hacia la derecha. Fruncí el ceño y me di cuenta de que estaba arrodillada sobre otra lápida de piedra oculta por el musgo. Arranqué las hierbas y limpié la inscripción casi borrada por el paso del tiempo. Rezaba: Alana Mackinnon, *mo aingeal, mo breatha, mo chuisle*. Debajo una mano más finamente tallada extendida en la dirección de la lápida de Kieran. Una lágrima silenciosa se deslizó por mi mejilla y cayó en la fría piedra. Iba a regresar y el viaje tendría éxito. Aun así comprobar que estaba arrodillada sobre nuestros cuerpos fallecidos hacía cientos de años me hizo sentirme extraña y extemporánea.

—Todo cambia, todo permanece —susurré recordando a Heráclito.

Saqué con premura los objetos que había traído conmigo, una vela, cerillas y una *siang dhu* con el mango tallado en plata y festoneado de esmeraldas. Me senté con las piernas cruzadas y prendí la vela en el centro. Rodeé mi vientre cada vez más prominente susurrando una plegaria y me hice un corte en la muñeca dejando que la sangre fluyera en libertad y cayera en el centro del círculo. Lo último que hice fue dejar sobre el suelo la fotografía de Kieran. La miré con fijeza unos instantes, memorizándola, y cerré los ojos. Concentré mi poder y lo sentí brotar en mi interior con mucha más fuerza de la que recordaba, la bola de luz se agrandó y comencé a sentir como las arenas del tiempo tiraban de mí arrastrándome de nuevo. Me dejé llevar sin luchar, con una sola imagen en la mente, el rostro de Kieran. Perdí la consciencia y el vacío reapareció rodeándome como si flotara en la nada más absoluta. Después, solo hubo silencio.

Parte 3

Somos cautivos del tiempo,

rehenes de la eternidad

Carl Sppiteler

CAPÍTULO XVIII

Guarda algunos recuerdos del pasado,
porque si no,
¿cómo podrás demostrar que existió?

Respiré jadeando sin que me llegara el suficiente oxígeno a los pulmones y me dejé caer contra una pared. Solo había oscuridad alrededor y me pregunté dónde demonios había aparecido esta vez. Percibí la humedad y el olor pútrido de aguas fecales bajo mis pies y me arrastré en la tierra hasta que me asomé y pude ver algo con claridad. Era el Támesis, no lo reconocí precisamente por sus aguas tranquilas, hediondas y oscuras, sino porque justo sobre mi cabeza se encontraba el famoso London Bridge. Me giré deprisa, escondiéndome en la penumbra apenas iluminada por una luna llena oculta por jirones blanquecinos de niebla. Entonces pude ver la silueta de la fortaleza que Guillermo el Conquistador había construido como defensa y clara demostración de poder frente al enemigo Sajón. La Torre de Londres. Respiré con tranquilidad. Esta vez por lo menos el sitio era el que había deseado. Me levanté despacio sintiendo como si todo mi cuerpo hubiera sufrido una descarga eléctrica y no pudiera recomponerse del todo. Caminé tambaleante hasta internarme en las callejuelas atestadas y sucias de Londres.

Siempre había deseado vivir en Londres, la vibrante y llena de vida capital de Inglaterra, ahora no me pareció vibrante y llena de vida, más bien oscura, deprimente, maloliente y peligrosa. Cerré los ojos cuando doblé una esquina sin que me hubiera encontrado a nadie. Era de noche, pero desconocía la hora. En ese momento escuché el lejano tañido de una campana, y me quedé quieta. Tres veces. Eran las tres de la mañana y me encontraba perdida en el Londres del siglo XVIII.

Intenté concentrarme, presentir la presencia de otra bruja. Mi abuela dijo que siempre estarían junto a mí, lo que desconocía es si con tanto baile temporal no estarían ellas también bastante desubicadas. De seguir existiendo, sabía que tenían que estar escondidas, pasando desapercibidas a los ojos de los hombres. Durante el reinado de Isabel I, unos cien años antes, fue muy común su persecución y posterior quema. Aunque ahora eran escasas las veces que se llevaba a cabo, yo tenía muy presente mi condena. Sin embargo, no presentí nada especial, hasta mí llegó el olor penetrante de sudor y suciedad de la gente dormida, despierta, el almizcle del sexo y el obsceno aroma de la muerte. Seguí caminando tanteando las paredes en la oscuridad, escondiéndome en cuanto veía a alguien y perdiéndome en las callejuelas interminables que rodeaban la Torre de Londres; así llegué a lo que parecía una posada. Me paré frente a ella, agotada, y un letrero de madera que colgaba de unos goznes se agitó con un remolino de viento chirriando fuertemente. *El hombre sin cabeza*, rezaban las letras pintadas en negro, y bajo él un tosco dibujo de un hombre con la cabeza sujeta bajo el brazo. Curioso sentido del humor el de los ingleses. Pero no vi nada mejor y necesitaba descansar, así que llamé con fuerza a la aldaba de hierro hasta que se abrió una ventana de madera en el piso superior y se asomó una mujer rechoncha, con el rostro redondeado y cubierto de pecas que me miró con indignación primero y con estupor después al ver mi atuendo lujoso. Se atusó el gorro de dormir de lino blanco sobre el pelo rizado rubio prensado en una trenza gruesa y emitió algo muy parecido a una maldición.

—¿Qué es lo que se os ofrece? —preguntó con voz ronca.

—Necesito una habitación —exclamé dejándome ver.

—Esta es una casa honesta, no aceptamos meretrices.

—¿Es que acaso le parezco una prostituta? —balbucí.

Quizá me había excedido con mi atuendo, me empezó a parecer que era demasiado recargado y lo oculté con la capa de armiño.

La mujer vaciló un momento y se dispuso a cerrar la ventana. Masculló en silencio.

—¡Tengo dinero! —grité.

La mujer abrió de nuevo la ventana y me mandó callar con un gesto no muy propio de una dama.

—¡Callaos si no queréis que os desaparezca antes de que os deis la vuelta! —me recriminó.

La puerta de madera se abrió un par de minutos después con un chasquido, y los goznes chirriaron por la intromisión no deseada. La mujer vestida solo con un camisón blanco y cubierta por un chal de lana se asomó portando una palmatoria en la que descansaba precariamente una vela.

Entré con rapidez y la mujer se apresuró a cerrar la puerta tras de mí.

—¿Qué es lo que buscáis? —Me observó de arriba abajo sin disimulo alguno.

—Una habitación.

—¿Quién sois?

—Una mujer que tras un largo viaje necesita descansar —farfullé.

Ella entrecerró los ojos y me miró con intensidad valorando mis palabras.

Añoré la facilidad del *check in* de los hoteles modernos, en los que nadie te interrogaba.

–No quiero problemas –murmuró ella.

–Yo tampoco. Estaré poco tiempo. Tengo que solucionar un asunto y desapareceré. Jamás volveréis a saber de mí –le confirmé.

–¿Os persigue alguien? –inquirió ella.

–No. Nadie sabe que estoy aquí.

–Está bien –concedió ella–, acompañadme.

Extendió la mano y me quedé mirándola de forma algo estúpida.

–El dinero por adelantado.

Fruncí los labios y le entregué tres libras de plata.

–¿Es suficiente? –pregunté.

–Depende de lo que vayáis a quedaros –contestó mordiendo una moneda con unos dientes ennegrecidos.

–Pocos días. También necesito vuestro silencio –exigí.

–Eso serán tres libras más –argumentó ella y supe que me estaba timando como a una colegiala en la puerta de un colegio, pero no podía permitirme el lujo de regatear cuando la vida de Kieran estaba en juego.

Asentí con la cabeza.

–Al final de la estancia –concluí.

Subimos despacio las sucias escaleras de madera que crujieron bajo nuestro peso hasta el primer piso. Me guio hasta la puerta del final del corredor y la abrió para darme paso a una pequeña habitación con solo una cama, una chimenea apagada, una pequeña mesa y una silla de madera.

–Es la mejor que tengo.

–¡Ajá! –contesté yo sin querer saber cuál sería la peor. Me bastaba para lo que tenía en mente.

Cerró la puerta y me quedé en completa oscuridad. Tanteé hasta la pared buscando la ventana y abrí los postigos con el fin de que entrara algo de luz. Sin desnudarme, me tendí en la cama con intención de dormir al menos unas horas antes de enfrentarme a los guardias de la Torre.

La luz del frío amanecer que se filtraba por la ventana y los ruidos de la ciudad al desperezarse, junto con el aroma a pescado frito me despertaron. Me senté en la cama y comprobé mi estado, me encontraba extrañamente relajada y tranquila, como si supiera de antemano que estaba haciendo lo correcto y eso me transmitiera paz. Lo que no sabía era cómo iba a conseguirlo. Bajé hasta el salón, donde algunos comensales ya estaban disfrutando del desayuno que consistía en pescado sacado del Támesis, frito con mantequilla, cerveza y pan ázimo. Todos me observaron con clara curiosidad, pero siguieron a lo suyo en cuanto encontré un sitio vacío en una esquina del atestado salón. Me quedé allí hasta que la sala se vació por completo comiendo algo de pan y de pescado mientras daba pequeños sorbos a la cerveza. No me atrevía a pedir agua, dadas las condiciones de salubridad de la ciudad, posiblemente fuera bastante más perjudicial para mi hija un simple vaso de agua que unos pocos sorbos de cerveza. Finalmente y como esperaba, la mujer y el posadero se acercaron.

No esperé a que ellos hablaran primero.

—¿Cuándo hay menos guardias en la Torre? —inquirí.

Ambos se mostraron sorprendidos y se miraron entre ellos dudando contestar. Lo hizo el hombre.

—Al atardecer, en el cambio de turno. Quedan pocos por la noche y la mayoría están borrachos o dormidos —indicó con gesto taciturno—. ¿Es que pretendéis sacar a alguien de allí? Eso es imposible.

—Si el hombre está vivo —señalé—, pero ¿y si está muerto?

—¡¿Cómo?! ¿Pretendéis matar a algún prisionero? —Ambos parecieron escandalizados y a la vez tremenda y morbosamente interesados en el asunto.

—En realidad sí, bueno…, algo parecido. ¿Qué hacen con los prisioneros que fallecen? —pregunté—. ¿Adónde los llevan?

Ambos se miraron de nuevo y el hombre asintió con la cabeza dando su conformidad.

–Los entierran en una fosa común en las afueras de Londres…, los que no interesan –afirmó.

Entrecerré los ojos.

–¿Los que no interesan?

–Sí, ya sabéis, algunos son comprados a los guardias por los estudiantes de Medicina. Son muy valorados.

Masmullé una maldición en francés que sonó melódica y profunda. No había contado con eso, ni siquiera se me había ocurrido pensar que el cuerpo de Kieran podría acabar en una mesa siendo un producto de conocimiento para la ciencia.

–¿Conocéis a quien los compra? –pregunté.

–Sí –contestó con brevedad la mujer.

–¿Y? –pregunté algo fastidiada.

–Necesitaré más monedas para convencer al señor Burke de que compre el cuerpo indicado y os lo entregue. –Esbozó una sonrisa lobuna y yo la miré con intensidad. Ella retrocedió un paso y supe que había presentido la furia de mi poder brotando en mi interior.

–Eso no será problema, solo quiero una cosa. Estar presente cuando se produzca el intercambio. No quiero que haya ningún tipo de equivocación –exigí con fiereza.

–¿Cómo pensáis hacerlo?

–Me imagino que también conoceréis a algún guardia fácilmente sobornable.

–¿Queréis que un guardia mate a un prisionero a sangre fría?

–Creo que no será el primero –apostillé.

–Eso costará mucho más dinero.

–Ya he dicho que no es problema.

–¿Cuándo pretendéis que se haga?

–Hoy mismo.

–¿Quién es?

–El escocés Mackinnon.

–Ese traidor. –El hombre escupió en el suelo.

De improviso, el fuego de la chimenea pegó un estallido y las llamas lamieron la pared de ladrillo exterior. Ambos se giraron con miedo y después me observaron con cautela.

–No es traidor aquel que lucha por su familia, como tampoco lo es aquel que mata para protegerla –pronuncié de forma gélida.

Ambos se santiguaron y entendieron la amenaza implícita en las palabras. Antes de que por sus mentes se cruzara la idea de asesinarme y quedarse con mi dinero, debía advertirles de que no era buena idea.

–Estaré en la habitación esperando –dije levantándome.

Durante aquellas largas horas tuve tiempo de arrepentirme, de intentar convencerme de que era una buena idea, de suplicar ayuda a mi abuela y de rezar por que la idea que tuvieran de matar a un prisionero no fuera el cortarle la cabeza como a Ana Bolena. Casi me volví loca caminando de un lado a otro de aquel reducido espacio, viendo la luz apagándose en el exterior, creciendo en mí la impaciencia y el miedo a equivocarme de nuevo.

Al anochecer vi que se acercaba por la calle un hombre cubierto por una capa, su aspecto era sucio y su cuerpo grueso. No lo sabía a ciencia cierta, pero supuse que era uno de los guardias de la Torre. Esperé latiéndome el corazón desbocado hasta que llamaron a la puerta. Los dueños de la posada entraron con aquel hombre, que apenas mostraba el rostro picado de viruela y cubierto por una rala barba. Me retraje al instante, y más, cuando él escupió en el suelo y me mostró una dentadura podrida a la que le faltaban varias piezas.

–Aquí lo tenéis –expuso el posadero.

–¿Lo habéis hecho? –inquirí yo.

–Sí, en su memoria tendré que decir que ha luchado como un león, pero al filo de esta espada –se llevó la mano al cinto–, nadie escapa con vida. Un escocés menos.

Lo celebró escupiendo de nuevo en el suelo de mi habitación.

Sentí mi furia brotar como nunca antes, y a punto estuve de estrangularlo con mis propias manos, pero él, al fin y al cabo, solo había hecho lo ordenado. Incluso me consideraba una mujer loable por haber conseguido eliminar a un enemigo de la Corona inglesa. Dejando aparte mis reparos, le entregué una bolsita de cuero con monedas de oro.

Él las comprobó una a una y esbozó una sonrisa espeluznante.

–¿Sufrió mucho? –me atreví a preguntar.

–¿Creéis que alguna muerte no es dolorosa? Si deseáis que os diga que sí, lo diré, pero no será cierto. Estaba tan débil que se desangró en lo que yo tardé en abandonar su celda.

Sentí que me mareaba e intenté disimular lo mejor que pude.

–Lárgaos –masculló–. Y nunca digáis lo que habéis hecho ni por orden de quién.

–Descuidad, sé cuando debo mantener la boca cerrada –fue su despedida.

También se fueron los posaderos y me quedé completamente sola, como si supiera que durante unas horas había perdido a Kieran de forma definitiva. Pero no era así, si él estaba hechizado por la promesa que hizo, nada podría matarlo hasta que me salvara y eso no ocurriría hasta pasados trescientos años. Esperaba que la ciencia del tiempo y la brujería esta vez se pusieran de acuerdo. Aun así, no recuerdo haber pasado una noche más difícil en toda mi vida. Me debatía entre las dudas, en el dolor y en la esperanza de forma alterna, casi rayando la locura, hasta que por fin, vi las primeras luces del día asomando por la ventana.

Bajé las escaleras hasta el salón, donde me recibió de nuevo el olor de pescado frito. Aunque no había comido en más de un día, el estómago se me cerró. Lo único que hice fue sentarme en el mismo sitio del primer día y esperar. Cuando se quedó vacío el salón, la mujer se acercó.

–¿Cuándo los sacan? A los muertos, quiero decir –le pregunté con voz temblorosa.

–Estarán haciéndolo en este momento. Por la mañana revisan si hay alguno que esté enfermo o moribundo. Los que mueren son retirados con premura –señaló.

–¿Se sabe algo del señor Burke?

–Sí, está a punto de llegar –concluyó. Y como si estuviera esperando una señal, el señor Burke hizo su aparición. Me había esperado a un hombre tétrico y vestido de negro, en cambio me encontré con un apuesto joven vestido con colores ocres, en seda, pulcro y educado.

Se sentó en mi mesa sin esperar invitación.

–¿Sois vos la que ha solicitado quedarse con el cuerpo de uno de los encarcelados en la Torre? –inquirió con voz aguda y nasal.

–Sí.

–¿Tenéis dinero? Esos guardias cada vez piden más –masculló dando un pequeño golpe en la superficie de madera–, no comprenden que es necesario para el avance de la ciencia conocer el funcionamiento del cuerpo humano. Son gentes primitivas y supersticiosas.

Sonreí a falta de una contestación adecuada. Entendía sus ansias de conocimiento, pero no estaba dispuesta a que las encontrara en el cuerpo de mi marido.

–Tengo dinero, ¿adónde tenemos que ir?

–¡Oh, no! –negó fuertemente con la cabeza y la peluca se le torció cayendo sobre la frente, se la recolocó con habilidad y me miró–. Lo haré yo, indicadme que cuerpo queréis.

–Debo ir, no puedo permitir que os equivoquéis –exigí con autoridad.

—No lo permitiré, eso es algo que una dama no debe presenciar —contestó con suavidad pero con la misma firmeza que mostraba yo.

Lo miré valorando su interés o su falsedad. No percibí nada más que curiosidad por su parte.

—Decidme qué cuerpo queréis comprar.

—El del escocés.

El hombre sonrió de forma ladeada y se rascó la barba.

—Será fácil identificarlo, entonces. —Extendió la mano y yo deposité en ella varias monedas de plata.

—¿Necesitáis más? —pregunté solícita con un tono cargado de sarcasmo.

Él cerró la mano sin molestarse en contar las libras inglesas y negó con la cabeza.

—Os lo traeré al anochecer —fue lo único que dijo antes de desaparecer igual de veloz que había aparecido.

Subí a la habitación a esperar. De nuevo. Y de nuevo fueron las horas más largas de mi vida. Mil veces me pregunté si debí seguir al cirujano para comprobar que realmente no huía con el dinero y cumplía lo prometido. Y mil veces negué y afirmé sin llegar a una conclusión certera. Finalmente recordé una frase de Sarah, que solía pronunciar nada más levantarse con una sonrisa en el rostro, «Hoy puede ser un gran día si lo crees con intensidad» y yo con el cinismo que me caracterizaba contestaba: «hasta que llegue alguien y lo fastidie». Esperaba y deseaba no ser ese alguien. Pero no podía hacer otra cosa que esperar, y eso me estaba matando.

Cuando ya era noche cerrada y estaba a punto de perder la esperanza y salir yo misma a buscarlo, escuché unos golpes en la puerta y abrí deprisa, con el rostro descompuesto por la ansiedad. El posadero y el señor Burke transportaban un cuerpo cubierto por mantas que dejaron en el suelo. Me arrodillé presurosa y destapé el rostro. Era Kieran, pero no pude saber si estaba vivo o muerto. Posé mis labios sobre los suyos, inertes y fríos, y percibí un suave aliento. Tanteé con las manos en su cuello y busqué el pulso. Latía lento pero firme. Estaba vivo. Respiré audiblemente. Tenía una herida en el costado, levanté la sucia camisa y comprobé que casi había cicatrizado. Me levanté de un salto y solicité a la mujer que preparara una bañera y trajera jabón, toallas y ropa limpia, además de otros objetos que iba a necesitar. El señor Burke se arrodilló y observó el cuerpo de Kieran con curiosidad.

–¿Qué es eso que habéis hecho? ¿Comprobabais si su vena latía? –Sus ojos brillaban a la luz de los candelabros con curiosidad académica.

–Sí.

–¿Entendéis el funcionamiento de la sangre en el cuerpo humano?

–Sí.

–¿Habéis estudiado Medicina?

–No.

–¿Cómo podíais saber entonces que…?

–¡Por los clavos de Cristo! ¿Queréis callaros de una maldita vez? –exclamé perdiendo los nervios y el decoro.

Él trastabilló algo nervioso y se puso de pie.

–¿Qué es lo que sois realmente? –inquirió acercándose a la puerta.

Le mostré una sonrisa ladeada.

–¿De verdad queréis saberlo, señor Burke?

Cerró la puerta tras de sí sin contestar a mi pregunta.

Al poco rato llegaron la mujer y el posadero, que cargaba sobre sus hombros una pesada bañera de madera. La depositó en el centro y detrás de sí aparecieron dos jóvenes que fueron llenando poco a poco la misma con agua caliente y humeante. Yo seguía arrodillada junto a Kieran sin conseguir despertarlo. El posadero me apartó con una enorme manaza y cogió el aguamanil que descansaba sobre la mesa. El agua estaba tan fría que había comenzado a formarse una pequeña capa de hielo traslúcido en la superficie.

–¡Dejadme a mí! –ordenó. Y sin mediar palabra arrojó sobre el rostro de Kieran el agua helada. Kieran parpadeó y agito la cabeza. Abrió los ojos sorprendido e intentó incorporarse buscando su espada, palpó sin encontrarla y se dejó caer de nuevo sobre el suelo de madera observándonos uno a uno dudando sobre quien atacar primero. Vi el peligro brillar en sus ojos dorados y di un paso atrás. De improviso suspiró y emitió un suave ronquido. Se había quedado de nuevo dormido.

–Necesito ayuda para desvestirlo y meterlo en la bañera –pedí.

El posadero empujó de malos modos a su mujer hacia la puerta pese a las protestas de esta por quedarse a ver el espectáculo. Yo lo agradecí, no quería ningún tipo de comentario sobre el cuerpo desnudo de mi marido, y menos las manos de esa mujer sobre él, ni los ojos que lo miraban con un deseo que no había visto dirigido a su marido en los dos días que llevaba allí.

Finalmente, y tras grandes esfuerzos, lo conseguimos meter en la bañera. Kieran de forma mecánica y sin despertar del todo se sujetó a los bordes para no hundirse por completo y percibí que ya estaba despertándose.

–Gracias. Yo me encargo –señalé al posadero, despidiéndolo con un ademán de mi mano indicándole la puerta.

Una vez solos, me dediqué a limpiarlo en profundidad. Kieran abría los ojos de vez en cuando y me observaba con curiosidad, pero no estaba muy segura de que supiese quién era yo. Al terminar, le insté a que me ayudara a levantarlo y sacarlo del agua. Lo sequé y lo tendí en la cama. Se quedó al instante dormido. Yo sentía el pegajoso sudor sobre mi piel y me encontraba demasiado cansada, una vez que la tensión de dos días se había resuelto. También había agua por todas partes y su ropa sucia estaba tirada en el suelo, pero solo deseaba tenderme junto a él y eso fue lo que hice.

Desperté cuando sentí que algo se agitaba a mi lado. Abrí los ojos todavía desprendiéndome del velo del sueño y lo observé. Estaba cogiéndose con ambas manos la cabeza y girándola como si no la reconociese. Se volvió hacia mí y me miró fijamente.

—Alana —pronunció con voz ronca.

—¿Sí? —sonreí, viendo que ya estaba consciente.

—¿Eres tú de verdad?

—Soy yo.

—¿Qué haces aquí?

—¿Tú qué crees? He venido a buscarte. ¿Crees que sabiendo dónde estabas iba a dejarte encerrado allí?

—Ya —musitó todavía aceptando la idea de que estaba a su lado y no a cientos de años de distancia.

Entonces habló de nuevo y reconocí a Kieran.

—¿Me puedes explicar por qué llevo un maldito turbante en la cabeza como si fuera un infiel y huelo como si fuera un arenque en escabeche?

Ahogué una risa en la almohada de plumas y me levanté dando la vuelta a la cama mientras sentía su mirada fija en mí.

—Tenías piojos —expliqué—. Muchos, y en el futuro encontré una fórmula que podía aplicar aquí sin levantar sospechas para eliminarlos.

Enarcó una ceja.

—El vinagre los ahoga y la tela negra impide que respiren. Te lo quitaré en un momento y te lavaré la cabeza. Limpia de intrusos.

Levantó la sábana y se observó el resto del cuerpo.

—¿Estás comprobando si te falta algo? —pregunté con una sonrisa ladeada.

—No —respondió él mirándome con los ojos entrecerrados—, me estoy preguntando si le has hecho lo mismo a mí… mí…

Reí sin disimulo alguno, fruto de la alegría de tenerlo junto a mí sano y salvo.

—Sí, pero ya te lo he quitado —indiqué.

—¿Pretendes ahora ahumarme y ofrecerme como cena? —inquirió con el entrecejo fruncido.

—No te ahumaré, pero te aceptaré gustosa como mi propia cena. —Elevé mis cejas y lo miré con deseo apenas reprimido—. Cuando te lave la cabeza y te afeite.

Él se pasó la mano por la barba rizada y tupida y chasqueó la lengua. Tenía un aspecto peligroso y truculento. Cualquiera hubiera huido viendo su apariencia.

—¿Por qué huele a cerdo chamuscado? —preguntó levantándose algo tambaleante de la cama, quedándose completamente desnudo frente a mí.

—Es tu pelo. Lo tenías muy largo. Lo he cortado y quemado —expliqué.

Me miró con estupor y procedió a deshacerse el turbante, que yo cogí con dos dedos y arrojé al fuego donde crepitó formando una nube de humo seco y picante. Se palpó el cráneo creyendo que le había rapado el cabello y respiró aliviado cuando vio que le caía sobre las orejas rizándose en las puntas. Se sacudió como un cuerpo espín y yo lo empujé hacia la bañera. Se inclinó y metió toda la cabeza enjabonándosela con fruición, aclarándosela en un cubo de agua limpia y fresca que reposaba a un lado. Cogió una pequeña toalla de lino y se frotó la cabeza ante mi atenta mirada. Sentí que tenía miedo de mirarme y tocarme y no supe el por qué. Comencé a sentirme algo asustada, ¿y si había decidido quedarse con Sarah y yo había regresado para ver que todo era un error? ¿Y si ya no me amaba? Una vez seco, se acercó a la ropa que reposaba en la silla y se puso las calzas de lino atándoselas a la cintura delgada y fibrosa. Había adelgazado, pero seguía teniendo un cuerpo atlético. Lo observé con una mirada que no ocultaba mi deseo, pero él no me devolvió la mirada. Sentí que me hundía en la desesperanza.

—Alana —pronunció al fin quedándose de pie frente a mí.

—¿Sí?

–¿Nuestro... hijo... él...?

No lo dejé terminar.

–No vamos a tener un hijo –señalé con una sonrisa traviesa.

Él se pasó la mano por el pelo revolviéndolo y su gesto se oscureció.

–Entiendo. –Asintió con la cabeza y cogió un poco de jabón para esparcírselo por la barba. Después alcanzó la daga con el mango cubierto con esmeraldas y la miró con curiosidad.

–¿Es tuya?

–Me la regalaste tú

–No lo recuerdo –afirmó algo confuso–. ¿Puedes sujetarme el espejo?

Lo hice mientras observaba cómo se afeitaba, con movimientos rápidos y hábiles. En pocos instantes su rostro lucía como el de antaño o como el del futuro, no supe cómo definirlo. Solo sus ojos seguían estando extrañamente serios.

–¿Qué sucede, Kieran? –pregunté cogiéndole una mano y apretándosela con fuerza. Él la dejó laxa entre las mías y suspiró hondo.

–Lo siento Alana, yo no podía suponer que hacer el viaje a tu tiempo haría que perdieras a nuestro hijo –pronunció las palabras de forma lenta y con una inconmensurable tristeza.

Meneé la cabeza y no contesté. Sin embargo comencé a desnudarme ante su mirada de sorpresa, hasta que me quedé solo con las medias atadas a media pierna. Mi embarazo de veintidós semanas era claramente visible. Mi vientre redondeado emergía como una exaltación de la maternidad y sus ojos se abrieron por completo observándome con estupor. Pero no se acercó, se alejó un paso y apretó con fuerza la mandíbula.

–¿De... quién es el hijo que esperas? –inquirió con voz ronca por el esfuerzo de no gritar.

Me mostré totalmente indignada. Me acerqué a él y quise abofetearlo. Levanté mi mano y sus ojos brillaron de forma peligrosa. La dejé caer y me alejé un paso.

—¡Idiota! —espeté—. ¿De quién crees que es el bebé que llevo en mi vientre?

Él pronunció un sonoro «mmfmfffm» característico escocés y cruzó los brazos sobre su pecho.

—Es obvio que mío no —aseveró con decisión.

—¿Cómo que no es tuyo? —grité enfadada—. ¡No he estado con ningún otro hombre desde que me casé contigo!

—De eso hace más de tres años —abroncó él iracundo.

—¡¿Qué?! —Me llevé la mano a la garganta.

Estaba claro que la magia no era una ciencia exacta. Había aparecido en el lugar correcto, pero varios años después de cuando lo pretendía. Trastabillé hacia atrás y acabé sentada en la cama, con mi vientre tirante expuesto ante nosotros, lo que nos había unido, estaba a punto de separarnos. Me sentí extrañamente vulnerable y alcancé con una mano una pequeña manta que extendí cubriéndome el cuerpo.

Él se acercó y se arrodilló a mi lado esperando una explicación.

—Tres años —susurré. ¿Cómo no me había dado cuenta antes? Tenía el pelo demasiado largo y su cuerpo cubierto por cicatrices que me eran desconocidas y que ya habían curado. Esos simples hechos debían haberme hecho ver la verdad.

—Sí, tres años, Alana, ¿qué ha sucedido? ¿Hubo otro hombre en el futuro? Debo, quiero saberlo. Eres mi esposa —murmuró junto a mi rostro descompuesto.

Sentí que las lágrimas afloraban a mis ojos y lo miré con tristeza.

—Nunca ha habido otro hombre, Kieran. Creí que regresaba solo dos meses después de que te apresaran. Me he vuelto a equivocar. Por lo que ves, soy un completo desastre como bruja —expresé entre sollozos entrecortados.

La tensión de los dos últimos días me venció y no pude sopórtalo más. Si él me rechazaba ahora, ya nada tendría sentido. Pero era Kieran, su firme voluntad y su confianza en mí, más de lo que yo confiaba en mí misma, me demostró que volvía a dudar sin que él se lo mereciera. Se arrodilló frente a mí y me cogió las manos en silencio, para posarlas junto a las suyas sobre mi vientre.

—No llores, Alana, sabes que esa es la única cosa contra la que me veo impotente.

—¿Tú? —Me miró con considerable extrañeza y sonreí levemente—. No tienes ni idea de las cosas que has hecho en estos años.

—Me he limitado a sobrevivir solo con tu recuerdo en una cárcel, ¿qué tiene eso de loable?

Que mostrara la descarnada verdad y su vulnerabilidad en una simple frase, así como el amor hacia mí, hizo que lo quisiera con más intensidad.

—Ya te lo contaré cuando te recuperes. De momento te diré que es una niña —comenté sin dejar de observar los cambios de expresión de su rostro.

—¿Cómo sabes que es una niña?

—No tiene lo que debería tener si fuera niño, además me lo dijo mi abuela. Siempre creí que debía salvar a Sarah, pero en realidad debía salvarla a ella, a nuestra hija.

—Entonces, ella ya sabía… Nosotros ni nos conocíamos cuando te lo dijo.

—Lo sé. Nuestra historia comenzó antes siquiera de que existiéramos.

—Cada vez estoy más confuso. —Se levantó y se acercó a la mesa, donde cogió de nuevo la daga—. ¿Has venido para… para quedarte?

—Sí.

—¿Conmigo?

—Sí, contigo. —Sonreí.

—¿Para siempre?

Entendía que necesitara confirmación y mi sonrisa se hizo más amplia.

–Para siempre.

–¿No habrá más despedidas, más dudas, más separaciones?

–No.

En ese momento recordé a Gareth y tuve un mal presentimiento. Él seguía viviendo en esa época y no todo había acabado entre nosotros. Kieran se giró para mirarme fijamente.

–Gracias, *mo aingeal*. No sabes lo que estos años han hecho conmigo. Las veces que recé para que hubieras regresado con vida, las veces que añoré el rostro de nuestro hijo. Las veces que te deseé con tanta intensidad que creí morir al no poder tocarte. –Se arrodilló de nuevo frente a mí, como si se dispusiera a hacer un juramento–. ¿Puedo besarte? –pidió al fin, con los ojos brillantes.

–Puedes hacer mucho más que eso –murmuré atrayéndolo a mis brazos.

Bastante rato después, justo antes de caer en un profundo sueño, le oí susurrar las palabras definitivas:

–Te amo Alana, ni un solo instante en este tiempo he dejado de hacerlo.

Desperté hambrienta y me estiré sin disimulo alguno, bastante más relajada. Escuché la suave risa de Kieran frente a mí. Se había vestido con pantalones, medias, camisa y jubón marrón de piel, la ropa que le habían procurado los posaderos, y estaba sentado a la mesa, donde descansaba una bandeja con comida, observándome divertido.

–Hummm… –dije levantándome deprisa ante el frío que sentí al dejar la cama cálida. Me arrebujé con una manta para acercarme. Como no había más que una silla, me senté sobre él y ataqué, esta vez con apetito, al pescado frito.

–Has engordado –señaló él acomodándome contra su pecho.

–Lo haré más –indiqué cogiendo una rebanada de pan recién horneado y untándola con mantequilla.

Él rio a carcajadas y meneó la cabeza.

–No me importa lo más mínimo, de hecho siempre pensé que estabas demasiado delgada, podía contar cada una de tus costillas bajo la piel.

No me molesté en contestar. El sencillo desayuno estaba delicioso. O tal vez mis papilas gustativas estaban bastante más receptivas al tenerlo a él junto a mí. Pero de nuevo, era Kieran, nunca dejaba pasar algo por alto.

–¿Me puedes explicar cuándo te he regalado yo algo tan valioso como esto? –Me mostró la daga con la empuñadura repleta de esmeraldas en una mano.

Suspiré con frustración y aparté el pan dulce de mi boca. ¿Cómo entendería él algo que no tenía sentido?

–Viniste a buscarme. De hecho, mi magia te mantuvo con vida hasta que me encontraste y me salvaste –expliqué.

Él se quedó un momento en silencio, recordando.

–Eso es lo que deseé cuando nos separamos.

Asentí con la cabeza y mastiqué con intensidad.

–Fue Gareth el que quiso hacerte daño. ¿Verdad? Él es el traidor –continuó.

–Sí, ¿cuándo lo supiste? –inquirí sorprendida, dándome cuenta de que él era mucho más flexible para entender ciertas cosas que yo.

–Cuando nos sorprendieron en la retirada. Desapareció justo después de la escaramuza y no volví a saber de él. Siempre sospeché, pero no quería creer que fuera cierto. Para mí era como un hermano. No entiendo qué le hizo traicionarnos.

–Mi sangre.

Pegó un respingo y yo me tambaleé sobre sus piernas.

–¿Tu sangre?

–Sí, utilizó la sangre de una bruja para trasladarse al futuro y necesitaba el dinero que le ofrecieron por la traición para comprar una identidad en el futuro. Buscaba la sangre de la bruja más poderosa. Lo vio o lo sintió cuando nos conocimos, nunca lo llegué a saber con certeza. Mi abuela extendió un hechizo de protección hasta que ella murió, apagando mi poder. Cuando se desarrolló mi poder, todo se descontroló. Había estado asesinando a brujas durante treinta años utilizando su sangre para mantenerse en el futuro con la misma apariencia, esperando a que yo me manifestara. Tú lo estuviste vigilando. –Mi voz se apagó al recordar la noche en el cementerio.

–¿Qué sucedió, *mo aingeal*? –susurró él.

–Quiso matarme y tú apareciste. En realidad yo no creí que fueras tú, pensé que eras el descendiente de Sarah y que también querías matarme. Incluso te golpeé en la cabeza con una piedra.

–¿Qué hiciste qué?

–Tienes la cabeza muy dura, está claro, ni siquiera conseguí atontarte un poco. Impediste que utilizara mi poder para asesinar a Gareth. Lo hiciste tú –pronuncié la última frase mirándole a los ojos.

Kieran me sostuvo la mirada un momento y sus pupilas brillaron con intensidad.

–¿Utilizaste tu poder para sacarme de la Torre? –preguntó con cautela sin mencionar a Gareth.

–No. Utilicé algo mucho más poderoso: el dinero. No hubiera dudado en utilizar mi poder para llegar a ti, pero no sabía qué consecuencias podía tener, así que primero lo intenté de esa forma. Y funcionó. –Hasta a mí me sorprendía.

–¿Sabes que ahora soy un proscrito? –señaló.

–Ser un proscrito es mejor que estar muerto –indiqué a mi vez.

Cogió mi rostro entre sus manos y me dio un suave

beso en los labios atrapando una miga de pan que había quedado prendida de la comisura de mi boca.

–¿Quién eres tú y qué has hecho con mi esposa? –preguntó con una sonrisa.

–Soy Alana Mackinnon, bruja, esposa, madre y te recuerdo que sobre mí también pesa una condena. Si me encuentran, es posible que acabe en una pira de fuego –expresé con firmeza.

–Y aun sabiendo todo eso, ¿te has arriesgado a venir?

–¿Acaso lo dudabas, Kieran?

–Dios, Alana, nunca conoceré a nadie que se enfrente a la vida como tú lo haces, pareces extremadamente frágil y sin embargo tienes una entereza y fuerza difíciles de alcanzar. Me siento afortunado, porque entre todos los hombres, yo haya resultado elegido –susurró con los ojos brillantes.

Sonreí con dulzura y le di un suave beso.

–Y eso lo dices cuando no sabes lo mejor de todo.

–¿Crees que hay algo que me pueda llegar a sorprender a estas alturas? –Enarcó una ceja con aire divertido.

Me incliné y cogí mi vestido que seguía en el suelo completamente arrugado. Se lo entregué.

–¿Quieres que te ayude a vestirte? –inquirió todavía con la ceja enarcada.

–No, quiero que lo palpes.

Él lo hizo con gesto de extrañeza y finalmente rasgó el forro de lino que llevaba la falda y lo levantó. Frente a él aparecieron una serie de joyas, piedras preciosas, diamantes y monedas de oro debidamente cosidas a la tela. Una pequeña fortuna.

–¿Crees que servirá para pagar lo que les debemos a los Mackenzie?

–¡Con esto podría comprar toda la isla de Skye si quisiera! –exclamó todavía con gesto bastante sorprendido–. ¿Cómo…?

–La idea me la ofreció Gareth sin que él lo supiera.

Si él había conseguido viajar con monedas, yo podría hacerlo con otro tipo de objetos, para mí era más fácil. Mi poder me confería esa habilidad. Respecto a cómo lo hice, no fue idea mía, durante siglos las mujeres, en las luchas y batallas cuando tenían que huir de sus hogares, escondían las joyas cosidas a su ropa.

Se quedó en silencio un momento y luego agitó la cabeza sonriendo.

—Una mente para el conocimiento y un cuerpo para el deseo —expresó con suavidad.

—Bueno, espero que nunca creyeras que mi cabeza sirviera solo para peinar mi pelo.

—Eso desde luego que no, ya que nunca parece que vayas peinada en condiciones —dijo cogiendo un rizo rebelde para pasármelo por detrás de la oreja.

Hice un mohín de disgusto.

—Yo prefiero otra frase —señalé con gesto serio.

—¿Cual?

—Detrás de todo gran hombre, destaca una mujer inteligente —afirmé con rotundidad.

Él rio y cabeceó de nuevo.

—Aunque podía ser peor —indiqué y él me miró con las cejas oscuras enarcadas sobre sus ojos dorados—. Una dama en mi casa y una puta en mi cama —añadí.

Fui recompensada con una salva de pellizcos en mi trasero y alzada con una facilidad increíble hasta que me depositó con sumo cuidado sobre la cama.

—¿Qué vas a hacer? —le pregunté observándolo cuidadosamente.

—Comprobar tu teoría… mi dama. —Rio con suavidad mientras me besaba, haciendo que me olvidara de todo cuanto me rodeaba, excepto de lo único importante, Kieran.

CAPÍTULO XIX

*El tiempo es el mejor contador de historias,
la historia la escribe el tiempo.*

Abandonamos Londres aquel mismo día. Cogimos un transporte público, que traducido venía a ser una carreta cargada con gallinas, sacos de harina y tocino, hasta que llegamos a York, casi dos semanas después. Viajábamos como un matrimonio francés, él adoptó mi apellido y fingió su acento. Yo apenas tuve que molestarme en ocultar nada. En realidad supuso nuestra luna de miel. Siempre habíamos estado rodeados de gente, sin que apenas pudiéramos disfrutar de algunos momentos de soledad robados al intenso trabajo del castillo y a la guerra posterior. Ahora solo estábamos él y yo solos. Conversábamos largamente durante el día en francés, ya que el dueño de la carreta hablaba inglés y no corríamos peligro, y por las noches, en posadas y tabernas a la vera del camino nos amábamos hasta casi el alba, como si no pudiésemos separarnos, como si temiésemos que el tiempo para nosotros se fuera a acabar. No hubiera cambiado aquella extraña travesía ni por un viaje con todo incluido de un mes entero a un paraíso como podía ser el Caribe o la Seychelles. Para mí supuso todo un descubrimiento de la forma de vida del siglo xviii y de la persona que era mi marido. Si ya lo amaba, ahora lo admiré y lo quise por su inteligente y amena conversación, por el cariño que me mostraba y por la seguridad que me ofrecía. Lo había amado en el pasado, en el presente y lo había recuperado en el futuro.

Sin embargo, el día que traspasamos la muralla romana derruida que hacía de frontera natural con Escocia, no solo el tiempo se volvió inestable y frío, y el paisaje considerablemente más agreste y salvaje. También cambiamos nosotros. Nuestro ánimo se volvió taciturno y nos limitábamos a caminar de la mano protegiéndonos del intenso viento del norte y de las constantes tormentas de nieve que provocaban que con frecuencia tuviéramos que buscar refugio en pequeñas casas que nos acogían con la hospitalidad que caracterizaba todo lo escocés.

Después de varios días de camino, cuando estábamos a punto de arribar al límite de las Highlands paramos al anochecer en una pequeña aldea, en la que conseguimos una habitación en la única casa que parecía ejercer de posada, sala de reuniones y ocasional destilería, por el humo blanco que salía de una de las salas adyacentes. Cenamos en silencio y subimos a la habitación, cansados y deseando tumbarnos en una cama en condiciones. El viaje estaba resultando agotador, ya que yo no podía cabalgar y pocas veces encontrábamos algún viajero que me trasportaba como si fuera un fardo de paja sentada en una carreta tirada por bueyes o ponys.

Kieran encendió el fuego de la chimenea y se quedó junto a ella con las manos extendidas mientras miraba las llamas brotando de la turba. Me acerqué a él y le abracé por la cintura apoyando mi rostro en su espalda. Sentí como se relajaba y suspiró levemente. Me atrajo con una sola mano para situarme delante de él y que fuera yo la que recibiera la mayor parte del calor que emanaba el fuego.

—¿Qué te preocupa, Kieran? —pregunté por fin. Desde

que lo conocí supe que era un hombre acostumbrado a ocultar sus sentimientos y a decidir por sí mismo sin vacilar un instante. Ahora veía como sus ojos se oscurecían cuando lo sorprendía con la mirada fija en mí y no sabía cómo reaccionar.

—No es nada, *mo aingeal*. No debes preocuparte —susurró junto a mi oído.

Eso hizo que mi corazón saltara y un nudo se formara en mi estómago. Casi estaba segura de lo que le sucedía, pero deseaba que él se abriera a mí.

—Es por lo que te conté, ¿verdad? Tienes miedo de que haya cambiado el pasado y con ello el futuro no se desarrolle como debiera —señalé con aprensión.

Él me giró hasta tenerme frente a él y me cogió el rostro con las manos con suavidad pero ejerciendo presión, como si temiera que fuera a desaparecer ante sus ojos de nuevo.

—Alana…, intento comprenderlo, pero… —vaciló un instante buscando la explicación adecuada— dices que estoy envuelto en un hechizo que yo mismo contribuí a crear. Viviré trescientos años para encontrarte, sin embargo ya no te encontraré nunca porque tú estás aquí y no dejaré que vuelvas a marcharte. ¿Qué significa? ¿Es acaso que moriré contigo? ¿Es que viviré eternamente buscándote hasta que la desesperación me enloquezca? ¿O un día despertaré y tú no estarás a mi lado porque lo que tiene que suceder no ha sido cambiado y has sido arrastrada al futuro?

Lo miré con intensidad. Sentía el mismo miedo que él. Había intentado entenderlo y no lo conseguía. En el pasado cambié mi futuro para que él me encontrara y así regresar, si ahora lo había vuelto a cambiar, ¿qué sucedería en el futuro próximo? No podría soportar verle tal cual era mientras yo envejecía y me consumía hasta morir.

—Puedo intentar…, no lo sé, hacer otro hechizo, desear otra cosa totalmente diferente, algo que cambie lo que sucederá –sugerí sin saber si podría llegar a hacer tal cosa algún día.

–No –negó fuertemente con la cabeza–. Ni tú misma eres consciente de tu poder. Él se nutre de tu estado de ánimo, de tus deseos, de tus anhelos. ¿No te has dado cuenta de que es muy posible que aparecieras tres años después porque era eso lo que querías?

–¿Cómo? –pregunté apartándome levemente–. No, no es eso, esperé dos meses para estar segura de que estarías en la Torre y de que Gareth podría viajar al futuro y conocer a mi madre.

–Sí, eso no lo pongo en duda, pero, ¿no recuerdas que una vez me acusaste de ser un niño por no llegar a los veinticinco años?

Afirmé con la cabeza entendiéndolo todo.

–Creo que en tu fuero interno siempre deseaste que yo fuera mayor y esa fue tu forma de conseguirlo, hacer que esos tres años se diluyeran y nos reencontráramos ambos con la misma edad. –Su rostro estaba serio y mostraba confianza. La confianza que comenzaba a flaquear en mí.

–Yo… –comencé, pero no pude terminar. ¿Lo había hecho de forma inconsciente? Era muy probable, y ni siquiera me había dado cuenta. Me guiaba por lo que sentía en cada momento y mi poder era claramente imprevisible. Apenas conseguía mantenerlo oculto cuando algo me molestaba o me alteraba de cualquier forma.

Caminé con lentitud hasta la cama y me senté en el borde sujetándome la cabeza con las manos.

–¡Dios mío! –murmuré y comencé a llorar de forma incontrolable, temblaba y mi cuerpo se agitaba con el conocimiento de que yo lo había cambiado todo de forma irremediable.

Kieran se sentó a mi lado y me atrajo junto a él hasta que reposé en su pecho. Me acarició el pelo y me susurró en la lengua de sus ancestros hasta que conseguí calmar mi dolor.

—Mi madre tenía razón —susurré.

—¿En qué, *mo aingeal*?

—Estoy maldita —dije—. Estoy maldita desde que nací —añadí para darle la suficiente fuerza a esa palabra que me condenaba de por vida.

—No estás maldita, Alana. Eres lo que ha dado sentido a mi existencia desde que te conocí, soy un hombre afortunado, no soy un hombre maldito —pronunció con voz ronca Kieran y yo estallé en sollozos de nuevo—. Encontraremos la solución, la encontraremos —afirmó con una seguridad que yo no sentía.

Nos tendimos vestidos sobre la cama abrazados en nuestra desesperanza hasta que escuché su respiración suave y acompasada. Yo no había podido cerrar los ojos, mi mente bullía desazonada buscando una respuesta que no llegaba. Me levanté en silencio y me senté en el suelo junto al fuego. Extendí mis manos y observé el anillo de la bruja, tranquilo y refulgiendo en un brillante tono dorado desde que encontré a Kieran. Pasé la vista a la otra mano en la que la alianza de plata atrapaba la tenue luz del fuego de turba y la giré con dos dedos. Dejé que las lágrimas asomaran a mis ojos sintiendo que con lo que llevaba llorado podía dar de beber al sediento por años. Una suave brisa sopló a mi espalda y unos rizos se movieron rebeldes. Suspiré hondo.

—Abuela —susurré.

—Estoy aquí, mi amor, sabes que siempre estoy aquí. —Su voz era suave y balsámica, como el aceite de almendras caliente cayendo sobre mi piel.

—¿Qué he hecho? ¿Puedo cambiar lo que sucederá de nuevo? —pregunté de forma agónica.

Escuché un leve suspiro y miré a mi lado viéndola aparecer con su rostro relajado y el pulcro pelo blanco peinado cuidadosamente. Sus ojos brillaban con intensidad en la imagen traslúcida.

—Todavía no lo has entendido. No has tenido tiempo.

No existe el futuro ni el pasado, existe el presente –murmuró.

Me mostré molesta y mi rostro expuso lo que sentía.

–¿Crees que si no hubieras retrocedido hasta el siglo XVIII no estarías embarazada? –preguntó.

La miré con gesto interrogante.

–Lo que ha sucedido ya no se puede cambiar porque existe. Viviste tu pasado en el futuro y tu presente en el pasado. Retrocediste de nuevo para buscar tu destino.

–Eso es un acertijo –expresé con inquietud.

–No debes mirar al futuro, Alana, ese es tu mayor defecto, siempre has vivido pensando qué sucedería a continuación sin pararte a disfrutar de lo que en ese momento te ofrecía la vida. Elegiste una carrera que te ofrecía la posibilidad de escarbar en el pasado sin que eso pusiera en peligro tu miedo al futuro, con temor a enfrentarte a lo que la vida te deparaba, escondiéndote. Ya es hora de que dejes de hacerlo. Cuando todo suceda, sabrás qué opción tomar. Solo tienes que guiarte por tu corazón, olvidar tu miedo y dejar libre tu deseo. Solo así conseguirás aquello para lo que estás destinada –explicó.

La miré fijamente intentando memorizar el sentido de sus palabras, sin llegar a conseguirlo. Alargué una mano viendo como ella desaparecía y esta se quedó estática en el aire sin llegar a alcanzarla. Suspiré y me giré para volver a la cama. Si antes no había conseguido dormir, ahora ni siquiera lo intentaría.

Levanté la vista y vi a Kieran con los ojos abiertos observándome con cautela.

–¿Estabas hablando con tu abuela? –inquirió con naturalidad, como si la conociese y la hubiese visto.

Asentí con la cabeza sin pronunciar palabra.

–¿Te ha ayudado?

Negué con fuerza y apreté los labios.

–Solo dice que cuando llegue el momento sabré lo que hacer si sigo los dictados de mi corazón.

–Bueno –contestó él atrayéndome a su lado–, a mí me parece un buen consejo, para empezar. Ahora solo nos queda averiguar cuál será el momento adecuado.

Me acarició el pelo y me besó en la coronilla.

–Duerme, *mo aingeal*, nos queda un largo viaje por delante –murmuró y finalmente caí en los brazos de Morfeo acunada entre sus brazos.

Casi un mes después nos encontrábamos en la costa escocesa, con un fuerte viento cargado de salitre y humedad que agitaba mi capa y revolvía nuestros cabellos. Miraba con odio y suspicacia el paquebote que nos iba a trasladar a nuestro hogar. No tenía las líneas elegantes y ligeras de la goleta en la que había embarcado hacía meses, en realidad era fuerte y robusto, un barco acostumbrado a las inclemencias del mar del Norte. Kieran pasó un brazo por mis hombros y apretó con intensidad.

–Vamos, no creo que sea tan terrible como la última vez –murmuró con una leve sonrisa.

Lo miré entrecerrando los ojos.

–Prefiero ir nadando –contesté con el temor a un nuevo malestar que me durara días.

–Es posible, *mo aingeal*, pero acabarías ahogándote, y eso sí que no lo voy a permitir. Si fuera necesario te ataría con cuerdas a la proa.

Le pegué un codazo en las costillas totalmente indignada.

–No te atreverás –mascullé.

–Ponme a prueba –contestó él tirando de mí por la escalerilla de embarque hasta la masa monstruosa de madera que se agitaba furibunda sobre el mar embravecido.

Una vez sobre el barco me tambaleé hasta sujetarme con fuerza a la borda, sintiendo como mi cuerpo se agitaba con la misma bravura que el mar que rugía bajo nuestros pies. Gemí con fuerza y mis nudillos se volvieron blancos por el esfuerzo. Kieran se situó tras de mí y me abrazó mientras el paquebote hacía las maniobras necesarias para embarcarse en la corta travesía hasta la isla de Skye. Respiré el aire frío y sentí las salpicaduras saladas del agua en mi rostro. Y de forma milagrosa soporté todo el viaje sin mayor molestia.

—No lo entiendo —expresé una vez que mis pies tomaron tierra firme.

—Fue el embarazo, Alana, tú misma dijiste que nunca antes te habías mareado. Era normal que las primeras semanas te encontraras algo indispuesta —contestó Kieran con una sonrisa.

—Si con indispuesta te refieres a estar casi al borde de la muerte, tengo que darte la razón —aduje con acritud.

Solo conseguí que él soltara una ronca carcajada y la disimulara con un gruñido característicamente escocés.

Al atardecer de aquel mismo día vimos a lo lejos la silueta del castillo *Dunakyn*, el hogar de los Mackinnon. Ambos nos paramos sobre la cima de una colina sin importarnos el frío, el viento y la persistente lluvia que nos había acompañado durante varias horas.

—Mi reino por una bañera caliente —murmuré.

—Mi reino por mi propia ropa —murmuró Kieran.

Lo miré con curiosidad.

—¿Qué es lo que le ocurre a la que llevas? —pregunté observando su apostura de guerrero vestido con las sencillas ropas que llevaban los caballeros en Inglaterra.

—Pica y roza dónde no tiene que hacerlo. Impide mis movimientos y me siento encerrado en una cárcel —masculló entre dientes.

Reí con ganas y le di un pequeño empujón.

—Prueba a llevar un corsé y ya te diré yo lo que es sufrir en aras de la moda. De hecho —me acaricié la barbilla pensativa—, es posible que le diga a Jeannie si me la puede adaptar para mí, estoy deseando volver a ponerme pantalones —dije ignorando su expresión de absoluto pavor–, cuando pueda caber en ellos, por supuesto –añadí observando mi redondo cuerpo.

–No permitiré que lleves pantalones –fue lo único que acertó a decir.

–¿Por qué no? Si tú llevas faldas, yo puedo llevar pantalones –expresé con lógica.

Él me miró horrorizado y sintiéndose insultado en consideración al *kilt* que hacía que él realmente fuera lo que era.

–Yo no llevo faldas, llevo *kilt*, es la indumentaria que da sentido a…

–Vamos. –Tiré de él con fuerza–. De todas formas siempre te he preferido desnudo.

Y por primera vez desde que lo conocía, no protestó y se dejó llevar sin comentario alguno.

El primer hombre del clan que nos encontramos fue Hugh, que hacía guardia recorriendo el exterior de la fortaleza. Nos encañonó con la pistola y ante un simple resoplido de Kieran, la bajó para observarnos con estupor.

–¿Mi señor? –preguntó titubeante pasando la vista sobre él para posarla en mí–. ¡*A Dhia!* ¿Mi… mi señora?

–Sí Hugh, somos nosotros ¿te importaría dejarnos pasar? –masculló Kieran a punto de arrojarlo al suelo si seguía interponiéndose en nuestro camino.

–Pero… ¡estabais muerto! –señaló con una mano hacia Kieran y después se volvió hacia mí e hizo la señal de la cruz–. ¡Y dicen que a vos os quemaron por bruja!

–Por lo visto algunas noticias han llegado antes que nosotros –contestó Kieran mirándome.

–Hasta un caracol artrítico hubiera llegado antes que nosotros –afirmé con rotundidad.

Él miró mi voluminoso vientre y no tuvo más remedio que asentir con la cabeza. Había sido un largo, larguísimo camino. Durante las últimas semanas me cansaba con facilidad y teníamos que parar con mucha más frecuencia, retrasando así nuestra llegada al castillo. Ambos giramos el rostro a Hugh que nos observaba sin saber si ponerse a rezar dando gracias a Dios o sacar la espada y ensartarnos por si fuéramos unos espectros que veníamos a reclamar nuestro lugar.

–Hugh, apártate de una maldita vez. –Kieran no tuvo la paciencia necesaria para comprender la turbación de su soldado–. No estamos muertos, pero tú lo estarás pronto como sigas ahí parado más tiempo.

Hugh se alejó unos pasos y a nuestro paso se limitó a saludarnos con cara de estupor mientras inclinaba su boina azul. Estuve segura de que cuando lo perdiéramos de vista iba a correr hacia su hogar a llevar las nuevas noticias, olvidándose de la guardia y arriesgándose a un castigo al día siguiente.

Entramos en el castillo acompañados de una corriente de aire frío. Nos miramos sonriendo y escuchamos el rumor de conversaciones en el salón y el olor de carne asada que provenía de las cocinas. Nada había cambiado y, sin embargo, todo lo había hecho.

–Cocina –dije yo inhalando profundamente.

–Salón –contestó Kieran siguiendo el rumbo de las conversaciones.

Nos miramos un instante.

–¡Cama! –soltamos los dos a la vez riendo y enlazando nuestras manos para subir por la escalera de caracol.

No llegamos a pisar el primer escalón, un terrible estruendo hizo que ambos nos volviéramos en la dirección del sonido. Jeannie nos observaba pálida como la cera con los restos de una bandeja de comida a sus pies.

–¡Loado sea Cristo! –gritó–. ¡Aluinn, ven deprisa!

El rostro primitivo y extraño rodeado de pelo negro se asomó por la cocina con las mangas de la camisa remangadas y expresión asustada. No reparó en nosotros, sino que se acercó a su mujer y la sujetó por los hombros.

–¿Ya? –preguntó con gesto angustiado.

Bajé mi vista y vi que el vestido de Jeannie se abombaba de forma muy parecida a lo que hacía el mío, sonreí con dulzura, el pequeño Aluinn iba a tener un hermano.

—¡Quita! —Jeannie apartó las manos de Aluinn y señaló en nuestra dirección—. Mira, son... ¡Dios mío! Son... ellos —dijo al fin.

Aluinn levantó con lentitud la vista y parpadeó varias veces. Finalmente una bonita sonrisa deslumbró en su rostro y yo no pude por menos que devolvérsela. Se acercó a nosotros y dio un fuerte apretón a Kieran que este devolvió con energía, después hizo una reverencia en mi dirección y me miró con intensidad como si pensara algo, de improviso me sujetó por los brazos y me plantó un beso en los labios. En ese momento la que mostró asombro y estupefacción fui yo.

—Siempre supe que lo conseguirías, Alana —murmuró—. Jeannie —ordenó volviéndose—, avisa a Cailen y no digas nada a nadie más.

Mientras Jeannie desaparecía presurosa internándose en la arcada que daba paso al salón, Aluinn nos interrogó con la mirada, enarcando las cejas.

—No estoy muerto —señaló Kieran.

—Eso ya lo veo —contestó Aluinn—, pero es peligroso que estéis aquí mucho tiempo. Os ocultaremos, pero las noticias corren como el viento y es peligroso. Para ti, para Alana y para vuestro hijo. ¿Cómo demonios conseguisteis sacarlo de la Torre? —Me encaró con sus ojos negros.

—Hummm... —murmuré—, hice creer que estaba muerto y luego compré su cadáver.

—Bueno, cuando tengáis un rato me gustaría saber los detalles, eso nos dará una bonita historia para amenizar las largas noches del invierno.

—No es una bonita historia —indiqué.

—Todas lo son si el narrador sabe condimentarla con astucia —respondió—. Y yo —me guiñó un ojo— soy un excelente cocinero.

Kieran masculló algo bastante desagradable que Aluinn ignoró con una sonrisa de satisfacción y en ese instante apareció Cailen corriendo hacia nosotros. Se paró de improviso mirándonos con la misma cara de sorpresa que era ya una costumbre en todos los que nos reconocían. Había cambiado, ya no era el joven imberbe que recordaba, estaba más musculoso, como si la vida lo hubiera obligado a cincelarse con el cuerpo de un guerrero, y lucía una barba recortada que le daba el aspecto de alguien mayor que los veinte años que solo tenía.

Ambos hermanos se abrazaron y se propinaron fuertes golpes en la espalda. Cailen se apartó con los ojos enrojecidos y Kieran le dio un pequeño pescozón. Después se acercó a mí y me cogió la mano para besarla con fervor.

—Alana..., yo... tengo que explicarte algo que...

No lo dejé terminar.

—Cailen, lo sé, no hace falta decir nada. Está todo olvidado —concluí antes de que dijera demasiado.

Kieran me observó con los ojos entrecerrados. Solo había habido una cosa que no le había contado, y era la traición de su hermano y cómo yo le había proporcionado una larga vida de trescientos años. Ya tendría tiempo de explicársela con calma cuando estuviéramos lo suficientemente lejos del castillo como para que no intentara matar a Cailen.

Me invadió un profundo cansancio y me apoyé en Kieran en un gesto de auxilio. Él lo comprendió a la perfección y se disculpó para ayudarme a subir a la habitación donde me ayudó a desvestirme y a acostarme. Bajó con la promesa de regresar con algo para cenar. Si lo hizo yo no lo supe, ya que una vez que estuve en el que había considerado mi verdadero hogar, caí en un profundo sueño al instante.

Desperté al amanecer, sintiéndome descansada y hambrienta. Me giré para ver como Kieran dormía a mi lado, su gesto tenso de las últimas semanas se había relajado y supuse que había estado largas horas conversando con su hermano y Aluinn. Lo dejé dormido y me levanté en silencio. En la mesa junto al fuego había una bandeja y en ella un plato con varios *scones*, sonreí con anticipación y me senté en el butacón arropándome con una manta mientras degustaba los sabrosos panecillos.

–Alana. –La voz profunda y suave de Kieran me sacó del ensimismamiento producido al saborear la dulce mermelada de frutos del bosque que se escondía en los deliciosos bollos de maíz.

Agité una mano, aún con la boca llena, indicándole donde me encontraba. Escuché el crujir de la cama al levantarse él y sus pasos hasta situarse en mi espalda. Me dio un beso en la coronilla y alcanzó con una mano un pastel que mordió con intensidad. Levanté la vista y lo observé mientras se acomodaba el *kilt* en el cuerpo y se ponía una camisa de lino blanco. Respiró con satisfacción y se sentó a mi lado.

–¿Todo bien? –pregunté haciendo referencia a lo sucedido la noche anterior.

–Mmmffmm.

Enarqué una ceja con gesto de fastidio.

–¿Cuánto tiempo podremos quedarnos? –inquirí de nuevo esperando alguna explicación más clarificante que un gruñido que todavía no llegaba a comprender.

–Hasta que nazca nuestra hija, después, cuando estés recuperada –aclaró–, debemos marcharnos. Nos ocultarán, pero seguimos estando en peligro y ponemos en peligro a todo el clan.

Asentí con la cabeza. Lo entendía y lo agradecía, no me sentía con fuerzas de emprender de nuevo un largo viaje. Mi embarazo estaba bastante avanzado y mis movimientos cada vez eran más torpes y lentos.

–¿Adónde iremos?

–En mi despacho tengo una bola del mundo conocido,

podemos ir después y elegir un lugar. Deberemos cambiar de nombre, al menos por un tiempo, y puede que... quizás algún día podamos regresar a Escocia –murmuró con la mirada fija en el fuego.

Si bien era cierto que Kieran había viajado por Europa y había vivido en otros países pude percibir el dolor implícito en sus palabras. *Dunakyn* era su hogar y la isla de Skye su lugar. Me di cuenta con notable claridad que yo había cambiado todo eso, había modificado su destino para que él fuera un proscrito y yo una prófuga buscada por brujería. Estábamos condenados a huir y escondernos y él jamás me lo había señalado.

–Lo siento –susurré cogiéndole una mano. Él me la apretó con fuerza y me miró con fijeza.

–¿Por qué, Alana? ¿Por darme lo que más deseo, un hijo? ¿Por entregarme tu vida, tu alma y tu corazón? ¿O por ser lo que me hace seguir viviendo?

–Si yo... si yo no hubiera aparecido y... tú..., ahora. –No encontraba las palabras y mi rostro mostró la confusión y el pesar que sentía.

–Ahora sería un hombre infeliz casado con una mujer que no amaba. Puede que siguiera viviendo aquí, pero estas piedras, este castillo, no tendrían sentido alguno. Tú eres mi fuerza, Alana, en ti reside mi hogar, mi lugar en este mundo es junto a ti. Estés donde estés –afirmó con una sonrisa ladeada.

Me llevé su mano a mi mejilla y dejé que me acariciara. Lo había puesto en peligro innumerables veces, por desconocimiento o sabiendo plenamente lo que hacía. Mucho me temía que seguiría haciéndolo, aunque intentaba adecuarme al estilo y forma de vida del siglo XVIII, jamás llegaría a conseguirlo del todo. Y él nunca me lo había recriminado.

–Lo sé –pronunció con voz suave, como si leyera mis pensamientos–, sé que contigo a mi lado siempre tendré que dormir con un ojo abierto y esperar lo imprevisible.

Y ¡Dios mediante! Si nuestra hija se parece a ti, es muy posible que jamás llegue a alcanzar la ancianidad –dijo esto último con una gran sonrisa y se inclinó para besarme en los labios.

Fuimos interrumpidos por unos tímidos golpes en la puerta que no esperaron respuesta por nuestra parte, y como si fuera un vendaval apareció Morag corriendo hasta que nos vio y, de improviso, se quedó parada frente a nosotros y su rostro en forma de corazón se mostró turbado enrojeciendo en profundidad. Seguía siendo la niña dulce que recordaba, su cuerpo se había estilizado y ya mostraba los rasgos de la belleza que sería en un futuro cercano, sin embargo sus chispeantes ojos azules se mostraban temerosos y percibí cierta tristeza en el fondo del iris. Kieran alargó una mano, pero ella se acercó a mí. Abrí mis brazos y recibí el empuje de su abrazo. La rodeé con fuerza y ella enterró la cara en mi cuello llorando quedamente. Sentí su soledad y su desamparo al verse de improviso sin su hermano mayor y sin su madre y sin llegar a entender qué había sucedido. Le ofrecí el consuelo de mi cuerpo y le acaricié la espalda delgada sintiendo los frágiles huesos infantiles que se percibían en la tosca tela del vestido de lana. Tras un largo rato, se separó y me miró con los ojos brillantes por las lágrimas.

–¿Te irás otra vez, Alana? ¿Desaparecerás como lo hizo *mathair*? –preguntó frunciendo los labios.

–Sí, cariño –afirmé con tristeza y observé como su rostro se contraía de nuevo–, pero vendrás con nosotros, ¿quieres?

Lo dije sin pensarlo, solo sintiéndolo. No podía abandonarla de nuevo. Su rostro mostró asombro y después una gran sonrisa. Kieran masculló algo ininteligible.

–Alana…

–Me ayudará con el bebé –dije con firmeza–. La quiero conmigo, con nosotros.

Kieran sacudió la cabeza y resopló.

–*A Dhia, cuidich mi* –murmuró y después abrió la boca de nuevo para traducirlo, pero un gesto de mi mano lo silenció.

–Lo sé. Dios mío ayúdame –espeté–. Lo has repetido tantas veces desde que me conoces que he acabado por aprendérmelo.

Él rio y abrió sus brazos para recogernos a ambas.

–¿Cómo se va a llamar el bebé? –preguntó Morag de pronto rompiendo el hechizo.

Kieran y yo nos miramos sin saber qué contestar. No lo habíamos hablado y yo ni siquiera lo había pensado todavía.

–¿Cómo se llamaba tu abuela? –inquirió Kieran.

–Angelique –respondí con los ojos entornados.

Kieran negó con la cabeza y su hermana pequeña lo imitó a la perfección.

–¿Por qué no? –pregunté yo molesta porque el nombre me parecía precioso para una niña. Me esperaba una serie de propuestas a cuál más variopinta y pintorescamente dieciochesca, y no tenía ninguna intención de ceder.

–Porque solo tú eres mi ángel, Alana. –La respuesta de Kieran me dejó sin palabras y los tres nos sumimos de nuevo en un mutismo concentrado.

–Ondine –pronunció finalmente Morag–, tiene que llamarse Ondine.

La miré con curiosidad y Kieran sonrió aceptando la sugerencia.

–Tú viniste del mar como Ondine, la ninfa griega, el mar te arrojó a nuestras costas, es lógico que ella se llame así –contestó Morag sonriendo. Supe al instante que la leyenda de las Náyades había sido narrada por Kieran, ya que era el único con conocimientos acerca de la mitología griega en todo el castillo.

Ambos me observaron mientras valoraba el nombre. Accedí mostrando una grata sonrisa.

–Me parece perfecto.

Morag aplaudió y se acurrucó en mis brazos de nuevo.

Al poco rato, Kieran se levantó y se llevó con él a su hermana, que había vuelto a lucir la inconfundible verborrea infantil y un entusiasmo desmesurado.

—Diré que suban la bañera y agua caliente —exclamó antes de cerrar la puerta ante los tirones insistentes de su hermana que quería saberlo todo de los ingleses y la mazmorra donde había estado encerrado.

Me bañé con calma disfrutando del agua caliente en los músculos cansados después de la larga travesía, me lavé el pelo y dejé que se secara al calor del fuego, invadida de una profunda pereza fruto del embarazo. Jeannie subió una bandeja de comida al mediodía y se sentó junto a mí en el butacón.

—Así que es una niña —dijo como único comentario.

La miré con una sonrisa y asentí con la cabeza.

—No preguntaré cómo lo sabéis, pues debe ser cosa de brujería.

Me erguí y me tensé como un alambre, sin embargo ella estaba completamente relajada, acariciándose el vientre con movimientos rítmicos y sin mirarme.

—Alana. —Su rostro redondo y pecoso se giró hacia mí–. Siempre supe que había algo extraño en vos, pero después de lo sucedido pienso que somos afortunados de contar con una bruja en la familia. —Me cogió una mano y la apretó con fuerza–. Supongo que tuvo que ser duro para vos…, ya sabéis…, que intentaran quemaros en la hoguera. No sé cómo lo hicisteis, pero esta niña es vuestro primer embarazo, ¿no?

Asentí con la cabeza y me decidí a hablar.

—¿No os doy miedo? —lo dije con cautela, no sabía lo que ella podía creer o entender de brujería. Había percibido en mis propias carnes el miedo y el odio de la gente supersticiosa que había intentado asesinarme.

Jeannie rio con fuerza y su vientre se abombó de forma alarmante.

–¿Vos? –preguntó enarcando una ceja–. No –negó con firmeza–, cuando llegasteis aquí estabais completamente perdida, la verdad es que provocabais más compasión que temor. Nunca percibí maldad alguna en vuestra presencia. Además, Aluinn siempre dice que...

–Todas las mujeres tienen algo de brujas –terminé por ella sin saber si alegrarme por la descripción de mi persona o lamentarme por haber dado esa impresión de fragilidad.

–Exacto. –Sonrió ella y se levantó con gesto cansado–. Me voy, Napoleón está insoportable estos días, sabe que se acerca el momento de la llegada de su hermano y no se separa de mis faldas.

Me atraganté con mi propia saliva y carraspeé con disimulo.

–¿Napoleón?

–Oh, sí, desde que lo pronunció por primera vez, el pequeño Aluinn no ha aceptado que le llamemos de ninguna otra forma, así que...

Gemí audiblemente. Ella me golpeó con suavidad un hombro.

–No os preocupéis, en realidad la descripción que hicisteis de ese hombre es bastante acertada, mi pequeño tiene un genio de mil demonios, me pregunto ¿a quién se parecerá? –masculló saliendo por la puerta y dejándome con intensos pensamientos sobre todas las cosas que había modificado con simples comentarios o pequeñas acciones.

Al atardecer salí por primera vez de la habitación, había pasado el resto del día dormitando y tenía ganas de encontrar a Kieran. Me dirigí a su despacho, era probable que intentara solucionar el problema de la deuda con los Mackenzie en primer lugar, así que esperé localizarlo allí, escribiendo misivas en nombre de su hermano. Llamé y al no recibir respuesta, giré la manilla. Estaba abierta y la puerta gimió al empujarla. No había nadie. Me acerqué al escritorio y cogí entre mis manos el reloj de arena, recordando donde lo había dejado la última vez que lo vi.

–Sabía que te encontraría aquí.

El sonido de la voz ronca y a la vez tremendamente suave del hombre que tenía a mi espalda me sobresaltó hasta tal punto que solté el reloj que cayó rodando en la alfombra raída que había a nuestros pies. Me giré con lentitud buscando una salida con la mirada.

–Gareth –pronuncié con voz ahogada mientras me desplazaba hasta quedar detrás de la pesada mesa de madera. Palpé en mi bolsillo notando el peso de la daga como si ello fuera consuelo suficiente.

–¿Por qué huyes de mí, Alana? No voy a hacerte daño –murmuró mientras se acariciaba la barba de varios días que adornaba su rostro cansado. Tenía profundas ojeras y su pelo estaba desgreñado y sucio, al igual que su *kilt*, como si hubiera pasado varios días a la intemperie. Hasta mí llegó el olor del fuerte sudor masculino y retrocedí un paso.

Su mirada se fijó en mi vientre y abrió los ojos oscuros mascullando algo en gaélico que no entendí.

–Sigues embarazada. No debías estarlo. –Se quedó un momento pensativo y sus ojos brillaron con un tinte de locura–. Has hecho el viaje de regreso, has venido a buscarlo a él no a mí. Tú fuiste quien lo sacó de la Torre, ¿verdad? –Su rostro mostró ira y algo más profundo que quise interpretar como dolor.

–He visto cosas increíbles, Alana –continuó dando un paso en mi dirección. Me tensé de forma involuntaria–, pero eso ya lo sabes, es de ahí de donde vienes. Tenía intención de esperar un tiempo prudencial para regresar, pero mis planes han cambiado. Ya te tengo, eres mía, juntos haremos grandes cosas.

–Nunca he sido tuya –declamé con voz clara y alta.

Él se irguió como si le hubiera golpeado con un puño invisible.

–Pero, Alana, ¿es que todavía no lo comprendes? Hemos nacido para estar juntos, siempre ha sido así. Supe que algún día vendrías a mí.

–No he ido a ti Gareth, regresé por Kieran, tú mismo lo has dicho –repliqué con furia apenas contenida. Veía sus ojos brillar y oscurecerse como si por ellos pasasen miles de imágenes incapaces de ser atrapadas en un solo instante. Sentí terror y me pregunté si sería capaz de enfrentarme a él. Me sentía torpe y mis movimientos eran lentos y cuidadosamente calculados para proteger mi vientre.

Alargó su mano y acarició mi rostro. Me giré negándole la caricia y sentí un frío helador que contrajo todos mis músculos. Siempre había sido así, una helada corriente eléctrica cuando su piel entraba en contacto con la mía, al contrario que sucedía con Kieran, que trasmitía un calor reconfortante y tranquilizador. Lo miré a los ojos con tristeza entendiendo por primera vez lo que quiso decir mi abuela. Sus ojos oscuros mostraban una frialdad oculta para todos menos para mí. Me pregunté por qué había sido tan obstinada en pensar que los ojos dorados y confiados de Kieran serían los que deseaban mi final. Había estado ciega durante meses, perdida y confundida por el poder recién adquirido, por mi condición de bruja, sin saber en quién confiar y en quién dudar.

–Aléjate, Gareth –expresé sintiendo mi debilidad frente a él, aun así lo miré con intensidad buscando algún rasgo que me identificara como hija suya. Era posible que hubiera heredado su altura, y la forma en que se rizaba mi pelo desordenado, la tonalidad extraña y oscura de sus pupilas, pero más allá de eso esperaba no haber heredado nada más. Me daba pavor desarrollar la locura que veía brillar en sus ojos mezcla de salvaje y humano.

Ninguno de los dos vimos al furioso escocés que se lanzó sobre él derribándolo de un solo golpe. Me aparté al verlos caer al suelo y gemí llevándome la mano a la garganta. Saqué la daga y la mantuve sujeta en la mano mientras veía como Kieran y Gareth se envolvían en una lucha igual. Ambos tenían una constitución parecida y habían sido entrenados de la misma forma, habían luchado juntos y conocían a la perfección los movimientos del otro. Kieran recibió un golpe en el costado y gimió dejándose caer hacia un lado, lo que aprovechó Gareth para situarse sobre él y apretar con ambas manos su cuello. Kieran abrió los ojos y sujetó los antebrazos del que él consideraba su hermano, del que era mi padre. Supe que Gareth estaba utilizando su poder, no podía ser tan fuerte como para tener inmovilizado a Kieran de esa forma. No lo pensé más. Me arrodillé y clavé la daga en la carne blanca que asomaba de su camisa en un lateral. Sentí el golpe de la misma al chocar contra el hueso de alguna costilla y la *siang dhu* cayó al suelo. Me giré para alcanzarla con una mano, pero Kieran fue más rápido, aprovechando el breve intervalo de debilidad de su atacante, consiguiendo girarse para situarse sobre él y sujetarlo mientras un charco de sangre se extendía sobre la piedra filtrándose en las grietas. Lo sujetó con una mano sobre su cuello y alzó la daga. Giró el rostro y me miró fijamente buscando una respuesta a una pregunta sin pronunciar.

—No puedo matarlo, Alana, si lo hago todo cambiará. Te perderé —rugió de forma intensa y dolorosa con la daga en la mano.

Gareth abrió los ojos de forma desorbitada y nos miró a uno y a otro, en su mirada percibí el reconocimiento de algo que sabía le ocultábamos. Se giró con rapidez, soltándose de la sujeción de Kieran y se levantó. Con una mano posada sobre su costado herido se dirigió hacia mí con pasos tambaleantes. Kieran lo sujetó por la espalda y yo trastabillé hacia atrás sujetándome con una mano a la mesa. Sentí el susurro de cientos de almas a mi alrededor, gritos agónicos de las mujeres asesinadas por mi causa. Inspiré hondo sin sentir el aire en mis pulmones, me llevé la mano al pecho y cerré los ojos sintiendo como la oscuridad me rodeaba. Todo dejó de existir y pude percibir en la negrura los rostros de las jóvenes que suplicaban justicia. No tenía elección. Abrí los ojos y miré con tristeza a los dos hombres, al que buscaba mi ayuda y al que esperaba mi respuesta. Aquel era el momento del que me había prevenido mi abuela. Gareth se inclinó sobre mí atrayéndome con una garra que sujetó mi brazo, manoteé desesperada y caí hacia atrás golpeándome con las piedras canteadas del suelo. Levanté la cabeza un instante para ver como Kieran se abalanzaba de nuevo sobre Gareth inmovilizándolo, pero este había sacado su daga de la media y lanzó una estocada que hirió a Kieran en el brazo, por donde comenzó a gotear la sangre carmesí que se mezcló con la de su hermano de lucha. Me incorporé a medias y pronuncié mi sentencia. No tenía otra opción, no podía permitir que Gareth viviese para matar en mi nombre. No podía permitir la muerte de mujeres inocentes por mi causa.

—Mátalo —ordené con voz estrangulada.

Kieran me miró con incalculable dolor y yo asentí levemente.

—Hazlo, Kieran —supliqué sintiendo como las fuerzas me abandonaban.

Kieran se giró a Gareth y este le miró con dureza adivinando la incertidumbre de él. Sin embargo, Kieran no vaciló. Hundió la daga en el corazón de Gareth y este se retorció en un espasmo interminable y quedó preso un solo instante con la mirada fija en su asesino, en su juez, en su verdugo. En su hermano.

—Alana.

Escuché la voz profunda y suave del hombre a lo lejos, pero nunca llegué a saber si fue la de Kieran o la de Gareth. Me llevé la mano a la nuca y palpé la humedad pegajosa de la sangre que manaba de un profundo corte. Mi cabeza descansó sobre la piedra fría y los hilos que me unían a otro mundo me atraparon sin que yo pudiese luchar contra ellos. La oscuridad me atrajo y el dolor dejó de existir. Los gritos y susurros desaparecieron y solo quedó el silencio. La nada me rodeó y desaparecí en ella.

–¿Dónde estoy? –pregunté de forma vacilante sin reconocer el entorno.

Una niebla espesa me rodeaba, aun así sabía que había más personas alrededor. La niebla fue disipándose a medida que los rostros se mostraron ante mí. En el centro de aquel grupo de mujeres se encontraba mi abuela.

–Somos el consejo, Alana –me aclaró ella tranquilizándome.

Fijé la vista en cada una de ellas, y ellas fueron sonriéndome con ternura, con complicidad e incluso con alivio.

–¿Eso quiere decir que he muerto? –murmuré sin ser todavía consciente del lugar y sin notar otra cosa que no fuera una extraña paz.

–No. Estamos aquí para que decidas. Has matado a Gareth, has salvado a tu hija y con ello has cumplido tu destino. ¿Creías que te íbamos a abandonar ahora?

–¿Qué tengo que decidir?

–Alana –mi abuela se acercó y me puso una mano sobre el rostro–, no existe el futuro ni el pasado, solo el presente, así que eres libre de decidir si te quedas con Kieran en un tiempo que no te pertenece sin modificar lo que ha sucedido, o bien regresar al futuro y comenzar una nueva vida.

–Si viajo al futuro lo perderé, nada de lo que nos ha unido existirá. Ni siquiera Sarah.

–Lo sé, Alana, pero la magia es una moneda con dos caras. Cuando ofrece algo siempre toma otra cosa a cambio. Por eso debes decidirlo tú. Has salvado a tus hermanas y no interferiremos en tu decisión.

–Si me quedo, ¿qué sucederá con el futuro?

–Nunca sabrás lo que sucederá porque nunca podrás regresar allí. Eso es lo difícil de esta elección.

–No es difícil. Quiero quedarme con Kieran –afirmé con rotundidad.

–Piénsalo bien, Alana. Tu futuro nunca existirá como tal. No podrás regresar a un tiempo en el vivirás desconociendo lo que fuiste.

–¿Y el suyo? Kieran debe cumplir una promesa.

–Él ya la ha cumplido. Te ha salvado.

Emití un ligero suspiro de alivio.

–No necesito pensarlo, es él o nada –repliqué.

–Está bien. Vuelve con él y empieza a vivir por fin –pronunció mi abuela con una sonrisa y todas las mujeres que nos rodeaban asintieron levemente.

Abrí los ojos con lentitud, acomodándolos a la inconsistente luz de una vela que pasaba fugaz por mi rostro de forma alterna pero persistente.

–Kieran.

–Alana, gracias a Dios, creí que te había perdido para siempre.

–¿Estoy en el castillo? –Palpé las mantas de nuestra cama con torpeza.

–Sí, te desmayaste. Has tardado horas en despertar.

–¿Horas? –inquirí extrañada.

–Sí. ¿Qué te ha sucedido, *mo aingeal*?

–Las vi, por primera vez vi a mis hermanas y tuve que elegir.

–¿El qué?

–Mi futuro en el pasado.

–Conmigo. –Esbozó una sonrisa cálida.

–¿Lo dudabas?

–¿Qué sucederá con mi promesa?

–¿Crees que no me has salvado ya suficientes veces? Está cumplida.

Emitió el mismo suspiro de alivio que yo y sonreímos a la vez.

—De todas formas, ¿quién quiere vivir eternamente? —pregunté.

—Si es contigo, yo, una y mil vidas —afirmó besándome.

Y con esa frase hizo una nueva promesa.

«Cogí con las manos, teniendo extremo cuidado, el delicado instrumento de cristal en forma de dos émbolos que se estrechaban en el centro. Me había llamado poderosamente la atención. Debía tener unos cinco años y estaba en una tienda de antigüedades. Mi madre conversaba detrás de mí con el dependiente mientras elegía unas figuras en porcelana para su nueva casa.

—¿Te gusta? —preguntó con voz suave y profunda un hombre alto y fuerte que llenaba por sí solo con su presencia toda la estancia.

Levanté la vista asustada e intenté dejar el objeto extraño otra vez en la estantería. Él lo cogió de mis manos y sus dedos largos rozaron mi piel. Sentí calor y me miré la mano pensando que había dejado una marca rojiza.

—Es un reloj de arena —explicó aquel hombre.

Lo miré con curiosidad, pero no me atreví a hablar, busqué un sitio donde esconderme y no lo encontré. Desvié la mirada a mi madre, pero ella estaba discutiendo algo con el dependiente y parecía haberse olvidado de mi presencia.

—Contiene las arenas del tiempo —prosiguió el hombre—, son infinitas e incalculables, cada uno de nosotros somos como un grano perdido entre la multitud, imposible de encontrar. Sin embargo —hizo una pausa y me miró fijamente con unos extraños ojos dorados—, a veces se produce un milagro y dos granos separados en el tiempo se reencuentran.

–¿Y qué sucede entonces? –me atreví a preguntar.

–Eso nadie lo sabe –murmuró–, todavía –añadió dejando con un suspiro el curioso objeto sobre la repisa de madera.

–Alana, ¿dónde te has metido? –La voz aguda de mi madre hizo que volviera a la realidad y me retrajera creyendo que iba a recibir una reprimenda.

–Estoy aquí –contesté con voz trémula.

El hombre dirigió una sola mirada a mi madre que la dejó parada junto al mostrador. Ella se llevó la mano a la garganta y simplemente me tendió la mano. El hombre se giró y me sonrió de forma ladeada.

–Estoy seguro de que, si se desea con mucha fuerza, esos granos separados en el tiempo se acabarán reencontrando –musitó de forma silenciosa.

Lo seguí con la mirada hasta que aquel hombre estuvo en la calle, entonces se volvió, topándose con mis ojos fijos en él. En el reflejo del cristal lo vi una última vez con el rostro impregnado de esperanza».

EPÍLOGO

El presente
Isla de Skye

Angelique golpeó con firmeza la aldaba de bronce de la puerta. Después, escondió detrás de su espalda la temblorosa mano, sin embargo, su rostro seguía mostrando una obstinada resolución. Abrió, segundos después, un abigarrado mayordomo. Antes de que pudiera pronunciar palabra alguna, ella se adelantó.

—Buenas tardes. El señor Mackinnon me está esperando.

—La acompañaré hasta el salón sin más demora.

Angelique entrecerró los ojos y con ese simple gesto borró la mueca desdeñosa del mayordomo y provocó que este tropezara con su propio pie al girarse. Ella reprimió una sonrisa y lo siguió escaleras arriba.

Cuando pudo entrar por fin al salón, ignoró al anciano que observaba cada paso suyo con curiosidad, y se dirigió directamente a la pared frontal. Se paró a solo dos metros del cuadro de Alana.

—Dios mío —susurró—. Es ella.

—Hace muchos años que espero su visita —murmuró Cailen situándose a su lado.

—Hace muchos años que lucho contra el deseo de venir y con la prudencia de no hacerlo.

Ambos se miraron y esbozaron parecidas sonrisas, de aquellos que han visto y conocido más de lo que les es permitido al resto de los semejantes.

—¿Qué tal el viaje hasta aquí?

—El ferry y ese furioso mar se han empeñado en no dejarme descansar ni un minuto.

—Ya veo que tiene la misma opinión que su nieta sobre los barcos.

Ambos volvieron a sonreír, pero esta vez fue una sonrisa diferente, nostálgica.

—¿Tuvo una buena vida? No me oculte nada, aunque me vea vieja, soy fuerte todavía.

—Sí, la tuvo. Una larga vida feliz.

—¿Y una vida en paz?

Cailen supo a qué se refería exactamente con su pregunta.

—Me retracté ante el conde de Mar y asumí mi culpa por falsificar la carta. Con las joyas y monedas que ella trajo pudimos pagar nuestra deuda con holgura y liberar a Kieran de los cargos de traición —finalizó Cailen.

Angelique se relajó, le hubiera gustado preguntar un sinfín de asuntos más, pero no quería saber demasiado. Solo asegurarse de que su nieta tomó la decisión correcta.

—Y dígame, ¿qué es de Alana? — inquirió Cailen.

—Su madre murió en el parto y yo asumí la tutela. Trabaja en Nueva York, en una casa de subastas y está prometida con un buen muchacho. Ha tenido la vida que ella siempre soñó.

—¿No sabe nada?

—No. Ha crecido como una joven normal y corriente. Consiguió una beca para estudiar en Londres y de allí saltó a Nueva York. Prefiero que esté lejos de aquí, no quiero que se pueda relacionar o conocer a alguno de sus descendientes. Ella no cree en la magia y debe seguir siendo así. Lo decidió ella misma hace mucho tiempo ya.

—Lo entiendo. Se quedará unos días, supongo.

–No, me marcharé mañana a primera hora. Esta es la única debilidad que me he permitido desde que nació. No volverá a haber más. Lo único que me gustaría, si es posible, es pasar unos minutos a solas con el retrato de mi nieta.

–Tómese el tiempo que necesite –murmuró Cailen saliendo con la ayuda de su bastón del salón.

Cerró la puerta en silencio y Angelique se acercó un poco más al cuadro, hasta poder alcanzar con sus dedos el rostro de Alana.

–Te he echado de menos –musitó resbalándole una lágrima por la mejilla.

Los ojos de Alana la miraron con una expresión de dulzura estática, unos ojos verde oscuro que habían absorbido el tiempo y se habían apoderado de él hasta dominarlo. Parecían querer transmitirle los secretos de toda una vida. Angelique tuvo la extraña sensación de que a los labios de Alana asomaba un atisbo de sonrisa, habiendo desaparecido para siempre aquella desconfianza que la hacía tan peculiar. Su apostura no estaba atrapada en el lienzo, se la percibía libre, indómita y rebelde.

Sí, Angelique pudo apreciar la felicidad de Alana resguardada en oleo hasta que alguien la descubriera de nuevo.